偷窥空蝉
　　源氏久慕空蝉美貌，不禁偷立屏风外，从缝隙中探视羞涩而美艳的空蝉。

若紫飞走的麻雀
　　仅数岁年纪的若紫，天真烂漫。笼养的麻雀飞走了，她急得让乳母快追。

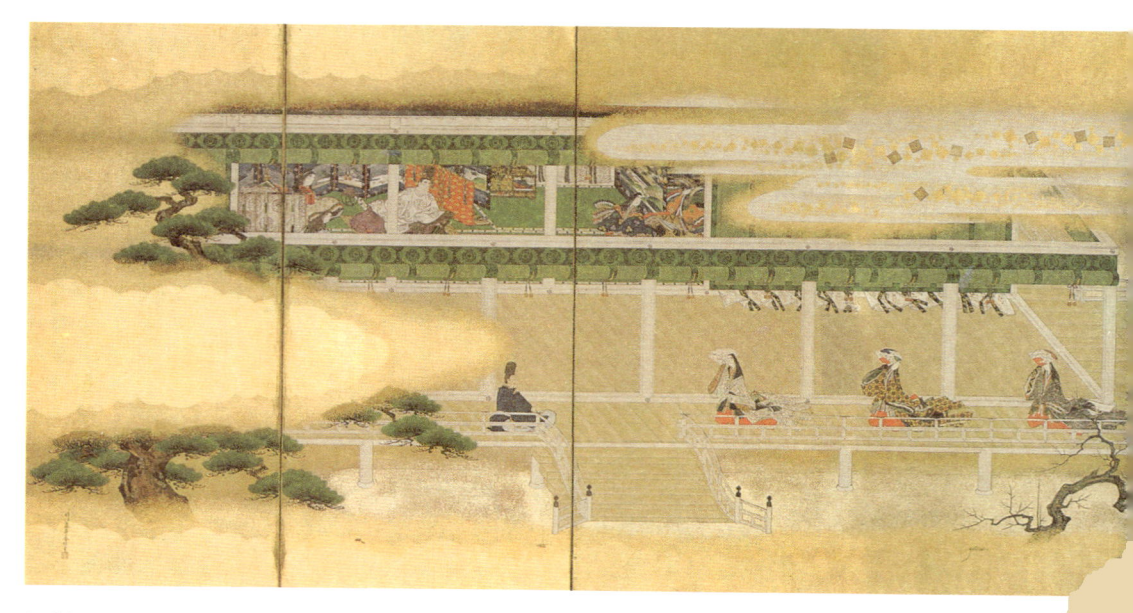

红叶贺、乙女
　　行幸那日,技艺精湛的舞者在回廊中舒展身姿,高贵典雅。

赛　画
　　梅壶女御和弘徽殿女御赛画,尽管仓促,会场仍然布置得富丽堂皇,各种画作更是精美无比。

初 音

　　明石姬送了须笼和各种食盒给源氏，又用蓬松的五叶松寄了信给女儿。源氏欣喜于女儿的温顺美丽，也同情明石姬的思女之意，于是催女儿回信。

若 紫

　　樱花烂漫，若紫想念源氏，但尼姑外祖母却一再拒绝源氏收养若紫的请求。源氏心有不甘，在藩篱后张望。

若紫、明石　六曲一双　江户时代（右）

图的右侧部分主要是源氏在北山初次遇见若紫的场景，而图的左侧部分则是源氏在明石的入道馆内与明石相见的场景。此图是源氏物语绘卷中把山与海进行对比，详细描绘出难得的户外风景以及劳动人民风俗的图画。

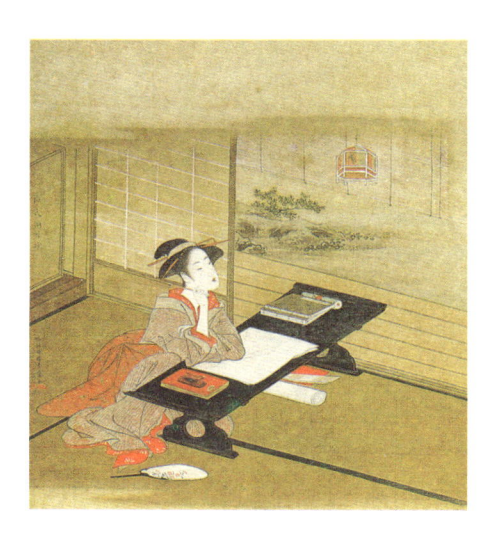

见立紫式部图　胜川春章绘　江户时代

所谓见立绘就是取材于既有的历史故事，但以当时的人地事物进行仿套。春章最初向宫川派学习，后独成一派，主要创作肉笔美人画。

薰君和冷泉院对弈

冷泉院对薰君特别宠爱，常召其进宫，或是对谈，或是对弈，或是合奏。每当两人会面时，总是衣香袅袅，每每引得侍女偷看。

末摘花

　　源氏重回京城，偶然拜访了身居破败之地的末摘花。源氏感念她的坚韧，对其特别看重。

蝴　蝶

　　秋好皇后举行春日讲经佛事，紫姬将四女童装扮成鸟，手持插有樱花的银瓶；另四女童装扮成蝴蝶，手持插有棣棠的金瓶。鸟童蝶童翩然起舞，花瓣飞散，美不胜收。

柏木临终图
　　柏木心有忧患,逐渐成疾,奄奄一息之际,唯招见了夕雾。病榻上,柏木神情黯淡,夕雾感伤。

明石姬
　　明石道人引源氏来到院中,其院布景质朴而雅致。明石姬正专注抚琴,叮叮有声。

东亭

中君为安慰匂皇子所爱慕的浮舟小姐,让右近为浮舟朗读故事。图中女房正为中君梳理刚洗的头发,右近则在镜前为浮舟朗读故事。

女子乐会

源氏于园内举行女子乐会,紫夫人抚和琴,三公主奏七弦琴,明石夫人操琵琶,女御弹筝,各琴皆有所长,妙不可言。

夕雾读信

夕雾收到落叶公主之母送的回信，侧过身子展信欲读。善妒的云居雁从他背后抽走了信，又故意扯开话题，迟迟不将信还与夕雾。

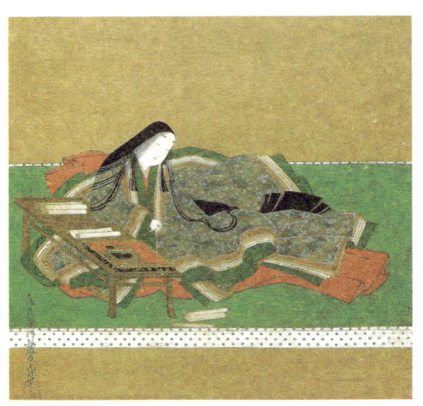

紫式部图　土佐光起绘　江户时代

在江户时代前期，光起担任宫廷画院职务，是御用宫廷画师，是振兴土佐家族的名人。位于本图上方的彩绘纸据说由青莲院制作，里面记载了紫式部的一些和歌等。

紫式部图　宫川长春绘

宫川长春是江户中期浮世绘画家。此图以紫式部在石山寺写《源氏物语》的传说为背景而创作。

文化伟人代表作图释书系

An Illustrated Series of Masterpieces of the Great Minds

非凡的阅读

从影响每一代学人的知识名著开始

　　知识分子阅读，不仅是指其特有的阅读姿态和思考方式，更重要的还包括读物的选择。在众多当代出版物中，哪些读物的知识价值最具引领性，许多人都很难确切判定。

　　"文化伟人代表作图释书系"所选择的，正是对人类知识体系的构建有着重大影响的伟大人物的代表著作，这些著述不仅从各自不同的角度深刻影响着人类文明的发展进程，而且自面世之日起，便不断改变着我们对世界和自然的认知，不仅给了我们思考的勇气和力量，更让我们实现了对自身的一次次突破。

　　这些著述大都篇幅宏大，难以适应当代阅读的特有习惯。为此，对其中的一部分著述，我们在凝练编译的基础上，以插图的方式对书中的知识精要进行了必要补述，既突出了原著的伟大之处，又消除了更多人可能存在的阅读障碍。

　　我们相信，一切尖端的知识都能轻松理解，一切深奥的思想都可以真切领悟。

■ 文化伟人代表作图释书系

源氏物语（上）

The Tale
Of Genji

〔日〕紫式部 / 著

姚继中/译

重庆出版集团 重庆出版社

图书在版编目（CIP）数据

源氏物语 /（日）紫式部著；姚继中译. —重庆：
重庆出版社，2015.6（2018.8重印）
 ISBN 978-7-229-09648-9

Ⅰ.①源… Ⅱ.①紫… ②姚… Ⅲ.①长篇小说 – 日本 – 中世纪
Ⅳ. ①I313.43

中国版本图书馆CIP数据核字（2015）第 069635 号

源氏物语
YUANSHI WUYU

[日]紫式部 著　姚继中 译

策 划 人：刘太亨
责任编辑：肖化化　刘 喆
责任校对：何建云
特约编辑：何 滟

重庆出版集团
重庆出版社　出版

重庆市南岸区南滨路162号1幢　邮编：400061　http://www.cqph.com
重庆市国丰印务有限责任公司印刷
重庆出版集团图书发行有限公司发行
全国新华书店经销

开本：720mm×1000mm　1/16　印张：55　彩插：4　字数：835千
2005年11月第1版　2015年6月第2版　2018年8月第11次印刷
ISBN 978-7-229-09648-9
定价：88.00元（上、下册）

如有印装质量问题，请向本集团图书发行有限公司调换：023-61520678

版权所有，侵权必究

PREFACE | **前言**

大凡读过《红楼梦》和《源氏物语》的人，有意无意之中，无不惊讶于这样一个事实：《源氏物语》与《红楼梦》竟如此相似，几乎就是一部日本的《红楼梦》。两部不朽巨著所关注的文学母题，展现的人物场景、文化背景乃至作者的人生命运都如出一辙，以致我国大多数熟悉《红楼梦》的读者，细读之下，不禁思疑：《源氏物语》是不是受《红楼梦》的影响而作？但实际情况是：《源氏物语》比《红楼梦》的成书年代早了整整700年，即使与我国明代出现的长篇小说《三国演义》《水浒传》相比，也要早300多年。在两个不同的国度，相距700年的两个伟大作家，不约而同地写出了如此相似的两部史诗性的文学珍品，确实是人类文化史上一个值得研究的学术之谜。

《源氏物语》的作者紫式部，出身于充满书香之气的中等贵族家庭，是一位极富才情的女子，其父是当时有名的和歌诗人，且长于汉诗。作者因此得以自幼随父学习汉诗，并熟读中国古代典籍。她不仅在白居易的诗歌研究方面有很深的造诣，而且还了解佛经和汉乐。人们研究后发现，《源氏物语》全书所引汉文，涉及《白居易文集》《史记》《汉书》《晋书》《文选》《游仙窟》《述异记》《西京杂记》《战国策》《礼记》《管子》和《元稹诗集》等，其中受白居易诗文的影响最深。紫式部26岁时嫁给比自己大20岁的藤原宣孝为妾，婚后不久，丈夫即病逝。紫式部在孀居五年后入皇宫成为彰子皇后的女官。在经历人生坎坷的同时，紫式部倾心写作这部"千红一哭，万艳同悲"的大哀歌，读来特别令人动容，读者似在阅读一部古典静雅而又缠绵哀婉的"哀情小说"。

《源氏物语》书名的"物语"两字，在日语中意为"故事"。物语文学是日本古典文学的一种体裁，产生于公元10世纪初的平安时代，与中国古代传奇文学有许多相似之处。而《源氏物语》在艺术上极大地发展了物语文学，是物语文学与和歌文学相结合的最伟大的经典作品，被认为是三千万日本家庭不朽的国民文学，也是东方文学乃至世界文学史上的里程碑。

尽管我不能完全赞成将两部巨著过于直观地作比较，但在《源氏物语》与《红楼梦》的比较方面，中日两国学者均有大量研究。首都师范大学赵连元先生所著《〈红楼梦〉与〈源氏物语〉之比较》（见《东方丛刊》1995·第三辑）一文极具代表性，这里我将其要点摘录于下，以便读者在阅读《源氏物语》时，对比欣赏。

1.《源氏物语》与《红楼梦》都以爱情为主线，创造了两个不同国度的"女儿国"。《源》为"六条院"，《红》为"大观园"。

2.《源》中，与主要人物光源氏息息相关的十二位女性（葵姬、空蝉、六条妃子、若紫、藤壶妃子、末摘花、胧月夜、明石姬、夕颜、花散里、玉鬘、三公主）和《红》中所记金陵12钗（黛玉、宝钗、湘云、元春、迎春、探春、惜春、李纨、秦可卿、妙玉、凤姐、巧姐）一样，均演绎了"千红一哭，万艳同悲"的悲剧故事，由此唱出了一首感人至深的末世"大挽歌"。

3.《源》中的主要人物光源氏，与《红》中的主要人物贾宝玉比较，不仅出身相同，而且都是盖世无双的美男子，都极度迷恋女色，都没有"男尊女卑"的观念，却都有"怜香惜玉"的情怀，竟像是一对"双胞胎"。

4.《源》中的主人公紫姬，与《红》中的宝钗一样，均是标准的淑女，也都德才兼备，品德相同，而且命运也相似，最终都成为了封建礼教的殉葬品。

5.《源》和《红》的主人公在经历了一番荣华富贵后，都对人生感到失望，最终看破红尘，遁入空门。

6.《源》与《红》各自所展示的人物画廊中，均有400多个人物，这也是一个巧合。

如此等等，确实令人匪夷所思。

更为有趣的是，日本学者武田宗俊近年来经过仔细研究发现，《源氏物语》的前33回可以分为A、B两个系列（A系列为第一回、第五回、第七回至第十四回、第十七回至第二十一回、第三十二回、第三十四回，共十七回；B系列为其余的十六回）。A系列是一个完整而连贯的故事，即从第一回"桐壶"里卖卜者的预言，至第三十三回"紫藤末叶"里的如愿以偿而皆大欢喜。在A系列中，故事的主人公光源氏被描写成一个英俊而极富才情、光芒四射的人物。而B系列则是后来补充安插进去的，其安排了光源氏以失败告终的四个插话。其中出现的主要人物，如夕颜、空蝉、末摘花、玉鬘等，在A系列中完全不曾露面。可见，A、B两个系列的故事主题是截然不同的。读者在欣赏这部伟大的文学作品的同时，不妨将两个系列分开读一读，定会有意想不到的感受。

　　最后，需要说明的是，本书根据日本小学馆1980年出版的《日本古典文学全集》之《源氏物语》一至六卷而译。本书在翻译和润色过程中，仰承了许多翻译界前辈及红学与源学研究者的才情。考虑到《源氏物语》与中国古代传奇小说和话本，特别是与《红楼梦》有许多相似之处，在翻译时力求使之在语言风格上具备《红楼梦》的质感，故有极强的古代白话小说的倾向。但相对于《红楼梦》而言，其语言更为清新、恬淡、质朴，使读者能感觉到本书如同一枝经年褪色的樱花。另外还需说明的是，《源氏物语》毕竟诞生于千年之前，原作在结构上显得有些庞杂、冗长，对某些场景和人物心理的描写略显单调、拖沓，在翻译时，为了尽量强化该书的小说性，对有损于作品艺术完美性的不足之处格外追求达、雅，译者苦心是否妥当，还望读者指正。

姚继中
于四川外国语大学桂园1号

目 录 CONTENTS

前言 / 1

第一回	桐壶	1
第二回	帚木	15
第三回	空蝉	39
第四回	夕颜	46
第五回	若紫	70
第六回	末摘花	93
第七回	红叶贺	109
第八回	花宴	123
第九回	葵姬	130
第十回	杨桐	153
第十一回	花散里	177
第十二回	须磨	180
第十三回	明石	201
第十四回	航标	220
第十五回	蓬生	235
第十六回	逢坂关	245
第十七回	赛画	249

第十八回	松风	259
第十九回	薄云	270
第二十回	朝颜	284
第二十一回	少女	294
第二十二回	玉鬘	316
第二十三回	早莺	235
第二十四回	蝴蝶	343
第二十五回	萤	354
第二十六回	常夏	362
第二十七回	篝火	371
第二十八回	朔风	374
第二十九回	行幸	382
第三十回	兰草	393
第三十一回	真木柱	400
第三十二回	梅枝	416
第三十三回	紫藤末叶	425

源氏物语·主要人物关系图（一）

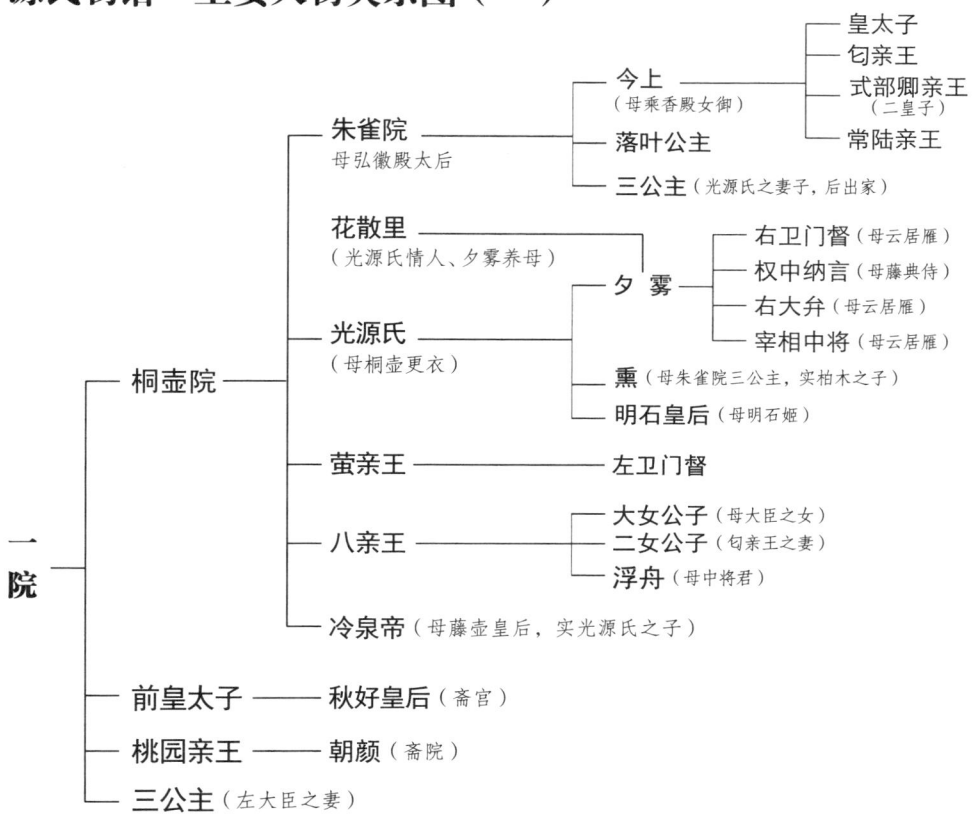

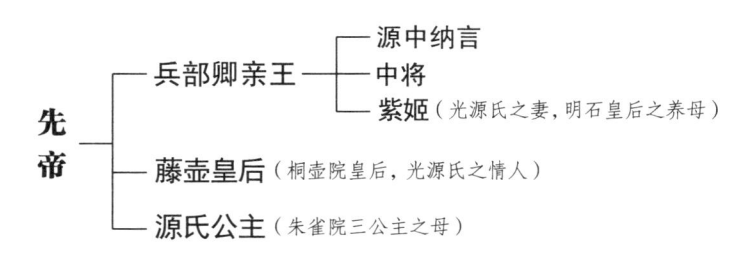

```
                                              ┌─ 皇太子
                                   ┌─ 今上 ───┼─ 匂亲王
                                   │ (母乘香殿女御) │
                         ┌─ 朱雀院 ─┤              ├─ 式部卿亲王（二皇子）
                         │ 母弘徽殿太后 ├─ 落叶公主    └─ 常陆亲王
                         │         └─ 三公主（光源氏之妻子，后出家）
                         │
                         ├─ 花散里
                         │ （光源氏情人、夕雾养母）
                         │                      ┌─ 右卫门督（母云居雁）
                         │              ┌─ 夕雾 ─┼─ 权中纳言（母藤典侍）
                         │              │       ├─ 右大弁（母云居雁）
                         ├─ 光源氏 ─────┤        └─ 宰相中将（母云居雁）
              ┌─ 桐壶院 ─┤ （母桐壶更衣）│
              │          │              ├─ 熏（母朱雀院三公主，实柏木之子）
              │          │              └─ 明石皇后（母明石姬）
              │          │
              │          ├─ 萤亲王 ───── 左卫门督
  一          │          │                      ┌─ 大女公子（母大臣之女）
  院 ─────────┤          ├─ 八亲王 ─────────────┼─ 二女公子（匂亲王之妻）
              │          │                      └─ 浮舟（母中将君）
              │          │
              │          └─ 冷泉帝（母藤壶皇后，实光源氏之子）
              │
              ├─ 前皇太子 ─── 秋好皇后（斋宫）
              ├─ 桃园亲王 ─── 朝颜（斋院）
              └─ 三公主（左大臣之妻）


              ┌─ 兵部卿亲王 ─┬─ 源中纳言
              │              ├─ 中将
  先          │              └─ 紫姬（光源氏之妻，明石皇后之养母）
  帝 ─────────┤
              ├─ 藤壶皇后（桐壶院皇后，光源氏之情人）
              └─ 源氏公主（朱雀院三公主之母）


  中务亲王 ─── 民部大辅 ─── 明石尼姑 ─────────── 明石姬
                            （明石道人之妻）    （明石皇后之母，光源氏之侧室）


  常陆亲王 ─┬─ 律师阿阇梨
            └─ 末摘花（光源氏之情人）
```

源氏物语·主要人物关系图（二）

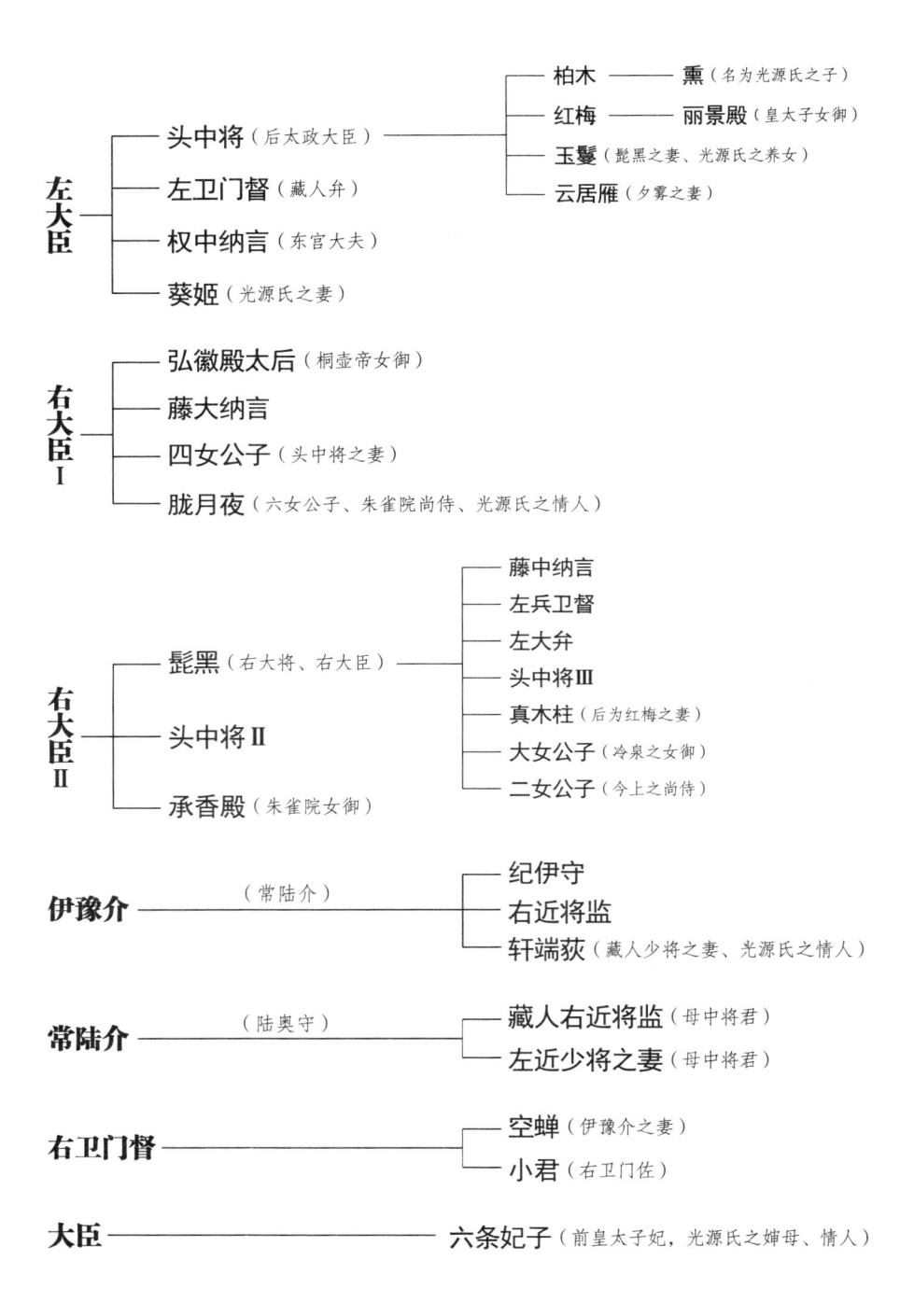

- **左大臣**
  - 头中将（后太政大臣）
    - 柏木 —— 薰（名为光源氏之子）
    - 红梅 —— 丽景殿（皇太子女御）
    - 玉鬘（髭黑之妻、光源氏之养女）
    - 云居雁（夕雾之妻）
  - 左卫门督（藏人弁）
  - 权中纳言（东宫大夫）
  - 葵姬（光源氏之妻）

- **右大臣 I**
  - 弘徽殿太后（桐壶帝女御）
  - 藤大纳言
  - 四女公子（头中将之妻）
  - 胧月夜（六女公子、朱雀院尚侍、光源氏之情人）

- **右大臣 II**
  - 髭黑（右大将、右大臣）
    - 藤中纳言
    - 左兵卫督
    - 左大弁
    - 头中将 III
    - 真木柱（后为红梅之妻）
    - 大女公子（冷泉之女御）
    - 二女公子（今上之尚侍）
  - 头中将 II
  - 承香殿（朱雀院女御）

- **伊豫介** ——（常陆介）
  - 纪伊守
  - 右近将监
  - 轩端荻（藏人少将之妻、光源氏之情人）

- **常陆介** ——（陆奥守）
  - 藏人右近将监（母中将君）
  - 左近少将之妻（母中将君）

- **右卫门督**
  - 空蝉（伊豫介之妻）
  - 小君（右卫门佐）

- **大臣** —— 六条妃子（前皇太子妃，光源氏之婶母、情人）

THE TALE OF GENJI

VOLUME 1
第 一 回
桐 壺

却道从前某朝天皇时代,后宫妃嫔云集。其间有一身世平朴的更衣[1],深得皇上恩宠。这更衣朝夕侍候皇上,那些出身高贵的妃子眼见此等情状,料得自己原本必受宠爱的,如今却被这更衣争了去,不免醋意大发,时时事事对她加以诽谤。而那些出身比这更衣更低微的,或是与这更衣地位相等的,见得如此,自知无法争宠,更是怨恨不已,处处对她百般非难。这更衣立身此间,自是郁结难解,日久也就生起病来,不时出宫,回娘家调养些时日。皇上经得离别,对她也就越发怜爱,甚至不顾众人非议,一心只是对这更衣用情。此般特别的宠爱,竟连朝中大臣也极是不以为然,暗地里常私议道:"唐朝便因有了这等专宠而终致天下大乱,真令人汗颜啊!"不久,此事便从内宫日渐传遍天下,民间上下闻得,也怨声忽起,极为忧愤,认为杨贵妃引起的那种大祸势将难免。更衣身处深宫,虽恃皇上恩宠,尚且能够度日,却也是忧惧难抑,极为痛苦。

这更衣亡故的父亲也曾列身朝班,官居大纳言之位,母亲也是名门之后。且说这更衣的母亲,自夫君亡故以后,每见得别家的女儿双亲俱在,尽享荣华富贵,不免伤感,常常祈望自家女儿也能出人头地。故每逢参加庆吊之事,总是百般用心,力求体面周全。只可惜朝中没有重臣庇护,心里难免担忧:如若有个三长两短,仍是无力自保,恐也难免落得十分凄凉。

或许是前世姻缘所定,这更衣虽在惶恐中度日,却生下一个容貌明洁、光彩不凡的皇子。皇上闻知,急召人将孩子抱至宫中[2],一见之下,真真一个清秀可人的小皇子。

却道宫中大皇子,其母弘徽殿女御,乃当朝右大臣[3]之女。既有显贵的母戚,理当深得众人恩宠,尊奉东宫太子实属情理中事。但相貌不及小皇子美艳,

---

【1】嫔妃中地位最高的是女御,其次是更衣、尚侍,这三个等级的妃嫔可以侍寝;其余依次为典侍、掌侍、命妇等女官。尚侍是后宫十二司之一——内侍司的长官,典侍为次官,掌侍、命妇又次之。

【2】书中记述的是日本的平安时代,当时实行的是"婿入婚"的婚姻制度,也称"入赘婚",类似中国一些少数民族的"走婚"。婚后女方仍住在娘家,男方往来宿夜,天亮时就得离开。这让当时一夫多妻的日本男人免受了妻妾日日争风吃醋的困扰。天皇和皇太子可以不受此风俗的约束,但皇妃仍要回娘家坐月子。

【3】当时日本朝廷的最高官厅是太政官,由左右大臣分管,左大臣尊于右大臣,两者服从于太政大臣。左右大臣之下有大纳言、中纳言、宰相(参议)。太政官下设少纳言局、左弁官局、右弁官局。其中左弁官局统辖中务、式部、治部、民部四省,右弁官局统辖兵部、刑部、大藏、宫内四省,统称八省。

皇上虽也珍爱，却不可与对小皇子的私爱相比，对那小皇子，皇上真真地视作天上才有的宝贝儿一般。

小皇子的母亲更衣，本就颇得皇上护爱。皇上爱得如若心肝一般，只管将她留侍在侧；宴乐佳会，更是不离左右。偶遇晨间迟起，干脆让其终日侍留身旁，不使归宫。这于更衣的平朴身份，似有不妥，而自生得这小皇子以后，皇恩更是日盛一日，教那大皇子之母弘徽殿女御疑忌不已：如此这般，恐皇上将立这小皇子为太子了。

那弘徽殿女御入宫日久，况且又生有皇儿皇女，皇上对她的宠爱，自然非比寻常。她心中的疑忌，自是让皇上忧思郁闷，放不下心来。

宠幸太过，毁亦即来。这更衣虽得皇上宠幸，然娇弱多病，宫中又无强力的外戚作后援，皇上对她太过隆盛的恩宠，反使她时时忧虑。她居住在桐壶宫，与皇上常住的清凉殿之间，有许多妃子的宫室相隔。更衣时时来往其间，自然令那些嫔妃眼烦，有时不免恶意捉弄她，在她必经的板桥或过廊里放些污秽之物，以弄脏迎送她的宫女们的衣裙；或相约将更衣经过的门廊锁闭，使她进退不得，窘迫难堪。此等把戏，实在让桐壶更衣吃尽了苦头。皇上闻知，更是怜爱不已，便让清凉殿后面后凉殿居住的更衣迁居别处，以供桐壶更衣值宿时起居之用。至于那个被迁出的更衣，对桐壶更衣的怨恨，自是非同一般了。

且说那小皇子年近三岁，按理正是行穿裙之仪[1]的年岁。内藏寮和纳殿[2]倾其所有，极尽铺张，隆盛不逊于大皇子当年，众人见得如此，自是非议鹊起。直至一睹了小皇子那绝世之姿和超凡脱俗之容，所有的疑忌与非议方顿然消退，连广有见识之士见了，皆惊诧瞠目："世间怎有此等神仙似的人物？"

是年夏，桐壶更衣身体欠安，拟回娘家调养。皇上不忍离别，执意不允。这更衣近年来恹恹常病，皇上已经习惯，便对她道："且稍住宫中休养将息，视情势再度定夺吧。"不料正于此间，更衣的病情越发加重起来，不过五六

【1】在当时的日本，男子穿裙子。穿裙仪式通常在男童三岁时，也就是初次穿裙时举行；后来也有在五六岁的时候才初次穿裙并举行仪式的。女子也要举行穿裙仪式。现在的日本男子的礼服中，仍然有裙装。

【2】内藏寮是管理金银珠宝、绫罗绸缎以及服装布匹等物品的机构，分属左弁官局分管的中务省。纳殿是收藏历代皇宫御物之所。

日,整一个艳色玉体已衰瘦如柳,甚是令人痛心。母太君[1]只得于御前哭诉求假。皇上见得此般情形,不便强留,方允其出宫。便是如此,皇上仍疑心恐有不测,决意让更衣一人暗中出去,将小皇子留在宫中,以免遭他人惊吓羞辱。因身份之碍,皇上未便亲送出宫,心中自是痛楚不安。这更衣重病缠身,花容尽损,虽有千言万语,只可恨剩得奄奄一息无一丝的力气诉说了。皇上眼见得她,已是茫然无计,只得忍泪呜咽,屡叙旧情,重提相邀相约之誓。此时,更衣软软躺着,不能言语,双目昏然无神。只可怜那皇上,眼睁睁相望,只得命左右备车,匆匆退了出去。但心又实是难舍,再进得室中,又不忍让她去了。对更衣言道:"你我曾相誓约,即使大限之至,定要同去。你不会于我不顾吧?"更衣听得此言,心中似有所动,挣扎着喧喧吟道:

"大限已至悲永别,

残灯将尽叹命穷。

若是早知必有此等结果……"说罢,已是气息难济了。皇上仍欲将其留住宫中,亲加调理。无奈身边随同催奏道:"贵妃母家、高僧诸人尽已请到,定于今夜开始忏悔……"皇上奈何不得,只好允了这更衣回外家寄住休养。

却说打桐壶更衣出得宫后,皇上自是心中悲痛,夜不能寐,枯坐无聊。前去外家探病的使者亦不见踪影,皇上更是长吁短叹。且说那使者到达更衣外家,但听里面人声不绝,号呼震天,心中已自明白了几分。只听里面哭诉道:"半夜里就去了!"使者只好怏怏而返,奏告皇上。皇上闻此噩信,长痛难抑,顿觉神思惚然,只得将自己独闭房中,郁郁凝思。

小皇子年幼丧母,实是可怜。皇上本欲将他留在宫中,无奈先祖已有定制,丧服之中不得留侍在宫,只得由他出居外家。却说那小皇子年纪尚幼,眼见得诸宫女啼哭哀号,皇上终日流泪,心中倒也觉着怪异。他哪里知道,平常间亲子别离,已是悲哀断肠之事,更不用说遭此生离死别之变了!

伤痛之余,仍按照丧礼,行火葬之仪。母太君不舍其女,见得众人送走了女儿,悲泣哀号道:"我这老身,就与她一起化为灰尘了吧!"便挤上众侍女送葬之车,到达爱宕火葬地。庄重的火葬之仪正在此举行。此时的太君,心里自是伤恸

【1】母太君,此处指桐壶更衣的母亲。

已极，却忽地徐徐道："看着她，忆起平日的音容笑貌，仿佛她还活着；直到见着化为灰烟，才相信她真真的不在世间了。"说罢，心力交瘁，险些跌下车来。侍女们簇拥搀扶，劝慰不止，众皆言道："早就有今日之忧了啊。"

不久，朝中使者来到。同时带来圣旨，宣读道：追封更衣为三位[1]。此番自然又引得来一片号啕之声。皇上追封更衣，晋升一级，乃因其在世之日未得女御之名，心中歉疚。而更衣性情温淑，优柔娴雅，姿容美艳，乃可亲可敬之人，本无可怪罪，只不过生前皇恩隆甚，引人嫌忌罢了。如今此身已化作青烟而去，恩恩怨怨自然已随青烟消去了。说来也不奇怪，众人反倒回忆起更衣生前的诸般好处，其高贵慈良之品质，反倒令人哀惋不已。所谓"生前虽招恨，死后人尽爱"，此古歌也正合此情了吧。

虽说时光流逝，自桐壶更衣去后，皇上仍是思念不止。每每例行法事，必遣人前往吊唁抚慰，礼仪甚隆。即使如此，仍难遣心中忧伤，也无心理会别的妃子，唯终日独自垂泪，隐忍度日。众侍臣见皇上如此这般，皆哀叹垂泪。唯有弘徽殿诸人，至此仍记恨那死去的更衣，咒道："化作阴间的鬼魂也来扰人，恩爱不比寻常哩！"皇上居于宫中，虽有大皇子时时侍候在侧，却也念念不忘那小皇子，常遣人去外家问候。

此时正值深秋。一日黄昏，朔风袭来，透彻肌骨。皇上独处宫内，心事被触，又倍觉神伤。遂遣韧负命妇[2]去外家探问小皇子音信。这韧负命妇即刻登车前往。是时正逢皓月当空，皇上举步宫中，抬头望月，追忆往昔情形：朝花暮月之中，宫中管弦丝竹不绝于耳，更衣或操琴弹奏，音色清脆珠润，熨当贴切；或吟咏诗歌，隽永悠扬，殊不可竟。只可惜其声音容貌无可追寻，徒留依稀残影，又哪堪与片刻的实景相比！

【1】在当时的日本皇宫中，更衣的爵位是四位，女御的爵位是三位。追封三位，即将已逝的桐壶更衣追封为桐壶女御。

【2】韧负命妇是以其父或者其夫的官名来称呼宫中较低级的女官或贵族家的女侍。韧负司是卫门府的特称。京中的武官分为六卫府，分别是左右近卫、左右卫门、左右兵卫。近卫府负责警卫皇宫门内，由大将统管，辅以二等官中将、少将，三等官将监和四等官将曹。中将、少将也称为佐、助。卫门府负责警卫皇宫门外，其长官称为督，辅以二等官佐、权佐，三等官大尉、少尉；其中佐、尉又称为韧负佐、韧负尉。兵卫府主要负责巡检京都，并辅助卫门府警卫皇宫大门。

却说韧负命妇到得外家，驱车入院，只见庭院寥落，极尽荒凉。昔时，桐壶母太君孀居之日，为调养宝贵女儿，这宅院也曾有过修缮，辉煌过不少时日。自那更衣去后，母太君万念皆灰，沉迷亡女之悲，哪里还有治理宅院的心思，宅子自然也荒落了下去。草木枯凋，狼藉一片了。今日寒风萧瑟，这庭院倍显冷落凄凉，只是那轮朗朗秋月，却也未改。

直至正殿[1]之南，韧负命妇方始下车。太君一见宫中来人，复又悲咽起来，一时不能言语，良久方启齿道："老身命苦，落得孤身一人枉活在世。今劳圣上之恩，遣驾寒舍，不胜感慨。"说完，又是一阵落泪。命妇答言："前日有典侍回宫，与皇上说得此处情形，着实让人伤痛牵挂；今至此，我虽属愚顽之辈，眼见得此等情状，也是无限悲伤。"犹豫之下，传皇上圣旨道："皇上说：'初时日日若梦一般，恍惚神飞；后幸得稍安，亦梦迷难返，痛楚难以排解，解忧之法，无处可询！请太君就此潜行宫中一趟，可行得否？别来亦念及孺子，可怜年幼，丧母别父，伤悲弥日，请尽早携他来此。'皇上陈述之时，虽抑压悲情，也然泣不成声，又恐见笑他人，不敢张扬，其情其状着实难以言表。未及他将话说完，我便早早退出了。"随即呈上皇上手书。母太君说道："老身终日以泪洗面，以致双眼昏花，承蒙皇上赐此御函，得增光明。"即拜读圣函："原寄望时日流迁，减此哀情。孰料历久弥深，竟无排遣之力！吾儿近来可好？甚念。独劳太君教养，深以为憾。请领其入宫，也不愧对逝人的遗念。"

书中另叙诸多别离之情，并附诗一首于后：

"秋风萧瑟凄伤泪，

荒庭细草更孤零。"

未及尽阅，太君已是泣不成声。良久方缓缓言道："老身朽矣，苟且人世，命当至此。平日得见苍松，已觉羞愧难容，又何敢奢望九重之地？皇恩深隆，百般抚慰，老身真不知何以言表。只是入宫之事，不便擅断。但自有所感：皇子年幼聪慧，近来常常思及父皇，盼能进宫。此情实可垂怜，也真乃人间至爱也，烦相传达。若此寥落之地，老身倒也受得，只可惜委屈了小皇子……"

是时小皇子正在睡梦中。命妇道："此番本应拜望小皇子，将此间情形细细

【1】当时贵族府邸的正屋也称为正殿。

禀报。无奈皇上专候音讯，故不便于此久留。"便要告去。太君言道："痛失爱女，忧思愁闷，欲与知己之人叙谈心曲，借以释怀。闲暇之时，还望时时光临寒舍，老身不胜欢欣感激。忆昔日之晤，皆良辰美景欢娱之时；而今传书递柬寄托悲伤之情，实是可恨！皆因老身命薄，不幸遭此巨变。吾女既生，老身夫妇即深寄厚望，祈望能光耀门庭。已故大人大纳言临别曾言：'送女入宫，以遂我愿。休得因我之亡故作罢。'但明知无强力的支持之人，吾女入宫必受种种委屈，因此亦曾忧虑。只因其父遗训，未敢稍违。承蒙皇上宠幸，吾女入侍之后，虽得万般垂爱，亦难免众妃种种无理之辱。吾女虽巧为应付，然怨忌之心，日盛一日，苦头自是吃得不少。终因积忧伤身，酿此结果。皇上的千般恩爱，反倒招致如此幽怨。罢了，罢了，且请将此番狂言视作老妪伤心至极的胡言乱语吧。"太君心中酸楚难堪，话语未竟已是唏嘘不止了。

时已夜深，命妇相劝道："太君所言皆然。皇上也有所识，他曾道：'虽是真心相爱，未免过分招嫌，以致好事难续。如此看来，我们之间，是应了一段不好的缘分。平生以为未曾招得怨尤，怎料为了这更衣，却引来此等怨恨。如今形单影子，反倒落了个笑柄。这恐怕也是前世孽缘所定吧。'皇上诉怨不已，泪眼不干。"命妇唠叨不尽。

最后，命妇噙泪相告："时已至此，不得不立即起身回宫奏告皇上了。"便急欲离去。是时，月沉西天，寒风拂面，天籁冷静，使人倍觉凄凉；雀鸟哀鸣，尤其乱人情怀。命妇徘徊不忍归去，吟诗道：

"秋虫纵然伴人泣，

长宵虽去泪难尽。"

吟罢此诗，尚不思登车。却说那太君也答诗一首，令侍女相传道：

"哭声稠稠似虫鸣，

宫人同悲泣难禁。"

请将此怨尤之句，转奏皇上。自思犒赏使君之物，须得素朴无华。遂将更衣遗留之一套衣衫，一些梳妆用具相赠以资留念，似亦甚宜。

小皇子身边众年轻侍女，看惯了世间繁华，从宫中来此荒寂之地，叹其衰落凄伤，自然悲怨甚多。众人念及皇上失爱离亲之痛，怜惜不已，纷纷劝说太君，送小皇子入宫与父皇团聚。太君以为自己不洁之身若与小皇子入宫，定招世人言语。而与小皇子分开，自己又难以心舍，哪怕暂时的离别也是不可。此事也就置而未提。

却说那命妇回得宫后，见皇上尚未安歇，心中顿生怜惜之情。清凉殿前，秋花秋草此时正十分茂盛。皇上身边带着四五个温驯的宫女，正自观花赏草，或闲谈浅吟，静静消遣。皇上近日阅览昔时宇多天皇命画师绘制的《长恨歌》图卷，其中歌人伊势和贯之的和歌及汉诗，是皇上平日最常谈论的话题。皇上见命妇回宫，便宣召前来，询问所见更衣外家情形。命妇将此行见闻如实奏告，并呈上太君诗书。皇上急切阅读，见书中言道："承蒙惠赐，惶恐至甚。拜览手谕，悲幸同织，不能自持矣。"书中附诗一首：

"繁华凋去秋风劲，

弱草无奈不禁悲。"

或是悲愤迷乱之故，诗中胡妄之言甚多，皇上明知此理，也并不细究。皇上于众人之前，力图抑住伤感之情；但一回思更衣初幸之时的种种风情，又哪里掩饰得住？如今落得孤家寡身，空留尘世，觉得自己也未免可怜，便道："只因更衣之父大纳言临终遗言，太君始遣女入宫。我本应厚遇善待，以答谢他们，不想迟迟未果。只可惜如今人失琴喑，徒放空言而已！"皇上说到此处，觉得抱歉之至，转而又道："所幸，更衣所遗小皇子，生长成人，亦可尽孝老太君的。唉，唯愿太君安康高年才是。"

命妇呈上太君所赠物，皇上览之，心想："此若临邛道士从她居处取得的钿合金钗，那有多好……"[1]作此无用想象，实也无味。于是吟道：

"君若化作鸿都客，

香魂应循居处来。"

目下那《长恨歌》图卷，其中贵妃之容色，略欠生趣。皇上暗想，画中生趣本就难求，那是名家笔力，也不过如此。诗句"太液芙蓉未央柳"比拟贵妃面庞与蛾眉，虽则十分恰当，且唐代的衣装也很是优雅艳丽，但与更衣的温柔妩媚之姿相较，天地间花鸟的颜色与声音也都逊色了。先前朝夕厮守，共吟"在天愿作比翼鸟，在地愿为连理枝"之诗句，互订盟誓，可如今眼见得化作水月镜花，不

【1】马嵬坡之后，唐明皇非常思念自缢而死的杨贵妃。临邛道士自称可以去海上仙山找到成了仙的杨贵妃。在白居易的《长恨歌》中，他带回了唐明皇曾经送给杨贵妃的定情信物：钿合金钗。

复存在了。也是命当如此啊！此时风萧虫啾，皇上心乱如麻，悲不自禁。偏那弘徽殿女御久疏帝居，却在这烦扰之夜弄起丝竹管弦来，皇上听来真是声声刺耳，心中不悦。陪伴的殿上人和诸女官，深察皇上心思，听这奏乐之声，尽皆生厌。但弘徽殿是何等冷顽之人，既已故作此举，才不会顾及皇上之情呢。是时冷月西坠，皇上口占一诗云：

"宫墙月暗泪眼昏，

遥问荒居有无明。"

心中挂记更衣外家，全无睡意，索性面对残灯独坐，凝夜盼明。听巡夜的右近卫官唱丑时之名后，恐独坐太久，惹众人议论，才始入内稍息，却仍辗转难眠。第二日晨起，回想"珠帘锦帐不觉晓"之诗句，不免又是触景伤神，朝也无心去上。饮食荒疏，早餐勉强握箸应名，正餐却是早已废止的了。左右侍餐之人，见如此情景，忧愁叹息；近身男女侍臣，人人焦急，纷纷言道："真是无法可想了！莫不是皇上和已故更衣前世结有因缘。在世之日一味恩宠，全然不顾众人的言论；及至死后，又只顾沉悲饮泣，不理朝政。真是不可思议呀。"又引国外宫廷如唐玄宗等例，小声评议叹惋。

过得一些时日，小皇子终于得以回宫。他已是愈见美俊，大不同于尘世俗人，皇上自然怜爱不已。来年春，册立太子，皇上本极欲册立小皇子，但苦于其无显赫的外援，且立幼废长，又为世人所不容，如此一来，对小皇子反生不利。遂打消立幼之念，仍立大皇子为太子。这样世间人又有评说："终未将喜爱之人册立太子，可见皇上对这事尚有个量度啊！"大皇子之母弘徽殿女御也落得省心。

却说那太君，因爱女逝世，悲患抑郁，不能排遣，便终日祈祷佛祖，早日超度归西，与女儿相聚。不久，果蒙佛助，归西天去了。皇上闻此噩耗，又是一番悲哀。时小皇子已满六岁，稍通人情世事，已知悲痛涕泣，以哀悼外祖母。祖孙相依多年，亲情甚厚，临终之际，念及小外孙，心中满是悲戚。自此以后，小皇子也就常留宫中了。

小皇子开始读书时，年方七岁，其聪明善悟之性真是世上少有。其机敏伶俐如此，反倒令皇上担心了。他对众人道："谁能对没母亲的孩子怨怒呢？仅此一点，大家也该善待他才是。"有时皇上驾幸弘徽殿，也带了小皇子同去。小孩子姿容秀丽可人，面恶或有仇怨之人，见之也会面带喜气。弘徽殿女御同样也不对他见异。大皇子之后，弘徽殿女御又生育得两位皇女，但都不及小皇子美貌。

众女御和更衣对小皇子皆不避讳，以为如此年幼即风雅韵致，仪态羞媚，确是十分可亲可爱。但游戏玩乐，也得认真对付才是。又兼天资聪慧，规定学习的种种功课自然精通，琴笛之乐，也能娴熟演奏，声音清脆，出入云霄。其多才多艺之能，教人难以置信。

其时正逢朝鲜国使君朝见皇上。内中有一高明术士，皇上欲召见，让其为小皇子相面。可宇多天皇时已有禁令：外国人不得入宫。皇上只好将小皇子扮作朝臣右大弁的儿子。这右大弁[1]原本是小皇子的保护人，他们一起来到鸿胪馆[2]访问术士。术士看罢小皇子的容貌，惊诧不已，又屡屡侧头细观。半晌方才言道："此公子有君王之相，当登临尊位。但若是如此，又恐国中有乱，祸及自身。或为辅佐之臣，则又与其貌相去也。"右大弁也是博学多才之人，当下与这术士高论起来，语多投契。又吟咏作诗，互相答谢。这术士即日便要辞别归国，临别之前欣逢此不凡之人，不想离别在即，却又生出几分悲伤。遂作诗咏怀相赠，小皇子也咏诗酬答，竟也不失雅致。术士览读小皇子之诗，赞不绝口，又以诸多贵重之物相赠。术士也得了朝廷重赏。此事虽甚隐秘，后来仍传遍世间。皇太子之外祖父右大臣等听得此等事来，恐皇上萌生改立太子之意，一时疑虑又起。

皇上何等圣慧，他相信日本相术，见小皇子此等相貌，心中早已打定主意，故总不将小皇子封为亲王。如今这朝鲜术士之见与自己相合，觉得术士高明之至，便下决断道："与其让他做个没有外援的无品亲王[3]，落得一生坎坷，倒不若教他做个臣子，将来辅佐朝廷。我在位之期还有多久，尚且难定，为其前途多加计较，方不失为万全之策。"遂致其研习辅佐之道。小皇子得此传授学习，愈见才思，居臣下之位，似又不忍。让命理术士再行推算，结果相同：居亲王之位，必遭世人疑忌。皇上遂将小皇子降为臣籍，赐姓源氏。

光阴荏苒，皇上对桐壶更衣的思念丝毫未止，虽也不时宣召一些颇有声名的

【1】三等官员，是太政官下的右弁官局的管理者，分管兵部、刑部、大藏、宫内四省。这四省和左弁官局分管的中务、式部、治部、民部四省合成八省。每省的长官称为卿，辅以大辅、少辅和更低一级的大丞、少丞。省下设有职和寮，职的长官称大夫，辅官称亮，辅以次等官大进、少进；寮的长官称头，辅官称助，辅以次等官大允、少允。

【2】古代日本接待中国和朝鲜半岛的外交使节的迎宾馆，也是日本当时的对外贸易部门。

【3】日本亲王有四个品级，幼年获封的亲王，只能在四品之外，称为"无品亲王"，没有权势，地位较低。

佳人陪侍，也只为消遣而已。况这些人又怎与桐壶相比呢？因此更感到桐壶的好处，以为世间罕有。于是心灰意冷，复无美色之思。忽一日，侍候皇侧的典侍，提起先帝[1]的第四皇女来，夸赞不已。说这皇女容貌姣好，人人夸艳，其母后也对她宠爱异常。因这典侍昔日侍候先帝之时，与其母后颇为亲近，来往宫邸之间，直见到这公主长成花容之姿；现在也或偶尔见到。典侍向皇上奏道："臣妾入宫侍候三代人主，未尝见与桐壶娘娘相貌相似之人。而这四公主却与之肖似，生得天姿国色。"皇上听此奏闻，疑惑"世间果真有如此巧合之事"？一时心动，便传备礼数，召先帝的四公主入宫。

却说那四公主的母后闻召，异常着急，想道："这可如何是好？弘徽殿女御乃阴毒之人，已故桐壶更衣便是明鉴，不可不防啊！"她左右寻思，终难决断，未将四公主送入宫中。可这母后不久便亡故了，落得四公主孤身一人。皇上心生怜悯，遣人慰问其家中之人："请让四公主入宫，我当与皇女同视之。"众侍女与保护人及其兄兵部卿亲王皆思量道："让她入宫或许可得稍许宽慰，也可免其在家中的孤苦之困。"遂遣四公主入宫。居于藤壶院，人称藤壶女御。

待皇上见到这藤壶女御，但觉其姿容秀丽至极，确与已故桐壶更衣酷似。兼之出身高贵，气质不凡，众妃嫔亦无话可说。故入宫之后，事事称心。虽则那亡故的桐壶更衣身份低下，深得皇上的钟爱，至今尚不曾减少；但皇上的情感仍不知不觉移注到这藤壶女御身上，心情也畅快愉悦了。这也是人间常情，真令人慨叹啊！

赐姓后的源氏公子与皇上最为亲近，故皇上左右众妃平日对他并不避忌。虽然她们个个自以为风采妩媚，却因年岁稍长，自是老成规顺；藤壶女御居于其中，年龄虽幼，然一枝独秀，宫中遇见源氏公子，常羞怯而避。源氏公子终日出入宫中，对其容色自然窥探得一些。公子三岁之时，母亲桐壶更衣故世，至今不曾记得母亲的面容印象。闻典侍说，藤壶女御与母亲肖似，这年轻的公子便心仪不已，时时与藤壶女御亲近。此二人皆皇上心爱之人，皇上因此常常对藤壶女御道："这孩子与你亲近，只因其母相貌与你酷似，不要以为无礼而冷遇他，得多多怜爱才好。况且其母的声容与你肖似，你们二人以母子相称，也甚妥当。"童稚

【1】此处的先帝与皇上的关系不明，只是指先前的一个皇帝。或说是当今皇上的堂兄弟或者伯叔父。

的公子听说，心中自然得意。每遇良宵盛会之时，常恋慕这位女御，与她倍加亲近。不想那弘徽殿女御与藤壶女御也不能相容，受此连累，也勾起她对源氏公子的宿怨，对他也很是不能容纳了。

藤壶女御常得皇上盛誉，以为是举世罕有的美人。而源氏公子呢，其容其貌更是光彩悦人，胜过藤壶，因此被称为"光华公子"。藤壶女御亦得皇上之宠，时称"昭阳妃子"。

源氏公子到得十二岁时，举行冠礼，着成人之装。此次仪式诸事，皇上亲自安排操办，规模排场盛大，另增其他新颖项目，全在定制之外。皇上之意，务使其隆重胜于昔日紫宸殿举行的皇太子的冠礼。仪式的餐宴，皇上唯恐不周，特别吩咐内藏寮及谷仓院[1]以官事相待，务必操办得仔细尽美。仪式设在皇上最喜爱的清凉殿东厢，东面是皇上宝座，其前列冠者及加冠大臣之位。

且到申时，源氏公子上殿。他梳成总角的头发，分披两边，两鬓结于耳边，可爱可亲。只可惜便要改作成人之装，真令人不忍！执行剪发仪式的大藏卿[2]看着他一头青丝秀发，也实在是不忍下手。此情此景，又勾起了皇上对桐壶更衣的怀念，他想道："若更衣在世，见此情景，不知作何想法。"想到此处，酸楚欲泪，但也终于忍住了。

既加冠，源氏公子到休息之处换装，走上殿来拜见父皇。众人见之，尽皆嗟叹不已。皇上更是百感交集，昔日已近淡忘之悲哀，又隐隐发作起来。公子改装之后，益显秀美可爱；先前对改装的担忧，便也自行消散了。

却说此次仪式的执行左大臣[3]，夫人也是皇族，足下一女，名为葵姬。皇太子有意聘娶，左大臣借故拖延，却奏闻皇上，欲将此女嫁与源氏公子。皇上心想："此子本来没有高贵之人作为后援，既然加冠之后，左大臣有此美意，不妨遂其心愿，准予葵姬侍寝[4]。"皇上因此叫左大臣早作准备，左大臣愿早成此事，也就欣然应允。

【1】负责保管京畿诸国贡品、无主官田和没收的官田等事务的官库，同时也管理这些官田所收获的作物。

【2】大藏是太政官下的八省之一。分属右弁官局。

【3】左大臣在朝廷中的地位仅次于最高官员太政大臣。

【4】当时宫中的惯例是，在皇子加冠之夜由已经确定为皇妃的公卿之女侍寝，行婚礼。

仪式过后，众人退出，赴侍所之宴。此时侍所之内，大张酒宴。公子在亲王之席末座落座，席间左大臣隐约提起葵姬时，公子稚气含羞，垂首不语。之后内侍称皇上召见，左大臣忙入内去。皇上所赠左大臣白大褂一件、衣衫一套，又赐酒一杯，皆为宫中惯例，由身边的诸命妇奉上。并吟诗道：

"承君亲手束童发，

安知能否结合欢？"

此中结亲之隐意，左大臣自然知晓，心中很是喜悦，随即和诗道：

"合欢已为朱丝连，

唯愿紫红永不衰。"

吟罢走下宫阶，在庭中叩拜谢恩。皇上再赐左马寮[1]御马一匹、藏人所[2]鹰一头。众公卿侯族也分列阶前，均各受赏赐。由源氏公子呈献众人之食品礼物，由右大弁负责，分别装在匣中和筐中。另外赏赐下僚之屯食[3]，及犒赏宫官之礼品，塞满大柜，四处皆是。仪礼之盛，胜于皇太子昔时。

当晚，源氏公子前往左大臣邸[4]。稍后再行结婚之仪，场面之隆重，又是世间少有。女婿娇小风采，可亲可爱，左大臣见之自然欢喜。只是葵姬自觉年纪稍长，以为不称，有些尴尬。

左大臣原本受皇上信赖，夫人又为皇上同胞皇妹，自然处处高人一等。何况又招得源氏公子为婿，声名更是炽于往日。当今皇太子的外祖父右大臣，虽属朝中重臣，将来或可担纲朝政，但此时与左大臣相比，也自愧弗如。左大臣妻妾成群，子女众多。现任藏人少将一职之公子，乃正夫人所生，秀美英俊，似可与源氏公子相较。右大臣对这藏人少将颇为赏识，虽与其父有隙，仍将自己疼爱的四女公子嫁与了他。其喜爱之情，不在左大臣之下。这两对翁婿，奇巧得很啊。

因皇上时时召见，源氏公子便常处宫中，也很少去葵姬处。他心中念及藤壶女御的美貌，不免胡思乱想："若能与这样的美人结合，该是很好吧。"却说那葵

【1】宫中掌管饲养马匹的部门，分为左右寮。

【2】负责供奉天皇起居饮食、掌管任命仪式、策划节会等大小杂事的部门。

【3】糯米饭团，是当时宫中及贵族飨宴时赏赐下僚的食物。

【4】日本当时的婚俗是婚后女子仍住在娘家，丈夫只在夜晚前往妻子家住宿。一段时间后，男方才将妻子迎至丈夫邸内。

姬也是府门千金，左大臣掌上明珠，且貌美可爱，只可惜与源氏公子不甚融洽。源氏公子对藤壶女御的秘密爱恋，令他痛苦不堪。但现今已加冠成人，便再也不能随心所欲出入于宫闱之间，作孩童之戏了。唯有借众人作乐之机，以笛声引帘内琴声应和，互传思慕之意。偶尔闻得帘内微微娇声，苦恋之心也就稍得一番安慰。于是便长住于宫中，每每五六日后，才回左大臣宅邸住上两三日，如此与葵姬若即若离。左大臣也并不见怪，以为他年纪尚幼，少不得任性而为，仍旧一心爱护他。源氏与葵姬之贴身侍女，皆为罗致而来的绝色女子，她们常常弄出些可爱的把戏，以逗公子开怀。

　　桐壶更衣以前所居的桐壶院，如今成了源氏公子的宫中住所。众侍女也未得遣散，转而侍候公子。修理职、内匠寮奉旨改造更衣外家邸院，大兴土木，扩充池苑，以便与原来的林木假山相应；外家邸院突然间风景幽雅别致，实是不同往昔了。源氏公子便以之作为二条院[1]私邸，他常自思道："若能与心爱的人儿居于此地，该多好啊。"一想之下又不免沮丧起来。世间有传言道"光华公子"，乃朝鲜术士对源氏公子容貌的溢美之辞而已。

【1】二条院：当时的京城区域以条划分，从一条到九条。

THE TALE OF GENJI

VOLUME 2
第 二 回
帚木

再说那"光华公子"即光源氏,一生屡遭世人讥讽评议,尤是那本性中的轻薄行径。他虽则深恐落得个轻佻好色之名,而尽力掩饰,怎奈众口铄金,依然尽皆流传。真所谓人言可畏啊!

其实源氏公子素来行事谨慎,亦并无许多值得众口传言的艳情闲逸之事。比及古书所载的那交野少将[1],源氏公子尚不能望其项背。

源氏公子身居中将之职时,常得以留侍御侧,甚难回左大臣私邸,以致左大臣一家尽皆生疑:难道源氏公子别有所爱?其实论及源氏公子性情,也并非见色起意之人。他虽有诸多怪癖,亦只偶然显其本性,做得些违逆情理之事。

连日来阴雨连绵,时逢梅雨季节;宫中又正值避邪之期,人们尽皆避于室内,身行斋戒,终日不出,以避不祥之气,源氏公子因此得以留宿宫中。左大臣一家久盼源氏不归,甚为嗟怨。然而亦不便怠慢,仍置办各种衣饰及日用珍品,遣人奉送入宫,以供源氏受用。左大臣膝下众公子,也日日得以前来桐壶院陪伴玩耍。众公子中,藏人少将乃正夫人所生,现已官居头中将[2]之职,与源氏公子尤为亲近,是源氏公子最为可亲的玩伴。他与源氏公子的情形相类:虽深为右大臣看重,并招为婿,却天性好色,也很少去正夫人处留宿。唯将自己府第的房舍修葺得富丽堂皇,并时常在此招待源氏公子,亦常在一起研习学问及游戏。这头中将的能耐与源氏公子竟也不相上下,无论到得何处,二人都要相伴而往,形影不离。于是,关系日渐亲昵,相处时也不再拘泥繁杂的礼仪。每有心事,相互倾吐也毫无保留。

某一日,阴雨绵绵,直至黄昏也未停歇。殿上无多少人侍候;雨夜之下房内的寂静更胜于平常。灯移在案,二人依案批阅图书,头中将随手从近旁橱柜中抽出一摞用彩纸书写的书信,正欲翻读,源氏公子忙阻止道:"使不得,使不得,这都是外人看不得的东西。你若要读,待我选些给你吧。"见源氏公子意欲有所保留,头中将便有些不悦,怏怏道:"谁不知这其中所藏的都是不愿与外人道的心里话?普通的情书,我们也收得许多,那些对男子情薄的怨恨之词,才是我们难以看到的呢!"源氏公子眼见他脸色不悦,也只得随他肆意去读了。其实,放在显眼处的,顶多是些一般的情书,那些有隐情的情书,源氏公子怎

【1】当时著名的色情小说的男主角,这本小说现已失传。

【2】藏人所的最高长官由左大臣兼任,称为别当;所中设有两"头",由弁官和中将兼任,分别称为"头弁"和"头中将",管理三名五位藏人、四名六位藏人。

会置于这等显眼的橱柜中呢？头中将看过之后，便道："式样倒真是不少！"又一一凝思猜测起来：这是某人所写，那是某人所写。有些倒猜得不十分离谱，有些却百思难解，便显出一脸的迷惑来。源氏公子觉得很是有趣，又不便加以解释，只是稍稍敷衍，将信一一收拾入橱。且对头中将道："此等东西，平素我也喜欢取来翻读，你一定也有许多吧？如果你能给我看，我索性便将整个橱柜打开来与你交换。"头中将摇摇头，叹息道："我那些，你岂愿入目？"接着，便感慨起来："时至今日我才明白：虽则世上女人众多，可十全十美的无瑕美玉却实在不可多得！那些仪貌不凡，交际得体，言辞清雅的人不在少数，然而各方面都很是优异的女子，却实在难遇。有的女子，对琴棋书画略知皮毛，便借此炫耀自己而看轻别人，这样的粗俗女子，倒是很多！

"也有这样的女子，父母对她视若珍宝，娇藏闺房，足不出户；男子从传闻中听得她有何等才艺，便动辄倾心。其实这种女子，虽大多仪容娇美、品性温淑，闲暇时也潜心于琴棋书画却只是模仿别人以自遣而已。尚若因此习得一艺之长，待从媒人口中说来，自是夸大得不得了的，虽令男子生疑，又不能断其为谎言。果真听信于媒妁之言，寄此等女子以厚望，倒往往令人大失所望的！"

话说到此，头中将故作老成地叹了一口气。源氏公子对其所言虽有别论，也觉着其中似有许多可取之处，便笑言道："此中终究没有全无半点才艺的女子么？"头中将闻此，当下又道："真是一无所长，那谁还向她求爱？只是完全一无是处的与全无瑕疵的女子，世间均很少见。名门女子，只因众人珍宠，瑕疵多被掩盖，对其评价，往往便皆众口一词，将她比作绝代佳人，其实出入倒是很大的；另有一类女子，出身中等人家，论性情、才艺，众人不难目睹，优劣倒比较容易辨别。至于那些寒门之女，人们少有注目，此间也就不提罢了。"

源氏公子听他说得颇有条理，不觉动了兴致，便追问道："你所言那上中下三等，其尺度又是什么呢？一女子，倘若出身高贵，孰料日后家道中落，以致身世飘零，身份也就变得低微了；而另一女子，出身微寒，只因其父飞黄腾达，便扩充府邸，树立声威，成了名媛。世事变幻莫测，又何以判定这两种人的等级呢？"正问间，恰逢左马头[1]与藤式部丞[2]二人前来值宿。那左马头亦不失为

【1】管理左右马寮的官员称"头"，故称呼"左马头"。
【2】式部是左弁官局分管的四省之一，丞是最低一级阶位。

好色之辈，且见多识广，善于词辩。头中将便将他拉入座中，询问有关世间女子上中下三等的不同，其间自有诸多不堪入耳之说，此处略过不言。

只听得那左马头议道："倘其门第本不煊赫，外人对门庭中兴之家的女子，其看法也是与名门女子有异的。而往日门庭富庶，但中途变异，落得身世破落，甚至衣食无着，其名声也难免下降。这种人家的女子，因情势所迫，心性虽仍清高，也难免会做出违背礼仪的事来。这两类女子，身世虽大为不同，依我之见，其心性也仅能与中等女子并论。另有一类，父兄身为诸国长官[1]，执掌行政大权，等级虽已确定，其间也应有上中下三等之别，在此中选择那中等女子，倒是时尚。尚有一类，其家族既不与公卿同列，亦未曾袭过宰相之职，仅有四位的爵位而已。因其未受过颠沛流离之苦，日子过得极为自得，声誉颇高。恁般家族调教的女子，往往审慎仔细，对孩子的关怀也无微不至。在这种优裕不境中长大的女子，其中必有不少才貌双全的佳人。倘她们被招入宫中，有幸获得了恩宠，定有享不尽的荣华。这种情况倒不乏实例。"

源氏公子莞尔一笑，道："恁个说来，上中下等全以贫富来定夺了？"头中将听罢，不满道："非矣，你此言恐非真心吧！"

左马头不为所扰，自顾道："昔日家世显贵，如今声威凝重，此等家族中的女子，大都自以为是，毫无让人怜爱之处。世人历来怀疑：如此富贵之家的女子，怎生是恁般心气？历时日久，世人也就不足为怪了。相反，世代高贵、声望隆盛的家族调养得来的女子，偶尔也有那才貌皆具的，此等女子，倒也名副其实。只可惜，这类上等人家的女子，我辈是永世无此福分的，我可不想多加谈论。只是那荒郊村野之外，竹篱茅舍之中，竟不乏聪慧、秀丽的女子，尽管她们默默无声、身世飘零，甚或今生今世埋没其间，倒令人倍感珍奇。这样的美人生长于如此僻境，倘若遇着，真是使人料所不及，永生难忘。

"也有这样的庄户人家，其父衰老而愚钝，兄长也相貌粗俗可怖。倘若照此推想，这等人家的女子，必定面目可憎；孰知偏偏生落得丰姿绰约，言谈举止亦颇有风韵。虽然只是才艺稍具，这种女子与绝色无瑕的佳丽相比，自也不可并列。

【1】当时日本的地方政治机构称为国司厅，地方最高长官称为国守，辅官称为介，其下官员依次是掾、目。

然则出生于此等环境，倒出乎人的意料，此中兴味倒令人永生留恋！"

说话间，他望了望藤式部丞。藤式部丞仪貌不雅。闻此番话语，便将脸背朝暗处，不由得暗自寻思：左马头此言，难道针对我那几位容貌声望俱佳的妹妹而发？

源氏公子也不由想道：即便在上品女子中，要觅得一位可心的美人，也非易事，更何况在此等人家之中。世事也真是玄妙难料啊！他身着轻柔的白纱衫，外罩一件常礼服，飘带松系，甚是随意。侧影中，尤为姿态飘逸，形貌俊美，宛若一位绝色佳人。倘要为眼前这位貌美郎君配对，恐上品女子也难够得上吧！

言语虽久，四人竟丝毫不显困顿，倒比先前更为兴味十足。左马头道："世间女子甚多，倘平常相交，固无不可；若要选一女子结为伉俪，倒不易称心。正如同男子辅佐朝廷，经天纬地之才的人虽多，但要论其真正称职的名分，恐怕就少见了。治理国家，若仅凭一二人之力，即使圣贤也万难调治得当；因此古今均得另辟僚属，层层分治。官居上位者，体恤百姓，百姓亦因受官员节制，才能广施教化，国家方得以治理。一家虽小，主妇亦如上位者。因而严格论来，主妇所应具备的条件尤多。诸多主妇，要么对此有专长，但于彼却有诸多欠缺；要么有优于彼，而于此却鄙陋不堪。一完美者实是难得。若知其有明显的缺点而与之成家，这样的事恐也太过勉强。这不同于那些好色之徒，骗得众多女子来只为选择比较；婚姻乃终身大事，实在应当慎重。毋须由男子费多少心思弥补欠缺，倒务求一开始即称心遂意。因此，在欲择伴侣之时，倒是颇难以定夺的。

"有一类人，一见倾心，便难以分舍；及至后来，发觉并非理想中的伴侣时，方觉后悔当初，然则木已成舟，也只得善待了。其实，恁般女子，也并非一无可取。然则纵观世间姻缘，大多庸俗平淡，难得绝妙美满的。我等低微，奢望甚少，且难觅得一位可心之人；更何况你等心性甚高，何种女子方配得上呢？

"有些女子，情信写得甚为得体，言辞温雅，字迹也很是秀丽，使得那收信的男子魂不守舍，急于一睹芳容，赶忙致信。及至见面了，却隔了帷幕，唯闻娇音喘喘，聊以慰情。此类女子，仪貌平平，却精于掩饰。而于男子心目中，她定是个温文尔雅的窈窕女子，哪能料得对方不定是个放浪女子呢！此实为择配一大难题。

"却说那做得主妇的，忠实勤快乃其首义。若她仅不谙风雅，倒无伤大体。但若过于看重私利，只知勤理家常杂务，甚而常常蓬头垢面，毫不修饰，你又作何感想呢？男子终日四处奔波，无论国政家事，还是亲善、丑恶之事，总会有所耳闻，自然欲与人倾诉。一些可歌可泣的感慨，或为他人关注的话题，也颇想与妻子谈论。倘若那女子偏偏呆头傻脑，无力应答，岂不大煞景致，使其只得与外人倾谈。如若不然，当自个低眉回味，或独自慨叹，妻子却又施以抱怨：'你这又是如何？'这样的夫妇倒真值得可怜！

"细细想来，倒不如有个驯良如童稚的女子，经丈夫悉心调教，或可养成美好的品性。与这样的女子单独相处，一见其可爱和乖巧之相，她一切的欠缺，便尽皆容忍了；可是一旦丈夫离家，嘱咐其应留意之事，及别离间突发之事，这种女子总不能自作主张予以应对，难以周到贴切，倒显得不可信赖了。这种叫人放心不下的缺陷，实在令人遗憾。但有一种女子，相貌平常，平素看似懵懂无知，却在恰当时机，常常能显出出人意料的高明的品性来。"

左马头此番谈论，终于仍无眉目，不由得慨然叹息。继而又道："恁般看来，对那女子，不必言及容貌的俊丑，只要其性情不过分乖僻，为人贤淑诚厚、温柔稳重，不管其门第的高下即可作为伴侣。若再具备一些才艺及高雅的情趣，便不失为可喜的意外的收获了。总之，只要具有忠实勤恳的品性，风情志趣等其实也无须强求，日后自会慢慢具备的。

"我幼时曾听得侍女们诵读这类小说，讲过世间也有一种女子：平素娇媚羞涩，看似极为冷静，每逢怨恨之事，使强忍于心。只到胸中悲愤无法排遣之时，便留下相思遗物、不尽凄凉的言语、哀绝断肠的诗词，独自隐匿于荒山野郊或天涯海角，了却余生以求解脱。每每听到如此，总是不禁潸潸落泪，格外伤怀。如今回想，倒觉得矫揉造作，太过无聊。虽逢悲伤难抑之事，可撇弃恩爱深重的夫婿，不体谅其一片痴情而逃遁他乡，对这等轻率之举倒令人迷惘难解。更甚者，于感伤之余，便决意削发为尼，而世人还加以盲目赞叹：真个志气高尚呢！这等女人，出家之初，尚心境澄澈，对世间俗事无一丝留恋。可终究丈夫情缘难绝，日夜思念，及至故友前去访晤，言道：'唉，多么可怜，这般心肠倒实在令人难料！'便不免泪流涟涟。老妈子们见此情状，也频频劝勉她道：'老爷真心怜爱着您呢，栖生空门，也真是不该啊！'此时她不由伸手摸摸已削短的额发，顿感沮丧，懊悔不已。既已产生悔意，虽万般隐忍，怎奈孤灯零落，触目伤怀，不能自已。结果凡心大炽，后悔之心日增。出家未果，反而误入歧途，倒不如事前苟活于浊世，还清闲些呢！也有因前世姻缘较深，未及削却青丝，即为夫婿寻得，偕同而归者；可是事后每每提及，便感未遂心愿，竟成了嗟怨之由！既已结为夫妇，无论清贫若何，总须互容互谅，方才不失这前世夙缘。更何况，此类事情一旦发生，日后皆难免互生顾忌，在彼此心中留下阴影。

"更有一类女子，一见丈夫另有所爱，便心存嫉恨，甚而公然离开夫婿，另辟居所，却不知沉稳应对，也真是愚蠢啊。男子纵使稍有变心，移情他人，只要忆起当初如胶似漆，心中难免仍然眷念旧情。这样的思想，或许会促使夫妻二人言归于好；倘怀恨在心愤然离居，此心难免动摇，以致淡漠，日久便情断难续了。如此看来，倘自家夫君做出那等令人伤怨之事，宜向他暗示自己略已知晓；即便是切齿之事，妻子亦应在言谈中委婉表达，勿伤了夫妻情分。男子负心往往取决于妻子的态度，只有表白适宜，丈夫的爱方可挽回。相反，倘若女子任其胡为，即使丈夫因暂时的自由而感谢妻子的宽宏，但女子对此等事如若不甚在意，男子定如水中不系之舟，随波逐流，不思归宿，这才格外危险呢！你们说这等女子是否过于轻率呢？"

头中将听得如此，便连连点头。接道："如今确有此类事情。有一女子为男子的隽逸和温存痴心所爱，而那男子似乎另有了依赖，那女子本问心无愧，也便宽容了丈夫以往的轻薄之举，以为丈夫必然会因此回心转意，孰知结果并非如此。这倒难为了那女子，即使丈夫有违背自己的行为，那女子也别无他法，只得忍气吞声！"说及此处，便再侧身探视源氏公子，但见他正困卧于榻，似睡非睡。想起家妹葵姬久盼源氏不归，不由得怜悯起她来，却不知源氏公子对此番话语可曾听见，不觉有些懊恼。

头中将一心想得个评判优劣的结果，希望左马头做裁判博士，便极力怂恿其发表高论。那左马头原本意犹未尽，便复又说道："且待我用别的事情来作比吧：如那细木工匠，靠自己家传手艺，方能营造出各种器物。若是造来用作临时玩赏的物品，因其样式无多少定理，或可随心所欲地选择，观赏者自会定夺评判；倘要制作用来装饰庄严华堂之精细器物，便得讲究格式。为了尽善尽美，物尽其用，做得周全非得请教手艺高明的匠人不可；这仅因器物的式样、规格迥异，普通工匠便难以做得周全。

"又如宫廷画院中，那些有名画师的水墨画稿，因画中皆为平常熟视之物。倘选出来一一加以鉴别，虽则一时难以比较优劣，但最终还是可得到评判的。倘若画的皆是些平素大家未曾目睹之物，如蓬莱阁的仙山，惊涛骇浪中的怪物，或是中国深山荒野中的奇特猛兽或是传说中的凶神鬼怪等。这些凭空想象之物，因观者无从考证，画师尽可驰骋想象，只求别出心裁，达到惊心骇目的效果即可，毋须酷似实物。但若画的乃是世间常见的高山流水，眼前的寻常巷陌，或附之以熟悉可亲的、活灵活现的景致，或是平淡的疏疏篱落、纤纤莽莽的藤蓬花卉，或是远山的葱茏林木、峰峦叠嶂，名家笔法显然技高一筹，普通画师也就望尘莫及了。

"再如书法，无深精修养者，以为挥毫泼墨，极尽装点，显得锋芒皆露、神灵活现，便有大家风范；粗略一看，似是才气横溢、风韵逸致的墨宝。而那些真正的大家，着墨虽不多，锋芒也并不显露；若将二者并为一列，仔细揣度，孰优孰劣，自是可以洞若观火的。

"此等可视之物尚且如此，更何况鉴别人心呢？依愚之见，凡逢场作戏、卖弄风情，或故作温柔旖旎的女子，都不足信。在此我想谈及有关自己的一些私事，虽是情爱之理，也请各位奉屈一听。"

听得如此，源氏公子也来了神采，不再假寐了。头中将更是巴不得有此等听闻，将两手撑住颜面，坐在左马头对面，神情甚是专注。此情景颇像法师登坛宣讲教义，叫人看了甚觉滑稽；但此刻众人心迹洞开，也不再有所曲隐，尽倾诉起各自的肺腑之言来。左马头身子靠前，离得众人近了些，道："昔时，我官卑位低，遇着了一位钟情的女子。此女子相貌，并不特别出众。我当时年少重色，也无娶她之意。于是我一面与之周旋，一面又移情别处，不时做出风流逸趣之事来。这女子不久便有所察觉，也难免于我有些哀愁，我便有些怒意，暗想道：'女子气量理应宽大些才对！如此鸡肠小肚，实在令人生厌！'但复又寻思：'我身份这等卑微，此女子待我尚如此般，倒有些难为了她！'于是我的行为检点了些，不再放浪形骸。

"她也实在是个有心之人，为了我，事事她都会劳苦尽心去做。某些不会做的事，她也总是很下工夫去学，尽管有些拙劣，却不肯落于人后。凡事都这样竭尽全力照料我，唯恐违背我的心愿。如此对我事事顺从，要强的个性日渐也有所改变，为人也宽厚了不少。她更恐因貌不甚出众，失却我的欢心，便勉力修饰；即使如此，也恐旁人看见，伤了郎君颜面，便处心积虑，时时退避。总之，无不刻意修饰自己。日渐熟悉了她的一切品性，倒认为她心性甚好。至此，让我难以忍受的，倒唯其难减的醋意了。

"'此女子恁般柔顺，小心翼翼依附于我，生怕失却欢心。倘对她威吓一番，以此惩戒，那嫉妒之心或许会得些改正吧！'随后我虽如此思谋，倒无恶意，实却难以忍受那种嫉妒之癖。便又想：'我得向她提出断绝交往，若她真心倾情于我，一定会幡然悔悟，改掉恶习。'我于是装作冷漠无情，不再理会她。她照例很是生气，满腹幽怨不绝。我便对她道：'你怎地这般固执，即便前世夙缘深厚，也只得恩断情绝，永无相见之日了。今朝与我诀别之后，尽请吃你那无名之醋去吧！倘要我俩长相厮守，那么我便是有些不是之处，你也该忍耐宽容，不加计较。你那嫉妒之心不死，我便要抛弃你；倘若改过了，日后我高升晋爵之日，你便是第一夫人，自非凡俗之人了。'我自以为高明，颇为自得。岂知她冲我冷笑数声，道：'如今你身微名贱，一事无成，要我等你来日发迹，倒不觉得难受。但要我忍受你此等薄幸轻慢，等待你对我有悔意之时，恐岁月悠长、渺渺无期，此乃我最寒心者。倒不如就此永诀吧！'孰料态度竟然如此强硬，对我连连说出这等痛心之词。我怒目相向，回敬了些恶劣之词。她竟猛地拉起我的手，咬伤了我一根指头。我有些恼羞成怒，恨恨地威胁道：'身体受到此番残害，怎可再参与交际呢？唉，我的前程将断送你手，也只有入寺为僧了，既如此，还是早些诀离吧！'我屈着伤指，走出了门去。临行时吟咏道：

　　'屈指忆数合欢日，

　　　难耐岂止妒心深？

日后休得怨恨于我。'她听了此言，顿时号啕起来，而后悲泣吟道：

　　'数尽胸中无穷恨，

　　　应是与君分手时。'"

　　临别赠答虽则如此，其实我也有些于心不忍。此后一段时间，我自顾于闲荡别处，再也未给她去过一信。

　　"许是贺茂临时祭[1]预演曲乐那日，花径风寒，向晚时分，忽逢雪雨横飞。众人出得宫来，各自归家，而我局促之中没了归家之所。本欲借宿宫中，又嫌太枯乏无味；到某一风尘女子处留宿，又恐过于平淡乏味。忽忆起那女子，自别后未曾得过她的讯息，亦不知她作何想法，便决意前去探访。于是，我掸掉衣衫上的雪粒，信步向那女子居所走去。行至门外，又犹豫难决起来，不知那女子将如

【1】日本的传统节日，在十一月第二个酉日举行，并要在节日前几天预先演习音乐。

何待我，而不便轻易迈进门去。忽又恨心一想：既是雪夜来访，平常愁怨皆应消除了吧？便走了进去。里间灯火微明，一些软厚的日常衣物，尽烘在大熏笼之上；帷屏高高撩起，似乎今宵正在专候我的到来。我心中渐宽，有些感激起来。待得问起，她本人不在，家中唯有几个侍女。她们告诉我道：'今夜小姐在她父亲那里留宿呢。'原来自那以后，她便与香艳情诗绝缘了，也再未写过言情书信，成天笼闭内室，默默无语。我甚是沮丧，心中暗想：'难道她因我有意疏远于她，才做此模样给我看吧？嫉妒之心终是未死！'然而又未知底细，我终是怀疑，也许因自己心情不快而妄加揣度吧！环视四周，见为我精心预备的衣物、色料和裁剪都较以前更为讲究，式样也较以前更合时宜。可见与我诀别之后，依然钟情于我。当晚我虽则未能见得她，见此情况，日后也不免多次向她表露心迹，要她别再疏远我，不要再避之于我难寻得之处。她态度逐渐和婉，也不再让我难堪。一次她对我道：'如果你不再浮薄，彻底改过，安分守己，不再像往常那般待我，我便与你相处。'我想：她定是对我割舍不下，想用此番言语来要挟我，岂不再借此治她一治？我便对改过之事避而不答，且以盛气凌人的口吻，示意我不能办到。岂料得这女子竟伤心绝望，终于郁郁而亡了。如今，我深感这种作孽的游戏，是万万做不得的！

"想那女子，竟是一个值得称道的贤妻。无论是琐细事件，还是重要事理，她都能不失主见，做出精到的见地来。她的洗染，出手不凡，其技艺定不逊于装点深秋枫林的龙田姬[1]；她的裁剪，工艺讲究，针脚细腻，实在胜过银河岸边的织女。对于这些，她真算得上个才女啊！"

左马头哽咽难言，心内戚戚，说到此处，低下头去，陷入了对往事深深的回忆之中。头中将便接口道："那女子的裁剪技艺，姑且不论，倘你能与像龙田姬的那人，如织女与牛郎般永结良缘，岂不是绝妙美事！可她竟如这变幻莫测的春花秋叶，其色彩与节令不符，调和渲染又不得法，得不到人的珍宠，只好默默地枯萎了。更何况这等才艺俱兼的女子，倒真是可怜呢！"他以此言来怂恿左马头，要他继续往下讲，那左马头也毫不在意，竟续道："且说还有一位相好的女子，这女子人品甚佳，心地善良，仪貌也极富情趣。作诗、写字、弹琴，样样在

---

[1] 日本的司秋女神，负责在秋天染透枫叶。

行，手也灵巧，这些都很容易看出来。那时日，我虽常在那嫉妒女子家中留宿，偶尔也偷偷到这女子家寻乐，觉得很是留恋。那嫉妒女子去后，我虽则悲哀痛惜，却觉枉然，便时常来这女子处亲近。时日久了，此女子浮华轻薄之处便显露无遗，直叫人难以忍受。我觉着她难以使人信赖，遂逐渐疏远了她。而此时她似乎又有了所爱。

"一日，我从宫中退出，已是月明风清之夜，一个贵族模样的人招呼我，要搭我的车子同行。此时我正想去大纳言家宿夜，只听得这殿上人道：'今晚我与一女子有约，倘去迟了，她心里定着急呢。'我便让他上来同车前往。正好我那个女子的家在此条道上。近得她家门口，我从土墙缺口处往庭中观望，一池碧水，映着月影，波光粼粼，清幽可爱。见得此景，顿觉过门不入，岂不辜负这美妙月色？正作此想，孰知那贵族竟也在此下了车，敢情这女子与他有约，我便悄然不语，尾随了去。只见他扬扬自得，进得门后，即在门旁廊沿下坐了下来，自顾观赏庭中月色。院中秋菊经霜，色彩斑驳，于习习夜风中，颇有诗情画意。这殿上人从怀中抽出一支竹笛，在唇边吹奏起来，幽幽笛音在月夜中婉转回荡，格外凄清。接着又信口唱起《催马乐·飞鸟井》来：'树影垂爱意，池水映澄碧……'敢情是先前即将弦音调好，与此回应，室内响起了美妙的和琴悦音。那琴声和着歌声，珠落玉盘般清丽，演艺确实不坏！这乐调从那女子纤纤细指下汩汩流出，隔帘听来，如闻仙乐，与茫茫夜色下的月光竞相辉映，十分谐调。这殿上人甚受感奋，顿足走至帘前，不悦道：'庭院满地皆红叶，岂料不见赴约人。'遂折了枝菊花在手，吟诗道：

　　'艳菊香闺琴声起，
　　郎君情深方肯留。

深夜相扰，请多见谅。'随即又道：'多情赏乐人已至堂前，尽请献技吧。'那女子经得他此番调逗，便忸怩唱道：

　　'笛声吹得西风乱，
　　此般狂夫何不走！'

"二人这般谈情调笑，岂知我正在外边听得气愤？帘内筝声顿又响起，她用那盘涉调[1]奏出的流行乐调，尽管指法灵巧，我却实在不忍听闻。

"平素我也遇见过一些宫内侍女，她们俏皮、轻狂，但我毫不在意，仍和她们一

【1】古代日本的女乐调之一，相当于中国的南吕调。

起调笑取乐。与之偶尔交往，自有个中趣味。而我与这女子，虽然只谋过几面，但要将其视作意中恋人，到底有些不甚可靠。这等风流成性的女子，太令人担惊受怕了。我便以这日晚上的耳闻目睹为由，与她断绝了来往。

"我那时虽年少不省世事，经历了这两件事之后，也略略明白：过于轻狂的女子，实不足信。至今年岁稍长，于此番道理，更是深领。诸位正值青春年少，一定洒脱不拘，恣情放纵，贪恋香艳旖旎之情，喜好风流雅韵之事；然则你等，是否可知：草上露一碰即落，竹上霜一触即消，或许再过得几年，经得一些事情，诸君定能领会其中道理。鄙人如此真心劝慰，未免愚钝。但当记住，谨慎轻佻的女子，做出丑事，将玷污你等高贵的名节！"他如此这般告诫着众人。

且又补充道："此等闲逸猥琐之谈，岂能随便与外人道得。"说完笑了起来。源氏公子笑而不语，大概觉得：此前之话，倒也说得不错。头中将见人人均不说话，便道："且让我来说说那痴心言语。"又接着道："我也有位私交甚密的女子。与此人厮混得极熟之后，方觉其婀娜俊美，分外可爱，其实当时也并无长远之计。但待得时日久了，我心中却慢慢觉得她颇值得珍爱，似意中人一般，而那女子也表示出要与我相依相偎的情意来。当下我不由得寻思：'她想依赖于我，而我却时常冷落她，难道她心中毫不怨尤？'不料，即使我久不前去，一去之后，她仍将我视为意中情人，十分亲昵体贴，殷勤相待，丝毫没有埋怨之意。心动之下，也就生出要与她长相厮守的情思来。这女子父母俱亡，孤苦无依，一副小鸟依人般的感伤模样，实令我又悲又怜。于是常去她处留宿，倒不是对她不甚放心，实是聊以慰情。不料，这可惊动了我家正夫人[1]，她醋意大发，寻得时机，便叫人带了些恶言秽语前去羞辱她。我也未曾料得会发生这等意外烦恼之事，为了不使她再受伤害，我与她断绝一切往来，甚至连信也不写了，而我与她竟也有一小孩。自此，她意气消沉、神情沮丧，形单影只地打发着日子。见我久不前去，遂折了抚子花[2]，叫人传送与我。"头中将讲到动情处，竟流下泪来。

源氏公子忙问道："那信中都说了些什么来着？"

头中将道："也无特别之处，只写得一首诗：

【1】头中将是右大臣的女婿，他的正夫人是右大臣的第四个女儿，即文中所说的四女公子。

【2】抚子花即瞿麦花，在此意指那小孩。

'荒壁残垣亦逢春，

　　抚子可有沐露时？'

　　我得了这信，更是放心不下，便抽闲前去访晤。她面带愁容，对我仍是殷勤相待。长日不见，她已芳容不振，少去许多光彩。当时正值霜露交加之季，她家庭院一派萧疏，实在显得凄清。她那哀绝的嘤嘤话语如同秋虫悲鸣，使我不由想起了古代哀情小说中的情景来。便答诗一首道：

　　'花簇烂漫竞相艳，

　　独怜常夏孤芳秀。'【1】

　　我并未提及她诗中比作抚子花的那孩子，想那'恩爱床边难积尘'的诗句，便心生感恩，于是姑且以常夏花来比这孩子的母亲，算是给她安慰。她复吟道：

　　'拂尘衫袖泪湿透，

　　秋风厉色摧常夏。'

　　她目光平常，不时浅吟低唱，对四女公子吃醋那事，并无痛恨之色。我深知她恨我薄情，只因不愿让我瞧出她心中的郁闷，才竭力掩饰其心迹，装作一副坚定的样子。我的愧意倒因此稍宁了不少。又有一些时日，直待我前去访晤，方知她已隐踪匿迹，不知去向了。

　　"现在寻思，若她先前能体察到我是真心爱她的，并向我倾诉心中愁怨，表示些许缠绵，我不会对她长久不理，定将其视为妻子，好生呵护，终不至于落得此般离家漂泊的境地啊。那孩子很是可爱，我曾设法寻找，但至今杳无音信。那女子倘尚在人世，一定是穷困潦倒了！难道她果真如左马头所讲的那类女子，不足信赖么？这女子难道暗地里恨我薄情，却毫不表露，使我一直蒙在鼓里？只觉此人可怜，稳重可靠，并一味徒劳地思恋。此种险恶女子，如今我才逐渐忘却。其实她也是一个不能白头偕老的女子。如此看来，那个醋意甚浓的女子，想想她尽心尽力服侍我等，也觉得难于忘怀，但倘与她朝夕相处，又甚感啰唆无趣，实是不值。而那个善于弄琴、聪明伶俐的女子，其轻狂浮薄也是不容饶恕的。方才所说的那个女子，虽然稳重可爱，但她的不露声色，确也令人怀疑。难道人间世事，果真都如此难尽人意？像我们这般一一罗列，相互比较，也难确定孰优孰

【1】野生的抚子花又叫常夏花，后文据此称此女子为常夏。

劣。美玉无瑕的佳丽，哪能找得到呢？欲向吉祥天女[1]求爱，可佛法无边，毕竟叫人亲近不得啊！"一时说得众人皆大笑起来。

头中将扭头看那藤式部丞未曾开口，便道："你也一定有许多好听的故事，敢情是讲来大家听听？"藤式部丞道："我乃人微言轻之人，哪有值得一谈的呢？"头中将不依此言，连连催促道："别再推托！快些讲来吧！"藤式部丞推托不过，只好答道："要我讲些什么才好呢？"磨蹭了一阵，才徐徐道得一件事来："我曾识得一位有贤才的女子。正如方才左马头所讲的那类人，国家政务、家庭生活，样样通晓，为人处世亦甚是得体。谈论才学，实可叫那些装腔作势、半坛子墨水的博士无地自容。谈论起政事，更是叫对方开口不得。我是怎样与她相识的呢？那时我尚是个布衣书生，她是一位文章博士[2]之女。早听得博士家有几个年少色绝的女儿，一次我去向她家父请教诗文，寻了个机会，向其中一个求爱。她的父母闻言，甚是欣悦，当下便置办酒席，以示庆贺。那位文章博士于席间，还兴致勃勃高吟'听我歌两途'之诗[3]。这女子，对我倒极尽周全，照料也甚是细微，连枕边私语也不离我求学、将来为官做宰之事。有关人生大事的知识，她都悉数指导。她的书文可全用汉字，极少见得一个假名[4]，出脱得实在不同寻常。她行文典雅，措辞婉约，潇洒自约，宛如一位不可多得的老师，我与她亲近，学得了知识，日渐也能写得一些歪诗拙文来了。虽则如此，我与这女子，感情却并不十分相投，只是碍于其父母，才相处下来。而我却难以将她视为一个情爱十足、极可依赖的妻子。像我这等不学无术、徒慕虚荣的人，一旦不端之举在她面前表现出来，也甚是难堪。倘是你等贵族公子，更是不宜纳此等泼辣机灵的女子为妻的。我虽则明白此人不宜为妻，但姻缘既已修成，也只好迁就了。总之，世间的男子真个无趣得很啊！"说到此处，藤式部丞把住了话头。头中将听得兴起，为催促他继续讲下去，便道："看不出，这倒是一个有意思的女子！"藤式部丞明

【1】吉祥天女是《佛经》中帝释天之女，相传仪貌端丽，无人能比。

【2】文章博士是日本平安时期的一种官名。

【3】此诗出自白居易的《秦中吟·议婚》，"主人会良媒，置酒满玉壶。四座且勿饮，听我歌两途：富家女易嫁，嫁早轻其夫。贫家女难嫁，嫁晚孝于姑。闻君欲娶妇，娶妇意何如？"

【4】假名即日文所用的字母，多借用汉字的偏旁。借用汉字楷书偏旁的叫片假名，草书的叫平假名。

白,头中将此言不过奉承之意,却仍自讲道:"此后一段时日,我因故久未前往。一天适逢顺路,又去得她家,方觉有了变化:往常我一直在内室与她晤面,而此次却设了帷屏,将我隔在外间。我心中甚是不悦,以为她是恼我久不前来,便生了怨意。我暗思道:既是如此,何不乘此机会一刀两断呢?可她竟不急不恼,反而极尽通情达理。只听得她在屏内说道:'妾并非怠慢夫君,仅因身染风寒,刚服用热药,身有难闻恶臭,不便相见。你我虽有帷屏相隔,若有差遣之事,也尽请吩咐才是。'口气温和至诚。我颇为沮丧,无言可对,只道得:'既如此,相扰了。'便欲退出。这女子许是觉得有些不恭,便高声答道:'待妾身上恶臭散尽,请夫君再来!'我本不欲作答,却又心有不忍;欲稍作逗留,又实在无趣。且那股药味随风飘来,也真是难受。匆忙间便留得两句诗道:

　'乐见今朝蟢子飞[1],

　缘何愁对郎君来?

　此番倒有些出乎意外。'话语未完,便旋即大步走了出去。这女子遣人出来,答诗道:

　'倘若君是常来客,

　今夕岂羞承郎恩。'

不愧是个贤才女子,答诗恁般快捷。"藤式部丞一番高谈阔论,引得众人唏嘘不止。源氏公子打趣道:"你是在撒谎吧!"众人又笑起来,嫌他是在一味杜撰。一个质疑道:"真是难料。这等女子若是跟定了你,还不如与鬼作伴呢!"一人责怪他道:"你等信得?也太离谱了!"又有人责之道:"别听他胡言,讲点别的事儿吧!"便有了离座之意。

　左马头只得接道:"大凡品位低下之人,稍知皮毛,便在人前处处夸耀,甚是无聊。一个女子潜心钻研三史五经[2],所钻学问越深,情趣反而越少。我意非是说女子不宜全面研习学问,我独以为:略有才学之人,不用特地深究,于日常耳闻目睹间,便可学得许多知识。总有一些女子,自恃才学甚高,汉字功夫深厚,

---

　【1】唐朝诗人权德舆《玉团体》诗:昨夜裙带解,今朝蟢子飞。铅华不可弃,莫是藁砧归?蟢子即蜘蛛,蟢子飞即蜘蛛悬丝结网,取思念之意。藁砧是古代一种切草的垫具,多用铁鈇,音同"夫",因此藁砧也喻指丈夫。

　【2】三史指的是《史记》《汉书》《后汉书》,五经指《诗经》《礼记》《春秋》《周易》《尚书》。

连写给朋友的书信，都要间杂一半的汉字，反叫看信的人厌烦：'真无趣，倘没这个毛病才好呢！'恁般矫揉造作，写信的人未必自知。这种人在上流社会还不乏其例呢！

"再则，有人写得几句拙诗劣文，便自称诗人而言必称诗。这类人写诗，一开始便引经据典；也不论对方有无兴味，都要装模作样念与人听，确是无聊至极。得到了赠诗，始回复唱和，方不失礼仪，这反倒使那性喜炫耀之人大受其苦。尤其是在隆重的节日盛会里，如五月端午，人人急于入朝觐见，毫不思索，便一味地持了蒲根为题，尽作些无聊的诗歌；又如九月重阳的席宴上，人人凝神遐思，反复推敲，想方设法使得自己所赋的汉诗深奥。于匆忙间轻率地取菊叶上的晨露，喻为诗人的眼泪，赋诗赠人，以求唱和，这也实在是不足取的。这些诗，若待些日子适时发表，慢慢来看，倒是不无情趣的。只因不合时宜，不顾唱和者的反应，便贸然附和，反倒被人看轻了。烦恼皆因强出头啊！人世间事，若不审时度势，一味去装模作样，卖弄斯文，免不了被人看轻，平添许多烦恼。无论何事，即便心下明了，还是留些话口才是；即便心中有话，也须话到嘴边留三分为好。"

此时的源氏公子，默默端坐，虽无闲聊之兴，却于心中念及一个人来，心中不禁感慨："此人倒没有不足之处，也没有丝毫过分之处，真算得上是十全十美了。"这样想着，爱慕之情油然而生。

是夜雨声淅沥，众人各言其事，尽情品评，但终没个定论。后来又谈了些漫无边际的言辞，一直到天色微明，方各自散归。

且说源氏公子长久留居宫中，也恐岳丈左大臣心生不悦，待得天晴，便稍作打点，回到左大臣府邸。他走进葵姬房中，见所有器物皆排列得井然有序；那葵姬，眼下也好似另变了一个人，气质高雅贤淑，体态端庄，难得半点瑕疵。当下寻思："这不正为左马头所赞颂的，那种既忠实又可依赖的贤妻吗？"但隐隐中又觉得她过分庄重，不易亲近，实乃美中不足。便过去与几个姿色出众的年轻侍女、中纳言、中务[1]等调笑取乐。雨后天气微显炎热，源氏公子宽衣解带，仪态更是洒脱无拘，众侍女见得，心中艳羡。左大臣见源氏公子闲聊，见他穿戴随意不拘，忙折转出来，于那帷屏外坐了。只听源氏公子道："天气恁般炎热……"众

【1】中务为上等侍女名称，此处指葵姬的贴身侍女。

侍女见源氏公子如此相待左大臣，均蹙眉暗笑。公子便悄然道："静一些！"却将那手臂依在矮几上，仪态甚是优雅。

　　向晚时分，侍女来报："今夜中神[1]当道，从禁中到此地，方位不吉。"源氏公子道："真是恼人！宫中和我那二条院也正居此间，我该上哪儿去呢？"说罢，便欲躺下睡卧。侍女们忙道："使不得！"只听有人忙道："侍臣中有一亲随，是纪伊国守[2]，家住中川之畔，近日开辟水池。引入川水，那里倒是凉爽。"公子道："如此甚好。只是我心中烦闷，懒得行动，不知牛车是否到得？"回避中神，源氏公子是夜可去之处甚多，那些情人家皆可去。但源氏公子恐葵姬生疑：你久不来此，一来便择得个回避中神的日子。欲转赴他处，实在有些不便。便对人道："你等且前去告知纪伊守，我今夜要去他处避凶。"不时，纪伊守前来，自是从命，却听他道："我父伊豫介家中近日斋戒，所有女眷皆寄居我处，室内嘈杂喧嚣，只恐委屈了尊驾。"源氏公子听得此语，笑道："无妨，无妨。与女子同住一屋，心里倒不用害怕，倘能住在她们帷屏后，那才好呢！"众人笑道："既如此，这地方便是再好不过了。"纪伊守只得先行，回去稍作打理。源氏公子心道："还当小心些才是。"因恐葵姬见疑，于那左大臣处均未去辞行，只带了几个仆从，便匆匆去了。

　　纪伊守心中着急："说来就来，也真是太仓促了些。"但事已至此，只得在那正殿东面的厢房铺设相应器物，以备源氏公子留住。此处的池塘，环绕着一圈柴垣，庭中各色花木，葱茏青绿，池中凉风习习，虫声唧啾，流萤点点，活脱脱一派田园晚景，实在极具情趣！随从在廊下泉边坐定，相与饮酒谈笑。那纪伊守来回奔走，置备肴馔，十分辛劳。源氏公子四下环顾，不由忆起那日的雨夜品评来，暗想："那左马头所言的中等人家，当属此类。"往常他也听人说来，这纪伊守的后母[3]待字闺中时，素以矜持稳重著称，因此急欲一见，探得究竟，当下便凝神倾听。不久西厢房果真有人声传出，细碎的足音并着那娇嫩的言语，甚是悦耳动听。大概因这边有客人之故，那谈笑声甚是细微。

　　恐女眷们言语不恭，被客人看见有失体面，纪伊守便叫人关上西厢房的格子

　　【1】中神又称天一神，阴阳道的祭神，掌管吉凶祸福。每隔六十日出巡一次。当时的风俗认为此神游行方向是不吉利的，一定要回避。
　　【2】纪伊国守，指的是纪伊这个地方的最高行政长官。
　　【3】作者没有为她取名字，为了方便阅读，根据下文的和歌，后人称她空蝉。

窗。待得掌灯，那纸隔扇上却透出女眷们的倩影来。源氏公子悄然走近，隔了那纸隔扇朝室内张望，却无丝毫空隙，只得依窗耸耳细听。但听得室内私语窃窃，都集中在靠右的正屋。方知她们正在谈论着他。一人道："好一位端庄威严的公子！可惜娶定了那么位不甚相称的夫人。听说他已另有所爱的情人，常私下来往。"源氏听得此语，不禁心事满怀，暗想："她们如此胡言乱语，若将我与藤壶妃子的事泄漏露出去，却怎生了得？"

待得再听，众女眷却已打住了话头。源氏公子怏怏离去。他曾听得，她们谈他送式部卿[1]的女儿朝颜所附的那些诗，也过于添油加醋了，便想："此等女子，言论无所顾忌，添枝加叶，实在大失体统。倘与之面晤，定也无甚兴味吧！"

此时，纪伊守来加了灯笼，将那灯芯拨亮，又拿出各式点心。源氏公子见了，便借催马乐打趣道："你家'翠幕张'[2]可置办得好了？倘侍候不周，倒有失你这主人的颜面呢！"纪伊守笑了笑，只得局促道："如此看来，倒真是'肴馔何所有，此事费商量'了。"待源氏公子歇了，众仆从都退了下去。

却说这纪伊守家，倒有几位清纯可爱的孩子。几个在殿上，做侍童的，源氏公子见了倒觉着眼熟；其中有几个殿上侍童却是伊豫介的儿子。源氏公子看到在众童子中，有一年方十二三岁的男童，模样尤为优雅，便问道："那孩子是谁家的？"纪伊守忙道："是已故卫门督的小儿，唤做小君。父亲在世时，深得宠爱，只可惜父亲早逝，便随了姐姐，寄身于此。他人倒聪明实在，只可惜无人提拔，当殿上童子的事也只得作罢。"源氏公子道："倒真是可怜！"于是又问："那他那姐姐便是你的后母了？"纪伊守答道："正是。"源氏公子道："你竟有恁般后母，倒有些不太相称。皇上也是知道的，他曾问过：'前些日子卫门督[3]面奏，想将女儿送入宫来。不知眼下怎么样了？'没想到，倒嫁给了你那年迈的父亲，这真是前世续成的姻缘了！"口气甚是老成。纪伊守忙回道："其实她嫁到我家，也是意外之事。世间男女姻缘难定，女人的命运，也真是可怜。"源氏公子

【1】式部是从属于左弁官局的四省之一，卿是式部的最高长官；这里的式部卿是皇上的兄弟即后文所提的式部卿亲王。他的女儿是源氏的堂妹。

【2】《催马乐·我家》：我家翠幕张，布置好洞房。亲王早光临，请来做东床。肴馔何所有？此事费商量。鲍鱼与蝾螺，还是鲜海胆？源氏用这首歌，流露出对空蝉的向往。

【3】卫门府是京城六卫府之一，由督统领。由此可知，空蝉是卫门督的女儿。

道："听得伊豫介甚是疼爱她，将其视若当家主人，可有此事？"纪伊守答道："还消说得，简直当作了幕后主人，我们都有些看不顺眼。他如此好色，也真是太过分了。"源氏公子又道："你父亲年事已高，不曾将此等女子让与你这般风华正茂的小子，其中定是有原因的。"彼此闲谈得片刻，源氏公子便问道："你可知这女子现居何处？"纪伊守道："原本想将她们迁至后院小屋居住，但近来事情较多，时间仓促，尚未迁去。"那些仆从，个个喝得酒醉，正躺在廊边打鼾。

独自空眠，源氏公子哪耐得住？便索性爬起来，到得院中，不时张望。见靠北的纸隔扇那边尚灯影绰绰、耳语丝丝，便想："那里分明有女子住着，不定那女子正是住在里面的。多么可怜的人儿啊！"想到此处，便有些心驰神往，于是悄悄移至纸隔扇旁，侧耳聆听。只听得刚才那叫小君的问道："喂，你在哪里？"声音虽说细小，却仍是悦耳。随即又听得一女子道："我在这儿呢。我恐离客人太近，颇难为情，其实倒不近呢。那客人一定睡了吧！"听声音分明是姐弟俩。又听得那小君柔声道："早在厢房睡下了。以前听说公子英俊，今日得见，果真如此。"那姐姐道："倘在白日，我也会偷偷看他一眼。"言语不甚清晰，显然已有睡意。源氏公子听得她没再探问他的详情，心中颇感不悦。却又听得那弟弟道："我就睡这边了，暗得很哩。"便听见挑灯的声音。纸隔扇斜对面，又传来那女子的声音："中将君[1]哪里去了？离得恁般远，我很是害怕哩！"只听得睡在外间的侍女答道："她到后院洗浴去了，待会儿才会回来呢。"

待得室里静下来，料得都已入睡。源氏公子便试着将纸隔扇上的钩子拉开，方觉出里面没有扣住。他不由暗喜，便悄悄打开了纸隔扇。帷屏立在入口处，里面烛光依稀，零乱地摆得些许箱柜等器物。他凝神屏气，穿过器物，来到这女子的床前。但见她独自而眠，模样甚是令人爱怜。源氏公子便不由得有些局促起来，忍不住伸出手，拉开了她身上的衣服。这空蝉只当是出去的中将君回来了，蒙蒙睡意中并未在意，忽听得源氏公子道："刚才你叫中将，我正是近卫中将，想来你定然解得我的一片爱慕之情吧……"空蝉从睡意中惊醒，六神无主，忙用衣袖遮了脸面。源氏公子忙俯身道："夜深来访，实在唐突。你若以为我是因情冲动的浮薄浪子，那就错了。我对你私心垂慕，常苦叹无缘与你共叙衷曲，算耗历多

---

[1]中将君本是空蝉的一个侍女的名字，而源氏当时官至近卫中将。空蝉呼唤中将君，给了源氏故意曲解、接近空蝉的机会。

年，幸得今夜良宵，万望体谅我一片诚心，赐予爱恋！"一番温顺蜜语，即便魔女也得感化，更何况是源氏公子这等恍若神仙下凡的世间俊美男子临幸。那空蝉女子明知此乃非礼之事，心中惊恐，想呼得人来，却又出不得声。只得喘急道："你定是认错人了吧？"源氏公子见她那副楚楚可怜的神情，便答道："自然识得，请万勿推辞。我绝非轻薄男子，只因情之所钟，魂梦所系，欲与你谈些心事罢了。"那空蝉身材苗条乖小，公子便双手托起，向纸隔扇外走去。适逢侍女中将君回来，源氏公子便轻声唤道："喂，喂！"这侍女中将君初听得时甚是惊诧，便摸黑过来，闻得衣香扑鼻，方知是源氏公子。她心中大惊，不知怎生是好，心道："若换得别人，我定大声叫喊，将人夺了回来。但到时弄得众人皆知，终是不好，更何况是源氏公子呢？"她犹豫之下也只得罢了。源氏公子却只管抱了空蝉，仿佛无事一般径自回到自己房中。他将纸隔扇拉好，方回头对中将君道："天明时，你来接她回去吧！"

　　空蝉听得此话，心中暗想："中将君对此事该是怎般计较呢？"一想之下，不由出了一身冷汗。她心中生出无限懊恼，反觉得不如死了才好。源氏公子见她那动容可怜之状，又说得许多情话来安慰她，欲以此博得她的欢心。却怎知那空蝉心中越发痛楚，只听她道："我只道这是梦境。你这般作弄于我，视我为下贱女子，叫我怎能真心爱恋于你？况且我名分已定，已是有夫之妇。"她对源氏公子的无理强求，深感痛恶。源氏公子无以作答，只得改言道："我年纪尚幼，不懂得何为身份。倘若你将我视作世间那浮薄男子，我倍感伤怀。你也明了，我何曾有过无端强求的行径？今日之事，连我自己也觉着蹊跷，有幸与你邂逅于此，定是前世夙缘所定。你对我这般冷漠，也怪不得你。"他虽说得许多冠冕堂皇之话，空蝉仍是执拗不从，并不与他亲近，心中却又想道："倘我不从，他定会将我视为不值得恋慕的粗俗女子。既如此，我便索性做那不解风月之情的女子吧。"态度也越发冷淡了。原来这空蝉，自幼个性的温柔中便蕴存着刚烈，就似那细枝竹节，欲折似摧，但终于难折。此时空蝉心中虽异常屈辱，也只得吞声饮泣，真是可怜之至。源氏公子虽则心中不安，但要放弃，又觉可惜。他见空蝉毫无回心之意，便不无激愤地问道："你何以如此嫌弃于我？你可细细思量：此番无意相逢，必是前世姻缘所定；你怎般不解情意，叫我如之奈何？"空蝉悲切道："倘在未嫁之先便与你相遇，定可结此良缘。若我有幸蒙此恩宠，倒是求之不得；可现今我已嫁人，怎能再与你结此姻缘？眼下我心绪迷乱，不知如何才好。唉！事已至此，还望勿与人知晓才是！"她话语颇有合理之处。源氏公子见她神色忧郁，便向她说了许多慰勉之言，算做保证。

再说晨鸡报晓声起，随来仆从相继起身，边收拾衣物，边相与寒暄道："昨夜睡得真香。""快些备好车子吧。"纪伊守赶紧从里屋出来，道："时辰尚早呢，又没有女眷同行，何必匆匆回宫呢？"源氏公子也在室内沉思："此种机缘，实难再得。今后难觅借口，作此探访；作信传书，恐也不便！"想到此间，不由得万分痛惜。侍女中将君此时已从内室出来，见源氏公子还无意放还主人，真是焦虑万分。随后公子始允其回去，但终也有些不忍，留住问道："日后我怎生与你再次谋面呢？昨夜姻缘，你那种种凄楚情状，及我那恋慕之心，日后也只得化作追忆的源泉了。世间事真是奇异得很！"说罢，便流下泪来。源氏公子此时，真个美艳动人。听那晨鸡报晓声频频传来，源氏公子无限惆怅，依依不舍地吟道：

"怨君冷酷犹心痛，

晨鸡偏又太早鸣？"

源氏公子虽如此眷恋，空蝉却并不欢欣。她忆起自身境况，心中不由愧疚，觉得自己相去甚远，哪能匹配源氏公子，脑中不由浮现出丈夫伊豫介那讨厌的身影："昨夜之事倘为他知晓，却是怎般了得？"不禁心生惶惑，随口吟道：

"鸡已啼时忧未已，

鸣声已无泪未干。"

源氏公子将那空蝉送走，天已微明，室外更是人声鼎沸。他只得将纸隔扇拉好，怅然回到室内。此时他心情异常寥落，唯觉得这层纸隔扇，竟如同那蓬莱万重山般虚无。

源氏公子只穿得便服，闲步踱至室外栏边，极目眺望庭中景致。西厢房的众女子，均从那打开的格子窗向外边张望，以图目睹源氏公子那绮丽的风姿。因廊下屏风遮挡，她们仅能约略窥得公子的端庄仪容。其中几个轻狂的女子，当下倾倒，交口赞叹，恨不能以身相许。下弦残月当西，仍散发出淡淡清辉，使得这晨时美景更添情趣。水天本无情，全凭观者心。恋情未解的源氏公子，哪能有心情欣赏此等胜景？他想："此一别，不知何时能觅得鸿雁传书的机缘了！"他终于满怀憧憬，恋恋不舍地离别了此地。

却说源氏公子神思恍惚地回到左大臣府上，心中仍觉懊丧，竟也无心安寝。他仍在寻思："再度相见，甚是艰难了！也不知那女子此刻是否牵挂于我？"想到此，忽又忆起那夜的雨夜品评，觉得此女子虽不甚高贵，却也无比风韵娴雅，实在无可挑剔，该是属于中品一流的吧。那左马头果真广见博闻，所道之言，皆有所证。

经历此事之后，源氏公子便在左大臣府邸静心安歇下来。但不时也思念那空蝉女子，唯恐断绝了音信而留得薄情之名，心下甚是不安。一天，他将纪伊守唤来，对他道："那卫门督的孩子小君，我倒格外喜爱，你可给我叫来，日后荐于宫中做殿上童子。"纪伊守忙致谢，道："承蒙公子关照，甚是感激，我即去将此消息告知他姐姐。"源氏公子听得"姐姐"二字，心中一动，道："他那姐姐可曾有过生育？""哪里有。她嫁入我家不过两年，卫门督本望她能入宫做事，她却违背了父亲遗言，心中正感懊悔，对现状也不甚满意呢！""倒是很可怜的。外间皆言她是个美人坯子，才貌俱全，想来也定是如此吧？"纪伊守答道："相貌倒是出众。我与她疏离较远，知之甚少。这也是世间常人伦理使然。"

不几日，纪伊守便将小君那孩子带了来。经得一番整饰，小君显得仪貌清秀。源氏公子宠爱于他，召他入得帘内，向他探寻其姐姐的情况。对一些无关紧要之事，小君都一一作答；对有的事却摇头不语，甚为羞涩。源氏公子也不便追问，只欲使这孩子明白，他是熟悉他姐姐的。小君心中颇感意外，暗地里想："两人间竟有这等关系！"但童心稚嫩，也无从深究。一天，源氏公子叫小君送了封信与她姐姐。空蝉甚感惊诧，不由泪流涟涟。她虽担心弟弟生疑，心中犹豫却又迫不及待，便捧得信来，遮了脸，细细阅读。只见那长长的信末附得一诗道：

"何日旧梦得重温，

至今睡眼仍常开。

真是夜夜难眠啊！"文辞秀美，此言自是情深意切。直看得那空蝉泪眼朦胧。忆起自身遭遇，只觉着生不逢时。如今又无意添得这伤心之事，更是自叹命苦。悲伤之余，不觉入了梦乡。

次日晨，却听得源氏公子派人唤小君前往。小君临行时，向姐姐索要回信。空蝉支吾道："你且对他说：此处没有他的阅信之人。"小君笑道："姐姐休得哄我。他吩咐过的，我怎能对他如此搪塞呢？"空蝉心下疑虑，暗想："定是他已将事情原委，告诉了这孩子！"顿感痛苦异常，不由骂道："你小孩子家懂得什么？你不要再去了！"小君道："公子唤我，怎能不去呢？"便辞过去了。

纪伊守亦非安分之辈，他垂涎这后母的姿色已久，只是难得亲近。如今小君又将入宫，纪伊守便乘机讨好他，时常陪他一同来去，对他大献殷勤。却说那小君，到得源氏公子处，只听那源氏公子恨恨道："昨日叫我好等！你哪将我的事放在心上？"小君难免脸红，只得将实情一一据告。公子道："你怎般不可靠，竟将事情弄得至此！"便当即写信，要他送去，并对他道："你这孩子有所不知：在你姐嫁与伊豫介之先，便与我亲近过了，只是嫌我文弱不可依赖，看轻了我，方嫁与了那把老骨头。你就当了我的儿子吧，做成了此事，日后我会好好看视你的。"小君听得此言，心中道："如此看来，姐姐对他这般冷淡，也未免太狠心了！"以后源氏公子更是疼爱小君，形影不离，将他常带在身边，还不时带进宫中。又叫那宫里人给他裁制衣物，也真如儿子一般看待。后来源氏公子照常叫小君带了信，回去交与他姐姐。空蝉转念一想："他毕竟是个孩子，做事不甚可靠，倘将消息传了出去，落得个轻薄的恶名，那可害死我也。"公子一腔痴情虽令她感激，但一想得自己名分已定，无论何等恩宠，也是万万受不得的，故不曾写一封情真意切的回信。但那天晚上邂逅相逢的那个人，其神情风采，确是飒爽俊美，非同一般，仍使她萦绕于怀。她想："以我这样的身份，即使向他表示殷勤，又有何用？还是打消此念为好。"源氏公子每每想起她娇楚可怜的模样，忧伤难抑的神情，便无法自慰。他意欲偷偷前去访晤，又恐纪伊守家人多眼杂，坏了自己的名声，对心爱的人儿也很是不利，一时竟犹豫难决。

且说那源氏公子循例又在宫中留宿多日，虽则苦恋空蝉，却始终难得机会。一次，他觉得个向中川方位避凶忌日，从宫中回邸，于那途中，折转向纪伊守家而去。纪伊守见源氏公子到来，只道是自家池塘美景迷煞人了，吸引他再度光临，甚觉荣幸。源氏公子早有主意，并将所期告知了小君谋划，小君自然同在一起。空蝉也预先得此音信，心想："源氏公子也真是煞费苦心，可见对我的爱恋并非浅薄。但若不顾身份，前去接待，恐又有些不妥。那晚的痛苦之事，早如梦境一般滑过，何须再次重温呢？"她竟显得心慌意乱，羞于在此守候他的到来。思虑再三，当小君被源氏公子唤出时，她终于得了主意，便对侍女们道："我今日身体稍有不适，想叫人捶捶肩背，此处与公子的房间过于临近了，恐不甚方便，还是住得远一些才好。"便张罗众人，移至廊下侍女中将君的房间。

源氏公子心有所念，便吩咐随来仆人早些安寝，又派了小君到空蝉处约见。小君四下寻她不着，好容易在廊下房里找到。他觉得姐姐实在有些不近情理，便哭丧着脸道:"公子怪我不会做事了呢!"姐姐骂道:"都是你办的好事。小孩子家恁般无聊,实在可恶!"又断然回绝道:"你且告诉他去,我今晚有些不适,侍女都在身边陪侍。你如此转来转去,难免叫人生疑。"同时心中却暗想:"倘我尚在父母身边,名分未定,能蒙公子来访,那该是何等风流之事,可惜……我只得严厉拒绝,极尽隐忍,即使因此被公子视作那等无趣之人!"想至此处,心中甚觉难过。但又转念想来,终于还是定了决心:"命已如此,且就做个不识情趣的女子吧!"

源氏公子正自焦急,暗想:"小君这孩子,到底将事情办得怎样了?"虽则放心不下,却又怀着希望,便横躺了身子,静静等待。不一会儿,待小君回来一说,他顿如遭霜打般萎靡,觉着这女子甚是寡情薄义,真是世间少见。不由长叹道:"真是羞耻啊!"一时竟没了言语。良久又长叹数声,陷入沉思,凄凄吟道:

"岂知帚木迷人状,

空为园原失路人。"[1]

小君将此诗传与空蝉。这空蝉此时也正自辗转难眠,便以诗应答道:

"荒原伏屋暂寄身,

虚幻亦如帚木形。"

小君见公子伤心至此,自己也不能安心,便往来奔走传信。空蝉唯恐外人见了生疑,甚是忧心忡忡。

是夜,随从人等尽皆酣睡入定,源氏公子却百般无聊,只得一味胡思乱想:"此等无情女子,实是可恶。可惜她愈是寡情难近,愈是惹我牵肠挂肚。我始终恋情难消啊!"又念及此人既冷艳无常,难于接近,还是死了这份心思吧。却又终归不能断念,便对小君道:"你且带我去见她吧?"小君答道:"那里侍女甚多,又紧扣着房门,怕是进不去的。"源氏公子见无计可施,只得叹息道:"既如此,也就算了吧,只要你不嫌弃我。"便命小君陪他睡下。小君受宠若惊,倚傍了这么个美貌公子,显得格外兴奋。源氏公子灰心失望之余,倒觉得那姐姐不及这弟弟可爱了。

【1】传说信州园原伏屋地方有一形似扫帚的怪树,远看则有,走近则无。诗中帚木以喻空蝉。

THE TALE OF GENJI

VOLUME 3
第 三 回
空 蝉

话说那源氏公子与小君睡下,这一夜竟前思后想,辗转难眠,便道:"遭人如此羞辱,此生尚未有过。今后教我还有何面目见人?"小君默默无言,蜷伏于公子身旁,只陪得满脸泪水。源氏公子见了,倒觉得这孩子怪可怜的。他想:"前番夜里,我暗中摸索空蝉,觉其身材玲珑,头发也不十分长,正和这小君相似,倒非常可爱的。我那样为难于她,未免有些过分,但她的冷酷也实在令人害怕!"他如此胡思乱想,挨到天明,也不似往日那样对小君细加吩咐,便乘了曙色,匆匆离去。留下这小君又是伤心,又是无聊。

源氏公子自离了纪伊守家,心中日益烦闷,虽痛恨空蝉绝情,终是不能断绝此念。他常对小君道:"此人真是无情,也极为可恨,真正难以理喻。我欲将她忘记,然则总是不能,真是痛苦至极。你替我想了办法来,好歹得再叙它一叙。"小君觉得此事渺茫,但蒙公子信赖,以此相托,也只得勉强答应下来不提。

而那空蝉当夜见没了公子那边的消息,非常过意不去。便暗思道:"怕是吃尽了苦头,生出戒心来了?"又想:"如果就此决断,委实可悲;可任其纠缠不绝,却又令人难堪。思前想后,倒不如就此为止的好。"虽是如此想来,心中仍是不安,常常陷入沉思,不可挣脱。

却说小君这孩子也颇有心计,见源氏公子仍是挂牵那空蝉,便于不露声色中暗觅良机。不久,见那纪伊守前去上任,家中只剩得女眷,甚是清闲。傍晚时分,夜色朦胧,行人面目难辨,小君便独自赶了车来,请源氏公子前往。源氏公子心甚急迫,也顾不得这孩子是否可靠,便匆忙换了微服,急急赶去。此刻纪伊守家尚未关门。小君甚是机巧,专拣那人丁稀少的门径,直待车入得园内,方请源氏公子下车。值宿人等,见驾车的是个小孩,也不放在心上,只在一边乐得安闲,将那平日间的迎接之礼免了。源氏公子在东门边稍候,小君打开南面角上一房间的格子门,两人便一起走进室内去了。众侍女一见,异常惊恐,便道:"如此,会让外面人看见内室女眷的!"小君不理,却道:"大热的天,何故关上格子门?"侍女道:"西厢小姐[1]今日一直在此,正下棋呢。"源氏公子心道:"这倒有趣,我正想看看二人下棋。"便从边门绕过,见得帘子和格子门间有一狭缝,遂钻得进去。正巧小君刚才打开的那扇格子门还未关上,从缝隙处正可窥探。许

---

[1] 这个西厢小姐是纪伊守的妹妹,叫轩端荻,和纪伊守同父异母。

是天热之故，西边格子门旁边所设屏风一端刚好折叠着，高挂起的遮阳帷屏的垂布，正好让源氏公子对室内情景看了个分明。

灯光柔和恬淡。那源氏公子由缝隙中看去：正屋中柱旁，面朝西打横坐着的秀美身影，心想定是他那心上人了，便将视线停在此人身上。但见她面孔俊俏，身材纤秀，穿一件深紫色绸衫，她纤细的两手，不时藏入衣袖，神态甚是恬淡雅致。但颜面常常掩映且躲闪，略显羞赧，心思即便与她相对也未必能看得分明。朝东坐的那一人，穿得一件白色薄绢衫，紫红的礼服，随意披着，腰间红裙带分外显眼，裙带以上，胸脯裸露。只因其面朝着那格子门，仍可见其洁白的肌肤。更见她额发齐整，头发黝黑浓密，虽不甚长，却一丝不乱，特别是肩部垂发，光亮迷人。万种娇媚，更由口角眼梢溢出，丰满修长的体态极为风骚，一副落拓不羁的样子。通体看来，活脱脱一个俏佳人儿。源氏公子兴趣甚高，想道："难怪她父亲把她当作宝贝，实是很少见的！"却又觉得未免放浪了些。

这女子看来尚有才气。一局将近尾声，填空眼[1]时，一面敏捷投子，一面反应极快地说着话。空蝉则显得沉稳，忽然对她道："且等得一时，此为双活呢。那里的劫……"轩端荻回道："也罢，这一局我认输，待我数数看！"便不胜其烦地屈指算着："十，二十，三十，四十……"口手并用，机敏迅速。空蝉则不然。她不时以袖掩口，使人不易将其容貌看得真切。然若细下看去，侧影倒能见得。细论起来，这容貌也并不算得很美，她的眼睛略略浮肿，鼻梁亦不见得挺阔，外观平平，实在并无特别娇艳之处。但是姿态却十分端庄，与娇艳的轩端荻比起来，情趣高雅、脱俗，让人心醉魂迷。轩端荻娇妍妩媚，是个惹人喜爱的人儿，尤其任情嬉笑、打趣撒娇之时，艳丽之相更是逗人。但品位却逊于空蝉。源氏公子素来多情重色，虽觉此人有些轻狂，却断然不肯就此将她抹煞了。源氏公子所见许多女子，一味谨严沉静，万不肯将容貌正面示人。如今这女子放浪不羁的样子，他还从未得见。自己此番窥探，倒觉得有些不该。却又欲尽情一饱眼福，不愿离去。忽又见得小君走了过来，便只得随了他，轻轻地退了出去。

源氏公子退出边门，便于那走廊里等空蝉。小君见了心中不安，想到轩端荻

【1】填空眼和下文的双活、劫，都是围棋用语。

尚在，不便惊扰，便对源氏公子道："今夜来得一个特别客人，我靠近姐姐实为不妥。"源氏公子顿感绝望，道："如此，今夜只得就此而返了。真急死人了！"小君忙道："还不至如此，烦请稍等。待客人走后，再作计较不迟。"说罢，小君觉得甚是委屈了公子。源氏公子想："这孩子年龄虽小，却乖巧可爱，颇懂人情世故，而且忠诚可靠。看来今夜尚有些眉目。"

只闻衣服窸窣作响之声，又听得一侍女叫道："小少爷在哪里？这格子门我关上了吧。"接着便是关门的声音。料是一局棋罢了。又过得一会儿，源氏公子急不可待起来，对小君道："都已睡静了，你且过去看看，尽力替我将此事办成才是。"小君寻思："姐姐脾气极为倔犟，倘我一语点明，定遭拒绝。不如待得人少时，将公子直接领了进去。"源氏公子道："纪伊守那妹妹，不也在么？我也想看她一看。"小君面有难色，道："这可如何是好？格子门里遮着厚厚的帷屏呢。"源氏公子口中不再坚持，心中却道："话虽不错，然则我早已饱了眼福。"如此一想，自是觉着好笑，复又觉得还是不告诉他为好，不然恐是对不起那个女子的。他嘴上只反复道："如此等到夜深，真是急煞人了。"

小君来到边门，只敲得一敲，一个小侍女便来开了门，让他进去。小君见东厢房里众侍女都睡熟了，便道："这纸隔扇口通风，凉爽，我就在这儿睡吧。"遂摊开席子躺下，佯装睡着。待适才开门的小侍去睡了，约摸又过得一刻光景，便爬起来，拿屏风挡住了灯光，将公子悄悄带到那黑暗中。源氏公子有了前番遭遇，心中竟然十分惊慌，暗想："此番如何？万望别再碰钉子啊！"小君却自管引路，仍将那帷屏上的垂布撩起，闪入正房里去了。公子走动时衣服所发出的窸窣声，在这夜深人静中，清晰可闻。

且说空蝉，只道源氏公子近来已淡忘了她，不免感到高兴；然则那晚梦一般的情景，始终萦绕于心，使她悲愁哀叹，寝食难安。那轩端荻睡在她身边，因心中无甚牵挂，倒下便酣睡过去了。这空蝉正郁郁难眠，忽觉着有股薰香扑鼻而来，似是有人走近，顿觉有些奇怪，便抬起头来察看。从那挂着衣服的帷屏的隙缝里，分明看得一个人正从幽暗的灯光中走来。事情太过突然，在惊恐中，她急急起身，将一件生绢衣衫披上，轻轻溜出房间去了。

却道源氏公子，见房中只有一人，当下满心欢喜。地形较低的隔壁厢房，睡着两个侍女。源氏公子便轻声揭开盖在这人身上的衣服，挨将进去，虽则觉着这人身躯较大，也并未十分在意。这个人睡得很熟，细看得来，神情姿态和自己意中人明显不同，方知将人错认了，诧异之下未免气恼。他寻思道："倘此事被这女子知晓，定会笑我太傻，而且势必生疑。但若丢开了她，去找我那心恋之人，她若决意回避于我，又会遭到拒绝，落得受她耻笑。"复又想道："睡于此处之人，黄昏时分灯光之下曾经窥得，何况事已至此，也就算是上天赐予的吧。"

待这轩端荻方醒来，感觉有些意外。见身边睡着个男子，吃惊之下，竟不知如何是好，便既不迎合、表示亲昵，也不立即拒绝、严辞痛斥。虽是不谙世事的少女，但春情萌动，加之一贯放荡风流，遇了此事，倒也并无羞耻或狼狈之态[1]。这源氏公子原想隐瞒自己姓名，但又觉得，倘若这女子事后明白真相，自己虽则并无大碍，但那无情的意中人空蝉，想必会羞辱于流言，忧伤悲痛，倒委实对她不住了。他只得捏造了缘由，佯装真诚地告诉她道："我曾两次以避凶为由，前来宿夜，却仅此番寻得机会，向你求欢。"此言之荒谬，但凡稍谙世事之人，并不难明辨。然则这轩端荻年纪尚幼，虽是聪明伶俐，却不懂得世事人心之险恶。源氏公子虽不至怨恨于她，却觉其不甚牵扯人心，逗人心动，心中仍是想着那冷酷无情的空蝉。他想："不定她现在正藏在暗处，掩口讥笑我愚蠢呢。这样固执的人真是世间少有。"而眼前这轩端荻，正值芳龄，风骚放浪，无所讳忌，也颇能逗人喜爱的。他于是佯装多情，对她轻许诺言，道："有道是'洞房花烛风光好，月下私通味更浓'。我只因平日行动不便，加之顾虑谣言，只怕不能常来；况此种行径，恐也不为你家父兄所容许；但请相信我的话，虽则痛苦，我们自信能另觅重逢的佳期吧？"真是情真意切，煞有介事。轩端荻毫不怀疑，竟天真道："是啊，倘此事被人知晓，岂不难堪？我能否写信与你？"源氏公子道："此事不可叫外人知晓，但你若装出无事一般，令这里的殿上侍童小君送信，倒是不妨的。"说罢起身，但看见一件单衫，料乃空蝉之物，便取了，溜出房去。

小君心中有事，自然难以睡熟，见源氏公子出来，立刻醒了，公子便催他起

【1】平安时代的内眷女子不能随意与男子见面，即使是对亲属中的男性，也要以袖子或纸扇遮掩面容。但贵族男子常常竞逐风流，贿赂侍从，悄然到达心仪女子内室，强行求欢。事情发生后，女人担心名声，往往不敢声张；而男子则无须顾虑，最多招人腹诽而已。

身。小君开得门来，却忽然听得一个老侍女高声问道："何人在那边呀？"小君一听之下极其讨厌，不耐烦道："是我。"老侍女道："三更半夜的，小少爷要何处去？"问罢，竟随了出来。小君憎恨至极，恶声答道："哪也不去，正在此处随便走走。"同时将源氏公子推了出去。是时天色半明，月亮朗照空中，清辉遍洒。那老侍女忽然看得月色中另有一个人，又道："那一位身材好高大呀，是民部姑娘吧？"小君不答。那唤作民部的侍女，个头甚高，常被人拿来取笑。老侍女以为是民部陪了小君出去，追着喋喋不休道："一晃眼，小少爷竟长这么高了。"说着，亦走出门来。源氏公子窘怕异常，又不便叫这老侍女进去，便只得在过廊门口阴暗处站住。老侍女向他这边走来，自顾诉苦道："前天我肚子怎地好痛，刚下去歇着；可昨天又道人手少，派了我来。今日该你值班吧。我肚子好痛啊！回头见吧。"老侍女虽则去了，源氏公子好不容易得以脱身，却已是惊得一身凉汗。心中悔道："恁般行事，毕竟过于轻率危险了。"从此便不敢大意而为了。

却说源氏公子与小君上得车来，回到二条院，谈及此事。公子称赞小君颇有心计，又怨那空蝉狠心，心中竟也一时气愤难平。小君默然无语，也觉着难过。公子愤然道："她如此看轻于我，我也觉我这身体讨厌了。即便有意避开我，不愿见我一面，写一封信来，话语亲切委婉些，总是可以的吧？真真把我看得连伊豫介那个老头子也不如了。"却还是拿了那件单衫，宝贝似的，放在自己的衣服下，方才就寝。又叫小君伴睡在侧，满腹怨愤道："你这人，固然可爱，但你是她的兄弟，只怕我不能终生照拂你呢。"小君一听此话，自是伤心不已。公子复又想来，终是不能成眠，干脆起身，教小君取来笔砚，于一张怀纸[1]上奋笔疾书，直抒胸臆：

"一袭蝉衣香犹存，

可怜物在人已去。"

脱笔之初似无意赠人，写罢，却叫那小君揣上，要他明日送与那空蝉。源氏公子忽又想起那轩端荻来，倒觉得她真真有些可怜。思虑再三，虽不知她怎般想法，还是决定不与她写信为好。那有心上人体香的单衫，他至此始终藏于身边，不时

【1】怀纸为折叠起来放在怀中随身携带的两折的和纸，换盘子的时候或喝完茶擦茶碗的口印的时候使用。多采用杉原纸或丰书纸（楮纸的一种）。

取出来观赏。

再说小君回到纪伊守家里，已是第二日。空蝉正自等他，待见得面，劈头便道："你昨夜干得怎般好事，真是可恨至极。虽则侥幸被我逃脱，也难避人耳目。如此荒唐无知之人，怎会让公子看中呢？"小君面有愧色。然则，公子和姐姐均极为痛苦，小君自是知道，只得将那张即席抒发感怀的怀纸，取出来送上。空蝉此时虽余怒未消，竟也接了信，展开来读，心想："我那件单衫早已穿得旧了，实是很难看的。"当下心烦意乱，倍感难堪。

再说那轩端荻遭此意外，兴奋之余却又找不到可以谈论之人，只落得独自沉思，浮想联翩。她自知此事无人知晓，只一味地等待源氏公子的来信。见小君一次次回来，却又屡屡失望。生性爱好风流的她，如此徒劳无益地思前想后，虽觉得有些寂寞无聊，却并不怨恨源氏公子的非礼行为。那空蝉呢，却心如古井之水，一波不兴甚是绝情；但一想到源氏公子对她的爱，绝非一时之兴，便设想，如果是当年自己未嫁之时，又会是怎样一番光景呢？但如今事已至此，只是无可追悔了。想得此处，心中苦楚自不待言，便题诗于那怀纸上，道：

"蝉衣凝露树荫中，
　深闺愁思暗自泣。"

THE TALE OF GENJI

VOLUME 4
第四回
夕颜

却说源氏公子有一乳母，唤作大式乳母（即太宰大式之妻）。昔年曾患大病，因祈早日康复，便遁入了空门。是年夏天，源氏公子常偷偷到六条[1]去幽会。忽一次经过五条，中途歇息，记起大式乳母住在此处，便决定顺便前往探望她。到得那里，便令人去叫乳母之子惟光大夫[2]前来将关闭的通车大门打开。源氏公子坐在车上等待，便乘机打量街上情景。五条虽则是条大街，但颇为脏乱。却见与乳母家相邻的一户人家，新装着板垣，板垣用丝柏薄板条编成，上面高高地开着吊窗，共有四五间[3]，真令人眼前一新。那家窗内挂着洁白清爽的帘子，从帘影间往里看，室内似有许多女人走动，美丽的额发飘动着，那些女人也正向这边窥探。"不知道这是何等样人家。"源氏公子好生奇怪。

因是微服出行，车马甚是简朴，也未令人在前吆喝开道，源氏公子心想不会有人认得他来，便悠闲自在，肆意欣赏。他坐在车中看那人家，正敞开着薄板条编成的门。源氏公子见此人家户室并不宽深，极为简陋，觉得可怜，便想起古人"人生处处可为家"的诗句。然则又想："豪门富宅，不也一样？"正如这板垣旁边长着的蔓草，绿草中白花朵朵，自得其乐，均自随风招展。源氏公子不禁吟道："无名之花甚是娇！"却又听得随从禀告："这白花惯常在这等肮脏之处生长，名字却颇似人名，均呼之为夕颜[4]。"看这一带小屋尽皆破烂，参差简陋，不堪入目。在此屋墙根旁，确有许多夕颜自顾开放。源氏公子叹道："可怜这薄命夕颜，摘一朵与我吧！"随从便走入门去，随便摘得一朵。正在此时，里面一扇雅致的拉门自内开了。一位穿着黄色生绢长裙的女子，向随从招着手。她拿过一把白纸扇，对随从道："请将它放在这白扇上献去吧。这花柔弱娇嫩，不可用手拿的。"就将扇交与了他。这时正好惟光大夫出来开大门，随从便将放着花的扇子交给他，嘱他赠与源氏公子。惟光惶恐不安道："怪我糊涂，竟一时记不起钥匙所放之处。到此刻才来开门，真是太失礼了。让公子屈尊，在这等脏乱的街上等

【1】源氏的父亲并非皇太子，已故皇太子的妃子在六条院中寡居，因而得名六条妃子。依辈分，她应该是源氏的婶母。
【2】大夫是省下的官职，官位不高；惟光是他的名字。
【3】古代房屋两柱的间距称为一间。
【4】日文中的"夕颜"就是我国的葫芦花或瓠花。此花常常生在杂乱肮脏的墙角，常在黄昏时盛开，次日清晨便悄悄凋谢了。葫芦花开得纯白美丽，故而此间的女子也被称为夕颜；也就是上文中，源氏和头中将等品评女人时，头中将念念不忘的常夏。

候，实在……"便连连叫人把车子赶进门去。源氏公子下得车来，取过纸扇，顿觉香气袭人。

源氏公子步入室内，乳母起身相迎，对公子道："妾身老矣，死不足惜。只因削发之后无缘会见公子，心中颇为抱憾，因此老而不死。幸蒙佛力加身，去疲延年，今日终得以拜见公子，此生心愿足矣。日后便可放怀静修，等待佛祖召唤了。"说罢，竟落下泪来。源氏公子见了，忙道："曾听得妈妈身体欠安，心中一直念叨；不久又听说妈妈已削发为尼，皈依佛门，我闻此更是惊诧悲叹。如今得见，只愿妈妈身安体泰，青松不老，待我升官晋爵，于世间之事毫无牵挂，便可成得善业，往生九品净土。"说罢，已是泪流满面。

乳母看着高贵美貌的源氏公子，回思自己曾朝夕尽力侍候于他，如今竟已长大成人，猜想此等高贵福气，定为积善深重的回报，脸上觉着光彩，故而泪流不已。是时惟光的哥哥阿阇梨[1]、妹妹及妹夫三河守皆在家中，对源氏公子光临，虽觉万分荣幸，待见得母亲做了尼姑尚恁般没完没了啼啼哭哭，恐源氏公子看了愈加难受，便互递眼色，嘟嘴表示不满。源氏公子体会乳母此时心情，钟情道："母亲和外祖母虽对我万般疼爱，却早谢人世。后来抚养我的人虽多，但我最亲近的，也只有妈妈您了。成人之后，只因为身份所限，不敢随心所欲，故而未能常来看望。此番久不相见，便觉百般思念，心中很是不安。真是'只愿人间无死别'啊！"他情真意切，不觉眼眶湿润，泪水和衣香飘洒流溢。先前尚抱怨母亲的子女们，一见此等情景，也都洒泪暗道："做此人的乳母，的确大不一般，倒真是三生有幸！"

源氏公子吩咐僧众举行法事，为乳母祈求佛祖已毕，便欲辞行。却又叫惟光点起松脂烛，取出夕颜花及佳人送他的白扇。但闻芬芳扑鼻，似带主人的衣香，竟使人爱不释手。却见得扇面上两句极为洒脱的题诗：

"露凝夕颜华光艳，
　料是光君驻马来。"

【1】阿阇梨为僧官的名称。日本最高级的僧官为僧正，其中以大僧正最高，其次是僧正、全僧正；第二级僧官为僧都，其中以大僧都为最高，其次是全大僧都、少僧都、全少僧都三级；第三级僧官是律师，分为正律师和权律师；阿阇梨的地位还在律师之下。

读罢，源氏公子心中暗暗称奇，细想那诗，那女子信手拈来，却不失优雅，顿觉兴味盎然，忍不得对惟光道："你可知这西邻是哪户人家？"惟光心知主子的老毛病又犯了，又不便点破，只若无其事地道："我在此住了五六天光景，需尽心看护病中家母，未得心思探听邻家之事。"公子心中不悦，道："你道我心存非分之想么？我只不过想问问这扇子之事。你去找个知情人，打听打听。"惟光遵命。不时即来回报道："这房子的主人是扬名介[1]。听仆役言，他妻子年轻好动，姐妹们都是宫人，自他家主人到乡下去后，便常来此走动。更详尽的，做仆役的就不知晓了。"源氏公子心自揣摸："如此道来，这扇子定是宫人的，这首诗大概也是其流畅的得意之作吧。"又想："这些并非高贵人家的女子，素昧平生，却这般赋诗相赠，可见其心思也甚为可爱，我倒不可就此错失良机。"生性多情的源氏公子，已是情心萌动，遂在一张怀纸上即兴题诗：

　　"暮色苍茫若蓬山，

　　依稀见得是夕颜？"

写罢，待看得笔迹确也不似平常，便吩咐适才摘花那随从送去。却道那人家的女子，只是见得源氏公子侧影，便推想来者绝非他人，故而题诗于扇面赠他，期望得到回复。正觉兴味索然地等待回音，忽见公子派人送诗而至，立时喜悦不已。读罢，众人便商议作答。随从等待一些时候，见其仍是众口不一，极不耐烦，只得空手而归。

　　源氏公子见那送诗随从空手而回，便令众人将火把遮暗，悄悄离开了乳母家。路过邻家时，只见吊窗已经关上；从窗缝漏出来的灯光，照于街面，十分幽暗惨淡。待来到六条的邸宅，顿觉另有一番景象：满眼奇花秀木，住处优雅娴静。那六条妃子的品貌，更非寻常女子所能及，以致公子一到此地，竟将那墙根夕颜之事忘得个一干二净。第二日，待日上三竿，方迟迟动身。走在晨光中的公子，沐着朝阳，姿容异常动人，实不愧于世人之美誉。归途中却又经过那夕颜花的窗前，往昔多次路过，熟视无睹，而今却因扇上题诗，格外牵扯公子心思。他寻思道："这内里所住到底是何人？"此后每次探望六条，经过此地，必是留意一番。

　　不日，惟光大夫前来参见道："虽多方求医，老母病体终未见愈。如今得以抽

---

[1] 扬名介是一种既没有职务也没有俸禄的官职。此人的岳母是夕颜的乳母。

身前来，多有怠慢。"随即凑近公子身边，轻轻禀报道："愚仆也已探得一些邻家之事。听邻家道：'一女子五月间悄悄到此，其身份，连家里人也未可知。'从壁缝中窥探，见那家里女仆众多，来来往往，便心知这屋子里有要侍候的主人。昨日下午，趁夕阳返照，内屋光线明亮之机，我又窥探那邻家，便见一女子正静坐写信，似有无限心事，不时沉思落泪。旁边的侍女也在偷偷哭泣。那女子相貌好生漂亮！"源氏公子听得此言，不禁轻笑，心想再详细点就好了。惟光语毕，却想："主子姿容俊美，高贵无比，乃天下众多女子所期盼的意中人；且正值青春年少，倘无风流雅趣之事，也未免美中不足！我等乡野俗夫、微不足道之人，见了美人尚留恋不舍，何言公子。"便复又对公子道："后来我想，兴许能再探得些消息，便寻得个机会，向那里面送了一封信去。立刻便有人写了一封信给我，文笔秀美熟练，非一般女子所书。恐这里面真有不寻常的年少佳人呢。"源氏公子道："究竟底细若何，你便再去探得一探，总不至让我此心长此不安。"心想，夕颜花这等人家，大概便是前日雨夜品评中所谓下等的不足道的一类吧。然而其中或许大有珠玉可拾，给人以意外惊喜呢。他顿觉这事颇有趣味。

　　源氏公子每每念及空蝉，思及她诸般冷淡无情，心中便怅恨不已："但她那般冷淡强硬，倘若就此退步，怎生心甘。虽说我那夜多有冒犯，倘她态度温顺，由此断绝尚可甘心。"其实源氏公子先前并不在乎这等平凡女子，只是自那日雨夜评论之后，遂产生了见识世间各色女子之念，方更加广泛留意罢了。源氏公子对那轩端荻，觉其尚在天真地等待，倒十分可怜，却又耿心，倘那事被空蝉知晓了，定会遭到耻笑。他心中不安，想弄清了空蝉的心思再做道理。无巧不成书，源氏公子想到此间，正好那伊豫介有事从任职地到京城来了。此人出身高贵，虽然乘了海船，旅途饱受风霜，脸色黝黑憔悴，但眉宇间仍不失清秀，仪容俊美，卓然不俗。他先来参见源氏公子。伊豫介面对公子，向他谈得伊豫国的种种趣事。源氏公子见了，浮想翩翩，心中不免自责："面对如此德高望重之人，我等胸中却怀着卑鄙念头，真是羞愧！这种恋情实是不该！"再想到那天左马头的慨叹，似是据此而发，便越发觉得对不起这个伊豫介了，仿佛这无情的空蝉也有了可谅解之处。源氏公子本欲问问当地的情况，诸如浴槽有多少[1]等琐事，如此

【1】伊豫地方浴槽数目甚多，日本古语用"伊豫浴槽"形容数量极多。

一来，终究也无心多问了。

　　临别，伊豫介告诉源氏公子：此番进京，是为操办女儿轩端荻婚事而来，不日将携妻共赴任职地。源氏公子听得怎般，心中万分着急。待伊豫介离去，便与小君商量道："你能否设法，让我和你姐姐见得一面？"小君想："即使姐姐有心，偷偷幽会恐也不易，况且她恐丑闻流传，也早就断了念头。"殊不知，空蝉自己倒觉得，就此与源氏公子决断，被他遗忘，多少有些索然悲哀。所以每逢回信，总是语气婉转，词句也力尽风雅，甚至还配以美妙的文字，以使源氏公子觉着可爱，尚加留恋。这样，源氏公子虽觉她冷酷无情，却已是越发忘不了她了。至于那风流女子轩端荻，源氏公子推想，她虽则嫁了丈夫，身份已定，多半仍是钟情于他的，因此尚可放心。所以源氏公子对她结婚之事，也并不十分在意。

　　却说六条妃子开始时并不接受公子之爱，却终于被公子说得心动，两人始频频幽会。孰料是年秋天，源氏公子态度陡变，冷淡起来，来六条的次数也不及往常频繁。六条妃子好不伤感！她想：以前他一往情深，如今为何如此这般？这妃子倒也深谋远虑、洞察事理，她想起两人年龄悬殊，太不相称[1]，深恐世人谣传。如今两人为此疏远，也能宽宥，但每当想起，仍是痛心难当。特别是源氏公子不来的日子，一人孤衾独寝之际，便忍不住辗转反侧，时时悲愁伤叹，难以入眠。

　　其实，源氏公子自入秋以来，心烦意乱，竟连左大臣邸宅也久不光顾，葵姬也很是怨恨。虽则如此，仍偶尔去六条宿夜。却说一日早晨，浓雾弥漫，侍女催促源氏公子早早起身，公子睡眼惺忪，长吁短叹，走出六条邸宅。侍女中将深解六条妃子之意，便打开一架格子窗，又撩起帷屏，让女主人再看得公子一眼。六条妃子抬起头来，看着门外的源氏公子：只见他正自观赏着庭院中色彩缤纷的花草，徘徊不忍离去；姿态神情，优美伤感，妙不可言。侍女中将陪公子走至廊下。源氏公子频频回顾，便与她小坐于庭畔栏旁，这侍女穿得件时兴罗裙，颜色为淡紫面子，蓝里子映衬，身材更显瘦小玲珑。源氏公子仔细欣赏她美妙娇俏的丰姿和柔顺垂肩的美发，好一个绝代佳人，心旌不禁飘动，随口赞道：

　　"花色虽褪终难弃，

　　【1】六条妃子并不觉得她和源氏身份上的不符，只是担忧她比他年长太多。当时她二十四岁，源氏则只有十七岁。

欲折朝颜何其难！"[1]

吟罢，一往情深地望着她，顺势将她的手握住。这侍女也颇能作诗，便答道：

"催驾早发朝雾里，

莫是名花留心难？"

此诗竟巧妙地将公子的诗意附于主人，可见她心灵之机巧。对答间，适逢一面目清爽的男童，媚态可掬，正穿行于朝雾中，分花拂柳，任凭露珠遍湿裙裾。不久，寻了一朵朝颜，便过来奉献与源氏公子。这场面恍若画中，与此情此景也甚为相称。村野农夫等不善风情之人，尚且选择在美丽的花木荫下休憩，更何况那些间或得以一睹源氏公子风采之人，无不一见倾心。她们实在已顾不得自己卑贱的身份了，竟思量将家中姿色可观的爱女或妹妹，送与公子做侍女。侍女中将，今日承蒙公子亲口赠诗，觉得颇不平常。自此，她真真盼望公子早晚驾临，与她尽情畅谈呢。此事姑且不表。

话说惟光大夫奉源氏公子之命，尽心打探那夕颜花家的事，也颇有收获，因此特来报公子道："邻家女主人行踪十分隐秘，是何等人物，外人无从知晓。倒是听说其百无聊赖，才搬来那向南开吊窗的简陋居处。有时一女子，俨然主妇，悄悄约了侍女们出来。远远望去，容颜俊俏，非同一般。若是大街上车轮滚动，那年轻侍女们便外出打探。一天，大街上响起开路喝道之声，一辆车疾驶而来。恰被一女童窥见，连忙进屋道：'快来瞧瞧，中将大人由此经过呢！右近姐姐！'只见一个身份稍高的侍女出来，对女童直摆手道：'轻声些！'又道：'如何知道是头中将大人呢？让我瞧瞧去。'说罢，便急急往外赶，不料板桥绊住衣裾，摔得一跤，险些个翻下桥去。她懊丧骂道：'该死的葛城神仙[2]架的桥也真是！'于是兴味索然。车中头中将（即源氏的妻兄）身着便服，几个随从伴侧。那侍女便指着道，这是某某，那是某某，而那些正是头中将随从和侍童的名字。"源氏公子道："果真是头中将么？"却又寻思："这女子莫不是那晚头中将所言及的常夏，那个令他依恋不舍的美人儿？"惟光见公子对此颇感兴趣，又道："实在道来，我为此事，还在这人家结识得一个侍女，如今已是十分亲呢。因为她，我便

【1】朝颜即牵牛花，源氏以此喻侍女中将，而花色则喻指六条妃子。

【2】日本传说中，葛城山的神仙发誓，要在一夜之间在葛城山和金峰山间架起一座石桥，但并没有完成，于是后人便将桥或架桥者戏称为葛城神仙。

对这家的情况全然知晓了。其中一个模样、语气装作与侍女一般的年轻女子，便是女主人。我在她家进进出出，装作一无所知。那些女子也都守口如瓶，但仍有几个年幼的女童，在称呼她时，不免露些蛛丝马迹。每遇此，她们便巧加搪塞，真似这里无主人一般，也实在可笑！"说着忍不住笑了起来。源氏公子觉得有趣，便道："寻得个时机再去探望乳母，趁此我也偷视一番。"他心想："前次暂住六条，细究那户人家家中排场，并不奢华，也许就是左马头所鄙弃的那下等女子吧。可这样的女子中，说不定有意外的可心人儿呢！"这惟光向来对主子言听计从，自身也极为好色，自然不愿失此良机，于是绞尽脑汁，往来游说，最终成全了主子，与这主人幽会。其间细节，权且不表。

且说源氏公子，因对那女子的来历终不能得知，便索性将自己的身份也隐瞒起来。他穿着粗陋，只带得两个随从，徒步而至，不似平日那般乘车骑马，以此掩人耳目。惟光心道："主子今儿实在有些反常。"惟光觉得自己也是多情之人，不免怨恨，便嘟噜道："却恁般颓废，叫意中人见了岂不难堪！"源氏公子因恐女家知晓端底，小心谨慎，随行两个随从，也是精心挑来的，一个是从未露面的童子，一个便是那日摘夕颜花与他的随从，甚至连大式乳母家也不敢贸然造访了。

那女子因觉得源氏公子身份奇怪，每逢使者送来回信，便令人悄悄尾随。天亮，公子出门回宫时，亦叫人暗中察他的去向，推测他的住处。只因公子机警，终不能探得底细。尽管如此，他仍无就此舍弃之意，仍是不住前去幽会。有时也感到未免过于轻率，虽则痛悔，却无法控制自己的感情。男女之事，即使恁个谨严自守，也难免没有意乱情迷之时。源氏公子虽然处处小心，谨慎行事，但此次却感到极为惊诧：早晨刚与这女子分手，便思念不已；而至晚上会面之前，已是心急如焚了。他想："此女浪漫活泼有余，沉着稳重不足，又非纯真处女，出身亦甚低微，何以如此令我牵肠挂肚呢？"思之再三，也觉不可理喻。便越发小心谨慎，甚至连面孔也遮了起来，令人不能看得分明。每次前往，也均在深夜人静之时，再偷偷潜入，情形如同旧小说中的狐狸精。源氏公子优越的品貌，在黑暗中也不难觉察，却不能看得真切。为此夕颜心中疑惑，常常恐惧悲叹。她想："此人究竟何样？行迹如此可疑，想必是邻家那好色之徒引来的吧。"她开始怀疑惟光。但惟光却佯装糊涂，一副若无其事的样子，把夕颜弄得莫名其妙，暗自愁思烦闷。

且说源氏公子也颇烦恼:"这女子装着信任于我,使我放松警惕。她从不显露心迹,有朝一日乘势逃离,或迁别这暂居之地,教我如何找寻?"转念又想,倘是无法找到,就此情断,权当一场春梦,倒也无妨。但源氏公子于心中却又断然不肯就此作罢。有时为避人耳目,便强忍思念,一人孤枕而眠。每如此,不免辗转反侧,忧虑悲愁,仿佛这女子夜间便会逃走。过得些时日,便定下心来:"从不曾如此牵挂,恐真是前世定下的姻缘。此事尚须一不做二不休,索性迎她回二条院。就是泄露出去,定局已成,也奈何不得。"一日幽会,他便对夕颜道:"我带你去一处舒服的地方,我们可以从容交往。"夕颜道:"话虽如此,你古怪的行径,倒令我有些胆怯呢。"此言无甚掩饰,声音也甚是悦耳动人。源氏公子倒也认为在理,便笑着逗她道:"我们两个总得一个是狐狸精。权当我是狐狸精,这就迷惑你吧。"说此言时,源氏公子甚是亲昵!夕颜便放心地依了他。源氏公子常怀疑她即是头中将所说的常夏,也竭力回忆那夜头中将的描述。他觉得这女子隐瞒自己的身份,不甚合于情理,但念及她的诚心与百般柔顺,心中不免顿生怜香惜玉之情,便想她不愿吐露真情,也自有其理,所以不予穷究。他推想她的心态,却并无逃隐之意。如果因此怠慢于她,将她隐瞒身份之事作为变情之由,又如何可以安心?复又转念想来:"倘若我稍稍看重其他女子,她会如何?不妨一试,也许尚能获得一些趣味。"

话说中秋之夜,清风轻拂,明月高悬,透过板房缝隙的月光一道道投射房中。源氏公子不曾见得这等景象,觉得充满奇情异趣,可叹天尚未亮,却听邻家的人相继起了身。板壁那面,几个庸碌汉子高声大气地谈话。一人叹息道:"天气恁般冷,今年生意恐不大好呢。这鬼地方,不成个样,真让人担心。喂,北邻大哥,我说……"这些贫民为着衣食,早早便起身劳作,嘈杂的声音扰得人心烦。夕颜并不贪慕虚荣,住在此等地方,并不觉得难堪,也不因身遭不幸而苦不堪言。她宽宏大量,超然达观,纵有痛苦与悲哀,或受人耻笑,也并不介意,以致纷繁杂乱的外界并不能影响她的心绪。话说回来,既已身处此境,羞愤、厌恶也是无用,倒不如不露声色,随遇而安。外面舂米的声音似乎就在耳旁,比雷霆还响,大地也为之震动,教人忍无可忍。另有一些杂乱的声音,时轻时重,从四面传来,间杂一两声寒雁的鸣叫,哀愁凄凉,扰人清梦,源氏公子从未听过这等烦躁之声,实在是忍无可忍。

源氏公子早早起得身来,自个开了门,与夕颜同去观赏景色。这庭院狭僻,稀疏伫立着几竿淡竹；花木上的露珠与晓月相映，晶莹透亮，与宫中无别；只是秋虫的唧鸣声，散漫各处，仿佛尽在耳边，听来使人难受。源氏公子记得在宽广的宫中，连壁间的蟋蟀声听来都遥远。只因对夕颜格外恩爱，对这些不快也不以为意。粗粗看去，夕颜此时也并无出众之处。她身着白色夹衫，外罩一件淡紫色柔软的外衣，装束娇艳却不华丽，体态却也轻盈秀美。可她言语间总让人万分怜爱，实在是个可心的人儿！若是再刚强些就再好不过了。源氏公子意欲畅谈，便对她道："老待在一处，苦闷得很！我们现在到附近一个能够开怀畅谈的地方去吧。"夕颜平静道："这样未免太匆促了吧！"源氏公子便与她立下山盟海誓，订了来世之约。夕颜听罢，态度天真如小女孩，人也变得真意坦诚了。源氏公子见她如此，也顾不得人言可畏了，立即吩咐侍女右近，叫随从将车子赶进门来。别的侍女虽感不安，却也信赖他，更知这源氏公子与主人的爱情异乎寻常，也就由了他将女主人带走。

　　天色微明，晨鸡尚未啼叫，万籁俱寂。只几个山僧老人为进香修行，正自诵经，清晰可闻。源氏公子想象着他们不停地跪拜起伏的辛苦模样，觉得很是可怜，心道："世事如朝露一般，变幻难测，又何须祈求不止呢？"忽又听得一片"南无当来导师弥勒菩萨"之声，随即又是跪拜之声。公子大受感动，对夕颜道："你且听听。他们正为此生，也为来世修行呢！"于是口占一诗道：

　　　　"君应效此优婆塞[1]，

　　　　常将誓愿向来生。"

不引用"比翼鸟"之典，乃因长生殿之古例不吉祥。但愿我二人同生在五十六亿七千万年之后弥勒菩萨出世之时。夕颜听这盟约，颇觉温柔，便答诗道：

　　　　"此身之福尚未积，

　　　　后世之缘何以求？"

诗意充满辛涩。是时晓月即将西坠，夕颜突然犹豫不决，不愿贸然乘车去莫名之地。源氏公子见了，不停地劝慰怂恿，督促起程。不时乌云遮月，天已渐亮，景物朦胧。源氏公子意在天未大亮前上路，情急之下，便轻轻抱了那夕颜上得车来，并命右近相伴，驱车出门而去。

　　【1】优婆塞是佛家用语，男子在家修行，并不剃度，并受了三皈依，便称为优婆塞。也就是中国常说的"居士"。

过不多时，车子来到夕颜家附近一所宅院前。唤守院人前来开门之隙，公子环顾四周，只见云雾缭绕，弥漫车帘，前面路荒草野，古木参天，阴森森甚是吓人。源氏公子抚着被湿雾浸润的衣袂，对夕颜道："此番景象，从未见得，真寒人心肺哩！正是：

披星戴月初相阅，

古来游客能解乎？

此景你可曾见过？"

夕颜羞涩吟道：

"此山何以隐落月[1]，

碧沉已尽芳姿褪。

真是可畏。"

源氏公子推想，自己常居皇室，突见此景，自然觉得可怖，倒十分有趣。车子于西厢前停下，解下牛，于栏杆上搁下辕。源氏公子等人坐于车中，等候打扫房间。侍女右近见了，大为惊异，回忆女主人与头中将私通时的情形，与此似有所同。从守院人四处奔忙、殷勤服侍的态度，对源氏公子的身份，右近似乎已有所感悟了。

待得天色渐明，远山近树依稀可见，院宅已打扫清爽。源氏公子这才下得车来，步入室内。这守院人曾俸事于左大臣邸上，是公子的家臣。此刻他向公子走近道："当差的人都已离去，恐有不便。我即去唤得几个熟手来吧。"源氏道："我是故意选了这僻静之地，不可让外人知道的。"守院人便慌忙去备办早粥。因人手不够，甚是张皇无策。而源氏公子呢，第一次在这破落荒凉处旅居，颇觉新鲜，除了绵绵不休地和夕颜谈情说爱，也旁无他顾。

吃罢早粥，二人稍作歇息，不觉已接近正午。源氏公子随手将格子窗打开，只见丛树之间寂寥无人，院中些许花草，也已衰弱无力，池中水草枯萎零落，眼前正是萧条凄凉的哀秋。那距此甚远的篱屋里，仿佛住着人。源氏公子对夕颜道："此地人烟绝竭，很是荒凉。若是有鬼，定也无法奈何于我。"其时他仍掩着脸。夕颜看了，有些不悦。源氏公子也想："亲昵若此，恁地遮遮掩掩，真是不

【1】此山指的是源氏公子。月是夕颜用以自比。

合情理。"便吟诗道：

"露中夕颜抬首笑，

当初邂逅也应缘。

那日题写在扇面的赠诗，有'露凝夕颜华光艳'。如今我便露了真面目，你道如何？"夕颜斜斜地瞟他一眼，低声吟道：

"艳艳华光漫道时，

只因黄昏看不清。"

此诗意趣平平，但源氏公子却看得别有风味，原本就荒凉的野景仿佛因此更为失色了。他对夕颜道："你一向隐瞒着身份，颇令我生气，故而也不将实情告知于你。如今我便将实情告诉于你，你总该告诉我了吧？不然，一味如此，很让人烦闷呢。"夕颜答道："怎生才能向你道个明白呢？我实在只是个无家可归的流浪儿！"源氏公子道："这便无可奈何了！也难怪你，是我先对你隐瞒的。"此时他与夕颜推心置腹，互诉衷肠，将那绝世的优美言辞尽数道来，如此凄凄怨怨、情真意切地度得这美妙的一日。

惟光取了果物，却不敢贸然走近，唯恐右近取笑。想源氏公子为这女子竟藏身这等地方，真是令人难受。惟光进而猜想这女子一定美貌非凡，便不免有些懊悔，心想："此女子本应属我，现在让与公子，我的气量也够大了。"

薄暮时分，源氏公子实在是百无聊赖，便极目眺望远方。夕颜对光线太暗的室内感到惧怕，也来到廊上，卷起帘子，躺在公子身边。两人四目对视。但夕阳将彼此的脸照得红亮亮的。此时的夕颜，在这莫名的情景中，表露出无限的柔情媚态，竟将那一切的忧思忘却了。因周围景况令她胆怯，便一直依附公子，宛如小鸟依人，也实在是楚楚可怜。源氏公子于是提早关上格子门，唤人点了灯。他怨恨道："我们既为伴侣，理应真心相待，你却仍有所虑，真使我伤心。"猛然间他又想起："父皇必定又在寻我了吧。使者们找得到才怪呢。"继而又想道："我爱这女子至恁般地步，甚是少有之事。长久未去探望六条妃子，她该不会恨我吧？便是如此，也不能怨她啊！"恋人之中，六条妃子总第一个令他怀念。但眼前这女子美好可爱，令人垂怜。公子开始在心中将两人品评，对六条妃子的思念也就有所减少。

将至夜半时，源氏公子才朦胧入睡，恍惚间见一美丽女子坐于枕旁，幽怨道："当初为你少年英俊，便真心爱恋，哪知你心中无我，却陪了这下贱的女人。这般无情无义，真气死人也！"说罢，便动手来拉身旁的夕颜。源氏公子心知着了梦魇，强睁开眼，只觉阴气逼人，四周漆黑一片，忙取出佩刀放在身旁，叫醒右近。这右近也很是胆怯，便走到公子身边来。公子道："你且去唤那过廊里的值宿人点脂烛来。"右近心中害怕，道："四周一片漆黑，叫我怎生出去呢？"公子强笑道："你真似个孩子呢。"说罢，拍起手来[1]。四壁相继发出空空的回声，反而更加唬人，却没有一个值宿人听见。只这夕颜，浑身战栗，痛苦不堪。待得浑身冷汗，已是气若游丝，早没了言语。右近心痛道："小姐素来胆怯，平日里遇着唬人之事即会魂飞魄散，更别提现在有多难受呢！"源氏公子想："这人白日里望着天空也会发呆，真教人怜惜！"于是对右近道："你且护住小姐，我自去叫人。"待右近走到夕颜身边，源氏公子方由西面的边门走出去。将过廊的门打开一看，只见灯火也皆熄灭。外面夜风习习，寂寂无声，值宿的三人都睡着了。其中有守院人的儿子，源氏公子经常使唤他。一个是值殿男童，另一个便是那个随从。守院人的儿子听得喊叫，应声起坐。却听公子道："此地人迹稀少，阴森可怖，怎可如此放心大睡？拿脂烛来。叫随从赶快拉响弓弦[2]，不要停止。听说惟光曾来此，此刻在何处？"年轻人道："他来后未见公子吩咐，便回去了。说是明日清晨来迎接公子。"这守院人的儿子是宫中禁卫武士，善于箭术。他一面拉弓鸣弦，一面四下巡视，大叫"当心火烛"。

听得鸣弦声，源氏公子不禁想起宫中来："那巡夜人此刻必已唱过名了。"想罢，见时辰尚早，便回至房中，默然打量。夕颜仍是躺在床上，右近伏在近旁。源氏公子道："为何恁般胆怯！荒郊僻野，狐狸精之类的东西固然可怕，但有我在，当不至如此惊慌的！"便使劲把右近拉到身边。"惊煞我也。唉！不知小姐现在可好些了？"右近道，仍是惊魂未定。公子一声轻叹，暗中摸得那夕颜，已经没有了气。他大为惊讶，摇晃身子，突觉四肢软弱无力，神志不清。源氏公子却想："竟被妖怪迷住，也是太过稚气了。"他虽则心急如焚，实在也无计可施。右近早已吓得瘫软如泥。待那禁卫把脂烛取来，源氏公子便把帷屏拉了过来，遮住夕颜身体。那武士遵守规矩，不敢近前，只是站在门槛边。源氏公

【1】当时的日本贵族常用拍手呼唤仆从。
【2】按当时的风俗，如果在客居途中发生诡异的事情，需搭弓拉响空弦，以凄厉的弓弦声驱除妖魔。

子道："拿过来些！真是呆子！"烛光中，刚才那梦中美女，仿佛仍坐在夕颜身旁，但顷刻便又无影无踪了。

"此般情景，只在小说里见过，如今却亲眼目睹，真好生唬人。不知夕颜竟是如何？"源氏公子想着，不知所措，唯觉脑子里一团乱麻，只得在夕颜身旁轻声呼唤。哪知夕颜已是香消玉殒，浑身冰凉了！要是有得一个能除妖降魔的法师，该多好啊！然而法师又何处可寻呢？源氏公子见得如此，顿觉精疲力竭，不知怎生是好。自己虽则年轻气盛，毕竟阅历浅薄，眼见得夕颜仙去，却无计可施，叫人怎不心痛？于是只一味地将她抱在怀里，呼天抢地："可爱的人儿，你且活转来吧！怎忍得抛下我啊？"右近早已晕倒，此时突然睁开双眼，放声大哭。源氏公子突然想起昔时某大臣于南殿驱鬼之事[1]，便强打精神，对右近道："现在虽则断了气，却不会便恁般死去。哭声恐会惊动他人，你要克制才是。"

他传唤那武士道："有人被妖邪迷住，你快快派人去唤惟光大夫来此，并告诉他：如他哥哥阿阇梨在，也一同来此。不可让他母亲知道，以免遭她干涉。"他掩饰悲痛，对武士吩咐完毕，却早已无法自持。真真是，人亡犹可哀，惨境更难熬。

夜半风疾，松涛阵阵，不时还夹得一两声怪鸟的惨啸，听来倒像是猫头鹰。源氏公子在这寂静无声的夜色里思前想后："我竟鬼使神差到这等荒僻之地来投宿！"但悔之晚矣。右近神志不清，偎在源氏公子身旁，如同死去一般。源氏公子麻木地把右近紧紧抱住，想道："难道她也不行了？"更是束手无策。灯光摇曳惨淡，映照正屋，仿佛背后又传来嗒嗒的脚步声。源氏公子想："惟光啊，你早些来吧！"但这惟光居于室外，使者四处找寻，直至东方欲晓。这段光景在源氏公子看来，简直度日如年。终于听得一声鸡叫，源氏公子才如释重负，却又想："要使人不知，除非己莫为。此事如果传扬开去，宫中且不说，若是世人知晓了，必鄙之下流。想不到我此般倒落得个声名狼藉的地步！我前世到底作了什么孽，要经受这生死离别的磨难？难道是我在风月之事上犯了大罪，必遭此报？"

惟光大夫平常均侍候在侧，唯独今宵不来，而且无从寻找。待惟光来到，

【1】此典故收录在历史故事集《大镜》中。书中记载：太政大臣藤原忠平从紫宸殿的御帐后经过时，感觉有一种莫名的力量握住了他的佩刀。藤原忠平立即拔刀砍鬼，鬼大惊，立即向丑寅方向逃走了。

源氏公子早有些厌恶，但心思既已发泄，一时竟缄默无言。那右近见到惟光，知他是始作俑者，忍不住哭了起来。惟光未来，源氏公子尚能硬撑，抱着右近竟未落泪；现在惟光来了，他哪还忍得住，即刻泪如雨下。好容易方止住泪，对惟光道："此番怪事，是不能用言语表述的。听说诵经可以驱逐恶魔，使人复生。我想立即就办，阿阇梨也一起来否？"惟光道："阿阇梨已于昨日返回比睿山去了……此事真是奇怪。小姐近来贵体无恙？"源氏公子哭道："很好。"他哭得凄婉哀怨，惟光也受了感染，抽噎起来。

源氏公子和惟光大夫都年轻识浅，此时早已六神无主，怎比得那年富历丰、见识深厚之人，遇事都能临危不乱。惟光道："且请保密。倘宅院里的人知道了此事，很是不妥。守院人虽是可靠，可他的家眷未必如此。另则，我们要赶紧离开此地。"源氏公子道："还有什么地方的人比这儿少呢？"惟光道："说得也是。若是返回小姐居处，那些侍女定然也会悲泣不止，定有人问，免不了会传扬开去。最好到山中找个寺院，常有人在那里举行殡葬，趁人不备我们可以悄然进去。"他想了片刻，又道："昔日我认得一侍女，是我父亲的奶娘，后削发为尼，现居住东山。东山虽则人来人往，她处倒十分安静，甚是可往。"此时天已渐明，惟光便唤人备车。

源氏公子一夜惊惶，已无力抱起夕颜。惟光见了便用褥子将夕颜裹好，抱到车上。她身材小巧玲珑，虽则死了，也并不令人讨厌，反使人怜惜。那褥子短而窄小，包不得全身，黑发仍是飘散在外。源氏公子觉得惨不忍睹，悲痛欲绝。他坚持要陪同前往，想亲眼看着那一缕红尘升入天际。惟光大夫阻拦道："公子千万留步，眼下行人稀少，还是赶紧回二条院吧！"见公子悲伤之至，惟光竟已顾不得自身，叫那右近上车伴着遗体，又将马让与源氏公子，然后撩起衣衫，踽踽地跟在车后，直往东山而去。

却说源氏公子回到二条院，仍自在梦中一般。二条院众人见了议论纷纷："公子到底从哪里回来？怎般沮丧。"源氏公子兀自走进寝台的帐幕里，以手抚胸，越发胸中梗塞："她若未死，醒转过来，知道我弃她而去，定恨我乃无情无义之徒，我当时何不搭那车一同前往呢？"他心烦意乱，胸中郁闷，心里虽一直念叨，竟也说不出话来，甚至觉得头昏脑涨，体内燥热，痛苦不堪。他想："真是受罪，不如死了的好！"直至日上三竿之时，他仍无心思起身。侍女们也不知公子为了何事，劝他用早膳，却呆呆坐着，并不举筷，反哭丧着脸，长吁短叹。

此刻皇上派使者来了。原来皇上前日早上便派使者找寻公子下落，没能找到，坐卧不安。今儿特派左大臣诸公子前来询问。源氏公子只让头中将一人"隔帘相谈"[1]。公子在帘内道："我乳母因五月间染得重病，遁入空门。幸得佛祖保佑，方才痊愈。哪知近来又旧病复发，异常衰弱，盼望我前往探访，以求再见一面。这是幼时疼爱我的人，在此弥留之际，如若不去，如何忍心，所以前去探视，不料她家早有一个患病的仆人，病势危重，已病死在家，还未送出。他们念及我胆怯，隐瞒了此事，直到天黑，趁夜幕笼罩，才把尸体送将出去。如今斋月临近，宫中正在忙于准备佛事。我乃不洁之身，不便贸然入宫。今晨又伤风受寒，体热头疼难忍。隔帘致辞，实属无礼之举。"头中将道："事既如此，我立即将此情禀奏皇上。皇上昨夜突然思管弦，故而派人四处寻找公子。因不见下落，圣心颇感不悦。"说罢告辞，却又回来道："那死人究竟怎样？适才所言，似不可信吧？"源氏公子心中原本有鬼，见头中将如此问，便支吾道："所言俱为实情，望将我不慎身蒙不洁之事奏闻皇上。请皇上恕罪。"他外表极为镇静，其实已触得那心中伤痛，烦躁之下，竟不想与人交谈，只将藏人弁[2]唤入内来，叫他如此这般禀奏。另备得一信，派人送往左大臣府邸。信中所言皆因有此故，隔日再行参谒。

　　源氏公子因向外宣称自己身蒙不洁，来客只得隔帘相见，不可久留，故室内并无他人。待傍晚惟光由东山归来，即召惟光进入帘内，问道："果真没办法了么？"说着，便以袖拭泪。惟光也垂泪道："实在是毫无办法了。寺中停尸过久，很是不妥。明日正是宜于殡葬之期。我在那儿有一个相识的高僧，已将有关葬仪之事托付他了。"源氏公子问道："同去的右近如何？"惟光答道："似也不想活了。她死去活来，只一味嚷道：'小姐啊，等等我吧！'甚至要坠崖自尽，还说要将这事告诉五条院人。我对她百般劝慰：'你且安静，待把事情安排周详了再议。'才终未生出事来。"源氏公子闻得此言，甚为悲伤，叹道："我也极为痛楚！不知如何处置方为上策。"惟光道："事已至此，伤心何用！一切皆为前世所定。只这事，定然不能走漏风声，后事均由我亲自去办，请公子放心便是。"

　　【1】当时风俗认为，接触过死人的人，其身上也是不洁的，不能与客人见面，也不能请客人就座，只能与来客隔帘立谈。
　　【2】藏人弁是官职名。此人是左大臣的儿子，头中将的弟弟。

公子道："说得也是。可是，我因胡行妄为，伤害了他人性命，难脱恶名，真是痛心疾首！你万不可告知你妹妹少将命妇，更不可让你家那位老尼姑察知。她平素常劝谏我不可轻浮造次，倘若被她知得，我定然羞惭难当！唉，世事均为前世所定啊！"惟光道："外人自不待言，便是那执行葬仪的法师，我也对他隐瞒了实情。"公子听了此语，感到此人倒是可靠，心也落实了些。侍女们见得此番光景，都感到糊里糊涂。她们窃窃私语："真是怪呢，究竟何事？既说身蒙不洁，宫中也不参谒，为何又在此处叽叽咕咕，唉声叹气？"至于葬仪法事，源氏公子嘱托惟光道："切不可怠慢草率。"惟光道："怎会怠慢草率呢？但也不宜过于铺张。"说着便欲告辞。但公子一时悲起，对惟光道："我如果不能如愿再见得她遗骸一面，总是不能心安。给我牵一匹马来。"惟光想，此事实在不妥，但无可奈何，便道："公子有此心愿，也是情理中事；但请即刻前往，天明之前赶回才是。"源氏公子便换上新近微行常穿的那便服。其时源氏公子想到夜形山路，荒险重重，不免心中回肠百转，举棋不定，然而又别无他法遣此悲哀。他想："此时不见她遗骸，那得到何年何月才能相见呢？"便一意私念，带了惟光和那个随从，出门启程。

十七之夜的月亮已高悬于空，待行至贺茂川畔，前驱所持火把便显得黯然无光，遥望鸟边野[1]，那边景致很是凄凉。然而源氏公子今夜心有所怀，故全然无惧。他一路浮想联翩，终于到达东山。空山沉寂，有板屋一间，近旁一座佛堂，屋内有佛，佛前灯光闪烁。那老尼姑于此修行，好不凄凉！室外另有几位法师，时而交谈，时而低声念佛。各寺院初夜诵经已毕，四周一片沉寂，唯听得一女子正自抽泣。却见清水寺那面灯火辉煌，参拜者熙来攘往。有一得道高僧，乃老尼之子，正用悲声虔诵经文。源氏公子闻之，不觉涕泪纵横。入得室来，但见右近背着灯火，隔屏面对夕颜遗骸，俯伏在地。源氏公子何尝不知其内心苦楚！夕颜遗骸较之生前，更显可爱，并不令人惧怕。源氏公子遂握其手，道："且让我再听得你的声音吧！你我不知前生结下何等凤缘，以致今世相聚怎般日短。我对你一片真心，如今你反撒手西去，落得我形影相吊，苦不堪言。你果真如此忍心！"他声泪俱下，肝柔肠断。众僧虽不知此为何人，俱感动得泪流满面。源氏公子哭

【1】鸟边野是地名，位于京都附近，是一火葬场。夕颜将在此火化。

罢，对右近道："便与我回二条院去吧。"右近道："我自幼侍奉小姐，形影不离，如今匆匆诀别，我的悲苦，自不待言。倘别人问及小姐下落，叫我如何作答？若我苟活于世，外人议论起来，怪罪于我，我又如何辩解？"说罢，大哭不已。过得一刻她又道："还是让我与小姐作伴吧！"源氏公子道："你且宽心，听我一言。"他一面宽慰右近，一面哀叹道："此乃前生命定，怪不得你。如此看来，我也无心活下去了！"话语凄凉，叫人心酸。站在一旁的那惟光，见时辰已过，便催促道："天快亮了，公子且请早回。"公子虽则留恋不舍，终是强忍悲痛而去。

　　源氏公子一边行走，一边回想室内夕颜遗骸，其仪姿如同生前，那件红衣，本为公子亲赠，现已同往，越发觉得这夙缘是如此奇特！此时夜露深重，晓雾蒙蒙，四下里模糊不清，难识归途。他无力骑马，东倒西歪，步履艰难，后惟光于旁扶持，好言相劝，方得以骑马而行。至贺茂川堤上，竟滑下马来。心情甚是恶劣，叹道："上天也欲让我回家不得，莫非我也要死于此地？"惟光心中甚是难堪，心想："我当初若有主见，怎会依了他，但现在悔之晚矣。"便只得用贺茂川水净手，向观音合掌祈求保佑，此外别无良策。源氏公子尚有自知，终于强自撑着，心中祈求佛祖保佑，勉强借惟光之力，回至二条院。

　　二条院里众人见其天明方归，皆感诧异，相互议论道："瞧公子近来举止诡异，越发古怪了。尤是昨日，那神色真让人担心啊！何苦要恁般东游西荡呢？真令人犯疑。"言罢唯有叹息。源氏公子回至房内，便觉困倦难耐，只得躺下，就此病魔缠身，生起病来。皇上亦闻知此事，担心不已，便于各处寺院进行祈祷祛病：凡阴阳道所有平安忏、恶魔祓禊、佛教的念咒祈祷，皆一一举行。见公子久病难愈，身体日渐羸弱，世间人纷纷谣传："源氏公子美貌无双，这等妖冶男子，大约是难以长留于世的吧。"

　　源氏公子于那病中，也常念及右近。遂以侍奉自己为由，将右近召至二条院，赐一厢房，让其安下身来。因公子有病，惟光虽早已六神无主，也只得强装作态，一心照料这无依无靠之女子，以安顿其事。源氏公子病情略见好转，便召唤右近，由其服侍。这右近不久即与周围人众亲善相处，随后便成了二条院中人。她身着深黑色丧服[1]，容貌虽不甚俊美，却也无瑕可击。源氏公子对

---

　　[1]当时的风俗是，与死者的关系越亲密，心中对死者的哀痛越深，所着的丧服颜色也越深。

她道:"你新近失了相依相伴之人,定然伤怀。本欲慰藉,倘我仍活于世,定要倍加疼爱;却恐我随她而去,只留得个终生遗憾。"他哀声细气把话勉强说完,已是呜咽难语了。右近见状,只好竭力排遣自身忧伤,尽心照看公子,生怕有所不测。

二条院殿内众人,亦深为公子病体担心,终日惴惴不安。宫中不断有使臣往二条院探视病情。源氏公子闻知父皇如此用心良苦,亦觉过意不去,只得强作精神以表谢意。左大臣也关怀备至,每日必来二条院问病。许是各方护理得法,公子重病二十余天后,竟日渐好转起来。身蒙不洁之人,须满三十天时,方能起床走动。如今算来,三十天已至。源氏公子深知父皇急于相见,便于是日入宫拜望。在宫中值宿处淑景舍休息片刻,左大臣即亲自用车子相送。在那车中,病后应留心的种种禁忌,更是千叮万嘱。源氏公子如梦方醒,有如重获新生一般。至九月二十日,病体痊愈,面容虽瘦,风姿却复如病前。但见他时常沉思,伤心落泪,众人皆道:"莫不是真鬼魂附了身?"

且说一日黄昏,房中恬淡幽静。源氏公子召右近于身旁,倾诉道:"我至今难以明白。为何她恁般隐其身世?我一片真心倾慕于她,却难得其体谅,始终这般隔膜,怎不叫人伤怀?难道真如其所言,无家可归,四处浪迹吗?"右近答道:"她为何要隐瞒到底?有朝一日,她自会将真名实姓直言相告。只因你俩不期而遇,一见钟情,她疑是坠身梦中。她以为您身份高贵,又是重名誉的人。您隐藏身份,说明您那情意未必可靠,仅逢场作戏而已。她很苦恼,故不敢告知于你。"源氏公子道:"彼此遮掩,本无意义。然我实属无奈,这种苟且行为,深为世人不齿,以往从未涉足。况且父皇训诫在先,自己尚有重重顾忌。平日凡我所言及我所做之事,皆会被人刻意渲染,大肆传扬。故平日行事,唯有小心谨慎,不敢肆无忌惮。岂料那日黄昏,仅为一朵夕颜花,便对那人一见钟情,难舍难分。结得这等姻缘,回想起来,恍如好梦易醒之兆,真是可悲!反过来思量,又觉甚为可恨:既姻缘易逝,这般恩爱又是何苦?现已时过境迁,隐瞒已实是不必,就详尽告之于我吧。七七之内,定命人描绘佛像送入寺中供养,以慰其灵。倘姓名亦不晓得,到寺中诵经之时,为何人回向[1]呢?"右近道:"实难相

【1】回向是佛家用语,转让之意,即将念佛诵经的功德转让给别人。这里指为死者祈福。

告啊！小姐既已隐瞒至今，如今人既已去，即便告知又有何用。心虽不安，还是将实情俱告您吧！小姐自幼父母双亡。其父身居三位中将之职，视女儿若掌上明珠，只因出身微寒，无力让女儿出人头地，故郁郁寡欢而亡。其后小姐偶遇头中将，当时他尚为少将。二人一见钟情，相见恨晚，三年以来，如胶似漆。孰料好景不长，去岁秋天，右大臣家使人前来发难。我家小姐自小胆怯，受此番折腾，甚为惧惮，便移至西京奶娘处借住，实为躲避灾难。那里当然苦寒艰辛，久居不易。想迁到山中居住，只因今年此方不吉。为避凶灾，只得于五条那所陋室暂住，不想又巧逢公子，小姐曾因此而哀叹。小姐生性与众不同，谨慎小心，寡言心事，羞见生人。而于您面前，她倒能镇定自若。"源氏公子想："原来如此。看来头中将所言实有其事，只那常夏不知尚在何处。"他更生恻隐之心了，便问道："头中将曾慨叹，言其小孩下落不明。果真有个小孩吗？"右近道："是前年春天生的。一女孩，极为可爱。"源氏公子道："可知这孩子如今寄养何处？你暗中领来交给我吧。那人死得干净，真是可怜。如今方知还有这个遗孤，我心中反倒有了个安慰。"复又道："本欲将此事告知头中将，却恐其生怨，自讨没趣，还是不告知为好。不管怎的，这孩子由我抚养，亦合情理[1]。你找些缘由去说动她的乳母，叫她一同前来。"右近道："倘能如此，定报大恩。让她居于西京，原本委屈她；只因别无他人可托，便只好寄养于那里了。"

其时暮霭沉沉，一碧万顷；院内秋草，淡黄衰败；四面虫声唧唧，如泣如诉；红叶满院，娇艳悦目，真乃画中一般。右近环视此境，忆起夕颜于五条所居陋屋，不免有些感伤。林中鹍声嘈杂，不绝于耳。源氏公子听了，忆起那日同夕颜于那院泊宿时，夕颜闻此鸟声，脸呈惧色，也着实可怜，便问右近道："她究竟多大？这人与众不同，弱不禁风，故而寿短。"右近答道："年方十九。自我母亲——小姐的乳母撇我而去，小姐之父中将大人见我可怜，遂让我服侍小姐，自此形影不离，一起长大。如今小姐命赴黄泉，我岂敢苟存于世呢？悔不该当初与她过分亲近，倒叫我此刻痛苦不堪。这柔弱的小姐，就是多年来和我难舍难分的主人。"源氏公子道："柔弱是女子的可爱之处。自以为是，目中无人，才让人嫌弃呢。我素来柔弱，故而对柔弱之人颇有好感。此等女子虽易受男子欺骗，然生

【1】这孩子是源氏所爱恋的夕颜的遗孤，按源氏与头中将的关系，应是他妻子的侄女，所以他来照顾这个孩子确也合理。

性谨慎，善解人意，且推己及人，所以可爱。倘能尽心调教，正是最可爱的品性啊。"右近道："公子若爱慕此种品性的女子，小姐自是恰当人选，只可惜过于薄命了。"说罢掩面失声啼哭。

天色晦暗，晚风侵衣，源氏公子忧愁满怀，仰天孤吟：

"莫非尸灰化游云，

遥望暮天甚觉亲。"

右近不曾作过答诗，心中暗想："小姐此时尚在公子身边……"想至此处，哀思不禁郁悒于胸。源氏公子又忆起那地方，连原本刺耳的砧声，亦变得甚为亲近了，便信口吟道：

"八月九日正长夜，

千声万声无了时。"【1】

然后宽衣解带，愁肠郁结而寝。

再说那伊豫介家小君，前往拜谒源氏。因公子心有所系，便不如昔日常让小君托带情书；空蝉见了，认为公子是在怨恨自己薄情，要与自己决断，心中很是烦闷。不久又听得公子染病，心中复又增添了几分忧虑。又因即日将随夫离京赴任于伊豫国，心中更觉孤寂难耐，遂与源氏公子传书道："近闻贵体欠适，心窃牵挂，并附诗道：

问君何以无音信，

光阴荏苒怎不悲？

古诗道'此身生意因此尽'，此言真是可信。"忽得空蝉书信，源氏公子竟爱不释手。他与空蝉的旧情哪能忘怀？便回复道："慨叹'此身生意因此尽'者，当为何斯人也？

人生浮世如蝉蜕【2】，

命存只因得来书。

世间之事实难料定！"虽手指颤抖，然信手挥毫，字迹也隽秀如初。公子仍记得那

【1】这两句诗出自白居易的《闻夜砧》："谁家思妇秋捣帛，月苦风凄砧杵悲。八月九月正长夜，千声万声无了时。应到天明头尽白，一声添得一茎丝。"

【2】在源氏第二次偷入空蝉的卧房时，意外地与轩端荻苟合，离开时却拿走了空蝉穿旧的单衫。此处"蝉蜕"指空蝉的单衫。

"蝉蜕",便疑自己负心。虽如此,仍觉得有趣。

那空蝉生性这般顽皮,常做些意外之举,却羞于直接见面。她并非有意做出矜持冷淡之态,唯觉仅有如此,方能让公子知其并非乏味之人。

再说源氏公子得知轩端荻已嫁与藏人少将,便想:"果在我意料之中。倘若少将看出破绽,不知如何是好。"恁般想来,他竟觉得于少将问心有愧。却又想道:"不知那轩端荻近来如何?"于是差小君送得一封信去。信中附言道:"我心思君欲绝,君知否?"又附诗道:

"春风一度皆泡影,

而今何又诉别情?"

并将此信系于长长的荻花枝端,以招惹众人。口头虽嘱小君"暗中送去",心下却想:"若小君大意一些,藏人少将见了,定知我为轩端荻旧日情人,或许会因此宽恕她的不贞吧。"本来此种骄矜心态,最为可恶!小君趁少将不在,才将信转附。轩端荻看后,虽怨他无情,然蒙其未忘旧情,又不由感慨,便以时间仓促为由,草草作得一诗,交与小君回送:

"荻叶置于寒霜下,

半喜半忧是我心。"

字迹不雅,虽借故挥毫文饰,格调却仅一般。源氏公子不禁想起那晚弈棋时分,烛光映照出的面容来,心道:"其时与之对弈的那个女子,虽实在有一种让人无法道出的感受。但此人另有风度,不拘小节,口齿伶俐。"想至此,亦觉此人并不可恶了,竟一时忘了先前所尝苦头,于心中又萌生出那风流念头来。此事暂且不表。

再言那夕颜,死后七七四十九日,于比睿山法华堂悄悄举行法事。佛堂装饰甚为华丽,场面更是十分讲究:自僧众装束至布施、供养等一应安排,俱有条不紊。所用经卷尤其考究,念佛诵经均万般虔诚。得道高僧系惟光之兄阿阇梨,法事由其主持,庄严隆重。祭文由源氏起草,平日最为亲近之师文章博士书写,其中有意隐去死者姓名,仅言"今有可爱之人,染病归西,祈愿阿弥陀佛,超度亡魂……"甚是情意绵绵,婉转凄恻。博士见了道:"如此美文,不必再改了。"源氏公子虽尽力克制,亦情不自禁,泪如泉涌。博士面对此情此景,颇为关心:"究系何人,引得公子如此悲痛?且未曾听说有甚不幸之人!公子恁般伤痛,定与此人有颇深的夙缘!"源氏公子暗中备有为死者焚化的服装,这时叫人拿出裙袂，亲手系结于裙带上[1]，吟道：

"裙带乃吾含泪结，

何时解带叙欢情？"

他想到死者于来世："此四十九日内，亡灵游弋于中阴[2]里，日后将投生于六道[3]中哪一世界？"诵经念佛，甚是虔诚，表情一派肃然。公子此后再见头中将，胸中痛楚不觉复又涌动。欲告知他抚子如今活得很好，又恐遭到非难，左思右想，终未开口。

却道自夕颜走后，五条居所内，众侍女见女主人长久未归，行迹不明，右近亦杳无音讯，均忧心忡忡，却无处可寻。她们虽难确认，但论模样，那男子定是源氏公子无疑。求问惟光，他却支吾搪塞，佯装不知。那惟光仍是同此家侍女眉目传情，暗中幽约。众人皆暗中猜疑道："许是某国守之子，本为好色之徒，怕头中将纠察，故带离至其任处去了。"居所主人，乃西京奶娘之女。此乳母本有三个女儿。右近即为另一已逝乳母之女。这三个女儿素来视右近为外人，彼此间存有芥蒂，故未禀报女主人详情。虽说也思念女主人，却唯有以泪洗面。那右近另有心思，此事只要一直无人知晓，自己尚可苟且度日。若将此事告知，定会引出麻烦。右近甚为虑惧。且于源氏公子，更是守口如瓶，所以只得将那寻找遗孤一事，暂且搁置起来。至七七法事结束前一晚，源氏公子得一梦。于那晚泊宿的院室内，光景依旧：夕颜枕边坐一美女，容貌亦如亲见一般。醒来便想："于此荒寂屋内，将我迷住，定是妖孽作祟。"细想梦中情景，禁不住冷汗淋漓。

转眼已是十月，伊豫介便要离京赶赴任地。源氏公子盛宴话别，因这次为携眷而别，情景别有一番隆重。私下为空蝉备办的梳扇等称心赠品，均皆精巧别致，即便祭路神所用纸钱亦匠心独具。且将那单衫物归原主，并附诗一首道：

"痴心企盼再重逢，

【1】这是日本古代的一种风俗习惯。恋人分别时，女的在内裙带上打一个结，男的则把结打在兜裆的布带上，表示在再见之前，双方都不再与别人恋爱。源氏为夕颜打结，是对她有着深深的眷念和怀想。

【2】中阴是佛家用语，佛家相信，在人死后的七七四十九天之内，是无法确定投生之处的，只能在中阴等待。中阴又称中有。

【3】六道也是佛教用语，分别指天道、人道、阿修罗道、畜生道、饿鬼道、地狱道。

谁料泪浸袖已朽。"
又备书信一封，以尽诉衷肠。繁文缛语，暂且不表。且道源氏公子使臣已去，空蝉特令小君将答诗送去：

　　"秋弃单衫若蝉翼，
　　冬时触景自悲伤。"
源氏公子读罢，心想："我虽则恁般思念，然此人竟此等心高气傲，实是有别于常人。"此日正值立冬，上天有眼，竟下得一阵雨来，使个山野更显静寂。源氏公子沉溺于遐思之中，不觉吟道：

　　"秋去冬来凄心苦，
　　泪眼茫茫生死别！"
一时间，仿佛深有感悟："此种不甚光彩之恋情，毕竟使人痛楚！"

　　凡上种种琐碎之事，本可略之。然余忌因此授与后人口实，宣称此物语涉及帝王家事，一味避恶扬善，故视此书失实，遂冒昧刻薄言之罢了。

THE TALE OF GENJI

VOLUME 5
第五回
若 紫

却说源氏公子因患了疟疾，虽多方寻人画符念咒也未见好转，不时仍旧发作。一日听人道："有一高明道僧，住北山某寺。去夏疟疾盛行，别人念咒均无效应，唯此人神通，众病人皆得治愈。此病若是延将下去，必酿大难，万请前往一试。"源氏公子听得此言，立刻派使者到北山去唤请那位高僧。高僧推辞道："贫僧年事已高，举步艰难，恕难从命。"使者归来如实禀报。源氏公子无可奈何，只得于那天色微明之时，带了四五个亲随，微服前往北山。

时值暮春，京中花事已渐近尾声，而山中樱花却开得正艳。入得山来，只见得春云绕树，随风飘移，甚是可爱。源氏公子身份高贵，生长在皇院深宫，难得远足。此般景色，直令他心旷神怡。高僧所在寺院，隐于北山深处。只见那寺院所在之地，周围巨岩环抱，寺后山峰直插云天，地势险峻异常，仿佛仙境一般。源氏公子入得寺来，并不曾报得姓名。但见此人虽衣着简朴，仍掩不住其高贵风采，老僧吃惊道："公子定是昨日召唤贫僧的那位。有劳远驾，实难担当！贫僧早已弃离尘世，符咒祈祷等事渐已遗忘，怎敢屈尊亲临？"说时，复又打量公子，满面堆起笑来。这圣僧道行极高，他画得一道符，请公子饮下，遂诵经祈祷，为公子消灾。此时红日初升，霞光四射，源氏公子便步出寺外，眺望四周景色。此寺所在之地，地势甚高，山中诸寺，皆可收入眼底。沿坡道曲折而下，有一所屋宇，也同这里一般围着茅垣，庭中树木森森，内有齐整的房屋和回廊，整洁异常，却颇有生趣。源氏公子问道："何人居住于此？"随从答道："是公子认识的那僧都，在此处已两年了。"公子叹道："原来此处也是高僧仙居处。看来，我此番微行，恐是不成体统了！大概他已经知道我到此罢。"此时，几个眉清目秀的童男童女从宇中走出，有的汲水，有的采花，皆了然分明。随从人等窃窃议道："看，那里有女人呢。僧都该不会养女人吧！究竟是何等人呢？"更有人下去窥探，回来报道："里面有漂亮的年轻女人和女童。"

源氏公子无话可说，回到寺内，复又诵经。待得午时，又开始担心疟疾是否会发作了。随从见了，道："公子不如到外散心去，或可忘掉那病根呢。"便出得寺来，登上后山，向京都方向眺望。但见云霞满天，薄雾弥漫处更是万木葱茏，时隐时现。他赞道："真乃仙境也。住在这仙境中的人，定然无忧无虑。"随从道："这风景哪算得上最好了？若公子再走得远些，到那高山大海边去，那番光景，才胜似图画呢。譬如东部的富士山，某某岳……"还有人将西部的某一浦滨、某一石矶的风景，活灵活现地描绘出来。这些人说东道西，意在让公子释怀，忘却疟疾。

　　一位名叫良清的随从告知公子道："我听得播磨国有一处叫明石浦的地方，胜景极妙。那里虽算不得深幽，却毗临大海。临海眺望，别是一番盛景，那海阔天空的气势，自是不必说了！那里的前任国守，有一座远近闻名的邸宅，宏壮之极。且还有一女儿，出落得如花似玉，甚是可爱。此人出身名门，按理仕途应当顺利，仅因他性情孤僻，落落寡欢，难以与众人相合，便弃了好端端的近卫中将不做，而到那里任了国守。孰知其政绩并不显耀，播磨国人对他也就毫不拥戴，还颇瞧他不起呢。他悲伤之极，不由哀叹：'上下不是，活在这尘世有何意义！'遂削发当了僧都。这播磨一地，宜于静修的山乡，比比皆是。这人也真是奇怪，既已遁入空门，那就应当遁迹深山，他却选择了在海岸居住。许是他顾虑山深景清，人迹罕至，年轻的妻女常住不惯，抑或因为那所邸宅如意称心之故吧，所以他执意不愿入山。前些日回乡省亲，我曾经去过他家。尽管京城失意，郡人也瞧不起他，凭着做国守时的职权，他却拥有广阔的土地及壮观的宅院。这种人晚年无须操心，尽可富足安乐。而他当了法师后，反倒热心起来，为后世修福，做得不少好事呢！"

　　公子听得如此，便追问道："那女儿如何？"良清答道："容貌与人品皆属上乘。每任国守皆为之倾倒，向其求婚。可这法师一概不允，并立下遗言，道：'我今生一事无成，仅有一女，但愿她日后能出人头地。倘若我身先死，她又发迹无缘，倒不如同我共投大海，共期来世。'"源氏公子颇觉好笑，随从也笑道："此女真像个宝贝呢，她定想当龙王的王后吧。真乃心比海深！"说话的随从良清，是现任播磨守之子，已由六位之爵升为五位藏人了。朋辈皆议论他道："定是这良清不怀好意，也想娶这女子作妻，而不时去那家窥探。如此一来，不是要破坏僧都的遗嘱么？"一人说道："说得如此玄乎，恐怕不过是个村野姑娘吧！她自幼生长于穷乡僻壤，父母又如此古板，能好到哪里去呢？"良清说道："此言差矣！这姑娘母亲极有来历，交情甚广，曾遍访京城富贵之家，专门雇来众多年轻侍女及女童，专选那些容貌姣好者，充当女儿的礼仪老师，排场实在不小呢！"有人插言道："若她双亲死了，变成孤儿，怕就摆不起排场了吧。"源氏公子也来了兴致，玩笑道："为何非要到海底去呢？那里只长着水藻，怕不好看呢。"随从对公子的心思十分清楚，均想："我们这位公子素来偏好离奇之事，虽是一位村野女子，恐怕早已被他记在心里了吧！"

是时天色渐晚，游罢后山，公子一行返回寺里。随从便提醒公子回京。那老僧听了，即劝阻道："最好今夜在此歇夜，静静诵经祈祷，以驱贵体妖魔。待明日回去不迟。"他感到这种夜宿深山的机会，日后实在难得，便欣然同意，随从人等皆以为然。

　　源氏公子无所事事，便遣散身边随从，只留惟光陪着，乘着暮色，信步走到坡下，来到白日所见的那所屋宇的茅垣旁边。只见那室宇内，西间里供着一尊佛像，室中立着一根柱子，帘子半卷，一个尼姑正在佛前供花；她供花完毕，便靠着柱子，坐了下来，置佛经于一矮几上，静心低头念起来。这尼姑约摸四十岁上下，体态轻盈，肌肤白皙，身段略显清瘦，但面庞饱满，眉目端庄，看起来仪态高贵，非同一般；虽留着短发[1]，似比长发更为得体，别有一番风韵。源氏公子看了，颇有些新奇。老尼身边，还有两个中年侍女，亦生得清秀异常。几个女孩戏耍着跑进跑出。其中有一十岁左右的女孩[2]，衬衣雪白，配件棣棠色外衣，模样甚是可爱。源氏公子想道："这女孩与众不同，长大以后，定是个绝代佳人。"她的头发斜披肩上，飘曳不止，脸色鲜活红艳，大概是刚哭过吧。她行至尼姑跟前站定，尼姑抬起头来看她，问道："又怎么了？与她们吵架了么？"两人形貌竟有几分相似。源氏公子便想："二人可是母女？"听得这女孩涕泣道："我那在熏笼里好好养着的小麻雀被犬君给放走了，也真是的。"脸色甚是不悦。又听得有一侍女在旁道："那小麻雀，近来越发可爱了。犬君放去了它，真可惜啊！这毛手毛脚的犬君，尽闯祸，真该遭骂哩。若让乌鸦见着，那可就糟了。"说着便走了出去。她的头发甚是浓密，随着步履，几乎要飘动起来。听有人叫她"少纳言乳母"，猜想她便是此女孩的保姆了。尼姑道："你这孩子，尽拿些无聊的事烦我，真不懂事！我身子日衰，性命朝夕难保，你却只知道玩麻雀。往常我不是对你说过么？生物皆有灵性，你这般玩弄，实是罪过！"便吩咐那女孩，到自己身边坐下。女孩粉额白嫩，短发俊美，一股清秀之气流露眉间，仪貌十分乖巧。源氏公子想："此女成人之后，不知何等艳丽悦人呢！"便目不转睛，凝视着她。不久又想："却道此女子何等勾我心魄，原来她似我那意中人呢！"一想到藤壶妃子，

【1】当时的尼姑不剃头，仅将头发剪短。

【2】这女孩儿就是幼年紫姬。日文中"若"即"幼、嫩"之意，故文中称呼幼年紫姬为"若紫"，后又改称紫姬。

公子不免滴下泪来。

只见那尼姑一边给小女孩梳头，一边道："唉，长得一头好头发，却不知梳理！你这孩子，全不似你那死去的母亲，十二岁时已十分懂事了。你恁般大了，还让我操心，若我死了，你该如何是好？"说罢，叹息不已。源氏公子见这光景，亦觉不忍。这女孩似有所知，抬起头来，眼泪汪汪地注视着尼姑，又驯服地垂下了眼帘，埋头默默闲坐着。她那额上绺绺秀发，显得甚是柔滑可爱。尼姑便吟道：

"悲怜弱草势难熬，

残露将尽不忍消。"

旁边一个侍女听了，忍不住掩泪道：

"青草稚嫩犹待长，

残露尚润岂能消？"

刚走进来的那僧都，却对那女人道："你在此处，何不放下帘子来呢？外边都瞧得见的。"尼姑听了便赶忙将帘子放下，却道："这如何是好？这般模样，怕已被他们瞧见了！"只听得那僧都又道："我方才听得，源氏中将正在山上那老僧处祈病。他此次微行，十分隐秘，我居于此处，是否该去向他请安呢？源氏公子风采照人，天下闻名。你可愿拜见一番？似我这般和尚，虽已看破红尘，但遇见此人，也觉神志清爽，去病延年哩。我且与他送个信去。"源氏公子怕被他撞见，赶忙返回。他心中却想道："此般深山之中，也有这等美人，难怪时常有人外出，四下寻花问柳呢！我难得出京游玩，如今竟也碰得这般美事。"不禁兴趣盎然。接着又想："那个女孩实在使人心动，却不知是何家女子。我倒想要她朝夕相伴，陪于身边，免去我与那人的相思之苦呢！"

源氏公子回到山上寺里，刚刚躺下便听得那僧都的徒弟叫出惟光，让他传达僧都的口信。公子只听那徒弟道："贫僧在此修行。公子大驾到此，贫僧刚刚闻知，本应即刻前来请安，但念公子微服秘行，因此未敢贸然相扰。还请泊宿山下寺中，以受供奉。"源氏公子求之不得，便命惟光回他道："因半月前忽染疟疾，久治不愈，受人指点，前来求治。此寺高僧，德高望重，与众不同。但或治病不验，传扬开去，恐对他不起，故而微服前来。既是如此，我当即刻前来拜访。"徒弟去通信不久，僧都便至。此僧都，人品极高，万人敬仰。源氏公子自觉衣着简陋，与他相见，不甚自然。僧都见状，佯装不知，将入山修行情况，与公子一一道来。随后相邀道："敝处乃一普通草庵，有一水池，或可聊供赏阅。"言辞甚为恳切。源氏公子想起他在尼姑面前的夸奖，忽然失却了信心。转又想起那可爱的女孩，便随即答应往访。

此刻尚无月色，庭中池塘四周皆燃着篝火，园中吊灯皆点亮。但此处草木与山上无异，然而布置巧妙，雅趣别致，颇具匠心。南面一室，陈设也极为清雅，佛前香气弥漫，甚是怡人，却不知此香出自何处[1]。源氏公子的衣香，更是别具风味，吸引得内室妇女格外欣慰。僧都讲述起人世无常，来世因果报应之类佛说，源氏公子便想到自身的种种罪过，不由感到内心满是肮脏念头，恐一生一世都会愁苦不休了。至于来世，更不知将得何种沉痛报应了！一想到此，心中不甚惶恐，也欲入山修行了。不料那女孩可爱的面貌，总挥之不去，不时浮现出来，便说道："我曾在梦中问你：'寺中住的何等样人？'不想倒在今日应验了。"

僧都有些诧异，笑道："公子这梦有些奇怪呢。蒙公子下问，我便如实相告，只怕你听了扫兴。也许公子不认识那个按察大纳言吧。他已去世多年，其夫人即是我妹。大纳言过世后，妹妹便出家做了尼姑。近来因患疾病，前来投靠于我，在此修行。"公子又试探着问道："且随便问一下，听说这按察大纳言有位女儿，眼下居于何处呢？"僧都答道："大纳言平生之愿便是让这女儿入宫，故而呕心沥血，悉心教养。可惜世事难料，大纳言早亡，至今大约已有十来年了吧。这女儿便由那尼姑母亲抚养成人。这期间，也不知是何人牵线，使这女儿与那位兵部卿亲王[2]私通了。不知何人又将此事传到了兵部卿亲王的正夫人耳里，这贵夫人岂能容她，对她百般恐吓。这女儿不得安居，终于郁郁而死。真是'忧愁使人伤'啊！"

源氏公子料得寺中这女孩，必为那女子所生，便想："难怪如此相像。如此推之，这女孩身淌兵部卿亲王的血液，便是我那意中人的侄女呢。"心里不由得与这女孩又多了一分亲近。既而他又想："此女孩血统高贵，品貌端庄秀美，幼年

【1】日本当时待客的习惯，便是在客厅以外的房间焚香，来客闻到若有若无的香气，却看不见香源。

【2】这位兵部卿亲王是藤壶妃子的哥哥，二人同是皇室之后。所以兵部卿也称为亲王。

无猜，与人容易相处，我或可随意调教她吧！"他想证实一下，便又问道："真是可怜！那这位不幸的女儿可曾生有儿女？"僧都答道："死前生有一女孩，现在托于外祖母抚养。这尼姑年老多病，照料外孙女不免吃力，常自叹苦呢。"源氏公子心中暗喜，便开口道："我有一事贸然相求：劳烦你与老尼姑做主，将这女孩交与我抚养，可否？我虽已有妻室，终因人生旨趣有别，便与她不合，经常分居而卧。也许你们会按世俗常理，以为年纪太不相称，不甚稳妥吧？"

僧都闻之，脸色一沉，冷冷答道："公子美意，实在令人感激！恐怕这孩子毕竟年龄太小，不谙世事，为公子作戏耍伴侣，也还差得远呢。女孩子总须受人照拂，方能成人。但贫僧已脱凡尘，不便独自做主，待得与其外祖母商榷后，再作决定吧！"源氏公子听得此话，颇为尴尬，便将此事搁下不提。僧都即想退下，道："为做功德，此刻正预备佛堂。待初夜诵经结束之后，再前来侍奉公子。"说罢，便起身去了。

山风吹拂，寒气袭人，小雨飘然而至。远处瀑布在风中哀鸣，其间夹杂着起起落落的诵经声，声音甚是混浊凄凉。此情此景，愚冥之人尚且懂得悲伤愁叹，何况源氏公子遭此冷落，正在烦恼，加之本就是多情善感之人，怎生睡得安稳。夜深之时，仍不见僧都前来。源氏公子等待不及，见内屋里妇女正在诵经，念珠与矮几碰撞之声，依稀可闻，不时还夹杂有衣衫窸窣之音，便悄悄起身，走到这房间门前，将外面帷屏轻轻推开，拍了拍扇子，向里面招呼。里面的人未曾料到，又不好佯装不理。其间一侍女膝行[1]到门口，又退回两步，惊诧道："谁呀？我没听错吧？"源氏公子道："经菩萨指引，岂能走错？"这声音甚是优雅柔和，高贵无比。那侍女觉得相形见绌，便不敢言语了。半天方才问道："想问公子面晤何人？"源氏公子道："今夜唐突之极，也难怪你惊诧。你当明白：

细草芳姿自窥后，

游子落泪青衫湿。

请入内通报吧。"侍女心下疑惑，回道："此处并无公子受诗之人，与谁通报呢？"公子便道："呈上此诗，自有其理，务请通报罢了！"侍女无话可说，

---

[1] 铺设榻榻米的和式房舍，妇女下坐时双膝下跪，坐在双脚跟上。短距离移动时，往往跪姿膝行。

只得入内通报与那老尼姑。老尼姑读罢，想道："这源氏公子，也太过风流多情了！那'细草'之句又作何解呢？该不会是中意我家那小孩子吧。"她顾虑重重，心烦意乱，又不愿因此失礼，便回吟道：

"游人今宵湿青衫，

岂知山人衲褪寒？

且知我等有流不尽的泪吗？"

公子心下焦急，见侍女将答诗转了出来，便道："近在咫尺，却要间接传言通话，我甚感难堪。值此良机，企盼郑重面晤，具体申述。我在此待命，不胜惶恐。"侍女入内回报。老尼言道："此事叫我好生为难，想必公子有所误解。如何答复，方才不失礼数呢？"众侍女皆道："倘若拒绝，反被他怪罪，且让他进来吧。"老尼姑道："此言倒也在理。若是年轻，当有所嫌忌。既为老身，有何不便？既然他又如此慎重，就不用回避了。"便走了出来。源氏公子抢道："小生贸然造访，甚是轻率，乞望恕罪！但念小生心地赤诚，并无恶意。望我佛鉴察。"他见这老尼姑面貌肃然，气度高雅，心中大失坦然，不免畏缩起来，要说的言语，只是闷在胸中，开不得口。老尼姑答道："公子大驾光临，实乃三生有幸。承蒙不吝赐教，我等受益匪浅！"源氏公子直言道："闻尊处有一小孩，自小丧母，小生愿代为抚育。不知能否蒙得惠许？小生不幸幼失慈母，孤苦伶仃，难以言述。因我们处境相同，正是天生良伴。今日得见尊颜，实机缘难得。因此冒昧剖诚。"老尼答道："公子有此念头，如此屈尊，老身感激不尽。唯忧传闻有误，令公子失望。虽有一无母之儿，与老朽一起艰辛度日，但她年纪尚幼，不晓世事，公子胸怀再宽，对此亦绝难容忍，因此难以奉命。"源氏公子道："所言种种，小生皆已详悉，师姑不必多虑。小生惜恋小姐，用心切切，务求察鉴。"老尼原以为公子尚不知情，二人年龄甚不相称，遂沉默不语。而公子呢，见老尼并不为之所动，而僧都又将到来，只得暂且告退，道："小生既已陈明心事，待日后再议吧。"便退了出去。

天将破晓之时，佛堂里传出《法华经》的朗诵声，夹杂着些瀑布及山风的吼叫声，更使这深山寺宇显出一派肃穆之色。僧都一到，源氏公子便赋诗道：

"山风浩荡惊梦人，

瀑布声声催泪流。"

这僧都是何等雅致之人，随即答诗道：

"君闻风水频垂泪，

我见山林不动心。

我定是久闻不惊吧？"此时天色微明，东方霞光冉冉，绮丽动人。林中山鸟争鸣，野禽争叫。不知名的草木花卉，漫山遍野，五彩斑斓，美若锦缎。其间有麋鹿出没，或行或立。源氏公子观得如此奇景，心中大悦，烦恼随即烟消云散。山上寺里那老僧老态龙钟，行动不便，但也不辞辛劳，下山来为公子祈祷。他牙齿稀疏，念那陀罗尼经文的声音，虽有些嘶哑，听起来却甚为高深庄重。

宫中派了使者，前来迎接公子。公子临行之前，僧都搜集果物等诸多俗世所无的珍品，为公子饯行。并道："贫僧曾立誓言，年内不出此山，不能远送，望公子恕罪。公子来去匆忙，真是遗憾。"便又举杯敬酒。公子答谢道："流连于此等山水之间，我也不舍离去；无奈父皇挂念，不便久留。来年樱花未谢时，定当复来拜访。"即吟诗道：

"仙山美景告宫人，

赏樱须在此时来。"

公子气度优雅，声音清朗无比，令见者莫不神往。僧都答道：

"山野樱花何足赏，

一心只盼优昙花。"[1]

源氏公子对僧都笑道："这优昙花，三千年才开得一次，恐难得一见吧！"同时赏酒与山上的老僧。一老僧感激不尽，几乎流下泪来，为公子吟道：

"深山松扉今方启，

平生初次识英姿。"

老僧并将金刚杵[2]一具赠献公子，为护身之用。僧都则按自己的身份，奉赠公子一串金刚子[3]。金刚子装于一只中国式盒子里，外面套着结有五叶松枝的镂空花纹袋。此乃百济[4]之物，为圣德太子所赐。另又奉赠药品种种，均装在红青

【1】佛经中一种想象出来的花，佛三千年一出世，这种花也就三千年才开一次。

【2】密教的佛具，用于驱除烦恼。

【3】菩提树的果实，产于印度。果核坚硬且有美丽的花纹，可以制成数珠。

【4】古代朝鲜的国名。

色的琉璃瓶中，瓶上用藤花枝及樱花枝作为饰物，格外受看。

源氏公子早已派人回京，取来诸种珍贵物品，上至老僧，下至诵经法师，各有赏赐，连樵夫童仆也不例外。众人准备回驾之时，僧都入得内室，将源氏公子昨夜所托之事俱告老尼姑。老尼道："如果公子真有心于她，过四五年再说不迟，眼下未免草率了些。"公子得僧都回言，心中不悦，作诗一首，送与老尼姑道：

"昨日朦胧见花客，

今日不忍伴霞归。"

老尼姑答道：

"怜爱花容真心否？

应识游云变幻无。"

虽则随意挥洒，趣味却甚为高雅。

源氏公子正欲起驾回京，左大臣家诸公子及众人皆急急赶到。他们吵嚷道："公子未与我等言明行踪，原来隐行于此！"其中头中将及左中弁等人，与公子平素异常亲近，此时更嗔怪公子道："独自寻了这等优雅之处，也不相约共赏，未免太无情了吧！"源氏公子笑道："此间花色甚美，你等在此稍稍小憩，也不负这良辰美景呢！"众人便在一巨石下的青苔地上席地而坐，举杯畅饮。周围山泉鸣咽，瀑布声声，别有一番情趣。头中将兴致勃发，从怀中取出短笛，吹出一曲《催马乐》来。笛声清幽悦耳，与此情景甚为相合。左中弁以扇击书，唱道："曾闻葛城寺，位于丰浦境……"[1]此两位贵公子，自是卓尔超群，不同凡响。而源氏公子病体初愈，略显清瘦，倦依岩石之旁，丰姿秀美异常，引得众目凝滞，嗟叹不已。随后，又有一个吹筚篥的随从，一个吹笙的少年，与众人一起尽情欢乐。僧都抱来一张七弦琴，恳请公子道："公子妙手，若弹奏一曲，定当声震林宇，山鸟惊飞。"源氏公子心情缭乱，不愿献艺，只因推辞不过，也只得弹奏一曲。曲终了，便与众人一同下山而去。

山中僧众及童孺见源氏公子等众人远去，均慨叹惋惜，庆幸今日开了眼界。老尼姑等人，议论纷纷，相与赞叹道："真神仙下凡也！"连见多识广的僧都也叹

---

[1]《催马乐·葛城》：曾闻葛城寺，位于丰浦境。寺前西角上，有个榎叶井。白玉沉井中，水底深深隐。此玉倘出世，国荣家富盛。

道：“如此天仙般的人物，生于这污浊的尘世，真令人于心不忍啊！”说罢不由悲伤无穷，流下泪来。那女孩虽小，也羡慕不已道：“他比父亲还要好看呢！”众侍女便逗趣道：“既如此，便予他做了女儿吧！”她听得此言，竟面露喜色，甚为向往。以后，每摆弄玩具或画画，她都假定一个源氏公子，替他穿衣打扮，真心地爱护他。

却说源氏公子返回京都，当即前往宫中拜见父皇。皇上向他一一探问老僧祈祷、治病的经过，并问他是否灵验，公子如实作了禀复。皇上叹道：“此人修行功夫如此之深，堪与阿阇梨相比，而满朝文武竟无一人闻知。”见公子消瘦了许多，又顿生百般怜爱来。此时左大臣入见，见源氏公子在侧，便道：“因听说公子乃微服出行，恐有所不妥，便未前来迎接。请与我回邸，好好将息一两日吧！”源氏公子虽不情愿，却也不便推辞，只得随同前往。左大臣对爱婿一向体贴，竟将车前自己的座位让与他，自己却坐于车后。源氏公子体恤岳父，心中甚觉不安。

为迎接源氏公子归来，左大臣一家早已全力操办了一番。公子久不至此，今番回来，但见玉楼金屋，装饰一新；诸般用品，井然有序，不觉耳目一新。只是葵姬照例未出来迎接。后经左大臣多番规劝，方缓缓而出。然而见了公子，竟也似泥塑木雕一般，极为正经。公子见了，想道：“山中观感，此番颇多感慨，真想与人畅叙，与之共同分享。可这人一味冷若冰霜，不愿开诚解怀。长此以往，定会更生隔膜，叫人好不烦恼！”便对她道：“我渴盼一见夫妇亲热之状，可至今未曾改变。你向来如此，原不足为怪，只是我近来身体不适，痛苦不堪，你仍如此冷落于我，使我怎不烦厌？”葵姬这才开口答道：“时至今日，你方才知晓遭受冷落的痛苦么？”说时秋波暗递，高贵的颜面上满是娇羞和幽怨。公子道：“你玉口难开，可一开口，就叫人难以理喻。'遭受冷落的痛苦'乃情人之语，你我结发夫妻，怎说出此话？你向来冷淡于我，我一直盼你有所改变，百般迁就你，到头来，你对我仍这般厌恶。唉，看来只有等到我死的那日了。”说罢，独个步入寝室不再与她交谈。过了一会儿，葵姬才进得房内。公子长叹了一声，便宽衣就寝了。

他虽佯装睡着，脑中却浮想联翩。心中寻思：“那女孩虽若细草一般，长大后定是个绝色佳人。可那老尼以为年龄悬殊，一直不允，今我再难开口。我得设法将她接到此处，朝夕看待她，以慰我心。这女孩不似她父亲兵部卿亲王，生得艳丽无比，使人一望，便想到藤壶妃子，这大概是同一母后血统所致吧？"想到此处，更觉眷恋不已，便费尽心力思虑起来。

第二日，源氏公子写得一信。他在信中言道："前日所请，未蒙准允，不胜忧愁。未能倾叙衷肠，心甚惋惜，故今朝专函道明。小生之心，上天可鉴。若蒙体察，荣幸之至。"道：

"山樱倩影动梦魂，

此花更系无限情。

真担心夜风会将此花吹散。"他将信精包巧封，叫人送与北山老尼与僧都。老尼姑与僧都收到此信，见笔迹秀美，香艳绮丽无比，甚感为难，不知如何作答，思虑再三，谨回信道："前日公子所谈，我等皆以为不过兴趣中事。如今公子特地传书，令人感激不已。然外孙女年轻幼稚，连《难波津之歌》[1]尚难写得规范，实难奉命。何况：

山风厉吹花易散，

片刻寄情何足凭。

实在令人担忧啊！"源氏公子读罢，心中不悦，整日郁郁寡欢。

不日，公子又盼咐惟光去北山，与那少纳言乳母详谈。惟光忆起那晚见到那女孩模样，心想主人对女子用尽心思，连稚拙无知的小孩也不愿放过，颇觉好笑。他便先去见那僧都，奉上公子的书信。僧都心中自是感激，便安排惟光与少纳言乳母见面。惟光便将公子意图与自己所目睹的大致情状一一详告。他伶牙俐齿，说得句句中肯。少纳言却想：如此黄毛稚子，源氏公子何以情有所钟呢？实在是奇怪啊！源氏公子于信中道："连她那幼稚的拙字，我甚至亦想看看。"言辞十分恳切。源氏公子照例在另一折叠成结的纸上写道：

"山中美景何不足？

竟让相思驻心头。"

老尼姑答诗道：

"明知日后终有悔，

【1】古代日本小孩子习字的时候，一定要先学《难波津之歌》。难波津是古地名，即今天的大阪。其中有几句歌这样唱道：辽阔难波津，寂寞冬眠花。和煦阳春玉，香艳满枝丫。

不惜三辞浅薄人。"

惟光只得返回，具实禀告公子道："老尼姑言明病愈迁京之后，再议此事。"源氏公子听了，心中仍是惆怅不已。

恰在此时，藤壶妃子不幸生病，须得暂回三条院娘家调养，皇上为此甚是担忧。源氏公子见了，心中也觉不安。虽则如此，也想乘此时机，与藤壶妃子幽会，以致整日精神恍惚，疏懒了各处恋人。到了晚上，则去找那贴身侍女王命妇设法。王命妇也竭忠尽智，不辱使命，竟将两人拉拢来了。相会之时，两人如在梦境，心中不胜凄凉！藤壶妃子本已决定誓不再犯，孰料今日又受此际遇！她想起从前那些伤心之事，心有余悸，不禁黯然神伤，愁闷满怀！但此人素来腼腆敦厚，温柔多情，尽管暗里饮恨，外表却尽力克制，不失雍容高贵之态。源氏公子怪道："此人何以如此完美无缺呢？"唯愿天长地久，双栖黑夜之中。无奈春宵苦短，黎明在即，但双双只得依依惜别。真乃相见时难别亦难！于是公子吟道：

"相逢已是分别时，
冀望融身长梦里。"

藤壶妃子见他声泪俱下，不禁为之动容，答诗道：

"入得长梦纵难醒，
但忧声名太狼藉。"

其忧心忡忡之态，见之生怜。其时王命妇送来衣服，催公子早些动身。公子不忍多言，便回二条院去了。

此后，源氏公子茫然若失，足不出户，成天独自笼闭一室，忧思落泪。叫王命妇送过去的书信，也得不到回音。此虽为常事，但每每如此也很是不快。因此未去宫中朝觐，仅将自己关闭于私邸中。他想起父皇或许有所担心，心中不免更是烦恼。这边三条院的藤壶妃子，也整日悲叹命苦，病情便日益加重。她感觉此番征兆，大不同于往常：怕是已有身孕了。如此一想，方寸大乱，也越发烦闷了。其间，皇上虽多次派人催促回宫，她却无意动身，竟一天天拖延下去。

到夏天，藤壶妃子怀孕已有三月，身体变化明显，已渐渐不能起床。外人不知底细，皆异常奇怪："已身孕三月，为何不上奏皇上？"侍女们为此也议论纷纷。藤壶妃子有苦难言，犹觉心痛。此事只有妃子乳母的女儿弁君，因一直服侍妃子入浴，知道她身上一切变化的经过，故能推知内情；还有牵线的王命妇，虽料想不到今有如此结果,心下明了觉得这夙缘定是前世所定的,但此等不同寻常之事,她们岂敢随意向外人谈及?此事终将奏告皇上,便借口有妖魔附体,长久未得怀孕征兆,故而时至今日方才得知。外人自然置信无疑,问讯的使者一时络绎不绝。皇上得知妃子怀孕,对她更加怜爱。藤壶妃子却惶恐不安,终日沉溺于愁思之中。

　　而那源氏公子因终日神志恍惚,这夜不想做得一梦,甚是离奇古怪,心中纳闷,便叫来占梦人释解。那占梦人道:"此梦福缘中含有凶兆,切不可大意。"此占语出乎源氏公子意外,使他大为惊恐,便对占梦人道:"此梦非我所为,乃别人所托问占。未得奏验,切不可随便张扬!"他心中却想:"究竟会发生何等怪事呢?"一直惴惴不安。直待闻知藤壶妃子怀孕,方才醒悟,道:"原来如此!"便更加思念妃子,要王命妇再次引见。但王命妇一想往事,心怀恐惧,不愿再造罪愆。况且此后行事更为不便,因此终未成行。源氏公子往常尚且偶尔可得妃子音讯,至此已是完全无望了。

　　这年七月,藤壶妃子返宫。皇上因久别重逢而喜出望外,加之此时藤壶妃子的腹部已渐膨大,面容稍瘦,不时呕吐。皇上便朝夕住在藤壶妃子宫中,对妃子的恩宠更是无以复加了。早秋已至,管弦丝竹之乐渐兴,源氏公子也不时被宣召到御前表演技艺。他虽强忍心事,但思恋之情,却在琴笛声中时时外露。藤壶妃子听了,深解其心意,怜悯之下,也不由牵扯起心中阵阵情思。

　　却说那老尼姑,在北山僧寺里住得一段时间后,自觉病情稍愈,便下山返京了。公子得知此情,便派人打探她的住处,又不时去信问候。可老尼姑对那事,总是复信谢绝。源氏公子因藤壶妃子之事,一直心烦意乱,忧愁叹息,因而也无暇顾及他事。时值秋日,公子心绪稍宁,某一月朗风疏之夜,闲寂无聊,他便决意出门寻访旧时情人。此次访问的,是离宫最远的六条。孰料途中遇天降阵雨,见近旁一阴森邸宅,古树参天,荒凉冷落。一直跟随公子的惟光指点道:"这邸宅,便是已故按察大纳言的。几日前我因事路过,顺便进去看了看,听得那少纳言乳母说起,老尼姑身体衰弱,将不久于人世了。"源氏公子忙道:"唉!我该前去探视一下,你为何不早些说起呢?现在就去慰问她吧。"惟光便派一随从进去通报,并吩咐他道:"你且对她说,公子是专程来访此地的。"随从便上前,叫守门的侍女传话:"源氏公子专程来府上拜访师姑。"侍女闻言,惊慌失措:"啊,这可如何是好?师姑病情沉重,怎好见客呀!"但她又想:就这样叫他回返，怕是不好。便将一间南厢房稍作收拾，请公子进坐。

侍女道："蒙公子大驾垂临，仓促间不及准备，此处简陋之极怠慢勿怪，请恕罪则个！"源氏公子道："本想常来问讯，仅因屡蒙见拒，故不敢贸然前来相扰。师姑玉体欠安，我未能及时探视，抱歉之至。"老尼姑得知公子前来造访，叫侍女传言道："老身一直病痛缠身，不久将永离人世。蒙公子屈尊慰问，又不能起身相迎，实在无礼。公子所嘱之事，若终有此心，待她稍长晓事，定当命其前来侍奉。若让这伶仃弱女无依无靠，老身死难瞑目啊！公子如此盛情，实不敢当；我病至此般，这孩子若再大些就好了。"源氏公子听得她断续叮嘱之声，颇为感动，便道："若非前世夙缘，对此女情有独钟，倾心相慕，我岂肯在人前做出轻佻之态，让人笑话？"又接着道："今日特地来访，一来慰问师姑，二来看望小姐。倘若就此辞去，未免扫兴，可否与小姐一见？"侍女颇觉为难："姑娘幼稚无知，何况正在酣睡中呢。"

却听得一女孩叫道："前些日子到寺里来的那源氏公子又来了，外祖母快起来见他！"随即听得邻室脚步声响，侍女们听了，甚是尴尬，连忙阻止道："小声些，外祖母病重呢。"哪知那叫若紫的小孩却道："咦？外祖母说了：'唯有一见源氏公子，方可有所好转。'我是来告诉她的呀！"说时颇有些自得。源氏公子听得此话，甚觉有趣，但恐众侍女难堪，便装作没听见。心想："果然一点也不晓事，以后还得好生调教她。"说过几句客套的安慰话后，便起身告辞了。

源氏公子于次日写了封安慰信，并在一小纸上仿孩子笔迹写得一诗，差人送去，言辞自是格外恳切。其诗道：

"闻得雏鹤一声唳，

苇里行舟进退难。

我但思一人。"侍女们见此信妙趣横生，便道："正好还没习字帖呢！"少纳言乳母替她复信道："承蒙探访，感激之情难以言表。师姑病情日重，福祸难断，已复迁居山寺。照拂恩德，但求来世相报。"源氏公子看罢回信，连声叹息。

转瞬便值暮秋，源氏公子近来因不得见藤壶妃子，心神不宁，烦乱如麻。因若紫与藤壶妃子的模样如出一辙，他便转而热切地思念起这小姑娘来。他回忆起那晚老尼姑吟"残露尚润岂能消"的情形，不由倍加怜爱起若紫来。想到自己如此强求，心中又颇感不安。便独吟：

"嫩苗紫草根相通，

摘来看视待何时？"[1]

皇上将于十月行幸朱雀院，所预计歌舞时的舞人，除了殿上善舞者，均选用侯门子弟、公卿。一时朝中亲王及大臣等人，纷纷忙于演练，准备到时一试身手，源氏公子也不例外。一日，他偶然念及已移居北山的老尼姑，已久未传书，便派人前往看望。使者未见此人，只带回僧都书信一封，信中言道："吾妹不幸已于上月二十日归西，生离死别，无可意料；虽则如此，亦不免令人悲痛啊！"源氏公子见得此信，念及那小女孩，如今失去外祖母，孤苦伶仃，定然在终日恋念已故的亲人吧。又隐约忆起儿时，母亲桐壶更衣离他而去的情形，自悲世事难料，因此十分同情若紫，便派人前往，隆重吊唁。对源氏公子此番盛情，少纳言乳母自然代为答谢不提。

却说过了忌期[2]，若紫便从北山回到京邸。一天黄昏，源氏公子得了闲暇，亲自前往探望。但见邸内，人影稀稀，荒落沉寂，令他生畏，心想何况那小女孩！少纳言乳母接见了公子，仍将他带至南厢房，向公子哭诉外祖母去后姑娘那凄苦无依的情状。诉到那动情处，倒令公子不忍卒听。少纳言乳母道："外祖母去后，本应将姑娘送到她父亲处，可那已故的老太太，临死前还为此事忧愁叹息，担心兵部卿亲王的正妻心狠无情。她亲母生前已遭其害，如今这孩子虽对自己的身份略有知晓，却又不谙人情世故，正是上下不得之时。若再将她送去那里，夹于众多孩童中，岂有不受欺负之理？现在想来，此事足虑。公子以前多次提及，承蒙不弃，我等也顾她不得许多了。只是我家姑娘天真幼稚，不似平常孩童，令人放心不下。"源氏公子答道："我三番五次诚心相求，岂是一时兴起？对这前世之缘，你等何必多虑。小姐纯真活泼，此乃其天性，我甚觉怜爱。你且进去通报一声，让我与她叙谈一番，可否？

纵然弱柳难拜舞，

春风已过再难回！

事已至此，若如此归去，岂不令人失望？"少纳言乳母道："辜负盛情，实乃不安。"便答吟道：

"春风容颜未可辨，

【1】嫩苗喻若紫，紫草喻藤壶妃子。二人系姑侄关系，故称"根相通"。

【2】按常规，外祖父母去世时，忌期为三十日，服丧则需要三个月。

岂能低头随风舞？

恐是过分之请呢！"这乳母才思敏捷，应对如流，使源氏公子听了心中稍有不快，便朗声吟起古歌来："心焦如火焚，莫可慰苦衷。经年盼已久，仍然禁相逢。"其声清越。众侍女听之，莫不动容。

此时若紫念及外祖母，正在床上伤心哭泣，忽听得伴她玩耍的女童进来道："外间有个身着官袍的人，怕是你父亲呢。"若紫立即不哭了，起身走向外面，边走边问："那个人在何处呢？是父亲来了么？"声音极为稚嫩可爱。源氏公子听了，亲切地对她道："不是父亲，是我呢。也不算外人了，到这边来吧！"若紫从屏内听出是源氏公子的声音，知道叫错了，显得有些不好意思，便拉了乳母的手，说道："走呀，我想睡觉了。"源氏公子道："过来，就在我膝上睡吧。"少纳言乳母责怪道："您看，真不懂事。"便只得将她往公子身边推。若紫却不上前，只是在屏内呆呆坐着。源氏公子走近了去，将手伸入屏内，抚弄她的头发。那头发长长地披在衣服上，既浓又软，妙不可言。接着又握住她的小手。若紫见此人并不识得，却对她如此亲近，便畏缩不安，忙又对乳母道："我想睡觉了！"遂将身子退向里面。源氏公子趁机钻进了帷屏，对她道："我会爱护你的，不要讨厌我才是。"少纳言乳母自在一旁发窘，责怪道："真是不成体统！无论怎样规劝，她总是不听。"源氏公子道："她恁般年纪，能责怪她么？我只要表白对她一片绝世仅有的真心。"

此时天上雪粒飞舞，北风越发疾了。源氏公子见得，感到此处极为凄凉，便道："这荒野寂寥之地，人迹罕至，怎能长住于此！"说时，不禁泪流，便对侍女们道："今夜天气恶劣，且关上窗子，让我来陪伴姑娘。大家都到此处来吧！"便若无人般，抱了这小姑娘，向寝台的帐幕里去了。众侍女见状，一时目瞪口呆，感到十分不解！那个少纳言乳母，更是觉得不妙。紧张之余，又不便声张，只得眼睁睁地看着，屏声叹息。这小姑娘不知所措，于那公子怀中吓得发抖。她仅穿了一件夹衫，柔嫩的肌肤阵阵发冷。源氏公子此时的感觉异乎寻常。他紧紧地抱住她，轻轻在她耳边说道："到我那里去吧，那里有不少好看的画，还有诸多玩偶，很有趣呢！"他声音柔和，神态亲切，尽说些孩子们爱听的话。若紫渐渐平静下来，不再害怕；但又总觉得局促不安，不能完全入睡。

侍女们但听狂风肆虐，彻夜不止，便谈论道："倘若公子走了，不知我们会吓成何等模样！只是公子这般对待小姐，也不大好啊。"少纳言乳母更是忧心不已，一直紧紧陪坐在旁。天快亮时，风声才渐渐停息了。源氏公子明知该回去了，可心中却恋恋不舍，似乎与情人幽会一般。他对那乳母道："姑娘非常可怜，眼下尤需得人爱怜。不如迁到我那二条院邸内，以便我朝夕陪伴她。这些僻陋之所，岂能长久居住？你们也太不替姑娘着想了！"乳母答道："其父兵部卿亲王大人，也曾说要来接她去。此事且过了老太太七七丧期后，再说不迟。"公子道："兵部卿亲王虽为其父，却长期分居两地，同外人一样生疏。我今后定要尽心爱护她，胜过她父亲的。"说罢，他摸了摸若紫的头发，便起身作别，自是步步回头不忍离去。

朝雾缭绕，遍地白霜，莽莽无际。晨间景色十分幽奇，源氏公子触景寻思：胜景之中，却又分离，终是美中不足。忽忆及此途中，曾有一交情不菲的女子，经过其门前时，便在那里停下车，差人前去敲门。然而久不见里面来人应答，无奈之下，便心生一计，令一嗓子圆润的随从，于门外唱歌道：

"香闺朝寒浓雾起，

过门岂有不入时？"

唱过两遍之后，门方才打开，走出一个侍女，答道：

"朝寒雾中行路难，

蓬门未锁只为君。"

她口齿伶俐，吟毕便进去了，此后再无动静。就此无功而返，公子亦觉得有些无聊。偏又天色微明，怕与人看见，只好望门兴叹，急急回二条院去了。

在二条院私邸，公子躺在床上，回味起昨夜那令人留恋的女孩，可爱之至，不禁会心微笑。日高时醒来，决定给若紫写信。此信非同寻常，公子小心谨慎，费尽心思，好半天才写成，最后选了几幅景致优美的图画，差人一并送去。

却说源氏公子去后，此日兵部卿亲王正好也来到六条邸宅，看望若紫。他见这深宅大院长久荒弃，破败甚于往年，且屋多人少，一片阴森，不由慨然道："如此地方，小孩怎待得下去呢？还是与我回去吧！那边乳母有专门房间，姑娘有许多游戏伙伴，不会感到寂寞的。且诸事皆要方便些。"他将若紫唤到身边，闻得源氏公子沾在若紫身上的浓浓香气，说道："真香啊！只是这衣服未免陈旧了些。"顿感孩子可怜，便对乳母道："这几年，她一直厮守在患病的外祖母身边，吃了不少苦头。我常劝外祖母将她送到我那边，以便照顾她。然而老太太厌恶我家，终不愿意。如此一来，反倒使我家那人心生不快。如今送去，倒不甚适时了。"少纳言乳母回道："大人不必担心。此地虽有些寂寞，却也不至久居。待年岁稍长，姑娘略晓人情世故，再作计议，方显妥帖。"接着叹道："此间姑娘总思念外祖母，不思饮食，瘦了不少呢。"若紫瘦弱如此，却益显清秀艳丽。兵部卿亲王便怜惜她道："你何必如此呢？如今外祖母已去，不能死而复生，悲伤又有何用？你不用担心，还有我呢。"见天色渐暮，兵部卿亲王便欲归去。若紫悲悲切切，牵衣顿足不舍，弄得做父亲的也不禁泪流，只得再三安慰她道："想开些才好。他日我定前来接你！"说罢便转身离去了。

若紫尚不懂得自己的身世，只是一味想念已故的外祖母。多年来片刻不离，如今再不能见到，做孩子的岂能不伤心？白天虽不似往常样做游戏，却可略微散心，忘却忧愁，一到晚上，便悲哭声声，叫人闻之心酸。少纳言乳母不知如何是好，也陪了她直哭，默想这日子如何过得下去！

源氏公子这边，牵念着若紫，也时时派惟光前去看望。公子命惟光传道："本当亲临问候，只因父皇宣召入宫，难得如愿。但每每想起凄凉伶仃之状，不免锥心疼痛。"又命惟光带了几个人，前来值宿。少纳言乳母心中不安，道："这可不行！虽然他们那晚并无大故，可是一开始便睡在一起，也太不成话了。此事倘若为兵部卿亲王大人闻知，定将责备我们处事不周呢！孩子啊，当心别在父亲面前提到源氏公子！"但这若紫年幼，竟一点不懂其中要害，真是急人！少纳言乳母见此，只得悲悲切切向惟光讲述若紫的身世，说道："倘若真有情缘，再过些时日，定当玉成此事，让公子如愿；只是公子这般眷恋她，到底用心何在，实在难以捉摸，叫人好生烦恼！一则若目前行得此事，也为时过早，再则前番兵部卿亲王大人又来过，叫我好好照顾姑娘，千万小心仔细。如此一来，对公子的奇怪行为，我更觉为难。"话一出口，又觉得有些过分。若引起惟光疑心，以为公子和姑娘之间已成事实，这可不好。她便不再作哀叹之相。这惟光见了，深为不解，不知公子和这小姑娘之间，到底有了何种关系。

惟光回到二条院，将那边境况一一回禀公子。公子默然无语，心想：我时常去问候，若外人得知，终是不妥，定会说我轻率。倒是接她前来，还要妥当些。此后，他便时常去信，以示慰问。

一日傍晚，惟光又传去公子书信。信中道："本想今夜亲自来访，但因要事在身，未能成行，不会责怪我吧？"少纳言乳母心烦意乱，对惟光道："兵部卿亲王大人突然派人传信来，明日便要将姑娘接了去。此时的我，心中也没了主张。此屋虽破，住得惯了，便要离去，到底也有些不舍，侍女们也都不忍呢。"她草草应付着，毫无心思招待他。众侍女正整理衣服物件，惟光见一片忙乱，自觉久留欠妥，便匆匆回去了。源氏公子正在左大臣家中，因葵姬照例未即刻出来见他，正快快不乐，随意弹着那几曲和琴（即六弦），以慰心中不快。他吟唱道："我于常陆勤耕耘，心无杂念情自专，孰知疑我心已变，跋山越岭雨夜来。"声情并茂，柔声飘荡。待惟光将情况一一告知，源氏公子心里更是焦急。想道："若迁居兵部卿家，我就得专程前往求婚，方可接她至此。那样，未免太轻薄显目了吧。不如叫那乳母暂且保密，不告知兵部卿，便将这小姑娘接来，顶多说我盗取小孩罢了。"主意既定，当下吩咐惟光："天明之前，我要亲自去那边。车中装备，要与我赴此地时相同，随身亦只带一二人罢了。"惟光奉命，匆匆去了。

　　源氏公子心中，仍不甚安宁。他思量道："如此是否妥当呢？倘为外人知晓，定会骂我轻率。若女子年事稍长，别人知道了，倒会推断为男女同心，便是世间常情，不足为奇的事。再则，万一被她父亲发现，脸面上过不去且不论，且作何解释？"一时心乱如麻，忧心似焚。但想到此乃最后机会，否则会遗恨无穷，便决心付诸行动。此时源氏公子满腹心事，可那葵姬仍是正襟危坐，并不与他说话。源氏公子急欲离去，便安慰她道："有一件要紧事，今日非得回二条院，我去去就来。"便悄悄走了出来，连侍女们都不曾察觉。他进得自己房中，匆匆换上便服，只叫了惟光一人骑马相随，便径直往六条院而去。

　　一仆人不知底细，见有来人，便前来开了门。车子很快进了院子。惟光下得车来，上前敲了敲房门，又咳嗽数声。少纳言乳母闻得，便起身开门，将他们让了进去。惟光对少纳言乳母道："源氏公子拜访来了。"乳母道："姑娘正睡觉呢。半夜三更到此，是顺路来访吧？"源氏公子道："小姑娘明朝就要启程，趁现在还未离去，我有话对她说。"少纳言乳母笑道："有什么要紧话呢？未必她会乐意回答你的！"源氏公子顾不得许多，便往内室走去，少纳言乳母慌了，忙道："姑娘身边，且睡有几个老婆子呢！"公子只管往里走，口中却道："姑娘还未醒么？我且唤醒她。室外朝雾景致极佳，可别辜负了这良辰美景。"侍女们惊慌失措，早已喊不出声来。

　　源氏公子见若紫睡得正香，便将她抱了起来。她从梦中醒来，揉了揉惺忪的睡眼，心想：定是父亲接我来了。源氏公子摸着她的头发，道："紫儿，你父亲让我来接你了，走吧。"若紫此时方才得知，抱着自己的非是父亲，立时慌了，面色极为恐惧。源氏公子又对她道："别怕，我也与你父亲一样呀！"便抱了她出来。惟光和少纳言乳母等人，皆神色大变："这又是怎么回事呀？"公子答道："我因故不便常来探望，因此想将她接到一个安乐可靠之处，不料此番用意屡遭拒绝。她如若迁居到父亲身边去，今后就更不便前去探望了，今晚故有此举。快来一人与她同去吧。"少纳言乳母狼狈不堪，阻拦道："公子稍等，今日实在不便。她父亲随后便要来接，到时叫我如何交待？若老天有眼，你们缘分本深，日后自有机会。现在如此唐突，叫我们下人为难！"公子有些不耐烦，道："罢了，侍者之事，以后再说吧。"便差人将车子赶到廊下来。侍女们都被吓坏了，惊叫："如何是好？"若紫也忍不住哭了起来。少纳言乳母见事已至此，只得带上昨夜替姑娘缝好的衫子，自己匆忙换了衣服，随若紫而去。

待车子到得二条院，天色尚未破晓。源氏公子令车子停在西殿前，抱了若紫，径直向室内走去。少纳言乳母道："我似在梦中呢。怎会如此？"便不欲下车。公子对她道："姑娘既已来了，你若要回去，随你便罢。"少纳言乳母别无他法，只得下车。此事突从天降，她惊惧之极，心中忐忑不安，想道："事情已到恁般地步，怎么与若紫的父亲交待呢？姑娘从此前途又将如何？只可惜命遭不测，早早没了外祖母与亲娘！"想到此，乳母泪流如注，但突又想起今日初来乍到，讳忌哭泣，便也只得强忍。

西殿平日少有人用，故而陈设简陋，只需放下帐屏的垂布，将席位铺好，应用家具一并安置妥当，即可暂时安歇了。源氏公子便吩咐惟光，令人将帐幕与屏风取来，又从东殿取来被褥。就寝之时，若紫四肢发抖，心中恐惧，不知源氏公子意欲何为，总算强行忍住，虽未哭出声来，却还是一个劲抽泣道："要少纳言妈妈陪我。"公子便开导道："姑娘已是不小，不应总跟乳母睡了。"这孩子只得伤伤心心，啼哭着睡了。少纳言乳母只顾茫然落泪，又哪能睡得着。天色微明之时，她凝目而观，便觉眼花缭乱。但见宫殿的构造与装饰，富丽堂皇，庭中的铺石像宝玉一般光亮剔透。再打量简陋的服饰，不免有些自惭形秽。西殿原供接待不大亲近的客人住宿之用，因此伺候在帘外的只有几个男仆。他们见昨夜有女客来临，便纷纷议论："此为何人？一定是受主人特别宠爱的吧。"

日上三竿，源氏公子起得身来，便有侍从将盥洗用具与早膳送了过来。他吩咐道："此处没有侍女，甚为不便。今晚且叫几个适合的来。"便差人到东殿，唤了四个年幼可爱的女童,来与若紫作伴。

若紫裹了源氏公子的衣衫,睡得正酣,却被叫醒。只听那公子道:"我真心关怀于你,绝非轻薄少年,你怎能对我心生厌恶?女孩子要心地柔顺才是。"若紫的容貌,近看越发清丽。源氏公子极力劝导她,亲切地与她交谈。又叫人上东殿,拿来诸多好看的图画和玩具,做出种种游戏,以博得她的欢心。若紫心中渐喜,从床上起来。她身着款式寻常的深灰色丧服,娇憨可爱,不时无邪发笑。源氏公子见之,也不觉笑了。源氏公子到东殿去时,若紫走到帘前,隔帘观看庭中花木及池塘等景致。但见草木花卉,经霜色变,如在画中。从前不曾见过的官员穿着紫袍、红袍于花木之间往来不绝。还有室内屏风上好看的图画,趣味盎然,忧愁顿释。

此后两三日,源氏公子不思入宫,只一心与若紫玩耍,因此很快熟悉起来。他写字、画画与她看,以此作为她的习字帖。他所作之画皆精美无比,其中一幅,写得一古歌,其词道:"未识武藏野,其名亦可知。只因紫草茂,常将我心牵。"笔致异常秀美。若紫将它拿在手里,只见紫色纸上尚有几行小字:

"紫草根生武藏野,

虽未同衾甚可慰。"[1]

源氏公子道:"你也写一张试试。"若紫仰望公子,笑道:"我怕写不好呢!"神情甚是娇羞可爱,公子一见,不由笑道:"写不好,便不写么?有我教你呢。"她便转向一旁写去了。那握笔与运笔的姿势,稚气十足,公子无比怜爱。不一会儿,只听得若紫道:"写差了!"羞羞地欲将纸藏起来。源氏公子急忙抢过,但见上面写着一首诗:

"紫草何须系武藏,

不胜疑问难释然。"

虽显稚嫩,可笔致圆润饱满,与已故外祖母的笔迹绝似,足见可堪造就。源氏公子见了,心想若她临现世风靡的字帖,必定长进神速。同时又特地为她安设玩偶住的诸多屋子,以与她一道嬉戏逗乐。此种游戏方式,他甚感有趣。

却说那留在六条的侍女们,在源氏公子带走若紫后,因担心兵部卿前来问

【1】武藏野地方生有很多紫草,因此又称紫草为武藏野草。此处武藏野喻难得见面的藤壶妃子,紫草指与藤壶有血缘关系的若紫。

及，均忧心忡忡。源氏公子与少纳言乳母临走之时，曾叮嘱她们：暂不要与人说起。因此兵部卿问起此事时，她们皆守口如瓶。兵部卿暗自思忖道："去世的老太太，当初便不情愿送她到我处。许是少纳言乳母体念老太太心愿，因此带她出逃了。她不好言明姑娘不便去我处，便干了这越分之事。"他无计可施，只得洒泪而去。走时又叮嘱众侍女道："一旦有了姑娘下落，即来报告才是。"侍女们对此，自然感到十分为难。

这兵部卿又到北山僧都处探问，也一无所获。可爱女儿下落不明，他心中不免挂念悲伤。正夫人虽则嫉恨若紫的母亲，但如今此心早已冰释，也想将若紫领来，亲自教养。待得知若紫去向不明，却也颇觉遗憾。

如今二条院西殿侍女日渐增多。众人见这一对漂亮的主人，经常游戏，心头喜悦，竟也过得无忧无虑。源氏公子不在家时，夜深凄寂，若紫想起外祖母来，也不免涕泣。自幼离开父亲，未生依恋之情，所以平日并不思念。现在她只是一味亲近这源氏公子，如同后父，终日扭缠着他。每当公子外出归来，她总是欢呼雀跃，赶快出迎，毫无顾忌地投入他怀抱，爱恋竟是非同一般。

世事难料，此女孩若稍事年长，始识男女争风吃醋之时，略有不慎，疑惑失宠，夫妇生隙，难保不出离异之意外。所幸，二人眼下无此之虞，乃天下最快乐之玩伴。再者，倘是公子亲生女儿，同床共卧，有悖人伦。此事亦无须顾忌。源氏公子得此一人，如同寻得人间至宝，心满意足自不在话下。

THE TALE OF GENJI

VOLUME 6
第 六 回
末摘花

且说夕颜那女子过早夭亡，源氏公子觉其命如晨露，自是悲痛万分，整日神思恍惚。虽然此事在半年前即已发生，但他一直惦念于心。其他女子如葵姬或六条妃子等，尽都生性骄矜而倔强。唯有这夕颜心地善良、温顺可亲，与别人迥然相异，实在令人思恋。公子虽遭丧爱之痛，却仍不自律，总想重新找寻一个虽出身微寒，但仪貌端庄、品性娴雅的女子。故而稍有姿色的女子，只要他稍稍得知，总爱送信去暗示情愫。那些得了信的，几乎没有置之不理的。

那种态度阴冷、丝毫不通情趣的女子，终究难觅如意之人，只得放弃远志，嫁了个一般的夫婿。源氏公子最初与这类女子交往，中途断绝的也为数不少。有时不免想起空蝉的倔强，有时仍写信给轩端荻，说至今难忘的仍是那晚灯光之下的对弈及那袅娜可爱的媚态。总之，凡与源氏有过交情的女子，他皆始终难忘。

话说另有一个叫做左卫门的乳母，源氏公子对她极为信赖，仅次于那做尼姑的大式乳母。这左卫门乳母膝下有一女子，叫大辅命妇，供职宫中。她父亲出身皇族，乃兵部大辅。这大辅命妇年轻风流，与公子的关系异常亲密。后来父母离异，母亲改嫁筑前守，随他去了任地。这样，大辅命妇和父亲住在了一起，每天到宫中司职。

一天，大辅命妇和源氏公子闲谈时，偶然提及一个人来：常陆亲王晚年得女，疼爱备至。如今亲王去世，此女形影就更加孤单了。源氏公子道："简直可惜！"便要追问下去，以便知道详情。大辅命妇拗他不过，只得说道："此女品性相貌我实在知之不详，唯觉此人生性喜静，难与人亲近。有时连我与她谈话，也要隔着一层帷屏。与她相好之人，恐怕只有七弦了。"源氏公子道："琴乃三友之一，女子只与后者无缘，其余都是有缘的。我倒是想听一听她的琴音呢。既然她父亲对此道有些了解，她定然也手法不凡。"大辅命妇又道："恐怕不值得你亲自去聆听吧。"源氏公子道："话且不要这样说，莫如趁这几日春夜月色朦胧，你陪了我悄悄前去探望探望！"大辅命妇起初甚感为难，但寻思宫中近日无事，只觉寂寞无聊，便顺从了他。她父亲在外另筑得有宅院，为探望这位小姐，也常光顾常陆亲王旧宅。大辅命妇往昔不喜与后母相处，与这小姐却也要好，因此常来此处宿夜。

十六日，源氏公子如约而至。大辅命妇道："真是不巧！夜色如此朦胧，琴声恐怕不会清朗吧？"公子答道："无妨，你只管劝她尽情弹奏便是。听听也好，总不至扫兴而归吧？"大辅命妇便让公子在自己屋里等候，独自往常陆亲王小姐所居的正殿去了。她透过格子窗，见小姐正在欣赏月下庭中美景，于是趁机推开门进了房间，柔声说道："记得小姐的琴弹得极好，只因平日忙碌于公务，未曾静心拜听，甚觉遗憾，不如趁此良宵，弹奏一曲，令在下一饱耳福吧？"这小姐答道："弹琴需有知音，你乃宫中之人，只恐琴声不合你意呢！"便取过琴来。大辅命妇不免担心：这样一来正好，但源氏公子听得，不知将作何感想了！

小姐弹得一曲，琴声虽然悠扬清越，却并无高明之处。幸得这七弦琴音色甚好，故源氏公子也不觉难听。他心中若有所感："昔日常陆亲王依照古训，在这荒芜之地，悉心调教这小姐，可现在此处景象如此凄凉，恐是古小说现世了！"他想进去向这小姐求爱，但又觉得太过鲁莽，一时竟进退两难起来。

正犹豫间，琴声倏然而绝。原来这大辅命妇乃乖巧机灵之人，她觉得这琴声并不甚美妙，倒不如叫公子少听。于是道："月亮暗下来了，关上格子窗如何？我忽然记起今晚还有客人，若见我不在，定会责怪。还是以后再慢慢听吧。"说罢，便返身回到自己房里去了。源氏公子很觉败兴，道："我还没听清楚究竟弹的什么，不料竟不弹了。"接着又道："既已听，那就再靠近些听如何？"大辅命妇兴致全无，答道："算了吧，她的光景如今这般落拓，靠近些听岂不更是败兴？"源氏公子想："这话也有道理。倘男女第一次交往就一拍即合，实在不合我的身份。"但他不愿就此放弃，便道："您的你要找个机会，让她知晓我这般心愿！"他似乎另有约会，说罢便匆匆去了。见得如此，大辅命妇嘲笑道："皇上常说你这人呆板。我每次听得此言总觉好笑。倘现在你这般模样叫皇上见了，不知道他该怎生个想法！"源氏公子回转身来，笑道："你竟也同外人般挖苦我！我怎般模样固然轻佻，你们女人不也一样么？"这大辅命妇本是个风骚女子，听了此话也觉得很难为情，便不再言语了。

源氏公子出得门去，忽然想道：若到正殿那边，或许有幸窥得小姐呢！便轻手轻脚走了过去。正殿前的篱笆墙大都已经垮塌，只剩得一处尚夹着篱笆。他便走到了那里。谁知竟然有一人在那里向里窥望。他想："这是何人？一定也是因恋慕这位小姐而来的吧？"源氏公子万难料到，这人竟是头中将。原来，傍晚二人从宫中返回途中，头中将见源氏公子不回二条院私邸却到了别处，心中甚觉奇怪，他自己原本要去幽会的，见此情景不由来了兴趣，便跟在了源氏公子后面。头中将身着便服，骑了匹不起眼的驽马。源氏公子竟丝毫没有察觉。他见源氏公子走进了这所旧宅，更觉诧异。忽地里面传出琴声，他便断定，源氏公子不久便会出来，所以一直守在那里。

源氏公子怕自己被他认出，便跺了脚跟暗暗后退。哪知这一切早被头中将瞧在眼里，他突然转身走了过来，道："你半途丢下我，叫我好生气恼！

但见东山明月[1]起，

安知今夜落谁家？"

源氏公子情知他在讽刺自己，当看出是头中将时，也不便发作，只得无可奈何道："你何必如此戏弄于我。

月色沉寂生清辉，

非是吾影岂可随？"

头中将道："还是让我随了你吧？"接着又道："实话道来，恁地行事，没有随行者可是不行的。你一人微服私访，万一有甚意外，叫我如何交待？"源氏公子想起日间所作所为，常为头中将识破，此次又是恁般，不由懊恼不已。可一想起夕颜所生的那个抚子，至今尚未让他知道，心中才略为宽慰。

这晚二人本来都有幽会，但经得此番彼此嘲弄，都不欲去了，便同乘了一辆车子，一道往左大臣府邸而去。二人在车中横吹着笛子，月亮仿佛也知其情意，悄悄躲进了云层。车子一路迤逦前行，来到邸宅，忙收了笛子，吩咐侍从不可弄出声响。他们轻身进屋，见廊下无人，便穿上寻常礼服，做出由宫中返回来的样子，拿出箫笛悠闲地吹奏起来。此种机会实在难得，左大臣忙将一支高丽笛拿来，与他们合奏。他对此道甚为精通，吹得异常悦耳。在帘内的葵姬，也叫侍女取出琴来弹奏。其中有一个叫中务君的，善弹琵琶，曾对头中将的求爱不屑一顾，却对那见面不多的源氏公子不能忘情。因为此事，她曾被左大臣夫人训斥了一番，因惧怕夫人，只得远远地躲了，如今她难得见上一面的源氏公子近在眼前，不由孤寂难耐，心中极为烦闷。

源氏公子和头中将回味起刚才那琴声，想起那荒凉的邸宅中的小姐，便生出了种种念头。头中将浮想联翩："这美人竟在那里孤苦度日。若我早日发现，遭到非议，也定要倾慕于她。"又想："哪知源氏公子早有用心，若此番我再前去，定会纠缠不休。"想到此处，心中妒火油然而生。

自此，源氏公子和头中将都相与派人送信给这小姐。两人苦苦等候，终是杳无音信。头中将很是着急，暗想：此人实在懵顽无知。即便草木，也会因听风雨

【1】东山喻指皇宫，明月则指的是源氏。

而感怀，何况身居如此寂地，更应诉诸文字，让人察己心境，寄予厚爱。往常二人一向无所不谈，头中将此次还是忍不住问源氏公子道："实不相瞒，我也曾寄去了一信，但并无回音，此人也太矜持了。你是否已收得那人的回信？"源氏公子暗想："果不其然，他也在追求她呢。"便笑道："唉，这个人我本无所谓。收到信与否，也记不得了。"头中将见源氏如此说来，料想他已收到回信，便更恨那女子怠慢他了。再说源氏公子对这女子，本无特别深厚的感情，加之她性情如此冷淡，早已无甚兴趣。可未曾料到，这头中将也求爱于她，便想："头中将素来擅长此道，每日去信，这女子必定经不住诱惑，偏会爱上他。我可是首先求爱之人，果真这般，岂不令人耻笑？"于是他郑重地对大辅命妇道："这小姐独居此处，又无父母兄弟前来干扰，实在值得一爱。可她拒不回信，让人苦苦等待，简直教人尴尬！也许她认为我是薄幸之人吧？"大辅命妇道："未见得如此。你将她想得如此之好，却不知到底怎样呢！不过此人端庄娴静，其美德倒是世间少有的。"她把自己所知，一一描述与源氏公子。公子道："看来她并非机敏练达之人，但那童稚般的天真倒怪可怜的。"脑里又不由映现出夕颜的模样来。此间源氏公子患了疟疾，又为藤壶妃子那不可告人之事，终日忧愁不安，心中烦闷。

且说春尽之后，又是夏去秋来。源氏公子思虑旧事，无限感伤。忆起去年此时在夕颜家的情形，连那刺耳的砧声[1]也觉得分外亲切，便又念起常陆亲王家那位很像夕颜的小姐，遂常去信求爱。但一直无有回信。这女子愈是置之不理，源氏公子愈是不肯罢休，便催促大辅命妇，抱怨道："怎地如此？我有生以来从未这般尴尬！"大辅命妇也觉得极难为情，只好道："你和她，并非姻缘未到。只是这小姐异常怯懦羞涩，对任何事都不敢妄为罢了。"源氏公子道："这实乃不近情理之事。若是无知小儿，或者受人限制，不能自主，那倒情有可原。可她并无所顾忌，亦无不便之处。倘她能体谅我此番苦心，哪怕只回信一封，我也无所求了。况且我只求在她那荒芜邸宅的廊上站上一刻。如今如此绝情，令人好生纳闷。便是她本人不许，你也总得该设个法子，成全了我。我绝不妄为，使你难堪。"

其实，源氏公子每逢听得有人谈起世间姿色稍好的女子，他便侧耳细听，暗暗铭记。但大辅命妇不知他有这等禀性，故那晚偶然间信口说起"有如此一人"。不料源氏公子竟就此认真起来，百般纠缠，要她相助。她自有她的顾虑：

---

[1]又作"碪声"，为捣衣声。

"这小姐相貌并非特别出众,与源氏公子也并不般配。若将二人强拉在一起,将来小姐倘若发生不测,岂非对她不起?"但她转念又想:"源氏公子如此情真,倘我置之脑后,岂不情面难下?"

许是这小姐的父亲常陆亲王时运不济吧,在他生前就门庭冷落,车稀马少。自亲王去世之后,这荒芜之地就更是少有人来。而今竟有身份高贵的美男子源氏公子常来问讯,过惯了苦日子的众侍女,何尝不喜形于色呢?她们尽皆劝说小姐道:"老不回信,未免有失体统呢。"然而小姐总是惶恐羞怯,不肯拆阅源氏公子的来信。大辅命妇暗自思忖:"既是如此,何不寻得个机会,叫两人隔帘交谈交谈吧。若公子不称心,姑且作罢;倘若真是前世有缘,就让他们往来些时日,这样也无可指责了。"没料到这风流泼悍的女人,竟如此自作了主张,连与父亲也未商量。

却说八月二十过后的一日黄昏,常陆亲王家那小姐,许是忆起了故世的父亲,坐在窗前暗自饮泣。月亮渐渐上了山顶,月光映照着残垣断壁,夜风轻拂着松梢,叫人更生出阵阵凉意。触景伤情,小姐倍觉伤心。大辅命妇早欲叫源氏公子偷偷来此,觉得此时正好,便劝她弹奏一曲。琴声如诉如泣,情趣盎然。可这大辅命妇感到还不够味,她想:"要是再弹得轻佻些,那才好呢。"

源氏公子见四下无人,便大胆走了进来。大辅命妇佯装吃惊,对小姐道:"这可如何是好?那源氏公子竟然来了!他常叫我替他讨回信,我一直拒绝。他总道:'既如此,我当亲自去拜晤小姐!'现在是打发他走呢,还是……不过,他并非那种轻佻之人,不理睬他也实在不好。您就暂且隔帘和他谈谈吧!"小姐羞愧交加,嗫嚅道:"我可不会应酬呀!"她边说边往里退,像个怕生的小孩子。大辅命妇忍不住笑了起来,又劝道:"你也过于孩子气了!有父母教养之时,谁都难免有些孩子气,如今您孤单于世,仍不懂得人情世故,畏畏缩缩,这就无理可言了。"小姐素来柔顺,便答道:"我不说话,只听他说吧。"于是将格子窗关了,隔着窗子算是相会。大辅命妇道:"叫他立于廊上,未免有失礼仪。此人不会胡来,您只管放心就是。"她花言巧语说服了小姐,又亲手关了内室和客室间那纸隔扇,并在客室铺设了坐垫。

单独接待一个男客,小姐从未想过,故而窘困万分。可大辅命妇恁地苦口相劝,她以为理应如此,只得做声不得,任由她摆布。乳母年老,天一黑便入屋睡了,伺候小姐的只两三个年轻侍女。她们久闻公子盖世无双之貌,不免异常激动，以致手足无措。她们只得匆忙给小姐换衣，替她梳妆打扮。可小姐似乎并不在乎。大辅命妇见得如此，心想："眼前这男子虽为避人耳目而另行穿戴，但依然俊美无比，只有懂得情趣之人方能赏识。瞧这小姐神情，实乃不识风情，实在是委屈了源氏公子。"复又想道："若是她能这般安静地坐着不暴露出缺点，我也心安了。"接着又想："公子屡次要我相助，如今我自作主张，想来总不会使这可怜的人儿受苦吧？"她心中很是忐忑不安。

源氏公子正暗自猜测着小姐的品貌，他想：她莫不是那种过分俏皮、爱出风头的人吧？小姐被众侍女拥着，战战兢兢，连话也不敢多说。虽是隔窗相晤，公子仍觉得她沉静如水，温雅柔顺。阵阵衣香袭来，芬芳可亲，好一派悠闲之气！他想："果不出我所料。"心中一阵暗喜。他极尽言辞，滔滔不绝地向她倾诉着连日来的相思之苦。然而好半天光景，却不曾听得她半句答话。公子想：这如何是好？叹了口气，便吟诗道：

"千呼万唤仍缄默，

幸不令止更续陈。

与其这样不置可否，不如一口回绝了倒也省事。怎般使人好生苦闷！"乳母的女儿也在侍女之间，她才思敏捷，善于应对，见小姐缄口不答，很是焦急，为了不至失礼，遂挨近小姐，代其复道：

"不语绝非本无缘，

命中寡言苦难堪。"

她嗓音娇媚婉转，如同小姐口中所出。源氏公子觉得有些异样，与其性格相比似乎过于亲昵了。但因初次听到，也未尽然生疑，便又道："这样，我反倒无话可说了。

却道无声胜有声，

更知无言恼煞人。"

他又开始寻话来说，时而轻松，时而严肃，可对方仍是不发一言。源氏公子想："此人也真个难以捉摸。她心中到底怎生想来？"然而又不肯就此罢休，便轻轻拉开纸隔扇，钻入了内室。大辅命妇大吃一惊，她想："这公子不择手段，叫人防不胜防……"她觉得愧对小姐，便悄悄退回到了自己房里，对那边的事佯装不知。

再说众年轻侍女，对源氏公子的突然出现，除觉得他容貌分外光鲜外，仿佛并不特别惊异，只觉得这于小姐不便，都纷纷转开了头去。而对于小姐本人却如在梦中，她恍恍惚惚、羞愧万分地急急后退，显然没了主张。源氏公子想："这小姐虽未见过世面，模样倒也可爱。"便原谅了她的过失。却又觉得她并无特别惹人之处，不免有些怅惘。失望之余，便转身出去了。大辅命妇甚是惊惶，哪里睡得着？听得源氏公子出门，仍是装作不知，也不起来送客。源氏公子只得独自出了宅门。

源氏公子回得二条院来，心中郁郁寡欢，独自寻思："在这人世间，要寻个完全合自己心意的人，真是不易啊！"想到对方毕竟身份高贵，就此不再理她也过意不去。如此东思西想，辗转直到天明。

头中将前来，见源氏公子还未起床，便戏弄道："太贪睡了吧？昨晚又去哪里做了那不妥之事？"源氏公子无奈起身，答道："何出此言！今日无事，便起得迟了些。你刚从宫中来么？"头中将道："正是。今上即将行幸朱雀院，听说今日要挑选乐人和舞人呢。我得去告诉父亲，所以早早退出，顺道也给你捎个信。我即刻就要进宫去的。"说着急匆匆要走。源氏公子道："你我同去吧？"便命侍女拿来早粥和糯米饭，叫了头中将同吃。门前本有二辆车子，但他俩都愿共乘一车。一路上，头中将总是诡秘地试探他道："瞧你脸上，总是一副睡眼惺忪的模样。"接着又怨道："你瞒着我干的勾当，不知有多少呢！"

皇上行幸朱雀院，宫中提前要商榷种种事情。源氏公子因此整天未曾离宫。薄暮时分，他突然想起应写封信去问候常陆家那小姐，便匆忙间写得一封，差人送去。适逢落起雨来，源氏公子索性不去小姐那里宿夜了。却说小姐从早盼到晚，终是不见源氏公子音信。大辅命妇也愤愤不平，抱怨源氏公子薄情无义。小姐忆起昨夜之事，更觉羞辱难当。正当她们不知所措时，信终于送来了。但见信上写道：

"不散夕雾犹迷离，

　浓稠夜雨倍添悲。

老天不晴，等得我好生心焦！"源氏公子今夜不来，众人失望得很。失望之余，众侍女又怂恿小姐回信。小姐心乱如麻，平时一封日常客套信也不曾动笔，何况写此种信呢？眼见夜色渐浓，那个乳母的女儿又只得照例代小姐作诗答道：

"风雨荒园痴待月，

　非道同心方解怜。"

侍女们拿来纸笔，小姐执拗不过只好硬着头皮书写。紫色信笺因存放过久，色彩已褪损不少。用笔倒还算有力，但欠缺品格，仅为中等，格式为上下句齐头书写[1]。源氏公子收得回信，看了几句便觉索然无味，随手弃在了一旁。他想：若此举让那小姐得知，不知该怎生作想，心中顿感歉然。这情景是否正是古人所谓"追悔莫及"呢？可事已至此，后悔也无甚用处，便心下决定：自此以后，小姐生活定要竭力照顾。但小姐又哪里知道公子的一番心思呢？她整日只管愁苦悲叹。源氏公子很晚方得以出宫，受不住左大臣劝诱，便跟他回了葵姬那里。

近来为朱雀院行幸之事，贵公子们日日聚集宫中，预习舞蹈和奏乐。他们都在暗地里较劲，意欲一争高低。四处一片乐器鸣响之声，热闹非凡！大筚篥和尺八箫，声声入耳。原本放在栏下的皮鼓，如今亦搬进了栏内。源氏公子忙里得闲之时，便偷偷去几个关系亲密的恋人家。但常陆亲王家这位小姐却一直未去探访。转眼已是深秋，小姐独守空房，心中无限悲苦。

行幸日期迫近，舞乐试演也更趋紧张。却说某一日，源氏公子在宫中得见大辅命妇，觉得对不住小姐，便问："小姐近来可好吗？"大辅命妇将小姐近况一一述出，最后道："你一点都不将她放在心上，叫旁人见了也不忍啊！"说罢几近掉泪。源氏公子想："这大辅命妇，先前叫我收敛些，故才感到小姐文雅可爱。而我竟不在其意！如今到恁般地步，恐怕她也会怪我寡情薄义吧！"便觉得有愧于她了。又想到小姐此时恐正默然悲哀，心中不忍，便叹气道："公务繁忙，实属无奈啊！"又微笑着道："这人也太不懂得人情，算作是我稍稍惩戒她一回吧！"看到他意气风发，大辅命妇也不由得露出笑来。她想："他恁般青春年少，思虑不全，而做出错事，虽难免遭女子怨恨，倒也怪他不得的。"

行幸之事准备妥当后，源氏公子按理也该偶尔去常陆亲王家小姐那里了，可自从与藤壶妃子相似的若紫进了二条院，他便因这小姑娘的姿色而心猿意马，连六条妃子那里也很少去了，更何况常陆亲王那荒僻之地呢？好在她的可怜之态终令公子忘怀不得，然而总是懒得亲自前去，这也实在是无奈中事。

再说常陆亲王家那小姐，生性怕羞，一向遮掩，连源氏公子也不曾得见过她的真实面目。但他想："往常总觉得她的样子有些古怪。我终须得再细看一次，说不定有惊人之美呢。"寻思用灯火去照，但又恐不甚雅观。于是一日晚上趁小姐吃饭间悄悄走了进去，透过格子门的缝隙朝里窥视。帷屏虽破旧不堪，摆放得

【1】按当时的日文书写习惯，这是一种缺少感情的公文格式。

却也齐整，但见得四五个侍女正在吃饭。桌上饭菜粗劣，盛在几个中国产青瓷碗中，显然生活困窘。

角屋里另有几个侍女，皆穿着白衣，围着罩裙，污旧不堪，模样十分难看。下挂的额发上插有梳子，显见得是陪膳的侍女[1]，模样极似内教坊里练习音乐的老妇人和内侍所里的老巫女。这等贵族人家，居然有此古朴侍女，源氏公子的确意想不到的。忽听得其中一个侍女道："唉，天气真冷！我这般年纪，还落得如此境地！"接着传出阵阵啜泣。又听得另一人道："想当初千岁爷在世时，我们曾经叹苦，可如今日子恁般凄苦，我们还得过呢！"这人声音瑟缩，显然是在发抖。她们互道愁穷，不住唉声叹气。源氏公子不忍再听下去，便装作刚刚来到一般，敲了敲那扇格子门。只听里间脚步匆匆，有侍女惊慌道："来了，来了！"便挑亮灯火，开了门出来迎接。

那乳母家的女儿名叫侍从，此日在斋院[2]供职，此间的几个侍女模样粗陋，见窗外忽然飘起大雪，心中不免犯愁。门一打开，厅上灯火顿时被风吹灭，四周一片漆黑。源氏公子进得厅堂，见此般光景，忆起去年中秋，和夕颜遭遇鬼魂之事来。现在同样是在凄凉的院内，唯这儿地方稍小，又略多了几人，尚可得到慰藉。然而此番来意，顿又生出另一番趣味。然而那人冷艳如初，无丝毫情致，又甚觉惋惜。

好不容易挨得天亮。源氏公子起身打开格子门，抬眼看去：只见大地白茫茫的一片，花木踪迹全无，景致甚显悲凉。他不想就此离去，便恨恨地道："出来瞧瞧，看看外面的景致吧！总是闷声不语，实在叫人不能忍受！"天色还未大亮，雪光映照之下，源氏公子越发俊秀逸人。几个老年侍女看了，禁不住怦然心动，都劝小姐道："快些出去吧。不去不礼貌，柔顺可是女儿家的美德呢！"小姐无法推拒，只得修饰一番，然后膝行而出。

源氏公子佯装未见到她，照旧往外眺望，实则正偷偷打量着她。他想："究竟是何等模样呢？但愿细看之下，能发现她的一点可爱之处吧！"然而因她上身过长，即便坐着也是很高。源氏公子想："果然应了我的担忧。"他心下一紧。她的

【1】古时宫中陪膳侍女，需将额发梳起，上面插个梳子。但在下挂的额发上插着梳子，则是不伦不类的。插梳子的陪膳侍女，那时一般已经不用，只有没落守旧的人家还用。

【2】新帝即位卜定的未婚皇女或贵族女子，赴贺茂神社修行者，称为斋院；赴伊势神宫修行者，称为斋宫。

鼻子难看之极，一见到它就疑心是普贤菩萨所骑白象[1]的鼻子。这鼻子高而长，鼻端稍稍低垂，且呈红色，实在败人兴致；脸色苍白发青，额骨奇宽，叫人害怕；且脸的下部又特长。恁般搭配，这面孔真是稀奇古怪。形体也叫人悲哀，身躯单薄，筋骨外露，肩部的骨骼尤为突出，将衣服突起，叫人看了甚觉可怜。

源氏公子想道："如此细看下去，有何必要呢？"然而受好奇心的驱使，便又打量起来。只有头形和头发还算美丽。那头发很长，一直挂到席面，竟还有一尺余横铺着。她身穿一件夹衫，淡红色的颜色差不多已经褪尽。上面那件紫色短褂也十分破旧，近乎黑色。外面披着的那件黑貂皮袄，发出阵阵衣香，倒还叫人觉得可目。这种服装，在古风中属上品，然而如今一个妙龄女子穿了，却过于欠缺时髦，使人觉得不伦不类。但如不披此袄，又难以御寒。源氏公子见她冻得发抖，不禁可怜起她来。

小姐照旧一言不发，源氏公子也不知说什么为好。然而他似不甘心，总想看看能否打破她一贯的沉默，便想方设法引她开口说话。可小姐一味害羞，只是一味用衣袖来掩了脸，无表情地笑着。就这姿势，也令人觉得笨拙。她高高抬起两肘的架势，也只有司仪官在列队行走中才做得出。源氏公子见此，更觉厌恶，急欲就此离去，便对她道："我见你孤苦伶仃，方才对你百般怜爱。你不应将我视作外人，应对我多亲近些，也好让我悉心照顾你。"便即景吟诗道：

"朝阳临轩冰凌融，

　缘何地冻终难消？"[2]

小姐只顾不停地嗤嗤窃笑，却不答话。源氏公子越发兴味索然，便走了出去。

源氏公子的车子停于中门内，于是来到中门，但见中门很是破败，仿佛就要倒塌了一般。见此萧条景象，源氏公子心中想道："以往都是夜里来夜里去，虽觉寒酸，但终究隐蔽之处尚多。而这青天白日之下，越发显得荒凉不堪，叫人不由伤心落泪！青松上的白雪，沉沉欲坠，倒有些生气，使人联想到山乡风情，尚有些清新之感。昔时左马头雨夜品评时所说蔓草荒烟的蓬门茅舍，大约便是此种地方了！倘若这地方住了个确可怜爱的人儿，定会使人依恋不舍！我那荒唐之

【1】此处典故出自《观普贤经》："普贤菩萨乘白象，鼻如红莲花色。"

【2】这两句诗是说，源氏和小姐的关系非常亲近了，但是小姐冰冻的心还是不肯向源氏敞开。

爱[1]，恐也可在此得到解脱了。如今此人的样子，却相去甚远，确实叫人哭笑不得。倘是别人，可不会恁般耐着性子去照顾这位小姐。我竟对她如此顾念，大约是其父常陆亲王惦记女儿，阴魂不散，在暗中指使我吧？"

院子里的橘子树上，堆了厚厚一层雪，源氏公子唤来随从，将雪除去。许是那松树羡慕这橘子树，竟翘起一根枝条，顿时白雪纷纷飞落，恰如"天天白浪飞"[2]的情形。源氏公子见了，又想："唉，也不可过分，只要有能解风情的普通人做恋人，也就罢了。"

此时通车的门尚未打开，随从便呼唤管钥匙的人来开门。一个弱不禁风的老人蹒跚前来，身后跟着一个年轻女子，不知是其女还是孙女。雪光中，只见她衣衫肮脏破旧，怀里抱着一个形状怪异的器物，里面盛着些炭火，显然十分怕冷。老人打不开门，那女子就赶过去相帮，但动作很是笨拙。公子的随从见状，前去帮忙方才将那门打开。公子见此，随口吟道：

"雪落翁首头更白，

公子晨游泪沾襟。"

又吟了白居易的"幼者形不蔽"[3]之诗。想起那个脸色发青、鼻尖红红的小姐，不由十分可笑。他想："头中将如果看清了这小姐的面容，不知会如何作想。他常来这里窥察，也许已经知道我的所作所为了吧？"想到这里，更是后悔不已。

这小姐容颜若无缺憾，只要和世间一般女子相同，也会另有男子向她求爱，公子也不会感到如此难堪。可源氏公子一想起她那丑容，便非常可怜她，反倒不忍心抛下她不管了。于是他尽心接济她，时时派人去问候，并赠送些各类物品。虽不是黑貂皮袄，却也是绸绫织锦等物。于是，上至小姐，下至众侍女、看门老人，莫不感恩戴德。对于这些赠赐，小姐此时也并不以为羞愧，公子方才放下心来。此后公子固定供给，并不拘于形式，彼此也不觉得有什么不妥。

这期间，源氏公子不时回想起空蝉："那晚在灯下对弈时的侧影，其实也不是毫无瑕疵。可她身段窈窕，倒将她的欠缺掩盖了，使人并不感到难看。至于身

【1】指的是源氏和藤壶女御的不伦之恋。

【2】此古歌见《后撰集》："好比末松之名山，我袖天天白浪飞。"

【3】此典出自白居易《秦中吟·重赋》："夜深烟火尽，霰雪白纷纷。幼者形不蔽，老者体无温。悲端与寒气，并入鼻中辛。"

份，这位小姐也并不亚于空蝉。由此可知，女子孰优孰劣是无关其出身的。空蝉孤傲冷漠，令人无可奈何，我得让步于她。"

且说将近年终的某一日，源氏公子于宫邸值宿，大辅命妇请见。这命妇本来并非公子情人，但蒙公子常常召唤，彼此便相熟起来，言行举止间皆无所顾忌。两人在一起时，不免任性调笑。此时命妇边替公子梳头边开言道："有一桩令我为难的事情呢。若是不告诉您，恐您知道了，还说我居心不良；对您说呢，可我又真不知该如何是好……"她故作姿态，忸怩道。源氏公子道："究竟是何等事？好歹你且尽管对我说来？"命妇吞吞吐吐道："岂敢隐瞒？若是我自己的，无论何事早已直言相告了。可此事实在不便出口。"源氏公子显得有些不耐烦了，愤然道："究竟何事！"命妇只得道："常陆亲王家小姐，给您写了一封信。"她取出信递与公子。源氏公子说："这有何可遮掩的？"便接了信，拆开来看。命妇有些紧张，不知公子看了作何感想。却见信纸是檀纸，很厚，发出浓浓的香气，文字写得倒也工整，其中有两句诗道：

"奈何情薄冶游人，

　锦绣春衣袖常湿。"

公子看到"锦绣春衣"一句，迷惑不解，便低头思索。此时大辅命妇将一个很大的包裹打开，只见里面是一只古色古香的衣箱。命妇说道："看！这是不是太可笑呢！她说这是替你元旦那日准备的，叫我务必送来。当即退她吧，恐伤她心意，擅自将它搁置吧，又甚感不妥，也只得给您送来呢！"源氏公子道："若你真将它搁置起来，也确实有负她的一片心意。我这个泪湿衣襟之人，能得她赐物，自是感谢！"便不再说话，低头寻思道："唉，那两行诗也真是太俗了！或许这是她好不容易才拼凑出来的呢。侍从若见了，定会为她润色。除了此人，恐再无人可教她了。"想到此处，觉得很是失望。但一想到这是小姐费尽心思才写出来的，他便推想世间那些好的诗歌，大概便是如此产生的吧！于是微微一笑。大辅命妇见此情景，反倒不好意思起来。

衣箱里是一件贵族公子穿的常礼服。颜色是当时极为时髦的红色，但样式陈旧，全无光泽。里子的颜色也一样。从缝拢的针脚看，手工很是粗糙。源氏公子见了，甚觉无趣，便信手在那张信纸的空白处写道：

"色泽暗红无人爱，

　何须又栽末摘花？"

所看见的是深红色的花[1]，然……"大辅命妇感到奇怪，想道：为何偏偏不喜红花？忽记起月光下，自己偶尔得见小姐红色的鼻尖，便略知其意，感到这诗也真是刁钻！她略加思索，便随口吟道：

"春纱虽薄情更薄，

岂可任性扬恶名！

人生可是多悲啊！"源氏公子闻此，寻思道："命妇这诗也不属上品，但若那小姐有此才气，该有多好！我越想越是替她惋惜。但她终究是有身份的人，我若给她树立恶名，以致传扬开去，这也太残忍了。"见侍女们快要进来伺候，公子便对命妇道："将信收起来吧！此等事叫人见了，反遭人耻笑。"他心中不悦，叹了一口气。大辅命妇懊悔不迭，想道："我怎的要让他看呢？他可能将我也视为愚蠢之人了。"她很觉尴尬，便匆匆告退了。

第二日，大辅命妇上殿值事。源氏公子径直走进清凉殿西厢宫女值事房，将一封信丢给了她，且道："此乃昨日之回信。写这种回信，可要费些心思呢！"众宫女不知究竟，甚觉奇怪。公子说罢，转身便朝外走，并随口吟道："颜色更比红梅强，抛开了三笠山的俏姑娘。"[2]命妇心知其意，忍不住掩嘴窃笑。别的宫女皆感奇怪，质问她道："你为何独自发笑？"命妇答道："也没有什么。大约这清晨寒霜，一爱着红衣的女子鼻子冻红了，偏叫公子看见，便将那风俗歌中的歌词凑合起来唱，岂不好笑？"内中有一个不知原委的宫女，信口说道："公子的嘴，也太刻薄了些！不过此处似乎并无长着红鼻子的人呢。左近命妇和肥后采女[3]倒是个红鼻子，可她们没在此处呀！"

大辅命妇将此回信送交小姐，侍女们都兴致勃勃地围过来。但见两句诗吟道：

"相逢常恨衣衫隔，

岂料又添一袭衣。"

这诗写在一张白纸上，笔力挥洒自如，随意不拘，颇显风趣。

【1】末摘花即红花，可以制作红色染料。花长在茎的末端，所以叫"末摘花"。小姐的鼻尖有一点红色，日本中"花"和"鼻"都读作"haha"，此处源氏用同音字嘲笑小姐的红鼻头。

【2】日本的风俗歌。源氏用红梅隐喻小姐的红鼻头。后一句诗并非紧接前一句诗，中间有所省略，因而后文命妇说他"凑合起来唱"了。

【3】后宫的下等侍女。

却说转眼到得除夕，源氏公子在傍晚时分，将一件淡紫色花绫衫及一些棣棠色衣衫放进前日小姐送来的衣箱，令大辅命妇给她送去。从所送衣衫看来，命妇猜出公子对小姐送他的衣服颜色并不喜爱。而那些老年侍女却议论道："小姐送他的衣服为红色，很是稳重。这些衣服不见得就好呢。"大家又七嘴八舌道："要论诗的底气，小姐并不逊于他的，他的答诗不过是玩弄技巧罢了。"小姐自己也感到此诗费尽苦心，便将它另写于别处，算是留作纪念。

元旦的庆贺仪式结束后，便开始表演男踏歌[1]的游戏。贵公子们自然不肯放过机会，纷纷成群结队，四处奔走，好一派热闹景象！源氏公子自是不甘人后，也跟着忙乱了一阵。但对那荒凉宅里的末摘花，他始终不能忘怀，觉得她实甚可怜。初七日的白马节会[2]一结束，他便在夜间退出宫来，佯装回桐壶院过夜，途中改道，来到常陆亲王宫邸。

此时已是深夜了。宫邸里的气象比起往常也有了些许生气，不再是那般荒凉沉寂了。那位小姐，似乎也比昔日活泼了些。源氏公子久久沉思："若此人在新年后旧貌换新颜，是否会变得美丽些呢？"

次日日出后，公子方才起身。他身穿常礼服，走去推开东门，只见正对着的走廊已垮塌，连顶棚亦消失了。阳光直接射入屋中，加上地上雪光反射，屋里便越发明亮了。小姐望着公子，向前膝行几步，取半坐半卧的姿态。她那浓密的长发如瀑布般挂下，堆积于席上，甚为好看。源氏公子盼望她的相貌能变得同头发一样美丽，便想掀开格子窗。但又想起上次于积雪的光亮中，看出了她的缺陷，以致扫兴而归。故而只将格子窗掀开了些许，将矮几拉过来架住窗扇。他理了理自己的鬓发，众侍女见状，忙端来一架古旧的镜台，一只中国化妆品箱，以及一只梳具箱。源氏公子见得女子用品中，夹着几件男子梳具，倒也显得十分特别。此日小姐的装束还算得入时，原来她穿着的正是公子送的那箱衣服。源氏公子起初并未察觉，直到看见那件纹样新颖别致的衫子，才想起是自己所送。于是说道："新春到来，我倒希望能听一听那期盼已久的娇音呢。"隔了好半天，才听到小姐含羞答道："百鸟争鸣万物春……"声音竟是颤抖不止。源氏公子笑道："好

【1】每逢正月，宫中的男人们表演的踏步歌舞，唱的歌词是唐诗或日本诗歌。

【2】正月初七，从左右马寮中牵出白马供天皇观赏，并在宫中游行，称之为"白马节会"。马为阳兽，年始之初，看到白马可驱除一年的邪气，此说出自于中国。

了，好了，看来这一年来你也有了进步呢！"说罢便要起身告辞，口中并吟唱着古歌"恍惚依稀还是梦……"小姐仍然半坐半卧，目送他离去。公子只走得几步，猛然回头，只见在她那掩口的衣袖上面，那鼻尖上的红晕依旧醒目，不由长叹："实在太难看了！"

　　源氏公子回到二条院私宅，看见若紫那脸上泛起的红晕，不同于末摘花脸上的红，显然，越发出落得如花似玉了。她穿了一件紫白相间的童式女衫，更显得天真无邪，甚为可爱。以前因外祖母墨守陈俗，而不愿染黑的牙齿也终于染黑[1]，还当作了修饰。眉毛亦经修饰涂黑，容貌越发清丽悦人了。源氏公子暗自思忖："我何苦自作自受！偏偏要找那等女人，委实是自讨没趣！何不待在家里，与这个可爱的人儿长相厮守？"他便照旧又与她一起玩木偶。若紫练画、着色，信手画出各种有趣的形象。源氏公子便和她同时画。他画了个女子，长发铺地，最后在她的鼻尖上点上红色，甚是难看。

　　源氏公子从镜中端详自己的相貌，忽然灵机一动，抓起红笔往自己的鼻尖上点上一点。如此漂亮的容貌添了这一点红，忽然间竟变得很是难看。若紫见了大笑不已。公子问她道："假如我有了这个缺陷，你以为如何？"若紫说："怪叫人害怕的。"她怕那粘在公子鼻尖上的红颜料会擦拭不脱，忙叫他赶紧擦去。源氏公子佯装揩拭，故作认真地说："哎呀，怎么弄不掉了呢？糟了！让父皇见了，这可怎生是好？"若紫也唬得变了脸色，赶忙把纸片浸湿，为他揩拭。源氏公子笑道："你若像平仲[2]那样误蘸了墨水，那该如何是好？红鼻子还可见人，黑鼻子可就糟糕了！"两人玩得十分有趣，恰似新婚燕尔！

　　不觉中已值早春，虽是风和日丽，却仍是春寒料峭。只有梅花知春最早，枝头已是春意闹，引得众人齐来观赏。那一树红梅于门廊之前争先怒放，颜色鲜艳动人。源氏公子慨然叹道：

　　"春在枝头诱人望，
　　　唯独红花不可怜。
也实在是莫可奈何！"

　　至于末摘花结局如何，终究无从得知。

　　【1】未婚女子常用酸化铁、五倍子粉将牙齿染黑，时人认为美观。
　　【2】此典故出自《今昔物语》，书中记载：平仲是个好色男子，他为了在女人面前装假哭，误将墨水当水涂在了眼睛上。

THE TALE OF GENJI

VOLUME 7
第七回
红叶贺

且道朱雀院此番行幸[1]之日，定于十月中旬。且规模宏大，超过往常。只可惜舞乐皆不得在内间表演，众嫔妃无法亲眼目睹，连深受宠爱的藤壶妃子也不得例外，实在令人遗憾。故皇上便决定先在清凉殿举行试演。

双人舞《青海波》，由源氏中将和头中将表演。头中将乃左大臣家公子，丰姿优雅，非凡人可比，但与源氏中将比肩而立，便好似一桩粗木立于樱花树旁，顿时逊色不少。

红日西下，夕照迷人，艳丽似火；乐声喧嚣，舞蹈渐入佳境。两人格外投入，步态与表情尽都绝妙无比。源氏中将歌咏"桂殿迎新春……"，甚是悦耳，酷似佛国仙鸟幽鸣，美妙之至，皇上也感激涕零。众公卿及亲王也不禁纷纷洒泪。旧歌既毕，新姿频起。立时新乐大作，直入云霄。瞧那源氏中将，容姿焕发更甚，仪态美丽无比。皇太子母亲弘徽殿女御看罢羡妒不已，道："定有鬼神附身，真令人胆战心惊呢！"侍女们听得，都嫌她太过冷酷。藤壶妃子当下寻思道："倘此人无负疚之心，定会倍加令人喜爱。"不觉耽于沉思。

当夜，藤壶妃子留侍帝侧。皇上道："今日那出《青海波》，令人叹为观止。不知意下如何？"藤壶妃子心有隐情，听得恁般，感到十分不安，也不便多言，只答道："真真妙极了。"皇上又道："与他共舞之人，也舞得不差。要论及舞蹈和手法，良家子弟毕竟不同凡响。民间出名舞蹈家，舞技尽管娴熟，但总缺良家子弟优美高雅的气质。此日试演虽恁般完美，只怕他日在红叶树荫下正式表演时，将无再睹之兴了。"

翌日清晨，源氏中将写得一信与藤壶妃子，其中道："去日赏鉴，感想若何？当舞之时，我心绪烦乱，倒是少见，难以言喻。

满腹忧愁为谁舞，

舞袖传情尔可知？"

藤壶妃子读罢，源氏中将那光彩夺目的风姿，顿又浮现眼前。便回道：

"唐人舞袖何人解？

绰约仪姿唯我怜。

不过寻常的轻歌曼舞罢了。"源氏中将得到回复，不忍释手。寻思道："她也知这《青海波》为唐人舞乐，足见很是关心外国宫廷之事。此诗也合皇后之口。"

【1】朱雀院是历代天皇退位后栖隐之处。行幸朱雀院是今皇对前皇的尊重和敬慕。

不禁春风满面，如诵经般复又展开来读。

行幸那日，亲王公卿无不参与，皇太子也携随从而至。载着管弦的画船，照例回旋在塘中。歌舞依次上演，有唐人的，也有高丽的，杂然相陈，不一而足。时而乐声大作，鼓声震天。皇上想起前些日试演之时，夕阳映照下的源氏公子，姿态俊丽非凡，反觉心中欠安，遂令各处寺院诵经礼忏，为他消灾除障。闻者无不称善，觉此乃情理中事。唯弘徽殿女御不以为然，反嫌皇上宠爱过甚。

左右舞乐由左右宰相及左右卫门督指挥。所有舞人皆选自民间，并事先得到过集中演练。红叶树荫下，围成圆阵的四十名乐人，无论是王侯公卿，还是身份平庸者，无不是些精于此道、名声远播的妙手。立时笛声嘹亮，红叶翻飞，和着松涛，直上云霄，妙不可言。一曲《青海波》奏响，源氏中将冠插红叶，翩然起舞。红叶随风飘落，好似自个知羞，不敢与他美貌匹敌似的。那辉煌仪姿，世间少有。见红叶飘落，左大臣便于御前庭中采得些许菊花，又替他插上。

不觉到得日暮，天公善解人意，洒下一阵毛毛细雨来。蒙蒙雨帘中，源氏中将仪姿俊美，加上那饱经风霜的艳丽菊饰，可谓出足风头。舞罢退出，又折回另扮新姿，观者惊叹不已，几疑非世间所有。许多乡间野老，也立于树旁、岩下、落叶之中，观舞赏歌。其中略识情趣者，尽都动容流泪。《青海波》之后，承香殿女御膝下的四皇子，年岁尚幼，身着童装，随即表演起《秋风乐》舞，两番舞乐，可谓美妙至极。再看别的舞乐，则情趣全无。

是夜，皇上晋爵源氏中将，由从三位升为正三位[1]。托源氏公子洪福，头中将也得到升任，升为正四位下。其余众公卿亦各有升晋。源氏公子天性聪慧，妙技惊人，实乃千年难得之人。

却说藤壶妃子此间正归宁外家。源氏公子仍是挖空心思，忙于寻机与她幽会。为此，左大臣家嫌他疏远，怨声不断。又加上觅得那株细草，二条院新来一个女子的消息传至葵姬耳里，她便更为烦闷。源氏公子寻思："紫姬年纪尚小，葵姬不谙此间内情，故此生气，这也怨不得她。但她如能有话直说，像平常女子一般相待，我也许不加隐瞒，以实情相告，且抚慰一番。可她并不理解，不冷不热，暗里总往坏处想，且非我能想象。故我才不予理睬，一味去干那苟且之事。然统观此人，无甚缺陷，也无明显瑕疵可指，且乃结发之妻，所以我真心爱她、

【1】正三位为日本品秩与神阶的一种，位于从三位之下从三位之上。

看重她。她若不能理解这片苦心，我也无可奈何，只希望她终能体谅我，改变态度。"葵姬庄重自持，绝无轻率之举，源氏公子对她的信任，自然异于常人。

再说那年幼的紫姬，自进得二条院，性情日渐温顺，端雅烂漫，且对源氏公子亲近有加。她一直住于西殿，里面诸种高贵用具应有尽有。对自己殿中之人，源氏公子也暂未提及其身份，只是朝夕前往探视，并教得她些技艺，如学习书法等。好比亲生女儿寄居在外，如今接回了家一般。他又吩咐下人，服侍紫姬要尤为小心，力求周到备至。因此除了惟光，上下所有的人皆觉奇怪：这女孩到底是何来头？紫姬父亲兵部卿亲王，也不知其下落。紫姬也不免常常追忆往昔情景，思念已故的尼姑外祖母。源氏公子在家，她心有所托，忧思稍减。可一到得晚间，公子外出夜游，忙于各处幽会，紫姬便恋恋不舍。时日一久，公子亦不由生出些怜悯之心了。遇到公子侍驾入宫，二三日不归，接着又在左大臣家滞留。此时紫姬孤居数日，自然郁郁寡欢。公子便不胜牵挂，似觉家中有一无母孤儿，出外也不放心了。北山僧都闻得，暗自思忖，这么一个孩子，怎么恁般得宠。既惊诧又庆幸。每逢僧都举行佛事追荐尼姑时，源氏公子必遣使问候，厚赐唁仪。

藤壶妃子居于三条宫邸。源氏公子欲知其近况，便前往询访。王命妇、中纳言君、中务君等侍女出来迎候。源氏公子见此，不由想道："恁般相待，岂不视我为外人了？"心下颇感不快，然又不得露出声色，只好随便与她们寒暄了几句。妃子之兄兵部卿亲王恰在邸中，得知源氏公子来访，忙出来相见。见此人清雅俊逸，风流倜傥，源氏公子暗自忖思：此人若为女子，该是何等生人！又想到既是藤壶之兄，又为紫姬之父，便倍感亲近，与之促膝谈心，推心置腹。兵部卿亲王也觉着公子待人诚恳，情意真切，且相貌悦人，便起了轻浮之念，但愿公子变做女子，却哪能想得日后要招他为婿呢？

夜幕渐落，兵部卿亲王回得帘内，源氏公子好生羡慕。往昔受父皇宠爱，也可自由出入帷幄，与藤壶妃子眉目传情。但今非昔比，想来甚是伤感！他毫无办法，只得起身辞行，临行时对众侍女正色道："本当常来问候，只因无甚要事，怠慢至此。日后若需效劳，尽情吩咐才是。"说罢，便径直出了藤壶宫邸，连王命妇也留他不住。藤壶妃子身孕已历半年，心中之事郁结不解，常久坐无语，更闷闷不乐。王命妇瞧在眼里，不以为然，却又可怜她。只是源氏公子所托之事，毫无进展，心下未免有些焦急，猜想他俩定无时不在愁叹：都是前世造的孽啊！

却说紫姬乳母少纳言，住入二条院后，心下常思："不曾料得一脚踏进蜜罐里了！莫非尼姑老太去世前，常在佛前为小姐祈祷，引得佛祖降恩，才有此厚报吧？"但转念又想：葵姬身为正妻，且出身名门，而公子又风流多情，紫姬日后嫁给他，恐将遭到不幸。但愿公子将来会像现在这般宠爱她吧！

紫姬丧服已满三月，照例可以改装了。但她自小没了母亲，亏得外祖母亲手抚养，故丧服也得延期：凡豪华艳丽的衣服，皆不得穿，红、紫、棣棠色等无纹的衫子由她穿了，淡雅宜人，模样反倒越发可爱。

新年第一日，源氏公子照旧入朝贺年，临行前到紫姬房里，对她道："从即日起，你便大一岁了。"说时笑容可掬。紫姬一早便忙着起来摆弄玩偶，在一对橱柜里，放着种种玩偶，柜外搭建得诸多小屋，各种玩具充塞小屋，几乎无法行走。她对公子道："犬君昨夜说准备打鬼[1]弄坏一个，我要将它修好呢！"神态庄重，如同在汇报一件大事。源氏公子道："啊呀，此人也太粗心大意了，那就即刻动手吧。今日乃元旦佳节，你说话可要小心，不可讲些不吉利的话，也不能哭。"说罢，便出了门。今天他特地穿了件华丽衣服入朝，紫姬和侍女们送他到廊下。这孩子一回到屋里，即找出玩偶中的源氏公子，照刚才那番模样，替他换上艳丽的衣服。

适逢少纳言进屋，见她如此，便对她道："今年你得庄重才好，满十岁的人了，不该终日和玩偶打交道。且既已有了丈夫，见丈夫时，总得有个夫人的模样才是。可你连头也不梳……"少纳言说出此话，本想让她难为情。可年幼的紫姬听了，心中倒想："这样看来，我已有了丈夫。少纳言等人的丈夫，模样都不中看，只有我的丈夫才如此年轻漂亮。"此时她才明白了自己和公子的关系。她虽一天天在长大，但处处流露出的仍是孩子气。这令殿内的人好生不解，谁也不曾料得他们是一对有名无实的夫妻。

却说源氏公子贺年回来，便来到左大臣邸。葵姬照例面色平淡，并不显得格外亲近。公子心中苦闷，对她道："岁历更新，你若与旁人一般随意些，我将何等欣喜！"葵姬自闻知公子新近接纳得一女子，并倍加宠爱，便推想这女子日后定受宠爱，心中更是不悦，对他也更疏远了。她虽对公子漠然相待，对其放浪不羁的风流之事，一概装作不知，但表面上也还应酬着，这般涵养，毕竟不同凡人。她比公子大四岁，稍有迟暮之感，但毕竟正当青春年华，容颜自是娇好。源氏公

【1】除夜进行打鬼仪式，时人认为能够驱逐鬼怪。这是当时的一大习俗。

子得见，不由自责道："她倒无甚过错，只因我过分放浪形骸，行为不端，便遭其怨恨。"其父左大臣，御眷深重。且母亲乃皇上胞妹，视她为掌上明珠，悉心教养。这样，葵姬自幼骄纵清高，目空一切，别人略有不周之处，便视为怪异。但在天之骄子源氏公子眼中，葵姬的家世并不足骄矜，一向也视她为平常。夫妻间，隔阂便由此而生。女婿的浮薄行径令左大臣颇为不满，常私下替女儿抱不平。但见得面后，又怨恨全无，仍旧热情款待。

次日，源氏公子整理行装准备归家，左大臣送了他一条名贵玉带，并亲手抹平他官袍后的皱纹，只未替他穿靴了。公子十分感激，辞谢道："如此名贵，莫如他日侍内宴之时，再受此赐不迟。"左大臣又道："他日另有赐品。这不是什么奇贵之物，仅样式好些罢了。"便强将玉带系了。左大臣将此视为乐事，况机会也不是很多。如此俊美之人出入其家，自是万分荣幸之事。

虽是贺年，源氏公子所到之处并不多：除却清凉殿、东宫、一院，只到三条院拜谒了藤壶妃子。三条院众侍女见得公子，都连连赞叹道："天下竟有恁般标致的人儿！公子一年比一年好看呢！"藤壶妃子隔帘窥得，也是思量无限！

藤壶妃子产期，算来应是去年十二月。但十二月过去了，仍无动静，大家都不免担心。一到新年，三条众侍女不禁焦急起来，想道："最迟，正月里也该出来了。"然正月亦无声无息。世人纷纷猜度：产期如此不至，怕是着了妖魔？藤壶妃子忧心如焚，惧怕泄露隐情，弄得声名狼藉，自是痛苦难表。源氏中将也暗地推算时日，越发疑心此事与己有关，便寻些理由，在各处寺院设办法事祈祷顺利安产。他想："世事莫测，安危难料。岂因与她结了这露水姻缘，便就此永诀？"不由惆怅。老天有眼，终在二月中旬，一男婴平安降世。源氏公子方安下心来，宫中及三条院诸人，无不欢天喜地。皇上期盼藤壶妃子早日康复，常来探视。藤壶妃子忆及那桩隐事，便痛心自责。但闻知弘徽殿女御等人，咒她将难产而死，便想道：倘自己真不幸而亡，倒正合了她们心意。于是振作精神，身体也日渐康复了。

源氏公子心怀隐衷，渴望早日见得小皇子，便借皇上欲早日得见为由，偷偷来到三条院，派人传话道："皇上心切，令我先来看望小皇子，即刻回宫上奏。"里间藤壶妃子传言道："皇子初生，面目不全，不便看望……"这样谢绝也在情理之中。其实，此婴相貌简直与源氏公子无异，教人一望便知。藤壶妃子扪心自责，愧恨交加，心中万般苦痛，想道："外人只要见得小皇子，便会知悉内情。此种大事，即便细微的过失，世人也必然添油加醋。何况是我，不知将怎样被人指责呢！"她左思右想，只觉自己不幸。

自此以后，一见王命妇，源氏公子便尽其美词，求她设法引见，但终未成行。公子牵念皇子，定要王命妇引见，然她答道："怎么老说恁般无意义的话呢？过些时日，你自会见到的呀！"她虽严厉相拒，心下却无限同情。源氏公子苦不堪言，只能暗自期盼有朝一日能与妃子面晤。那副伤心落魄的情状，旁人也悲叹难过。他不由得哀伤吟道：

"几多冤仇前生绪，

如此离愁今世浓？

恁般固执，实在让人费解！"王命妇常常得见妃子的思念和愁叹，听得此诗，不由自主地悄声和道：

"人生思子倍伤情，

相见隔帘犹悲戚。

二人两地相思，终日哀伤涕泣，真是命苦啊！"源氏公子多次恳求王命妇，然皆不得结果，只得死了这份心思。藤壶妃子见公子频频前来，恐引人疑心，便渐渐疏远了王命妇。但又不便过于明显，只是暗暗恨她多事，牵连这露水姻缘。王命妇身遭疏远，自是一点不曾料得，想来好生没趣。

很快到得四月，皇上接了小皇子入宫。皇子虽才两月，却会翻得身了，相貌更酷似源氏公子。皇上并不在意，以为同为皇胄血统，相貌相似不足为奇。他甚是宠爱这小皇子，如同对待幼时的源氏公子。仅因公子乃更衣所生，为避世人非议，不曾立为太子，降之为臣，实有曲意，至今仍有遗憾。看到他成人后，容貌俊美，更是不胜惋惜。如今，这小皇子乃高贵女御所生，相貌又与公子一样光彩照人，皇上便视作掌上明珠，万般宠爱，情状实在难以言传。可藤壶妃子见得孩子容貌，想起皇上平日的百般宠爱，心中时时隐痛不安。

这日，源氏中将照例前往藤壶院表演管弦。皇上抱了小皇子，对源氏中将道："我儿子虽多，然如同这个孩子，自小和我朝夕相见，唯有你一人。故我一见他，便忆及幼时的你，他和你恁般相像，想是幼时都是一样的吧？"源氏中将听得，既惊又喜，不由红了脸，思量再三，百感交集。小皇子牙牙学语，面若桃花，笑颜常开，令人不胜爱怜！源氏中将暗想道："他既然这般肖似我，当年我定也如此美貌。"倒感伤起自己的不幸身世来。藤壶妃子听得此番话，甚为不安。源氏中将如今见得这小皇子，反而心乱如麻，不忍久留，遂告退回去了。

源氏公子回到二条院，直入房中歇息，然而心潮涌动，无法安定，便欲独自静养一番，复又来到左大臣邸。庭中草木青青，满目皆是，抚子花开得正盛。公子便摘下一枝，写得一信，附花枝于其上，命王命妇送去。信中言语，缠绵断肠，并附诗道：

"此花恰似吾至爱，

难慰愁肠眼底泪。

此花便若吾儿，谋面恐甚艰难了！"送到后，趁无人留意，王命妇交与藤壶妃子，并劝她道："且回个信儿吧，哪怕随意写在这花瓣上也行。"藤壶妃子心中流泪，信笔回道：

"泪湿衣襟皆为花，

今犹爱之不忍疏。"

虽笔墨不多，笔致却如泪牵，极显精细。王命妇大喜过望，忙将此诗送回。公子等得焦急，以为照例不会有回音。愁绪满怀之时，见得复信，自是喜出望外，不觉热泪涔涔。

源氏公子看罢，心情反倒更加郁结，便又躺下，呆呆出神。为解烦闷，他情不自禁信步来到西殿。此时他鬓发凌乱，不修衣饰，随意拣了件褂子披在身上。手拿横笛，边走边吹起一首自己喜欢的曲子，进得紫姬房里。只见紫姬歪了身子躺在床上，恰如带露的抚子花，异常娇美可爱。她噘了小嘴，背过身去并不理睬；仅因公子回邸没能来看她。源氏公子挨了她坐下，叫了一声："起来呀！"她也不回头，只低声吟道："可怜矶头草，今遭春潮淹。"随后转过脸来，以袖掩口，模样妩媚，确是风情万种。源氏公子诧怪道："真是的，从何处学得恁般歌句！要知了'但愿日日与君逢'，并非好事呀！"遂命侍女取了筝来，教她弹奏。且对她道："三根细弦，中间一根最是易断，可得小心才是！"便将琴弦重新调校，降为平调，再交与她。紫姬见此，也不好一味撒娇，便起身弹起筝来。她身手尚小，只得伸长了左手去按弦，姿态甚是可爱。公子来了兴致，便拿起笛来与她一道练习。紫姬天性聪慧，无论何等难度的曲调，只需领教一遍，便自个会弹奏。如此心灵手巧，正合源氏公子心意，也让他颇感欣慰。《保曾吕俱世利》这首乐曲，名虽欠雅，然曲调优美。源氏公子用笛吹奏此曲，紫姬以筝相伴。尽管她弹奏尚嫌生硬，可节拍丝毫不差，这也是相当不错了！

夜色垂暮，侍女们点燃灯火，二人并肩观画于灯下。公子原定这晚到左大臣邸，见时候不早了，随从便在门外咳嗽，催促道："要下雨了呢。"紫姬闻得，便不再看画，嘟起嘴来，那模样实在令人可怜。她头发浓艳，公子理了理，问道："我要出门了，你可想念我？"紫姬顿了顿首。公子且道："我也想时时陪你。不过你还小，暂且顾你不到。若不先安抚那几个性情偏执、喜好嫉妒的人，她们便会埋怨我，向我唠叨。我生怕伤害她们，不得不去走走。待你长大之后，我自然常常伴你左右。现在不要别人恨我，为的是将来能平平安安，陪你白头偕老。"听得这番体贴入微的话，紫姬脸上泛出了红晕。她一言不发，将头埋在公子膝上，不久便睡着了。源氏公子见状，心下不忍，遂吩咐随从道："此夜留居家中！"随从者也就自相散去了。侍女们送来晚膳，公子拍醒紫姬，道："我不走了！"紫姬听得，喜不自禁，便与公子一道用餐。她笑着看公子吃，自己只是偶尔举筷作陪而已。饭后，紫姬仍不放心，担心公子出门，便道："您早些睡去吧！"公子点点头，心想："这可心人儿，也真真可爱啊！就是到了阴曹地府，也要与她结伴而行！"

恁般滞留，渐成了常有之事。时日一久，消息不胫而走，传到左大臣邸中。葵姬的侍女们便愤愤不平："这女子究竟是何等模样之人？倒令公子如此痴迷！过去连名字都不曾听得，足见其出身不甚高贵。定是公子一时心血来潮，于宫中见到这个侍女，怕世人非议，故予以隐藏，对外人只说是他收留的小孩子吧。"

不久，皇上也闻知了此事，觉得对不住左大臣。一日便对源氏公子道："左大臣心情不悦，亦属情理中事。你年事尚幼时，多蒙他尽心尽力照顾。现在你既已成人，也该晓些事了，怎会这等忘恩背义呢？"公子只管低头不语。皇上见他并不分辩，便猜测许是和葵姬情意难投，又可怜起他来，且道："见你也并非那等品行不端、四处拈花惹草之人；也不曾听得和宫女们及其他女人有何纠葛。你到底干得些什么，竟让你岳父和妻子也抱怨不已？"

皇上虽年事已高，然并未疏离女人。宫中美女如织，采女与女藏人[1]中，也有不少姿色娇美、聪颖伶俐的。公子倘略有表示，恐怕也会趋之若鹜。可大概是熟视无睹吧，他对她们很是冷淡。间或有些女子忍耐不住，用风情话来撩拨他，他亦只是随便打发一番而已。这样，宫女们皆传言他冷若冰霜，无情无义。

且说其间有一名宫女叫源内侍，出生高贵，才艺过人，虽上了年纪，名望却颇高。她芳心未老，生性风骚，放纵于色情，令源氏公子甚觉奇怪：都成老妪

【1】采女是皇宫中服侍天皇用膳的宫女，女藏人则是身份低下的打杂宫女。

了，何以恁般放浪？一时心血来潮，便与她戏言得几句，哪知她即刻回应，绝无逊色之感。公子那时闲极无聊，想这老女也许别具风味吧，一念之下，便暗中和她有了隐情。又怕外人察知，笑他连老女人也不肯放过，故表面上很显冷落。令这老女人深以为恨。

一日，内侍为皇上梳发。梳好后，皇上便随掌管衣物的宫女入内换装去了。室内仅剩得公子和内侍两人。公子见她比平日更显风流：脂浓粉艳，衣服华美，体态风骚。心下甚感不悦，便想："恁般衰老，还要强装年少，也太不像样了！"然而想道："她心里到底在想些什么？"便伸手扯了一把她的衣裾。但见她抿口娇羞一笑，将一把艳丽的纸扇掩了口，回头递来一个秋波。那眼睑已深深陷进，毫无光泽；头发亦显得有些蓬散。公子不由心生感叹："没料到这鲜丽的扇子，配了这衰老的面容，竟然也增添得些颜色呢！"便伸手将扇子拿了过来。但见扇面艳丽，底色深红，上面树木繁茂，皆用泥金色调，且题得一诗："林间细草何憔悴，马不食兮人不怜。"笔致虽近苍老，却也颇具意趣。源氏公子见罢，觉着好笑，想道："此老女自比细草，也不无风趣，但尽可题些别的诗句，何必恁般做作呢？"便戏言道："哪有这等说法？自有'但听杜宇飞鸣声，夏日自当宿此林'。"老女不以为然，随口吟道：

"林茂草密近暮春，

但待君临好饲驹。"

她搔首弄姿，一副急不可耐的样子。源氏公子急欲脱身，胡乱吟道：

"林荫常有群驹集，

吾马岂能踏草来？"

吟罢转身便走。内侍也顾不了许多，忙扯住他道："没料到你如此无情，让我自讨没趣，我这般年纪，竟忍心让我受辱！"说罢掩面啼泣起来。源氏公子忙上前安抚她，道："过些时候，定给你消息。我纵想你，也难寻机会呀！"说罢又要走。内侍追到门口，恨恨道："莫非应了'津国桥梁断，衰朽无人问'不成？"不禁爱恨交加。皇上换衣已毕，隔帘隐约见得此情景，不由好笑，暗自思忖："老女配少年，这也太不相称了！"且自言自语道："众人皆言公子古板，其实他连这等老女也恁般用心呢。"内侍听得，老脸也略感发烫，想到"只为悦己者，情愿着湿衣"，便埋头不语，毫不争辩。

此事一经传开，大家议论纷纷，皆道令人难以置信。头中将得知，想道："我这个情场老手，也算得无所不至了，怎没想到品品老女的风味？"便寻得个时机，与这内侍勾搭上了。头中将也是个出类拔萃的美男子，内侍有了他，心下也略感宽慰。但心中的如意郎君，唯源氏公子一人。与头中将私通，只因欲壑难填，一时慰情罢了。

内侍与头中将的私情异常隐秘，源氏一直蒙在鼓里。每与源氏公子私会，内侍必万般倾诉，埋怨不已。源氏公子念及她年岁已老，甚是可怜，便抚慰得几句，但心中又不甚情愿，故并不常去那里。一日傍晚阵雨过后，空气清新，公子不愿埋没如此良宵，便出门闲步。经过温明殿前，忽然里间飘出悦耳的琵琶声。源氏驻足细听，觉着满是离愁别绪，令人愁情郁结。原来是内侍正在弹琵琶。这内侍每逢御前管弦演奏，常随同男人弹奏琵琶，故精于此道，无人可比。此时，她正唱《催马乐·山城》："……好个种瓜郎，要我做妻房……思来又想去，嫁他又何妨……"嗓音甜润美妙，但出于此人之口，似不相称。源氏公子沉迷其中，心下想道："当年白乐天，在江州听得那商妇泣诉，恐也不过如此吧！"

忽听得琵琶声戛然而止，传出愁叹声息。源氏公子心想此人也有心事，便靠立柱上，低吟《催马乐·东屋》："东屋檐下雨中立……"里间随接唱道："……请君推门自进来……"应对无误，声音不同凡响。内侍且吟道：

"檐下湿衣为何人？

泪珠似雨又浸润。"

吟罢，哀叹数声。源氏公子想道："她情人甚多，何独对我发此牢骚，真个生厌！"便答道：

"窥人妻女非吾为，

更无屋檐门前立。"

想就此一走了之，可又忍不下心来，便轻手推开门走了进去。这个老女，今日好不容易盼来如意郎君，便放肆起来，语言不免轻薄张狂，公子虽有些难堪，也觉趣味无穷。

且说头中将，近来对源氏公子颇有怨辞，仅因源氏公子时常指责他的浮薄行径，而自己假作正经，养得不少情人。他欲寻机瞰源氏公子一个空子，抓住把柄，以图报复。正好这一天头中将也来与这内侍私会，见源氏公子先推门进去，心中窃喜，想此不失为一个绝好机会，便决定稍吓他一番，然后责问他："日后改也不改？"正如公子责问他一样。他悄然站立门外，静听里间的声音。

正当风声渐紧，夜色深沉，室内了无声息。头中将疑二人已睡熟，便悄然进得室内。源氏公子心有所思，不能安睡，忽听得足音。他哪会料得头中将来此，还以为是与内侍有染的修理大夫，念及旧情，重来探询，便想：这种见不得人的丑事，偏叫这老滑头撞上，实乃尴尬！且对内侍道："啊呀，如此局面，我要走了。你明已见得蜻子飞，知道他要来，偏偏瞒着我，太不要脸了！"他慌忙抓了件衣衫，躲到了屏风背后。

头中将听见，差点笑出声来，但并不甘就此罢休。他径直走到源氏公子藏身的屏风旁，动手折叠屏风，声音劈里啪啦，盖过外面的风声。这下可慌了内侍，到得恁般年纪，风骚不断，两男争风吃醋的事，经历得不少，但见这场面，尚属头一次。她生怕进来的男子伤了公子，甚是惶恐，忙起了身，拼命抱住头中将。

源氏公子本欲趁机逃出，不让来人辨得身份。可自己衣衫凌乱，冠带歪斜，这般狼狈出走，实在不甚体面，一时犹豫不决。头中将也不愿源氏公子得知自己身份，便一声不吭，只佯装愤怒万分，"刷"地一声，将佩刀拔了出来。内侍更慌了，连喊道："喂，好人儿啊！喂，好人儿啊！"便上前挡住，向他合掌叩头。头中将忍俊不禁，"噗嗤"一声将要笑出，又赶忙掩口。这内侍日常精心打扮，装个娇艳少女，粗看还有些相仿，其实已是五十七八的老婆子。此时夹在二位公子之间，不顾一切，赔了老脸斡旋调停，模样实在滑稽可笑！

头中将虚张作势，故意装作他人，一味恐吓，反被源氏公子识破。他想："明知是我，他却故作此举，真是可恶。"如此一来，公子也觉好笑，便伸手抓了他那持刀的手，使劲一拧。头中将自知已被识破，禁不住笑出声来。源氏公子道："你是当真还是作假？未免太过分了！且让我穿好衣服吧。"头中将回身，抢过衣服，死也不肯给他。源氏公子道："要么彼此一样吧！"遂拉其腰带，欲剥其衣服。头中将哪里肯依，奋力抵抗，两人扭扯一团，东抓西扯起来。慌乱中，听得"嘶"的一声，源氏公子的衣服也被撕扯破了。头中将哈哈大笑，即景吟道：

"扯得衣破方能识，

露出真情隐秘来。

穿此破衣出去，让众人都看看吧。"

源氏公子答道：

"撕破单衫尚且可，

薄情揭短犹可憎。"

两人如此调笑一番，怨恨顿消，一同出去了。

却说源氏公子回到邸宅，想及此番遭头中将作弄，心下懊悔莫及，悻悻躺下了。而那内侍呢，遇到这等难以料及之事，也自感无聊。次日便将两人扭扯时遗落的一条男裙及一根蓝腰带[1]还与源氏公子，且附诗道：

"浪涌潮退无主宰，

空剩矶头寂寥者。

我怕是泪如雨注了！"源氏公子见了，思忖道："这女人真个不知羞耻呢。"忆及昨夜那难堪模样，又心生可怜，便答道：

"惊涛骇浪不足惧，

唯有憎恨此矶头！"

仅此两句。送回的腰带乃头中将之物，颜色颇深，不配自己的常礼服。又清点自己的衣服，发觉假袖没了，便想："也该如此！猎色之人，怎能免于丢脸呢？"自此更加谨慎了。

不多久，公子又收到头中将送来的包裹。打开一看，果然是昨晚撕落的假袖。且附得一纸条："快将此缝好吧。"源氏公子又气又恼，想道："怎个让他拿了去？"又想："我拿得这根腰带，也不得便宜了他。"便用了张同样颜色的纸，将腰带包好，还与头中将，并附诗道：

"君失此带恩情绝，

今朝物还似人来。"

头中将得见，即刻答道：

"盗去蓝带尤可恨，

与君割席在此时。

这怨不得我啊！"

旭日东升，二人各自整装，依旧衣冠楚楚，入朝见驾。源氏公子端庄严肃，一副若无其事的样子。头中将见了，暗中窃笑。适逢这日公事繁多，有不少政务奏请圣裁。二人高谈阔论，出尽风头。有时二目相对，各自会意微笑。等到无人在旁，头中将便走近源氏公子，恨恨道："恁般隐秘，还敢也不敢？"源氏公子道："何出此言！后来的人一无所获，才真个可怜呢！不曾有：人言可畏，也是迫

【1】《催马乐·石川》："石川高丽人，取了我的带。我心甚后悔，可恨又可叹。取的什么带？取的淡蓝带。担心失此带，恩情中途断。"当时的风俗相信，如果恋人幽会时腰带被取去了，则表示彼此的情意断绝。

不得已呀！"两人斗过一阵，相约以"若人问及且不知"为戒，盟守密约。

此后，头中将每遇得时机，便以此为话柄，极力嘲笑源氏公子。源氏公子追悔莫及："都怪这可恶的老妖精，干得这等好事！"但那内侍仍不断送得信来，嗔怒公子薄情，公子越发觉着不是滋味。对胞妹葵姬，头中将也闭口不言此事，总欲寻得个恰当时机，以此或可要挟源氏公子。

皇上对源氏公子百般恩宠，那些出身高贵的子弟，既嫉恨又后怕，唯头中将毫不相让，凡事要与他争个高低。头中将与葵姬乃同母所生，他想：源氏公子不过身为皇子；而自己，父亲身为贵戚，圣眷深厚，母亲又为皇上胞妹。且自小便得到父母无限宠爱，何处比源氏公子差呢？其实，其人才品貌，也算得上尽善尽美，无可挑剔；在情场之上，与源氏公子一争高下，也无所不及，正是各领风骚。

再说藤壶妃子被册立为后，仪式定在七月。源氏公子也由中将之职晋爵为宰相。皇上意欲在近年让位，由弘徽殿女御太子即位，并立藤壶妃子之子为太子。可这新立太子无人扶持，外家诸舅父，虽皆为皇子，但已属居臣下。是时藤源氏朝中，源氏的人不便掌握朝纲，故只得将新太子母亲册立为皇后，以增强新太子势力。弘徽殿女御得知此事，大为不满，却也无可奈何。皇上对她道："你儿子不久将即帝位，那时你高居尊位，即为皇太后了，难道还不满足？"世人对此，皆顾虑重重，私议道："弘徽殿女御乃太子之母，入宫已二十余载。册立藤壶妃子为皇后，想以此压倒她，怕是太难了吧？"

藤壶妃子册立为后，仪式如期举行。当晚由源氏宰相陪送入宫。藤壶妃子为前代皇后之女，身份高贵，自不待言，况又生得一位容貌出众、光彩照人的小皇子。皇上对她百般宠爱，其他人也只得另眼相待。源氏公子奉陪入宫时，心绪烦乱如麻，想到辇车中妃子那花容月貌，便不胜向往。又想到日后"更远蓬山一万重"，两处相思无由相见，不禁心情沮丧，神思游离，便自言自语道：

"纵然观得云端相，

绵绵幽恨终无期。"

唯觉心情寂寞，人生无味。

光阴似箭，小皇子渐渐长大成人，相貌也愈来愈像源氏公子，几乎难辨差异。人们皆言皇子俊美出众。藤壶妃子听得，心中好生痛苦。幸好世人并未留意于此。他们认为：源氏公子美貌超群，无与伦比。小皇子酷似源氏公子，皆因同属富贵之命，如日月当空，交相辉映而已。

THE TALE OF GENJI

VOLUME 8
第八回
花宴

来年春的二月二十后，皇上将于南殿举行每年一度的樱花宴。且说皇上端坐中间御座，左边乃藤壶皇后之位，右边是朱雀院皇太子之位。因藤壶皇后占据了上位，且弘徽殿女御平常便忌恨于她，处处避免与她同席。可此番光景，若是一人独处，也不是滋味，便只得前来赴席。

是日雨后初晴，空气甚是清新，各种鸟儿争相鸣啼，十分悦耳。亲王、公卿以及擅长诗道之人，均前往赴宴，相与探韵赋诗。源氏宰相探得一韵道："我探得'春'字韵！"声音铿锵有力，萦绕不绝。其后是头中将，只见他姿态从容，举止大方。众人自然不敢小视了他。他的报韵也掷地有声，不同凡响。其余诸人，见得此等场面，皆自惭形秽，畏缩不前了。此外阶下诸文士，旁列殿下。眼见得这皇上及皇太子才华卓越，皆感叹文运昌隆，更是自愧弗如了。尽管作诗并非难事，但在大庭广众之下，高才学士面前，均倍感手足无措，难以尽情发挥。倒是几个老成文士，尽管服饰寒酸，却很是见多识广，仍从容不惊。皇上观此情状，趣味也甚是盎然。

列行舞乐，只待红日西坠便可上演。最先表演那《春莺啭》，乐音赏心，舞态悦目。皇太子忆起去秋红叶缤纷时，源氏公子所舞《青海波》的盛况，便将一枝樱花赏赐与他，插于冠上，道："且再展舞姿吧！"源氏公子不便推辞，便立起身来，从容步入场中。乐声响处，舞袖翩翩，真是美妙绝伦，无可比拟。左大臣见了，感动得直流泪，顿时对公子的怨恨也没有了踪影，便道："头中将在哪里？快些来此！"头中将应声而出，便表演了一出《柳花苑》舞。此舞较长，非得有精深稔熟的技法不可。然舞者从容不迫，舞步袖法皆很精湛，真是无瑕可指。足见功夫不浅，且早有周详的准备。皇心大悦，即赐予他御衣一袭。此乃特别恩典，甚是珍贵，人皆羡慕不已。此后诸公卿随意出场献舞，但日近黄昏，动人之处自是很少了。

舞乐既罢，又开始朗诵诗篇。源氏公子所作诗文，宏远广博，精巧有致。有些字句，竟连宣读师也得略略沉吟方能吟诵。每诵得一句，四座惊起，赞叹之声不绝于耳。众文士更是心悦诚服。以前逢此盛会，皇上必召源氏公子先行表演，以博众誉，为四座增添光彩。今日赛诗，公子仍不负所望，独压群芳，皇上龙颜大悦，实是非比寻常。

藤壶皇后见得如此，心中不禁想道："此等美貌公子，才艺超群，却落得弘徽殿女御憎恨，实在难以理解。且也令我恁般内疚。"她心中深省道：

"若是世间寻常人，

恋此丰姿且疚心。"

她只得以此自慰。

却说夜深宴散，众皆告退回邸。皇后及太子也回宫歇息了。此时月亮如盘，银辉照彻，四周寂然无声。此番良辰，正合男欢女爱。源氏公子醉意蒙眬，怎肯枉对此等美景。他想道："殿上值宿人等都已入睡，何不趁此机缘，前去与藤壶皇后会得一会？"便趁了酒兴，悄悄溜到了藤壶院窥探。可王命妇房间紧闭，又不便叫她，无人通得消息，公子甚感失望。却又不愿就此而返，便信步向那弘徽殿走去。弘徽殿女御散宴后即到宫中值宿，故此处守护人数稀少。公子驻足，见大门未关，便往门内探视，只见得里间小门虚掩，悄无声息。源氏公子突发奇想："世间女人失足犯过，原来均缘于大意。门禁不严，方给了男人机会。"想着便进得门来，但闻呼吸之声，众侍女皆已睡熟。

忽听得有女子在廊下唱歌："既无阴云遮，又非银辉照。朦胧春月夜，此景堪无双。"乃是一首古歌。其声音娇嫩动听，渐渐清晰，正往这边走来。源氏公子大喜过望，待她近了，便撞出门去，一把将她的衣袖拉住。那女子一惊之下，竟也动不得身了，愤然道："呀，好生唬人！你为何人？"源氏公子答道："你何必这般讨厌我呢？"便吟诗道：

"如此良宵你我知，
朦胧月夜续姻缘。"

遂抱她入房，随即将门关上。那女子见事出突然，顿时不知所措，浑身发抖，却也不加挣扎，如小鹿般柔驯甜美，别有一番情趣。她两眼茫然道："我又不认得你是何人，怎生是好！"遂欲喊人。源氏公子对她道："谁都容得下我。即便你喊也是无用，且还是不作声的好。"女子听得此语，心中略有放松，便知是源氏公子了。她感到实在难堪，又不忍心故作冷酷，让公子失望。公子饮酒过量，哪里肯将机会放过。且说这女子半推半就中，竟成其了好事。她年轻温柔，异常可爱，令公子百般爱怜。只叹那春夜苦短，转眼间便天色渐明了，公子心中不胜惆怅。那女子也是依依不舍，春心荡漾难以抑制。源氏公子对她道："还未请教芳名呢，不然我今后怎生找你？我想你也不愿意就此情断吧。"那女的便吟诗道：

"妾若不幸赴黄泉，
料汝非是扫墓人。"

她吟时姿态娇嗔可爱。源氏公子答道："如此说来也不无道理。但你我若有缘分，日后自能得见的。不过：

　　匿名终究难寻觅，

　　谣诼纷纷似竹风。

你若不顾世人议论，我又何慎？若我真想知道，你又岂能瞒得住我？"

　　谈话未毕，天已渐亮。到宫中去迎接女御的众侍女也纷纷起身了。门外人来人往，源氏公子不便于此久待，只得与那女子互换扇子，聊作凭证。旋即匆匆出门，返回宫邸。

　　却说那源氏公子回得桐壶院时，众侍女也已睡醒，正待起床。见公子天明方归，便指手画脚，悄声私语道："唉！不知此番又到何处厮混去了！晚出早归，也太为辛苦！"她们见公子走近，又佯装熟睡。源氏公子径入内室，倒头睡下，可久久不能入眠。他暗自寻思："真是可人儿！大约是弘徽殿女御诸妹中的一个吧。此人仍少女之身，许是五女公子或六女公子。三女公子已嫁给了帅皇子【1】，四女公子倾慕头中将却得不到回报。这两人都是绝世佳人，昨夜倘是她们，定然更有滋味。已经许给皇太子的是六女公子，倘若是她，倒有些于心不安。她们姐妹甚多，实是教人分辨不清。看那情形，她并不欲就此绝情，不再与我来往。可又怎的不愿告诉我名字？"他百般思索，心已系于这女子身上了。弘徽殿门楣如此不严，而藤壶院又如此防范森严，两相比较，他对藤壶皇后的人品愈加钦敬了！

　　次日重开小宴，又是一番忙碌。与昨日大宴相比，这小宴却显得更富雅趣。源氏公子当宴弹筝，不觉又引发了兴致，忆起昨晚月下那场好事来。将近破晓，见藤壶皇后进宫侍驾去了，公子便想：与那女子虽是邂逅，那女子也许将出宫回邸了，可实在令人难忘，此刻她也许正出宫呢。想得如此，公子便派侍臣良清和惟光前去打探。这二人很是精明能干。辞别皇上，公子正出宫刚返得邸来，二人便上前回禀了："有三辆车子，已出北门。但见右大臣家的两个儿子及右中弁急急赶来相送，可知车上正是弘徽殿女御及其诸妹。我们看得甚是分明：车上很有几位美貌女子。"源氏公子听得禀报，断定那女子必在车上，不免热血涌动。他想道："得先知晓那女子的排行。再直言相告，让她父亲右大臣知道此事，将她召了来。可这女子的品性尚未知晓，便贸然求婚，未免过于轻率。但就此罢休，

【1】帅皇子是源氏的弟弟，后文称之为萤兵部卿。

永远蒙在鼓里，也实在可惜。怎生是好？"他无计可施，心中烦恼不已，只得怅然躺着。

此时忽然想起了二条院的紫姬来："这女子怪可怜的。此间我常逗留宫中，已是很久未见得一见，她定然也寂寞烦闷得很吧？"便觉得自己对不起她。无聊之中，又拿出那晚那女子赠他的扇子来看。但见三重樱花[1]，为五色丝线所折，饰于扇面外骨，左右各半，对称相映。扇面另用泥金描了一弯淡月，月下水波不兴，月影倒映水中。画景虽不甚新颖别致，但乃美人证物，也弥足珍贵呢。那个吟得"料汝非是扫墓人"的女子，其面容始终留于心中，挥之不去。借助诗兴，他添写了两行于那扇头：

"朦胧残月落谁家？

不见相思愁煞人。"

写罢，将扇子细加收藏起来不提。

再说那源氏公子久不赴左大臣邸，便欲前往探视。却又牵挂那幼小的紫姬，决定先回二条院去见她一见。

源氏公子每次见得紫姬，都感到她又添得一分美丽与娇媚。源氏公子想："这女子聪慧非凡，无甚缺陷，完全可照我自己的意愿教养成人，这真令人高兴啊。但仅由我这等男子来教养，将来她也许会欠缺温柔的。"想着竟又生出了几分忧虑。

公子向紫姬讲述前日花宴之事，以与她分享喜悦。过后又教她弹琴，陪玩得一整日。晚上，公子动身出门，紫姬嘟嘴道："又要出去了。"她不愿过于为难公子，因而并不肆意阻挠，看着他走，便只略表得一些不满罢了。

且说公子到了左大臣邸内，照例未见葵姬急急出来相见，心中很是不悦，寂寞无聊之下，便将筝取来弹奏，吟唱《催马乐·贯川》："……未得一夜好安眠……"[2]以女子的多情对比葵姬的冷淡。左大臣见如此，便过来同他闲叙前日花宴趣事。左大臣道："老夫历仕四朝，也算得有些阅历了，可也未曾见过这等排

【1】樱花的一种，花瓣三层重叠，比单层樱花开得更加热烈、娇艳。

【2】《催马乐·贯川》："（女唱）莎草生在贯川边，做个枕头软如绵。郎君失却父母欢，未得一夜好安眠。郎君失却父母欢，为此分外可爱怜。（男唱）姐姐如此把我爱，我心感激不可言。明天我上矢蚓市，一定替你买双鞋。（女唱）你倘给我买新鞋，要买绸面狭底鞋。穿上新鞋着好衣，走上官路迎郎来。"

场。诗文高雅警策，舞乐无限美好，真是赏心悦目，心旷神怡。当今文风兴盛，实在是人才济济。加之吾婿深谙诸艺，颇能调度贤才，故能有此空前盛况。老夫虽年事已高，也跃跃欲试呢！"

源氏公子答道："实不敢当，小婿不过是勉为其难，广求贤才而已。说到技艺，当首推头中将的《柳花苑》，完美无瑕，实乃传世之作。若论即兴歌舞，也只是为盛世之春有幸添光罢了。"此时左中弁和头中将也加入进来。三人倚于栏前，各自取擅长之乐器，同奏妙曲，声音飘扬动听，妙不可言。

再说那晚与公子成全好事的，正是六女公子。她早已许配了皇太子，拟于四月中入东宫成亲。这几日回味得那晚的迷离春梦，便无限思念，也不免悲切烦恼了。源氏公子呢，因尚未知其排行，又与弘徽殿女御不甚亲密，不便唐突求婚，亦为此愁闷不已。三月二十日后，右大臣家举行赛箭会，拟请众公卿及亲王参加，之后观赏藤花。其时樱花盛期已过，渐显衰败，独有两株迟开，仿佛懂得古歌"僻处山樱无人见，独留春后自竞开"之趣。又新建得一所殿堂，已装整得好了，只为弘徽殿女御亲生公主的着裳仪式[1]。右大臣家历来讲究排场，此时更是极尽奢华，一切设备尽皆新颖时髦。拟为盛会增色，右大臣前日即面请源氏公子，邀他前来赛箭赏花。后又恐公子推托，便派了儿子少将前去迎接，并赠诗道：

"檐下藤花非娇艳，

何须特地邀君来？"

源氏公子接信之时正在宫中，便将此事奏闻。皇上将诗读罢，笑道："他很是得意呢！既是盛情相邀，你该早些去才是。公主们自小于他家长大，想来他不会把你当作外人的。"

源氏公子便回去梳妆打扮。直到天色晚了，右大臣一家等得焦急时方才到会。但见他外披一件白地彩纹中国薄绸常礼服，内穿一件淡紫色衬袍，拖着长裙飘然而至。置身众多身穿大礼服的王公之中，自是风流潇洒，真可谓鹤立鸡群，气度高雅，不同凡响了。见得这般，众皆肃然起敬，以致樱花之色顿减，仿佛也难诱众人之兴了。

唯这一日的管弦演奏极为出色。天色渐黑，源氏公子饮得些酒，不久便醉眼

【1】日本女子十二至十四岁时行"着裳"仪式，把垂髫的头发改为结发，以示该女子业已成人。

蒙眬，便借口心中烦闷起身离座。正殿住着大女公子和三女公子，源氏公子遂行至东边门口，倚门远望。

藤花于正殿檐前正当盛开。为便于赏花，正殿的格子窗都敞开着，众侍女聚集帘前。她们故意将衣袖裙裾露出帘外，如新年举行踏歌会一般，与今日的内宴似不相称。此时，源氏公子倒觉得藤壶院的庄重典雅，终是有别于他处。

"我心情郁结，不胜酒力，既有缘来此，便让我在此稍事躲避吧。"他说罢，便掀了门帘，进得帘子里来。却道此时，只听得帘内一个女子道："此话差矣！下人才讲攀缘，你身份如此高贵，何故口出'有缘'二字？"说话人神态高贵，语气虽不庄重，看样子却绝非是一般侍女了。

室内香烟缭绕，钗钿闪耀，衣袂飘舞，真个淑女如云。人人端庄婀娜，个个娇媚动人。可见这家崇尚富丽，追求时新。为观射赏花，这些身份高贵的女子从深闺中纷涌而出，可见其缺得个娴雅风情。公子本应郑重谦恭，却怎经得起眼前这番美妙光景的引诱，不由兴致勃发，暗想道："那一夜月下邂逅相遇的，到底是哪一位呢？"胸中顿时不住跳动。他便靠在门旁，将《催马乐·石川》加以改和，用诙谐的语调唱道：

"石川高丽人，取走我的扇。

我心甚悔恨，可悲又可叹……"

一女子不知内情，高声道："怪哉！此间谁为高丽人！"却见帷屏后面另有一女子，低头不语，似在连声叹息。源氏公子便靠近此人，隔帘抓住了她的手道：

"莫非又逢朦胧月，

山头凝望入迷途。

何故让我如此不识途径呢？"他用推测的口气道。那女子终是忍耐不住了，遂答吟道：

"倘若真个心相印，

无月也难入迷途。"

听得这等声音，可知要找的正是此人了。源氏公子大喜过望，却因……

THE TALE OF GENJI

VOLUME 9

第九回
葵 姫

却说源氏公子升任大将时，正值改朝换代之初。其身份更加尊贵显赫，凡事变得意兴阑珊，也实是情理中事。只因碍于身份，万事未敢稍有逾越；花月之事，也只得暂加收敛了。这可坑苦了各处情人，她们个个望眼欲穿。而于源氏公子自己，因一味想着那藤壶皇后，而不敢稍有作为，也悲伤慨叹：这或许都是命中应得的吧？

自桐壶院[1]退位后，藤壶皇后便若普通宫人一般，日夜侍候于帝侧了。不曾料得，这竟使得弘徽殿太后醋意大发，愈加迁怒于她了，便索性常入儿子朱雀帝宫中闲居。藤壶皇后没了对手，这下倒也落得安心。往年春秋之季，桐壶院均要例行管弦乐会，自是规模盛大。如今他只得一事牵挂于怀：皇太子别居冷泉院，不能常常得见，且尚无后援，故甚为担心。于是便命源氏大将作其保护人。源氏大将担此重任，不免又惧又喜。

且说那已故皇太子与六条妃子所生的女儿，赴伊势神宫当斋宫[2]的日期渐近。六条妃子早已觉得与源氏大将的爱情不过是逢场作戏罢了，况且也不放心让这斋宫独自前往，倒不如以照顾女儿为名随她前往伊势，就此一刀两断。桐壶院闻得此信，面色不悦地对源氏公子道："吾弟生前百般宠爱，你切不可轻慢待她。而斋宫我也视她如自家女儿。倘你风流任性，轻佻好色，势必遭受世人讥评，也负了我一番心意。"源氏公子也觉父皇言之成理，故不敢吭声，只得恭敬受训。上皇又道："无论何人，你不可使其蒙受耻辱。处处皆应以礼相敬，诚恳待人，这才是正理。"源氏公子闻此，心想："我那些离经叛道之事倘被他知晓，那怎可了得！"一时心中骇然，便赶紧告退而出了。

桐壶院自然也知道，源氏公子与六条妃子关系暧昧，故有此训。然而他未免太过草率，有伤六条妃子的名声。这让公子心中也有愧，很想今后对她多加亲近，但又不便公然示意。六条妃子自知年长于他，觉得很不相称，因此渐渐冷淡了他。源氏公子揣摸她的心意，便顺其自然，对她也不再过分亲热。六条妃子便更加怨恨公子薄情，并由此时时悲痛不已。

朝颜[3]那女子，听得世间传闻源氏公子薄情寡义，遂定下了主意，决定绝不

【1】天皇在位时，称皇上；退位后，以其退居的院落为名，称之为某某院。

【2】新天皇即位，都要卜定新的斋宫及斋院。赴伊势神宫者称斋宫，赴贺茂神社者称斋院。修行有定期。

【3】朝颜是源氏的堂妹，式部卿亲王的女儿。

似别人那般受他引诱，因此对源氏公子的信，大多置若罔闻。她偶尔回得一封短书，也语气平和，反倒不使他难堪，故源氏公子始终觉得此女子甚是可爱。

却说葵姬，虽不满意源氏公子的好色行径，但又认为过分干涉，恐适得其反，因此并不十分嫉恨，况且自己已经有了身孕，一想到此，心中便愁闷不堪。源氏公子得知她已怀孕，庆幸不已。其父母亦都欢喜，但又不免担心，便拜佛祈祷以求平安。源氏公子此间自然忙碌，何曾有闲去光顾六条妃子等人的宅邸呢？

再说那贺茂神社斋院修行期满，卜定弘徽殿太后所生的三女公子为继任人。虽桐壶院与弘徽殿太后视这女公子若掌上明珠，但也不得不忍痛割爱。因此斋院入社的仪式更是非寻常可比，祝祭之时，除了规定的仪式，又增添得许多新颖别致的节目。

入社前几日，举行祓禊仪式[1]，执事公卿皆选用声名高贵、容貌端庄之人，实在讲究。他们衬衣的色彩，外裙的花纹，便是车马鞍镫，也都搭配合理，相得益彰。皇上御旨，令源氏大将也一同出游。供女宾乘坐的游览车，装饰得美妙绝伦。她们的衣袖裙裾露于帘下，随风舞动，鲜艳夺目。两旁临时搭起的看台，竞相粉饰，尽显主人身份。大道上熙熙攘攘，冠盖相随，实在有很宏大的皇家气派。

葵姬一向不喜欢热闹，加上怀孕后情绪不佳，更是不欲出门。但众侍女纷纷怂恿道："叫我们自己偷偷去看，多没趣啊！今天的盛会，连那些村夫野老也都远远地携妻带儿赶到京城里来，想一睹源氏大将的丰姿呢。而夫人却不欲去看，岂不可惜？"葵姬母亲听到此言，也禁不住劝她道："你今日精神尚好，去看看吧。你若不去，这些侍从们都没趣呢。"葵姬只得稍稍作了一番整饰，母夫人即命备车前往。

且说日上三竿，已近晌午时分。这一行华丽的车辆和侍从来到一条，无数游览车辆紧密排列，竟早已没了立足之地。于是侍从车中那些身份高贵的宫女，便喝令那些身份低贱者的车子退避。其间，却有两辆牛车毫不退让，但见车上挂着精致的帘子，外面装着旧席。车中妇人身着素装，靠坐于后，大概是不想招人注目吧。车旁的侍从没料到竟有人赶他们走，便气势汹汹地走来，道："且识相

【1】是为新任斋院举行祛除不祥的仪式。

些吧！这两辆车子可非比寻常呢。"这一下，两方侍从都年轻气盛，且喝了不少酒，便争吵起来。葵夫人这边几个年长随从，见情势不妙，只得出来调解道："不得争吵！"可哪里奏效呢？

这两辆车子本是伊势斋宫母亲六条妃子所乘。今日她或许不甚舒心，所以偷偷出门游览。她原本不欲让人发觉，然而却被葵夫人的侍从们一眼瞧破，又讥讽道："这有何大不了啊！难道依恃源氏大将的势力么？"葵夫人的侍从中有几个为源氏大将家人，他们觉得有愧于六条妃子，然而也不便出来替她说话，唯有佯装不知。结果葵夫人的车子赶了过来，使六条妃子的车子被挤在葵夫人及其侍女车后，什么也看不见了。六条妃子觉得看不看倒是无所谓的，只是此般微行被人识破，又无端遭受辱骂，这等恶气实在难消。

六条妃子车上的驾辕台已被葵夫人家侍从损毁，只得将辕搁在别家破车毂上固定，模样甚为寒酸。她懊恼不已："何必来此受这等怨气？"然则悔之已晚。想就此回去，她可又被别家车子挡住退路，如何去得了。正在恼闷之时，只听得众人喊道："来了，来了！"六条妃子听得喊声，知是源氏大将的车子将行过。觉得对此可恨之人，却不得不专候他于此地，委实难受至极！她虽则想见源氏大将，可这里却非"竹树丛荫处"[1]呢！源氏大将当然不知，也并未停马回头，竟自昂首而去了。她深感此番赴此盛会，只是徒添气恨罢了。

这一日游览车装饰得富丽华贵，胜于往日。许多美貌女子拥坐车中，竞相将衫袖裙裾露于帘下，以让人一观。而源氏大将漠然而过，全都不甚在意。他偶尔认出某某情人的车子，自当回眸示意。葵夫人的车子特别惹眼，源氏大将一行经过时，神色郑重，肃然起敬。六条妃子见此，更觉无地自容，伤心至极，于是心中吟道：

"英姿顿去似泡影，

徒自悲怜薄命人。"

不觉泪珠盈眶，却又竭力隐忍，深恐为人所见。不过，她却又转而暗自庆幸：如此超凡脱俗的绝世容貌，今日倘若错过，倒是莫大憾事。

源氏大将随行人众，尽皆装扮一新。位置先后早已按身份排定，而那些装束

【1】见《古今和歌集》："竹树丛荫处，驻马小河边；不得见君面，窥影也心甘。"

华美艳丽的公卿，在源氏大将的映衬之下，竟全都自惭形秽了。因今日仪式特别隆重盛大，大将便选用伊豫介的儿子，右近兼藏人的殿上将监作临时随从，其他随从也尽皆风度优雅端庄。这一行列真是威武雄壮。众人见源氏大将如此风光，不由得赞叹不已。

却说人群中，有中等人家的女子，戴了女笠，扎衣挽带，往来观赏。也有尼姑之属，颠来颠去也来看热闹，若是平日，众人一定对她们厌恶不已："这真是自找苦吃！"但在今日，却觉得无可指责。更有那些满口无牙、皱脸凹颊、垂着白发、弯腰驼背的老太婆，搭手于额，望着源氏大将的姿仪如痴如醉。还有那粗鲁无知的平民，全忘了自家丑态，也是傻笑不止。还有一些为源氏大将所不屑的地方官的女儿，也乘了刻意装扮的车子，故作娇媚之姿，以期大将青睐。其中有几个曾与大将偷情的女子，见得他今天的英姿，也自愧不如，叹息不已。

坐在看台上观赏的桃园式部卿亲王，见源氏公子如此神采，不禁想道："此人真是容光焕发，丰姿绰约，该不是有鬼神附体吧？"他怎般想来，倒觉得恐怖了。而此时他女儿朝颜，竟也是浮想联翩："多年来源氏公子向自己真挚求爱，确也感人至深。即便普通男子，恐怕女子也会心动，更何况是美貌超凡的源氏公子呢？"此人本亦是多情之人，于是不免有些倾心，但也并不欲表示亲近。听见年轻侍女们对源氏公子赞不绝口，她不由得格外厌恶起来。

祓禊仪式后，即举行正式的贺茂祭礼。葵姬没有再去观看。有人将祓禊时争夺车位的事件告知了源氏大将，源氏大将想："葵姬为人持重，自己虽无欺辱别人之心，但有时也难免思虑不全。她不知两女同夫，就应相互礼让。自己没个榜样，下人们自会胡作非为，以致做出那种毫不谦让的事来。而六条妃子生性温雅柔顺，恭让知礼，如今受此欺侮，不知何等悲愤？"他感到对她不起，便专程前往慰问。此时，六条妃子的女儿正在邸内斋戒[1]，她便以不可亵渎神明为由，加以谢绝。这借口不无道理，源氏大将虽明知遭了拒绝，却也只得暗自恼怒："冤家宜解不宜结，何必如此拒人于千里之外呢？"

心情郁闷的源氏大将也懒得去会葵姬了，决定先赴二条院，再出门去观贺茂

【1】新任斋宫接受任命之后，需要先举行祓禊仪式；再到禁中左卫门府斋戒几日，称之为入初斋院；之后需要再进行一次祓禊仪式，移居到京都西北角的嵯峨野宫整整修行一年。这以后，才能正式入住伊势，成为斋宫。

祭。他来到西殿这边，命惟光备车。他转而对那些天真幼稚的侍女们道："你们也跟去看看热闹，岂不很好？"紫姬经过精心装扮，显得娇艳无比。源氏公子看得心花怒放，微笑道："来，我陪你同去看看。"源氏公子用手抚摸着紫姬光洁柔软的头发道："头发也该剪了。今儿许是个好日子吧。"便唤得一个占卜时日吉凶的博士，令他卜了个吉时，又吩咐众侍女道："你们先去吧！"他看着这些侍女美丽的衣饰与梳扮齐整的头发，倍觉她们娇小玲珑。

却说吉时到时，源氏公子道："我来替小姐剪吧。"便拿起剪刀，却无从下手，说道："如此浓密，不知还要长多长呢？"接着又道："头发无论怎样长，都无伤大雅，可额发还是稍短些的好。如果都是短的，而没有长些的拢到后边，便简单而缺少趣味了。"剪罢又祝福道："浓浓秀发，长过千寻！"紫姬的乳母少纳言听得这祝词，深感荣幸，便忙来称谢。公子却吟诗道：

"难测海水深千寻，

延绵荇藻唯我知。"

紫姬接吟道：

"海水千寻仍有底，

潮落潮生难定时！"

紫姬挥毫将此诗书于纸上。那执笔之态很见干练，却又不乏天真可爱，源氏公子自是欣喜无比。

这一日，前往观看贺茂祭的游览车更是挨靠挤塞，难得空隙之地，源氏公子欲将车停在马场殿旁，却难觅一合适之地。正犹豫间，公子忽见近旁停着的一辆华丽女车，车上女子众多，中有一人自车中伸出一把扇来，招呼他的随从："停在这里吧！我们让出地方与你。"源氏公子想这女子未免轻狂，不过这地方倒确实不错。即令驱车过去，招呼女车中人，道："你们怎生找得这等好地方，真令人羡慕呢！"便接了那扇子，展开细瞧，只见上面题的诗句道：

"梦里青丝终难求，

只因君处异地中。"

墨迹尚湿，一看便知是内侍手笔。源氏公子想："真是好笑！人老珠黄，却还自认是年少之人，与我装腔作势。"心中很是讨厌，便恨恨填得两句答诗，将扇子还与她道：

"春已过时弄风情，

且言此行只待我！"

读罢答诗，这老侍女气愤不已。当即写道：

"有心插柳不逢春，

自不量力悔已迟。"

源氏公子车中有女眷，不便卷起帘子。不想竟惹得众人猜忌。他们想道："那日祓禊，他气度何等威严，今日却随意闲游，是谁与他同车呢？想来定非寻常之人吧。"大家任意猜测。源氏公子觉得刚才与那种老女人纠缠，真是不值。但若送诗给别的女子，她们或许因顾忌同车女子，恐生非议，都不定会回复的。

再说那六条妃子，自从前日受辱后，更加怨恨源氏公子寡情薄义，对他便心如死灰了。转念间但又觉得徒然独居于伊势，日久难免寂寞无聊，反倒被世人当作笑料。可是，欲留在京城，却又如此受人侮辱，实在也是尴尬不堪啊。正如古歌所言："垂钓浮标似我心，海潮起时自动荡。"她心中踌躇不定，日夜烦恼，更加苦不堪言。

源氏大将对六条妃子下伊势之事，并不觉得奇怪，只对她道："你厌恶我乃情理中事，因我实是微不足道之人。不过，凡事须思虑前后，我们既已结缘，总应有始有终才好。"于是，六条妃子难决行止。那天她本是乘兴出游，不想受此打击，从此万念俱灰。

恰逢此日[1]，葵姬不知被何等妖怪所迷，忽然生起病来。家中上下诸人，无不叹息奔忙。源氏公子此时已不便再去眠花卧柳，竟连二条院也回避了。他于葵姬并无深情，但毕竟其身份高贵，终是不能与别人相比，尤其葵姬已有身孕，如今又患病在身，源氏公子怎不担惊受怕呢？便请了高僧，大行法事。作法之时，高僧说出许多死魂灵之名，言内中一魂，总是附在病人身上，不肯依附替身童子。他无奈只得再请法力精深的高僧，前来驱邪，可这魂灵顽固异常，终不能奏效。左大臣宅内众人，便猜测是公子情妇魂灵作祟，可怎猜得着？其中几人窃窃私语："莫不是六条妃子及二条院紫姬等人的生魂作祟？"请博士占卜，却又不得定论。即便鬼魂作怪，但葵姬也没与什么人结下深仇大恨呀？倒

【1】当时的日本贵族相信，人因为被鬼怪所迷才会生病。因此人一旦出现不舒服的症状，就会请高僧做各种法事，让魂灵从病人身上离开。做法事时，置一童子或者草人，让魂灵移附，以超度作乱的魂灵。

可能是她那故去多年的乳母，或是世代与她家结怨极深的鬼魂，乘虚而入纠缠她吧。

葵姬终日啜泣，咳嗽呕吐不止，真个痛苦异常。眼见得病情日趋严重，众人欷歔不已，却又无计可施，全府上下一片慌乱。桐壶院也很关心，问病使者往来不绝，为她所做的种种祈祷毫不停止。如此皇恩浩荡，若有不测，才真令人惋惜啊！朝野尽知葵夫人病状，无不牵挂于怀。六条妃子闻得如此，竟醋意大增。多年来与葵姬本无猜忌，唯因争夺车位一事，心情才日益烦躁，神思恍惚。这是左大臣一家所不曾料到的。

六条妃子恁般愁闷，身心自是异常疲惫。故欲请僧人做佛事，求得康泰。可女儿斋宫尚在，不便于府内举行，便决定暂居别处，诵经拜佛。源氏大将得知后，甚为牵挂妃子近况，稍作打算便前去探访。源氏大将微服前往，道明来意：近来关怀不周，确有意外之事，不周之处，望求谅解。随后谈及葵姬病情，他道："我并不何等费心。只因她父母甚是着急，痛苦不堪。我又不能闲视不管，只得有所看顾。你倘能心地宽宏，谅解于我，我就欣然宽慰了。"他见妃子较往常消瘦，亦觉不便责备，只得深表怜悯。

却说二人彻夜倾谈，不觉天已微明，虽隔阂未能尽消，公子亦只好辞别。六条妃子见他那风流倜傥的身影，又不忍让他一人离去，但一转念："其正妃素受亲宠，如今又有身孕，所有情爱定集于一人。我痴心企盼，岂非自找没趣吗？"越想越觉哀愁。日暮时分，源氏公子来了一信，信中道："近日病体初愈，孰料今又加重，故未能抽身……"六条妃子猜想定是托辞，便写得一封信道：

"襟袖只为情人湿，

　陷足泥淖可曾知！

古歌云：'汲罢山井水，怨浅仅湿袖。'此正如君心啊。"

源氏公子读罢，思想所交女子中，唯此人笔迹最为优秀，便想："我所钟爱之人，品性容颜各具其妙。若集诸长处于一人，那该有多好啊！看来，世间之事实难周全。"但见得天色转暮，忙再书一信道："来信中'怨浅仅湿袖'，不知浅自何处？或因君用心之浅，反倒责我情薄吧！

卿为浅濑湿袖者，

　我乃深渊没身人。

未得亲送此书，仅因病人之故，还请鉴谅。"

再说那葵姬因鬼魂作怪，情势转危，痛苦不堪。世人纷纷传言："定是六条妃子生灵，及已故父大臣鬼魂缠身。"六条妃子闻此，满腹忧虑，暗忖道："我仅伤及自己，并未怨怪别人，何至于此？虽听得因郁悒过甚，灵魂便会脱身而纠缠他人，此事亦难辨真假啊？"近年来，她虽为诸般不幸忧思烦恼，尚未如此柔肠寸断，自被禊那日被人夺了车位身蒙耻辱后，才整日忧伤恍惚难得入眠。每逢迷离入梦，她总觉得自己身处某一洞房清宫，同一人纠缠不休，常凶猛暴戾，痛袭此人，但这毕竟是南柯一梦。她常想："不对呀！难道我灵魂果真出窍，去伤害葵姬了么？"又觉得自己本意并非如此。她又想："些许小事，世人也要议论纷纷，何况于我这等行为，若传扬开去，定遭世人非议了。"她珍惜名声，反复思量："倘是离世之人，怨魂纠缠害人，世间倒有其事。即便于我，也要痛伐恶诛。更何况我乃活人，若被人扬此恶名，还有何颜面？这全是因我爱上了那薄情人，往后决不再顾念他了。"正如古话："不想亦想，不如不想。"

由于六条妃子心绪不佳，原定女儿斋宫于去年入禁中左卫门府斋戒，也只得推迟至今年秋。九月，拟修行于嵯峨野宫，眼下正忙于再行祓禊。正值此间，六条妃子整日躺卧于床，仍是神情迷离。众侍女异常惊慌，便又祈祷为她驱魔除病。然则并无多大病状，她仅是郁郁寡欢。此间，源氏公子虽常来探问，然而因为葵姬病重，少有温情，亦无多少心思。

葵姬怀孕至今，算来，离临盆尚有一段时间，大家均未特别在意。岂知忽一日，腹中疼痛不已，却见得了分娩迹象，于是各处法会祈祷声终日不绝。但她身上的魂灵仍形影不离，众僧都认为此胎极怪，尽了万般法力，才让她镇静下来。哪知，忽一日此怪却借葵姬之口道："求法师们宽恕，我要对大将说话！"众侍女互递眼色，惊道："是了，其中必有隐情。"便将源氏大将让进帷屏。左大臣夫妇暗想："恐是大限到了，想必是遗言呢。"便退了出去。祈祷的高僧们降低声音，齐诵着《法华经》，气象甚是庄严。

源氏进入帷屏之内，但见葵姬腹部膨大，略显消瘦，娇弱中带着憔悴。即使是旁人见了，也觉痛惜，更何况源氏公子呢？源氏见葵姬恁般模样，不由又悲又怜。葵姬一袭白衣，映着乌黑头发，色彩分明。那头发浓密修长，用一带子束着，散于枕上。源氏公子见了，心里不禁为之一振，伤感之情也消释了许多，痴想道："她平素太过端庄，此刻如此装扮，倒显得娇媚动人。"随即轻轻握了她的手，温言道：

"唉，你受此番折磨，着实令我伤心啊！"说罢，竟呜咽起来。葵姬原本矜持而腼腆，如今带着满脸倦意凝望着公子，不觉泪珠盈眶。源氏公子见此，更是肝肠寸断。葵姬哭得甚为厉害，公子料想她定是不忍离别双亲，今又疑惑是与丈夫永诀才伤心至此，便柔声劝慰道："别想得太过严重了。现虽有痛楚，可你气色尚好，不会有什么事的，安心将息吧。我俩夫妻恩爱，定能长相厮守。父母与你也有前世深缘，生死倒转，相见有期。别再悲伤了。"

忽听得附于葵姬身上那魂灵答道："不不，我并非此意。只因身心痛苦异常，忧郁成结，魂不守舍，偶然游荡来此罢了。我并非存心滋扰，万望宽恕。"语调柔顺可亲，还吟出一诗来：

"请君速将前裾结，
催遣游魂返吾身！"【1】

那声音神态，全非平常葵姬，竟似换了一人。源氏公子大惊，细一思量，此人竟是六条妃子。以往众皆谣传，他总以为有人别有用心，还加以驳斥。如今亲眼目睹此等怪异之事，感到人生实是多有离奇，心中不免悲叹连连，便问："你到底是何人？务请明示于我！"待再回答时，只见那态度及口音竟然全与六条妃子一般！此情此景，"奇怪"二字已不足形容。不知众侍女是否留意源氏公子此时那尴尬的情状。那魂灵的声音逐渐消逝。

其母以为葵姬身体舒适了些，便送过汤药来。可众侍女正待扶她喝药，不料一阵剧痛，婴儿竟离身出世了。众人自是欢喜，一片忙碌。但哪知移附于替身童子身上的众魂灵，却忌恨孩子平安降生，大声骚嚷起来。众人不免复又提心吊胆，深恐再有不测。许是左大臣夫妇及源氏公子平素修行法事功德无量，落胞一事终于平安了。主持法事的众僧人皆感欢喜，见其平安无事便纷纷告退。家中诸人连日悉心看护，均感困乏难支时，方稍作休息。其间，左大臣夫妇及源氏公子，料想今后平安无事各自也就安下了心来。为酬谢神明，法事重又举行。众人皆悉心照料那初生的婴儿，倒对病人疏忽了。

却说上至皇上，下至亲王公卿，闻得源氏大将喜得贵子，无不赠送珍贵物品

【1】当时的迷信，将衣服前裾打一个结，被附体游魂挤走的本魂便可以返回肉身。故吉备公有《见人魂歌》云："我见一人魂，不知属谁人。快快结前裾，使魂返其身。"

前来贺喜。所赠奇珍异宝、绢纱绸缎多不胜数。礼仪隆重，热闹非凡[1]。众人无不欢天喜地。

葵姬安产的消息传遍四处。六条妃子闻知，心中颇不平静，暗想："不是早就危在旦夕了么，何以又平安无事呢？"她渐渐回想起自己生魂的情形，忽觉衣上透出葵姬枕边的芥子香气[2]。她不由惊诧，便匆匆洗发更衣，欲去看个究竟。孰知，香气仍久久不散，让她不禁思忖："此番行径，我自己尚觉不齿，旁人得知岂不会大加宣扬？"可此事又无人可语，唯有隐藏心中，她的性情也便越发乖僻起来。

葵姬平安分娩，源氏公子心中亦自宽慰。他很有些时日没去探望六条妃子了，心中不免愧疚。但想起那魂灵附身的怪事，又很是懊恼。即便见了又有何语可言呢？大家心中仍是不快的。细想一番，他终觉还是不去的好，便只写了一封信去算做问候。

自葵姬得了这场大病，身体甚为羸弱。众人均放心不下，恐再出意外，源氏公子也成天守护于她病床前。只是葵姬仍觉有些不适，不能像平日那般与源氏公子畅谈。此时，左大臣虽担心葵姬病体尚未痊愈，但见目下情势绝非几日即可康复，故并不很着急，见婴儿甚是可爱，亦觉欣喜。

婴儿模样甚是清爽，酷肖东宫太子。源氏公子见了不免心有所念，欲去看望，便在帘外道："你因病重，我尽心看护，足不出户，故而久未入得宫去。今日欲去一番，但有话需与你谈。可你隔帘传话，岂不形同生人么？"侍女也极力劝请夫人道："夫妻间大可不必拘泥若此。虽病中衰弱未加粉饰，但与公子见面又何必过于刻板呢？"便在夫人榻侧设了一个座位，让源氏公子入内，两人对面交谈。只是那葵姬时时对答，终因病后虚弱，颇感吃力。源氏公子想起前些时候，葵姬垂危的样子，面对眼前容颜，犹如身在梦境。且谈了些病势沉重时一些事情。他不觉竟忽又忆起奄奄一息的葵姬，那日突然魂灵附体、滔滔不绝地谈论时的古怪面貌，心中不免有些恐怖，便对她道："唉，还是日后再谈吧，如今你身体

【1】按当时的风俗，孩子出生后的三、五、七日晚上，亲朋好友都会前来贺喜，带来很多食物、婴儿服装等。以源氏夫妇的身份、地位，其门庭若市的场景可想而知。

【2】时人相信在病人枕边焚芥子香，可驱除邪恶。

虚弱，该静养些时日才是。"又劝她服些汤药。众侍女见此情景，皆高兴地想："尚不知他何时学会照顾病人的呢。"可怜葵姬这一绝色佳丽，只因病魔困扰，无奈呻吟于病榻。她头发浓黑，松松地堆于枕畔，却丝毫不乱，如云霞一般美丽，真是"病比西子胜三分"。源氏公子凝眸良久，不由自责："如此让人动容之人，我却不称心，有何道理呢。"旋对她道："我且进宫见了父皇，即刻回来。你我能如此亲密交谈，我不胜欣喜！近来岳母常来伴你，我来得过勤恐她怨我体谅不周，其实我心中很不好受呢。愿你身体早日康复，我们便可同住了。或许岳父母太容你任性，要不何以好得如此慢呢？"说罢，便起身告辞了。公子服饰鲜丽，英姿逼人。葵姬躺着目送他去，眼光竟然比平日亲热起来。

却道八月，正值"司召"[1]之日，须决定京官的升迁任免。左大臣也须入宫，切磋商讨。而那些世袭显贵的众公子，时常混迹于左大臣前后，讨好取宠。一日，众人都簇拥着他入宫去了。兀地，葵姬病情加剧，喘咳不止，尚来不及向宫中传报竟香消玉殒了。

闻此噩耗，左大臣及源氏等皆震惊不已。他们匆忙退出，足不点地地奔回府中，本欲此日晚办理"司召"，如今出了此等意外，万事皆只得搁置起来。

回至宫邸，早已哭声一片。左大臣和源氏公子也不免悲恸欲绝。夜半时分，欲请比睿山法僧来做功德，实亦不能。众人均以为安产后病体稍有康复，看来已无大恙，故不曾在意。岂料祸从天降，如晴天霹雳，顿时邸内诸人乱作一团。不时，各处唁客便络绎不绝前来吊丧了。家人惊甫未定，哪有心思收拾局面。此时，亲友大放悲声，旁人亦觉肝肠寸断。因葵姬曾屡屡为鬼怪所迷，后来又都醒来，众人以为此番会不会又是鬼怪作祟，所以并未移动枕头[2]，企望还能苏醒。如此静候两三日，只见容颜逐渐变化，方知已无望生还。绝望之余，众人又痛哭了一场。源氏公子既为葵姬之死伤心，又为六条妃子之事落泪，甚觉人生苦短，福祸难料，竟生出"今日脱鞋上床睡，不知明朝穿不穿"的感叹。对于诸亲友的殷勤吊唁他也不予理会，只是成天忧思哀叹不绝。

【1】旧历八月的秋天，决定京官的任免，名曰"司召"，通常在夜间进行。而春天则决定地方官的任免，称为"县召"。

【2】据说处于昏迷状态的人，只要将其所枕的枕头移向北方，面西而卧即可苏醒。

左大臣家虽遭不幸之事，却承蒙皇上恩宠，悲哀中又平添了一丝欢喜。左大臣悲喜交加，泪流不止。他听从众人劝慰，一面举行庄严隆重的法事，以祈求女儿复生；一面千方百计施行种种挽救措施。然而尸体渐至腐坏，父母的诚心期望终不过是梦想罢了。万念俱灰中，大家只得将遗体送往鸟边野火葬场。

那天，鸟边野广阔的原野上，到处都是送葬的人及各寺念佛僧众。上皇、藤壶皇后及东宫太子所遣使者与众人一道追思悼念。左大臣悲痛难抑，老泪纵横："孰想我这等年纪，竟逢此等不幸，命运如此多舛，不知何日方是尽头啊！"众人睹景伤怀，无不流泪，悲号之声响遍四野。此番隆重仪式竟持续了一夜。第二日拂晓，大家方依依归去。

生死虽为世间常事，源氏也见过夕颜之死，也许经历变故仍是不多，故伤痛悲绝，非比寻常。时值八月二十后，残月斜挂，凄凉无限。左大臣于归途中追思亡女，心情郁结，一筹莫展。源氏公子见了，愈增哀痛，眺望长空，悲泣而吟道：

"丽人化着青云去，

凝视上苍无限情。"

源氏公子回至左大臣府邸，彻夜难眠。忆起葵姬那绝世容颜，不禁连连懊丧："为何总以为她会谅解我，总是一味任性行事，让她心怀幽怨呢？她终视我情薄，撒手抱恨而去了！"缅怀往事，更觉悔恨难当！他穿上浅黑色丧衣，又神思恍惚地想："如我先舍她而去，她定会穿深黑色丧服[1]追悔我吧。"遂又吟道：

"身着丧衣守陈规，

色泽虽浅泪染深。"

吟罢设香念佛，神态谨严恭敬，随即低声诵道："法界三昧普贤大士……"仪态亦甚庄重。

源氏公子见那新生婴儿，不由得又想起古歌"留得遗孤怀故人"，更是心如刀绞。他想："此话倒是有理，若连个孩子也未留下，不知有何等伤悲啊！"

女儿猝然亡故，老夫人悲痛难支，竟病倒在床。众人又是一阵慌乱，忙请得道高僧举办法事，以祈祷平安。光阴荏苒，眼见过了七七。每逢超度时，老夫人总觉此事太过突然，怀疑女儿并未死去，一味悲伤啜泣。天下父母谁不痛惜子女

【1】日本古代礼制，丈夫为妻子服丧穿浅黑色；妻子为丈夫服丧穿深黑色，为重丧服。

呢？即便儿女粗笨也觉可爱，更何况葵姬那般贤惠伶俐，故左大臣夫妇常伤心落泪，众人也皆黯然。

源氏大将无心再光顾二条院及诸情人处了，只写了几封信去问候。他整日凄苦愁叹，专心为亡妻诵经念佛。六条妃子也以跟女儿斋宫赴禁中左卫门府斋戒为由，不再写信与他。源氏公子早已痛感人世变化无常，如今又痛失爱妻，更感世事皆空，无可留恋。若不为那襁褓中的婴儿，他甚至倒想遁入空门了。然而他终忽又想起西殿那孤独无助之人，不免又生出几多挂念。他每夜由众侍女陪伴，宿于帐中，总觉寂寞难耐，常想起古歌"恋恋秋日离，茫茫死与别"之句，即便安寝后亦是恍惚迷离。于是，他便选了声色较美的僧人，晚间在榻侧诵经念佛，以驱寂寞。只是，他天明之时，听到佛号，仍是悲凉。

初冬渐至，寒气袭人。公子毕竟不惯独宿，唯觉长夜漫漫。一日清晨，朝雾浓重，忽有人送了一封系有一枝初绽菊花的深蓝色信来。源氏公子觉得甚为风流雅致，细看方知系六条妃子所书。但见信中道："且请谅解，我实是久未问候了：

　　近闻辞世悲欲绝，

　　遥知孤身袖未干。

今晨景致美妙，谨呈短束聊以自慰。"

源氏公子读罢，爱不释手，觉得此信较之往日更富才情，但转念一想："她自个害了人，尚不知悔恨，反写信来，真乃可恨！"不过，他又一想，倘就此与她决绝，岂不折损了她的名声？一时心中踌躇难定。终于，他想："已逝者皆为命中注定，何必再责怨别人呢？"不禁有些心动。他对六条妃子的恋情，毕竟难以割舍。他提笔欲写信回复，一想她陪着斋宫是不便阅读丧家来信的。然而，他又觉得："她特地来信，我若不加回复，未免不留颜面。"想到此，便于一紫灰色信笺上写道："虽久未致书，倾慕之心，也未敢懈怠。只因身着丧服，乞蒙鉴谅：

　　纵然凋谢有先后，

　　露干心碎空自悲。

你心怀恨实可理喻，若忘却此等厌恶之事方是正理。你正斋戒，阅此信恐有不宜。我于丧服之中，亦未便多言。"

却说那六条妃子，当时已回至私邸，便悄悄展阅复信。源氏公子那含蓄语意，她当即明了，不由暗忖："原来他全已知晓。"心中懊恼不已。又想："我身蒙不幸，能有谁怜？今又落得个'游魂伤人'之名，不知桐壶院闻后又会作何感想呢！他与亡夫前皇太子乃同胞兄弟，情谊深厚。亡夫弥留时，曾遗言将女儿斋宫托付与他。桐壶院也常说'我定为弟照顾此女'，又多次劝我留居宫中，可我乃守寡之身，自当远离红尘，故而离宫远居。孰料遇比冤孽，迷乱了意志，平添无限苦楚，而今又流传恶名。我命好苦啊！"她心思迷乱，精神颓丧。

这六条妃子不仅容貌出众，且其情趣高雅，素以才女著称。此次斋宫迁居嵯峨野宫，也曾兴办过各类饶富情趣之事。自陪女儿抵达野宫后，常有几个风流公卿，不畏霜露，赶至嵯峨野宫一带野游，以求邂逅六条妃子。源氏公子听得此事，思忖："这也并不为怪。想那妃子才情绝世，品貌非凡。如真个看破红尘，出家为尼，那才寂寞难耐呢。"

再说，葵姬七七四十九天佛事间，源氏公子足不出户，一直幽居于左大臣邸内。头中将现已升为三位中将，知他不喜独居，深表同情，故常来作陪，为他讲述世间种种奇闻逸事，以驱忧解闷。言谈中，庄重的事情有，轻薄的事情也有，尤其关于那内侍之事常被当作笑料。源氏公子听仳谈及内侍，总劝诫道："实是罪过，再也别拿这老祖母开玩笑了吧！"二人毫无顾虑，互谈种种寻花问柳的旧事，例如某年春、某日夜，于一邸内相遇某女，及秋天某晨，源氏公子会见末摘花后回宫，得头中将讥评等。但到头来，二人往往是感叹人世多变，不觉泪湿襟衫，相对而泣。

却道某一日雨后，天近黄昏，空中彤云密布。三位中将一时兴起，除去深色丧服，穿了素色衣衫，翩然来访源氏公子。他风姿勃发，所见者莫不惊叹。此时，公子正斜倚于西门栏上，闲赏庭前枯萎凋零的花木。面对凄风冷雨不断，公子不胜悲伤，泪水如檐外雨滴，静静淌下脸颊。他两手托腮，独自沉吟"为雨为云今不知"，风度潇洒中略透凄艳。三位中将心魂为之一动，注目良久，忖道："一个女子倘离如此男子，独赴黄泉，其魂灵定然不忍离去吧。"便走上前去，于对面坐了。源氏公子虽衣衫不整，但朴素大方，自有非凡气度。中将眺望长空，不禁凄凄吟道：

"为雨为云皆无踪，
且问何处是芳魂。
皆去向不知了！"源氏公子吟道：

"潇潇雨若为香魂，
茫茫长空也悲怜。"

源氏公子吟时凄容满面，哀思深切。三位中将见了，暗想道："原以为公子多年来对阿妹并无深爱，只因桐壶院屡次训诫，父亲苦心疼爱，母亲与他乃姑表亲，有此种种干系，才使他勉强塞责罢了。今儿看来是我错看了他，他原来对这正夫人是疼爱有加啊！"心中明朗后，倍觉葵姬之死甚是可惜，似乎家中亦黯然失色。

　　不久，三位中将离去。源氏公子见凋萎的草丛中，尚有龙胆及抚子花开得极为艳丽，便命侍女折了枝抚子花，附上书信，派小公子的乳母宰相君送与老夫人，信中书道：

　　"篱下鲜花枯草畔，
　　凝似残秋遗情物。

以花喻秋，老夫人定认为那花要逊色多了吧？"老夫人看罢此信，想起小公子稚气的笑容，泪如枯萎的树叶，簌簌流落腮边。只得勉力吟道：

　　"篱下花美草却枯，
　　黯然相对泪湿袖。"

　　源氏公子闲居宅内多日，甚觉无聊。一日，忽然想起了朝颜：她平时态度虽较冷漠，但照其性情推测，如今对己丧妻之痛定会同情，或许能给我些安慰吧。他便写了封信，令人送去。虽久未通信，但朝颜的众侍女知道以前曾有过信来，并不为怪，便将信呈上。朝颜收到此信已是日暮，但见一张天蓝色纸上写道：

　　"岁岁悲秋历风霜，
　　泪多独在此黄昏。

真乃'年年愁雨皆十月'啊。"众侍女劝道："此信可是用心写就，比那以往更添风趣，若不理睬似有不妥吧！"岂料，朝颜也正如是思量，便回复道："知君孤寂难耐，贱妾不胜心伤。正如古歌道：'着色恋情浓可欢，君且顾我无色相？'是故未能前往吊慰，乞望谅解。

　　蒙蒙秋雾哀逝者，
　　潇潇风雨愁煞人！"

此信语意含蓄，用淡墨色写成。源氏读罢，爱不释手。

　　世间之事，原本是实际总不若预想那般顺利的。源氏公子那脾性，也正好如此：愈是性格倔强之人，他愈是爱恋尤深。他据此推想："朝颜从未应允我的求爱，却又时时向我透露出风情。由此看来，她与我是可互道真情的，仅因她为避人耳目，不愿用情太多罢了。我可不想紫姬成为这样。"他猜度紫姬，近日定很孤寂无聊，对她甚是想念。然而于她，自己仅如爱护无母之孤，并非虑及她会如其他情人因久别而生怨，因此心里不免快慰了许多。

天色尽黑，源氏公子教人移来灯火，唤得几位亲近侍女来陪坐闲谈。其中有个中纳言君，暗中早与公子有染，后因公子居丧，方未有此行径。众侍女都暗中称赞：到底是一个气节高尚之人。公子道："近来大家抛却诸事，亲切团聚于此，倒胜于夫人在世之时了。不知日后能否再有机缘，真有些恋恋不舍呢。除却别离悲恸，念及此事，不免让人伤心！"众人听得此话，无不暗自饮泣。一人道："提起那事，真有些黯然神伤，可又奈何不得。念及公子终将另赴他处，不复回归，真让我等……"话到此处，早哽咽无语了。公子看罢众侍女，甚觉可怜，便道："哪能丢下你等不管呢？我并非薄情之人。倘若仔细思量，定能解我一片衷心。可惜我寿命也是长短难定啊！"说罢，目视灯火，泪光盈盈，凄艳异常。

有个叫贵君的侍女，父母皆亡，平素深得葵姬怜爱。源氏公子也觉她可爱，便对她道："贵君，往后我做你庇护人罢。"贵君便嘤嘤地哭了开来。她穿了件短衫，颜色墨黑，外面还罩得件墨色上衣及萱草色裙子，姿态玲珑娇美。公子复又对众人道："唯愿不忘旧情者，且耐住眼下的寂寞时光，于此照顾这个婴儿。如今已是空余楼台，若再四处奔散，就更添冷落了。"他劝大家依旧相处共住。可众人皆想："唉！自此恐难再见你了。"全都落寞惆怅不已。

左大臣拿出众多日用物品及吊唁死者的种种遗物，按照各自身份一一做了赏赐。随意分赏，对外不宣。

再说，源氏公子幽居日久，实在难耐孤寂，沉思默想得来，便欲入宫参见桐壶院。临行前日，解意的天公竟降得一阵雨来，似洒同情泪般。寒风掠动枯叶，更显萧条颓败。众人皆侍立在旁，垂首无语。源氏拟定出得宫来，当夜泊宿于二条院私宅。侍从等便各领差事，先赴二条院准备迎候：左大臣邸内诸人，无不悲恸欲绝，仿佛公子此别将不再回。左大臣夫妇见此情景，复又忧愁起来。老夫人接到源氏公子一封来信，其中道："只因日久思念父皇，故欲即日入宫拜谒。虽非久别，但遭此厄运，尚活微命于世，心且烦乱如麻。本应前来一叙，恐添愁绪，也只得他日再见了。"老夫人两眼昏花，展毕来书，不能作答。

左大臣出送公子，悲伤难抑，频频以袖掩面。左右随从目睹此等深情，也无不为之泣下。源氏公子抚今追昔，竟也悲从中来，然而仍是举止稳健，优雅依旧。左大臣犹豫再三，对公子道："我已老朽，难耐忧患。纵小有不幸，亦必伤心垂泪，遭此番厄运，襟袖更无干时。方寸已乱，举止失态，深恐颓丧之余，有失礼仪，故不敢觐见皇上。爱婿此番进宫，尚望将此等情状俱奏皇上，并代为问安。"他强作镇定，方才说出此番话来，模样实在令人怜悯。

源氏公子见此也只得强忍眼泪，劝慰道："生死无常，命有定数，此乃人世常事。身蒙不幸，实是伤痛难诉。小婿进宫，定向父皇明奏，父皇定能体察。"左大臣便道："阴雨连绵不止，趁天色尚早，早些起程吧。"

公子顾盼四周，只见约三十个侍女聚立于帷屏后纸隔扇旁。她们身着黑色丧服，个个愁容惨淡，神色黯然。左大臣见了，道："女儿虽死，却遗有此小公子。今后常来看顾，我等就满意了。众侍女皆以为你将自此抛弃此家，不再顾念了。她们如今倒不因死别而伤心，而为从此不能再侍立左右而叹息，此乃情理中事。往日夫妇二人多有嫌忌，每每指望你们和好，不想今日，竟成泡影。唉，室外暮色凄凄啊！"不觉又掉下泪来。

"那皆为浅薄之人的忧虑而已。往日我曾做努力，却因故往往久疏问候，如今还有何缘由不常来探访呢？"源氏公子答道，便告辞而去。

却说那左大臣目送公子远去，回至公子旧居，但见室中装饰布置仍如葵姬生前一般。然而人去室空，如蜕变后空留的蝉壳。案上散放着笔砚，且有公子遗弃的墨稿，左大臣取出一一细看，然老眼昏花，字迹难辨。众侍女在旁看了，也不知如何是好。墨稿中，多是些情爱缠绵的古诗，文字各一，体式多样，写得遒劲秀美，左大臣甚是惊叹。他仰望天宇，心念如此英才，日后将为外人，不觉惋惜。公子在"枕衾仍旧谁人共？"诗句旁题道：

"凝视香榻依依情，

每忆往昔悲更增。"

另一张"霜华重时鸳鸯冷"旁题道：

"抚子孤眠应多泪，

愁眠空床已积尘。"

夹着的一枝抚子花已经枯萎，想必是前日致老夫人信时所摘。左大臣便将此花递与老夫人，道："人死不能复生，此事本也由不得人。细细一思量此等悲事，也属世间常有，只怪女儿缘分太浅，我等故尔蒙此厄运。如是一想，思念亦稍有缓解。孰知时日一久，却又思念愈深起来，况且大将将成外人，更让人心伤。先前一二日不见，便怅然若失，此后断绝，教我何以度日呵！"说罢大哭。几个年老的侍女睹此情形，不免悲号，其光景甚为悲凉。

众侍女相与谈论，各诉心中苦楚。有的意欲留下来侍候小公子；有的想暂且回家，另寻他途。于是离别的侍女便相互作别，其情景凄恻哀婉，令人目不忍视，此且不表。

却说，那源氏公子入宫觐见，圣上对他极为怜爱，并于御前赐膳，且问及种种情况，实乃关怀细致，情爱深挚，使公子感激涕零。告退后，公子又去拜望藤壶母后。众宫女见了公子倍感亲切，纷纷前来慰问。皇后命王命妇传问："公子身蒙厄运，时日已久，未知哀情稍减否？"公子回道："人世生死，皆由命定，难以预料。此次新丧，实乃悲痛伤怀，幸蒙母后洪福庇佑，屡番存问，方得平安。"即便平时，公子探望皇后亦无欢欣愉悦，何况遭此厄运，自是悲伤甚深。他身着无纹大礼服，内衬淡墨色衬袍，冠缨卷束，如此素朴打扮，更添别样风韵。因久不见东宫太子，便探询近况，他们闲谈至深夜。告辞后，公子便径往二条院去了。

二条院庭院景致经过精心修整，了无纤尘，气象很是不凡。众人皆换了艳丽装束，侍立于阶侧，恭候公子临驾。源氏公子睹此思彼，想起左大臣宅内众侍女的悲凄苦楚，甚觉可怜。

源氏公子整得装来，便入西殿探看紫姬。室内已换为冬季装饰，艳丽夺目。侍女及女童装扮齐整，用度齐备周全，极其精美雅致。紫姬容貌端庄秀雅，娇丽可爱。公子道："多时不见，定长成大美人了吧。"便撩开帷屏垂布，细细端详：但见紫姬侧坐一旁，娇羞顾盼。姿容之美，言辞难喻。公子暗忖："竟与我魂牵梦绕的人儿一模一样呢。"便走至紫姬身边，诉说相思别离之苦。他道："别离期间，详情甚多，实难一时畅叙，且待日后再细说与你听。况居丧归家，丧服之身，不便久留，容我日后再来一叙。从此我俩长相厮守，望你别讨厌我才好。"辞调婉转真切。少纳言乳母不免心中暗喜，然而终有些担心，她想："公子身份高贵，且情人甚多，若其中一人先做了正夫人，那紫姬岂不是空喜一场？"不由暗暗发愁。

源氏公子回至自己房中，唤一侍女替他捏脚，不久便入睡了。翌日晨起，他写得一信去询问新生小公子的近况。老夫人也回了封感伤的信来。源氏公子看后，又勾起无限愁思。

自此源氏公子不再猎艳寻奇，过起恬淡悠闲的生活来，只有时不免耽于沉思，又觉无甚趣味。紫姬已出落得丰腴圆润，轻盈婀娜，引起源氏公子无限遐思，曾数次言语挑逗，但紫姬却浑然不觉。公子无奈，只得隐忍，天天陪紫姬下棋，或做猜字游戏以打发时日。不过，于小小游戏里，亦足可显出紫姬心灵手巧、娇媚的品性来。过去若干年，只当她是个孩子，故未在意，如今她已是待嫁之年的女子，便很是不同了。公子虽可怜她，便实难忍耐，难免有所触犯。二人向来亲昵，一同起居，无甚猜疑，外人也不以为怪。可一日早晨，公子早早起床，紫姬却迟迟未起，众侍女见了，不知何故，甚是迷惑。

　　也许是身子不适吧？众侍女胡乱猜测。而那源氏公子将笔砚盒收拾好，放在帐幕中，便回东殿去了。紫姬知室内无人，抬起头环顾了一下，见枕边放有一封打成结的信。她随手打开来，只见里面有两句诗道：

　　"只道来日常共枕，

　　而今未解石榴裙？"

　　如此戏言，使她甚是懊恼。不曾想到源氏公子心怀此念，暗自责备，自己为何向来恁般信赖他。

　　晌午，源氏公子来至西殿，见她有些郁悒，便道："今日棋也下不了，心情为何此等沮丧呢？"说罢向帐中探望，见她用衣服连头盖住仰面躺了，竟是一动也不动。侍女们见此情景，便退了出去。源氏便靠近劝道："恁地如此小孩子气，叫人看了多猜疑呢！"便将衣服揭开，见她全身是汗，额发都湿透了。他不由叹道："啊呀呀，真个不得了！"又柔情蜜意地连哄带骗。紫姬气之不过，仍是一言不答。源氏公子毫无办法，便发恨道："完了！完了！你如此不通情理，真羞煞我了。"说罢，打开笔砚盒，见里面并无答诗，便想："她全然不知我意，真像个孩子！"转头看看，又觉得实在可爱，便不忍心责怪她了。此日，他便一直陪着她，讲些笑话安慰她。紫姬仍是半娇半嗔，并不答理。源氏见她那嗔视有情的模样，更觉其楚楚可人。

　　十月初第一个亥日，宫中照例吃"亥儿饼"[1]。因公子尚于服丧之中，不便

　　【1】亥日做成的饼叫"亥儿饼"，按当时的风俗，阴历十月的第一个亥日，每家都要做有各种色彩的饼，认为吃了这样的饼可以消灾祛病、子孙繁昌。"子儿饼"为子日所做。

铺张，只将各色饼装于一食盒里，送与紫姬。源氏公子见了，便走至南面外殿，吩咐惟光道："明日为我做同样的饼，数量式样不必太多，只要一色[1]的便可。今天日子不吉，故明日方做得，黄昏时送至西殿来。"说时暗含微笑。惟光本是机敏人，即刻明白，连忙恭敬地答道："当然，当然。定情贺礼，理当选择好日子。明日是个好日子，但不知'子儿饼'共需多少呢？"源氏公子不加思索，随口道："为今日的三分之一吧。"明日乃公子新婚第三日，惟光心领神会，连忙遵命而去。源氏公子暗忖："这人倒还能干。"且说那惟光也不告知众人，便在家暗暗为主人做起饼来。

源氏公子为讨得紫姬欢心，不得不想尽法子，实在劳神，却也毫无怨言。他自己甚觉奇怪：多年爱恋，尚不及今日万分之一。这个"情"字，也真是一言难尽啊！

第三日深夜，惟光便将公子命制的饼悄悄送来了。他想得甚为周到："倘叫少纳言乳母送去，紫姬一定羞怯难堪。"便将少纳言的小女儿弁君叫来，递与她一个香盒，对她道："将这个悄悄送到小姐那儿去吧。"又叮嘱道："此为喜庆礼物，你要好生放在小姐枕边，不可有误。"弁君听了此话，颇觉纳闷，回答道："我办事从未曾失误过呢。"惟光又道："此外，还应留神，种种不吉之言，今天均不可乱说的！"弁君道："你怎知我会乱说呢？"弁君到底是个孩子，尚不知此中意思，故毫不费力地便将香盒放于紫姬枕边了。

第二日清晨紫姬把香盒拿出时，身边的几个侍女方才醒悟，但不知为何日送至。盒中饼盘格式别致，甚为讲究。少纳言乳母哪里曾料到，公子竟是如此细心。想起公子平日百般宠幸，甚是感激。可侍女们却私语："此等事情，实应与我等商量。如此叫了惟光去办，尚不知公子是何等想法呢？"

自此，源氏公子入朝参拜父皇，不免心挂两处。紫姬那妩媚袅娜的身影，时时浮于眼前。过去那些情人，不时来信诉说哀怨，其中不乏公子最爱怜之人；如今另有新欢，哪有闲暇恩泽旧人呢？真是"豆蔻年华新共枕，岂可一夜不同衾？"他谢绝一切交往，佯装居丧默哀，每每回信都道："身蒙不幸，早厌人世，且待哀愁稍减，定当前来造访。"终日与紫姬形影不离，悠闲度日。

【1】当时的风俗，新婚第三日，要在新郎新娘的枕边供饼，饼是一色的。

且说今上母后的妹妹六女公子[1]，自从与源氏公子邂逅后，便对源氏一直念念不忘。其父右大臣道："理论起来，倒是福分。他新近居丧，若我将女儿嫁与他，倒很是般配。"但其母却另有想法："送其入宫，有头有脸，有何不好呢？"便竭力游说，以入朱雀帝后宫。

源氏公子对那胧月夜本未在意，然闻知她要入主后宫，心中不免怅惘。但眼下对紫姬一往情深，无暇移情别处，不由暗叹："人生苦短，何须再拈花惹草。若东西钻营，定然要遭怨恨，倒不如就此钟爱一人。"他忆想昔日种种恶果，便暗暗慝般告诫自己。还有那六条妃子："此人也甚可怜。欲娶她为夫人，实有不便。现在招之则来，挥之则去，如此逢场作戏岂不更好。"过去虽为生魂作祟之事稍有嫌隙，但对她并不厌恶，仍是一往情深。

令源氏顾虑尤深的倒是那紫姬，如今世人尚未知晓其身份，恐有人轻视她。"还是乘此机会，正式告知其父兵部卿亲王吧。"于是，便为她举行了着裳礼仪。仪式虽不隆重，但排场倒也体面。然而不知怎的，紫姬却更为嫌忌源氏公子了。她想："素来我诚挚信任于他，孰知他行径如此卑劣！"她颇觉懊悔，从不拿正眼瞧他。源氏公子调笑，她也总是一本正经，昔日天真之态已不复存在。可即便如此，源氏公子仍是十分爱怜她，对她道："我本出自真心，如今你倒恨我，叫我如何不伤心！"

时光易逝，转瞬一年又过去了。新岁第一日，源氏公子照旧先向桐壶上皇拜年，再至朱雀帝及东宫太子处，最后方至左大臣邸府。左大臣不顾新年禁忌，正与家人闲聊葵姬生时旧事，见源氏公子来访，连忙起身相迎。左大臣睹人思事，不禁老泪纵横。公子退出左大臣房间，来到葵姬旧居之处，众人热忱迎入，让他心中倒颇不好受。那夕雾小公子，已长大了许多，不时朝人微笑，尤其那口角眉梢，酷似东宫太子。源氏公子见了，不由心中隐隐作痛，想："日后外人见了，恐要怀疑吧？"房中所有布置，均与葵姬在世时一样，衣架上且挂着衣物。

"今日元旦，本应节哀，尽情欢娱才是。然而公子临驾，使我睹此思彼，不免难于隐忍。"老夫人命侍女传话道："小女在世之日，元旦必亲为公子缝制新衣。今年当仍依旧俗，只因近来老眼昏花，手脚笨拙，恐难尽人意，但为吉日，务请不嫌

【1】后称胧月夜，是右大臣的女儿，弘徽殿女御的妹妹。今上即弘徽殿女御（今为母后）之子，称朱雀帝。

简陋。换上新装吧。"又派侍女送来一件织工格外考究的新袍。如此诚心，岂可辜负老人一片美意？公子便即刻换上了新装。他想："今日不来，二老定是失望之至吧。"便答谢道："春暖花开，定当前来道贺。仅因葵夫人新丧，哀思难断，故未能及时前来，万望恕罪。

年年今日春衫艳，

独此新装泪斑斑。

心中实是难耐悲痛。"老夫人也答吟道：

"春色虽好难长久，

眼花泪浊频频流。"

二人悲叹，甚是深切。

THE TALE OF GENJI

VOLUME 10
第 十 回
杨 桐

话说那六条妃子，近日郁闷不乐。女儿斋宫赴伊势之日日渐迫近，加之源氏夫人葵姬病故后，众皆谣传她将成为源氏续弦，自己及宫邸内人等着实亦为此高兴了一阵，孰料源氏大将却继而疏远了她，竟连门也不上了。六条妃子不胜失望，心想："许是因那生魂之事，他尚在厌恶我吧。"左思右想得来，便欲斩断万般情思，一心陪女儿下伊势修行。此后，六条妃子便借口女儿年幼无知，不便独行，拒绝来访客人，决意避开那令人伤心的京华重地。源氏大将闻知，心念妃子将离京远去，甚为惋惜，派人送去了几封信，皆极尽缱绻，以表达自己的相思之意。六条妃子也知此时一去，今后恐难再见。她想："既然已生厌恶之意，倘再与之纠缠不休，不仅双双痛苦，而且也难免遭人鄙薄。"因此她与公子决绝的心情，便更坚定了。

再说六条妃子离京之后，不时也秘密回至京华私邸小住。但大多行迹隐蔽，源氏大将自然不得而知。野宫乃斋戒之地，虽近在眼前，源氏大将不便随意前去访问，只得整日忧心忡忡。正值此间，桐壶院病了。虽不算沉重，却时时发作，苦不堪言，源氏也为此操心不已。然而更使他揪心的仍是六条妃子：她恨我薄情寡义，实属无奈，然终究对她不住。况且外人闻知，亦会责骂于我。我岂能如此无情无义？于是定下心来，定要前往野宫访晤致歉。

斋宫赴伊势的日子，定于九月初七。行期在即，六条妃子忙忙碌碌。源氏大将屡番去信："但望能小叙片刻。"六条妃子百般犹豫。可她终又想道："我过分隐匿，也沉闷得很，不如还是与他隔帘一见吧。"便悄悄等候他来。

源氏大将到得野宫，只见景致寂落萧条。不过，虽秋花皆已枯萎，蔓草中凄清的虫鸣与那远处松涛，合成一种别致的音韵；不时飘来的隐约乐音，更是清艳动人。随身侍从及十几位亲近的前驱，服饰均很简单，不甚显目，而大将亦微服打扮，却极其讲究，容姿仍旧焕发。随大将同行者皆为风流人物，如今都觉得这身打扮甚是适合时俗，源氏大将对自己也颇满意，只是想："往昔竟未前来饱览一番。"遂感辜负了这等良辰美景，倒有些后悔起来。

野宫外围是一道柴篱，里面各处建有许多板屋，皆极简朴，唯有门前那用原木造的牌坊，形式颇为庄严宏大，此情景与外间殊异。那些神官三五成群地聚集一处，窃窃私语，不时还有一阵咳嗽声传来。神厨里火光幽微昏暗，更觉万物凄清惨淡。源氏大将料想："世间那些万般柔肠之人，闲居此等荒凉孤寂之地，也真是悲苦凄凉。"不由同情之心大起。

源氏大将隐于宅内北厢房，见往来人少，便邀六条妃子来此晤谈。乐音骤停，室内响了一阵，便有几个侍女出来迎接，却不见有六条妃子。源氏大将心觉不快，道："此次微服来访，实乃不得已之事，万望妃子体察，切勿拒我于门外。能见得妃子一面，亲面互诉衷肠，我便足矣。"说罢，略显凄楚之色。侍女们碍于往日情分，恐有失公子体面，便劝请妃子道："如此待人，倘外人见了，终非善举。令他站于室外也实在狼狈，恐对他也太过无情了。"六条妃子一时竟失了主意："这可如何是好？大庭广众之下，倘让女儿斋宫知道，岂不怨我行为轻率？如今与他会面，万万使不得。"也难以定夺。欲断然相拒，又无慨般勇气，她左思右想，还是见得一见罢。于是她膝行而出，行至外间，步态甚为优美。

源氏大将道："此乃神宫圣地，于廊下一叙，也无大碍吧？"便跨廊而坐了，适逢月光清幽，更显源氏大将丰采。想到与她隔绝已久，定要将几月来胸中的郁积悉数道出，却又不知从何说起，源氏大将便随手折得一枝杨桐塞入帘内，道："我心如这杨桐，常青不变。今番不顾禁地，冲撞神垣，只为见你一面，略诉衷肠，不想却遭如此冷遇……"这里话音未落，只听那六条妃子已吟道：

"此地不长有情杉，

摘来香木也徒然。[1]"

源氏听罢，答吟道：

"闻得此中住神女[2]，

故持香叶访仙居。"

此时，氛围沉寂严肃，源氏也未敢稍有逾越。他觉得隔帘相叙，终不相宜，便将上身探入帘内，倚于横木上，忆起从前，六条妃子与己相见如鱼游水般随意。那时，妃子一心眷恋于他，自己却总觉她有诸多瑕疵，终不甚可爱，所以只是逢场作戏而已。加之后来发生了生魂祟人之事，更使源氏感到厌烦，终致恁般疏远。如今久隔重逢，他回想往日之情，便觉思绪纷乱，悔恨不已。源氏大将前思后想，遂觉命运待他实在刻薄，不禁悲从中来。六条妃子原本竭力隐忍真情，

【1】古歌中曾以杉树为恋人相约标记，香木乃杨桐。《拾遗集》古歌："檀越此神垣，犯禁罪孽深。只为情独钟，故我不惜身。"《古今和歌集》古歌："妾在三轮山下住，一室茅庵常独处。君若恋我请光临，记取门前有杉树。"

【2】《拾遗集》古歌："杨桐枝叶发幽香，我今特地来寻芳。但见神女飘渺姿，共奏神乐聚一堂。"

但一见此等情景，往日情思又活转过来，竟也两眼落泪了。源氏大将见得此态，更为伤心，便恳求她不必前赴伊势。

月亮渐渐西沉，天空一片惨淡，源氏大将仰首遥视，只觉苍天悠悠，似那无限恨事。那句句温情之言，听来令人荡气回肠。此时，六条妃子连日来心中的积怨已逐渐冰消瓦解，那本已斩断的情丝，殊料今日又相连接，她不免更觉烦恼了。

那庭中景致，原本清艳典雅，平日间，贵公卿子弟相邀来此观景，竟至流连忘返，而如今平添得两个痴迷恋人，间有娓娓情话，更是妙不可言，更兼渐次明亮的天色，也似特意前来为此增光添彩。源氏大将深有所悟，不觉意气风发，高声吟道：

"朝别自古催人泪，

秋尽之时更添愁。"

他紧握六条妃子的双手，恋恋不忍离去，那模样甚是多情。此时，凉风骤起，秋虫鼓噪，幽绝哀怨，似是代为惜别。即便无忧之人听得此等悲声，也是肝肠寸断，更何况即将惜别的情人呢。面对此情此景，岂有心情从容吟赋？六条妃子只勉强答吟道：

"秋别已是无限愁，

虫声不绝更添悲。"

源氏大将追忆往昔，后悔不已。天亮时，源氏担心被众人瞧见，便匆匆告辞而去。剩下六条妃子孤独一人，怅然若失，茫然仰视惨淡的天空。众侍女皆痴迷地还在想着那月光映照下源氏的丰俏姿容，更闻着遗留的衣香，不觉神思飞扬。大家赞不绝口："如此情趣优雅之人，即便忍受烈焚煎熬之苦亦难离别啊！"说罢，竟无端为二人伤心落泪起来。

次日，源氏大将致信慰问六条妃子，比平常更为诚恳周到。六条妃子看了，久久萦绕于胸，无奈事已至此，后悔晚矣。而源氏这人于情爱之事，虽即泛泛之交，亦能博得别人欢心，更何况自与六条妃子结交，情爱炽热，非同一般呢。今洒泪惜别，不觉悲苦交加，怅惘之极，然又有何办法呢？

六条妃子于途中的一切用度，及随从诸人的赏赐等，源氏大将早已置备周全，珍奇丰盛更是不在话下。但六条妃子毫无所动，她认定既已留得恶名于世，不若早些离开为好。年幼无知的斋宫，唯怨行期未定，如今定了行期，自是高兴异常。然而古无娘亲伴女儿赴神宫修行之先例，故朝野上下对六条妃子陪赴斋宫之举，尽皆哗然。有人讽评，亦有人同情。倘为庶人，于此等之事自无人问津，也便无伤大雅了；而今身为贵人，一言一行，尽皆惹人注目，多生烦忧，自不待言。

祓禊仪式，九月十六日于桂川举行。仪式较往常隆重：随行使者及参加仪式的众公卿，皆为显贵，且为圣眷深重的朝中重臣。离野宫出发前，源氏大将照例送来惜别之信，且另附一纸，开头写道："献予斋宫。诚惶诚恐，神明鉴之。"并挂于白布之上，白布系于杨桐枝上。下书："自古即有'天庭雷神，亦不拆散有情人'。同样：

护国天神若释情，

应解情侣难诀别。[1]

总觉此别难堪之极。"当时虽行色匆匆，但六条妃子觉得此信不可不回，便叫侍女代为斋宫答诗：

"天神若是断此事，

首当质问薄情人。"

且说诸事妥当，六条妃子便要带斋宫进宫辞行。源氏大将亦想进宫去看望二人，但念及自己与她已情断义绝，如今再去见面送别，恐很尴尬，便打消了此念头。看罢斋宫所附答诗，似大人口吻，源氏欣然笑道："她年方十四，定出落得标致了，且一定风流吧。"他此癖性，实在令人难以理喻：越是不可求之事，越想得到。斋宫年幼之时，源氏本可以随时见到，然而直到今天亦未曾见得。他想："说不定将来有机会相见吧。[2]"

斋宫与六条妃子入宫这天，引来众多人夹道观瞻，且二人本来仪容不俗，色艺双绝，更惹得众人围观。二人于申时方才入得宫中。六条妃子乘于轿中，一路回想已故父大臣，当年用心调教，仅指望她入宫，日后能身居皇后高位，但后来屡遭不幸，未得如愿。及至今日，重又入宫，她不禁感慨万分。想当年十六岁入宫，册封为已故皇太子之妃，二十岁与皇太子死别。离宫十年，已是人老珠黄。

【1】古代日本对神明献辞时，将所要说的话写在白布上，挂于香木枝，以示对神明的虔诚和尊敬。此处护国天神实指斋宫。

【2】每逢天皇易代，前斋宫、斋院都回来，另行卜定新的斋宫、斋院前去修行。

她如今重见九重宫阙，往事历历于心，感慨不已，便赋诗道：

"未及忆起当年事，

悲哀已自心头来。"

斋宫本天生丽质，妩媚袅娜，于盛装点缀映衬下，更显娇怜可爱，楚楚动人。朱雀帝见了，不觉怦然心动，临别加栉[1]时仍觉怅然怜惜，不禁掉下泪来。斋宫退出时，八省院[2]前有众多车子等候于此，皆为侍女所乘，甚显华丽。殿上与侍女相好之人，匆匆惜别。夜幕下垂时，车列方从宫中出发去伊势了。在二条大街转进洞院路，车列正好经过二条院门前，源氏大将茫然无绪，便写了封信，附于一枝杨桐上，派人送与六条妃子。信中吟道：

"今朝翩然离我去，

泪珠犹如铃鹿[3]波。"

其时天已近黑，加之路途劳顿，六条妃子当日未便复信。次日，车行逢坂关口后，六条妃子才回信作答，吟道：

"铃鹿泪波碎无语，

谁怜伊势寂寞人？"

此信简略，字迹却优美端庄。源氏大将看后，甚觉悲哀，心道："若能稍加些哀愁之意便好了。"此时朝雾弥漫，晨景美妙动人。凝望雾景，源氏大将吟道：

"欲望佳人远去处，

逢坂已被秋雾迷！"

吟罢，便闭门独坐，连西殿也懒得去了，只一味悲哀道："六条妃子此去，旅途漫漫，不知何等伤心落魄啊！"

却说秋十月，桐壶院病情沉重，朝廷上下尽皆忧心牵挂。朱雀帝亦是茶饭不思，不时前去探问。桐壶院御体更显衰微，见到朱雀帝威仪清爽，虽感宽慰，仍屡屡叮嘱他定要好好照顾皇太子。同时提及源氏大将，他道："我死之后，事

【1】斋宫告别时，天皇亲手取栉加在她的额发上，表示让她"勿再回京"。因为斋宫回京，必然是改朝换代，梳头只能往下梳，表示"去"，断然没有从发梢往发根梳的道理，也就是说不能"回"。

【2】八省分属于左弁官局和右弁官局，八省院是百官行政的地方。朱雀帝要在八省院的正殿大极殿为斋宫加栉。

【3】铃鹿是河的名字。斋宫赴伊势之必经之路。

无巨细，定要与其商议，与我在世时一般。其年纪虽轻，但处事稳重，善于政事，视其相貌，确为治国安邦之才。故此，我是为避众亲王嫌忌，未册封为亲王，而将其降为臣下，视为朝廷后援。你要明白我一片苦心啊！"朱雀帝悲痛不止，声言决不违背父皇嘱托。尔后，他想到君臣有别，不得不洒泪离去，匆匆赶回宫中。

皇太子年纪虽小，却很有成人风范，容姿亦甚优美。他本想随同前来，但恐人众烦杂，惊扰御体，便打定主意改日再去。这天，桐壶院见那太子出落得如此秀美，不禁龙心大悦，对他亲切有加；太子许久不见皇上，常怀念于心，今日得见，满面乖觉可爱。桐壶院善目慈颜，因恐其年幼无知，闲谈甚久，嘱咐了太子诸多事情，关心厚爱之情溢于言表。藤壶母后亦多时未曾见得太子，今日一见，百感交集。桐壶院曾数次托付源氏大将，要其勤于政务并善待太子。夜深，太子方才告辞出宫。临别时，殿上随从人等，均来相送。上皇本欲留他在侧，但时间已晚，只得让他回去，心中不甚惆怅。

弘徽殿太后亦欲前来探视，只因藤壶皇后常侍在侧，心中嫌忌，一时竟犹豫未定。恰逢此时，桐壶院驾崩。消息传来，震动朝纲。诸王侯公卿暗自思忖："桐壶院虽言退居，实际仍然摄政。今日驾崩，朱雀帝年事尚幼，且外祖父右大臣急躁专断，形势实难意料。"因此众人心中忐忑不安，不知所措。藤壶皇后及源氏大将更是悲恸欲绝，几近昏厥。到七七四十九日佛事供养之时，源氏大将身着葛布[1]丧服，形容憔悴，态度郑重虔诚，毫不逊于诸皇子，众人无不赞其忠义。源氏大将去岁悼亡妻已自叹命运不公，如今又遭父丧。他面对这祸不单行之势，对生命难免厌恶，颇想乘此机会，掐断尘缘，遁身佛门，然而父皇临终有嘱，可虑之事尚多，自己又安能撒手不管呢？

众妃嫔四十九日内，均于桐壶院举哀。十二月二十是断七日，众妃嫔方得以归散。其时天寒地冻，愁云惨淡，藤壶皇后心绪悲愁烦乱，思虑颇多。她熟知弘徽殿太后的性情，桐壶院在时尚且任情弄权，如今上皇仙去，她必然更为随意肆虐，恐怕受苦之人就更多了。这倒还在其次，如今相恋之人桐壶院舍她而去，往日众亲近侍从人等皆要离散，想到今后的孤寂清苦，她不觉泪流涟涟。

【1】葛布是当时日本丧服的材料。

藤壶皇后决定迁居三条私邸，其兄兵部卿亲王前来迎接。此时正值寒风凛冽，浓雪飞舞，三条私邸人迹罕至，景象衰败异常。源氏大将上门造访，谈起桐壶院在世时的诸般情状。兵部卿亲王望见庭里雪中凋零的五叶松，吟道：

"欲蒙嘉荫松已槁，

叶散枝枯光华终。"

此诗即景抒情，虽无特别之处，却也叫人不由悲从中来。源氏大将见池面全部封冻，随即盈泪吟道：

"池面冰封如平镜，

慈容难见吾心悲。"

此诗略显稚气。藤壶皇后遣侍女王命妇赋诗道：

"岁末天冻岩井封，

不舍依稀面影去。"

诸多应景诗篇，此处略过不表。单说藤壶皇后迁居三条，仪式虽与往常无异，可总觉平淡凄凉，恐为睹物思人，心绪不佳所致。虽已回至故居，然颇觉陌生，无异于泊居他乡，她只管沉浸于对往日的回忆里。

时光如流，又值新年。谅阇[1]之中，世间按惯例免去了欢庆之举，悄悄度过了新年。源氏公子近来沉迷于旧事，有些厌恶尘世了，故一直闲闭在家中。往年此时正值任免地方官，早已宾客盈门，而今年门庭冷落，连值夜守更之人，亦已无踪影，唯有几个老年仆役整日无聊闲坐。源氏大将看到如此光景，只道日暮西山，心中不胜凄凉。

却说胧月夜本为弘徽殿太后的六妹，又名栊笤姬，已入选朱雀帝后宫，二月里又升任尚侍。原尚侍在桐壶院丧后，为追念昔日之情，出家做了尼姑，此位便由栊笤姬代替了。栊笤姬姿容秀美，艳若桃李，身材玲珑苗条，且很会卖弄风情，讨人欢心，故尤受朱雀帝宠爱。弘徽殿太后常居私邸之中，入宫后住梅壶院，便将旧居弘徽殿让与了尚侍。栊笤姬旧居为登花殿，那里偏僻简陋，如今迁至富丽华贵的弘徽殿，顿觉气象非凡，但见侍女如云，锦绣无比，从此，生活豪华富丽起来。然而她始终不能忘记当年与源氏公子于朦胧月色之下的缠绵，心中

【1】谅阇指居天子之丧。

常常暗自悲叹，私下照旧与源氏交好。源氏也有顾虑："倘走漏消息，为右大臣得知，则怎生是好？"相见越是难得，越是求之急切。栊笥姬入主禁宫后，对其恋慕也越发强烈。然弘徽殿太后生性刚愎，心胸狭隘，桐壶院在世之时尚有所顾忌，而今时事已变，便欲对多年来心中所积的仇恨设法报复。近来源氏屡遭失意，便也知道是太后从中作梗，可源氏不善世故人情，也只得任其而为了。

近来左大臣亦是不甚得意。朱雀帝做太子时，曾爱慕葵姬，而他却将葵姬嫁与了源氏，弘徽殿太后至今耿耿于怀。加之他与右大臣久有龃龉，桐壶院在位时他一揽朝纲，独擅其事，如今失势，右大臣成了皇上的外祖父，倒占尽优越。左大臣一蹶不振，心灰意冷自在情理之中。倒是源氏大将仍念旧谊，常前往其宅邸问候。他对旧时众侍女也仍细致体贴；对小公子夕雾，自是关怀备至。左大臣见其如此善良淳厚，不忘旧情，招呼应酬与往常无异，心中甚是欣慰。

当年源氏自得桐壶院宠爱，故无所畏惧，而今沧桑逝变，行为已有所收敛，不敢再如以前那般放肆了，于是，便与以往厮混的女子渐渐断绝了往来。其浮薄行径亦已减少，转而变得沉默稳重、彬彬有礼起来。众人皆称道，西殿那少夫人好有福气。紫姬的乳母少纳言看到此般模样，暗自思忖："此乃报答故去师姑老太太勤修佛法的苦心吧。"紫姬的父亲兵部卿亲王，现亦能与女儿自由通信往来。兵部卿亲王正妻所生的几个女儿，虽甚珍爱，然于诸方面并不如意。故众人妒羡紫姬，反惹得亲王正夫人不快。

再谈那贺茂斋院[1]因父新丧，不得不回宫守孝，其职便暂由朝颜代任了。按旧例必由公主担当，似朝颜这般的亲王公主实无名分，只是迫于此次无适当人选可派罢了。源氏爱慕朝颜，虽失意多年，终不能相忘，如今得知她做了斋院，深觉从此更难见面，因此惋惜不已。然而源氏毕竟本性难改，虽然一时有了收敛，却最终不能持久，因此，仍不时托侍女代为传言，绵绵情话从此不绝。而对今日的失势，他却毫不在意，只是一意寻欢，以解忧散愁。

却说上皇去后，朱雀帝谨守遗言，多方庇护源氏。然而他年纪尚轻，性情柔顺，万事皆由母后与外祖父右大臣做主，因此源氏处身行事多不得意。那位尚侍胧月夜偷偷恋慕源氏，两人相晤虽不容易，但也不时私下相会。一次五坛例行法

【1】贺茂斋院是弘徽殿女御所生的三公主。

会[1]，朱雀帝洁身斋戒时，在侍女中纳言巧妙安排下，将源氏带到了一间靠近廊下的房里，让二人重温鱼水之欢。虽人多耳杂，心中惴惴，但见胧月夜正值韶华，轻狂中自有温柔优雅之趣，源氏竟是欣喜不已。

天近黎明时，但闻值夜近卫武官在近处高声喝道："奉旨巡夜！"源氏大将想："说不定另有一近卫武官，亦于此处幽会，却遭同辈妒恨，说与这值夜武官，来此恐吓他吧。"一想到自身亦为近卫大将，不觉又好笑起来。值夜武官来回巡视，一会儿又高声报道："寅时一刻！"而胧月夜听此一报，随即吟道：

"夜尽先听报晓声，

疑是情绝悲泪起。"

一副恋恋难舍的模样，令人怜爱不已。源氏答吟道：

"夜色虽尽情未尽，

愁叹今生空自过！"

当下心情不安起来，便急急出了房间。

此时夜色残存，月影清幽迷蒙，远山近水笼罩雾间，更觉孤寂清凉。源氏大将身着便服，畏缩着匆匆前行。可巧承香殿女御之兄头中将[2]正从藤壶院出来，隐约见得是源氏大将，心中不由纳闷，便急忙藏匿于暗处，欲瞧个仔细。他见其举止匆匆，知他定是幽会回返，心中不免冷笑，真是"心惊偏遇鬼敲门"。

尚侍轻手易近，反使源氏怀念起藤壶皇后来。此人刚直守贞，常拒人于门外，倒令人敬畏，但自己终觉得此人太过冷酷，实在也是可恼之事。

朱雀帝继位之后，藤壶皇后渐觉进宫乏味，便不常去了，然而心中常挂念皇太子。皇太子年幼无知，万事全靠源氏看待，可源氏那种不良居心尚未消除，使她很是难堪心痛。她想："所幸桐壶院直至驾崩，都不知我二人曾关系暧昧。如今想来，还觉羞恨惶恐。然一旦泄露出去，对皇儿前途一定不利啊！"她越想越怕，只得潜心修佛，意欲仰仗佛力保佑此事机密。孰知一天，源氏大将居然暗地进得藤壶皇后内室里来了。

源氏大将竭力谨慎小心，外人断未察觉。藤壶皇后在房中见得他来，还当

【1】五坛法会是供养五大明王的佛事。这五大明王的名称和方位分别是：中央不动尊、东坛降三世、西坛大威德、南坛军荼利夜叉、北坛金刚夜叉。

【2】此承香殿女御是朱雀帝的妃子，其兄亦是官居头中将之职。

是做梦呢。源氏站在屏外，又重施故伎，山盟海誓，巧为周旋。然而皇后态度坚如磐石，但心中哀痛不已，竟致晕去。侍女王命妇与弁君等人甚为惊慌，忙过来扶持。源氏见得如此，脑中恍惚，呆若木鸡，直到天明仍不欲归去。众侍女听说皇后患疾，纷纷前来探望。源氏又吓得不知所措，竟被王命妇一把推进壁橱，暂且躲避了起来。

藤壶皇后深受刺激，气火上浮，头目充涨，越发痛苦了。其兄兵部卿亲王及宫中大夫等皆前来探询，吩咐召请僧众，举行法事，一时竟变得纷忙不堪。源氏大将躲在壁橱里，苦不堪言。天将晚时，藤壶皇后渐渐醒转过来，尚不知源氏大将躲在壁橱内。侍女们恐惹她烦恼，也未将此事告知与她。觉得身体稍好些，她便膝行至日间的御座上休息。兵部卿亲王等见她已康复，便各自归去了。平日皇后近身侍女不多，别的侍女也都退避了，室中人众很少。于是，王命妇便与弁君悄悄商量，怎生打发得那公子出去："若留他在此，今夜再惹娘娘生气，可不得了！"

源氏见那橱门尚留有一丝细缝，便将门推开悄悄钻了出来，沿了屏风行至藤壶皇后居室。他久已不曾见得皇后姿容，今日见了悲喜交加。皇后侧身而坐，面向外间，娇弱道："我心中很是难受，恐是永离人世之兆了！"侍女送上精美水果，她看也不看一眼，只叹那尘世艰辛。不久渐入沉思，倒越发显得娇怯可爱。源氏大将想："她那飘逸光亮的长发披散下来，竟与西殿那人相同，实在秀美异常！自从与那人相恋，如今对她的印象倒淡薄了，今日一见，方知二人肖像得很。"他以为紫姬可安慰他对藤壶的思恋，心想两人气度与神情相似，但或许心情所遣吧，倒觉得先前这思恋之人更富娇艳之色。一想到此，他情怀竟难以抑制，便悄然入那帐中，捉住了皇后衣裾。

藤壶皇后突闻得源氏身上异香，竟吃了一惊，身子顿时俯卧于榻席。源氏大将见她不肯转过脸来，便死死拉其衣袖。藤壶皇后只得卸去外衣，欲脱身逃走。但源氏大将无意中，竟同时拉着了头发，皇后无可奈何。她恨恨不已，唯有哀叹此乃前世恶孽。源氏早已捺不住心中的相思，神志恍惚痴迷，哭着诉说万千愁绪，无限悲伤。藤壶皇后心中痛苦，不能作答，只勉强道："我今日心情甚坏，待来日好转，再与你晤面吧。"但源氏大将仍不断诉说衷情，哪听得进去！然其中也极有可使藤壶皇后深深感动之语。不过，藤壶皇后岂敢又犯那往日之错，心中虽是可怜源氏，亦只有婉言相拒。就这样挨得一夜，源氏大将也不便过分强求，只得柔声道:"今后尚得相逢,慰我相思之痛,我心足矣,也不敢再存奢望了。"藤壶皇后听得这话,心中方才安宁了。即便一般好友,此时离别亦有无限感伤,更何况均为情感之人呢。

是时晨光已现,王命妇与弁君苦劝源氏大将早些退出。藤壶皇后此时已是晕厥瘫软,竟如死去了一般。源氏大将见此,心中愧疚不已,道:"我如此反复折磨于你,实是惭愧至极,欲以死相报,但含恨而死,来世又将作孽,当怎生是好?"他如此说来,神态极为严肃。只听他吟道:

"因缘注定难相聚,

三世不解怨恨多。

我与你心永相连!"藤壶皇后亦微微叹息,答诗道:

"憎恨永世萦我心,

只因君心越礼多。"

她说得此话,早已力不从心,源氏大将听后顿生依恋。若是再留,她必然伤心痛苦,他也只得怅然告辞。

源氏大将回至邸中,寻思道:"我尚有何面目再见皇后呢?既然她如此不解我意,岂能再怨我无情。"至此别后,慰问信竟也不曾写得一封,也不再进宫去探望皇太子。日子一长,他竟然心神憔悴,患起病来,实如古人所云:"世间逐功名,烦恼空自多。高蹈空林间,升迁始得忘。"源氏觉尘世无可留恋,遂一时又动了遁入空门之念,然而那温顺无依的紫姬,毕竟在一时间难以舍弃。

王命妇等见久不闻源氏音信,得知他将自己关闭室中,推想其痛苦忧闷之状,心中歉疚不已。而藤壶皇后自遭那日变故后,心绪一直不佳。然虑及皇太子的利益,也深感不应对他恁般绝情,她遂想道:"倘若皇太子为一可凭恃之人因我而生隔阂,或有离家出世之念,毕竟于我不利。但若仍是如此非礼,恶名难免不被泄露。与其令那弘徽殿传我奉守不端,倒不如退出皇后之位。"想起桐壶院在世时的千般宠爱和恳切遗言,遂觉如今已不同于往日,倘无戚后[1]之厄,也势必遗作天下人之笑料啊。她如此一想,更觉人世无可留恋,便决意出家,但又未能下得决心,遂又寻思入宫见了皇太子后再作计较。

【1】戚后指汉高祖刘邦的戚夫人。刘邦死后,吕太后将她断手足、去眼、熏耳,并饮以瘖药,使居瓮中,称其为"人彘"。

平日里，源氏大将对藤壶皇后事无巨细，皆周全照料，可此次却以心情不佳为托辞，并不前来送皇后入宫。众侍女皆明白其中缘由，私语道："源氏大将心中愁闷呢。"倒觉得有些对他不起。

藤壶皇后入宫后，已六岁的皇太子因久不见母亲，自是格外兴奋，每每偎于母亲膝下，亲近得很。皇后得见不免心生怜悯，出家之念便又动摇了。然则此时宫中情势，已非同昨日，右大臣一手遮天，弘徽殿狠毒刻薄。若于宫廷之中，极易得罪他们，她于是连宫也少进了。但想到长此以往，对皇太子异常不利，她顿时又心生不祥，便问皇太子道："今后我若长久不与你见面，或者我的样子变得丑了，你还会如此么？"皇太子注视着母亲，笑答道："同式部传说中的一个丑女一样难看么？"说时，样子稚真可爱。藤壶皇后忧伤道："式部难看是因年纪老了，而我要将头发剪短，穿上黑衣，像那守夜僧[1]般。而且从此与你见面的时机更少了。"孩子认真说道："以往那般长日不见已难舍难解，又怎可如此呢？"说罢，将头转向一边，竟掉下泪来。皇太子渐渐长大，声音容貌及说话口吻，俨若源氏那般，只是牙齿略被虫蛀，口内有些黑点，其神情同女孩一般秀气。藤壶皇后见他极似源氏，更是担忧伤心，生怕被世人看出，于太子不利。

源氏大将虽然恋慕藤壶，但见她如此无情，便故意闭门不出不加理睬。这一来，又深恐外人由此评议，他便决定前往云林院佛寺游览，以赏玩秋野之色，打发无聊时光。亡母桐壶更衣之兄是个僧人，因此源氏在此礼佛诵经，滞留了两三日，倒也玩得高兴。其时木叶凋零，如片片红霞飞舞，原野清丽动人，源氏大将便在此时召集了一些学识渊博的法师，领教问道。他因受此地此情感染，更感到人世沧桑，每每彻夜难眠，正如古歌云："破晓望残月，恋慕负心人。"却又想起那个人来。黎明时分，诸法师乘月色栽花打水，杯盘发出的声音叮当可闻，浓艳不一的红叶及菊花散于各处，景象不乏幽雅。源氏大将不由得想："这般修行，既不寂寞，来世又可得善报，人生还有何烦恼呢？"律师舅朗诵"念佛众生摄取不舍"之声，源氏公子羡慕不已，心想："我不如就此出家罢了。"一转念，又不由想起那紫姬来。方觉离开紫姬日久，他便不断写信前去慰问，其中一封信道："我本欲尝试能否就此脱离尘世，但难以抚慰寂寥之心，反觉乏味不已。现在尚有听

【1】在古代日本，天皇或皇后的寝宫外面，有通宵诵经以保平安的和尚，称为守夜僧。贵族人家也用守夜僧诵经祈福。

讲之事，一时不能返回。你近况如何？甚念！"又附道：

"身居尘世如朝露，

岂将悬念寄山岚。"

紫姬读得信中细节，忍不住涕泣流泪。在一张白纸上复道：

"露草蛛丝萦萦绕，

风吹丝断飘零零！"

源氏大将一见此信，便自语道："她的字越发出众了。"读信时，竟露出了微笑来。因常有书信往来，受其影响，其笔迹颇似源氏大将，而新近又越发秀拔妩媚了。源氏大将见得紫姬有如此长进，甚感欣慰。

却说朝颜已当斋院，且云林院与其所在的贺茂神社甚近，源氏大将便写信与她的侍女中将君诉恨道："而今我旅居荒野寺，仰望长空，心中寂寞惆怅，甚念故人，不知能否蒙斋院体谅？"另赠诗斋院道：

"窃忆当年秋日时，

恐渎禅心未敢言。"

古歌：'安得韶华似流水，夙昔之日今再来。'虽知言而无益，却渴望昔日重来啊。"言辞恳切，似如故交。写罢，挂于白布上，再系上杨桐枝，视若神明。中将君回复道："如此隐居，寂寞难耐；追抚往事，遐思无穷，却深感无奈。"写得格外用心。斋院则在白布上题诗道：

"当年未有劳心人，

缘何含情伫往昔？

恐是你我今世无缘了。"源氏大将看后，想道："她的字体虽不甚纤丽，字里行间却很见功夫，草书也甚不错。想来，她长大后，一定更加秀丽动人了吧？"如此一想，便心知有辱神明，顿时惶恐不安。他想起去年今日之伤感秋夜，在野宫会晤六条妃子的情形，不料今夜重演，甚觉奇妙，又怨恨神明作阻。他转而又后悔地想："若当年执意追求，也未尝不能到手。"斋院深知源氏脾性，因此偶尔回信时，言辞也并不特别强硬。

源氏诵读《天台六十卷》[1]。每遇不解之处，便请法师释解。法师道："此

【1】佛典，《玄义》《文句》《止观》《释签》《疏记》《弘决》各十卷。

番盛会，佛面定生光彩，全赖本寺平素所积功德。"言语间，法师不由露出无限喜色。山寺中闲适自在，避去世间尘事，源氏大将一时竟懒得想家了。然而想到紫姬，久居山寺之念又有些动摇，于是打点行装意欲下山。临别时，酬劳诵经之费异常优厚，众僧均有赏赐，连附近寻常人家亦获布施。他还做了一番功德方才离去。山野农夫咸集路旁，人人目送车驾，感恩落泪。源氏大将身着黑色丧服，乘坐黑色牛车，并无富贵华丽之色，众人隔帘望见帘内那端庄的仪态，皆赞不绝口。

源氏回至家中，见那多日不见的紫姬举止端正，越发出落得娇柔美丽了。然而她面露忧色，显然是在为自己今后的命运担心，惹得源氏更加怜爱。紫姬近来总是无端凝思，因此所作之诗，多用"变色"等词。源氏大将心中愧疚，故今日归家，对她比往日更为亲近。他见从山寺带回的红叶比庭中红叶更浓更艳，心想与藤壶皇后久不通问，有些不好意思，便将这些红叶送与她，并附一信与王命妇道："闻娘娘入宫探望太子，甚感欣慰，不知太子可好。久不问候，实乃有因。但两宫之事，并不敢忘却，只是诵经礼佛寺中，定有日数，倘中途退下，人将谓我心地不诚，因此至今日方才返家。艳美之红叶，'好似美锦在暗中'，我独自赏惜，甚是珍爱。如今送上，聊表寸心，务请娘娘一观。"

这红叶的确美极，吸引藤壶皇后注目。却见枝上如往日一般，缚得有一小小的信札。藤壶皇后一时惊呆，恐众侍女见得，遂想："此人痴心不改，实在让人担心。他虽小心谨慎，却未免狂痴。倘叫外人见得，会作何想呢？"便将红叶插入花瓶，置放于檐下柱旁。

源氏大将收得藤壶皇后复信，均为日常小事及有关皇太子备求请托等事，乃严正复礼之信。他见后，便想："这般谨慎，甚是少见！"心中不免惆怅。转而一想自己过去对皇太子百般疼爱，若如今有意疏离，外人必起疑心，便决定于藤壶皇后出宫那日前去探望。

源氏大将入宫，径直觐见皇上。其时朱雀帝正闲觉无聊，遂与他共谈古今沧桑。朱雀帝相貌酷似桐壶院，却更俊艳，性情也温和雅致。二人对坐，互诉丧父哀痛。朱雀帝对源氏大将与尚侍胧月夜之间的私情早有耳闻，也已从胧月夜举止间有所觉察，但一转念："亦未尝不可。倘是尚侍入宫后才有此举，确不体面。既然关系早已界定，又那般情投意合，倒亦无伤大体。"故并不怨恨源氏。二人倾心长谈。朱雀帝向源氏请教学问中的疑义及诗中恋歌，六条妃子之女斋宫赴伊势一事亦顺便谈及，且对斋宫之美貌赞不绝口。源氏大将亦无所顾忌，备述当日黎明于野宫访晤六条妃子的情形。

是夜，月亮迟迟升空，万物清幽，甚是迷人。朱雀帝道："饮酒作乐，此乃妙时！"源氏大将却起身告退道："藤壶母后今夜离宫，臣拟赴东宫探询太子。父皇留下遗诏，嘱臣辅弼太子，且太子亦无别人怜护，理当悉心照顾，况缘于太子情分，亦宜体恤母后。"朱雀帝答道："父皇遗训，我亦不曾忘，然又不便宣扬于世，唯存于心。太子尚幼，而笔迹已见精工。我万事愚钝，然有太子，亦觉荣耀了。"源氏大将又道："值此看来，太子实是聪慧过人，颇晓事理，竟如成人一般。然毕竟仅有六岁，尚且年幼。"遂详奏太子日常起居，退朝返邸。

头弁乃弘徽殿太后之兄藤大纳言之子，自祖父右大臣专权以来，遂狂妄自大、目中无人。其时，头弁前往探视其妹丽景殿女御[1]，源氏大将前驱亦由后赶上，低声喝着。头弁便喝车停下，于车中不慌不忙诵道："白虹贯日，太子畏之！"[2]讥讽源氏将有事于朱雀帝。因弘徽殿太后怨恨源氏大将，平素亲信亦不时嘲弄他。今对这讥讽，源氏甚为难堪，唯佯装无事，默然行过。

源氏径入东宫，藤壶皇后尚未离去。源氏遂请侍女传奏："因参见皇上，至此深夜方来请安，万望见谅。"时值月色朦胧，源氏大将的到来，令藤壶皇后忆起桐壶院生前的情景：昔日如此良宵，定然歌舞升平，其乐陶陶，而今殿宇楼台依然，世事沉浮，不胜悲哀。触景伤情，遂赋诗，命王命妇传与源氏大将：

"明月迷蒙浓雾起，

空自遥慕饮仇怨？"

源氏大将隔帘依稀闻其叹息之声，往日对皇后的怨愁即刻荡然无存，倒觉亲近无比了，遂答道：

"清辉不减金秋色，

夜雾迷离冷我心。

'霞亦似人心，故意与人妒'，于这事理，昔人不亦痛恨么？"

太子平素睡得很早，今因母后即将离去，却尚未就寝。藤壶皇后亦不忍分

【1】丽景殿女御是朱雀帝的妃子，也是他的表妹。

【2】战国时，燕太子丹派荆轲刺秦王。燕太子后来看到天现"白虹贯日"的异象，疑心这是失败的征兆，因而心中非常害怕。

别，万般叮嘱，无奈太子尚幼，不能深切体会，母后甚是伤感。出宫之时，太子伤心饮泣，母后心中亦无限怜惜。

自头弁那天对源氏大将诵那词句以来，源氏每每想起，甚觉世途艰险。他便为昔日荒唐之事痛悔不已，深以为戒，因此，久不曾与尚侍胧月夜通信。一日，时雨忽至，秋意凄凉，竟然收到胧月夜一信，源氏有些诧异，但见诗吟道：

"秋风厉时音信绝，

寂寞无聊历岁月。

此时节真教人触目生悲啊！"料想那尚侍寂寞难耐，方才私下写此诗送来，真是可怜。源氏大将便令使者稍作等候，即命侍女打开橱来，选出一张特等中国贡纸，精心挑选笔墨，那神情庄重严正，却甚为俊雅。左右侍女不免惊讶，互相牵衣递目，低声议论："究竟写与谁呀？"唯见源氏大将写道："纵使书函纷复，终是无济于事。为此自责戒深，已觉心灰意冷。正思忍得此愁，岂料来书忽至。

莫将别时伤离泪，

看作空秋寻常雨！

愿得两心相映，纵使凝眸苍穹，以遣怀送忧。"绵绵衷情，实难倾诉。

来信诉怨之女何止此例，真是不胜枚举。源氏大将却未动心，仅做了缠绵悱恻的答复。

却道藤壶皇后决计举办一次法会，日子定于桐壶院周年忌辰之后，届时请高僧讲演《法华经》八卷，眼下正悉心准备。十一月初一国忌这天，忽降大雪。藤壶皇后接到源氏大将一诗道：

"别已一载尤悲伤，

何日得见梦里人？"

是日举国齐哀，藤壶皇后即刻回诗一首道：

"苟延残命悲欲绝，

痴心恋慕百日恩。"

写得不甚用心，其笔迹亦不新颖，然于源氏大将眼中却格外优雅美妙，意趣自蕴，许是心理所致。但此日源氏大将已摒弃一切情结，只潜心经佛，任那泪水同融雪滴淌下来。

十日后，《法华经》八卷开讲。其场面恢宏盛大，庄严异常，持续了四日。经卷皆装潢精美：玉轴、绫褾均极其讲究，甚至缚卷所用的竹席，其装饰亦精致无比。平素这藤壶皇后对琐屑细事很是看重，今日此等大事，自是愈加慎重，那佛像饰物及香花桌布，皆使人仿自西方天国。首日追荐先帝[1]，次日祈福母后，三日追荐桐壶院。此日所讲的《法华经》五卷，尤为重要，公卿大夫不管右大臣之疑忌，皆来听讲。讲师亦为道行卓越的高僧，开讲前，先诵唱"采薪及果蓏，汲水供佛勤。功德无量时，知解《法华经》"。照例这几句，不过，今日却诵得尤为庄严。诸亲王等各各进献贡物，唯源氏大将所贡之物，与别人迥然不同，显然是另富深意。

很快就是法会最后一日，藤壶皇后竟于佛前立誓，要求削发为尼。一言既出，满座皆惊，连其兄兵部卿亲王及源氏大将亦颇感意外。本来其兄在法会开讲之前便起身入帘苦苦规劝过，然而皇后决无悔改之意。许愿完毕，皇后遂宣召比睿山住持为自己受戒。皇后伯父横川僧于无奈之中，只得亲自为她削落青丝，一时廊前殿下尽皆激动，无不用襟衣拭泪。

面对落发遁世的恁般凄凉光景，即便微不足道的老人，亦不免隐痛难忍，何况是风华鼎盛的藤壶皇后突然立誓自个儿要遁入空门，岂不令兵部卿亲王等悲声恸哭？凡与会之人，皆被这悲切而庄严的氛围感染了，无不沾襟洒泪而别。桐壶院众皇子忆起藤壶皇后往昔的雍容富丽，尽皆悲叹不已。唯源氏大将若有所失，直至会散后仍枯坐于席，但又恐旁人起疑，只得于兵部卿亲王告退后方来问候。众侍女集于四处，悄然拭泪，其时众人已次第离去，院中煞是清静。恰逢明月当空，夜雪初霁，庭前景致更为凄清。身临此景，往事联翩，源氏大将悲痛不已，唯强作镇定命侍女传问："皇后因何事而断下此念？"皇后仍遣王命妇答道："此志已久，非一时糊涂。未曾提及，实因深恐人言烦扰，迷惑我志。"帘内众侍女举止起居，及恐惧惊叹之声清晰可辨。源氏大将寻思："如此看来，不曾告知，颇有道理。"越发悲痛不已。

窗外寒风瑟瑟，屋内佛前香烟缭绕，更有源氏大将的衣香浓郁，教人如置身极乐净土。皇太子所派使臣此时亦匆匆赶至，又令藤壶皇后忆起前日惜别太子时那难舍的情状，她虽志向坚定，亦悲痛难忍，竟一时答不出话来。源氏大将见状只得代言其辞。此刻，堂内众人尽皆颔首默言，源氏大将欲畅言不能，唯吟诗道：

【1】这位先帝，是藤壶皇后的父亲，是桐壶院之前的天皇。

"清光如月心平静，

　　世累[1]羁身我自悲。

既作此想，实乃怯懦感伤。君之志向，令我自惭形秽，由衷羡慕！"侍女皆集于藤壶皇后身旁，无奈源氏大将万般情意，不能得以倾吐，只觉烦闷异常。藤壶皇后答道：

"今世红尘均看破，

　　决绝缘断待何时？

一丝浊念尚存，又若何哉！"此诗看似侍女改过。源氏大将不无悲伤，遂匆匆隐退了。

　　源氏大将没有回到西殿，而是径自去了二条院私邸。他进得内室，话也不曾多讲便和衣而卧了，孰知夜不能寐，遂深觉人世之厌恶。唯有皇太子一事总也挥之不去，他便想："当初父皇在世时，特封藤壶妃子为皇后，以作为皇太子的庇护者。岂料她竟苦于世间烦痛，半路削发做了尼姑。今后恐再无缘攀居高位了。若我也摒却太子，恐怕……"他思虑不已，直至天明方昏昏入睡。一觉醒来忽然觉得自此以后，便要为这出家之人增添用度了，他忙命下人从速调配，务必于年内备齐。从此，源氏大将顾忧减少，就有机会与皇后面晤了。虽然他对皇后的爱恋未曾全然忘却，但值此境地亦奈何不得。

　　且说国忌过后，新年伊始，宫中又恢复了过去那般繁华盛景，内宴踏歌等会也开始陆续举行。藤壶皇后闻后深觉悲哀，唯潜心勤修梵行，以祈祷后世幸福。旧有经堂保留如初，在离正殿稍远一隅的西殿南方，又重新修得一经堂，她便日日于此虔心修行。

　　源氏大将照旧前来拜年。但见宫中人孤影只，一派寂寥，毫无新年气息，唯有旧时所差宫女埋头闲坐，许是心绪所致，略显凄愁。正月初七为白马节会，照例有白马来此，聊可观赏。往昔新春，此三条宫邸，定有无数王侯公卿前来贺岁，而今却门庭冷落，众人皆云集右大臣府中了。是此世人炎凉之态，实在难以言表。然源氏大将不避前嫌以无畏英姿之态专程前来拜贺，却足可以一当千，令宫邸上下莫不感激涕零。

【1】"世累"是指俗世中尚有皇太子让藤壶皇后不能六根清净，源氏借皇太子之故，极力劝阻她出家。

再说，源氏大将目睹此番颓败情景，亦无言可语。室内景象也早已不同往常：帘与帷屏垂布皆换成了深蓝，众人衣袖或淡墨或赭黄，清丽素雅，唯有池面薄冰及岸边青柳略显春意。源氏大将极目四望，不禁感慨万分，低吟古歌："久闻松浦今始见，栖居渔女甚可恋。"神情甚是洒脱。随即继续吟道：

"浦岛小屋渔女[1]悲，

谁知更有垂泪人。"

藤壶皇后的居室中，四下都是佛具，离宝座处不远，由是二人靠得较近。只听皇后答吟道：

"浦岛[2]已非昔日景，

浪蕊飘至倍是珍。"

虽在帘内，声息尚可辨闻。源氏大将极力隐忍，怎奈自己终难控制，泪珠如串线般滑落。但唯恐被离俗的众尼姑瞧见，他只略略倾诉了片刻便起身告辞了。

看着源氏大将远去的背影，三条宫邸中的几个年老宫女不由噙泪赞叹："孰知公子年事稍长，姿态倒越发优雅了呢！料想他往昔权势鼎盛之时，那天下唯我独尊之气度让我等均暗自思忖：如此之人，何时尚能明了世事人情？不料如今竟变得恁等贤良恭顺，即便些许小事，亦能细致入微。倒是令人怜悯他呢。"藤壶皇后闻之，不禁沉入到种种旧事中去。

再说，于春月中举行的任免官吏仪式，照常理或以皇后的地位，皇后手下之人均应授予应得职位，可而今竟连应提拔之人也未得到半点好处，实在令人愤慨。更有甚者，朝廷以皇后既已出家，未曾让出职位和薪金为由，削减了皇后的待遇。皇后自身虽对此生此世无所眷恋，但众宫人尽皆失去所倚，唯有慨叹命薄运苦。大家如今目睹于此，虽亦甚感愤慨，然而一转念，既已置身外，也实是无能为力。于是，她唯寄希望于太子，望其早日继位。因而更加矢志不移地尽心修佛。再说，藤壶皇后因皇太子身世不可告人[3]，让人忧惧甚深，故她常于佛前祈祷："所有罪过皆归奴身，乞请宽恕太子无事。"虽经忧恼无限，独以此慰余生。源氏大将能体察藤壶皇后的良苦用心，也嗟叹不已。他也为自己殿内人员也若皇

【1】日语中"渔女"与"尼姑"的发音都是ama，所以此处用渔女暗喻藤壶皇后。
【2】浦岛暗指皇宫，这句话表示物是人非的意思；浪蕊则指源氏。
【3】如果有人发现皇太子不是桐壶院的儿子，必然会被废去太子之位。

后宫中人，遭得不公之待遇，遂觉世间无甚意趣，整日闭门不出了事。

且说近日左大臣事事均不如意，心中郁郁不乐，遂上表奏请辞职。新帝忆起此臣昔日深得桐壶院宠信，一贯视为后援人，且留得有遗嘱，望其日后能长期为国家出力，故不允其退职。他屡屡上表，均被退回。孰料左大臣心志亦坚，再三挽绝，仍不理朝纲。自此右大臣一族统领朝纲，尽享荣华。可怜一代贤臣，竟如此心灰气丧地遁迹于草野了，朱雀帝不免叹惜。世间有识之士，亦皆哀叹惋惜。

那左大臣家的众位公子，人人忠厚沉稳，昔日颇得重用，如今遭受此番打击，个个意气消沉。三位中将[1]素与源氏大将交好，如今亦宦场失势。三位中将昔日虽与右大臣家四公主有缘，只因其对妻子一向冷淡，故右大臣并未将其纳入爱婿之列。对此三位中将尚能自知，因此也全不存有恨意，况见源氏公子整日闭门在家，料知世事不可逆转，自己的不幸也就不足惜了。故他常与源氏大将晤面，共研诗学，或摆弄弦乐。以往二人常常热烈竞技，如今也是如此，于些许小事上较劲，聊以消遣时日。

除春秋二季的诵经外，源氏大将还常常临时举办些法会，邀召闲寂无事的文章博士前来，与其咏吟应对，或玩掩韵[2]游戏，以此打发时日。只不知成日如此玩乐游戏，世人又要多出些什么评语来。

且说夏日，一天雨意绵绵。三位中将闲觉无事，遂叫人拿出众多诗集，一并奔赴二条院来竞赛。源氏大将欣然应允，命人打开殿内的藏书库，从中择出众多稀世珍本。事先虽然并未张扬，但还是召来了众多殿上公卿、大学寮博士等精于此道之人。众人分列左右，相向落座，做掩韵游戏。一时间二条院热闹异常，其间不乏偏僻绝离的韵字，甚难补对，常常令得有名望的博士也狼狈不堪。源氏大将不时加以点拨，足见其学问才思之敏捷精深。这使得在座的诸位啧啧赞叹，相互私下论道："原来大将竟有如此雄才，倒像是修来的福慧，事事高人一等呢。"赛罢，自是左方源氏挫败右方三位中将。二日后，三位中将举行宴会，以酬认输之理。其场面虽不奢华，然各类食物却非比一般，且盛食所用桧木箱皆优美异常，又有各类奖品。是日依旧显贵云集，又吟诗赋文，盛况不表。

这天，适逢庭前蔷薇初绽，景致自不比春花秋月减色。众人纵情欢娱，调

【1】三位中将即以前的头中将，左大臣之子，葵姬之兄。
【2】掩韵，是将古诗中叶韵字掩去，让人猜度补出，以优劣来定胜负的游戏。

弦弄管。有一个叫红梅的童子，年约八岁，系三位中将之子，由右大臣家四女公子所生，聪慧异常、姿容秀美，平素深得外祖父疼爱。其嗓音出众，善奏笙笛，众人皆为其悠扬悦耳之音倾倒。众人酒酣意浓之际，这童子唱起了《催马乐·高砂》[1]的曲子，优美无比。源氏大将宽下腰间绣带，合衣赐于童子。他颜面容光焕发，身着薄罗常礼服及单衫，露出美妙肌肤。几位年老博士遥瞻之，感激涕零。当童子唱至"貌比初开百合花"一句时，三位中将敬酒一盏，吟道：

"瞻望歌中君侯貌，

　胜似今朝百合花。"

源氏大将颔首微微一笑，接过酒盏，应对道：

"百合花开不适时，

　转瞬败谢夏雨中。

我已显衰老了！"憨态可掬，并借故说笑。中将强为所难，频频劝酒。其时乘着酒兴，所赋诗词甚众，亦不乏即兴草率之作，故此处略过不表。

　　单说诸人众口一词，皆作和歌或汉诗恭奉源氏大将。源氏大将自是情不自禁，得意忘形，吟诵："我文王之子，武王之弟，成王……"[2]这种自比虽是恰当不过，然成王为何人，触及心中隐事，未续诵下去。公子唯觉心中愧疚。

　　兵部卿亲王为藤壶皇后之兄，也素为源氏座中常客。他擅长吹奏及歌舞，亦是狂浪不羁、风流倜傥，自与源氏大将相合。

　　再说那尚侍胧月夜，近日身患疟疾，为祈咒诸事之便，遂搬至娘家右大臣宫邸。法事讫，病情痊愈，家人自是欢喜。尚侍却视其为天赐良机，遂秘密相约源氏大将，以谋得夜夜相守。她本当风华之年，虽病体初愈，而略显羸弱，然不减当初风韵，仍是楚楚动人。其姐弘徽殿太后，近日回娘家同住宫邸，耳目众多，约会更增危险。而源氏大将脾性如此，愈是艰难，愈要迎头而上，故夜夜偷欢，竟无遗缺。这一切，自然难掩他人耳目，然邸内之人均怀顾虑，未曾将此事传于

【1】《催马乐·高砂》："高砂峰上花柳香，好似贵家两女郎。我要两人做妻房，好似两件绣罗裳。不可性急徐徐图，定可会见两姑娘，貌比初开百合花。"此外，后面的"胜似今朝百合花"中的"今朝"为一语双关。

【2】《史记·鲁周公世家》中，周公曾经告诫他的儿子伯禽说："我文王之子，武王之弟，成王之叔父。我于天下，亦不贱矣。"对于源氏来说，他是桐壶之子，朱雀之弟，但不是皇太子之叔父。所以吟咏到这句时，骤然停止。

太后。右大臣自是无所知觉。

忽一夜，雷电交加，大雨滂沱。翌日晨晖，诸公子及太后众侍从咸赶来相互探望，人声嚷嚷，耳目甚众。侍女皆惧雷雨，故集于帷幄近旁。源氏大将无可回避，甚是尴尬。直至天明，胧月夜寝台帐外，侍女仍是众聚，二人更觉心寒。侍女中仅二人详知内情，然此时亦了无主意。

稍后雷鸣渐停，雨势略减。右大臣特地赶来弘徽殿太后室中探视胧月夜，阵雨声淹没了其行迹，二人竟未知觉。他贸然走进室内，撩起帘子问道："你睡得可好？昨夜雷雨好大，为父甚是担心。众皇兄及太后之侍臣已前来问候否？"右大臣说此话时，言语粗重急促，全然不似一贵人。源氏忆起左大臣之威仪，再细与此右大臣较之，虽此情急之中仍不觉微微讪笑："何必于帘外偷窥呢，理应坦然入室再开口不迟吧。"

胧月夜羞得满面红晕，情急间只好屈膝前行至寝台之外。右大臣视其如此模样，以为是在发烧，便急切地问道："瞧你气色尚差，想必有生魂滋扰吧？"忽然他见一条淡紫红色男带缠于其身，甚是惊讶。他又见一张赋诗用的怀纸落于帷屏边，心下不由一怔，便赶紧追问道："这是什么？怎生在此，拿来与我瞧瞧。"胧月夜急忙回头方才察觉，自知此事已无法遮掩，顿时唬得魂已出窍。倘是稍有涵养之人，也应体谅女儿，顾全一时颜面，哪知此人性情躁直，不顾私情。他丝毫不作思考，便愤然上前拾得那怀纸，乘机向帷屏后搜索。只见一个端庄的美男，正无所顾忌地横卧于女儿榻旁，此时方微微拉过衣衫算是遮掩。右大臣义愤填膺，然又不便当面发作，仅觉头昏脑涨，拿起怀纸走出房门。胧月夜早已两腿发颤，瘫作一团。源氏大将心中懊悔，想道："一贯如此，这下定难逃脱世人的指责了！"然见此女可怜兮兮，唯有稍稍安慰一番才是。

右大臣本性直率，且正值年老，无语可藏于心，故而毫不犹豫，竟将此事告知了弘徽殿太后，并忿然道："竟有这等事情！视其手笔，分明出自源氏。看来此前他们早有其事了，只怪我当初重其人品，并有言在前将幼女许配与他，故不曾发难。如今他神情竟恁般孤傲，真是令人愤慨。再则我一心期盼此女入宫能达女御之尊，不再屈居尚侍之职，遂我一段心愿，岂知她竟敢做出此等辱没皇门之事，真叫人无可容忍！好在朱雀帝乃宏阔胸襟之人，定会不计此嫌，多加鉴谅，然入主女御之位已是奢望。再者，朝颜虽已入主斋院，也敢冒犯神灵，暗地鸿雁传情，且不知悔改，外人亦已知晓这等辱没神明之事。我想此人也不致如此糊涂，做出为天下人所难容忍之事，且其乃世中不凡之士，才学超凡，风靡朝野，故我从未究其怀有何等居心，孰知……"

弘徽殿太后为人本是狠辣，闻父此言，不由怒形于色，答道："我儿徒留皇帝之名，其实遭人冷落。只怨那已退职的左大臣，当初不允爱女嫁与皇兄太子，执意要下嫁与为臣之源氏，同衾时源氏尚不过十二岁弱冠呢。送六妹入宫，我早有此意，却先遭源氏糟蹋，而众人不对此存有异议，一致偏袒他。如今六妹仍得辱居尚侍之位，不能荣享女御尊位。我心恨恨，定设法使之荣升，主掌后宫，以雪耻辱，岂料六妹却不识大体，一心追随那悦己之人。如此看来，那他与斋院朝颜之谣传，亦定有其事了。总之，源氏嫌恶朱雀帝，偏护皇太子，望其早日身居高位是真。此事显而易见。"她痛快淋漓，丝毫不顾，反弄得右大臣觉得有损源氏，懊悔自己不该多言，遂暗自感叹："不该将此事告知她呢。"便婉言加以劝解。

"长女言之固然有理，但此等家丑，尚不必启奏皇上。定是你六妹前番过失，皇上并不深责，仍为宠幸，故此次胆大妄为，才做出这等风流事来。不若暗自训诫，如真不知悔改，容老父再作计较吧。"弘徽殿太后虽听得父亲如此说，怨气仍未消除，一转念："这源氏也真是目中无人，竟然敢寻花问柳于我这弘徽殿府邸，分明是有意侮辱我等，此次冤屈实在饶恕不得！"于是越发愤恨，倒觉得此番抓得了把柄，便考虑起如何惩办那源氏来。

THE TALE OF GENJI

VOLUME 11
第十一回
花散里

有道是：柔情自古多愁怨，罪孽多自怨中生。此言于那源氏公子，实在恰当不过。如今世易时移，平日间一举一动，源氏皆觉徒增无限愁绪。于是，他便心如散坞，时时萌发出了轻生之念，但世间尚可留恋之事亦多，一时却也难以尽舍。

且说有一丽景殿女御[1]，自桐壶院驾崩，门庭日渐冷落，孤苦无助，平日幸得源氏大将顾怜。其三妹花散里，在宫中之时曾与源氏公子有过风月之事。公子平素钟情，只要与女子初次见面，定会永世不忘，然又似非真情，总与之若即若离，使得那些女子个个魂牵梦绕，相思无尽。近来，源氏公子心情寂寥，便又思念起这位孤独的情人来，且竟是越发不可忍耐。他便于五月梅雨时节某一艳阳晴日，悄然前往花散里处。

他素服前往，也不使人通报。途经中川时，见得路边一所小宅，院中林木森森，颇得雅趣，阵阵筝琴合乐之声隐隐传出，幽艳入耳，源氏公子不由驻足停歇。车离院门甚近，他便将头探出车外，向那门里张望。院内桂树正当花开，幽香顺风飘出墙来，直让人遥想起了那贺茂祭时节的葵花与桂花。他见得四周景致，忆起此处即为昔日心驰神荡、一夜风流之所，不由触景情生，微叹道："阔别日久，未知那人可曾记得我来？"不免气馁，但又不可过门不入，一时竟踌躇不决。正当此时，忽闻得杜鹃凄凄啼叫，恰似有意挽请行者，源氏公子遂复回车，遣惟光上前传诗一首道：

"杜鹃遥啼留行人，

忆得绿窗私语时。"

惟光听得正殿西厢房内住着不少侍女，其中几个声音甚为熟悉，便清了嗓音，传吟起公子的诗句来。诸青年侍女，一时似不明白此诗赠与谁。只听得里面答诗道：

"啼鹃啼鸣乃依旧，

梅雨帘中不辨人。"

惟光只道是对方故作不知，遂答道："妙句妙句，此叫'绿篱依依两不分'[2]。"说罢，便走出门去。女主人见此，叹息连连，难以表述，分明遗憾不已。她心中似已钟情于某一男子，又有所忌讳，也算情理中事。惟光不便多说，便径自去

【1】此为桐壶院的妃子，是朱雀帝的后母。
【2】出自日本古歌：树头花落变浓荫，绿篱依依两不分。

了。此时，源氏公子倒忽然忆起筑紫那舞姿翩翩的五节来[1]。尚觉此等女子中，数这五节最为可爱。源氏公子于那个"情"字，费尽了苦心，凡与其有过交往的女子，即便历经数年，亦深怀不忘，岂料这倒成了众女子的嗟怨之由。

却说源氏公子到那丽景殿女御宫邸，但见院落凄清，人声寂寂，光景实在令人伤感，怜悯之情不由顿生；见到丽景殿女御，与其倾诉当年桩桩亲情及别后相思，不觉便更深夜静了。后夜月似悬弓，皓然当空，为院中巨树投下簇簇暗影；侧畔橘木不时送来缕缕清香，沁人心脾。女御虽是年长，桐壶院宠幸已复不再，却仍旧端庄秀丽，犹不失当年风韵。忆起往昔种种情状，竟如就在昨日，公子不禁泪湿巾衫。先前篱垣边那只杜鹃随了而来，鸣声清脆入耳，竟与刚才全然不同。源氏公子颇觉情趣，遂低吟古歌："子规岂知人忆昔，啼时却作昔年声。"接着吟诗道：

"子规夜啼芬芳树，

　　同入橘枝花散里。

追思往昔，感伤无限，唯得探望旧人，以慰吾心。然旧情未了，新恨遂生，世间人情冷暖，难觅共语往昔之人啊！如此凄苦清冷，可如何是好？"

女御得此愁绪，也不觉黯然神伤，倍觉世事无常，人生坎坷。此人气度高雅，雍容脱俗，感伤之容牵人心肠，只听她吟道：

"寂寂荒园本无客，

　　檐前橘花引人来。"

仅此两句作答，实是高妙至极。公子暗暗感慨："此等精明女子，谁能与之相比呢？"

辞谢女御，源氏公子佯作顺道，踱至西厅花散里居所前，往室内观望。有道是：最是女子多情痴。花散里久不曾与源氏相见，如今见得这薄情郎，便又被他那绝世美貌所房获，种种积怨尽皆忘却。而源氏公子，仍是情深意笃，频诉种种别离之苦，想必并非逢场作戏。除这花散里外，与源氏素有交情的女子，皆各有其独到的动人之处，往往初次见面，便两情相悦，依依不舍。即使有如适才中川途中所遇，久别疏离弃他而去的薄情女子，公子亦视若人世常情，不足为怪，此种爱恋，真个世上少有。

【1】筑紫是九州的别名，五节是筑紫太宰大式之女，即源氏乳母之女。

THE TALE OF GENJI

VOLUME 12
第 十 二 回
须 磨

且说源氏公子屡经不甚如意之事，遂感前路渺渺，不知何往。他虽强作潇洒，隐忍以行，又恐将更遭不测厄运，便决意暂离京都，谪居须磨[1]。须磨这一地方，现已人迹罕至，可自古却为名人异士闲居之地，只是近世荒落下去了。欲借住繁华之地，却有违避居常理；远离京都，又怎能忘怀故土与难舍之人？源氏公子左右为难，一时竟举棋不定，没了主张。然事已至此，不容他另有选择。

源氏公子即将辞别京都，心中越发悲哀。在他看来，京都这地方虽令人厌恶，可一旦离去，何日可返？心中实在有些割舍不下，尤其是那悲悲切切、愁眉紧锁的紫姬，委实让他痛心疾首。往常哪怕小别一二日，紫姬也寂寞不堪，他更是魂不守舍，何况此次分别，不知归期。恰如古歌云："离愁别绪不堪尽，日思夜盼得见时。"世事变化无常，此番是否成为永别，亦不得知，真叫人肝肠寸断。他有时又想："不如暗中让其随行，可否使得？但携了柔弱无比的紫姬，行于惊风骇浪、晓风残月的荒凉海边，却又如何忍心！"只得将此念打消。孰知紫姬却道："即便奔赴黄泉，我亦欣然伴君同往。"她怨源氏公子优柔寡断。

花散里亦心下为公子惋惜不已，平素因生计全托公子照拂，故其悲叹亦属情理之中。其余与源氏公子偶有一缘而黯然神伤的女子，更是不计其数。

藤壶皇后出家为尼后，虽恐世人说三道四，身遭非议而事事慎微，然亦暗中传情于公子。源氏公子想道："若平日能有这番情义，我定不负你。"继而抱怨地想："定是前世积下的孽缘吧，让我为其受此煎熬。"

源氏公子这次未对外宣布行期，打算仅带七八位亲近侍从，于三月二十日，秘密离京。临行前，他仅写了情意绵绵、语气深长的几封信，悄悄送至几位挚友处，算是作别。其文采之厚重，仅因本人心绪低沉而无意记述，实为憾事。

行前二三日，源氏公子悄悄去得一趟左大臣官邸。他乘一陋朴的竹席车，外观甚似侍仆所用，行动之小心，令人心生同情，外人见状，犹如置身梦境。他进入葵姬旧室，顿觉不胜凄凉。小公子的乳母及几位旧日侍女，此次与源氏公子久别重逢，无不欣喜异常，纷纷前来拜见。源氏公子神态颓唐，令见识甚少的年轻侍女们，也顿悲世态炎凉，一时竟也泪眼蒙眬。那小公子夕雾，生得眉目俊秀，闻父亲到来，喜出望外，急急跑了进来。源氏公子一见，道："多日不见，尚还识

【1】须磨位于神户西面的南海岸。此时源氏备受折磨，自愿远离京都，谪居须磨。

得父亲，真乖！"遂抱起置于膝上，甚是怜爱。左大臣亦出来会晤源氏公子。

会晤间，左大臣道："我闻婿近日闭门不出，本欲前来访晤，叙聊昔年旧事。唯恨老夫因病体不适，辞官还家，不再问政事，而老朽之身，频出内外，恐世间传言，说我怠公急私。老朽已隐身遁世，不问世事闭门修身，然权臣当道，实为可憎。今闻爱婿暂将别离，老朽睹视此等横逆，很是伤心。世途艰辛，无言以对！即便天地灭绝，尚难料及。今逢此世，简直无可慰藉！"

源氏公子道："此等罪孽，皆前世报应。究其原因，实咎由自取。虽偶犯小过，理当甘受国法。倘不自惩，而苟且存世，亦为法令所不容，况我之过失，古有流配边远军州的例子。若自恃无愧于心，泰然处之，实虑后患无穷，或将身受重辱，也不曾料。"

谈起往日情分、桐壶院及其对公子的无限护爱，左大臣不禁老泪纵横。源氏亦只得赔泪而叹。唯有小公子无忧无虑，走来走去，时而依傍外祖父，时而亲昵父亲。此情此景，左大臣更为忧伤，叹道："只是此儿尚幼，若长期绕于我等膝下，不能得亲父慈爱，我于心不安，即便古人触犯刑律，亦不当身遭如此重责。爱婿这莫名之罪，想必是前世造孽。此等狱罚，老夫不甚明白，理由何在，实在恼人。"

在座的三位中将与公子轮番把盏，至夜幕方散。是夜，公子留宿于此。旧日侍女皆来伺候，叙些旧事。其间有一个名为中纳言君的，素日暗得公子宠幸，又不便直言，此刻内心自是悲切。源氏公子见她这番模样，心中暗暗怜悯。夜已入定，众人尽皆安歇，唯有这中纳言君，与公子喁喁私语。源氏留宿此处，恐怕意在此女吧。

天破晓时，夜色尚浓，公子便准备启程。院中残月冷照，凄清萧索，樱花盛期已过，枝头残红点点，雾渐笼罩，迷迷蒙蒙，浑然相融，甚是悲凉。源氏倚靠屋角栏杆上，沉浸于景色之中。中纳言君打开边门，坐于门沿，等待作别。公子道："未曾料到，世间竟有如此变故，想起昔日的欢颜岁月，委实教人思恋。此番别离，恐难再相会了！"中纳言君缄默不语，只有暗自流泪。

老夫人特派小公子乳母宰相君，向源氏公子传言道："老身本欲面晤公子，因一时伤感，心绪纷乱，拟待心绪略定，再谋相见。岂知天色未晓，公子便要匆匆行别，实在出乎意料。因这可怜的孩子尚在梦境，不能亲来相送。"源氏公子闻得此言，泪盈满眶，遂吟道：

"将作渔翁赴远浦，

　烟云相似鸟边否？"[1]

吟罢对宰相君道："天明我将辞别上路，请老夫人谅解。"宰相君道："此番别离，实乃教人伤心断肠！"不由声泪俱下，悲痛欲绝。源氏公子又道："小婿亦有难言之隐，本欲面禀岳母，怎奈心中愤愤不平，难以言表，唯望见谅。幼儿正酣眠，吾不忍见，唯有硬起柔肠，就此作别吧！"

　　源氏公子临将出门，众侍女皆来目送。是时月薄西山，只见月光下的公子，满面惆怅，神情甚为清美。即便虎狼见之，也会哀伤垂泪，况这些侍女，皆为自幼亲近之人，且公子容貌优雅，实令人激动万分。老夫人答诗道：

"自此幽魂远相离，

　青云难飘须磨浦。"

哀思不已。源氏公子别后，满堂上下，皆流起泪来。

　　源氏公子回得二条院，见殿内侍女群集，在恭候公子回归。个个满面倦容，似一夜未宿，尽皆叹惋世事难料，家境衰落。素来关系亲密的侍从，已全无踪迹，定是为欲随从公子，而与亲友惜别去了。平素交情不深者，抑或貌合神离之人，尽皆远避，唯恐得罪右大臣，日后留下把柄。昔日门庭若市、车水马龙的府邸，如今凄凉冷清、只影随行。世态炎凉，人情淡薄，源氏公子想到此，不由感慨万千，又见尘埃覆盖，满地堆放着折叠的软席。源氏公子想道："如今我尚在家，已这般荒凉，他日离后，不知是何等破败景象啊！"

　　他径入西殿，但见方窗未关，许是紫姬正眺窗凝望，通宵未眠。众侍女及女童皆在廊下小憩，见公子回来，纷纷起身相迎。侍从们穿着宿装，来回穿梭。源氏公子见此，又感伤地想到："只怕若干时日后，这些人难耐寂寞，定会匆匆散去吧！"触目伤怀，便对紫姬道："昨夜辞行众人，误了时辰，故今晨迟归，想必你没有胡思乱想吧。远行之际，挂念之事甚多，真是难舍难离，想来世间受人鄙薄，且遭唾弃，真是寒心。"紫姬道："世上恐怕没有更大的灾难了吧？"其悲伤之状，自与他人有别。紫姬之父兵部卿亲王，近来甚惧权贵，疏远公子，亦未前来与公子辞别。旁人见之，必讥笑不已，紫姬亦深感耻辱，遂想道："当时不使父

【1】远浦系指须磨浦。鸟边即鸟边野火葬场，夕颜和葵姬火化之地。

亲知我下落，反倒落个干净。"

岂料紫姬继母，兵部卿亲王的正室传言道："此女正当红运，凡对她关怀之人，生母、外祖母、夫婿等尽皆抛她而去，此次忽逢横祸，足见其命贱。"蜚言传至其耳，阵阵心痛，自此后便与娘家断绝了往来。

源氏公子宽慰她道："倘我离京后，朝中仍不赦免，长此别离，即便深居岩穴，定当遭众迎娶厮守。此刻携你同行，唯恐旁人指责。蒙罪在身，本不该见光明，再任性而行，罪孽必更为深重。此生我虽无过失，然遭如此不幸，定是前世恶缘所致。且受流放之刑，又携眷同行，前所未闻，恐更有祸加身。"次日晨，于日上三竿之时，源氏公子方才起身。

且说帅皇子[1]及三位中将此时来访。源氏公子换毕衣衫，欲见时，却想："如今我乃无爵之人。"又更换了件贵族素装，靠近镜台，整饰鬓发，见镜中形貌稍减，瘦削了许多，便道："如今我衰老矣！果真如镜中那般模样么？"这身打扮，模样反倒俊雅。紫姬透过蒙胧泪眼，望了望公子。只听得公子吟道：

"孤身远戍须磨浦，

留得镜影相伴君。"

紫姬和道：

"祈求镜影长留在，

聊慰念夫相思情。"

她隐身于柱后，以掩泪迹，喃喃自语。公子见她这般娇柔妩媚，心中顿起无限怜爱，觉素来所见女子，无一人能与之媲美。

帅皇子日暮时离去，临行前又叙得一番话，百般安慰公子。

再说花散里，为公子亦操尽了心思，频频书信不断，以资慰问。源氏公子想："如今若不与她见得一面，必恨我薄情。"遂定于当晚前往访晤。却又难舍紫姬，故至夜深他才出得门去。源氏公子深夜来访，丽景殿女御欣喜不已，道："蒙大驾光临，实乃万幸，寒舍亦蓬荜生辉了。"此姐妹二人，平日生活清寒，幸得公子多年荫庇，可眼下邸府已极为寥落，将来更是不堪设想。此时月光清幽，公子遥望院中景致，不禁陷入沉思。未来岩穴生涯，是何种景况呢？教人好生后怕。

---

[1]帅皇子即前文提过的源氏之弟。

西厢的花散里，闲居孤单，料及公子行期渐近，已不会前来了，正暗自伤怀。岂知冷月当空之夜，忽闻锦衣飘香，源氏公子竟已悄然来到。她情不自禁，屈膝前行，投入公子怀中。二人拥抱而语，自是无限感伤，直到不觉天已微明。源氏公子叹道："此夜何等短暂！今日一别，能再相见否？昔日疏忽，令你闲度春岁，教我懊悔不及；今日别离，令我心若刀割！"二人又忆诉些往昔岁月，至四下里雄鸡报晓。公子为谨慎起见，急急辞别。

明月西下，花散里昔日常在此时与公子作别，适才又见，心甚忧戚。月色静洒在她那深红衣衫上，恰如古歌："月色映衣袖，依稀有泪痕。"她便吟诗道：

"孤单衣袖冷月下，

期盼清辉再照颜。"

此诗甚为哀怨，源氏公子闻得，怜悯万分，唯有相劝，便和道：

"时明时暗月有时，

人间沧桑不可忧。"

遥想前景，渺茫难卜。斩却忧疑之泪，且随遇而安。"言毕，公子在晨曦的晖光中，挥袖而别了。

源氏公子返回二条院，打点行囊，将素来亲近且不畏权臣的忠仆召集起来，于府内上下一一吩咐布置，分管馆舍事务，并于其中挑选数人，一齐前往须磨。所用器件，仅备寻常必需之物，亦不加修饰，务求俭朴。他又带了些极需的汉文典籍，《白氏文集》及素琴，奢华富丽的物件及服饰，一律省却，宛若一山野村民。

府内诸事务，一并托与紫姬，府库庄园、牧地，及各处券契，俱由她掌管。此外众多仓廪及藏室，则由一向亲近的少纳言乳母率亲信家丁管理，另嘱托紫姬适时协调。公子房内受宠侍女中务君、中将人等，昔日虽怨公子情薄，但亦可时时见面，尚能有所慰藉。自此将失却依托，怎不后悔悲伤？个个粉颈低垂，颓然不语。源氏便对众人道："且有一日，我平安而返。唯愿等候的，都供职于西殿吧。"乃命左右人等，皆迁居西殿。源氏又据各人身份，赐予物品，以作纪念。小公子夕雾的乳母及花散里，自另获精品。其余众人日常用度，亦皆安排周全。

源氏公子心中纷乱不已，致书一封送与胧月夜。信中道："近来不闻芳音，虽属情理之中，然我行将别离，心下有难喻之情。正是：

'往日相思空流泪，

如今铸成祸水源。'

这等子虚乌有之事,我却不可避舍。"深恐送信途中被人开启,故仅简短附言。

　　胧月夜看罢此信,伤痛不绝。她热泪滚滚,嘤嘤咽咽,复信道:

　　"怜妾身在泪河中,

　　不期相逢在何时。"

笔迹甚为凌乱,却别有风趣。源氏公子为临别前不能再会她一面,惋惜不已。但他又自虑:那边与弘徽殿太后都是一派,痛恨自己的定然不少,这胧月夜想必亦存顾忌,只得灭绝了去相见的念头。

　　明日便是行期。是夜,源氏公子去向北山,拜别桐壶院陵墓。其时东方欲晓,月朗星稀。拜墓尚早,遂先去参谒藤壶皇后。皇后安排源氏公子在帘前坐定,两人隔帘叙谈。两人心意相通,自是深情无限。皇后说及皇太子的将来,表示出深切的爱意。容姿秀美、丰韵犹存的皇后,往日极为冷待公子,以致公子此时百感交集,欲责怨于她,又觉重提旧事,定会使她伤心,便忍了怨情,道:"我落到此般地步,实因犯下了一桩违心之事,遭此报应。但我并无怨言,唯望太子顺利即位,便亦心安了。"此实乃至诚之言。

　　源氏公子一番恳切之谈,使得藤壶皇后一时心乱如麻,无言以对。一想及前前后后的事,公子便伤心至极,掩面而泣,那姿态悲艳动人。他许久才收住泪,道:"我即刻前去拜墓,不知母后有何吩咐?"藤壶皇后悲伤不已,一时未能应答,只得强作镇定。良久,方吟道:

　　"生离死别世无常,

　　隐遁空门还悲伤。"

她心烦意乱,百感交集,只觉意犹未尽。公子答道:

　　"才送死者伤未绝,

　　今又生离愁更愁。"

　　源氏公子踏着月色,便前往谒陵。五六位亲近的仆役,骑马相随,想及昔日仪仗盛势威风,随从者皆愁眉苦脸。其间有一人右近将监,乃伊豫介之子、纪伊守之弟,是年本应加爵,仅因贺茂被禊时,曾做了公子随从,被剥夺了官爵,很是失意,遂随了公子,前往须磨。此刻于谒陵途中,他望见贺茂神社下院,便忆起了被禊那日的盛况,翻身下马,将源氏公子的马头拦住,顿时感慨万端,吟道:

"辇车侧旁同游日，

　　目睹社神今遗恨。"

源氏公子颇有同感，念当初是何等风流倜傥，出众超群啊！便觉莫名歉疚，亦跳下马来，膜拜神社，告别神明。遂吟诗道：

　　"身虽流落浮名在，

　　神明自应断是非。"

右近将监生性多情，听得此诗，亦觉甚合心意，心想这公子委实可亲可爱。

　　源氏公子跪在皇陵前，父皇生前诸种情状，一一浮现于眼前。想到这位至尊无上的明主，已溘然长逝，不复相见，亦不能再得其教诲了。公子心中无限思念与痛楚，千言万语涌上心头，止不住泪水长流；又忆起父皇临终前语重心长的遗言，实在是深谋远虑啊！

　　其时乌云遮月，阴冷凄凉，树影婆娑。墓道上，杂草丛生。公子起身，踏草前行，也顾不得朝露湿衣了。公子离墓辞别，一下迷失了方向，只得退回，稽首再拜。但觉父皇面容，清晰可见，不由得他胆战心惊，遂吟诗道：

　　"皇若有灵当同悲，

　　明月怜人入云中。"

　　返回二条院，天已大亮，公子且写得一信，与皇太子道别。王命妇正在宫中，为藤壶皇后看护太子，源氏公子便将信转交与她。信中道："离京在即，未能相访，尚望体谅。

　　林隐皆因时运尽，

　　何时赏花返春都？"

信中附得一枝凋零过半的樱花。王命妇将信送与皇太子，并说了来信的缘由。皇太子年事尚幼，亦觉此事郑重非常，便认真阅读。王命妇问道："如何回信呢？"皇太子答曰："且对他道：'一刻不见，便觉思念无限。此次远别，如何熬煎？"王命妇暗想："这答词未免太简单了。"顿觉这孩子好生可怜，又忆起源氏公子与藤壶皇后那违常理的恋情，且想："二人本可平安相处，若不作茧自缚，岂有今日苦境。我曾充当了牵线的角色，细细想来，追悔莫及啊！"便在复信上道："读罢来书，甚觉无言达意。太子闻知情况，甚是伤心……"许是心情烦乱，有些不着边际。她又附一诗：

　　"花开花落定有时，

愿君逢春早还京。

一遇时机，必心想事成。"之后，又向宫人谈及公子的情状，府邸上下皆泣不成声。

却说与源氏公子有过一面之缘的人，见得他今日恁般愁苦，无不扼腕叹息，平日朝夕伺候之人，自不待言了。连做粗活的老婆子及打扫茅厕的众仆役，也因平素蒙得公子照顾，依依难舍，为不能再次得见而悲伤。满朝百官，皆关注此事。公子自七岁起，便与父皇朝夕相处，奏请之事，无不准允，故此百官多蒙公子恩德，无不心存感激。公卿、弁官等身份高贵者，平素亦多仰仗公子之力，其余各等官员，受过源氏好处者更是数不胜数。其间也有些人，并非不知恩德，只因权臣专横，心存顾忌，不得已而不敢亲近公子。总言之，凡与公子有关联之人，皆为他的离去深感痛惜。他们私下议论此事，但转而一想：就算舍身前去慰问，只会增加对源氏公子的不利，遂佯装不知。失意的源氏公子，唯觉人情冷薄，世态炎凉，心中只是哀伤。

临行那日，公子与紫姬谈心至日暮，按例于子夜启程。公子身着布衣便服，行装简陋，对紫姬道："明月当空，我该出发了。你且在门口目送吧。今此一别，虽有千言万语，却无以倾诉。平日小别一二日，亦觉抑郁不堪！"紫姬卷起帘子，走到廊下，虽伤心不已，还得强忍眼泪，膝行而前，依着公子坐下。月光之下，紫姬显得丰姿绰约。源氏公子想道："倘我一去不归，将她一人丢在这无常之世，其境况该会多么凄楚啊！"更觉难舍难分。但听他吟道：

"白头偕老盟誓时，

哪料今世生离异。

分离不会太长的。"紫姬和道：

"即或余得妾身命，

为君挽取少许留。"

此番痴心重情，使得源氏公子久久不忍离去，但恐天明后人多目杂，行动不便，遂硬起心肠，启程上路了。

赴浦途中，公子脑海之中，紫姬的音容笑貌始终不散。公子一路顺风而下，暮时方抵达须磨浦。旅程虽不甚长，却也教人新奇，许是头一遭旅行之故。途经一地，名大江殿，荒废衰败，唯有几株松树孤立于此。源氏公子目睹此景，细想此番遭遇，感慨地吟道：

"屈原英名垂宇宙，

谁知逐客心渺茫。"

海边波浪迭荡，源氏公子触景生情，且吟唱起："离愁重，海浪叠。"此歌家喻户晓，配此情此景，甚是相宜。诸随从听后，无不心潮起伏。源氏公子回望时，但见云海苍苍，群山依稀，恰如白居易诗"三千里外远行人"[1]了。及此，他眼泪便如江水般渗出，又吟道：

"遥望故乡丛云隔，

纵然远去共此天。"

即景伤怀，心下不胜酸楚。

且说源氏公子的居所，与从前流放于此而吟"寂寥度残生"的在原行平中纳言[2]的住处相距甚近。海岸远处，是偏僻荒芜的山地。墙垣及房屋设施，与京中迥然相异；那茅草屋及芦苇亭，与四周环境浑然相融。源氏公子想道："倘不是流放来此，倒别有情调呢！"不由忆起昔日的种种浪漫生涯来。

源氏公子将附近领地吏目召来，命其建造住所，且使亲信良清指挥吏目。时隔不久，房屋便拔地而起，他又命加深池水，增栽庭木，如入得梦境。此地国守，乃摄津国人，以前亦是公子亲信，蒙他惦记旧情，不时暗中给以照顾。天长日久，人来人往，竟热闹起来，不再如一孤单旅舍了。然终不似从前，有情意契合的知音相伴，远离他乡，心情仍郁结难解。

不觉到得梅雨时节，公子的往事纷至沓来，又思念京中亲人："紫姬必愁苦不堪了吧？太子近日可好？小公子夕雾仍无忧无虑、天真可爱吧？"心中挂念之人甚多，他便一一向他们写信，派人送往京都。给二条院紫姬及藤壶皇后写信时，公子因泪眼模糊，几度搁笔。与藤壶皇后附得一诗：

"无限愁容居须磨，

松岛渔女可平安？

愁叹不已，正是'每念与君别，泪如江水涌！'"

【1】白居易《冬至宿杨梅馆》："十一月中长至夜，三千里外远行人。若为独宿杨梅馆，冷枕单床一病身。"

【2】在原行平，官任中纳言。《古今和歌集》中有其诗云："若有人寻我，请君代答云：离居须磨浦，寂寥度残生。"

给尚侍胧月夜的信，仍由中纳言君转交，其中写道："追忆往事，如烟如雾，仅此聊以慰藉。"且道：

"纵佚祈盼重聚日，
卿怀柔情念旧否？"

另有其他诸多言语，自不待言。他亦送信给左大臣及乳母宰相君，托付他们好好照顾小公子。

京中诸人收得源氏公子来信，无不悲伤难禁。二条院紫姬立时软在卧榻上，悲不自胜。众侍女见此情景，亦愁眉紧锁，概莫能助。见得公子平素喜爱的器物、惯弹的琴筝，闻得公子衣服上留下的香气，朦胧中似觉公子已仙逝。少纳言乳母怕有不祥之兆，遂请来北山僧都举行法事，祈愿平安吉祥。那僧都向佛祈愿两桩：第一桩，愿公子早日安返京都；第二桩，愿紫姬消却愁苦，早日康复。紫姬愁苦期间，僧都勤修佛事以相助。

紫姬脑中，总闪现公子临别吟咏"留得镜影相伴君"时的形貌，时断时续始终不能消失。然而如镜中花、水中月，她只得空自嗟叹视而不得。往日公子进出的门户、常倚的罗汉松木柱、常穿的衣饰，睹物思人，胸中甚是愁闷。纵是阅历深厚的老人，于此情此景也难免悲伤。况紫姬自小受公子抚养，如若父母，与公子亲近无比。倘使公子仙逝，则知事成不可变，岁月流逝，亦会渐渐遗忘。但如今并非永别，而是流放他乡，归期无定，故令人格外牵肠挂肚，忧愤满怀。

藤壶皇后满腹忧伤，时刻牵念皇太子的前程，且与源氏公子旧情难割，哪能无动于衷？数年来，只因深恐蜚短流长，故行事处处小心，若将隐私略微泄露，惧遭世人诽谴，只得将对源氏的情爱按捺于心。但凡公子求爱，大都佯装不解，不以为然，所以爱管闲事之人，亦未能看出端倪。如今危险已无，但旧情泛起，难免流泪，于是她的回信，写得亦与往日有别，不免稍微详细。其中有如此言语："近日唯：

身居菩提心有恨，
泪染袈裟尘缘深。"

尚侍胧月夜亦在回信中道：

"世人目光不堪防，
心中恨愁无了期。

此外可想而知，恕不详述。"仅此几句，写于一张小纸上，夹在中纳言君的复信中。中纳言君则于回信中，还极述尚侍忧伤之状，凄楚动人。源氏公子读罢，顿觉眼眶湿润。

源氏公子给紫姬的信极致周详，复信也多伤心之言。其中有诗：

"泪若海浪浸远客，

念念忆君君不见。"

紫姬送来的衣物，色彩与式样，极为雅致，甚合公子心意。公子暗想："她心灵手巧，遇事举止不俗，这般雅丽人儿，若未遭此番厄运，我定无忧无虑与她共度此生。"可眼下境遇，让他又不胜叹惋。紫姬的容颜，时时闪现于眼前，昼夜不曾消失。相思深重时，便决计暗中迎她来此。但转念一想："举世混浊，前生罪孽未除，岂能作此荒唐之举？"便不再深想，整日斋戒沐浴，殷勤修行礼佛。

左大臣在信中，言及小公子夕雾近况，甚是可怜。但源氏公子以为，小公子有外祖父母照护，且将来自有见面之日，故对他并不十分牵挂。他思妻之心，倒远胜于思子！

且说六条妃子，于伊势斋宫处。源氏公子也曾命人送信前去，其回信措辞委婉，笔调优雅。信中道："尊下居处，料非人世。闻此消息，我等恍若置身梦幻。细细思量，总不致长年客游，不思京都吧！然宿罪深重，恐相约之期，已遥遥无尽！

身系须磨流放人，

却怜伊势隐居客。

世间混浊，何时方有终结日啊！"另有无数言语。又附诗道：

"君有拨云返京日，

吾身茫茫永飘零。"

六条妃子向来多情善感，回信几度搁笔，长吁短叹。此信用四五张白色中国纸写就，不拘行格，笔情墨趣，甚为优美。

源氏公子思忖："此人本来可爱，我不该为那生魂祟人之事怨怪她，如今万念俱灭，归了空门。"今忆及，愧意连连。以至收到她的来信，也觉得这使者甚为可爱，刻意挽留二三日，听他讲讲伊势的情形。在此荒凉的旅邸，这使者近身面禀。他年轻乖巧，见得公子仪容，心下惊叹不已。源氏回六条妃子的信道："孤寂无趣时，常想念起你，先前若知我有流放厄运，定随你同去伊势。唯愿：

俨然一介伊势夫，

浪中扁舟度余生。

唯惧：

泪伴今生无了时，

客死须磨空自悲。

何日相见不敢预料。愁绪满怀啊！"如此等等，源氏公子对往日情人，无不殷勤备至。

那花散里看罢公子的来信，心下悲伤。写一长信回复，并附上丽景殿女御的手笔。源氏公子见到，视为珍藏。他多次静阅此信，以慰孤寂。花散里附诗道：

"满阶蔓草不忍睹，

泪珠忽出袖不干。"

源氏公子读毕，想象她那邸内，蔓草丛生之状，生活无人照料，一定凄苦不堪。信中且道："梅雨霏霏，四处墙倒垣倾。"便命府中家臣，派领地内人丁前去修补。

再说那尚侍胧月夜，因与源氏公子私情泄露，成为外间笑谈，难掩羞愤，已颓丧不堪。右大臣素来疼爱此女，屡屡向弘徽殿太后说情，又奏请朱雀帝。朱雀帝视她身份不同于女御及更衣，仅为朝中女官，便饶恕了她。这尚侍倾心于源氏公子，犯下弥天大祸，幸而获赦，仍入宫侍奉。然她依然一如既往，痴心倾慕那多情郎君。

胧月夜姿容仪态，雍容柔美，深得朱雀帝宠幸。朱雀帝亦不顾流言蜚语，留她在侧伺候，不时向她诉怨申恨，且立过海誓山盟。可胧月夜一心思念源氏公子，甚觉有愧于朱雀帝。适逢一日，宫中举行管弦乐会，朱雀帝对她道："思念你深于我的人，何其多呢！源氏公子不在，令人遗憾。世间万物，真是黯然失色。"说着，朱雀帝不禁流泪叹道："父皇遗命，我违背了啊！"我早觉人世丝毫无趣，更不求长生。若即刻死了，你如何作想？倘以为我的死，尚不及须磨那人的诀别可悲，那我死魂也要不安了。古歌曾言：'历尽相思何足惜，不若生前尽欢娱？'乃浅薄之见，权当不解来世因缘吧。"他深感世事沧桑，语态格外温存柔和。胧月夜泪流满面。朱雀帝续道："如此，你在为谁流泪呢？"

稍后，他又道："至今未能与你生个皇子，实是憾事。本欲遵循父皇遗命，让位于太子，无奈诸多阻碍，不胜烦恼！"朱雀帝年纪尚轻，性情柔弱，权臣当朝，故不能随意行令，痛苦烦恼之事极多。

再说此间须磨浦上，秋风萧瑟。源氏公子居处，虽远离海岸，然越关浦风吹动的涛声，日夜响彻耳际，听来凄凉不已。侍从皆已入睡，唯他一人难眠。他将头从枕上抬起，但闻四下里秋风紧急，涛声渐高，如在枕边响动，泪又悄然涌出，浸润了枕头。遂起得身来，弹得片刻琴。那琴声，自己听了亦凄楚无比，便停下来，吟道：

"涛声相伴人泣声，
　莫是故国风吹来。"

哀思凄怨之声，惊醒了随从诸人，皆深受感染，不由坐起身来，个个悄然抹泪。源氏公子甚觉歉疚，心想："他们皆因我一人，离却朝夕相亲的骨肉，颠沛至此，受得这般苦楚，不知作何想法？"念及今后，愁叹不已。猜想他们看了，必定更为伤怀，便强振精神，昼间与他们谈笑风生，以排遣尘世烦忧。寂寥无趣时，且将各色彩纸粘合起来，作戏笔书法。又于珍贵的中国绢上，漫笔描画，再贴于屏风上。身居京都时，只是遥想别人描述高山大海的雄姿，而今亲眼目睹，顿觉这真真切切的山水之美，超出想象，便作了些优秀的图画。随从人等看了，皆道："应召请有名画家千枝与常则，替这些画着色才好呢。"众人颇觉美中不足，有些遗憾。源氏公子是个可亲可敬之人，侍从们认为，亲近他便可摆脱尘世烦忧，故常有四五个随从，与公子形影不离，以此为一大幸事。

一暮色苍茫之日，庭中花木正艳，源氏公子着了件白绸衬衫，甚是柔软，上罩淡紫面、蓝里子衬袍，外穿深紫色寻常礼服，随意系了带子，打扮甚是轻松飘逸，念着"尊佛释迦牟尼弟子某某"的诵经声，体态优美异常。行至望海回廊，凭栏闲观四周景致，其神态飘逸潇洒。其时，海上传来渔人说唱及荡楫的声音。远远望去，犹如飘浮海面的小鸟，颇觉苍寂，仿佛入得仙境。天空，一行寒雁凄凄哀鸣而去，哀音与桨声融为一体，无法分辨。公子身临其境，可道是"念天地之悠悠，独怆然而涕下"。那抬手拭泪、玉腕与黑檀念珠交相映衬的模样，格外高贵雅丽。思慕故乡恋人的随从，见得这等姿色，亦忘去忧怀，心感慰藉。源氏公子赋道：

"早雁飞过留余音，
　依稀伊人信使来。"

良清接道：

"归雁非是昨日羽，

缘何闻声思旧情？"

民部大辅惟光，也触景生情吟道：

"不屑去来长征雁，

忽闻凄声自受伤。"

右近将监道：

"大雁飞去皆成群，

万里旷野不孤单。

我等倘离群，定将孤寂不堪了。"

右近将监之父伊豫守，已迁任常陆介。他未随父同往，却随源氏公子来此，心中虽有挂虑，却佯装无事，殷勤侍候公子，唯恐不周。

时值明月当空，万物披银。源氏公子见今夜月色恬美，更觉层层旧事袭上心头，遐想众人于那清凉殿上饮酒欢娱，心中艳羡不已。南宫北邸，定有无数寂寞佳人，望月长叹。他凝想京都情境，即诵吟："银台金阙夕沉沉，独宿相思在翰林。三五夜更新月色，二千里外故人心。渚宫东面烟波冷，浴殿西头钟漏声。客忧清光不同见，江陵潮湿秋阴阴。"在场者无不受其诗句感染，泪涕涟涟。公子又诵先前藤壶皇后所赠之诗："明月迷蒙浓雾起……"往事历历浮现，相思顿起，蹙眉长叹，禁不住轻声抽噎。侍从劝道："夜已深，公子歇息去吧！"但公子仍滞留月下，清辉笼罩其身，复吟道：

"思念归期未有期，

清辉月下唯太息。"

回想那夜朱雀宫中，与帝叙话时，其容貌与桐壶上皇，竟酷似一人。思慕之余，他又吟诵："去年今夜在帝侧，今秋诗篇独断肠。恩赐御衣尤在此，每日捧持拜余香。"方才入室安歇。昔日蒙赐的御衣，一直放在座旁，不曾离身。吟道：

"人生无常命中定，

回首前尘泪湿襟。"

却说太宰大式出守筑紫，今已满任期，故领得一班人马，择路返京。随行女眷极多，因陆行不便，故自夫人以下女眷，一律乘船。他们一路欣赏名胜风景，好不自在。须磨风景独好，众人心下向往。这日抵达须磨浦，闻知多情郎源氏公子正谪居于此，那些芳龄女子，正值情窦炽盛，早就恋慕源氏公子才情俊貌，此刻虽笼闭舟中，却已是红晕满颊，忸怩万状，心已纷飞。尤其那位五节小姐，曾与公子有露水之缘，见岸上纤夫将船无情地拉过须磨浦边，不胜惋惜生恨。闻得琴声远远飘来，哀哀怨怨，想那弹者的优美风姿，直教有心人泪涌不息。那五节小姐千方百计，派人送去一信，道：

"琴扰心旌船离去，

进退维谷谁知君？

冒昧之处，务请谅解。"源氏公子看罢，脸上顿生笑意，想那神态俊丽可爱，遂回信道：

"倘若心像纤颤动，

应泊须磨浦上波！

如今'远浦渔樵'般的际遇，当初确未料知啊！"

太宰大弌遣其子前去问候源氏公子，其子道："下官出守外省，期满返京，本拟先趋谒贵府，仰蒙指教。岂料公子栖隐于此，今日途经尊寓，唯感惶惑，心甚喟叹。急欲躬身请安，然京中故友至亲，皆迎候于此。人众目杂，且应酬甚多，交际烦扰，深恐不便。故尔先派愚子前来，他日当亲往拜谒。"使者乃大弌之子筑前守。此人原蒙源氏推荐，做了藏人，对公子有感恩之心。今见公子落难此地，不胜伤楚，更为激愤。然此刻人多不便，他未及详叙，只得匆匆辞归。临别时源氏公子对他道："自谪居此地以来，昔日亲友，尽皆弃我，难得你特来看护。"对太宰大弌也如此作答。

筑前守洒泪告辞，归去禀复父亲，言公子近况不胜凄凉。太宰大弌及来此迎候的诸人听罢，皆甚感惋惜，禁不住齐声痛哭。

话说京中，源氏公子去后，自朱雀帝以下，挂念者甚众。特别是皇太子，更是思念切切，常悄然垂泪。乳母见之，甚为怜惜。王命妇因详知内情，更是悲伤。一向操心皇太子前程的藤壶皇后，更惶恐不安。诸皇子及一向亲近公子的众公卿，最初尚频频向须磨寄信。然因弘徽殿太后一向不满以诗文闻名的公子，当下斥骂道："朝廷罪人，理当不得擅自行动，即便饮食之事亦不例外。这源氏流放须磨，胆大妄为，竟造起别致宅邸，又作诗讽议朝廷。居然还有人附和他，跟着'指鹿为马'。"一时恶言纷纷，诸皇子听了，皆有惊惧，打此之后，再不敢致书问候源氏公子了。

岁月流逝如水。二条院紫姬自源氏公子去后，竟片刻不曾停止思念，偶尔也和那些身份较高的侍女亲切谈心。东殿里侍女，皆已转到西殿来侍奉紫姬。这些侍女乍到时，并未发觉紫姬夫人的好处，皆想告退。时间略长，逐渐熟悉起来，才觉夫人不仅容貌姣好，且和蔼可亲，为人处世周到诚恳，便都打消了告退的念头。她们私下里想："这位夫人能在诸人中备受宠爱，也是情理之中的事。"

源氏公子自谪居须磨以来，思恋紫姬之心与日俱增，不堪忍耐，极想接她来此，然念及目前潦倒的际遇，怎可再让这心爱的人儿同受苦难？思量几番，只得忍痛打消了思念。这荒天野地，诸事与京迥异。源氏公子甚不习惯平民生活，颇感当前境遇冤屈。

公子居所后山中，常有人烧柴，时有烟雾缭绕窜进室内。公子竟以为是渔夫烧盐，甚觉纳闷，便吟诗道：

"唯愿京都众友人，

不断佳音似柴烟。"

冬季大雪纷飞。源氏公子仰望长空，无限凄楚，便取出琴来，命良清伴歌，惟光吹笛合奏。因哀怨深切，竟致弦凝声歇，众皆抬手拭泪。源氏公子忽想起中国古代远嫁胡国的王昭君，若为我源氏红颜知己，该有何等悲伤！忽转念，倘若自己心爱之人，被放逐异国，又将是何等景象呢？想到此处，仿佛真有其事，心中不胜凄凉，随口吟道："风过边山心起伏，陇水夜行泪冰凉。胡角声声惊梦醒，万里汉宫月前肠。"

此刻明月皎皎，旅舍清晰可见，清辉遍洒室中。虽身处斗室，却可饱览深秋夜色，可谓"床前明月光"。月渐西沉，地生寒意。源氏公子不禁自吟菅公"唯是西行不左迁"之句，心中悲凉，又吟道：

"吾身漂泊迷方向，

明月知羞西隐去。"

这一夜又彻夜未眠，不觉东方欲晓，百鸟争鸣，啼声阵阵。他便又赋诗道：

"百鸟齐鸣天将晓，

几无睡眠思旧人。"

是时，随从诸人尚在梦中。源氏公子躺在床上，独自咏诵。天色未明，他即起得床来，净身后，修行拜佛。随从人等醒后见得，想见公子先前何等整饬，更深觉公子敬爱，不忍舍之而去。

再说先前曾提及的那明石浦，离须磨仅一箭之遥。良清住于须磨，想起明石道人住于明石浦。因其女极为可爱，良清便去信求见，不见女儿回信，倒得父亲一信:"若有事相叙,劳驾来舍一叙。"良清暗自思忖:"女拒父邀,若空手而返,真是丢脸!"心下怨怪,便不再理会。

这明石道人,孤高自傲,堪称一绝。照历来习俗,唯国守一族最为高贵,世人皆敬仰之。但明石道人生性怪僻,在他眼中,国守与常人并无二样,故良清虽为前任国守之子,明石道人拒绝他也不足为怪了。且说明石道人求婿数年,仍杳无音信,心中着急。近日闻得源氏公子谪居须磨,一阵窃喜,遂对夫人道:"源氏公子才貌兼具,乃桐壶更衣所生。因冲犯朝廷,时下迁居须磨。我想招他为婿,女儿若有此福分,也算上天恩赐!不知夫人意下如何?"

夫人答道:"万万不可!世间传闻,这公子妻妾成群,皆身份不俗,却还四处偷香窃玉,连皇妃都敢沾惹,因此闯下大祸,被流放须磨。如此公子,怎敢将女儿终身托付与他!况我们乡间野女,他岂肯屈尊俯就呢?"明石道人听罢火起:"真是妇人之见!此事我自有主张,快些准备吧!得先寻个机会,请他到这儿来。"他偏执孤行,甚为自信,便将屋子装扮得雍容华贵,一心一意筹备女儿的婚事。

夫人再次劝道:"何必如此呢?就算他英明俊美,我们女儿若嫁得个流放之人,岂不委屈?况公子并无意于她。"明石道人听毕,更不耐烦道:"在中国,在我国,谪戍之事,常有之,但凡杰出之人,在所难免。你道公子何许人?我已故叔父按察大纳言,便是他已故母后桐壶妃子之父。这妃子貌美倾城,集后宫佳丽于一身,备受桐壶院宠幸。因而众芳皆妒,终于忧恼成疾,不幸短命,留下这英才公子。我虽非京中人,但同公子有这般因缘,量他必定应允。"

话说这位明石女,虽非大家闺秀,却典雅端庄,灵秀非凡,气度脱俗。仅因出身低贱之家,常黯然伤怀想道:"身份相当的,王公将相之子,不肯俯就于我。若一日双亲仙逝,我将如何度日呢?唉,只有出家为尼,或者投海自尽了。"明石道人每年两度带她去住吉明神[1]参拜,视为掌中明珠。此女也暗中祈祷,盼明神赐福。

春至须磨浦,寓居却荒寞寂寂。去年种的樱花树,也星星点点开花了。每当春光明媚之日,诸种京华往事,引得源氏公子黯然神伤。二月二十过去了,恍惚

【1】住吉明神乃护海保安赐福之神。住吉明神神社在今大阪市住吉区。

间离京已是一年。去年惜别场景，此刻跃然眼前，好不伤悲！南殿樱花开得正盛吧？当年花宴上，桐壶院的音容笑貌，朱雀帝的清丽雅秀之姿，以及自己和诗吟诵之情境，历历在目。睹今追昔，公子不禁吟道：

"何日不思京华春，

插花踏歌又时节。"

正值百般孤寂、万般无聊时，左大臣家三位中将来访。这中将今已升任宰相，人品颇受世人敬重。虽亦有世态炎凉的态度，却也常忆起源氏公子种种好处来，故冒着获罪的危险，毅然造访须磨。二人久别重逢于须磨浦，百感交集，犹劫后逢生，恰是"悲喜同心连，泪流两不分"了。宰相打量公子居所，清幽明静，真是"竹墙石阶处"，虽极其简朴，却颇具中国风味。源氏公子身着淡红透黄裇衣，上罩深蓝色便服及裙子，如同乡间野民，模样寒碜。然细下一看，却极为清雅，别具风度。日常器具，也毫无精致。居室浅陋，由外望去，一目了然。棋盘、双六盘、弹棋盘，皆为乡野粗货。又见念珠等供佛之具一应俱全，料想其平日定然潜心修佛。饮食尽是田家风味，颇有逸趣。

渔夫外出归来，常奉送些贝类与公子佐膳。公子和宰相于是唤渔夫进来，询问生活情形。这渔夫便向二人申诉，长年海边生活的种种苦状。其言辞凌乱，声音嘶哑，为生计奔波之故耳。公子与宰相听得，倍觉可怜，遂送些衣物与这渔夫。渔夫得到赐物，不胜感激。

马厩就在附近，一排谷仓式小屋即是马料房。宰相乍见，甚感惊异。看到喂马场面，想起了《催马乐·飞鸟井》[1]，两人同时吟唱起来。之后共叙别后岁月，谈到动情处，时悲怆泪下，时开怀畅笑。闻得小公子夕雾顽劣嬉戏，及左大臣终日悉心照料外孙等事，源氏公子伤痛万分。凡此诸事，难于记述。

是夜，二人吟诗作赋，唱和应答，通宵达旦。因宰相终究怕此行泄露，急欲返京。来去匆匆，徒增无限伤痛。源氏公子便吩咐取酒饯行，左右莫不感之溅泪，亦各自与熟人道别。时逢几行南归雁，掀开黎明。公子触景伤怀，赋诗道：

"何日我如南归雁，

飞向京都聚旧友。"

【1】《催马乐·飞鸟井》："投宿飞鸟井，万事皆称心。树影既可爱，池水亦清澄。饲料多且好，我马亦知情。"

宰相也惊心恨别，和道：

"辞别仙浦情难了，
　途迷花都独此径。"

宰相带来些京中土产。源氏公子甚为感动，以一匹黑驹相赠，算是回礼。念那马依北风而嘶鸣，似解人意。这是一匹稀世宝马，宰相极为珍爱，忙将随身所携祖传名笛，赠与公子，以作别时纪念之物。因恐他人谣言，二人就此分得手去。

宰相频频回首，"此番别离，不知相见之期，莫非就此诀别？"公子伫立凝望，心乱如麻，忍痛道：

"鹤冲云霄频回首，
　明净吾身如阳光。

蒙罪流放，虽是冤屈，然身已玷污，岂敢再梦京华？"宰相道：

"云霄孤鹤不知路，
　寻找旧伴唳声声。"

宰相一步一回首，与公子道别。源氏公子自辞别后，日夜蹙额锁眉，郁郁寡欢。

三月初一，巧逢巳日[1]。有晓事之人建议："今日乃上巳，公子身蒙祸难，何不前往修禊？"源氏公子遵劝，将几个路过的阴阳师请来，于海边山坡上举行祓禊。阴阳师将一大草人[2]放进一只纸船，送入海中，让它随波飘逝。源氏公子见此情景，顿觉自己正如纸船中草人，便吟道：

"恰似刍灵随浪涌，
　沉浮命运谁可知。"

是时风和日丽，水波不兴，海天茫茫。京都旧事、如今境遇及渺渺未来，次第积攒于胸，公子不禁自语：

"吾罪原是莫须有，
　奏请神明予垂怜。"

祓禊尚进行，忽地风云突变，天地徒然黯淡，天空电闪雷鸣，地动山摇，

【1】阴历三月上旬的巳日，称为上巳。这天，中国古代和日本都有在水边修禊的习俗。

【2】刍灵即草人，祓禊时，把草人在修禊的人身上摩擦一下，表示已经将灾祸转移到草人身上，然后将草人放入船中，让它随波漂远，这就意味着把灾难送走了。

暴雨倾盆。众人皆惊惶失措，斗篷亦顾不及取，立时足不履地，狂奔返邸。费尽九力，才逃回旅邸，尚惊魂不定，公子道："如此暴风雨，未曾见过。从前亦曾起风，但总有预兆。如今突如其来，实在怪异！"雷声仍轰响不止，雨点落地声沉，力可穿石。众人惊恐不安，叹道："照此下去，天地恐要破灭了！"唯源氏公子极显沉着，静静地坐着，双目微闭，口中诵经。

向晚时分，雷电掣风始肆虐横行。夜深，雷雨皆停，许是勤心诵经修佛之功吧。众人相互告道："倘这雷雨肆行，再过些许时，我等定被浪涛卷了去！此乃海啸，能在瞬息间吞人入海。先前听闻，未敢置信，今日目睹，真个骇人！"

众人在黎明前夕方渐渐入睡，公子亦稍息入寐。忽见得一陌生人，撞进屋内，怒气冲冲道："适才大王召唤，为何迟迟不到？"那人四下里找寻源氏公子。公子惊醒，暗自思忖："早闻海龙王最喜俊美之人，想必相中我了。"心中生出恐惧，急欲离去。

THE TALE OF GENJI

VOLUME 13
第 十 三 回
明 石

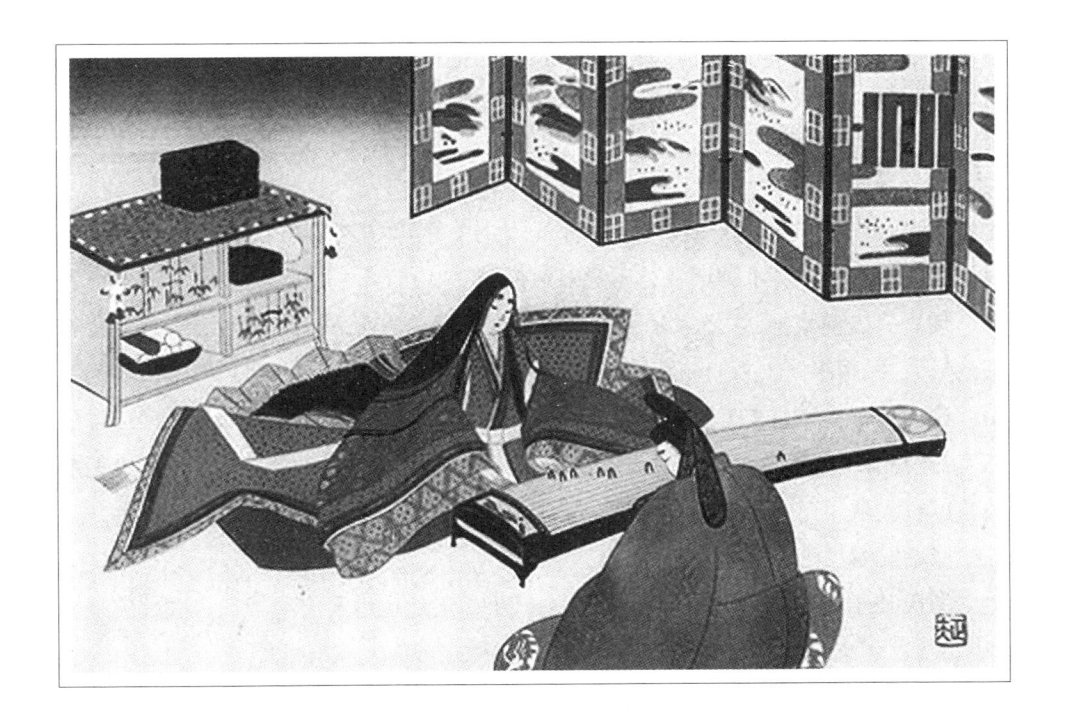

却说连日以来，风雨雷电肆虐不止。源氏公子伤心烦忧之事甚多，终日颓废悲惧，不能自拔，便想道："这可如何是好？如此蒙罪之身，倘因天变逃回京都，岂不更将贻笑于人？不如就此隐迹深山了吧！"继而一转念："如此轻率之至，后人必笑我畏于风暴，才做出此举来。"故而踌躇不定。夜夜梦中，那怪人的影子，总是纠缠不休。

墨云密布空中，久久不散，淫雨霏霏，不绝于日。京中亦杳无音信，公子深为牵挂，伤感道："莫非我来世一遭，将就此绝迹了么？"此刻暴雨倾盆如注，户外渺无行迹，故京中音讯更不可知。忽然，从远处闪出一人影，浑身透湿，模样殊怪。待此人走近详告，方知为二条院紫姬所遣。倘于路上遇见，必定疑心为鬼。如此下仆，若在先前，定然即刻逐去，且躬亲接见下仆，他定以为耻辱。而今，源氏公子却甚觉可亲，心绪已大异于往昔。此人从贴身的内衣中，掏出紫姬信函，但见其上书道："连日淫雨，片刻不息。黑云笼罩，长空如盖，遥望须磨，难辨东西。

　　料想浦上狂风虐，

　　翘首遥望泪泉涌！"

此外，将宫中诸事，一一俱告。孤寂伤悲无限，莫可胜述。源氏公子阅罢此信，泪如泉涌，直如"汀水骤增"，不觉双目模糊。

使者又上前禀报："此次暴风骤雨，朝廷亦疑为灾乱之兆，宫中已举行了仁王法会[1]。风雨阻塞，百官皆闲居府中，政事姑且告停。"此人脑子愚笨，言语含糊。源氏公子意欲详知京中近况，只得召他近身，细细一一盘问得来。只听得他答道："大雨日夜不息，狂风频频肆虐，已绵绵数日。如此可怕天气，京都绝无前例。冰雹大块下落，几乎穿透地层。雷声惊魂动魄，毫无止息，皆未曾有过。"说时惊恐畏缩不已，更增人烦忧。

源氏公子暗想："此灾若再延续下去，恐怕天地也将要灭绝了！"次日破晓，飓风骤起，恶浪滔天，海啸滚滚奔腾，摧枯拉朽，轰鸣之声响彻霄汉。加之电闪雷鸣，恐怖之至，无以言喻。众位随从无不丢魂失魄，相与悲叹："我等前世作了何孽，偏要遭此磨难！父母妻儿再难谋面，难道将就此离世么？"唯公子镇静自如，

【1】仁王法会 是请众僧诵《仁王经》，以祈求"七难即灭，七福即生"。

思量道:"我身蒙虚罪,岂不是要客死此地不成?"便强振精神。然左右诸人躁乱不堪,只得令人备上诸种祭品,祷告神明:"住吉明神啊!请显神威,庇护此境,拯救我等无辜之人吧!"遂立下大誓。

左右诸人见此光景,并皆忘却了自身安危,于源氏公子之不幸,亦深表同情。如此贵人,竟身遭此等罕世灾厄,真是悲怜。凡可强自振作之人,莫不感动涕泣,愿以身家性命救护公子。他们齐声祷告神佛道:"奏请八方神灵:我们公子自幼居于深宫,极尽娇惯,但心性仁厚,泽被四方,济穷扶弱,拯灾救危,善举难以胜数。却不知造何罪孽,今将屈死于此?祈愿天地神明,明辨是非。公子无辜蒙罪,丢官失爵,颠沛流离,以至日夜惊惶,朝夕悲愁。今又遭此恶变,性命攸关。此乃前世孽报,还是今生罪罚?万望神明开恩,请息灾降福!"他们向着住吉明神神社方向,虔诚立誓。源氏公子亦向诸神佛及海龙王祈愿。

但那雷声愈是响亮,一声惊天霹雳,裹挟一团天火,正落在了公子隔壁廊上,将此廊烧着。屋内众人,顿时失魂落魄。惊乱之中,只得将公子移居内室,才稍稍心安。此时早已不拘尊卑贵贱,共居一室。骚乱杂沓,呼天号地,比之雷声,相差无几。天地一片漆黑,直至日暮。

风势渐弱,雨亦疏透,继而闪出些星光。星辉之下,定睛细瞧居室,实在简陋不堪,于公子委实屈身了。正屋已被天火烧毁,残迹凄然,加之上下人等惊慌践踏,帘子又被狂风掀去,一片狼藉。欲让公子迁回正屋,也只得作罢,待天明后再作打算。众人皆狼狈不堪,唯公子一心打坐,勤修佛事,然念及将来,亦不免心神凄凄。

稍后,月亮闪了出来。源氏公子推开柴扉,眺望开去,唯见波浪冲袭之处,一副劫后惨状,且海啸余波未尽。附近村民,竟无人能通晓天情地理,断知远近泰否,唯有一群粗陋渔夫,知公子居处乃贵人寓所。众人聚集墙外,模样极是怪异,尽言方间野语,实甚难懂,但也不便逐散。渔夫们道:"此风若再持续,海啸即刻便来,这周遭近处,将全被吞淹,尚得求菩萨保佑,方可平安无事。"若说众渔夫此番话使源氏公子心惊胆战,那未免太愚昧了。公子低声吟道:

"若非海神庇佑我,
微躯定葬碧波中。"

历经大风一昼夜骚扰,源氏公子虽强打精神,也实在疲惫不堪,竟迷迷糊糊昏睡过去了。可惜此居所无一完好帐幕,实在简陋,公子仅能靠壁打盹。不知何时,那已故桐壶上皇竟活生生直立在他跟前,对他道:"你为何住于此等龌龊之地?"握手欲拉他起来。接着又道:"务必遵照住吉明神指引,驾船速离此浦。"源氏公子惊喜交加,奏道:"父皇万福,自诀别以来,所经苦难何其多,如今正欲弃身大海呢!"桐壶上皇答道:"休得胡言乱语,此番灾难,不过小小报应而已。我即帝位时,虽大罪不犯,但小过难免。为赎罪过,日日忙于修炼,哪能顾及阳世琐事!近日遭难,我实感不安,故一路饥疲前来此浦。我尚得寻机奏见皇上,有所嘱托,将入京去了。"说罢渐渐隐去。

源氏公子眷恋依依,放声哀号道:"父皇让我同去啊!"抬眼一望,哪里还有什么踪影,一轮明月高悬夜空,唯觉父皇慈影依稀在目,不似是在梦中。霎时,顿感天空云彩飘曳,甚是可爱。长年慕父慈容,如今圆此夙愿,虽相见短暂,然清晰分明,记忆犹新。他不禁思忖:怕是因我遭此厄运,父皇特地借暴风雨之夜,托梦前来救助吧!若希望尚在,总是不胜欣慰的。于是满心思慕父皇,反倒心神不定起来,再也无暇顾及现世的悲哀了。便欲续梦,希望再能与父皇详细晤谈,但他紧闭双眼终无睡意,只得辗转反侧直至天明。

忽然一小舟随波而至,其间上岸了两三人,朝源氏公子居处走来。公子派人前去问讯,方知是前任播磨守明石道人,正从明石浦驾舟前来造访。听得一使者道:"源氏少纳言[1]是否随侍在此?敝主人有事面谈。"良清大为吃惊,对源氏公子道:"当年在播磨国,我与此道人甚为相知。只因一点私怨,后再没通音信。此番冒风雨前来,不知有何事相商?"他甚感意外。源氏公子倒顷刻醒悟:此事与父皇托梦有关。他便立即召其前来。

良清大感不解,思量道:"风浪如此猛烈,他怎会有心乘船前来造访呢?"于是前去拜见明石道人。道人道:"几日前夜中,一位异样之人,托梦与我,让我来此。起初我颇为怀疑,后又几度梦此异人对我道:'本月十三日,自会灵验。此刻可速备船只,风雨一停,便立即前去须磨。'故我依照此命,备船静候。果然大起风雨,电闪雷鸣。国外朝廷,借灵梦以治国之事甚多。我亦准备照梦中所托之日,驾舟启程,特此奉告。今日果然刮此奇风,护船平安抵达,全与托梦相符。贵处或许不信此事,或许也有预兆。烦劳以此告之,叨扰之处,在下深感

---

[1]源氏少纳言指的是良清,前任须磨国守的儿子。

惶恐。"

良清将此言一一禀告源氏公子，公子亦觉不可思议。思前想后，认为此乃神谕所致。他想道："我若只顾及后人非议，枉负神明佑护，世人讥笑恐将更甚。对辜负现世人的好意尚不心安，况且神意呢。历经此间悲惨之事，亦该取得训诫了。不如遵此年事高深、德行高尚之人指示了吧。有道是'退则无咎'。我已遭罕世之苦，今后是否百世流芳，也无甚紧要了。父皇亦曾托梦，教谕我务必离开此地，还有何顾虑呢！"定下此心，便回复明石道人："我孤身漂泊于此，历经莫大苦难，可京都却无一人问候。唯有'举头望明月，低头思故乡'。岂料今日竟'好风吹得钓舟来'啊！可否上明石浦躲避几日？"明石道人甚是欣喜，好不感激。

随从等便劝请公子道："务必于天明启程。"源氏公子照例仅由四五个亲信陪同。果然又是奇风，轻舟很快抵达明石浦。原本两处相距甚近，而今更为神速，竟如有风神护送一般。

明石海边景象，自不同于别处。源氏公子唯有不称心之处，便是来往行人甚多。海边、山脚，皆有明石道人的领地。各处海岸均建有茅屋，以助游眺尽兴。且有佛堂，庄严肃穆，以供修行三昧[1]，冥想来世。至于生计，自有良田沃土；暮年欢娱，则有仓廪保障。四季时日，用度齐备，自不必恐慌。闻知近日有海啸，他已请女眷们迁居山边内宅。源氏公子决计安心在此度日，甚觉称心。

旭日初升，源氏舍舟登陆，乘车上路。明石道人于晨晖中细瞧源氏公子，竟忘却自身年岁，满面喜色难以掩去，不由得合掌感激住吉明神。

此处景致静美，自不待言。这邸宅，构造颇具雅趣，亭台楼阁，假山花木，引海作泉，布置极具匠心。此番盛景，非一般画师所能描绘。与须磨浦处所相比，自要明爽甚多。室内布置，堂皇富丽，绚烂多彩，比京中邸宅亦胜一筹。

源氏公子安顿既毕，静心歇息一时后，便写信与宫中诸人，历数此番情状。紫姬所派使者尚留居须磨，途中受尽风雨欺凌，正忧虑满怀，暗自流泪思念归期。公子便遣人唤至，赏赐良多，托他回京俱告详情。与藤壶皇后，他历数近因梦缘而免去危难之奇迹。与紫姬回信，因其来书伤感幽情，故不能随便回复。写

【1】三昧是佛教用语，意思是让人保持心神平静，停止私心杂念，是佛教非常重要的修行方法。

至几行，便已泪眼迷蒙。此番情形，可知紫姬终不同于他人。他信中写道："我历经种种磨难，本欲舍弃此身，遁入佛门。唯因你临别赠吟'祈求镜影长留在，聊慰念夫相思情'时之情影，常浮于脑际。如此铭心刻骨，又怎敢负心于你？纵使千难万险，亦不足为道。正如：

'人随荒渚飘行远，

思君至此路更长。'

一切都虚幻似梦，永无清醒之时。执笔顿感茫然，难解满腔愁怨！"此信虽不甚工整，于旁人眼中倒也美观，均能看出公子对紫姬一往情深。众随从亦托信与使者，述说须磨凄苦的生涯。

风雨既去，天空蔚蓝澄碧。渔夫已经出海，个个神态安详。如今再看那须磨，渔人所居石屋甚少，实在过于荒寂。此处居人尚多，稍显喧杂，然自有佳趣，倒也令人赏心悦目。

再说主人明石道人虔心修佛，皆因虑及女儿前途而常显忧愁。源氏公子虽早闻此女美名，此次邂逅，亦颇感前世有缘。然今沦落于此，只应一心修炼佛事，岂可心怀妄念？况且钟爱紫姬，又怎可违背承诺？故尚不得向明石道人表明心迹。然他素闻小姐品性高雅，容貌娇艳，到底有些恋慕。

明石道人敬畏源氏公子，只得住在较远的边屋。然则又心怀戚念，欲早日得到公子厚爱，且告知他多年的心愿，遂祈祷神佛更为虔诚。他已年近花甲，但精神矍铄，只为勤修佛法虽略显清瘦，而出身望门，见多识广，又懂得不少古时掌故，倒可掩饰不时出现的顽固昏聩。平日他仪态大方，全无卑微模样。源氏公子召见时，便以古代种种轶事慰藉公子。多年来公子奔波忙碌，无甚闲暇听这些世间掌故，今日有此良机，甚感欣慰，便想道："倘未遇此人此地，倒让人惋惜呢。"二人渐渐熟悉，但因公子高贵尊严，敬畏之情仍未消减，故纵有千种打算，亦不能说出口，他只得与夫人共话，焦虑叹息。小姐自身亦常感叹生于此等偏僻野地，平常夫婿尚难遇到，如今见得源氏公子如此英俊洒脱，不觉心动，然念及自身卑微，恐不能高攀，唯能寄希望于双亲，一时倒也稍稍安了些心。

转眼已至四月，明石道人为源氏公子置备的夏衣及帐幕垂布，皆富雅趣。如此无微不至，悉心照料，使得公子颇感过意不去。他想到道人亦出身高贵，人品优越，便少了些顾虑。京城中，时常亦有人送来些物品。

一日，月夜闲静，公子遥望茫茫海面，竟忆起了二条院庭中的池塘。思乡之

情澎湃于胸,此刻却形影相吊,他不觉黯然伤怀,遂低吟古歌:"昔寄淡路岛,遥遥望蟾宫。今宵月影近,莫非境不同。"随后赋诗:

"月如明镜夜色浓,

恰似置身淡路中。"

吟罢,从囊中随手取出了七弦琴。此琴早已闲置,如今信指拨弹,一曲下来,众人皆唏嘘不已。接着,源氏公子又尽展平生绝技,倾注全神弹奏了一曲《广陵散》。那深居闺宅的多情人儿,闻此美妙琴声应和随风而至的松涛,均深深感怀起来。不仅如此,一些山野庶民,虽年迈体弱,也赶赴海滨,临风倾听。明石道人更是松懈功课前来赏曲。

他赞不绝口道:"闻此琴声,谁还念及尘世纷扰。我久寻极乐净土,或许便如今夜良宵吧。"说罢已潸然泪下。源氏公子亦百感交集,昔日旧事纷纷浮于眼前:宫中弦管乐会、此琴彼笛、美人妙音、世人慕誉、父皇器重,尽皆恍如梦境。感怀之时,所奏之曲异常凄婉。

明石道人已是老泪纵横,遂命人于内宅取得琵琶及筝来,用琵琶弹奏了一两支绝世妙曲,再请公子弹筝。公子从容而奏,众人掌声雷动,继而又悲戚下怀。乐声本不论手法精湛与否,环境幽雅自然相映成趣。此刻海滨,水天一色,夜雾茫茫;近旁秀木,繁茂葱茏,比春之樱花、秋之红叶更添妩媚。四野蛙声长鸣,不由让人想到古歌"日暮秧鸡来叩门,谁忍闭门不放行?"来。

此刻道人又弹起了筝,技法之高明,音色之美妙,令源氏公子大为感动。他无意说道:"此乐器若由女子从容自如弹奏一曲,那才美呢!"道人莞尔一笑道:"还有何等女子,能胜过公子弹奏?委实相告:我家自受延喜帝嫡传弹筝秘技,已历经三代。可惜身命不济,早已摒弃世俗,唯以弹筝遣怀。小女自幼聪颖,模仿自习,倒亦与亲王殿下手法颇似。呀,想必我这'山僧'耳钝,将琴声听成了'松风',竟敢如此胡言乱语。但我曾寻思,倘公子有此雅兴,定叫小女为公子弹筝一曲!"说罢竟激动得发抖,差点流下泪来。

源氏公子随口说道:"有高手于此,我所弹乃是'闻琴不知是琴声'呀!惭愧至极!"遂推开筝又道:"甚是奇怪,筝这玩意儿,从来仅有女子弹得出色。嵯峨天皇五公主,经天皇嫡传,可谓世之弹筝圣者,可惜此后失传。如今弹筝家,仅得皮毛而已。孰料此浦竟藏得弹筝妙手,真乃有幸。如若不曾嫌忌,倒想一饱耳福。"

明石道人受宠若惊，道："岂敢！岂敢！公子尽管吩咐，我这便唤她前来弹奏。昔日贵人亦曾为'商人妇'那琵琶音所感动呢。琵琶能弹出妙音，古人亦不多见。我那小女不知如何习得，却能将高深曲调尽致表演。让她久居这惊涛骇浪之地，实在有些委屈。忧愁烦闷时，小女颇能善解人意。"话里暗含风趣，源氏公子兴味陡增，遂请道人弹奏。道人出手自是不凡，现世失传之技，于他手中，极富韵致，且具古风格调。那左手摇弦之音，尤为青脆欲滴。此处并非伊势，源氏公子却让擅歌随从唱起《催马乐·伊势海》伴和。其词道："伊势渚清海潮退，摘得海藻拾得贝……"自己亦不时击拍合唱。曲毕，二人互为赞赏，随后摆上珍贵茶点果品，谈古论今，又殷勤敬酒。众人欢度此宵，竟忘却了人世忧患。

天色渐深，残月归隐。夜空明净如洗，一切均已沉寂，唯有海风送来阵阵凉意。明石道人与源氏公子尽性举杯，娓娓恳谈，从初来乍到之情状，谈至为来世修福功行。琐屑细微，即便于女儿终身愁虑之事，亦不曾保留。源氏公子唯觉可笑之余，尚存丝丝怜悯。明石道人说道："老夫心有一言实难开口：公子虽暂且屈身此等荒村野地，蒙神佛垂怜我频年修行积福，才有幸见到公子。我为小女之事，祈愿住吉明神已历十八载。且每岁春秋二度，扶老携女参拜神明，虔心于昼夜六时[1]诵经礼佛，以求神明保佑，此生嫁得贵婿，了却夙愿。只因前世作孽，故家父虽身居大臣，我却平居田舍庶民。如此沉沦，甚为伤感，寄予小女厚望亦未了结。且得罪诸多身份相应的求婚者，于我实为不利。然而仍未悔恨，即便一息尚存，腕力薄弱，我亦将护爱至底。倘我身先死而良缘未得，则早有遗命：'宁可投海底，许身海波，亦不愿配庸夫。'"说罢声泪俱下，伤心之至，难以状述。

源氏公子无话可说。且值愁绪满怀，闻此番伤心话语，不免伤悲，不由频频拭泪。他仅回答道："我蒙莫名之罪，漂泊于意外之地，正念前世何罪之有。如今乃知，前世注定有此因缘。你既有此愿，承蒙不弃，理应早些告知与我。我自离京，已痛念世事难料，终至心灰意冷，除每日勤修佛法，别无他念。岁月空度，神情颓废。我亦闻令嫒美貌动人，因念罪名于身，怎可有冒昧之举？自当寂寞至今。既有此意，若再请红线相系，感激不尽。成就好事，我亦不再孤枕难眠了。"明石道人听罢，无限欢喜道：

【1】昼夜六时，指的是晨朝、日中、日没、初夜、中夜、后夜。

"'暗尽寂寞孤眠者,
　应怜明石独居人'。
务请理解父母长年苦心。"说时浑身战栗,但仍能自制。公子道:"你惯居荒浦,怎可知我寂寞?"且答吟道:
"离居夜长盼拂晓,
　旅枕巾短梦难成"。
推心置腹之态,优雅之至,美不胜言。道人又絮絮叨叨,牢骚满腹说得许多。

且说明石道人夙愿既成,犹如卸却了千钧重负。据道人所言,此女生性腼腆。源氏公子便想:"偏僻之地,佳人或许更为优秀吧。"便止不住心驰神往起来,取出胡桃色高丽纸,虔诚写道:
"'天际苍茫迷途远,
　渔人遥指访仙踪'。
本应'隐藏相思情',终是'欲抑无可抑'[1]。"虽字迹寥寥,然情思甚浓。于当日近午,遣人送至山边内宅。道人正虔心静候公子音信,果真信使不久便至,遂热忱接待。但小姐回书久不送出,明石道人急不可待,只得进去催促。小姐恐因身份卑微,高攀不上此等高贵公子,委实有愧,竟羞得难以执笔,便以心情不佳为由,推辞不理。道人无奈,只得代书:"蒙赐华函,感激不尽。反因小女生自蓬门,孤陋寡闻,料必'今宵喜庆袖难容',惶恐不敢复书,老朽揣度其心思,定是:
"'同是怅望此天宇,
　两情相悦共此心'。
未免香艳些了吧?"此信写于一张陆奥纸上,字体古雅,笔法洒脱,极富趣致。为犒赏信使,明石道人赏了件女衫,形式倒也算是精致。源氏公子看罢回信,甚感风流,很是惊异。

次日,源氏公子又去信一封,道:"代笔情书,我此生未曾听说。"且道:
"'不见佳丽含香来,
　只是垂头独自伤'。

【1】见《古今和歌集》:"隐藏相思情,勿使露声色。岂知心如焚,欲抑无可抑。"

真是'未曾相知何言恋'啊！"此信写于一张软软的薄纸上，书法更具韵味。明石姬[1]阅罢，思量自己乃一少女，目睹这等优美情书尚镇静自若，未免过于拘谨吧。公子俊美固然可爱，但身份悬殊，纵然动心又有何用？不过徒增忧烦而已。今见其再次寄书，不禁为蒙如此青睐而热泪盈眶。经老父再三劝导，她才方于浓香紫色纸上书写复信。笔墨时浓时淡，丝毫不掩做作之态。其诗道：

"问君情缘深几许，

未曾相识何以忧。"

笔致出色，绝不逊于京中女子。源氏公子不由忆起了京中情状，遂觉与此人通信倒有兴味。但恐通信过多，难免招人注目，流言广布。便每隔两三日，或于黄昏寂寥之时，或于黎明多愁善感之际，或思量对方亦有此念之日，通信慰问一次。明石姬复信，言语适宜，从不露悲喜之色。源氏便推想其品质定亦端庄娴雅，一睹芳容之念更为浓烈。然每每提及此女，良清总显得凄楚，那分明是提醒公子，"此人已属我了"。公子虽有些不快，但念及主仆一场，况他又追求了这么多年，倘再去夺取，实在有些对他不住。思前想后，遂决定若明石姬主动，让我"不得已而受"那样最好。可惜明石姬姿态傲如贵族女子，决不屈从，叫人实在无可奈何。于是，彼此对峙，耐性度日。

源氏公子忽地念起京中的紫姬来，今西出阳关相隔远，思慕之心更近切。逢心绪不佳时，他便想："如何是好？真如古歌所言'方知不可戏'[2]了，干脆将其暗中接来吧！"可转念又想："不管怎样，终不会如此长久离居，眼下怎能移情别恋，招人非议呢？"一时便静下了心来。

且说当年，宫中时发灾乱之兆。三月十三日夜，电闪雷鸣，风狂雨暴。朱雀帝得一奇梦：见桐壶上皇立于清凉殿阶下，一脸不快，两眼怒视自己。虽大为震惊，却只得肃立听命。桐壶上皇晓谕甚多，主要之事似有关源氏公子。他醒来后异常恐惧，亦生怜悯，便将梦景俱告与弘徽殿太后。太后道："风雨交加之夜，日有所思，则夜有所梦，此乃寻常之事，毋须担忧。"或因梦中与父皇四目相对之故，朱雀帝忽地害起眼疾。见皇上痛苦不已，弘徽殿及宫中连忙操办起法事，以祈佑早日痊愈。

【1】自此称呼明石道人的女儿为明石姬。
【2】见《古今和歌集》："欲试忍耐心，戏作小离别。暂别心如焚，方知不可戏。"

恰逢此刻，太政大臣[1]亡故。此人年岁已高，本属情理之中，只是死亡瘟疫接踵而至，弄得人心惶惶。弘徽殿太后竟亦染病卧床，病势日益加重。朱雀帝忧心如焚，心想："源氏公子蒙莫名罪行，饱受沉沦。此天灾必为报应吧。"便屡奏母后："如今可赐还源氏官爵了。"太后答道："据我朝刑律，未满三年便将罪人赦罪，难以告慰天下众人，万不可轻易为之。"态度甚是坚决，于多方顾虑中，病势竟愈显沉重。

且说明石浦，每逢秋季，海风甚为凄厉。源氏公子孤枕难眠，倍感寂寞，便不时催促明石道人道："总得想个法子劝小姐来呀！"他不愿前往求见，明石姬亦不愿前来。她想道："山乡姑娘，自身卑微，乃受京城男子诱惑。此等短暂欢爱，我怎可轻率委身？且他本瞧我不起，唯因孤寂难耐，方对我有此情怀。我若答应，此生必定痛苦。父母因欲高攀，让我待字深闺。若一味高攀，即使姻缘成功，亦必定悲哀，悔恨时便已迟了。"忽又转念道："素闻公子大名，故盼有一面之缘。本欲趁他客居此浦，互传飞鸿以留风韵，了却今生夙愿。岂料身蒙意外而来，我虽隔遥远，亦可拜仰其俊美之颜。他那琴声，盖世无双，亦得临风听赏，其朝夕起居之状，亦能耳闻其详。于我等山野小民，身居渔樵之间，平常如同草芥，今蒙公子存问，实为幸之所至！"如此一想，愈发觉得自身卑微，反决计不再亲近公子了。

再说自源氏公子来此浦后，明石道人夫妇遂感祈愿已成。但细细思量："公子虽为贵人，其性情及女儿宿命尚不可测。倘将女儿贸然嫁与了他，若瞧她不起，倒成悲剧。果真以女儿性命作赌，岂不成了鲁莽之举？身为父母又如何忍心呢？"不禁心烦意乱。

源氏公子常对道人道："近来听得涛声，便如听令媛琴音，此季节琴声最妙。"明石道人听得此言，决定玉成其事，遂不顾夫人踌躇，亦不让众弟子知晓，悄悄择定吉日，独自将房室设置得格外辉煌。于十三日夜皓月悬空时，吟着"月下赏花情趣浓，美景独眷慧眼人"前去接请公子。源氏虽觉此举有些风流，但仍换上礼服，整戴一番，方才启程。为了不显得招摇，公子未乘坐道人配备的华丽车辆，仅带了惟光等随从，一路转山绕水，乘马闲游浦上景致。遥想伴恋人共赏海面月影的情景，不禁又想起紫姬，恨不能立即飞身策马赶赴京都。他便独自吟道：

【1】朱雀帝继位以来，其外祖父右大臣权倾朝野，升为太政大臣。

"赤马轻踏秋月夜，

直奔玉宇会嫦娥。"

明石道人宅内，虽不若海滨本邸那般富丽堂皇，然花木掩庭，精美别致，幽静而极富情趣。源氏公子推想，此地如此风雨晦明，难怪小姐多愁善感。他深表同情。近旁一所"三昧堂"，乃居士修行之处。钟声伴和松风迎面飘来，让人顿生哀怨。苍松扎根岩壁，姿态遒劲。秋虫唧唧，鸣于庭前草丛。源氏公子均感怀于心。

小姐居室，构造尤为讲究。一道月光，透过门隙悄然照入。公子轻轻走进，与小姐答话。明石姬不愿此刻会面，显得有些慌乱，仅一味叹气，毫无亲近之态。源氏公子暗想："架子不小呢！千金小姐算难驯吧，而经我直面求爱，亦无不服从。如今漂泊至此，倒要受这女子侮辱了。"心中不觉伤感。倘强求寻欢，又于心不忍；若就此却步，又恐人取笑。如此逡巡踌躇，真如道人所吟"美景独眷慧眼人"？

夜风潜入，吹动帷屏。有带子触动筝弦，发出铮铮响声，足见她随意拨弄筝弦时室内的零乱模样。源氏公子甚觉有趣，便隔帘对小姐道："我艳羡小姐弹筝技艺已久，拜听一曲如何？"恳求之语甚多，且吟道：

"拨去愁云觅知己，

但求驱散浮生梦。"

明石姬答诗道：

"我心幽暗似长夜，

梦幻真伪难辨清。"

言语极尽优雅，极似伊势那六条妃子。正当明石姬陷入遐思，毫无头绪之时，公子竟然步入内室，她不由脸面燥热，没了主张，只得仓皇逃进了里面一居室，将门挡住，倚于门后喘息。公子并不刻意立刻推开此门，以为不过多时，便可直接与小姐面晤。未及片刻，果然如愿。她仪容高雅，体态婀娜，公子一见钟情。如此姻缘，源氏公子本未敢奢望，居然如此顺理成章，顿觉分外销魂。或许源氏公子一旦面对可心女子，爱情便会不期而至吧。往日只怨长夜难熬，今夜唯愁秋宵短暂。他深恐消息走漏，亦不敢过分张狂，便许下铮铮誓言，于破晓时分，匆忙退出。

当日公子派人送书慰问，行动亦为谨慎，或许是负疚于心吧。明石道人唯恐此事泄露，招待信使亦不及前次体面，然心中颇感歉意。自此，源氏公子便时常与明石姬幽会。唯因两地稍远，频频出入恐渔人生疑，故行迹有所收敛。一日，见公子久不来此，明石姬便暗自悲叹："果如我所料！"明石道人亦虑公子变心，只管静心祈盼其光临。他本已步出红尘，如今因女儿私情，又堕入尘世，委实可怜啊！

源氏公子暗想："此事我虽是逢场作戏，但若走漏风声，为紫姬得知，她定会怨我薄情而怀恨、疏远于我，这倒有些对她不住。"由此可知，他对紫姬仍情深谊厚。回思以往种种不端行为，甚觉夫人心胸开阔，对此番无聊消遣颇感后悔。明石姬虽芳姿迷人，亦难抵公子思念紫姬之情，遂写信一封，俱告此地详情。信中道："我实无颜面启口：往昔狂放成性，不端行为甚多，频频扰君忧虑。真是不堪回首！岂知身在此浦，偶遇如此无聊噩梦！如今不问自招，务请体谅我此番诚挚之心。正如古歌：'此心倘负白头誓，甘遭神明共诛伐'。"另写到："无论若何，我乃

　　'孤浦寻花作戏看，

　　　思君肠断泪若澜。'"

紫姬回书并无责备之意，语气亦尤为和蔼。末尾道："承蒙无欺，告之梦情，闻之无限相思顿生。须知：

　　山盟海誓已此般，

　　　潮水岂能漫过山？[1]"

体察之心，溢于字里行间。源氏公子读罢，大为感动，决念忠于紫姬。此后许久，未曾再与明石姬幽会。

明石姬早有所料，见公子久不登门，不禁黯然神伤，竟想投海了却此生。昔日唯由残年父母悉心照拂，虽不知福于何处，但岁月安闲，倒也单纯无忧。曾推想恋情婚嫁本乃今生幸事，岂料结局竟如此悲哀！然于公子面前，却不露丝毫苦情，面颜犹如从前。二人相处，日渐情深。公子念及紫姬独守空房，又深为歉疚，故时常独眠。

为消遣排忧，源氏公子潜心作画，以免却昼夜相思。若遥寄紫姬，必将感而复书。画面情意悱恻，令人伤怀。说来也怪，许是心灵相约之故吧。于闲寂无

【1】此诗引用古歌，见《古今和歌集》："我生倘做负心汉，海水亦应漫松山。"

聊之时，紫姬亦作了些画，且将寻常所思寄情于画，集为日记一册。如此两人书画，必定意趣迥异吧！

年关既过。此年春天，朱雀帝患病，传位一事，引起朝野评议。右大臣[1]之女承香殿女御，本为朱雀帝后宫，曾生得一皇子，但年仅两岁，尚不能立位，故应传位于藤壶皇后所生皇太子。择新帝辅弼者时，朱雀帝唯觉源氏最为适合。但因此人尚流放于外，甚觉可惜，他遂不顾弘徽殿太后阻挠，决意赦免源氏。自去年弘徽殿太后病魔缠身以来，一直不见好转。宫中时有不祥之兆，皇帝眼疾再次复发，弄得人心恐慌，圣心恼乱，便于七月二十日再度降旨，催源氏回京。

源氏公子虽知终有返京之日，然世事难料，安能顾念结局如何？正苦于无望之时，突然接到归京圣旨，岂不欢庆欣慰？但他又想到即将别离此浦及浦上心爱之人，又不禁伤怀。明石道人呢，尽管推知公子必返京都重建基业，仍茫然若失，悲不自胜，唯有此想：只要公子春风得意，定有来日方长。

公子难以割舍明石姬，近日夜夜欢娱。六月中，明石姬有了身孕，常觉身子不适。至今临别时，公子倒比先前更为疼爱了，暗自因离愁而伤悲。他不由得想道："怪事啊！此乃我命里注定该受这番苦的。"一时心绪纷杂，想到前年离京之苦，如今便到了尽头，他日何时方可重游旧地呢？此时的明石姬，其伤楚之状自不必说，唯有自叹命苦，欲留公子多待些时日。

随从诸人，得知即将返京与家人团聚，无不欢天喜地。京中来迎接之人，亦是满面喜气，唯有明石道人以袖掩泪。转眼已至八月，天地衰变，一片凄凉。公子心绪烦乱，仰望长空，想道："我为何这般没落，日日常为些许琐事而自寻烦恼呢？"几个随从平素深知公子性情，见公子呆立怅想，相与叹道："这如何是好？老毛病又发了。"且私下抱怨道："数月以来，都做得甚为干净，悄然前往不过几次，关系亦本淡然。近来却恁般毫无顾忌，反倒让那女子受苦。"言及起因，都怪少纳言良清，昔年于北山提及此女。良清闻后，好生不快。

归期已定，后日启程。今日自与往常有异，刚至黄昏，源氏公子便前往明石姬居所。往日夜深，未曾看清其容颜，此刻仔细端详，方觉此女品貌端庄，气质优雅，出乎意料之外。若就此割舍，委实惋惜！定得设法迎入京都，方可安心，

【1】此处的右大臣指朱雀帝之承香殿女御的父亲。

便以此话慰藉明石姬。于明石姬眼中公子相貌俊艳，世间无与伦比。虽说年来潜心佛事，面庞清瘦，却更显飘逸。明石姬不由想道："如今此俊郎满面愁容，热泪盈盈，与我无限温情，依依惜别。于我等女子，此生能有此情缘，已是幸福万分，岂敢再有奢望？我这卑微之身，面对如此优越之人，更觉伤心无限！"此刻秋风送来阵阵浪涛声，分外凄凉惨淡；渔夫所烧盐灶，一缕青烟袅绕，仿佛亦满含哀愁。源氏公子吟诗道：

"此度暂别定相逢，
犹如盐灶烟归一。"

明石姬答道：

"惜别情怀如灶火，
今生命薄怨徒劳。"

吟罢，早已哽咽不止。

源氏公子甚是倾慕明石姬那娴熟的琴艺，只因从未细赏，深觉憾惜。便恳请道："分手在即，可否弹奏一曲，与我送行？"遂命人取来随身所带七弦琴，先奏一曲。此值万籁俱寂，琴声更显得异常幽深美妙。明石道人闻之，激动不已，亦携筝而至。明石姬听得此琴此筝，竟泪落如雨，不可抑止，不由取琴来信手随拨，曲趣甚为高雅。源氏公子曾听藤壶皇后弹琴，便认为举世无双。其手法清艳，牵扯人心，闻者足可辨其容颜，实属高妙。如今听了明石姬所奏琴声，清幽和婉，恍如梦里天庭妙曲。她所弹乐曲少有人懂，源氏公子素来长于此道，亦未能辨其曲目。正当妙处，一声断毕。公子如痴如醉，沉寂半晌方从曲音中解脱出来，暗自悔恨："数月中，为何竟未向其讨教呢？"遂又虔诚许诺，将永世不忘。且对她言道："我今将此琴奉赠于你，容你我二人将来同奏，此前请留作纪念。"

明石姬即席吟道：

"顺情相约欠凝重，
此后思君泪伴琴。"

公子叹惋答道：

"别后宫弦不变音，
如此卿心思前情。

在此弦未变音前，我俩必定重逢。"如此向明石姬山盟海誓。明石姬深感未来茫然难料，但此刻已无法顾及许多，仅为眼前惜别伤心垂泪。这本为人世常情。

启程那日，天色微明时便整装待发。明石浦候送人员俱齐，一时人声鼎沸，马嘶阵阵。源氏公子心神恍惚，若有所失。他仍瞅准一个人少的机会，赠诗与明石姬道：

"别卿离浦感伤多，
此后余波当如何？"

明石姬答道：

"君行岁逝茅舍荒，
不惯离苦逐逝波。"

源氏公子见她如此坦率道出了心事，不禁悲痛万分，虽竭力隐忍，亦泪流满面。有人不知内情，定会猜想："即使是荒郊野地，闲居两三年，如今一旦离别，也有些割舍不下吧！"唯有良清心下明白，愤然想道："定是不舍那女子了。"随从诸人均笑逐颜开，但想起即日便要离开此地，又有些留恋。

即日送别，明石道人准备甚是充分。随从诸人，不论身份高低，都有旅行服装等赠品。源氏公子赠品，自是与众不同，除去几箱衣物外，尚有带回京都的正式礼品，品种极多，配备周详。明石姬于其旅行服饰上，附诗一首：

"行装我缝泪未干，
若嫌襟湿君莫穿。"

源氏公子读罢此诗，便于喧闹中匆匆答道：

"屈指记日相思苦，
睹物难忘故人情。"

此实乃一番诚意。公子遂换上此装，将平日衣物送与明石姬，以留作纪念。此衣香气浓郁，又安能不睹物思人？

明石道人对公子道："我乃朽木苟且之身，恕不远送了。"一脸悲苦，甚为可怜。众年轻女子目睹那模样，均不禁暗笑。道人吟道：

"'长年遁世隐海角，
此心终难舍红尘'。"

唯因爱女深切，以致神思迷乱，就不亲往护送了！"又向公子请安，并央求道："恕我念叨儿女私情：公子若思念小女，务望惠赐玉音！"公子闻听此言，分外伤感，哭得两腮通红。答道："如今这夫妻姻缘，怎能忘怀？我等心思，不久你自会明白的。久居此地，真叫我难以割舍！"便吟诗道：

"久居孤浦伤秋别，

犹如去春离京时。"

吟时不住拭泪。明石道人听罢，愈发怅惘，几近人事不省。自源氏公子离去，他竟步履蹒跚，似乎衰老了许多。

明石姬的悲伤情状，更不必言说，她唯有强忍悲愁，以防外人看出。她自认身份卑微，故愈为伤心。公子返京本迫不得已，可此身被弃，难慰今生。公子面容总挥之不去，自知难忘，除挥泪度日外，再无他法。母亲唯有安慰，一味怪怨丈夫："都是你出的歪主意，你这老顽固，铸成恁般大错！"明石道人自知理屈，亦有苦难诉，仅答道："罢了！如今亦不必多言。再说公子怎可弃下自己的骨肉？虽眼下离去，定会想出法子的。劝她吃些补药吧，老是哭哭啼啼，会伤了身子的。"说完，返身靠在屋角，不再作声。而乳母及母夫人，仍在议论他的不是，但听说道："多年来，一直盼望她有个好归宿，本以为已了却了夙愿，岂知刚开始，又遭此不幸！"明石道人听得此叹息，愈发同情女儿，也愈觉烦乱了。昏昏沉沉睡了一日。夜里，他一骨碌爬起来，道："念珠在何处？"便合掌拜佛。近日弟子们亦怨他怠慢佛事，因此于一月夜，他出门到佛堂做功课，岂料一个闪失，跌进水塘里，腰椎撞在突兀的假山石上，自此卧床不起，亦无暇顾及女儿。

且说源氏公子辞别明石浦后，途经难波浦时，举行了祓禊。且派人前往住吉明神神社，道明情由，以表因旅途仓促，未能及时参拜，待琐事停当后，定专程来此还愿感恩。此次返京，确实异常忙乱，一路急速前行，连途中美景亦无暇观览。

回至二条院，与于此专候的人抱头大哭，与随赴侍从畅述衷肠，互诉思念之苦，一时说话声、谈笑声、哭泣声、慨叹声，嘈杂切切。紫姬孤寂日久，常叹红颜命薄，而今得相逢，自是欢喜不尽。数年不见，容颜越显标致。仅因常积愁苦，浓黑的秀发稍薄了些，倒显得另有韵味。公子暗想："从此将永远陪伴这个美人儿，不再分开了。"觉得分外满足，然想到明石浦那个惜别伤离的人儿，不禁有些凄楚。源氏公子啊，此生何时才得安宁！

有关明石姬之事，他一一告知了紫姬。言及幽幽离情时，神态甚为激动。紫姬虽有些不快，但只能装得镇定自若，随口低吟道："我身遭忘却，区区不足惜；唯怜弃我者，负誓受天诛。"借以托恨。源氏公子闻后，甚觉可爱又可怜。"如此一倾心美人，我竟舍得长年累月与之离别，不觉可惜？"一番思量，也自感诧异，因而更为诅咒这残酷的人世。

源氏公子恢复了原爵，不多久便荣升为权大纳言[1]。以前曾因公子而受累者，均复旧职，犹如枯木逢春，又显一派生机，实乃有幸。一日，朱雀帝召见源氏公子，赐座于玉座前。众宫女，尤其自桐壶院以来的老宫女，均认为公子相貌更显堂皇了。大家想到此贵公子几年久居荒凉海滨，甚为悲戚，不觉号哭了一阵。朱雀帝面有愧色，因此举行隆重仪式，召见源氏公子，服饰亦极为讲究。朱雀帝近来虽心绪烦乱，身体虚弱，但近两日清爽了些，便与源氏公子商谈议事，直至深夜。

此日正逢中秋佳节，皓月当空，夜色幽碧。朱雀帝回首往事，感慨万千，不觉悲凉渐起，遂对公子道："昔日常闻雅曲，自你去后，我亦久无管弦之兴了！"源氏公子慨然赋诗：

"绝望落魄飘海涯，

倏经蛭子跛瘫年。[2]"

朱雀院一听此诗，深感愧疚，又有些怜悯，答道：

"绕柱二神终相会，

悲忆前春离京时。"

吟时神采飞扬，仪态潇洒。

再说源氏公子复职后，急备法华讲佛一事，以追荐桐壶上皇。他先去冷泉院看了皇太子。太子已满十岁，甚是英俊。源氏公子见他不脱童趣，兴奋地将他抱起来。皇太子才学初见端倪，人品正直，可想将来定无愧执掌朝纲。源氏公子待心情稍稍平静后，又去拜见已出家的藤壶皇后。隔久相逢，二人自是另有一番感慨。

却说当初公子返京，明石道人曾派人护送。护送者回浦时，公子瞒着紫姬托有一信与明石姬。信中道："夜夜波涛，难遣相思！

'浦上夜长却无眠，

【1】大纳言的人数有规定，超出规定数额的获封者，叫"权大纳言"。

【2】在日本神话中，伊奘诺和伊奘冉本是兄妹，后来下凡，在一岛上绕柱相会，互相求爱，遂结成夫妇。这对神仙夫妻生的第一个儿子叫蛭子，长到三岁两足瘫痪，无法站立。故"蛭子跛瘫年"即"倏经三年"之意。蛭子曾乘苇船泛海，故源氏以此自比。

晨雾笼罩叹息无？'"

言语缠绵，情思悱恻。且有那五节小姐，为太宰大贰之女，因暗恋源氏公子，曾寄信与明石浦。知公子返京后，她亦日渐灰心，便派一使者送信至二条院，吩咐不必言明信主，只须递个眼色。信中有诗道：

　　"自有须磨倾心人，

　　罗衫常湿盼君睹。"

源氏公子见笔迹优美，料知为五节所写。便答道：

　　"遥得音信襟常湿，

　　更欲向卿诉怨情。"

他曾热恋过此小姐，如今收到其信，越觉得亲切可爱。而如今公子已循规蹈矩，不再有轻薄行径。至于花散里等，也限于致信问候而并未登门造访。她们为此反倒徒增了许多烦恼吧！

THE TALE OF GENJI

VOLUME 14
第 十 四 回
航 标

且说那源氏公子自于须磨见得那个清晰的梦境后,便常常怀念起已逝的桐壶上皇来。每每哀愁悲叹,他便欲做些佛事,以拯救父皇在阴间所受的痛苦。如今他既已返京,遂忙着筹备超荐,于是定在十月里,为他举行法华八讲。世人亦一如往常,仰慕其浓厚德行。弘徽殿太后病情尤重,因奈何不得公子而只得暗自怨恨。至于朱雀帝,因违背父皇遗愿,深恐身遭报应。如今将源氏召回,方稍觉宽慰,眼疾也已痊愈。不过,他总为自己的性命及皇位惴惴不安,故时常宣召源氏公子进宫商讨国事,且坦诚相待,但凡政务事宜,无不与其磋商。皇上终于能够临朝摄政,举国上下一片欢腾。

自发生了此等变化后,朱雀帝日渐坚定了让位决心,但恐尚侍胧月夜今后身世愁苦,又甚觉怜悯,便对她道:"你父太政大臣过世甚早,你姐皇太后又卧病于床,我在世之日恐亦不久。今后你孤苦于世,委实让人心酸。你爱恋我恁般短暂,又将深情付诸别人。待我去后,自有更为优秀之人照顾,然而又怎及我痴?仅此一点,便甚为忧心啊。"话到此处,已禁不住举袖拭泪。胧月夜满面绯红,娇羞的双颊早已布满泪痕。朱雀帝得见,便忘却了以前的所有不是,只觉分外怜惜。且道:"为何不生个皇子与我?真乃憾事!将来遇到那缘深之人,想必你会为他而生吧!可怜身份限定,仅为臣下。"他因念及身后之事,竟毫无知觉,道出了此番言语。胧月夜甚感羞惭与悲哀。

胧月夜也深知,清秀堂皇的朱雀帝对己一往情深;源氏公子虽潇洒俊美,却不及他情感真挚。回首往事,常痛惜不已:"年幼时,为何任性恣情,惹下如此祸患。自己丢尽颜面倒罢,牵连别人历尽磨难……"她感慨自己真是命薄之至!

次年二月,冷泉院皇太子行冠礼。年仅十一的皇太子,显得要比实际年龄大出许多。他沉稳端庄,容貌俊丽,模样与源氏大纳言极为相似,竟如一母所生。二人均容光焕发,交相辉映,世间一时传为美谈。藤壶皇后闻后,心中暗自苦痛。朱雀帝对皇太子的丰姿亦大加赞扬,并情深意切地告与传位一事。是月二十过后,让位之事突然公布于世,皇太后甚是惊讶。朱雀帝忙劝慰道:"辞去帝位,只为得些闲暇时日,以奉养孝敬母后,不必操虑才是。"皇太子即位后,便立了承香殿女御所生之子为皇太子。

时势更换,万象俱新,一派欣欣向荣。源氏权大纳言又荣升内大臣。仅因左右大臣职位均满,故以内大臣之名为额外大臣。源氏内大臣本应兼任摄政,但他道:"如此重任,微臣实不敢当。"欲将摄政职位让与左大臣。但左大臣早已告退，故不接受。他道："臣年事已高，又有疾病缠身，早已不堪重任了。"然朝野上下，均以国外有此先例为由，不肯让其告退。他们道："每逢时势变迁、天下混乱之时，即便是遁隐山林、不沾尘事之人，亦为平治天下而不顾鹤发高龄，决然从政。如此之人，实乃圣贤，可钦可佩。左大臣虽因病告退，然时过境迁，复职效力亦无不可。且在本国尚存先例，不必推辞。"左大臣推却不得，虽时年已六十有三，仍只得受命。昔日因时局不利解甲归田，而今恢复显贵，家中诸公子皆随之升官晋爵。尤其宰相中将[1]，荣升权中纳言，且准备送女儿进宫做新帝女御。此女乃正夫人（已故右大臣之四女公子）所生，年仅十二，备受珍宠。儿子红梅，曾于二条院唱《催马乐·高砂》，如今亦已行过冠礼。可谓万事顺心了。其他夫人也曾生育，一时家中儿孙满堂，热闹非凡。源氏内大臣自是喜在心里。

源氏内大臣唯有一子夕雾，为正夫人葵姬所生。他相貌俊美清秀，特允于御前及东宫上殿[2]。不幸葵姬命薄，令太政大臣（从此处开始，称左大臣为太政大臣）与老夫人哀伤至今。数年晦气，也因源氏内大臣的荣威而彻底扫除，家业日盛，万事蓬勃。每逢喜庆时日，源氏内大臣惯如往常，必亲赴太政大臣私邸。对小公子夕雾的乳母及未曾散去的侍女，均悉心关照，故而与人交情甚好。二条院那边，数年来苦等公子者，均获得了优厚待遇。曾蒙宠幸的中将、中务君等侍女，适时得到怜爱，以慰藉数年来的孤苦。因忙于内务，遂不得时机外出游玩。二条院以东的宫邸，本为桐壶上皇遗产，此番大加修缮，更是壮观，以便花散里等境况清寒之人居住。

再说那明石姬自有身孕而别，其近况源氏公子甚是牵挂。公子回京后，事务繁忙，未能及时问候。时至三月初，估算产期已届，公子更是暗自怜爱，便派了一个使者前往探询。使者很快回来禀报，道："三月十六日，产得一女婴，母女均平安无事。"源氏公子初得女婴，备感珍爱，亦更为看重明石姬。他不禁有些悔恨：为何不接进京生产呢！记得曾有相命者预言："若生得子女三人，必有二人为天子与皇后。权位最低者，也必为太政大臣。"又言："夫人中位卑者，必产女婴。"如今此话果然应验。也曾有诸多占术高明的相命者，不约而同地言道："源

【1】宰相中将即最初的头中将，葵姬的哥哥。权中纳言，即定额以外受封的中纳言。

【2】为了让公卿的儿子自幼便习得宫中的规矩，特许其上殿服务。

氏公子必荣登龙位，一统天下。"后来仅因时运不济，此话才没了着落。但随着冷泉帝即位，相命先生之言，又得以应验了。源氏公子甚是欢喜。他明了此生无缘登临极位，早已不抱幻想。当年众多皇子中，父皇对他格外偏爱，仍将他降为臣籍。父皇用心，原已无帝缘。但转而思忖："此次冷泉帝即位，外人不知真相，但相命先生所言极是。"他思前想后，进而确信了"明石浦之行，必为住吉明神佑导所至。那明石姬亦定有夙缘生育皇后，故而其父虽禀性乖僻，却也胆敢与我高攀姻亲。照此说来，高贵的皇后竟要诞生于彼等穷乡僻壤，真是莫大的屈辱。姑且让她屈居此地吧，将来定会迎入宫中。"定下此事后，立即督促修筑东院，以便早日竣工。

源氏公子复又思量道："明石浦如此偏僻，找好的乳母一定不易。忽忆及昔日桐壶父室有一女官宣旨[1]，生有一女。此女之父宫内卿宰相早已亡故，母亲宣旨不久亦便故去。如今此女生活甚是孤苦，又遇上一前途黯淡之人，产一婴儿。此事源氏公子早有所闻，遂托人请做了乳母。

那人便将此意告诉了宣旨的女儿。此女年纪尚轻，思虑单纯；身居偏僻陋室，生活尚无着落。闻得此话后，她认为为源氏公子做事总是好的，故并不担忧前程，便应允了下来。源氏公子多半是怜悯此女，便暗中前往面晤。此女不免忧虑，但念及公子实出好意，亦就有些动情，只管道："听候差遣就是。"是日乃黄道吉日，她便下去打点去了。源氏公子道："我曾在此浦上居住了些时日，如今委屈你去，自有重要原因，将来你自会知晓的。望你以我为先例，暂且忍耐些。"便将浦上的具体情状，一一讲述与她。

再说那宣旨之女，曾于桐壶上皇御前伺候，源氏公子亦见过几面。此次得见，觉着她以往桃红的面容如今竟清瘦了许多。所居之处，甚是荒凉，唯宽广依旧，庭中古木森森，不觉间竟动了真情。便笑道："真不舍你远行呢。若能接至我处，该有多好。"此女心想："若能伺候于此人身旁，也算我有福分了！"她静静仰视公子，并不言语。公子遂赋诗赠道：

"往昔虽无深交谊，

【1】此女在天皇身边掌管宣旨。《源氏物语》中以职衔用作人名极其普遍，此处即是。

今日别时亦依依。

与你同行如何？"此女莞尔一笑，答道：

"何须惜别为借口，

亦能同访意中人。"

出口极为流畅，未免太露锋芒。

乳母启程时，于京都内乘车，只有一亲信侍女随行。公子嘱咐再三，不可走漏风声，方才打发上道。并托她带去护婴佩刀，及其他什物，备置无不周到细致。乳母的赠品，均挺讲究。想象明石道人对婴儿的珍爱情形，源氏公子便笑逐颜开。但又觉得婴儿生在那等荒凉野地，甚是凄怜，不禁甚为牵念。真是前世注定，夙缘深重！且于书函中反复嘱咐，请善为照料。并附有一诗：

"朝夕祈福长生女，

早日相逢入父怀。"

乳母出得京城，遂改乘船，行至摄津国难波，再改乘马，不久便到了明石浦。明石道人大喜，如奉贵人般迎接乳母，对源氏公子更是感激不尽，便面对京都方向，虔诚合掌礼拜。见公子这般关心婴儿，明石道人亦更视为掌上明珠。女婴俊美异常，可谓举世无双。乳母暗自想道："如此看来，公子几番嘱咐，并非无由。"如此一想，便觉旅途中跋山涉水的辛劳，一下子烟消云散了。她见婴儿确实可爱，殷勤照料自是不提。

自做母亲以后，明石姬与公子数月未见，整日愁眉不展，甚至想一死了之。如今得见公子这般关心，方略感慰藉，便热忱犒赏来使。使者急欲辞行，以求早日返京。明石姬为表思念之情，作诗一首，托转公子：

"狭袖不足抚爱女，

欲蒙使君朝依荫。"

公子得此回音，尤为思念，唯望早日相见。

源氏公子从未将明石姬身孕一事告知紫姬，但恐终有一日她会从别处闻及，反倒不好，便向她明告道："实不相瞒，此事不假。都怪天公作弄人吧：指望生育的偏偏无孕，而无心生育的却又生了！再则，此女婴微不足道，弃之亦无妨。但终究不好，我想日后接至此处，让你见见，该不会生出意外之想吧。"紫姬闻后，红了脸，答道："真怪！你为何总言我嫉妒。我若有嫉妒之心，自己也觉生厌。我于何时有此心的，教我之人正是你呀！"她满腹怨言。源氏公子凄然一笑："看，你这态度岂不又在嫉妒？至于教你之人，无从知晓。只未料及你胡思乱想，并怨恨于我，真是叫人伤心！"言毕，止不住流下泪来。念及日夜思念的丈夫的种种怜爱，还有那封封情书，紫姬也就确信为敷衍之举，疑虑也就渐渐消除了。

良久，源氏公子道："我牵念此人并与其联系，其间自有缘由。此刻告知，恐有误会，姑且不提吧。"便转移了话题，且道："身处偏僻孤寂之地，有人解闷取乐，自然可爱，可实在难求。"又将那海边暮色、所唱和诗句、彼女依稀容貌，及其高妙的琴技——告之，言语中暗含依依离情。紫姬暗想："虽说逢场作戏，却于别处寻欢；而我独守空房，何等悲凉！"心中甚是不快，便转过身子，凝望别处。后又自叹道："人生于世，真个凄苦啊！"随即口占一诗：

"爱侣若烟升空中，

独我先散一场梦。"

源氏公子答道："又言何事？让我好生伤心！你可知晓：

海角天涯多浮沉，

为谁欢喜为谁忧？

罢罢罢，终有一日，你会见我真心的。然而我在世之日，总想避开无聊之事，免遭人怨，唯为你一人啊！"言毕，取筝调弦弹奏。一曲完毕，捧筝要紫姬也来一曲，可她理也不理。定因闻明石姬善于弹筝，而心有不快吧！紫姬原本柔顺温婉，但见公子如此放浪，不免既怨又怒，孰料倒愈发显得娇嗔美艳。源氏公子最为欣赏她生气时的模样了。

源氏公子暗暗估算，至五月初五日，便为明石姬女婴过五十天[1]了。想到那可爱模样，愈想早日看到，便想道："此婴倘若生于京中，如今凡事皆可随意安置，将是何等欢欣！可惜居于偏远荒地，命运甚苦！倘是男孩，倒不必担心，但此女孩，日后定居高位，难免委屈了！许是此女降世，乃前世注定的流落之命吧。"便派使者务于初五日赶至明石浦。

使者所携礼品，皆为公子精心置备的稀世珍品及实用物件。源氏公子又于信中致明石姬道：

"涧底名花惜惜生，

【1】按当时的风俗，婴儿出生后五十天，要在孩子的嘴里放入米糕，并筹办庆宴。

佳节来时何凄清。

我身虽于京都，心却甚思明石。如此离居，实在难熬。企盼早作决定，来京会聚。不必担忧此处，一切妥善。"闻此佳音，明石道人又是一番感激。家中正为五十天忙碌，排场极为体面，倘无京中使者见到，便若锦衣夜行，甚是可惜。

乳母见明石姬为人和蔼，甚是愉悦，二人话亦投机，遂将一切疲劳抛于脑际。于此之前，明石道人曾物色得几个不同身份的人来。然她们要么年迈体弱，要么是看破红尘而来，比起京中乳母，相差甚远。这乳母人品优越、见识颇多，常将些世间奇闻讲与众人；从女子的见解，历述源氏内大臣种种超凡卓绝之处，及世人对其仰慕之因，明石姬喜不自胜，为自己与其生下一女甚感荣耀。乳母一同阅毕源氏公子来信，心中叹想："天啊！她竟有如此好运，而我才是真正吃苦之人呢！"后见信中有问候自己之言，亦甚欣喜。明石姬回信道：

"荒岛仙鹤最可怜，

适逢佳节无访客。

正当愁情万缕，无可消遣之时，忽逢京中来使致问。虽知自己命运困穷，亦不胜感激。万望及早妥善处理，以便日后安身。"言辞甚为恳切。

源氏公子得此回信，阅读再三，不禁长叹："可怜啊！"紫姬回头一瞟，亦低声自吟："人若孤帆离浦岸，相隔日久渐疏远。"唱罢，不再言语。源氏公子忿恨道："何来如此多猜疑？我不过信口说说而已。忆起那里的情形，总感牵挂于怀，难免自语。孰料你倒句句铭记于心。"遂将明石姬来信的封皮递与她瞧。紫姬见字迹秀丽优美，胜于诸多贵族女子，惭愧之余，不免嫉妒：难怪如此……

再说自源氏公子回京后，唯一心奉承紫姬，竟未曾造访花散里，连他自己也为此深感歉疚。只因事务繁忙，且身居高位，自己行动不便，加之她亦并无甚悦人之处，故而并不在意。时值五月，淫雨绵绵，公私事务甚少，源氏公子顿生寂寞，一日忆起，便登门造访。公子虽曾疏远了她，但其日常起居全赖于公子，此番久别重逢，花散里自是毫无怨言，亲切依旧，公子亦就安下了心。年来此屋愈发荒芜，身居其间越发凄戚。源氏公子还是先去晤见了花散里之姐丽景殿女御，时至深夜才前去花散里处。恰逢晴空朗月，溶溶银光辉映室内，将源氏公子的美姿照得甚是俊美。花散里不由敬慕。她原本坐着临窗眺月，此刻亦保持原姿从容接待公子。忽闻得室外秧鸡鸣叫，犹如敲门声，遂吟道：

"若非秧鸡叩荒邸，

怎得月色室内辉？"

那神态含情脉脉，羞怯不已。源氏公子心想："此间美女，个个教人怜惜，教我如何割舍得下？"亦答道：

"秧鸡鸣时香闺开，

莫非夜夜月光来？

我又如何放心得下？"如此言语，不过玩笑而已，并非真正怀疑其另有情人。花散里洁身自守数年，潜心盼望公子归返。此番心意，亦甚为公子看重。回想当年惜别时分，公子吟"时明时暗月有时，人间沧桑不可忧"，盟誓定要重逢之情形，便又叹道："那时何苦要因别离而悲呢？你返京，我亦不得见。此身薄命，尽管伤心吧！"模样娇嗔，可爱无比。源氏公子且搬来一大堆不知源出何处的甜言蜜语，劝慰一番。

此刻，源氏公子又忆起了那五节小姐。公子从不曾忘记此人，盼望再次相见，然而难寻机会，又不便悄然前往。小姐亦痴心相望，对父母的频频劝婚，竟不动半点心思。公子欲另建适宜邸宅若干，以邀集五节等人来住。且明石姬之女前程远大，她们亦可请作保姆。至于东院建筑，风格颇为时尚，较二条院愈加讲究。为早日竣工，遂安排得几个能干之人监工。

尚侍胧月夜那边，他仍旧……惹下大祸，却犹不自咎，亦总想再会一面。然自前忧之后，她……不敢再如先前怎般来往了。源氏公子奈何不得，又欲罢不能，觉……点自由了。

话说朱雀帝让位后，身心……无牵无挂。每逢佳节，宫中管弦悠扬，生活甚为风雅逸致。先前女御、更衣，依然伺侍在侧。以往并不受宠的承香殿女御，如今因儿子立为太子，亦母凭子贵，今非昔日了。而原备受恩宠的尚侍胧月夜，却有今不如昔之感。承香殿女御陪伴皇太子居于梨壶院，不与其他女御共处。淑景舍，即桐壶院，仍是源氏内大臣的宫中值宿所。两院近邻，凡事皆可彼此通问，往来甚为方便，源氏内大臣理所当然又成了皇太子的保护人。

藤壶皇后乃当今皇上之母，因已出家而未能荣升皇太后，只得按照上皇律令，赐与封赠，并任命专职侍卫。宫中种种规矩制度，与往日已迥然不同。长期以来，因忌惮弘徽殿太后，不能常入宫见冷泉帝，已生怨恨。如今日日诵经礼佛，专注法事之余，可以毫无顾虑自由出入，心中很是舒畅。倒是那弘徽殿太后，时势突地逆转了。而源氏内大臣一有机会，必对其关心备至，以示敬意。世人却以为弘徽殿太后不该有此善报，纷纷愤愤不平。

源氏内大臣常普施恩惠于世间百姓，唯对紫姬之父兵部卿亲王一家漠不关心。这都是缘于源氏公子遭流放时，他毫无同情之心，倒有趋炎附势之嫌。故此源氏内大臣心存不快，交情甚淡。藤壶皇后怜悯此兄，甚感遗憾。是时天下大权平分，太政大臣与内大臣翁婿二人齐心协力，共同执政。

是年八月，权中纳言之女入宫为冷泉帝女御，一切仪式均由其祖父太政大臣亲自料理，隆重非凡。兵部卿亲王的二女公子[1]，虽父母用心呵护，盛名于世，亦有入宫愿望。然源氏内大臣并不信任，亲王也奈何不得。

到得年秋，源氏内大臣前往住吉神社参拜。因为还愿，仪仗蔚为壮观，一时举世轰动。满朝公卿及殿上人，皆竞相随往。恰逢此际，明石姬亦前去参拜神社。本来每年例行参拜，只因去年怀孕，今年生育，未曾前去。此次乘船前往，算作补偿。靠岸时，但见热闹非凡，参拜之人甚多，稀世供品连绵不断。乐人与十位舞手，均为相貌俊秀之人，装束甚是华丽。明石姬一随从便探问岸上人："烦问，何人来此参拜？"岸上人答道："怪事，世间尚有人不知呢！此乃源氏内大臣前来还愿！"言毕，身份低贱的仆从皆笑起来。明石姬暗想："真是不巧，偏此时前来。虽与他结得不解之缘，然遥望其丰姿，我的身世愈发不幸了。连此等下人，亦得意非凡、趾高气扬。唯我向来关心其行踪，偏偏对今日如此重大之事一无知晓，又贸然至此，前世造孽何其多啊！"想至此处，很是伤心，不禁落下泪来。

源氏内大臣一行，声势浩大，行进于绿色松林中。那身着绚丽官袍之人，犹如艳丽的樱花及红叶铺满于地，不计其数。六位官员中，藏人的青袍尤为注目。那右近将监，当年于公子流放途中曾赋诗怨恨贺茂神社，如今已荣升卫门佐，侍从前拥后簇，一副藏人大员派头[2]。良清亦荣登卫门佐之位，身着红袍，风姿俊美，更是神气十足。凡随公子于明石浦居过之人，模样已远非昔日，皆身着红红绿绿的官袍，无不喜气洋洋。尤其那年轻公卿与殿上人等，争俏竞艳，连驾乘的马鞍也极尽修饰。使得来自明石浦的乡下人，尽皆惊叹不已。

【1】兵部卿亲王是紫姬的父亲，二女公子即紫姬同父异母的姐妹。
【2】卫门佐和藏人都是天皇御前侍奉的官员，爵位是五位或者六位。五位官员穿红袍，六位则穿青袍。

远远驶来源氏内大臣的车子，明石姬见了甚为伤心，泪眼模糊，竟不能抬眼眺望日夜思念之人。依照河原左大臣之前例，朱雀院特将一队童子，赐予源氏内大臣。此十位童子，皆相貌端正，一样高低，可爱无比，发作童装，耳旁结成两环，系着浓淡相谐的紫带，甚是优美。大队人马簇拥着小公子夕雾而至，随行童子扮装相同，亦尤为显眼。见夕雾仪态严整尊贵，明石姬顿觉自己女儿微不足道，甚是伤悲，于是合掌礼拜住吉明神，祝福女儿。

摄津国国守前来迎接源氏，仪式之盛大，为其他大臣参拜神社时远不能及。明石姬颇为踌躇：若依旧前去，我这等微贱之人，所献供品菲薄，不足充数，住吉明神定不注目；但若就此折回，又成何体统？思虑再三，决定停泊难波浦，亦可举行祓禊。遂命往难波浦行船。

源氏公子无论如何亦未料得明石姬会前来。是夜，歌舞飨宴通宵达旦。为取悦神心，举行了各种仪式。其隆重程度远非昔日能比，奏乐亦盛况空前。昔日曾患难与共的惟光等人，对明神恩德深为感激。源氏公子稍闲外出时，惟光便上前奉诗求见：

"谢罢神恩还愿回，

不堪往事倍伤心。"

公子感触正同，便答道：

"忆及风狂浪险时，

住吉神恩铭刻心。

可谓神验！"说罢满面喜色。惟光便将明石姬亦来参拜之事一一告之。公子惊诧道："我一点不曾知晓呀！"心中甚是怜悯。回想当初为明神引导，居于明石浦之事，公子顿觉明石姬甚是可爱。想必此刻她正悲伤不已，他便决计加以慰藉。

源氏公子向住吉神社辞谢后，便四处闲游。难波浦所行祓禊之仪，尤以七濑隆重庄严。他眺望难波堀江一带，不由吟诵古歌，道："铭心相思苦，至今仍重重。纵使舍身命，誓当谋相见。"[1] 对明石姬思念之情，流露无遗。惟光于一旁闻之，心领神会，自怀中取出旅途中备用毛笔，车停即呈上。惟光如此机灵，源氏公子大悦，遂接笔于一便条上写道：

【1】日语中"航标"和"舍身"音同，都读作 miotsukushi。源氏是远眺着难波方向的海上航标，吟出这首古歌，向明石姬表明自己为了恋爱宁可舍身的心意。

"难波航标可为证，

明石相遇乃缘深。"

写毕交与惟光。惟光即派一知情仆人，送与明石姬。源氏公子等策马离去，明石姬顿感失落，不胜悲伤，忽得书信，虽言语甚少，亦欣慰万分，泪不自禁。遂答诗道：

"妾身低微无足道，

何缘思君舍此身？"

附诗于一布条上，本为田蓑岛祓禊时之供品，交与使者回呈公子。

夜幕降临，正是晚潮上涨之时。鹤于海湾中引颈长鸣，凄厉之声，催人泪下。源氏公子伤感不已，竟想不惮耳目，前与明石姬相会。遂吟诗道：

"行装常湿似当年，

田蓑难遮泪化雨。"

返京途中，源氏公子虽乐得清静游玩，却一刻不曾忘记明石姬。所到之处，风尘女子争先恐后，献媚逢迎，年轻好事的公卿，自是兴味十足。然公子想道："风月情感，还得高尚情趣之人。纵一时戏乐，倘对方态度轻薄，亦未能赏心悦目。"故对矫揉搔姿的女子甚觉厌恶。

源氏公子离去次日，适逢吉日，明石姬才得以赴住吉神社献供参拜，终完成了心中夙愿。不想此次之行，倒添得不少忧思，此后便日夜愁叹起了自己的不幸身世。一日，估约公子抵京后不多日，一使者带信至明石浦，告知公子将于近期迎其进京。然明石姬顾虑重重："此实为至诚心意，想必他亦重视我了。怕又不妥吧！离浦至京，若境况不佳，势必尴尬被动，如何是好？"明石道人亦有此虑，但觉将其埋没乡间，又更为酸楚。二人举棋不定，只得托使者回复："入京之事，暂不能定，待些时日再说罢。"

且说朱雀帝退位后，改朝换代伊始。循古例，伊势修行之斋宫，须得易人，故六条妃子与女儿亦得返京。自此，源氏公子对母女俩百般照顾，情深意笃。六条妃子却想道："昔时，他于我早已淡漠，此番又怎好自寻烦恼？"她对公子甚是冷淡。公子亦不特意造访，仅作此想："若强与之重温旧梦，自己且不知今后情势，况如今身份，亦颇不便于东奔西走。"也就不再强求。倒是很想见见斋宫，如今定是美丽无比了吧！

六条妃子返京后，仍居于六条旧日邸宅。房屋经大加改修，装饰全新，倒也悠游闲雅。其俏丽芳姿，不减当年，且邸内又添得美丽侍女，常令风流男子神思意驰。她虽感寂寞，却自有聊以慰藉的种种趣事，生活倒也闲适逸雅。岂料忽染重病，心情甚为抑郁。她想："莫非身居伊势神宫，未曾虔心修法？"一时悔恨罪孽深重，遂削发当了尼姑。源氏内大臣闻知，大为震惊，心想："我与此人虽情缘已绝，然兴会之时，她毕竟算个谈话知己。"如今断然如此，深觉哀惜。情深依依，遂前去造访。

六条妃子将公子之座设于枕畔，起身倚靠矮几，隔帷与他交谈。公子推察她甚为虚弱，心想："我自始至终对她十分爱慕，尚未表白，竟要如此绝情么？"痛惜之余，不由伤心泣泪。六条妃子见了，亦为公子之情感动，便决意将女儿托付与他，道："我身一死，她必然孤苦伶仃，此外别无护卫之人，身世甚为不幸。若遇事故，务请竭力照拂。我虽女辈，但一息尚存，定悉心抚教至晓事之年……"话到此处，已是啼泣失语，气息奄奄。源氏公子道："凡你之事，纵使未曾相托，我亦当全力相助。现已受嘱，当尽全力。请勿忧后事。"妃子承言道："若此，实在劳驾了！纵使有可靠之父百般照料，然失母之后，毕竟可怜。再则，你若爱护过甚，定遭嫉妒，反生祸端。此虑虽似多余，但请切切铭记。以己之历，若女子身陷情网，意外之忧苦不堪言。故决计要她根绝情丝，守贞至终。"源氏公子闻此直率之言，答道："年来我历经苦难，饱尝辛酸。你竟以为我犹为好色之人，实出我料！也罢，无须多言，日后可见人心。"

黑夜降临，屋内灯火幽暗。透过帷屏，依稀可辨里间情状。源氏公子念其姿容，便偷窥于帷屏之隙。唯见六条妃子坐于灯侧，一手倚靠矮几，秀发短了些许，却尤为优雅。火光摇曳，忽明忽暗。这情景犹如一幅妙画。公子拣了个较大的隙缝，极目张望。猜想那并卧于寝台东边的定是前斋宫[1]了。她正手托香腮，容颜凄婉，鬓发光泽，容貌端庄，姿态甚为高雅。其乖巧玲珑、纯情烂漫之状，皆一展无余。虽约略窥之，亦异常悦人。公子看得心驰神往，竟意欲亲近，但忆起六条妃子所言，只得打消此念，不再妄想。六条妃子忽道："真是罪过，我竟如此失礼，尊驾早归吧！"众侍女便伺候她躺下。源氏公子道："今日特来问候，见此情状，让我甚是担忧！不知感觉好些否？"遂想伸头探望。六条妃子道："我

【1】朱雀院为其举行加笄仪式的六条妃子的女儿。因为朱雀院已经退位，故其成为前斋宫。

委实衰弱不堪,承蒙大驾惠顾,甚是荣幸。此生操虑之事约略奉告,得公子承诺,虽死不悔了。"公子道:"得此遗托,实感激不胜!先皇子女虽多,然与我亲睦者,尚无一人。父皇以斋宫为女,我当视其为妹,尽心照顾。且我已值为父之龄,尚无子女可抚养,难免孤寂啊。"言毕辞行。

此后,源氏公子频频遣人问候。孰料,六条妃子别后七八日便过世了。遭此意外,源氏公子深感人世变化莫测,一时万念俱灰,无心上朝,唯潜心料理后事。六条宫邸内只有少数年老宫女为前斋宫勉强尽力,可亲赖之人并不多。源氏公子亲临六条宫邸吊慰。前斋宫令侍女长致答道:"惨遭此难,方寸已乱,不知如何是好!"源氏公子道:"我曾有承诺于太夫人,太夫人亦有遗命与我,若蒙坦诚相待,托万事与我,则甚感荣幸。"遂安排一切事宜,俱是尽心备至。近年于六条妃子疏阔之罪,亦足以抵偿了。此次葬仪,极为隆重,二条院众人皆来协助。

源氏公子自此落落寡欢,笼闭屋内,戒荤茹素,虔心佛经。唯不忘派人探慰前斋宫。前斋宫心情日渐平静,于公子来信,初因怕羞欲央人代复,经乳母劝导方亲自作答。

冬季某日,寒风凛冽,雨雪漫飞。公子恐前斋宫忧伤,遂遣使问候,并附信道:"这般天光,君心若何?

　　纷纷雪雨荒邸上,

　　萦萦之灵绕我心。"

恰如天之阴郁,信纸亦呈灰色。字迹洒脱优美,令人喜爱。前斋宫得此信后,甚为尴尬,不敢回复。众人一再催促,她方取一灰纸,浓重熏香,将墨色调至浓淡相宜,赋诗道:

　　"此生似梦泪如雨,

　　饮恨偷生叹可悲。"

字迹略微谨慎,却也沉稳大方。虽不及上乘之作,却也雅致悦人。

昔年初赴伊势修行,源氏公子便已留意,甚觉这如花似玉之女,若长年修行委实可惜。今已返京,失母孤零,正是求爱良机。然此念刚萌,便深觉对不住人。他想:"六条妃子所虑,不无道理。世人定然猜度我对此女有恋情,我倒偏要清白照顾她。待她年事稍长、略晓世事之时,便送入宫做女御。时下子女甚少,生活孤寂,何不作为养女抚育!"源氏公子定下此心,便真心实意百般照顾,一有闲暇便前去省视,并时常对前斋宫道:"你当将我视为父母,凡事不必顾虑,与我商量，才合我本意。"然此女含羞怯弱，语音稍大，略被源氏公子听到，亦会胆战心惊。众侍女多番规劝，终无好转。为此，众人甚是忧虑。

前斋宫身边之人，多为侍女长、斋宫寮之类女官，或关系亲密的亲王之女，均极富教养。源氏公子心想："这般优裕之境，照我所算，日后她进入后宫，定然不逊于其他妃嫔。但须得看清她的容姿才好。"这心思恐不算得清白吧？源氏公子知道自己心思多变，故而从不透露一丝半点，只管全心为六条妃子营奠营斋[1]。睹他此种深厚情谊，侍从皆大为赞赏。

时月易逝，光阴虚掷，六条宫邸内日显萧索，侍女亦逐渐离散。此邸位于京东郊外，山寺晚钟皆清晰可闻。前斋宫每闻钟声，便掩面拭泪。同是母女，她对母亲尤为亲热。母亲在世时，形影不离，相依相偎。斋宫不顾讳忌，断然与母同赴伊势，此举史无前例。然此次母亲独赴黄泉，她却不能相随，唯终日悲叹，眼泪涟涟。前斋宫貌美出众，托侍女传书递信求爱之人，高低贵贱，难以计数。源氏内大臣得知，告诫乳母诸人道："你等不得放肆，做那有失规矩之事！"语气俨若父母。众人慑于其威，只得相互告诫："绝不涉及此类事情。"

且说前斋宫下伊势那日，曾于大极殿举行庄严仪式。朱雀院见她美貌无比，思慕不已。待其返京后，便对六条妃子道："让她进宫，与斋院[2]姐妹同住如何？"六条妃子念及宫中妃嫔甚多，自己又无亲近护卫之人。且朱雀院身体欠安，亦让人忧虑，如有不讳，女儿岂不同样寡居？故而踌躇不决。如今，六条妃子已逝，前斋宫更是孤苦无助，众人皆为之忧心忡忡。恰逢朱雀院再次诚恳提出此愿。源氏内大臣得知，心想若先将此女夺取，似不妥当。放弃此等美人，他终又舍不下，便与藤壶皇后商议。

源氏内大臣道："朱雀院欲接纳前斋宫，我实感为难。当年只因我年幼任情，害得其母苦闷忧郁，抱恨终身。思量此事，愧疚难当！她母亲在世之时，我未能解其心中怨恨。幸而她信任于我，将女儿之事托付与我，并以诚相告，委实让我感激万分！纵使萍水相逢，遇有难事，亦当全力相助。况且如此端庄自重、深谋远虑之人！故我必竭尽所能，慰其亡灵，恕我罪过。今皇上虽已成人，但年事却浅。若得略长且晓事理之人前去伺奉，岂不更好？还请母后尊裁。"藤壶皇后答

---

[1] 营奠：设祭；营斋：设斋食为死者超度灵魂。
[2] 此斋院指朱雀院的妹妹，桐壶帝的三公主。

道:"如此设想甚好。拒绝朱雀院,虽委屈于他,然不妨借亡母遗言相告,只作未知此事,径将前斋宫送进宫去。今朱雀院潜心于经佛,对此类事已不甚专注。纵然闻知,想必亦不会深怪。"源氏内大臣道:"如此可对外言:'母后要其入宫,我只赞助而已。不知世间有何评议,甚是忧心。'"他心中盘算道:"我只作不知先接至二条院,再送她入宫,朱雀院亦不至于怪罪于我。"

返回二条院,源氏内大臣便将此事告予紫姬,紫姬甚为高兴,忙着准备。

却说藤壶皇后之兄兵部卿亲王绞尽脑汁教养女儿,盼其早日入宫,唯因与源氏内大臣有隙,未能如愿。皇后从中调停,用心良苦。权中纳言之女已荣升弘徽殿女御,祖父太政大臣视若爱女。冷泉帝亦备加宠幸。藤壶皇后想道:"冷泉与兵部卿亲王之女年岁相仿,纵然进宫,亦只多一游伴罢了。若有年纪稍大之人前去照管,实乃万全之策。"遂告于冷泉帝。源氏内大臣治理朝政忠诚周到,对冷泉帝起居亦关怀备至,皇后甚为放心。近来自己身体欠安,纵然入宫亦不能悉心料理事务。故物色一适宜女御之事,迫在眉睫。

THE TALE OF GENJI

VOLUME 15
第 十 五 回
蓬 生

却说源氏公子流放须磨历经磨难之时，京中曾有不少女子忧心思念。那些境况富足的女子，终日只为情所恼，并无甚痛苦可言，二条院的紫姬，便是其中之一。她虽亦饱尝相思，但尚能与旅居的公子通得书信，为其制备失官后临时的服饰等，倒可解去许多忧思。然而与源氏公子暗中往来的情人们，只得在公子离京时默默目送，形若路人，忍不住心如刀绞。

末摘花便是其中一人。父亲常陆亲王死后，她无所依靠，孤苦度日，境况甚是悲凉。后来有幸结识源氏公子，蒙他悉心照料，生活如同繁星映辉，顿时光彩了许多。她本想日后便可安心度日了，岂料公子忽遭大难，于是哀怨顿生。从此除亲密之人外，一切尽皆漠然视之了。再则公子一去须磨，便音信杳无。起初末摘花尚可悲伤哀痛，苦度时日。年岁一久，生活也为之落魄了。身边几位老年侍女，不禁哀惋怨恨，彼此议论道："前世造孽啊！数年神佛保佑，幸得源氏公子照顾，我们正为她的荣福庆幸呢！可惜世事无常，公子含冤负罪。如今小姐无依无靠，委实可怜啊！"先前过惯了贫困寒酸的日子，亦浑然不觉，如今荣华后再度苦日，反而难耐啊！侍女们皆悲叹不绝，当年追逐相随者，皆相继离去。无家可归者，或也染病身亡。如此这般，邸中上下人寥寥无几了。

这宫邸于是更为荒芜，日渐成为孤居之所。老树森然可怖，早晚鸱枭惨然啼叫，众人已习以为常。当初热闹时，人来人往，不见此凶兆之物出没。如今家道中落，怪物却日渐现形。留下的一些仆从，甚是惊恐畏惧，也不敢久居于此。

其时，一些地方小官因渴慕京中邸宅，相中了宅内的参天古木，便央人前来索买。众侍女闻之，力劝小姐道："依奴婢之见，不如将此可怕的宅子卖掉，迁离此处。如此下去，我们这些下人也难以忍受了。"末摘花流泪道："你们怎出如此异议？出卖祖业，岂不让人笑话，虽身居困境，又哪能离京忘本？宅子荒芜凄清，尚有父母长留此处之面影，睹物思人，也可慰藉孤苦之心。"于是毫不犹豫，加以拒绝。

院邸内一切器具，均为上代惯用之物，古香古朴，精巧华贵。有几位暴发之人，垂涎此物品，探得这些物具的来历，遂托人牵线，企图购走。此番举动，自然是乘人之危，轻视了这人家，因而恣意侮辱。侍女们劝小姐道："实在无计可施，卖些家具以解急困，也是世间常事，有何不可呢？"末摘花道："此类东西，均为父母遗留之物，岂可卖与下等人家？违背先人遗愿，乃莫大罪过！"她断然不同意此等做法。

小姐孤苦度日，难遇救助之人。有位兄长是禅师，好容易从醍醐来得京都，便顺便来此探望。可僧人毕竟多为清贫，况且这禅师更是迂腐守旧，穷得只剩一身袈裟，恍如下凡仙人。来此宅邸，见庭院杂草丛生，一派萧条，竟不以为然。自此以后，蓬蒿更是恣意繁茂，遮掩庭院。猪秧秧草也长势极盛，将两个门户封锁得极为严实。四处围墙，坍塌不堪，牛马皆可随意进入。春夏时节，竟有牧童将牲口驱赶进来，肆意践踏，实在放肆至极！有一年八月，秋风萧瑟，尤为骇人，吹倒直廊，掀走了仆役所住房屋的房顶。因无处容身，仆役纷纷走散。那时常常炊烟断绝，炉灶生灰，大悲小怜之事，接连不断。遥望此院，荒凉沉寂，阴森恐怖，连那凶暴的强盗，也认为此处已毫无有用之物可劫，故过门而不入。即便如此，正厅陈设仍如从前，丝毫未变。只因无人料理，蛛网四处，尘灰满布。末摘花便在此破落的宅邸里，朝夕独居。

　　如此凄苦的生涯，倘能寄情古歌或小说，尚可遣忧解闷逍遥度日。只可惜末摘花对此毫无兴趣。再者，若能与志趣相投的旧时朋友互通音信，益处虽不大，亦可纵情山水，陶冶性情。但末摘花恪遵父母遗训，接触外界甚是谨慎，虽有几位可以通信之友，也只是略略问候，情淡似水。或有时打开旧柜橱，翻出数年的《唐守》《藐姑射老姬》和赫映姬等书[1]，以打发时日。这些书多是用纸屋纸[2]或陆奥纸所印的通俗本，内容皆为陈腐的旧时古歌，实乃大煞风景！无奈也只得翻来念念。其时人们崇尚诵经礼佛，可是末摘花从未触碰过念珠，怕难为情，而且无人置备一切，终不敢参与其事。总之，生活索然无味。

　　再说末摘花有一个唤做侍从的侍女，乃其乳母之女。多年来，侍从不离左右，尽心服侍，此间常到附近一位斋院那里闲耍。不料斋院新近亡故，侍从失去一处凭恃，颇为心伤。末摘花有一姨母，昔日因家道中落，下嫁给地方小官，生得几个女儿，备加娇宠，便想寻一年轻侍女前去服侍。侍从之母曾和此人家有些往来，侍从也较熟识，便常去走动。而末摘花常独行独断，素来对此姨母避而远之。姨母便对侍从道："因我只是位地方官太太，地位卑贱，我姐在世时常骂我丢其脸而看我不起。如今她的女儿穷困潦倒，我也心力不济，哪能照管她呢！"虽

　　【1】前两部书都是古代小说，现已失传。赫映姬是《竹取物语》里的女主人公的名字。这个故事源于传说，是日本最古老的故事小说。传说竹节中有一三寸美女，不久长大，取名赫映姬。后来，无论多么高贵的人向她求婚，她都拒绝了，甚至连天皇也不例外。终于在八月十五升入月宫。

　　【2】纸屋纸是京都北郊川旁边的一官办造纸厂所产的纸。

说如此气话，但毕竟沾亲带故，也常来信问候。

世上那些身份微贱之人，常模仿贵人之相，显出一副自高自大的姿态。而末摘花的姨母，出身虽高贵，恐怕是前世冤孽，使其沦为地方官太太，故其禀性有些低下。她想："昔日，姐姐因我低微而蔑视，岂料世事自会报应，让她女儿如今也落到如此困窘之地，实乃该受其罪。我要趁机叫她女儿来替我女儿当侍女呢。这妮子性情虽是刻板，但做管家倒很可靠。"便命人带话："请时时来玩。这里的姑娘爱听你弹琴呢！"又时常叮嘱侍从，要她常陪小姐过来。可末摘花生性羞怯，并非有意清高，终究未曾前去拜访姨母。这更惹得姨母忿恨。

此间，时运来转，末摘花的姨父升任了太宰大式。夫妇两人匆匆安顿了女儿的婚嫁事宜，便欲前往筑紫赴任。他们还是希望末摘花同去，便派人对她道："我们即将离京远道赴任。你一人独留京中，无所依靠，难免清苦。虽多年未曾走动，但近在咫尺，还可得些照顾。如今我们出走远乡，相隔千里，实在放心不下，所以……"措辞十分委婉巧妙，但末摘花仍是置若罔闻，毫不领情。姨母更是怨恨不已，恨恨骂道："哼，小妮子架子好大！真是可恶，任凭你怎样骄横，住在荒僻乡野中，源氏大将又怎会亲近！"

正值末摘花生活惨淡之际，上皇降恩，源氏大将忽然获赦，驾返京都。世间一片欢呼。夹道的两边男女老幼，都竭力向大将表明自己的爱心。大将体察他们的用心，甚觉人情不古，厚薄不均，不禁感慨万千。回京后，由于整日诸事纷忙，他竟未想起末摘花。光阴荏苒，不觉又过了许多时日，公子仍未驾临，末摘花不由悲哀地想道："现在我还企望什么呢？公子惨遭横祸，我伤心欲绝。两三年来，我日夜祈佛佑他平安，如今他终于回来了，却将我这日夜牵挂他的人忘了。他当年离京流放，我只当作'恐是我命独乖'之故。唉，人情冷暖，天道无常啊！"她怨天尤人，肝肠寸断，独自流泪不已。

姨母大式夫人得知，心忖："果不出我所料！像她那样出身困苦、孤苦伶仃之人，谁肯爱她呢！她家如此潦倒，而她却神气十足，不可一世，可悲可怜啊！"她觉得末摘花太不谙人世，便教人告诉末摘花："还是跟我走吧！须知那为世间痛苦所迫之人，即便是'隐入深山'[1]也不惮劳苦的，而你却留恋穿罗着缎的生活。

【1】古歌："欲窜入深山，脱却世间苦。只因恋斯人，此行受挠阻。"见《古今和歌集》。

难道乡间不好么？跟我同去筑紫，我绝不亏待于你。"话说得十分中听。末摘花的几个侍女，闻此皆怦然心动，私下抱怨道："还是姨母说的是。她如此固执，是不会交运了。不知她心里作何打算。"

再说末摘花的侍女侍从，已嫁给了大弐的一个外甥。此时她要随夫同赴筑紫。侍从虽不甚情愿，但也无可奈何。她十分伤感，对末摘花道："从今与小姐天各一方，心中不胜悲伤。"便欲劝导小姐同行。但末摘花对源氏公子仍是一往情深，不肯前去。她心想："便是若此，但终有一天，公子定会记起我来。他曾对我山盟海誓，只因天命不遂，一时被他遗忘。倘他闻知我窘困之况，不会不来探访我。"她所居之处，比昔日更是寒碜。但她仍心如磐石，翘盼源氏公子。家中器具什物，丝毫也不变卖。其志如山，坚贞不移。然而年与时驰，意与逝去，却仍无源氏来访的形迹。末摘花悲伤之情涌上心头，终日以泪洗面，弄得芳容憔损，形销骨立，让人目不忍视，可怜万分。秋冬接转，她的生活更无着落，终日悲叹，权且挨过。

此时，源氏公子的宫邸内为追悼桐壶院，正举办规模盛大、轰动一时的法华八讲。选聘的法师，皆是些学识渊博的高明之士。其中便有末摘花的禅师哥哥。法事终了之后，他便到常陆宅邸来探访，高兴地对末摘花道："为追荐桐壶院，我也参与了这盛况空前的法华八讲。那场景庄严肃穆，音乐舞蹈，一应事物无不周全尽至，恍如那就是极乐世界呢。源氏公子乃菩萨化身？在这五浊[1]根深的混浊世界里，竟有此等端庄俊美之人，实乃奇事。"闲谈片刻，便告辞而去了。

末摘花听得兄长之言，心中分外辛酸，想："如此狠心抛弃孤苦无依之人，也当是无情无义之佛塑。"她觉得可恨，眼见情缘已断，不禁万念俱灰。正在此时，忽闻太宰大弐夫人（即末摘花姨母）前来探访。

她们虽素不和睦，但大弐夫人因欲劝诱末摘花同赴筑紫，故特置备了衣物亲自送与她。大弐夫人乘坐了一辆装饰华丽的牛车，满面春风地叫末摘花开门。环顾四周，草木凋零，萧条衰败。左右的厢门皆已塌损。夫人的车夫帮着守门人，忙了好一阵，才将它打开。夫人想："这宅邸虽然荒凉破败，想来总有人走路的小径。"但寂草遍地，路径难寻。终觅得一南面辟窗的屋子，将车驾停放在廊前。

【1】五浊是佛家用语，包括劫浊、见浊、命浊、烦恼浊和众生浊。

末摘花得知，甚觉夫人此举无礼。但也只得把烟熏煤染、破旧不堪的帷屏张起来，让侍从前去应付，自己坐于帷屏后面。

侍从由于长年辛苦，生活清贫，也形容枯槁，身体消瘦，然而仍可瞧出当年的风韵。凭心而言，要是小姐有她的容貌就好了。姨母对末摘花道："我们即刻便要动身了。你孤身一人，独居如此衰败荒僻之地，教我于心难忍。今日我是来接侍从的。我知道你厌恶我，不愿与我家亲近，但请你允许我带走侍从。你不愿同行，在此又如何打发凄凉之日呢？"说到这里，几乎声泪俱下。然而她正心念此去前途光明，窃喜不已，哪会掉下泪来？只不过故意做作罢了。她接着又道："你父常陆亲王在世之时，嫌我有失你们身份，不要我们攀附，因此我们便疏远起来，但我心毫无芥蒂。后来，又因你身份高贵，命好，有缘识得源氏大将。我这身份低贱之人更有所顾忌，哪敢再前来亲近？然而世事无常，我这不值一提之人，如今生活安稳舒适。而你这高不可攀的贵人，却落得门庭冷落，凄凉荒芜。以前我们虽不常往来，然相住甚近，还可看顾。现在我们即将远去，让你于此等荒芜之地独居，怎能放心呢？"

末摘花听她说了如此一大套，仍无心应答，只敷衍她道："承蒙关怀，感激不尽。卑贱之身有辱门庭，哪敢随驾同去？今后妾身唯有与草木同朽了。"姨母又道："如此想法，实属难免。而以青春之身与草木同朽，恐世人所不为吧！倘是源氏公子原将你这常陆宫修葺一新，变成仙居福地倒也罢了。然而公子现在一心钟情于兵部卿亲王之女紫姬，无心念及他人。即使从前的情人，亦不再往来，更何况你这没于荒草中的人呢？要他为你坚贞不渝之志而动心，前来恩泽于你，恐是痴想吧！"末摘花听了这话，觉得颇有道理，不禁悲悲戚戚，呜咽起来。但她毫不动摇。姨母千言万语，陈述利害，见她仍不心动，亦无可奈何，只得说道："让我将侍从带了去罢！"不觉已日落西山，她便告辞动身。但侍从去留难定，啼哭不已，悄然向小姐道："夫人今天如此诚恳相邀，我去送她一送吧！夫人之言，也有道理；小姐踌躇不定，亦有缘由。唉！倒叫我这下人，不知何去何从了！"

末摘花很不愿让侍从离开。然而无法挽留，唯有恸哭不已。她想送她一件衣裳作纪念，可衣裳都污旧不堪，实难作送别之礼。总想送她一点东西，以感谢长年侍奉之劳，然实在无物可送。她突然想起头上落下的长发，一直攒在一起，束成一九尺之长的发绺，美丽异常，便装在一只精致的盒子里，送给侍从作纪念。此外又送了瓶家中旧藏的香气浓郁的熏衣香。临别赠言：

"犹如发绺常相随，

安知今日离我去。

你母亲曾遗言，要我照顾你。原以为不管我如何窘困，你都不会离开。而今你将舍我而去，这也在情理之中。但此后，无人与我朝夕相伴，叫我怎能不伤心啊！"言毕，悲戚难抑。侍从此时也泣不成声，强忍悲痛道："旧事已逝，勿复再提。多年以来，我与小姐相互依怜，同共苦乐。如今忽然要离开小姐漂泊异乡，真叫我……"且答诗道：

"发绺虽落青丝在，

凤缘不断祈明神！

有生之日，绝不辜负小姐情意。"那大弍夫人，早已牢骚满腹："还在磨蹭什么呀？时间不早了！"侍从心乱如麻，只得慌忙上车，频频回首，不忍离去。侍从与小姐多年患难与共，寸步不离，如今骤然离去，小姐怎能不备觉"形影相吊"呢？而几个年迈体衰的老侍女，更是埋怨不止："是啊，如此年轻，早该谋得去处，埋没于此岂不可惜？即便我们这些无用之人，也待不下去呢！"便各自准备投亲寻友，另觅他处。末摘花只得忍气吞声。

转瞬便到得十一月，风雪不止，兼之蒿草丛生，遮住阳光，因此积雪不消，分外冷清。进进出出的仆役亦早已走散，末摘花独自凭栏凝望雪景，枯坐冥想。想侍从在时，彼此还能谈东论西，嬉戏追逐聊以解闷，可如今已是人去音断。一到晚上，她唯有躲进铺满尘埃之寝台，对夜垂泪，孤枕难眠。

再说二条院内的紫姬，备受源氏疼爱，大概是他历尽苦难，方知人间温情之故吧，常去那里忙个不停。昔日情人，也再未去探访，虽然他有时想起了末摘花，但也只是推想此人大约安然无恙，也不着意寻访。流年似水，转瞬又去了一年。

第二年四月，源氏公子忽地想起了花散里，便告知紫姬要前去探访。连日雨天，好不容易等到天色渐霁，云破月来。源氏公子睹景思人，追忆往事，不由感慨万端。忽来到一座荒芜凄凉的宅邸，庭树枝繁叶茂，草木森森，藤花垂挂，随风飘荡，幽香四溢，顿生情趣无限。公子禁不住从车窗中探头一望，见残垣断壁上杨柳垂挂，凄荒无比。他觉得这些景致似曾相识，细细思量，才知到了末摘花的宅邸。源氏公子深觉可怜，便命停车，问随从惟光道："这宫邸可是已故常陆亲王的么？"惟光答道："正是。"公子道："他的女儿，想必依旧孤单寂寞，住在里面吧！以前我想特来探访，又深觉费事，今日乘便拜访旧人，烦你进去替我通报吧。可要弄明白，方能说出我的名字来！倘使寻错了人家，便显得太冒失了。"

且说末摘花，只因近日阴雨绵绵，心境愈加不佳，整日无精打采枯坐着。今天小睡时做得一个梦，梦见已故父亲常陆亲王回到宅邸，醒后更觉悲伤，她便命老侍女将屋檐漏湿之地擦拭干净，同时整理洒扫各处。她也暂时忘却了平日忧思，像常人一样，悠然独憩檐前观景吟诗：

"梦中思故泪湿巾，

漏滴荒檐更添悲。"

恰值此时，惟光走了进来，在庭院东寻西找，不见人踪。他正暗忖："往日似觉无人，今日也果真如此。"便欲转身回去，忽见朦胧月色映照下，房屋窗子皆开着，窗帘晃荡，恍惚有人，心中恐惧顿生。但他仍壮着胆子过去，扬声叫问。里间终于传来一阵衰老的咳嗽声，问道："外面是哪一位？"惟光通报了自己的姓名，告道："有位名叫侍从的姐姐可在这里？我想拜见一下呢。"里面答道："她已去了别处。但她的亲戚还在这里呢。"声音遥遥传来，衰老无力，惟光甚觉熟识。

荒凉宅邸一向不曾有人来，此时忽来一个肃静无声的男子，里间人疑心是鬼，一时不敢开口。但见这男人走过来，开口道："我是特来探听你家小姐状况的。若小姐初衷未改，便相烦转告，说我家公子特来拜访，并非狐怪作祟，无须害怕。"众侍女见他如此说，不免窃笑。那老侍女回道："我家小姐倘若变心，恐早已迁居别处，不会住此荒郊野地了。望你禀告公子，我家小姐生涯真是可怜呢！"便不经发问，将种种困苦情状俱告惟光。惟光很觉厌烦，道："好了好了。我会将此情况实告公子的。"说罢，便转身去向公子回话。

源氏公子见惟光许久才出来，责怪道："你为何耽误如此长久？这里荒草丛生，荒凉萧条，小姐可还住此？"惟光辗转告知细节，道："回话的大约是侍从的叔母少将呢！"接着便一一告知末摘花的近况。源氏公子听了心中难忍，暗忖："真可怜啊！倘我早些前来寻访，她便不会落得如此悲惨境况吧！"他甚怨自己无情，且道："这如何是好？我微服私访，本是不易。今晚若非路过，顺便打听，恐还不知其究竟如何呢！小姐如此坚贞不移，难能可贵啊！"然而就如此进去，冒昧突兀，总得先作一首诗，叫人送去才像样子。源氏心中想道："倘若她同以前相见时一样默然不答，那便如何是好？"思虑再三，决定先不送诗，还是直接进去。

惟光忙拦阻道："此处满地荒草，露水甚多，杂物挡道，不便插足，还须人清除，方好进去。"公子不由吟道：

"不辞涉历蓬蒿径，

寻访坚贞失意人。"

不顾惟光劝阻,跨下车来便向里走。慌得惟光只好走在前面,以马鞭挥去草上露水,开道引路,但见树木露水下滴,有如阵雨降落。随从只得撑起伞来,为公子遮挡。惟光戏语言道:"真像'俗歌'所言'敬请贵客头顶笠,树下水滴如雨密'呢。"源氏公子被露水湿了衣裙,走进里面一看,但见中门塌损,不成形状,衰草连天,一片凄荒。源氏公子狼狈不堪,幸无外人撞见,否则,又有绯闻可传了。

再说末摘花,痴心等候源氏公子前来探访,如今果然如愿,心中欣喜不已。然而她又觉自己衣着寒碜,不便见人。日前大弍夫人虽送得她衣服,然她厌恶姨母,看也不曾看,便让侍女们收藏于放熏香之衣橱。如今,末摘花心中虽恶,但也无法再执拗,只得拿来穿了。好在衣服还香气四溢。然后她将那烟熏煤染、破旧不堪的帷屏移过来,自己坐在帷屏后面,单等公子前来。

源氏公子步入室内,凄然道:"一别多年,矢志难移,常对你朝思暮念。不料你却不理不睬,心中不甚怨恨。我只为探明心意,今日方才来访。庭前虽无古歌中的情侣杉树,一草一木却也惹人思旧,哪能过门而不入呢?"说罢,他探身向前略微拉开帷屏,向内张望,但见末摘花仍如从前那般斯文而坐,并不即刻回答,心中甚是不快。末摘花见公子如此放肆,又心念公子不惮霜露,亲来荒邸探访,觉得此情甚可感念,便振作起来,回答了几句。源氏公子道:"你在此荒僻之地辛苦度日,坚贞不拔之心我甚是感动。我初衷未变,故不问你心变易与否,便贸然前来相扰,可有想法?我疏远世人已久,未曾及时来访,此罪万望见谅。"二人互为应答,不觉时久。此处粗陋简朴,不便停留,源氏公子只得告辞。

来到庭院,源氏公子见院中松树,比昔年更加高大繁茂,不免痛感逝者如斯,慨叹此身沉浮,恍若一梦。便口占诗句,对末摘花吟道:

"密密藤花留人宿,

青青松针待客来。"

吟罢又道:"自遭厄运之后,岁月匆匆,经年累月,不想此中情形多变,平生诸多感慨。今后如得时机,当向你详述几年来生活辗转之情状。你也将此间辛酸岁月,俱以告我。我妄作此求,未有不妥吧?"末摘花答道:

"翘首苦盼杳无音,

只为赏花乘道来?"

源氏公子细观她的风度神采,咀嚼诗中意味,闻得微风送来的衣香,深觉此人比从前深沉老练得多了。

　　凉月渐渐西坠，月光从那早已塌损的西边门外过廊里，斜射入没有屋檐的房内，将室内照得灿若白昼。源氏公子见其中陈设，与昔年丝毫未变，便想起了古时那些曾用帷屏垂布为衣的贫女。末摘花恐也曾如这贫女一样，过了多年痛苦生活吧！源氏公子心忖："此女谦让有度，毕竟品质高尚。虽音讯隔绝数年，实乃多年来忧患频繁，心绪烦乱所致，但我仍一往情深呢。"思虑至此，猜她心中定然怨恨自己，便更怜悯她。二人隔帷又谈得许多，源氏公子觉得她与先前相较，并无多大差别处，便对其短处计较得少了。

　　很快便到得贺茂祭及斋院袚禊之节。朝中上下诸人，借此机会，纷纷向源氏馈赠诸种礼品。公子便将礼品一一分送与各处情人。此番自然特别留意末摘花，叮嘱几个心腹，派人前去铲除庭中野草，同时，又筑起一道板墙，将宅邸围了起来。源氏公子深恐世人闲话，不便亲去探访，只差人送信前去细致问候，信中道："二条院正修筑宅邸，以供将来你来此居住。现在先挑选几个俊秀女童，供你差遣！"末摘花未曾料得公子连寻找侍女之事也关心备至，心中更是感恩不尽。众侍女也感动万分，慌忙不迭地向二条院方向合掌礼拜，祈求公子平安。

　　源氏公子如此关心末摘花，大出众人意料。众人原以为，源氏对于寻常女子，只不过是逢场作戏，只有对姿色、声名颇为出众之人，方才去执意追求。常陆宫邸内上下诸人中，曾有不少人以为小姐永无出头之日了，看她不起才各自散去，如今见她又得源氏宠爱，复又蜂拥而归。末摘花本是个宽容善意之人，知道侍女昔日离去实乃无奈，如今回来，不好拒绝，只得收留下来。而此时源氏公子的权势比先前更为煊赫，待人接物也愈加亲切了。末摘花家，在公子的亲自操心下，那宫邸便又光彩重现，人声嘈杂了。昔日庭中遍地芜杂，如今亦早已刈除干净，花木整齐爽洁，池中水清如镜，一派欣欣之气。众随从也各施能力，尽展手段，尽心尽力伺候末摘花。

　　倏忽间，两年已过。末摘花已由常陆旧邸迁居到二条东院。源氏公子虽极少与她专门聚谈，但彼此相距甚近，故常乘出入之便，前往探望。而昔日蔑视她的姨母大式夫人，闻知此事后，甚为惊奇。侍从却暗暗庆幸小姐重又得宠，对自己当初不能耐心苦等而悔恨不已。真是时来运转，祸福无常啊！

THE TALE OF GENJI

VOLUME 16

第 十 六 回
逢坂关

且说那伊豫介，自桐壶院驾崩后，次年即改任常陆介，赴常陆国任国守去了。其夫人空蝉，也随同前往。这位曾咏"寻木"之诗的夫人，虽身在常陆，遥闻公子流放异乡，也不免私下为他哀惋。苦无鸿雁传书，寄托相思。筑渡至京都，虽也有传信之人，但总觉不甚妥当，因此几年来，二人音讯断绝。源氏公子谪居之期原本无定，后来忽遇赦免回京。第二年秋，常陆介任期已满，带眷属从逢坂入关返京。正好那一日，源氏公子赴石山寺还愿。纪伊守自京中到关上迎接父亲，便将此消息告知了他。常陆守闻此消息，决定趁天色未明动身，以免途中相遇杂乱。然而女眷所乘车辆太多，行动缓慢，一路迤逦前行，不觉已日上三竿。

一行人刚至打出[1]海边，便闻得源氏公子已越过粟田山，往这边而来。常陆守还未及回避，公子的前驱已成群而至。因源氏公子重获稀世尊荣，不得冒犯，只得在关山下车，将车驱入杉木林中，卸牛支辕，稍事休息，待公子前驱随从先过。伊豫介眷属所乘之车，除前后不相接外，尚有十辆车子。车上五颜六色的女衫襟袖，露出车外，一望便知非乡间女子。源氏公子一见，觉得与斋宫下伊势时出来看热闹的游览车相似。众随从前驱，纷纷注目这十辆女车。

时下正值晚秋，满山红叶，色彩斑斓；经霜的秋草，绚烂多姿，景致甚美。源氏公子一行出得关口，身上的服装多姿多彩，与秋景互为映衬，煞是美丽。源氏公子坐于车中帘内，忆及往事，感慨万端，便差人唤出常陆介一行人中，现已身任右卫门佐的小君，嘱托他向其姐空蝉传信："今日特迎至此，可否谅解我心？"但众目睽睽之下，又不便详叙，心中一时怏怏不快。空蝉呢，也难忘昔日隐事，追忆旧情，颇感伤悲。她暗暗吟道：

"去日泪雨来如川，

行人错认是清泉。"

无奈源氏公子不得而知，心中独吟也是徒然。

却说石山寺礼拜完毕后，源氏公子一行正欲离寺。此时，右卫门佐从京中前来迎候，请公子原谅那日未随赴石山寺之罪。小君孩提时，多得公子爱护，现官居五位，颇受宠识。公子遭厄，流放须磨时，他因惧怕权势，随姐夫到了常陆。

【1】"打出"是地名。

故近几年来，公子心中不快，有些疏远于他，但却不形诸于色，仍将他视为心腹。常陆介的儿子纪伊守，现已调任河内守。其弟右近将监受公子牵连，被革去官职，流放须磨，现因公子重新得势而走了红运。小君与纪伊守等人，心中甚为妒羡，痛悔当初趋炎附势，目光短浅。

源氏公子召小君前来，托他传书其姐空蝉。小君却想道："事已隔数年，我以为公子早将姐姐忘却。不知他竟如此记情！"但见信上写到："前日相逢关口，足知你我夙缘非浅。可有同感否？

逢坂关口偶相逢，

未得相见自枉然。

我多羡妒你家那个守关人[1]啊！"公子又对小君道："我与你姐姐多年不见，如今竟似初次相识。而我念念难忘旧情，以作今日欢慰。只是提及风情之事，她又要生气了。"说罢将信交与小君。这右卫门佐得信，备感荣幸，连忙拿去送与姐姐。且劝她道："公子乃情感之人，原以为早已将你忘却，殊料仍是一往情深，你应该写回信与他。虽充当这等使者不甚光彩，但感于公子之情，也难以推脱。身为女人，情动而屈节作复，此罪可谅。"空蝉比往常更为害羞了，一时心中颇难为情。但公子之信颇为难得。她不胜感动，遂提笔作复，道：

"关名逢坂待若何？

犹自愁叹生难逢！

往日之事，犹如梦中。"空蝉可爱或可恨，源氏公子皆不能将她忘记。以后便时时去信试探她。

且说常陆介，此时已年老体衰，疾病缠身。自知将不久于人世，却舍不下这年轻的妻子，于是谆谆嘱咐几个儿子："我死后，或守或嫁，皆由她定。平日细心照顾，定要如同我在世时一般。"日日夜夜，反复叮念。空蝉念及丧夫之后，孤身一人，凄凉无依，便怨自身命苦，夙夜哀伤愁叹。这垂死之人，也颇觉伤感。他担心身后之事，常作痴想："不知诸儿真心如何？我死之后待她怎样？我得设法将灵魂留于世间，以便照顾此人。"他口上竟念叨出来。然而人生有限，留恋也是徒然。大限到时，谁也无法挽留，常陆介终于含怨而逝。

【1】常陆介是常陆的地方官，这里因为不便直说，所以用守关人指代常陆介。

常陆介初死，儿子等尚能恪守父命，对空蝉毕恭毕敬。但也只是表面如此，不顺心之事甚多。空蝉深知人世冷暖，故并不怨天尤人，只叹自己命苦。诸子中，唯河内守心中爱慕她，待之较为亲切。他对她道："父所嘱托，我等谨记。若有用时，请随时差遣，定当效劳，无须见外。"实却别有用心。空蝉想道："我如今做得寡妇，乃前世冤孽。此子若是无礼，长此以往，定讨许多闲话。"因此自怨命薄，偷偷削发做了尼姑。众侍女皆悲叹惋惜，但此事终是无可挽回。河内守闻讯，恨然道："她嫌恶于我，故而出家为尼。时日众多，看她如何耐得住寂寞。如此贤惠，恐太无趣味了吧！"

THE TALE OF GENJI

VOLUME 17
第 十 七 回
赛 画

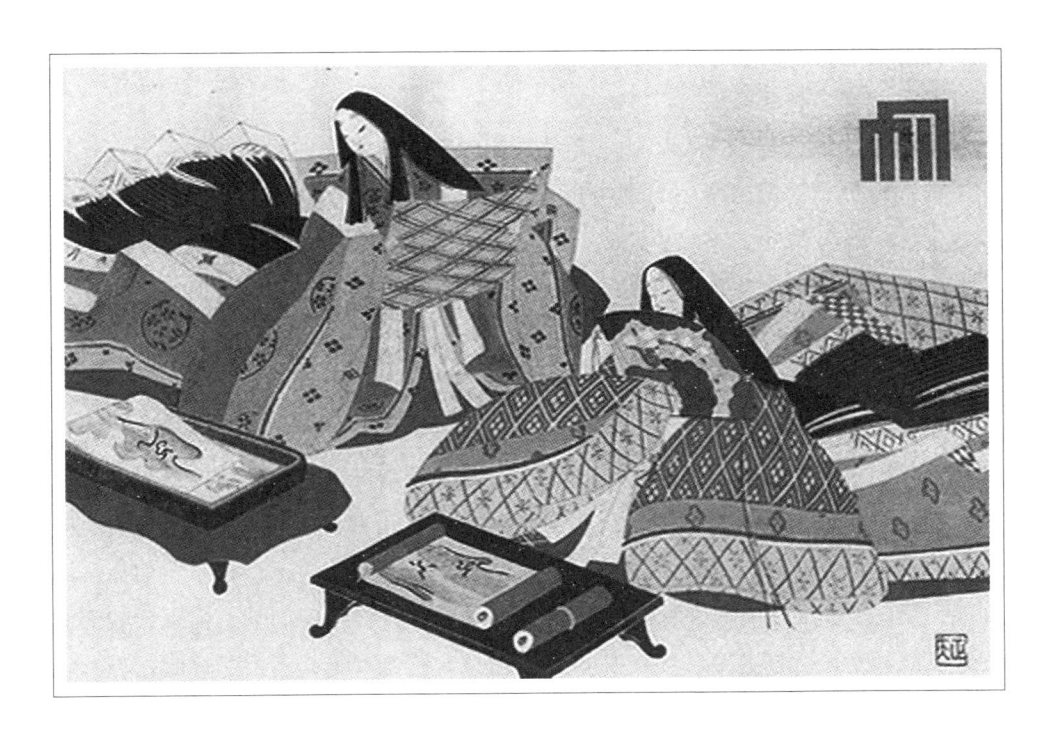

却说藤壶母后甚为关心六条妃子的女儿前斋宫入宫之事。她不时催促，盼望早日成就此事。源氏内大臣也担心，前斋宫没有关怀入微的保护人，曾打算将她接到二条院，又唯恐朱雀院见怪，只得打消此念。他表面上佯装不知，实际却像父母一般，尽心操持此事。

前斋宫将入宫为冷泉帝女御一事，传到朱雀院耳里，他甚感惋惜。因深恐外人讥评，故没有与她通信，唯到入宫那日，他才遣使将诸多珍奇礼品送至六条宫邸。这些珍奇礼物诸如华丽的衣物，世间罕见的梳具箱、假发箱、香壶箱及各种名香，其中以熏衣香尤为珍稀，乃精研细磨、特别调制之珍品。此类礼品早用心置备，特意装潢得分外美观，格外引人注目。恰好源氏内大臣来此，侍女长便将此事奉告，并请其观赏。源氏内大臣一见那精美绝伦的梳具箱盖，便知为名贵物品。一个有沉香木雕花图案的妆栉盒盖上，且题得一诗：

"昔年加栉与君别，

聚首无期岂神意？"

源氏内大臣读罢，深有感触，颇觉实在对不住朱雀院。回首往昔，自己在情场上的固执性情，越发觉得可悲可怜，且想："自斋宫赴伊势之日起，朱雀院便一往情深。历经数年，才盼得斋宫归京，以为可遂夙愿，不想又生变故，其心之所悲，可想而知。况他现已退位，甘于静默，对世事未免妒羡。若换为我，不知心绪又当如何？"想到此处，不禁为触伤别人而深感歉疚。他对朱雀院，虽觉可恨，然也可亲，因此一时心烦意乱，难以安定。

后来，他差侍女长传言道："此诗如何作答呢？或许还有信吧，都说得些什么呢？"前斋宫深感不便，拒绝让他看。她此刻甚是懊恼，很不情愿给朱雀院复信。众侍女劝道："若不作复，不近人情，且对不起朱雀院呢。"源氏内大臣闻此，亦劝道："不作复，委实不妥。略表心意，以了其心，也就罢了。"前斋宫不知如何是好，昔年下伊势的情状，顿又涌入脑际。其时年纪尚幼，惜别容貌清秀的朱雀院，童心无端感到依恋。往事历历在目，感慨万千，不由又忆起亡母六条妃子来。只得寥寥数语，答道：

"昔别加栉聆君语，

今日思忆更伤悲。"

并犒赏来使诸多物品。

源氏内大臣极想阅此复信，又不便启口，便想："朱雀院宛若少女容颜，前斋宫也妩媚娇艳，实乃天生一双佳偶。冷泉帝年纪尚小，我如此乱点鸳鸯谱，她定会生怨呢！"想到细微处，顿感懊丧不已。但事已至此，无可挽回，只得教人为前斋宫入宫之事筹备，务使此事齐备周全。他吩咐素来信任之人，修理大夫兼宰相料理一切。自己便先得进宫，稍作打探。但又恐朱雀院疑心，便丝毫不露操持入宫一事的痕迹，唯请安之意。

再说六条宫邸内，原有诸多优越的侍女，六条妃子死后，只得暂时寄身娘家，现又聚集一处。邸内繁荣景象，便逐渐胜似昔日了。源氏内大臣设想：倘六条妃子在世，定会高兴地张罗指点，且觉得将此女抚养成人，毕竟没白费心血。他忆起六条妃子的性情，深觉此人实乃世间少有。就其风雅而论，此人也出类拔萃，故一有机缘，必然忆起她来。

前斋宫入宫之夜，藤壶母后也进宫来了。冷泉帝听得新女御将至，睡意顿消，打起精神，于宫中等候。从年龄看，冷泉帝显得老成懂事。但藤壶母后仍叮咛他道："有恁般优秀的女御前来陪伴，你定要好生待她。"冷泉帝忖道："与成人作伴，怕极难为情吧？"时至深夜，新女御才进得宫来。冷泉帝一看，此人身量未足，容貌文雅，端整秀丽，实在可爱。他与弘徽殿女御[1]早已伴熟，认为其人可亲可爱，故毫无顾忌。如今此新女御呢，神情庄重，令人心生敬意。加之源氏内大臣分外照顾，冷泉帝深感此人不便轻视。自此，晚上便由两女轮班侍寝。白昼欲自由不拘地玩耍，则大都往弘徽殿女御那边去。权中纳言原希望女儿将来立为皇后，才将她遣入宫中，现在却来了前斋宫和女儿争宠，心下甚为不安。

却说朱雀院得到栉盒之答诗，对前斋宫更是魂牵梦萦。见源氏内大臣前来参见，便相与闲话种种旧事，顺便谈及当年斋宫下伊势时的情形。但并不明示自己有得此女之念。源氏内大臣也佯装不知，只欲试探一下，他对前斋宫的恋情深浅到底若何，便讲得诸多有关前斋宫的事。见其神情，相思之心甚深，颇为同情。且想道："朱雀院恁般难以释怀，想必那女一定生得天姿国色，可惜未能亲见。"他很想窥得前斋宫一面，然此乃一相情愿，故只得空遗急恨。再说此前斋宫，生性甚为持重，若有轻佻之举，自然会让人察得颜色，况且随着年岁长大，品性愈见端整，也越小心谨慎。源氏内大臣也仅能于隔帘相会时，想象她是个温顺贤良

【1】此弘徽殿女御是权中纳言与正妻所生。权中纳言即源氏之妻已故葵姬的兄长。

的淑女而已。

　　冷泉帝已有两个女御陪侍，故兵部卿亲王不能顺利将女儿送入宫中。但他深信皇上成年后，虽有此二女御陪侍，也不会忘却自家女儿，便静静等候。那二女御也尽其所能，以得宠幸。

　　一切艺事中，冷泉帝对绘画尤感兴趣。想是因喜好之故，自己还作得一手好画。梅壶女御[1]也长于此道，因此冷泉帝对她尤为喜爱，常至院中，一同涂抹丹青。皇上对殿上学画的年轻人，自是另眼相待，何况如此美人呢！作画时，她娴雅畅思，挥洒自如，偶尔置笔凝思，倾身傍住案几，姿态美妙可人。他甚感心醉，更是频频来此探视，愈加宠幸她了。权中纳言生性好强，闻此消息，心中颇感不平，定要女儿与之相争。他召集得众多优秀画家，选取各种美妙题材，备好上等纸张，命其各自作画。他认为故事画极富趣味，最宜品赏，便尽量选取此类动人题材。此外他还将描写时令、节气、景物的画，再加上新颖别致的题词，奏与皇上过目。

　　这些画极富意趣，皇上便前来弘徽殿看画。但权中纳言又恐皇上拿画给梅壶女御看，故不肯轻易取画出来。源氏内大臣闻之，笑道："这权中纳言，仍如当年那孩子脾气呢！"且向冷泉帝奏道："他只知藏画，不肯爽快取出呈观，以致我皇圣心烦意乱，实在不该！臣当即便取家藏古画，呈请御览。"他回至二条院，将藏于橱中的新旧画幅取出，与紫姬共择新颖可爱的种种画卷。其中描写《长恨歌》与王昭君的画，虽然富有意趣，只因意义不详，便决定不予选用。乘此机会，源氏内大臣还打开保藏须磨、明石旅中图画日记的箱子，让紫姬看此类磨难之作。

　　这些画甚为感人。观者纵然不知根底缘由，只要略解世事，乍一看，也会感动伤怀。何况夫妇二人历尽辛酸，心中伤痕依旧，对当年之事更难忘怀。见得这些画，便思当日之痛，怎能不悲？紫姬埋怨他不早些将这些画给她看，且吟道：

　　"画作渔樵忘烦忧，

　　岂谅空闺映愁影。

你倒可借此自慰孤寂呀！"言下之意，甚为怨尤。源氏内大臣听得此诗，无限伤怀，便答道：

【1】前斋宫住梅壶院，所以称为梅壶女御。

"感今叹昔堪悲泣，
胜却须磨落难时。"

忽发奇想：何不将这些画也给藤壶母后看看？便从中择出一帖不致让见者感怀的画，准备送去。当选至画有须磨、明石各浦风物的图画时，心中便浮现出明石姬家中的种种情景来，一时竟割舍不下。权中纳言闻知源氏内大臣整理画幅以呈御览，便更加用心准备，连画轴、裱纸、带子都刻意修饰，使其装潢更为美观。

时值三月，春光明媚，人心悠闲，正是风光宜人的季节。此时宫中无甚重大节会，众人皆觉寂寞，便以竞相搜集欣赏书画遣发时日。源氏内大臣想道："如此竞赛，何不再将声势造大一点，陛下也可多欣赏些。"故特别留心搜集上乘之作，尽数送往梅壶女御宫中。于是两女御都各自拥得了意趣各异的画幅。梅壶女御的画，选的全是古代故事画名作。这些画内容丰富，构图别致，引人注目。弘徽殿女御则选取题材情趣盎然，多以当世珍奇情景为主的图绘。若论画之外观华表，弘徽殿更胜一筹。此时皇上身边诸宫女，凡稍稍具有修养者，每日品评议论，指短道长，皆以绘画鉴赏为乐。

藤壶母后酷爱绘画，诵经念佛可懈怠，唯此事难以割舍，故亦专程赶至宫中。见众宫女各持己见，便将其分为左右两方：左方梅壶女御，有平典侍、侍从内侍、少将命妇等；右方弘徽殿女御，有大式典侍、中将命妇、兵卫命妇等。这些人，皆为当世颇有名气的女鉴赏家。她们互相品前论后，藤壶母后对此番见解，也颇感兴趣。她便建议：先将梅壶女御的物语鼻祖《竹取物语》中的老翁，与弘徽殿女御的《空穗物语》中的俊荫[1]，这两幅画并放一处，教两方共同来品评其优劣。

左方有人道："在人们心中，这神话传说与赫映姬同样不朽。故事情节虽并不十分动人，但主人公赫映姬出污泥而不染，冰清玉洁，心怀清纯之志，且情缘渊深，终成正果升入月宫。这原是神明治世时的传说，我等俗尘女子，是望尘莫及的。"

右方有人反驳道："赫映姬奔月，乃天界之事，下界无从探知真情。至于结局

【1】《空穗物语》又叫《宇津保物语》，主人公俊荫乘船访中国，却在海上遇到暴风，意外漂流到了波斯国。俊荫在波斯国遇到七位仙人，授以弹琴妙曲。回国后将琴技传授外孙仲忠。仲忠恋慕美女贵宫，而贵宫后来却当了太子妃。

如何，谁也不曾得知。就其在人间的缘分而论，投胎竹筒，足见其身份低微。其光辉，虽使竹取老翁一家得以显耀，然终不得入宫，辉照宫宇。那安部多[1]为欲娶取，竟不惜千金，买下火鼠裘[2]，但忽然又被烧掉，此故事何味之有？那车持皇子，明知蓬莱可望不可即，却无聊乏味，假造一根玉枝骗她，徒自招得烦恼。"这《竹取物语》画卷，乃名画家巨势相览所绘，名诗人纪贯之题词。画纸为纸屋纸，镶边用的中国薄绫。紫红裱纸，紫檀画轴，装潢也十分平常。

右方的人，便夸耀起自己的《空穗物语》来："俊荫出游中国，途遇风暴，漂泊到波斯。虽人地生疏，但他毫不气馁，定要成就当初之志。上苍不负有心人，终于学得绝世无双的弹琴妙技，闻名遐迩，且传诸后世。真可谓妙才矣！此画笔法也兼备中国、日本两国风格，意趣丰富，天下无双。"这画底为白色，裱纸呈青，黄玉画轴。作者乃当代名人飞鸟部常则，由大书法家小野道风题字。整体观之，新颖多趣，光彩醒目。左方无言反驳，于是右方得胜。

其次，比的是左方的《伊势物语》[3]，与右方的《正三位物语》两幅画卷。二者优劣，双方各执其词，难于定夺。但一般认为，《正三位物语》以画卷华丽多趣见长。它将宫中景致，乃至近世各种风情习俗，描绘得活灵活现。左方平典侍辩道：

"未知伊势海底深，

　浪拍沙滩自浅薄。

怎能以如此庸俗低下之作，诋毁业平的盛誉？"右方大式典侍毫不示弱，随即驳道：

"临驾霄汉俯首视，

　深海亦觉难为舟。"

藤壶母后道："固不可忽视兵卫大君[4]的高昂气度；然其在五中将的盛誉，亦不可辱没。"她有意偏袒左方。且吟道：

【1】疑是阿部御主人。

【2】据说火鼠皮裘衣遇火也不会被焚。

【3】《伊势物语》是以诗歌为中心写就的歌物语，内容大多关于男女之情。作者在原业平是平安初期的六歌仙之一，别称"在五中将"。因此《伊势物语》也叫《在五物语》或者《在五中将日记》。此书对后世日本文学的影响很大。

【4】兵卫大君是《正三位物语》的女主角。

"一朝方见即疑旧，

岂可轻辱千古名？"

侍女们竭力辩说，谁也不服谁，终不能决定两卷画之优劣。那些年轻宫女，学识较浅，只得多方打探比赛结果。然此事甚是隐秘，皇上和母后的宫女也不得近身，外间更不知结局如何。恰逢源氏内大臣进宫，见她们争论得如此热烈，也对赛事产生了兴味，便道："既然争论不下，且让陛下来定夺吧！"他预料此后将有更大规模的赛事，因此开初不愿拿出上乘之作。见此情景，便心生一计，将须磨、明石二卷一并取来，加入其间。此时，权中纳言也忙于制作精美画幅，唯恐落于源氏内大臣之下。源氏内大臣声明道："此次比赛，当以旧藏作题材；新作之画，无甚意趣。"原来权中纳言特设得一密室，让人在内作画，外人不得入内。朱雀院闻此消息，遂赠与梅壶女御若干所藏佳品。

朱雀院所送的画中，有前代名家对宫中一年内诸种仪式的描绘，装饰极为精美且画意趣雅，并有延喜院御笔亲题。又有朱雀院治理种种事务之画，其间且有斋宫当年下伊势时，在太极殿举行加栉仪式的画卷。此乃朱雀院最为关心之事，故将当时情状细节，俱告名画家巨势公茂，命其用心描绘。此画甚为出色，收藏在一只华丽的透雕沉香木箱中。箱盖用沉香木雕的花朵装饰，格外新颖别致。那画卷，列前斋宫在太极殿前、临上轿出发时的庄严情景，作了细致描绘，并题得一诗：

"身在禁外无缘逢，

铭记昔日加栉时。"

梅壶女御得到众多画幅，觉得不作回复实在无礼。沉思良久，便将当年所用的栉子折为两段，在其中一端上附一诗道：

"禁中今非昔时景，

但恋当初奉神时。"

用宝蓝色中国纸包了，交与使者复呈，且犒赏使者诸多礼品。

朱雀院阅罢栉端题诗，感慨万千，恨不能光阴倒转，回复到在位之年。于是心中不免怨恨起源氏内大臣来，怪他当初未能玉成此事。或许是对昔年放逐源氏有所报应吧！朱雀院所藏画卷，弘徽殿女御自前太后[1]处也得到许多。还有尚侍

【1】前太后指的是朱雀院的母亲弘徽殿女御，她是现在的弘徽殿女御的姨妈。胧月夜也是现在的弘徽殿女御的六姨妈。

胧月夜，雅致闲情，喜好书画，也藏得许多精品。

赛画日期，已择定下来。时间虽较仓促，赛场却设置得格外精雅。双方的画幅皆已送到。临时御座设在清凉殿旁宫女的值事房中。御座之北为左方，之南为右方。其余殿上诸人，皆在后凉殿廊上就座。各自维护一方。左方的画，尽皆置于一只紫檀箱中，搁在一苏枋木雕花台座上。箱上盖有紫色中国织锦，箱下铺得红色中国绫罗。六个当差女童，身着红上衣和白汗衫，里面衬衫或红或紫。神情相貌，傲然不群。右方画幅置于一沉香木箱中，搁在一只嫩沉香木桌台上，下面铺着蓝底高丽织锦台布。扎台布的丝绦，及桌台脚上的雕刻，甚为新颖别致。童女身着蓝色上衣与柳色汗衫，里面为棣棠色衫子。双方童女各自将箱抬至皇上面前。皇上身边的宫女，属左方的在前，属右方的则在后，服装颜色两方各异。

是时，皇上宣召源氏内大臣和权中纳言上殿。源氏的皇弟帅皇子，生性喜好风雅，尤对绘画一事酷爱，也前来鉴赏。或许源氏曾预先暗中劝得他来，故无正式宣召，恰好此时入觐。皇上便宣他上殿，命为评判之人。

左右两方奉上的画，无不精妙绝伦，优劣一时难定。朱雀院送与梅壶女御的四季风景画，线条舒畅，题材古雅，毫无滞涩之感，妙不可言。只因乃单张纸画，篇幅有限，不能尽显山水壮观景致。而右方所有新作，只是勉强尽笔，过于粉饰，因而意趣甚浅。但繁华艳丽，乍一见也不免赞叹，似乎不让古画。如此多方争论不休，此日的赛况，更是多姿多彩，兴味无穷。

藤壶母后精于画道，也将御膳堂的纸隔扇打开，观赏于侧。她的参与，令源氏内大臣不胜欣慰。帅皇子每逢难于判断孰优孰劣之时，便向她请教，受益匪浅。

不觉已至夕暮，评判仍未至终。赛程轮到末次时，左方才捧出须磨画卷，这使权中纳言心中发怵。右方费尽心思，也以最优秀者为压卷之作。岂料源氏公子原本画技非凡，况此须磨画卷为他蛰居时所作。画时聚精会神，从容仔细，真可谓绝世佳作！众人见此画卷，便如睹源氏公子当日孤栖独处，漂泊伶仃之状。帅皇子以下诸人，无不因此感动流涕。这些画卷，将各浦各矶之景，尽行绘出，皆为众人见所未见，闻所未闻。各处题词，均为变体的汉字草书和假名[1]。所记并

【1】假名即日文字母用变体的草书汉字代替假名，称为"变体假名"。

非用汉文写成的详细日记，记叙间杂诗歌，幽默风趣，令人不忍释卷，众人全为此画吸引，竟无暇虑及身外之事。相比之下，刚才所见之画，索然无味，皆逊于须磨画卷，此画卷意味之深，颇耐咀嚼。果然这画压倒一切，左方获胜。

直至天色微明，赛画方才结束。适时四下沉寂，忙又开庭摆筵。源氏内大臣把酒临风，纵谈往事。且对帅皇子道："自幼痴迷学问，父皇料我将来略有成就，因曾训诫：'世人过分看重才学，方有才学渊深之人，然此等人，欲谋福寿两全者，委实不多。你生于名门望族，纵然全无才学，亦不劣于他人，故无须深入此道。'因此父皇不再教习学问之事，只教我如何玩弄技艺。我于技艺，虽不稚拙，但并无特长。只有绘画小技，常思全心钻研，务求能画得称心如意。岂料后来竟成了渔樵之人，目睹海边各处真实景况，毫无遗漏，赏玩得诸种风物。然笔力不足，不能尽情刻画种种深藏之意味。因此若无机缘，便羞以示人。今日冒昧请教，恐世人将讥我如此好举吧。"

帅皇子道："无论何种技艺，若不潜心研习，终无成就之望。但各种技艺，皆有师匠法则。若能从师随法研习，深浅暂且不论，总可仿效师匠，有所增进。唯有书画与围棋之道，极为奇特，全赖天赋。常见平庸之辈，并不深入研磨，唯凭天才，便可长于书画，通习棋艺。富贵子弟，亦有出类拔萃者，能通晓百般技艺。父皇膝下我等皇子、皇女，均研习各种技艺。唯兄长聪慧颖悟，最为父皇器重。因而文才之渊博，自不待言。至于其他诸艺，弹琴为最，其次横笛、琵琶、筝，无所不精。父皇曾如此裁定，世人也都赞同此道。论及绘画，皆认为非我兄之特长，仅为起兴时舞弄笔墨罢了。不想成就高深，纵是古代名家，也会汗颜三分，何况平庸文人！令人难以置信，真觉得毫无道理！"话至此处，已语无伦次。许是酒后易激动之故吧，提及桐壶院往事，他便黯然垂泪，委顿不堪了。

已是月中下旬，月亮初升。月光虽未能照入室内，然环境清幽宜人。源氏内大臣雅兴骤起，便命书司[1]取出乐器。权中纳言操和琴，帅皇子弄筝，自己操七弦琴，少将命妇弹琵琶，且在殿中选得一才能卓越之人抚拍。高手联袂合奏，委实美妙风趣。天幕渐开，庭中之花与人影往复，逐渐清晰可辨。鸟声婉转，朝气勃发，便由藤壶母后颁赐福物。帅皇子屈尊受累，另赐得一袭御衣。

【1】书司是后宫的十二司之一，专门管理后宫的书籍、画卷、文具、乐器等。

随后数日，宫中一时便以品评须磨画卷为乐。源氏内大臣道："此须磨画卷，还是留存于母后处吧。"藤壶母后也极想细致赏阅，便欣然接受，答道："且容我日后再细细观赏吧。"此次赛画，冷泉帝十分称心。源氏内大臣为此甚是高兴。权中纳言见源氏内大臣在区区赛画小事上，亦如此偏袒梅壶女御，深恐女儿弘徽殿女御失宠。又想皇上时时宠幸弘徽殿，对她仍关切周全，便觉不管源氏如何偏袒，也无甚可怕了。

　　经过此次赛画，源氏内大臣欲增设诸多朝廷重要节会仪式新例，以便后人引为传述，言冷泉帝时代便有其先例。故即便赛画那种娱乐小事，他也苦心设计，务求完美。真可谓鼎盛之世了！然源氏内大臣仍痛感人世难测，闲暇之时常常思虑：待冷泉帝年事稍长，便可放心皈依佛门了。且想："试看先前古人，但凡年华鼎盛、官高位尊、出人头地者，大都难以长享富贵。如今我尊荣已至巅峰，全赖其间灾祸沦落依托，故得福寿至今。今后倘再痴恋富贵，恐寿命难永，倒不如遁入空门，潜修佛法，既可为后世增福，又可消灾延寿。"便在郊外嵯峨山乡选定地域，新造佛法之所。同时命人雕塑佛像，置办经卷。但他又想按己意愿调教夕雾与明石姬之女，亲见其成长。故此出家之事，便搁置起来。究竟作何定夺，就难预料了。

THE TALE OF GENJI

VOLUME 18
第十八回
松风

且说源氏内大臣二条院东院，修建完毕，遂将花散里迁居至西殿和廊房。其他家务机构及家臣居所，皆有相应安置。北殿宽敞异常，已隔成众多房间，置有舒适设备，精美雅致。源氏内大臣欲将以前一时结缘、许以终身的女子，皆云集于此。东殿留与明石姬来住。正殿闲着，自己偶尔来此休憩，故也设有必要用具。

为迎接明石姬早日入京，源氏数次传信与她，劝其动身。然明石姬自知身份卑微，犹豫不决。她想："传闻京中出身高贵的女子，公子尚若即若离、或真或假，增添得不少痛苦。我究竟有何特殊，敢去争宠呢？若进得京去，只能体现我微贱身份，女儿亦徒增耻辱罢了；再者，我在京望眼欲穿听候幸临，必耻笑于人，自讨没趣。"她颇感烦恼。

其父母亦以为，恁般顾虑不无道理，但又转念："倘教这孩子就此生长乡间，不得享受应得荣贵，委实对她不起。"如此举棋不定，遂不敢对公子怨言，而断然拒绝。唯有相望悲叹，无计可施。明石道人忽然忆起：夫人已故祖父中务亲王，在京郊嵯峨大堰河附近留得一所宫邸。因家道中落，宫邸无人继承，年久荒芜，如今由一管家照管。明石道人便寻到此管家，与其商谈："我本绝缘红尘，隐居乡野。孰料人至暮年，逢有意外，想于京中寻一居所。然若即刻迁居闹市，又觉有些不妥。因凡惯住乡村者，初居闹市定不相适，故想起你所托管之宫邸。若修理后尚可住人，请即动工修缮，一切费用由我奉送，不知意下如何？"管家答道："该宅多年无人照管，早已荒芜。我也只将那几间旁屋稍加修葺，凑合住了。今春上，源氏老爷派了人来，在那里建佛堂。佛堂极为讲究，营造民夫极多，来来往往，甚是嘈杂。若找清静之所，恐不甚适当吧？"明石道人道："此言倒也在理。实不相瞒，我们与内大臣有缘，意欲投奔呢。屋内装饰，我们自有主张，眼下要紧的，是速将房舍略加修葺即可。"那人道："非我祖上产业。亲王家又无人继承。我又惯熟乡间闲静，经年隐居于此。园内置业，早已荒芜殆尽。我曾请求民部大辅[1]，厚礼相送。方蒙他赏赐，我才生有所依。"他担心失去田产，那张松皮似的脸变了形，鼻子通红，嘴巴高噘，头发蓬乱。明石道人心知其意，忙回道："你不必担忧那田地，我们一概不管，仍然由你掌管便是。那些地契房产，

【1】民部大辅应该是明石姬的外祖父，即上文提到的已故中务亲王的儿子。

虽存于我处，唯因我早已不问世事，故多年来未曾清理。此事留待将来再作计较。"这管家察其话意，知源氏内大臣与他有缘，颇感此事棘手，只得同意。打此之后，他便去明石道人处，领拿那丰厚的修缮费，加紧修缮那宫邸。

源氏内大臣岂料得道人恁般打算，且不解明石姬为何迟不进京。恐遗小女公子于乡下，遭后世讥议，没有光彩。大堰邸宅修葺竣工毕，明石道人方将实情道与源氏大臣，他才明白明石姬迟不肯迁居东院，出于何故。他觉得明石道人办得周全，暗自欣慰。再说那惟光朝臣，凡源氏内大臣一切秘事，素来少不得他。当然，这回也就派他去大堰河，悉心办理邸内一应设施。惟光归后报道："那地方景致极佳，胜似明石浦海边。"源氏内大臣想："如此风水宝地，此人住了倒挺相配。"源氏公子所建佛堂，位于嵯峨大觉寺南面，临一泓瀑布，雅趣皆天然，并不比大觉寺逊色。大堰处明石邸宅，临一河流。后居松间，景色秀美。其正殿简朴，具山乡意趣。内部装饰陈设，一应出自源氏之手。

源氏派了心腹几人，暗自前往迎接明石姬。明石姬此时无法再拒绝，只得决意赴京。辞别这自小生长的浦滨，又觉恋恋不舍；念及父亲自此将独居浦上，凄凉孤寂，心又不忍，遂伤怀不尽。她自恨此身多愁善感，竟羡慕起那些与源氏无缘之人来。且说明石道人，数年来，朝夕盼望源氏内大臣迎接女儿入京，今凤愿已遂，自是欢欣，然念及夫人将随女儿一道入京，老夫妇将成永诀，心中徒生悲怜，痛苦不堪。道人怅然若失，昼夜喃喃："如此，我将永不能与小孙女相见了么？"此外再无他言。夫人亦独自悲伤，暗想道："我俩皈依佛门，多年来不曾分离。今后教他独守空浦，谁又来照料他呢？便是那萍水相逢、露水情缘之人，彼此既相识，又蓦地生别离[1]，也免不了要垂泪伤心，况我俩乃夫妻数年。他虽傲慢，行为孤僻，然这也在情理之中。既为夫妇，当初选定此浦为终老之所，总想于'长短不可知'[2]的有生之年共享天伦。如今忽又离别，几为永诀，怎不教人愁肠寸断？"且说众多小侍女，早已厌恶乡间寂寞，今即迁居赴京，皆不胜欢喜。但又念今后无缘再见得这海边胜景，又觉难分难舍，看那往返起伏的波涛，不觉泪已往返起伏。

秋风斜雨，哀心楚楚。动身之日破晓，秋虫乱鸣，风声凄凄。明石姬眺望海

【1】古歌："彼此既相识，蓦地生别离。试问此别离，果真不可惜？"见《河海抄》。
【2】见《古今和歌集》："我命本无常，长短不可知。但愿在世时，忧患莫频催。"

边，见道人早已起身，正暗啜着诵经拜佛。此乃喜事，却总禁不住泪下。小女公子相貌格外令人动心，外祖父视其为掌上明珠，常爱不释手。小外孙女也异常亲近他，一刻不见，便吵闹不休。平日他念及出家之人，应绝红尘凡念，便要疏远这小女公子，然而片刻不见，又觉胸中空落，极为难受。便吟诗道：

"愿汝前程似锦绣，

　斜风歧路老泪横。

啊呀，此乃不祥之言！"急以袖拭净老泪。尼姑夫人和道：

"营日联袂辞帝京，

　今朝挥手马不行。"

吟罢，已泪流涟涟。她回想夫妻恩深积月累年，今朝却为了夙缘而忽然抛弃，复归尘赴京，实非明智之举。明石姬也吟道：

"此去渺茫无定数，

　谁知何日重相聚。

依女儿之意，陪送我们入京如何？"她言辞恳切。但明石道人道："此地还得留人，不便同去。"然念及女眷一行路途不便甚多，又心下担忧起来，于是道："当年，为你辞别京都，隐居乡野。担任国守职时，以为可朝夕之间悉心教养你。孰不知就任后，遭受诸多磨难，致使穷困潦倒。而今再返京都，只是一没落的老国守，再无力改变家道衰落的景象。在世间落得个愚笨的恶名，辱没祖先名声，实若剜心般隐痛。当时辞京，皆知我必入空门，我也觉世间名利淡薄，弃之不足惜也。至你年事稍长，更显聪慧伶俐，又觉得不忍将明珠埋没沙中。唉，可怜天下父母心，为儿女悲痛，没有歇息之时。于是许身求佛，但愿自身命穷，勿累及子女，任其沦落乡野。长怀此愿，以图将来。如今果真时来运转，与源氏公子喜结良缘，真乃可庆喜事。但因身份悬殊，念及你日后前程，不免万千顾虑，日夜愁叹。自从有了这掌上明珠，方信命定夙缘不尽。让她生活在这乡野海边，实甚委屈。我这小外孙女，身有荣贵福相，料想她将来必将出人头地。不能使其成长令我心感悲凉，但我身既已决心绝缘尘世，便也无法顾及了。她偶生乡野，暂时扰乱我这村夫之心，大概是前缘所定吧。我亦便像那不慎堕入三途恶道[1]的神仙，

【1】按佛教的说法，天人果报尽时，暂堕三恶道，即地狱道、饿鬼道和畜生道，经此苦恼，再生天界。

受一番劫难，今日便成永别。日后听闻我之死耗，法事从简吧。古语道：'大限不可逃'[1]，切勿伤心才是！"其语气甚为坚决。复又道："我尚在人世一日，便存一丝俗心，昼夜六时祈祷中，定要为我这掌上明珠祝福。"提及小外孙女，眼泪又欲流出。

又说去京，若走陆路，车辆行人多，格外显眼；若先取水路再取陆路，又太麻烦。因京中来使也欲避人耳目，便决定全体乘船，暗中赴京。

次日破晓，一行船在晨雾中渐渐隐去。明石道人目送行船渐远，怅然若失。船中尼姑夫人，离别这久居之地，再赴早已陌生的京都，也感慨万千，泪流满面，便对女儿吟道：

"欲去彼岸[2]心似箭，
船至中流复归还。"

明石姬和道：

"浦滨几度好春秋，
忽向浮槎入京都。"

这日恰逢顺风，走完水路，遂弃舟登岸，乘车速速抵达京都。为避人非议，一路极为谨慎小心。

大堰的邸宅，确实意趣别致，与居惯的明石浦极为近似，明石姬觉得熟悉。但每念旧事，又徒生感慨。新造廊房，庭中有雅致的水池。源氏内大臣叮嘱几个心腹家臣，赴邸内举办迎接贺筵，为明石姬洗尘接风。他本人何日前访，却未决定。转眼已数日，明石姬未见到源氏内大臣，心中悲凉，不禁思念故乡，便取出当年公子所赠之琴，独自弹奏。时值晚秋季节，四下里景致萧条，明石姬独居中室，恣意弹奏以消终日孤寂无聊。忽松风骤起，应和琴声，风歌相和，更增她的忧伤。那尼姑母夫人倚窗叹息，闻琴风和声，即兴吟道：

"削却青丝独返京，
忽闻明石松风声。"

明石姬和道：

"欲借琴声怀故情，

【1】《伊势物语》古歌："大限不可逃，人人欲永生。子女羡父母，为亲祝千春。"
【2】彼岸在佛教的经义中，意指西方极乐世界，也就是阴司。

但求他乡遇知音。"

明石姬如此度日，恍又过得数日。源氏内大臣欲见明石姬，心已切切，便不再旁顾，决意去大堰。他未详告紫姬，又深恐紫姬会从别处打听到，反倒不好，便如实告诉她道："桂院[1]诸多事，已搁置久矣，今务必亲往处理。另有约定来访者，正于附近，不去委实过意不去，再则嵯峨佛堂佛像，尚未装饰完毕，也得去照应一下。略要耽误三两日吧。"紫姬曾听闻营造桂院一事，便估计是为明石姬而造，如今果然不假，心中颇觉酸楚，便道："只恐去得两三日，斧柄也烂光了吧？教人等煞呢！"一脸不悦之色。源氏内大臣道："可又疑心了不是！众皆谓我不同往昔，唯有你……"一番甜言蜜语后，时已近中午。

源氏内大臣微行前往，只几个心腹随行，日暮时分方抵达大堰。昔日沦落明石浦时，源氏内公子着简装便服，其绰约风姿也让明石姬赞不绝口。何况此时身着官袍，且精心装扮，其神情之华贵，世间仅有。明石姬立刻眼花缭乱，数日愁云顿消，禁不住心花怒放。源氏公子到得邸内，觉一切皆令他喜爱。尤其见了小女公子，格外感动，悔及父女隔绝太久，好生可怜！他想："葵姬所生夕雾，世人赞誉为美男子，唯因太政大臣乃其外祖父，碍于权势颜面附和罢了。这小女公子年仅三岁，便已美若天使，前程实难预料。"但见她向人微笑时，天真无邪的模样实在教人爱怜！其乳母寓居乡野时，形容枯槁，如今已甚为丰腴。她东拉西扯，将小女公子详情告诉源氏公子。公子想象其村居生涯，终日与盐灶相伴，满面尘灰，甚觉可怜，便婉言安慰，且对明石姬道："此地亦极是偏僻，往来多有不便，不如迁居东院吧。"明石姬道："初来乍到，十分生疏，待过得些日，再作计议不迟。"此言确是道理。这晚，两人缠绵悱恻，直至天明。

源氏公子见宅邸内，有些地方尚须修缮，遂召集原有及新增人员，嘱他们一一办理。附近领地差役，闻知公子驾临桂院，皆聚集院内恭候，此刻又潮涌入邸内拜见。公子见庭中树木多有损毁，便令他们大事整修。又道："院内好些石头不见踪影，若精心修整一番，倒也颇富意趣。可惜不是久居之所，若修得过分讲究，离去时恋恋难舍，反增眷恋之痛。"他又追述谪居明石浦时的旧事，时笑时

【1】桂院是源氏在嵯峨的别墅。

哭，恣意畅谈，模样极为俊逸，连那尼姑窥见了，亦顷刻忘老忘忧，脸露欢颜。见东边廊房下的清泉已堵塞，源氏公子又卸下官袍，躬身疏导，其姿势格外优雅，令尼姑赞叹不已。他忽见一旁有供净水的佛具，遂想起那尼姑，忙道："不知师姑老太在此，我犯不敬之罪了。"便命随身差役取来官袍穿上，行至帷屏前，道："小女能长得恁般标致，全因太君积德修善。太君舍弃自爱的静修之处，为我等重返红尘，实乃恩重如山。今老大人独留浦上，定多牵挂。诸良苦用心，还得感恩！"言辞意浓情切。尼姑道："蒙公子体谅我这片苦心，老身苟延至今，也不算枉度岁月了。"言毕，流下泪来。略停片刻，她又道："这棵小松，长于荒瘠壤上，委实可怜。如今幸遇沃壤雨露，定当枝繁叶茂，娇艳瑰丽，我心庆喜。唯根系甚浅，能否顺利成长，还不可知呢？"言辞极显风趣。公子便与她叙起旧来，追述尼姑祖父中务亲王居此邸宅时的情形。泉已疏通，水声淙淙，如泣如诉。尼姑便吟道：

"旧主重返不相识，

泉声低语昔日情。"

源氏公子听了，觉此诗质朴谦和，情极雅致，便和道：

"泉咽仍念昔年事，

故主今非往日颜。

历历往事，实乃令人眷慕啊！"他不由徐徐站起，姿态极为高雅。尼姑愈见到，愈加觉得他确是绝世无双的美男子。

公子随后至嵯峨佛堂，吩咐下人道："此处佛事，历月十四为普贤讲经，十五为阿弥陀佛讲经，月底为释迦牟尼讲经。务必妥善，无须多言。"另又一一增设了诸种佛事。至于佛堂装饰诸事，亦一一安排。至月上中天，方折道回大堰邸，他不由忆起当年明石浦月夜的情景。明石姬知其心思，便取出当年所赠之琴。源氏公子睹物思情，更增莫名凄怆，便弹奏了一曲，以倾积郁。弹的仍是昔年那支曲子，曲调丝毫不改，故弹奏之时，昔日情景跃然眼前，他遂吟诗道：

"琴心不负昔时誓，

确信未绝旧日情。"

明石姬和道：

"弦音未改相思意，

松风若泣离别情。"

二人吟诗互和，尤为和谐，明石姬心中十分欣慰。

明石姬羞花闭月的姿容，令源氏公子恋恋难舍。小女公子锦绣花簇，更使他欣喜流连。但想："如何安置这小宝贝呢？若暗中抚育，虽能避人耳目，然怎般委屈她，我怎舍得！不如携至二条院，做了紫姬女儿，得以悉心教养。日后送其入宫，尚可免遭世人讥评。"却又唯恐明石姬不允，不得不将此念隐于心内，唯对小女垂泪。小女公子乍见父亲，初显羞赧，后渐熟识，始与他言笑、嬉玩，亲昵于他。源氏公子更觉她聪慧伶俐，娇美十分。他抱起她，父女二人容貌相映，更加漂亮可爱！可见他们夙缘不浅。

次日，源氏公子预计径直返京，便起身略迟。京中达官显贵，皆汇聚桂院等候。另有众多殿上人，已至邸内迎候。源氏公子懊恼道："真无可奈何！怎般偏僻难找之所，他们何知而来？"外面人声嘈杂，他得出去，惜别依依，脸上毫无神采。他步至明石姬房门处，不觉缓步停下。碰巧乳母抱着小女公子走出来，源氏公子不忍舍她而去，便伸手抚其秀发，道："我十分爱她。一刻不见，便觉心中空落，不知所措。这如何是好，此地真乃'在水一方'了！"乳母答道："昔日久居乡野，早晚苦苦思念。如今进得京中，倘再不照护，便更不如往昔了！"小女公子伸出一双小手，扑向公子。源氏便坐下来，抱起她，道："我这一生忧患，许是没有止境了！片刻不见这孩子，便教人不安。夫人呢，何故不同来送别？即便再见一面，亦可暂得安慰啊！"乳母忙折身进去转告。明石姬正愁肠百结，躺卧于床。众侍女在一旁催她即刻出去，免让公子久候，她才强起身来，膝行而前，将半身隐于帷屏后，神情极为优雅。这般娇艳，即便皇女，也无过誉之处。源氏公子掀开帷屏，向她倾诉离情。

源氏公子一步一回头，见向来羞赧之女，此次竟倚门挥手相送。明石姬抬眼送别，觉公子真乃仪表堂堂！其瘦削身体，如今丰盈了些，越见匀称了。服饰得体，十足内大臣风度，竟连裙裾上也泛溢出风流高雅之气来，许是情人的心情所致吧。

且说曾被革职的右近将监，又复职藏人之位，且兼卫门尉之职，今年又再升迁。而今权高位尊，风姿堂皇，非同昔年。他手持内大臣佩刀，侍立于内大臣旁，见此处有一侍女熟识，便一语双关道："当年浦上蒙恩，我终生铭记。清晨醒来，便觉此地景致与明石浦极似，唯惜无法写信与你，以借此慰安。此番失礼，尚望见谅。"那侍女答道："此穷僻山乡，与那朝雾漫天的明石浦无异。亲友亦已散去，连苍松也变得生疏[1]。承蒙你不忘旧情，前来问候，甚感欣慰。"原来右近将监曾暗恋明石姬，故出此言语，然此侍女却误以为他有意于己。右近将监甚觉无趣，便扫兴告别道："待得他日，再前来拜访吧。"遂告辞随公子上了路。

源氏内大臣衣冠楚楚，驱马喝道，出得门去。头中将与兵卫督陪坐车后。源氏内大臣道："如此偏僻陋所，竟给你们找到，实难预料。"头中将道："昨夜花好月圆，我们未来相陪，深感抱歉。故今晨冒雾前来迎候，以补过失。山中秋叶尚未红艳，野间秋花正茂呢！昨日同来一朝臣，途中放鹰猎鸟兽，落于后面，如今不知如何了？"

源氏决意今日游玩桂院，便命车转赴那里。桂院管家慌忙准备酒席，一时奔走忙碌，满院顿时喧嚣起来。源氏召来鸬鹚船上的渔夫，与之叙话，听其发音，便不由忆起须磨浦的渔夫那模糊难懂的土语来。昨夜于嵯峨野间，放鹰狩猎的朝臣，拿出一串以荻枝所穿的小鸟送来，以证实其功绩。一时觥筹交错，酒兴大酣。源氏酒醉兴浓，无暇顾他，遂于川边盘桓一日。随从人等，皆赋诗作词。晚间月光姣美，映照桂院。众人簇拥，又开音乐会，但闻弦起管落，竹木相击，甚是热闹！弦乐使用琵琶与和琴，笛类则命擅长此者吹奏。笛音悠扬，甚合秋天时节。河风吹来，与曲调应和，别有一番雅趣。月亮渐渐高升，乐音响彻云霄，仿若仙乐阵阵。

暮色渐深，从京中来了几位殿上人，他们皆乃御前侍从。皇上于宫中举办管弦乐会，皇上道："六日斋戒期已满，源氏内大臣应来参与，为何不见人影？"下人启奏曰："内大臣去嵯峨桂院赏游，游兴正酣呢！"皇上便遣藏人弁前往问候。并御书亲信，内中有一诗：

"庭院修近蟾宫桂，

何以尚无清光香。

令我羡慕不已呢！"源氏内大臣未能前往宫中奏乐，深感歉意，遂让使者代言与冷泉帝，务请多多海涵。盖因环境不同，他颇觉在此奏乐，方能尽诉凄清情怀，意趣更浓于宫中，遂换杯添酒，不觉复添醉意。

【1】古歌："谁与话当年？亲友尽凋零。苍松虽长寿，亦已非故人。"见《古今和歌集》。

此处未曾备有犒赏品，便遣人去大堰邸内取，且嘱咐明石姬："不必格外丰厚。"明石姬即将两担现成衣物，交与使者。因藏人弁须立时回宫禀复冷泉皇上，源氏便赠其女装一套，并答诗道：

"空有佳名寒宫桂，

朝雾夕雨漫山乡。"

意指祈盼日光照临，即盼皇上行幸此地。

钦差既去，源氏内大臣便躺卧席上，吟歌弄词："吾居乃桂乡，桂为蟾宫物。在此盼月明，欣然蒙驾临。"由此忆起淡路岛，便谈及躬恒"莫非境不同"之古歌（此古歌见《凡河内躬恒集》）。席间，有人闻此伤怀，竟醉卧而泣。源氏公子不胜感慨，吟道：

"昔日淡路叹此月，

而今京都同此辉。"

头中将续吟道：

"浮云犹可暂隐月，

难阻银辉洒人间。"

席间数右大弁为年长者，桐壶帝在位时已临朝，颇受先皇恩宠。他怀念先皇，亦吟诗道：

"皓月弃舍天宫去，

坠没山间在何方？"

席上诸人，皆赋诗相和，甚为热闹！源氏内大臣谈笑风生，亦庄亦谐。众人皆愿听其万载，永无尽时。不觉逗留已过四日，今务必归都，他便将衣服一一分赐众人。众人遂将所赐衣服搭于肩上，于雾中朦胧闪光下，异彩纷呈，分外美观，远望颇似庭中花草。近卫府中几个舍人，精通神乐、催马乐，亦侍候于旁。他们游兴未尽，便唱着《神乐·其驹》，并起舞和乐。源氏内大臣以下，皆卸下身上衣物，赏赐众人。那些彩衣披于肩上，红绿错综，仿若红叶于秋风中翻飞。大队人马，喧扰返京，令大堰邸中人见了，颇感落寞，无不怅然若失。源氏内大臣不曾再度辞别明石姬，也是心绪难宁。

回到二条院，源氏便将嵯峨山中情状详告紫姬道："我延误了一日，好生懊恼。都怨那些好事者，硬留我住下，今日我已疲惫不堪。"言毕，便入内室去了。

源氏内大臣见紫姬依旧不悦，佯装糊涂道："你恁般高贵身份，怎能与她计较？你应作此想：'人各不相同，不必凡事计较才是。'"源氏当夜入宫，忙着写信与明石姬。众侍女看了，皆有不悦。入夜，本想留宿宫中，但恐紫姬多疑，便只得深夜赶回。明石姬的复信早已送至。他亦不加遮掩，于紫姬面前拆阅，见信中词句并不特别伤感，便对紫姬道："你就撕毁了吧！此类东西，颇令人厌烦。置于此处，与我这年纪不相称了。"言毕，坐倚紫姬，眼望灯火，唯心中念念不忘明石姬，再无他言。

信展于桌上，紫姬看也不看一眼。源氏道："你装作恁般，却又斜视偷阅。你那神色，教我如何安心呢！"言毕莞尔一笑，其态娇憨可掬。他靠近紫姬道："实不相瞒，她已为我生得一小女公子，煞是伶俐可爱。足见前世夙缘甚深。唯因她身份低微，故不敢贸然将那女公子视为女儿抚养，眼下心思颇为此烦乱。若得你体谅，替我想个主意吧。接她来由你抚育，可否？今已是蛭子[1]之年，且恁般可怜，我怎忍心抛舍她？我想给她穿一裙，若不嫌亵渎，请你替她打结，好么？"紫姬答道："我真没料到，你恁般不知我心！既是如此，我便撒手不管了。你应知晓，我向来爱活泼可爱的孩子。此孩子恁般年纪，想必亦讨人喜欢。"她脸上已露出笑意。原来她天性喜爱孩子，故想得此女，并有意倾心养育。源氏内大臣心下忐忑："如何是好呢？真个接了她来吗？"

再说大堰邸，他亦不曾常去，唯逢嵯峨佛堂念佛，顺便前往探访，一月欢娱两三次而已，比之牛郎织女略要好些。明石姬对此，虽不存非分之念，但怎能不伤怨凄楚呢？

【1】蛭子是日本创造天地的夫妇二神伊奘诺、伊奘冉所生长子，其长到三岁，两足瘫痪，不能起立。蛭子之年是说女儿已经三岁了。

THE TALE OF GENJI

VOLUME 19
第 十九 回
薄 云

转眼间秋去冬来，大堰河畔，冬风寒凉，更添寂寥萧瑟。明石姬母女居于邸宅内，闲寂无趣，孤单无依。源氏公子劝她们迁居二条院。但明石姬想："若到那边，只怕更增坎坷。倘看穿了他的薄情，更伤我心，到那时真可谓'欲说已晚'[1]了。"故犹豫不决。源氏公子亦未勉强，与她商议道："虽然如此，但孩子长居于此，实非良策。为其前程思量，若任她埋没此间，岂不委屈？再说紫夫人早听得你有这孩子，十分想见。在举行穿裙之仪前，我想带过去，与她熟悉熟悉。"明石姬一直惧怕此种安排，如今果闻其言，心如刀绞，便道："如此，虽身份高为贵家之女，倘实情泄露出去，反倒害了她。"故死不肯答应。源氏公子道："此言也甚在理。但紫夫人处，倒无须顾虑。她不曾生育，又极爱小孩儿，常叹息孤单。如前斋宫那般大年纪，她也硬要当作女儿疼爱。何况你这个完美无缺的小宝贝，她岂不怜爱得很？"便向她说道，紫姬是怎样的善良。明石姬听着，暗想："昔日隐约听得传闻：这源氏公子风流浪漫，熟谙风月，不知怎样的人儿才能让他安定。原来此人便是紫姬。他既能奉她为正室，足见其恩爱深厚。且其优越品性，亦无可挑剔。我轻贱低微，岂能与她并肩邀宠。倘贸然移居东院同处，岂不落她耻笑？我身命如此，无须计较。倒是孩子年幼，须人照料。这样，不如趁她幼不知事，让与她吧？"继而又想："倘这孩子离我以后，不知要怎生牵挂。且孤寂无聊时，再无以慰藉，教我怎生度日？打此后，将何以吸引公子光临呢？"她思前想后，意乱神迷，但恨此身忧患无限。

　　尼姑母夫人素有远见，道："恁般顾虑，实乃多余！日后母女不能相见，诚然苦痛，但还得为这孩子前程着想。公子之言，必深思熟虑过。你尽管信赖他，让孩子去吧！且看一看：众皇子，皆因母亲身份不同而分高下。源氏内大臣人品无与伦比，但被贬为臣，屈居朝廷命官之列，失却亲王之分，何也？仅因其外祖父官阶较其他女御之父低，致使其母只有更衣名分，而他也成了更衣生的皇子。地位之别，就在于此啊！皇子亦如此，何况普通臣子。又如普通家庭，同为亲王或大臣之女，倘这亲王或大臣官卑职微，其女又无正室名分，则所生子女定为人所不屑，父亲待子女，也就厚薄有别。倘公子任一夫人生了孩子，而其身份又比我等人家高贵，那我们这孩子就完全处于劣势。凡女子不论身份如何，能

【1】古歌："痛数薄情终不改，再来哭诉有何言？"（见《拾遗集》）

被双亲器重,自当尊贵。倘我们举办穿裙仪式,虽竭尽全力,在这僻远山谷有何体面?倒不如交与他们去办。"她这样训诫女儿一番,复又去征询高明人士的见解,并请卜筮求签,皆说送二条院有吉兆。明石姬心里,此时方踏实了许多。

源氏内大臣因顾虑明石姬心有不悦,虽为小女公子作了那番打算,也并不强求。唯写得信去:"女公子穿裙仪式,当如何举行?"明石姬复答:"反复思忖,陪着我一无用之人,耽误了她前程。但又忧虑入京之后招人耻笑……"源氏内大臣看罢复信,心觉可怜,又毫无良策。

前思后虑,遂择了吉日,命人暗中筹办一切事宜。小女公子乃亲生骨肉,明石姬到底割舍心痛。但念及孩子前程,只得隐忍,教了乳母同去。这乳母与她多年朝夕相伴,二人相互慰藉,共度寂寞。如今一走,她更形单影只、独自哀伤了。乳母安慰道:"相处多年,盛情难忘,不期尚有分别之日,这也是命里注定。我身幸得此缘,能侍奉你左右。虽说日后见面之机尚多,可一旦离你而走,前往侍奉陌生之人,唯觉怅然不安!"说着就哭了起来。

寒冬腊月,大雪纷飞。明石姬愈觉得孤寂,想起今生饱罹忧患,非常人所能忍受,忍不住暗自悲怜,自叹缘何命薄,于是将更多的爱倾注于小女公子身上。一日清晨,满院一片银妆素裹。若是往日,明石姬难得独坐屋檐前,但此时此景,勾起如烟往事,层层蜂拥而至。思将来,前路漫漫。于是信步来至檐前,坐观池面冰雪。她身披多层轻柔白衫,凝神静思,仪态娴雅。世间高贵女子,鬟髻和背影,也不过如斯!她以手拭泪,叹道:"不知以后再逢这种天日,何以挨过啊!"不禁娇声抽泣。继而吟道:

"白雪深山无丽日,

企愿鱼雁踏雪来。"

乳母也哭着安慰道:

"深山雪间何足惧,

心心相印暖情融。"

源氏公子于雪化之时前来。若是往常,公子驾临必欢欣喜悦。但念及今日来此目的,明石姬异常痛苦。她当然知道,此事非他人所迫,出于自愿。倘她拒不应允,亦无人勉强。但想今日再加拒绝,未免轻率过甚。源氏公子见孩子坐于母亲膝前那娇痴可爱的模样,愈感与明石姬夙缘之深厚!这孩子今春开始蓄发,现已长得有如尼姑的短发了,柔柔地披于肩上,眉目之清秀,美丽异常。源氏公子亦知，身为母亲，将孩子送与别人后，其悲伤挂怀之心，深觉对不住明石姬，便对她一味表白他的用意，以安慰明石姬。明石姬道："只要你不将她视若低微人家的女儿，善加珍爱……"话不曾完，早已泪流满面。

小女公子自然不解人情，只催促快些上车。母亲抱起她来至车侧，她扯住母亲衣袖，咿咿呀呀娇唤道："妈妈也来！"明石姬肝肠欲断，不胜悲郁，吟道：

"日后幼松自参天，

此时一别何日见？"

吟诗未毕，早已悲哀欲绝。源氏公子深深同情她，知此事太过残酷，便抚慰道：

"繁枝茂叶因根固，

千载长伴武偎松[1]。

但请稍待。"明石姬觉公子此言甚合心意，情绪略安，然终于悲不能禁。乳母同一名少将侍女，带了佩刀及天儿[2]，与小女公子同去。另有几个美貌侍女及女童，另乘一车。一路上，源氏惦念留在邸内的明石姬，觉得自己罪不可饶。

回至二条院，已暮色降临。车子行至殿前，众侍女因久居乡野，忽见此金碧辉煌，一派繁华，皆觉得有些不惯。源氏公子选了西向一室，为小女公子卧室，室内设备特殊，各式小型器具玲珑而美观。乳母卧室，位于西侧廊房靠北一间。小女公子于路上熟睡了，抱她下车时并未哭闹。侍女们给她吃了些点心，将她带至紫夫人房中。她慢慢发觉换了景物，母亲也不见，便四处寻找，急得直要哭。紫夫人见状，忙唤乳母过来。

源氏公子想到明石姬失去女儿之后，该是何等痛苦凄凉，深觉负疚。看见紫姬日夜珍爱这孩子，心中又稍觉宽慰。只可惜，这孩子非她亲生，否则，便堵了外人的闲话。小女公子初来几日，时常啼哭，要找昔日熟悉之人。但这孩子本性温良恭顺，与紫姬格外亲近，甚得紫姬疼爱，视如宝贝。紫姬整日抱着她逗乐。那乳母也与夫人熟识起来。她们又另找了位有身份的乳母，共同抚育这孩子。

小女公子穿裙仪式，并未大肆操办，然也足够讲究了。按其身材所做的服饰及用具，新颖别致，甚是惹人喜爱。前往庆贺者不少，因平日亦门庭若市，故并不特别引人注目。但小女公子穿裙之后，裙带绕过双肩，于胸前打得一结，模样比往日更

【1】武偎是地名，以产双松并生的夫妻松闻名。此处暗示源氏与明石姬终将团聚。

【2】天儿是一种布娃娃，佩戴在小孩子身上，时人相信能够辟邪挡灾。

显美丽大方了。

却说这边大堰邸内，对小女公子的牵挂，了无期限。明石姬更是痛悔不迭。尼姑母夫人当日虽训诫女儿，如今也暗自垂泪。但闻那边珍爱小女公子之情，心中增了几分慰藉。小女公子身上供奉，那边一应俱全，落得此间清闲。只是置办些华丽衣服，供乳母及小女公子侍女。源氏公子想："若久不去看她，定会加倍怨我，以为我自此便抛弃了她。"便于年内某日，悄悄去了一次。邸内本就十分沉寂，如今又失去了朝夕疼爱的孩子，其伤痛可以想见。源氏公子一念及此，心痛难忍，只得不断写信慰问。紫姬有了这可亲的孩子，开始原谅了明石姬。

不觉又是新岁，春光融融，二条院内诸事合意，福喜临门。殿堂屋宇，全都装饰一番。新年贺客，不绝如缕，鱼贯而入。辈分较长的，皆于初七吃七菜粥之日[1]，前来祝贺。一时门前车水马龙。众青年贵族子弟，个个春风得意，喜形于色。身份稍低的人，虽有所虑，面上却也怡悦，处处一派升平盛景。东院西殿的花散里，也一片惬意。侍女及女童等的春服，早已准备周全，日子很是自在如意。公子每有闲暇，常信步西殿与她晤面，只是不常宿于此。但花散里性情文雅恭顺，认为一切缘分皆由命定，对公子也没有过分奢望，只如此便足以慰心了。故源氏公子也很宽心，每逢佳节喜日，都格外赏赐，不逊于紫姬。家臣左右，皆不敢轻慢待她，乐意伺候她的侍女，也不比紫姬少。境况之好，无可挑剔。

大堰邸内明石姬寂寥凄苦，源氏也极为挂怀。待得正月办毕公私诸事，便去拜访。此日，他刻意打扮了一番：外穿表白里红常礼服，内着色彩鲜丽的衬衣，熏香浓厚。告别紫姬时，夕阳映到脸上，浑身光华灿烂。紫姬目送他出门，甚觉心迷目眩。小女公子拽着父亲衣袂，竟要跟出室来。源氏公子停住脚，心中涌起无限爱意。他安哄她一番，随口吟唱《催马乐》"明晨一定回转来"[2]，出得门去。紫姬唤来侍女中将，在廊房口守候，待公子出来时，赠他一诗道：

"飘零浮身无人系，

【1】正月初七吃七菜粥，认为可以治百病。七菜是指春天的七种菜：芹菜、荠菜、鼠曲草、繁缕、佛座、芜菁和萝卜。将这七种菜剁碎后煮入粥里，叫做七菜粥。

【2】《催马乐·樱人》全文："（男唱）樱人樱人快停船，载我前往看岛田。我种岛田共十区，察看一遍就回来。明朝一定回转来。（女唱）口头说话是空言，明朝回来难上难。你在那边有妻房，明朝一定不回来，明朝一定不回来。"樱人是当地的船夫。

翘望浪子明日还。"

中将吟得婉转流畅，公子乃笑而和道：

"匆匆夕宿晨时还，
吝惜短暂伊人怨。"

小女公子不解大人话意，自顾蹦跳嬉戏。紫姬看着异常欣喜，对明石姬的忌恨，又减了许多。她设身处地体味明石姬对孩子的想念，觉得有些伤心。她细细端详这孩子好一阵子，将其揽入怀中，掏出美丽洁白的奶子，喂入她口中，逗她快乐。旁人见此情形，甚觉有趣。侍女们互相言道："夫人怎没生育？倘这孩子系她亲生，那多好啊！"

大堰邸的境况也是不错。别具一格的房屋形式，饶有风趣。明石姬容颜举止，日见优雅。与那些身份高贵的女子相比，毫无逊色。源氏公子想："倘若她的品行平常，并无特别美好之处，我断不会如此怜爱她。她父亲性情怪僻，令人遗憾。女儿虽出身低微，却有何妨？"

源氏公子每每相访，皆只是匆匆一叙，常感到不满足，觉得虽然相会，反倒痛苦增加，直叹"好似梦中渡鹊桥"[1]。身边那古筝，让他回忆当年明石浦上夜中奏乐情景，便取了古筝，劝明石姬弹琵琶以和。明石姬便与之合奏一会儿。源氏公子深叹其技艺高超，委实无可挑剔。奏毕，他便将小女公子的近况详叙于她。

源氏公子不时来大堰邸宿住，有时也用些茶饭。大堰邸原本寂寥清冷，每次至此，必对外借口言赴佛堂或桂院。他对明石姬，虽非过分痴迷，然绝无轻视之情，足见其恩宠不凡。明石姬情知公子用心，故有所释怀，亦从容有度，凡事恰到好处，谨遵其意。先前，明石姬曾有所闻：公子对其他女子，从未怎般礼貌周全，总是颐气颇使。便想："倘搬入东院，与公子太过亲近，必会受得诸多羞辱。如今住在这里，虽不经常谋面，但专为我来，反倒脸上有光。"且说那明石道人，当初送女儿入京，虽言永诀，但不知公子待她们如何，非常牵念，便时常遣人前来探望。

恰逢此际，太政大臣[2]谢世。此老臣乃国家栋梁，一旦殂殁，皇上亦悼惜

【1】古歌："世间情爱本飘摇，好似梦中渡鹊桥。渡过鹊桥相见日，心头忧恨也难消。"（见《河海抄》）

【2】这里的太政大臣是源氏的岳父，葵姬的父亲。

哀伤。平日因故隐居邸内一日，尚令朝野不安；今日与世长辞，悲悼者甚多。源氏内大臣亦甚惋惜。先前一应政务，均依赖太政大臣裁决。念及此后必独负国家重任，因此倍增愁叹。冷泉帝年方十四，然老成持重，远出其年龄之上。他亲临朝政，英明善断，令源氏内大臣释怀。然太政大臣逝世之后，朝野大政，非他莫托。谁能代此大任，以成就他出家修行的夙愿呢？因此又对太政大臣之辞世锥心疼痛，于是亲自主持操办法事等，其用心程度甚于太政大臣家众子孙。不仅如此，源氏又百般抚慰眷属，多方照料。

是年，世间异兆屡起，日月星辰常现异常，云霞诡异。各处卜易者多次上书朝廷，呈报世间前所未有的反常怪事。一时间，朝中上下人心不安。源氏内大臣更是烦恼，疑一切灾难皆因自身罪孽深重所致。

且说那出家的藤壶皇后，今年早春患病，三月，病情日渐加重。当年桐壶帝驾崩，冷泉帝年仅五岁，未谙世事。今见母后病重，忧心忡忡，满面戚容。遂决意行幸三条院，探问母亲病情。藤壶皇后见得皇子，不由得悲从心起，道："我自知大限将近，难过今年，但也无特别苦痛之处，唯恐外人笑我装腔作势。我早想入宫，与你详谈当年之事。然一直情绪不佳，以至蹉跎至今，终未如愿，真是遗憾。"声音甚显衰竭。她今年三十有七，仍光艳照人，风姿不减当年。冷泉帝见了，更觉可惜，悲叹起人世无常。他道："孩儿听得母后玉体欠安，心下忧虑。只恨未多做法事，为母后消灾延寿。今年乃母后厄年【1】，母后定当千万小心。"冷泉帝内心焦急，便大做法事，祈请母后早日康复。时至今日，源氏内大臣才知藤壶母后所患并非寻常小病，深为忧虑。冷泉帝不便久留，只得忧心忡忡返回宫中。

藤壶皇后因痛苦难忍，言语无力，心下寻思道："我这一生，恐是积了阴德，荣华富贵，无人能及。然我内心之苦，恐世间亦少有人能比！皇上怎知我有此等隐情，真是愧疚。我之此恨，恐地老天荒，亦无消解之日了。"源氏念及太政大臣新丧，藤壶皇后危在旦夕，国哀连连，独自悲叹。想到自己和藤壶皇后那段隐情，悲叹之余又加伤感。想起藤壶皇后倘真个离世，重续旧情之梦成空，更悲不自禁。身边侍女，皆为心腹，早知内大臣一番苦心，便将皇后病情一一相告。且

【1】当时的迷信认为，女子十九岁、三十三岁、三十七岁是"厄年"，必遭灾难。

道:"皇后患病数月,虽精力不济,但仍坚持诵经拜佛。因长期辛劳,历久愈衰。近来连橘汁也食不进,恐已无生望了。"说罢,皆掩面而泣。藤壶皇后让侍女告诉内大臣道:"你奉父皇遗命,竭心尽力,效忠当今圣上,其心可嘉。年来多承君惠,我常想向你真诚致谢,但苦无机会,今日又病重若此,遗憾重重,岂可言表!"帷屏外的源氏内大臣,听到她微弱声音,肝肠寸断,泪如泉涌,一时答不上话。又恐别人看见,便强打起精神,竭力支撑。念及如此一个美人儿,从此便要玉殒香消,魂归他乡,空留无限伤心恨事,直叹老天无眼!终于收泪复道:"臣本驽钝,不足挂齿。蒙陛下不弃,委以重任,自当竭心尽职,不敢稍有懈怠。月前太政大臣突然仙逝,臣重任在肩,不胜惶恐。孰料而今母后又染重病,更感哀痛。只恐此身在世之日亦不多矣。"言语间,藤壶皇后像秋天的叶子,终于飘然而去。源氏内大臣伤心垂泪,无以言表。

藤壶皇后虽为贵人,却有慈善之心,对世人旷达博爱,从无豪门贵族仗势欺人、鱼肉百姓的恶行。凡进贡,倘兴师动众者,悉数谢绝。佛事礼法,也自有原则。她只用自己应得的俸禄和继承的财产,尽自己所能,斋僧供佛。不像众富贵人家,穷奢极欲,大做功德。此种人等,虽圣明天子时代,也不乏其例。藤壶皇后的死讯传出,国人尽哀。葬礼上,殿上官员,一律身着黑色丧服,使得阳春三月也一片黯淡。

源氏公子近日闲居二条院,欣赏着庭中樱花。当年花宴情境,历历浮上心头,禁不住独自哼唱"今春应开墨黑花"[1]的古歌。因恐遭人非议,便整日呆坐佛堂,偷偷饮泣。残阳如血,山野树梢皆披金挂彩,色彩分明。而飘浮于山岭上的薄云,则略呈晦暗。源氏公子看着这残阳薄云,哀从心起。独自吟道:

"薄云萦岭红夕照,

依稀黑衣暗色深。"

但徒然独吟,并无一人闻得。

七七四十九日佛事渐次圆满,一时再无大的活动。皇上颇感宫中沉寂,百无聊赖。却说此间有一僧都,七十余岁,是稀有的得道高僧。藤壶皇后之母在世时,即已入宫供职,专事祈祷之仪。藤壶皇后视为亲信,对他甚是尊敬。皇上也

【1】古歌:"倘若山樱亦有情,今春应开墨黑花。"(见《古今和歌集》)

器重有加，凡宫中隆重法事皆交与他操办，近年一直隐居山中，潜心习道修行，以祈佛佑。此次藤壶皇后患病，特奔京都。源氏内大臣劝他曰："同往年一样，今后你仍留住宫中，为皇上尽忠，若何？"僧都答曰："贫僧年事已高，本难再做夜课。而今大臣有命，怎敢不遵。况贫僧久蒙皇恩，理当报答。"便留在宫中，侍于皇上左右。

一日晨，皇上与僧都待在一起。僧都咳嗽着，不紧不慢地为他讲授世事常理。视左右无人，僧都便趁此机道："贫僧有一事相奏，因怕有逆圣听，反有欺君之罪，故犹豫未决。但若因此永受蒙蔽，深蒙罪孽，贫僧也罪极天谴。况贫僧隐瞒此事，毫无益处，恐菩萨也要斥责贫僧不忠。"说至此，便觉难以启齿了。冷泉帝以为他有什么余恨结心，笑想虽是僧人，且道行高深，却终脱不了常人贪馋嫉妒之恶疾，真是可恶。便对他道："我素来视你为心腹，你却对我有所隐瞒，真令我失望！"僧都终于继续道："阿弥陀佛！陛下此言差矣。贫僧已将菩萨不轻易外传之秘诀，悉数传授陛下，贫僧本浮身三界外，不染尘俗，还有何事不能相告呢？唯此事，因涉及过去未来国运，已故桐壶院、藤壶皇后及当今摄政源氏内大臣声誉，故贫僧既不敢隐瞒，又不便贸然相告。贫僧微贱之身，死不足惜，即便获罪，也无悔意。今受神佛之意，奏闻陛下：陛下尚在母腹时，皇后便整日忧惧，悲伤不已，秘密吩咐我努力祈祷。贫僧乃出家人，内中缘由，不便相问。后逢内大臣身蒙不白之冤，贬到荒僻之地，皇后忧惧愈甚，又吩咐贫僧为他祈祷。源氏内大臣闻得，密命贫僧向诸佛菩萨忏悔，求菩萨宽恕。陛下未登大宝之先，贫僧昼夜不息，祈请圣安。据贫僧所知……"遂将当年之事，一一奏来。冷泉帝听罢，又惊又怕，瞬时方寸大乱，无言以对。僧都觉得唐突，恐一时触怒龙颜，降下罪来，欲就此离去。冷泉帝叫住他，道："这么多年，你才告诉于我，我真要怨你不忠了。若我今生一无所知，来世不知要遭多少报应呢。此事除却你，可尚有他人知悉，乃至泄露？"僧都答道："除贫僧外，只有王命妇知悉。近来天行无常，瘟疫泛滥，国家连遭不幸。贫僧思忖，恐正是此事所致，因此斗胆启奏。陛下年幼时，未省世事，神佛亦念无知而恕罪。而今陛下年事渐长，已洞悉世事，而未尽孝道，神佛便自降灾殃，以示惩戒。父母者，人之根本，吉凶世事之变，往往因之。贫僧将此等秘事告之陛下，望陛下知罪弥补。"说时不胜唏嘘。其时天光大亮，僧都告辞而去。

冷泉帝听罢此言，恍然梦中，左思右想半日，也理不出个头绪。他感到，此事有愧于桐壶院在天之灵,而生父久屈臣职,乃子之不孝。他想来想去,直到日头高升,仍未起身。源氏内大臣获悉圣体欠安,吃惊不小,便前来问候。已知真相的冷泉帝一见内大臣,便悲从心起,忍不住泪浸眼眶。源氏内大臣尚以为他思念母后,至今泪眼未干呢。

此日,又逢桃园式部卿亲王[1]逝世。冷泉帝闻此噩耗,不免又吃一惊,甚觉世间灾祸频繁,危机四伏。源氏内大臣历经种种变故,见皇上忧戚神色,便决定住在宫中,陪伴谈话。皇上道:"恐我亦余命不多了,连日心绪烦乱,精神萎靡,又逢此种种灾变,天下不安。今数难并发,教我忧惧如焚。我欲引退,顾念母后心情,不敢言此。今已无可牵念,正宜遂我心愿,以求安度余生。"源氏内大臣诧然道:"圣上何出此言?人间盛衰兴亡,岂按执政时间短长论定?即便古之圣明时代,亦难奈灾祸。那新近逝去之人,大多年事已高,乃尽天命之年。陛下何必如此担忧呢?"源氏引经据典,百般劝慰。

冷泉帝穿着青黑色丧衣,俊逸清秀之态,与源氏内大臣一脉相承。先前镜中审看,亦偶有此感。自听僧都言后,遂将自己与源氏内大臣仔细比较,愈加深感父子情深。他总想找个机会,向源氏暗示此事,又恐他难堪,终无勇气。故这期间,他们只略谈些琐碎小事,关系却更见亲密。冷泉帝对他恭敬有加,有时似超出君臣之礼。内大臣体幽察微,心下惊诧,却不知他已知晓其事了。

冷泉帝本欲细细询问王命妇,却又不情愿让她知道母后至死未说之事。他准备试探着问内大臣,讨教此种事例,是否古已有之,又苦于没有适合时机。于是始向群书博览,希望在书中寻出例子。他发现王室之中,血源混杂之先例,或公开,或隐秘,中国颇多。但日本并无前例,或许是未作记载。试想如此秘密之事,怎好载入史册,见诸后人呢?史书中倒有记载:皇子谪为臣籍,身任纳言或大臣之后,又恢复亲王身份,并终登大宝者,非止一二。他便欲循古代先例,以源氏贤才圣德为由,让他荣登龙位。

时已至秋季,正值京官任免之期。冷泉帝拟任源氏为太政大臣,便预先告知于他,并趁机谈起让位一事。源氏内大臣十分惶恐,力阻此议。他奏道:"桐壶父皇在位时,虽于诸多皇子中,独宠下臣,但传位之事从未想过。今日岂敢违逆父

【1】这位亲王是桐壶院之弟,朝颜之父。

皇遗命，擅登大宝？小臣唯愿恪遵遗命，尽忠尽职辅佐皇上，待将来年迈无用之时，退返山林，念佛诵经，了此残生。如此而已。"他始终保持臣子口吻。冷泉帝闻之，歉疚之余，又觉遗憾。源氏内大臣不接受太政大臣一职，谓有待思忖。后来仅晋了官位，并特许乘驾出入禁宫。冷泉帝意犹未尽，欲复其亲王之份。然顾虑自古亲王不能兼任太政大臣，源氏若成亲王，宫中再无适当人选任太政大臣一职，朝廷便后援无人了，故此事只得搁置起来。于是晋封权中纳言为大纳言兼大将。源氏内大臣想："倘他再得升迁，位至内大臣，我便将事务委托于他，可获些清闲了。"回思冷泉帝此番言行，不免担忧。若他知道昔日隐情，怎对得起藤壶皇后亡灵呢？可此事令皇上郁郁寡欢，又甚感歉疚。他不由诧怪："此种秘密，是谁泄露的呢？"

却说那王命妇已迁至栉笥殿任职，专司御衣。源氏内大臣前往探访，道："皇后可曾向皇上谈及那件事？"王命妇道："此等隐情，令皇后不胜惶恐，岂会自行泄露？但她又恐皇上不知生父，悖逆不孝，触怒天佛。"源氏内大臣闻罢此话，忆及藤壶皇后温柔敦厚、思虑周密的样子，不胜恋慕。

梅壶女御入宫中后，果不负内大臣厚望，照料皇上无微不至，深得宠幸。这位女御不仅容貌出众，性情也无可挑剔。因此源氏内大臣特别看重她，一直用心照顾。近秋季之时，梅壶女御归省二条院了。为欢迎女御，源氏内大臣将正殿装饰得金碧辉煌。如今，他只将她以亲生女儿相待了。

一日，绵绵秋雨不断，院中草木斑斓。源氏内大臣忆起梅壶之母六条妃子生前往事，一时泪湿衣襟，便往女御处看探。他假借时势多厄，自己洁身斋戒，身着墨服，实乃为六条妃子阴福做祷。进门时，他将佛珠收入衣袖，一派优雅姿势。梅壶女御隔了帷屏，直接与他叙话。源氏内大臣道："今岁时运不佳，然那庭中花草依旧，盛似昔年。"言毕，倚身木柱，优雅异常。二人又忆起陈年往事，谈及赴野宫访问妃子，黎明时不忍离别之情景。抚今追昔，感慨良多。梅壶女御也低声哀泣。源氏内大臣听得隐隐抽泣之声，忽想她是个怎样温柔和悦、优雅宜人的美人儿。只恨帷屏阻隔，不能一睹芳姿，心下焦如火燎。哎，真是恶习难改！

源氏内大臣道："想当初，本无特别伤神之事，无须寄情于风月场中。可因我心性风流，纵情不羁，与诸多女子产生恋情，使我不堪其痛。其中二人至死不肯谅解我，一个便是你母亲。她怨恨我薄情寡义，以致含怨冥府，令我抱憾终身。

我竭诚照顾你，想弥补过错，使我也心有所慰。怎奈'此恨绵延无了时'，如今寻思，乃前世冤孽啊！"至于另一人，却未提及[1]。他随即调转话头，道："其间我横遭谪戍，自思如若返京，能多做些还情之事。如今，诸愿总算渐次偿还了。东院那花散里，天性温和通达，从前孤苦无依，现于东院中安享清福，与我甚为亲密。我返京之后，加爵复官，虽贵为帝王左右，却无心争宠取贵，唯难抑风月情怀。你入宫时，我努力抑制，将你视为女儿，不知能否体谅我一片苦心？如无同情之念，也便罢了！"梅壶女御心觉厌烦，沉默无语。源氏内大臣道："你不开口，可见确不同情，如此好痛伤我心啊！"

　　源氏内大臣自觉难堪，遂岔开话题，道："从此以后，我将不再做愧疚之事。只欲闭门礼佛，专心事禅，以积来世功德。念及此生无甚业绩，深感遗憾。今膝下有一四龄小女，我冒昧请求，欲郑重相托，望你告知她不忘父志，光耀门庭。我去之后，务请多多关照。"梅壶女御只约略回以片言只语，仪态庄重娴静。源氏内大臣更觉得此人可亲可爱，便相对默默闲坐良久，直至暮色四合。且言道："此事暂且不谈。春花绚烂，秋野绮丽，四时美景之优劣，向无定论。眼下我唯希望，一年四季皆有美景可赏。中国文人墨客皆言春光最美，但日本和歌又以为'春日繁花竞，不如秋意深'。其实四时之景，皆各有可人之处，难分高下。我想在这小院内，多植春秋花草，兼养些稀有鸣虫，点缀四时景致，供你观赏。不知对于春秋，你更偏爱哪一季节？"梅壶女御觉得难以回复，只默不作声，又恐失了礼貌，勉强应道："古来之人尚不能裁定，况我等才识浅陋者。诚如尊见：四时景致，各有千秋。然前人亦有'秋夜相思浓'[2]。每逢秋夜，便追念逝如朝露的母亲，故更喜秋天。"这些言语信口道来，并无多少道理，却使内大臣恋羡崇拜不已。他情不自禁，赠诗道：

"君受秋意知物哀，

　同心若伴谅吾心。

让我时时相思难耐啊！"梅壶女御不解其意，只默然无语。源氏内大臣本欲借机

　　【1】源氏的情人中，只有六条妃子和藤壶皇后最终悔悟，不愿意与他再续前缘。所以，这"另一人"应该是指藤壶皇后。

　　【2】古歌："无时不念意中人，秋夜相思特深。"（见《古今和歌集》）梅壶女御因为喜欢秋天，所以后文也称她"秋好皇后"。

僭越雷池，非礼于她。又转思自己恁般轻浮，恐不合适。况且梅壶女御满心嫌恶，只得一连几声叹息，收回欲念。此时的内大臣，姿态优美，动人心魄，却只惹得梅壶女御嫌厌。她欲进内室，便后退了去。源氏悻悻道："不料招你嫌厌！真解情性者，恐不致如此吧。今后休得再恨我，不然，我太伤心了。"说罢，就此离去，但袅袅衣香留于室中，梅壶女御厌恶更增。侍女们一面关窗一面道："这衣香好浓啊！此人怎恁般俊逸。真所谓'樱花和得梅花香，花开杨柳嫩枝上'，好令人爱慕！"

源氏内大臣闷闷不乐，折回西殿，并不即刻进内室，而是倚傍窗前躺下。他让人高举灯火，几个侍女侍候一侧，与他闲聊。他心内自责道："我怎又犯了乱伦之恋的恶习呢？真是自寻烦恼啊！"又想："向梅壶女御表露爱恋之情，岂不荒唐！昔年旧事，罪孽已深重，但神佛念我幼不省事，方不惩罚。但现在怎可不思悔改，遽然再犯？"想到此处，又觉得自己毕竟已颇有修养，不致重蹈覆辙，做些荒唐事了。

梅壶女御回答偏爱秋季，似乎深知秋意。她事后思及，懊悔不已，颇觉可耻，羞恨交加，竟成心病。源氏内大臣已自我反省，毅然绝了邪念，照料她反比以往殷切周到了。他进得内室，对紫姬道："梅壶女御甚爱秋夜，而你独好春晨。日后赏花玩景，皆可随你好恶。我身为内大臣，政务缠身，总难一逞胸臆，纵情山水。常想退引山林，闭门修行遂此心愿，然念及你寂寥孤单，又不忍心。"

源氏内大臣时时未忘那居于大堰邸内的人儿，但位尊名赫，轻易造访恐有不便，便想："明石姬自惭低贱，厌恶与世人交往。其实恁般自卑，实在不必呀。她不愿迁居东院，与众人相处，则又太清高了。"以己之心去想，甚觉可怜。想至此，乃以嵯峨佛堂礼佛之事，不可或废为借口，径直去向大堰邸。

却说这大堰邸内的明石姬，数日闲居无聊，其凄凉哀怨之情，与日俱增。内大臣来去匆匆，又总是难得一见。这与内大臣的孽缘使她的哀婉永无尽头。源氏内大臣只好竭力抚慰她。大堰河鸬鹚船上火炬闪烁，倒影映于水中，从葱郁的林间远远望去，一如天际的流星点点。源氏内大臣道："此种情景，若非在明石浦目睹，必当惊羡不已。"明石姬睹此奇景，不由吟道：

"水影渔灯若萤火，
　相伴浮舟到此乡。

心中忧伤愁绪，与当初寄居渔火之乡，又有何异呢？"源氏和道：

"只恨无人解心怀，

　　心如流萤摇水影。

恰似古歌：'君心何故恁般愁？'[1]"言下之意，反怨明石姬不曾体谅。其时，内大臣公私俗务稀少，便欲精研佛法，故常去嵯峨佛堂诵经念佛，在此长久居留，明石姬因之愁肠亦消解不少。

【1】古歌，见《古今和歌六帖》："情如泡沫原堪恨，君心何故恁般愁？"

THE TALE OF GENJI

VOLUME 20
第 二 十 回
朝 颜

源氏内大臣有一癖好，凡恋慕过的女子，便永不忘怀。且说朝颜，原本在贺茂神社供职斋院，因桃园式部卿亲王新逝，只得辞职移居别处，为父亲尽孝。源氏闻讯后，便屡屡致信吊慰。朝颜回想昔日受源氏内大臣烦扰，故回信亦不显诚恳，只作礼节性应酬，令源氏深感失望。九月，朝颜移居旧宅桃园宫邸。源氏内大臣闻讯，心念姑母五公主[1]亦居住在桃园，便假借探望五公主来得桃园。

　　五公主住于正殿东侧，朝颜在西。亲王辞世虽不久，但邸内已日见萧疏。桐壶院生前，特别恩宠五公主。故时至今日，源氏内大臣仍与这位姑母关系亲密，不时有书信往来。五公主虽为葵姬之母三公主之妹，却全不似她姐姐那般年轻貌美，她声音嘶哑、老态龙钟，且时常咳嗽。她见到侄儿，对他道："我年迈体衰，如今桐壶院亦离我而去，我更觉万念俱灰。幸有你这侄儿时来探望，让我得些安慰。"源氏内大臣见姑母风烛残年，于是处处尊敬她，回道："自父皇逝世，世间万事迥异往昔。前年侄儿蒙冤遭罪，谪戍异乡。想不到皇恩浩荡，又获赦免，重归故土，执掌政务。只因公务繁多，少有闲暇，虽欲常来叙旧问候，得些指教，然终难如愿，实乃憾事。"五公主道："世道变化无常，捉摸不定！沧桑起落，我早已厌倦，只想撒手而去，如今你返京都，加官晋爵，尽享荣华。"她声音颤抖着。又道："你真是相貌英俊过人，你年幼之时，我便惊诧于你的俊美，疑心仙人下凡，令人心悸不已。世人盛传皇上相貌与你酷似，但依我推究，怎能比得上你呢？"源氏心想："姑母也真有趣，哪能当面对人的相貌大加赞誉呢！"便道："姑母过誉了。近年来侄儿身遭忧患，尝尽颠沛流离之苦，已日见衰老了。当今皇上貌美无比，真是前无古人，绝世稀有，我怎能与圣上相提并论呢？姑母的推想，也太离奇了。"五公主道："无论怎样，倘使常能见得你，我这老命也会存活得长久些。今日我忧患尽释，神清气爽，真高兴呢！"说罢，竟又哭了起来。

　　片刻后，五公主又说道："三姐洪福，有你这么个女婿常在身旁，真让人羡慕不已。此处已故亲王，深悔不曾招你为婿呢！"源氏内大臣听罢，觉得此话倒很称心，遂道："那我求之不得，往后便可多有往来，共享世间快乐了！只可惜他们

【1】五公主是桐壶院和桃园式部卿亲王的妹妹。葵姬的母亲三公主是她的姐姐。

皆不愿接近我呀！"他发恨说道，言语中心事已露出端倪。他望了望朝颜居所，见庭前草木已衰枯，想象朝颜凭窗远眺的可爱模样，一时竟不能自制，便说道："侄儿今日来此，理应去看望姐姐，不然就失了礼节。"于是辞别五公主，沿着廊檐往那边走去。

不觉天时已黑，朝颜室内的黑色帷屏透过灰色布帘隐约可见，甚显寂寥。拂面微风，送来缕缕衣香；那内室景象，使源氏内大臣觉神秘而美妙。侍女们因不便在廊檐款待大臣，遂延请至南厢就座，由朝颜授意侍女代为应酬。源氏内大臣甚为不满，道："叫我坐于帘外，岂不是将我视作年轻人了？我仰慕姐姐，由来已久。凭此诚心，尚不足以出入帘帷么？"朝颜传言道："昔日诸事，恍若梦中；而今梦虽已醒，但仍难辨世间真伪。故你是否诚心，尚容我细细思量。"源氏内大臣受此冷遇，深觉世事无常，便赠诗道：

"翘盼神明佑汝返，

　疾首痛心已经年。

我遭得谪戍，饱经苦难，早已积郁满怀，只想求得机会，向你一一倾诉呢。神明已允你返都，缘何避而不见？"他言辞真切，态度诚恳，风流之态更甚于往昔。他虽已年长了些，但于内大臣一职，也颇为年轻。朝颜答诗道：

"世俗一言风情话，

　违誓神明罪深重。"

源氏内大臣故作潇洒，道："旧誓何必重提及？昔日之罪，早已随风而去，无踪无影了。"侍女颇为同情，逗趣道："既是恁般，'此誓神明该若何？'[1]"朝颜乃正经之人，闻言颇感不悦。她生性古板，年岁越高，越发谨小慎微，连答话也怕多说。众侍女对此一筹莫展。源氏内大臣甚觉无趣，道："未曾料得，我得到恁般嘲弄！"便决意告辞。且连连叹道："唉，年岁长了，便给人取笑。我朝思暮想，她却一脸冰霜。而今'望君怜悯憔悴身'也不得吟了！"众侍女对他的绝世俊颜，心下一番赞叹。此时夜空高远，碧蓝如水。风吹落叶，声声入耳。众侍女触景伤怀，忆起先前在贺茂神社时的种种趣事，那时源氏公子情书频来，或忧或喜，趣味无穷。

【1】古歌："立誓永不谈爱情，此誓神明该若何？"见《伊势物语》。

源氏内大臣回得私邸，回想朝颜态度，莫名懊恼，整夜辗转未眠。晨起，凭窗而望：但见朝雾淡淡，秋草霜枯；朝颜花形容枯槁，颜色惨淡，攀缠于草木之上。遂令人折得一枝来，送与朝颜，并附言道："昨日遭此冷遇，教我失尽颜面。可曾取笑我狼狈之相？真是可恨！且问你：

昔日朝颜艳异常[1]，

如今花容是从前？

望体谅我历年苦心。"言辞甚是谦恭凄凉。朝颜觉得倘置之不理，未免太过薄情，便复道：

"篱畔藤枯蒙秋雾，

色衰质褪乃朝颜。

以此花喻我，妥帖之至，我亦伤感落泪。"仅此数言，亦无深情流露。不知何故，源氏内大臣捧书细读，竟不忍释手。青灰色信笺上，字迹娟秀柔嫩，相得益彰。

源氏公子觉得若再似年轻时那般鸿雁传情，已不相宜。每忆及朝颜那若即若离的态度，至今未成其好事，又令他十分懊恼，便重鼓勇气，再示爱慕。朝颜身边侍女，个个风流多情，对一般男子尚倾心相恋，何况英俊潇洒、惯经风月的源氏公子？嗟叹赞誉之极，只恨自己不是朝颜！而朝颜本人呢，年轻时尚一本正经，凛然不可侵犯。更况如今年事俱长，位高名尊，岂可做那绯闻艳事？她生怕吟风诵月，落得世人非议。源氏公子觉得，朝颜小姐虽经沧桑世事，但性情仍丝毫未变，实在与众不同。真是稀世少见。

与朝颜的恋情，外间传了出去。大家互相议论，道："源氏内大臣追求前斋院呢。五公主也说恁般甚好，乃天赐的一对！"紫姬闻得此传闻，心想公子对自己向来宠爱有加，断不会隐瞒此事并不以为然。但她常见公子神色异常，时时魂不守舍、若有所思，方才有些醒悟："他对朝颜的恋情，已刻骨铭心了。而在我面前，却故作坦然，戏言蒙混。"且想："那朝颜女子，与我同为皇室贵胄，声望亦不在我之下。倘公子倾心于她，那我多年享惯的专宠，如今被她给夺了去，那令我有多悲伤啊！"她独自叹然，继而又想："以后虽念及旧情，终不会弃我而去，

【1】日文中的"朝颜"指牵牛花。

但我在他心中，已无足轻重。那感情之事，也就可有可无、不值一提了。"她思绪烦乱、愁肠百结。若是琐屑小事，发几句无伤感情的怨言，也许就作罢了。但此等大事，岂能等闲视之。但未得真凭实据，又不便怒形于色。且见源氏公子为朝颜一事，整日独坐窗前，冥思苦想，并常值宿宫中，不回家来。偶有闲暇，也只管埋头写信，当做公务一般。紫姬想："外间的议论，果然不假！他怎未对我吐露半点心事呢？"为此，她开始心绪不宁，茶饭不思。

这年冬天逢藤壶皇后丧期，宫内神事，一概不予举行。时值大雪纷飞，源氏公子穿戴讲究，衣衫透香，又去桃园宫邸探访五公主。向晚景致，冷艳动人。若多情女子得见其英俊姿态，定生爱慕。临行时，向紫夫人道："五姑母身体不适，我得前去探望才是。"紫姬只管同小女公子嬉戏，并不睬他，但眼中仍难掩饰那异样之色。源氏公子便对她道："近来你神色怪异，我又不曾对你不起，却是为何？定然又见疑了。其实我仅以为'夫妻不宜太亲昵'【1】，便常留宿宫中罢了。"紫姬仅答了句"太过亲昵，痛苦良多"，遂转身躺下了。源氏公子见此情景，觉得心中不忍，但此行又通知了五公主，便决然出门而去。紫姬怅然思忖道："我从不曾疑心于他，不料真有此事。"源氏公子身着灰色丧服，色彩协调，式样得体，雪光映照之下，更为明艳。紫姬望着他的背影，恋恋不舍，心想："倘日后这人果真弃我而去，该是怎样的悲哀啊！"忍不住心起忧伤。

源氏公子带得几个家臣前往。源氏向他们说道："到得我这般年纪，除了进宫以外，也懒得四处走动了。只因桃园邸内五公主，老迈孤寂，甚为可怜。我曾答应式部卿亲王，常去照看她。五公主亦诚恳相求，便更不好推诿了。"众人皆知他的秘密，私下议论道："唉！大臣用情不专，见了美女便倾心的老毛病，看来终是难改的。真是白璧微瑕，但千万不要惹出麻烦啊！"

到得桃园宫邸，公子本想从北门进去，但恐闲杂人员进出频繁，只得走一向紧闭的西门，便随即派人进去通报。且说五公主尚在推想天降大雪，源氏公子不会来访，不料人已来了。她心下吃惊，忙令人开门。那守门人冷得浑身瑟缩发抖，手忙脚乱去开门。偏偏那门甚难打开，又没其他男佣相帮，便忍不住厉声骂道："该死的锁！怎锈得恁般厉害？"源氏公子听罢，感慨万端。他想："亲王新逝不久，

【1】古歌："夫妻不宜太亲昵，太亲昵时反疏阔。"

却似已历多年。世态炎凉，一切荣华富贵，皆乃过眼云烟，人生也真个悲哀啊！"他触景生情，忍不住随口吟道：

"荒草杂生门靠处，
　断垣积雪无人顾。"

紧闭的西门许久才打开，公子便走了进去。

他与五公主叙谈些许往事，烦琐冗长，庞杂无序。源氏公子觉得索然寡味，虽强自振作精神，仍恹恹思睡。五公主不久也呵欠连连，勉强说道："人老了，晚上只想瞌睡，话也说不流畅了。"话声刚落，鼾声已起。源氏公子心下暗喜。正欲起身出门，但见一婆婆，咳咳嗽嗽进来，道："说句得罪的话，你知道我在此，也不来看我。我还等着呢。大概是将我忘了，桐壶院和我说笑时，还常唤我'老祖母'呢。"经她这一提醒，源氏公子方记起来。这老妪叫源内侍，听说她拜五公主为师，已出家为尼，不料仍康健于世。唯因久无音讯，平时又不甚在意，如今得见，甚觉意外。于是答道："父皇当年之事，已成古话；每每想起，便感慨万千。今日有幸听得你的声音，自然高兴。还请前辈多加照拂才是！"便坐于她身旁。源内侍看着源氏公子，英姿飒爽，不禁回想自己的往事，忍不住显出娇痴之态，苦恨不能回到少女青春时光。她牙齿所剩无几，讲话已困难，但声音却娇脆动听，满脸嬉笑。对着公子，唱起古歌来："常道他人老可憎，而今老已降我身。"源氏公子听后，心中甚是厌恶，便想："如此老迈之人，仍娇痴作态，俨然妙龄女子。"然而转念一想，又觉此人甚为可怜。他不由回思往昔岁月："宫中女御、更衣无数，争宠吃醋不休。可时过不久，有的早已命归黄泉，有的遁入空门，整日与青灯古佛为伴。人间岁月无情啊！像藤壶妃子那样盛年早逝，更是出人意料。只这五公主和源内侍一类人，人品低微，余生不多，却偏偏长生于世，整日诵经念佛，无牵无挂。实在是世事飘零，天道混淆啊！"想到此处，脸上已露感慨之色。多情的源内侍不明底细，认为公子追念往昔，对她难忘呢，便兴味盎然地吟道：

"经深不忘旧时情，
　犹难一语'亲之亲'。"[1]

【1】古歌："若念亲之亲，应即来探视。若不来探视，非我子之子。"见《拾遗集》。日文中"亲"指父母，"亲之亲"也就是"祖母"，刚好应和了桐壶院此前的戏言。

源氏甚觉无聊，勉强答道：

"有无忘却亲恩人，

却待来世可验证。

实在情深似海啊！且容我们日后再谈吧。"说完，便起身告辞而去。

寒月初升，清辉映雪，宁静祥和。朝颜的房室，已关上了格子窗，仅留一两处开着。源氏公子觉得适才源内侍的娇痴模样正如俗语："何物最难当？老太太抹妆，冬夜的月亮"。忍不住独自笑了起来。

源氏公子暗下决心，无论怎样，都要朝颜当面亲口回他一言。朝颜心想："倘在过去父亲对他尚很重视之时，偶然犯得过失，世人还会因其年少无知而原谅。虽然如此，与之纠缠我仍羞愧难当，故一直约束自己，严厉拒绝。如今，双方年龄已大，已不再是吟风弄月之时了，亲口答话既生是非，也着实令人难堪。"她心意既决，全然不为源氏公子的百般哀求所动。源氏公子深感失望，怨恨满怀。朝颜觉得过分冷淡，确是有失礼仪，便叫侍女传言与他。源氏见此情形，更觉焦灼难耐。夜已更深，寒风刺骨，源氏公子不胜感伤，泪水塞满眼眶。他含泪吟道：

"往日心伤今未愈，

不绝新怨更增愁。

真乃'愁苦时刻缠我身'啊！"声音哀怨凄惨，侍女们深为感动，苦劝小姐作答。朝颜无奈，只得叫侍女传言道：

"不似见异思迁女，

吾心坚定若磐石。"

源氏公子别无他法，想就此归去，觉得这般心境似个轻薄少年，于身份地位实不相宜，只得忌恨朝颜古板薄情。便对侍女宣旨等人道："我今日遭得此番奚落，外人得知，定当传为笑谈，你们万不可泄露。还得如古歌所言：'倘若日后有人问，不得告知我是谁！'拜托各位了。"只听得众侍女纷纷言道："思念小姐若此情状，却遭冷遇，小姐也太过薄情了！他本是端正稳重又有深情之人，却被人误为风流薄情。哎，实在是委屈他了。"

其实朝颜心下，颇迷醉于公子的翩翩风度及丰富细腻的情感。但她一直固执地以为：倘轻易接受他的爱恋，势必显得与世间俗女子毫无二致。且自己这风流轻飘之心，一旦被他看穿，岂不羞愧难当、无地自容？故一味矜持作态，丝毫不露爱慕之心。复信亦只礼节性而已，来访皆由侍女传言。她前思后想，唯觉近年怠慢于佛事，常想削发为尼，潜心事佛，以减轻罪责。但想到即刻和他断绝来往，遁入空门，若外人不知，又要认为是情场失意之举，受人讽议。她深知人言可畏，故格外谨慎，身边侍女也不曾提及半字。因亲王已故，众同父异母兄弟关系素来疏远，一时这宫邸更是每况愈下，境况亦日渐萧条了。此时，有源氏公子那样的重臣前来登门求爱，邸内众人正求之不得，唯愿玉成好事。

　　因朝颜不为所动，冷若冰霜，源氏公子不肯就此罢休。阅尽世间百态，德高望重的源氏公子到得恁般年纪，还要整日里追蜂逐蝶，岂有不被世人非议的。源氏想若再一无所得，更将留作笑柄了，但却无计可施，故日夜心烦。源氏久不回二条院宿夜了，昼夜独守空房的紫姬方知"夫妻之情戏不得"，不觉泪落如珠。一日，见紫姬神色凄楚，异于往常，源氏公子便问道："你怎么了？神情恁般难看，我真弄不懂了。"便拥她入怀，抚摸她的秀发。那恩爱甜蜜的样子，真是难以描绘。随后又道："近日朝中事务甚多，太政太臣辞世，无人代理政务。自母后仙逝，皇上一直悲愁满怀，郁郁不乐，我见他可怜，只得常住宫中。你怨恨于我，亦无可指责。我这般年纪，已不是追蜂逐蝶之人，你尽可放心。我们多年夫妻，你怎地还不解我心？"便又替她梳理额发。紫姬愈显娇嗔，背转身去，仍一声不吭。源氏公子叹道："都是我宠惯了你，还是孩子脾性！"他心中感慨，人生无常，至亲至爱亦有猜疑。便又道："近日，我偶与朝颜交往，你是疑心此事吧？其实，真是胡乱猜疑，不久，你自会清楚的。此人性情孤僻，整日足不出户。我偶尔写信开开玩笑，也只是穷极无聊、取乐解闷而已。她虽终日闲寂无事，也少复信与我，并无情爱可言，故不值一提。你本该体谅才是，何须懊恼伤神？"是日，他便留在家中，寸步不离紫姬左右。

　　黄昏时，飘起了大雪。苍松翠竹，傲立雪中，尽显风姿，源氏和紫姬携手坐于窗前，雪光映衬下，更是艳丽迷人。源氏公子道："四时风物，春樱花，秋红叶，均令人心旷神怡。唯冬夜冷月照雪，虽无色彩，但更沁人心脾，令人遐思无限。古人曾有'冬月无情趣'之语，真乃浅薄。"遂唤侍女卷起帘子。但见清月朗照，一片银色。庭前花木枯衰，满目萧瑟；池中水流封冻，池面冷白一片，恰如一面明镜，好一片凄艳景色！源氏公子想逗紫姬开心，遂命众女童到庭中滚雪球。十余女童雀跃而出，一时间，朗朗月色，映照得那些女孩身影美丽异常。几个年龄稍长者，随意披了各式衫子，红装白雪，互相映衬，鲜艳生动。年幼者，欢天喜地，追逐嬉戏，连扇子掉落在地也不知晓[1]。那天真烂漫的姿态格外可爱。雪球愈滚愈大，女孩们早已气力不济。东门边，几个女童挤作一团，笑着为她们呐喊鼓劲。

源氏观赏庭中情景，对紫姬道："前年，藤壶皇后在宫中庭院造得一雪山，竟成了一时美谈。每忆夭逝的母后，便觉遗恨无限。皇后在世时与我疏远，我无缘接近。每次去宫中拜谒，又视我为可信之人。我对她很尊敬，凡事无论巨细，必向她请教。皇后不善言辞，但贤能过人。即便琐屑小事，也从不马虎。且温柔敦厚，优雅娴淑，世上无人可比。我看你与她颇为相似，恐是血缘相近之故。然有时似存嫉妒，且一味偏执，不知圆滑，实乃美中不足。朝颜呢，她有高贵典雅之气派。我们只在孤寂无聊时，偶通书信，谈些不甚紧要的话题。但我也是小心谨慎，不敢有丝毫非分之想。"紫姬道："既然如此，我倒要问你，那位胧月夜尚侍，也称品性典雅，行事周全，非轻薄放浪人儿，怎与你也有绯闻艳事传出？我真不明白。"源氏公子答道："此言不假。那胧月夜也是花容月貌，倾城倾国。我对此深感愧疚，每每想起便悔恨不已。通常风流之人，总有许多懊恼之事；年纪愈大，懊恼愈深，我自觉老成持重，也不过如此。"提及此人，他竟忍不住当着紫姬的面掉下泪来。谈至明石姬，源氏公子道："此女虽来自乡野，一向遭人轻视，但她通情理。只是过分在意出身，不愿与人交往，反显得孤高气傲，成为白玉之瑕，然十全十美的女子，这世间又何处觅得。孤居东院那人，心绪丝毫不变，其贤德实可赞誉。我当初喜她和蔼谦恭，故与之结识，此后，她一直安度日月，美德未变。如今，我愈加喜爱她的忠厚诚实，永不舍她了。"两人共话种种事情，不觉夜已深沉。

月明星稀，万籁俱寂，庭院幽静。紫姬吟诗道：

"冰封池水细流断，

明月西沉谁奈何？"

她眺望帘外，姿态优雅迷人。源氏公子细看，那发髻和容颜，与藤壶皇后近似一人，妩媚之态，令人心动。源氏公子见了，对朝颜的思恋才稍有收敛。忽闻鸳鸯鸣叫，声声入耳。源氏公子即兴吟道：

"流光数载雪夜识，

【1】扇子乃装饰物，故冬天也随身带着。

鸳鸯细语恼人肠。"

　　是夜入睡之后，脑中尽是藤壶皇后形象。冥冥之中，恍惚皇后立于身前。她美艳的脸上泛着愁容，幽怨说道："你曾海誓山盟，绝不泄露我俩私情，为何致使众所周知，恶名昭著。我在阴间也深感羞耻，痛悔当初啊！"源氏公子欲张口应答，但仿佛身陷梦魇，只得一味呻吟。紫姬惊醒，慌忙问道："啊呀，你怎么了？怎么了？"源氏公子醒来，不见皇后影踪，一时不禁热泪盈眶，泪流不止。紫姬甚感怪异，尽管百般抚慰，源氏公子仍躺着不动，梦醒片刻即吟道：

　　"冬夜不眠梦短暂，
　　见得故人怨恨来。"

　　翌日早起，便吩咐各处寺院念佛诵经，忏悔祈祷。源氏公子不由暗想："她一生无有小过，且勤修身事佛，只此一事，使她沾染尘世污浊，却洗刷不尽。昨夜梦中，诉说阴间所受苦难情形。想来也不假吧。"他设想藤壶皇后阴间将遭受的痛苦，更感悲痛。心中寻思："若我能代她冥府受罚，我定代之。"然又深恐世人非议，不敢为皇后举办法事。且冷泉帝近来莫名烦恼，闻知此事岂不怀疑？只得一心祈祷，但求能与皇后在极乐世界同出莲台，然而：

　　"纵任思慕寻仙影，
　　但恐迷失冥三途。"

这是迷恋世间俗缘之故了。

THE TALE OF GENJI

VOLUME 21

第 二十一 回

少 女

却说岁月流逝，不觉又至新春三月。藤壶母后周年忌期一过，朝中上下尽皆褪去丧服，换上了平常衣装。四月一日更衣节时，众人皆衣冠华丽，多彩多姿了。四月中旬酉日，又逢贺茂祭之节。是日天气晴明，前斋院朝颜却孤居独处，依然闷闷不乐。庭前桂树初经夏风，碧枝摇曳，生意盎然。众侍女触景生情[1]，回首小姐初为斋院那年贺茂祭的情景，只得连声叹息。源氏内大臣传得书信过来，问候道："父丧之期既满，丧服也将尽皆褪去。又时值贺茂祭祓禊，也该消却烦愁了吧？"又赠诗道：

"犹忆斋院祓禊日，

不期今朝除丧服。"

紫色的信纸，折成严格的"立文"式[2]封好，系于一枝藤花上，送至朝颜处。其形式适宜得体，精美而富情趣。朝颜回信道：

"身着丧服似昨日，

贺茂逢祭今非昔。

世事匆促难料啊！"源氏得信之后，细细品味。于朝颜除服之日，他又托侍女宣旨，转与她众多礼品。朝颜却不领旧情，令宣旨如数退还。宣旨心想：若除此礼物外，另有情书求爱，退还他尚可，然而现在仅仅送礼而已。再说，小姐住斋院期间，也常得到他的厚礼。真心赠送，拒之无理呀！她深感踌躇，无计可施了。

至于五公主处，源氏逢年过节，亦必赠种种礼品。五公主因此感激不尽，便不住对他赞叹道："几日前，公子还是个孩子样呢！孰料一转眼便长大成人，彬彬有礼了。且生得相貌堂堂，心地贤良无比呢！"侍女们听了，皆悄然失笑。

五公主每每会见朝颜，便劝她道："内大臣对你一片真心，为何还犹豫不定？且他倾慕你，并非一时之意。令尊在世时，因你做了斋院，不能与他结缘，常为之唉声叹气呢！他曾道：'我有此心意，这孩子却不以为然。'每言及此，皆黯然神伤。先前，左大臣家葵姬尚在，我唯恐三姐[3]怪罪，未曾劝你。如今，

【1】贺茂祭又称葵祭，四月中旬酉日举行。是时，人们将桂和葵插在衣冠上。故见桂树想起贺茂祭。

【2】"立文"是日本的书信形式之一种，把信纸卷成筒形，再用白纸裹好，上下端捻起来。

【3】五公主的三姐，也就是葵姬的母亲。

这位尊贵威严的正夫人已经去世,我看你做继室,最合适不过了。且源氏大臣尚对你迷恋如初,我认为你们匹配得很呢!"朝颜听她絮絮叨叨,尽道些陈年古礼,很是不悦,答道:"父亲生前,我尚难从命。如今他逝去,我反而更改初衷,这成何道理!"见她一副羞恼之态,五公主只好避而不谈。朝颜见邸内众人尽皆护了源氏,便觉此人不可不防。源氏却平心静气、忠诚如一地等待她,并不欲强人所难。

葵姬所生小公子夕雾,已年方十二。源氏欲早早替他行冠,便将仪式定在二条院举行。然夕雾的外祖母太君,极欲亲睹这仪式,希望在自家宅邸举行。如此要求也合情理,为不使其失望,遂将仪式改在已故太政大臣邸内举行。夕雾母舅右大将[1]等贵戚,皆为朝廷重臣。他们带来厚重的贺仪,且顺理成章做了这仪式主持。此次冠礼隆重非凡,普通臣民也都前来朝贺。源氏大权在握,凡事皆可遂心而为,本想如世人所料,封夕雾四位官爵。但夕雾毕竟年幼无知,若让他连升至四位,倒还让人生出弄权之嫌。因此改封六位,赐穿淡绿官袍,并特许上殿侍候[2]。

太君得知此事,甚感意外,心中颇为不平。她接见源氏时,便向他询问。源氏只好如实告她:"夕雾年纪尚幼,本不该行冠礼,让他扮作成人。今日之举,意欲使他早入大学寮,学习二三年[3],以求积知广识。此间仍视他为童子,待将来学业有成,才能委以重任,使之报效朝廷。我自思幼年时,生长于九重宫阙,不谙世事。终日侍奉父皇,所阅之书,实乃有限。虽承蒙父皇亲授,终因浅薄无知,无论研习学问,还是吹拉弹奏,皆不精深。是以如今与人相比,欠缺尚多。世间虽有青出于蓝胜于蓝之例,但却鲜见,倒是一代不如一代者居多。因有此虑,所以欲让小公子入大学寮。且贵族子弟,大多官位世袭,荣华富贵,惯常骄纵不羁,将研习学问视为险途,不事经营。此般子弟,不学无术,竟照样升官晋爵。趋炎附势者,虽仍竭尽吹捧之能事,博其欢心,私下却嘲弄讥笑。此时,这等子弟高傲自大,狂妄之至。但若时背运舛,父母逝去,家道中落后,就会遭人

【1】头中将现在已经晋升为右大将。

【2】按当时的规定,封为六位后就不得上殿,夕雾行冠礼时封为六位,所以要特许才能继续上殿。

【3】大学寮的入学年龄是九到十三岁,学满九年毕业。夕雾学二三年,也是特例。

轻贱，而寂寞无援了。如此说来，做人总须博学饱识，兼备大和魂[1]，乃得以强者面目见之于世。虽现时观之，这未免耗心劳神，难耐时日，但将来登进仕途，为国家栋梁，父母辈也含笑九泉了。目前虽爵位不高，但仗着父辈庇荫，也断不致他人耻笑。"

太君叹吁道："你智谋深远，想来是有道理的。但右大将等人，知道你封夕雾为六位，皆甚惊诧意外呢！且夕雾也极不悦，小孩子好胜心强，从未将母舅[2]家的表兄弟放在眼里。如今他们都身居高位，而他自己却身着一身淡绿袍子，委屈得很呢！"源氏笑道："小孩子家也知心生怨恨，如何了得！不过他年纪尚幼，是不懂得此番道理的。"又觉得儿子讨人喜欢，便说道："他知书识礼之后，自然不会怨恨我了。"

夕雾入大学寮习汉学后，源氏决定给他取个字号[3]，定在二条院东院内的东殿举行仪式。达官贵族及殿上诸人，皆好奇前往观赏。众儒学博士睹此盛大场面，皆拘束畏惧。源氏对众人说道："不必拘忌小节，依照儒家之惯例，严格执行，不得改变！"儒学博士便强自镇定，故作坦然之姿。其中，有几人着装怪异，极不相称，但却神气十足，一副儒学大师之态。他们说话漫不经心，踱着方步，次第落座。贵公子们睹此奇景，忍俊不禁。

此次与会侍者，皆为沉稳世故、不苟言笑之人。执樽斟酒之式亦庄重。只因儒礼繁杂，虽右大将和民部卿等慎之又慎，终不合于礼仪，遭到儒学博士厉声斥责。一儒学博士喝道："身为奉陪之人，竟如此无礼！而朝廷之官，不知我乃名儒者，何其愚笨！"众人听得，皆隐忍不住。博士又斥责道："肃静！无理取闹，速速退下！"如此一来，更可笑了。从未见过此种仪式之人，心中觉得稀罕。大学出身的公卿们，谙习此道，都领首微笑。他们见源氏内大臣敬重学识，教之于子，皆钦佩不已。

此中偶有人窃窃议论，众儒家博士便厉声呵止，斥其不懂礼节。暮色降临

【1】"大和"是日本国的别称。当时日本的学问，主要是指汉学、以汉学为基础治理。日本实际政务的智慧，时人称之为"大和魂"。

【2】夕雾的母舅除了右大将之外，还有右大将之弟右卫门督。

【3】中国《曲礼》云："男子二十，冠而字。"大学生入学时，依照中国儒家的惯例，在本名之外取一个字号。当时取字号的方法是：从本姓中取一个字，再另找一字。如前文所说的"菅原道真"，字"菅三"。

之时，灯光摇曳。众博士板着脸，形容憔悴，貌若戏台丑角，怪异可笑。源氏内大臣道："糟了！似我这般顽劣之人，定要大受责骂了！"他只隔帘而视。一些迟到的大学士见已座无虚席，转身欲走。源氏得知，宣召他们至钓殿[1]，格外受赏。

仪式既毕，源氏又召集诸儒学博士及学者赋诗。其他擅长诗道的王公贵族，皆留下来捧场。众博士吟咏律诗，源氏内大臣及诸人作绝句。题目由儒学博士挑选，均极富情趣。夏日夜短，赋诗完毕东方已白。于是讲解诗篇，左中弁为讲师。此人眉清目秀，声若洪钟，朗诵诗篇气宇轩昂，庄重肃穆，乃一德高望重的饱学儒士。

夕雾出身显贵，尽享世间奢华。然他所赋之诗，句句意味十足，勤学苦练之志也出自字句之间。且诗中旁征博引，如晋人车胤萤灯攻书，及孙康卧雪读经之故例，皆信手拈来，让人赞不绝口。倘流传中国，也当为佳作。至于源氏内大臣，其诗更是美妙绝伦。他热忱咏颂父母爱子情深之篇，尤催人泪下。世间亦广为流传，人人赏阅。

其后，源氏内大臣为夕雾入学之事，仍费心操办。他在东院为夕雾另置一室，延请一博学之人为师，授其学问。既行冠礼，夕雾便很少去外祖母居所了。外祖母一向溺爱他，呵护备至，如若婴孩。源氏内大臣唯恐他在那边不能专心读书，所以将他紧锁室内，每月只许前去拜望外祖母三次。夕雾苦闷不堪，想道："父亲怎如此苛刻！我无须苦学至此，亦可身居要职，兼济天下呢！"不过他为人谨慎而不浮薄，又能耐苦劳。希望尽量习完规定之书，早日跻身官宦，安身立命。四五月之后，《史记》等书便已读毕。

此时，夕雾已可应试大学寮。源氏内大臣想预考一下，便将他叫于跟前。同时请右大将、左大弁、式部大辅及左中弁等人，一并前来监考。并命夕雾之师大内记找来《史记》诸卷，从中择出儒学博士正考题目，抑或将涉及的疑难章节，叫夕雾诵读。夕雾朗声而诵，一气呵成。而各处义理难处，也烂熟于心。聪慧之至，可惊可喜！监考诸人大为感动，对夕雾的才学赞叹不已。特别是大母舅右中将，感慨道："倘若太政大臣尚在，将会何等欣慰啊！"说罢，掉下了眼泪。源氏

【1】临水而建的殿宇。

内大臣也不能自制，叹道："后生可畏，超越父母，此乃情理中事。旁观他人此番变化，犹觉可笑，岂料如今自己，竟也如此。"说罢暗自拭泪。而夕雾的老师大内记满面荣光，自以为教之有法，心中甚是得意。右大将便举杯敬酒。大内记已有几分醉意，一饮之后，脸色更显蜡黄。这大内记虽才学精深，却脾气怪异，终不得志，以致生计窘迫。源氏慧眼识珠，特聘其为夕雾之师，待遇优厚。他受宠若惊，似觉从此新生，或许将来尚可得夕雾无限信任呢！

　　考试那日，大学寮的门前车来人往，喧嚣不绝。满朝文武几已全至。但见侍从蚁聚，拥护英俊潇洒的冠者夕雾公子款款而至。公子姿容俊美优雅，远异于诸考生。来者之中，尚有先前曾参与起字仪式的诸潦倒儒士。夕雾因被列席末座，正感不满！与上次起字仪式类似，监考的儒学博士动辄训斥于人，实在可恶。但夕雾从容自如，朗声诵读。大学寮此时颇为兴旺，与昔日全盛之时不相上下。各级官员子弟，争相趋从。故世间才子与日俱增。此次应考，夕雾所考文章生、拟文章生[1]等科均中及第。此后，师徒便更为刻苦。源氏又举办诗会，众博士、学者等皆一一来邸参加，意兴方遒，真可谓文化盛事！

　　时值宫中拟立皇后，源氏内大臣欲依藤壶皇后遗言，让梅壶女御照顾皇上，遂提议她为皇后。但世人认为，藤壶与梅壶皆为亲王千金，两代皇后同出亲王之家，恐有不妥，故并不赞同。便有官员禀奏："入宫最久的弘徽殿女御，当立为后。"于是此番议争，成为两派暗斗。兵部卿亲王也参与此事。他现已改为式部卿，又是国舅，深得皇宠。其女入宫多年，与梅壶一样位居女御。支持他的人言道："若立亲王之女为后，则式部卿之女与梅壶一样，且她为藤壶皇后侄女，更为亲近。母后去世后，由她照顾皇上，乃最佳人选。"三方各持一端，争执不下。然最终确立了梅壶女御，世称秋好皇后。时人闻讯，惊叹不已，认为梅壶女御交运纳福，与母亲六条妃子迥然不同。

　　与此同时，源氏内大臣也荣升太政大臣，右大将官至内大臣。源氏太政大臣便让新内大臣掌管天下政务[2]。这新内大臣心地贤明，且为人正直，气度不凡。他学识渊博，昔日玩"掩韵"游戏，虽不及源氏，然公务方面却并不逊色。他妻妾成群，子女过十，已皆日渐成人。儿子均身居高位，名声赫赫；女儿一双，一

【1】"文章生"即"进士"，"拟文章生"即"拟进士"。
【2】按照先例，太政大臣不参与具体政务。

人为弘徽殿女御，另一人云居雁，十四岁，乃弘徽殿女御的异母妹。其生母出身高贵，乃亲王千金，与弘徽殿女御之母相比，毫不逊色。然此生母，携女改嫁一位按察大纳言，并与之生得众多儿女。内大臣认为，女儿随母寄养于后父家中恐有不妥，便将之接回，烦祖母太君照料。或许因云居雁生母之故，内大臣并未看重她，尽管云居雁人品、外貌绝非寻常，但内大臣更为偏爱弘徽殿女御。

夕雾与云居雁，同为太君抚育成长。他们年纪相仿，两小无猜。十岁后，方各居一室。内大臣告诫云居雁道："夕雾乃你表弟，虽为近亲，然身为女子，不可过分亲近。"分隔之后，夕雾那颗童心时时依恋云居雁。每逢观花赏叶，或一起嬉戏时，夕雾便与之形影相随。云居雁也倾心于他，两人至今相见，仍纯真无邪，全无虑忌。众侍女、乳母等窃议道："二人尚小，且形影相伴，已非一朝一日。如今将其拆离，教人于心何忍？"云居雁心地纯净，天真烂漫。夕雾虽年幼无知，但隐隐生情，谁能言说？自分离后，一直闷闷不乐。于是，二人便鸿雁传情。其笔迹虽尚稚嫩，然也初露端倪，将来必定非同凡响。唯因年幼，心思欠细，信件或被丢落。众侍女得到，知他们暗中思慕，但如此稚情，也不忍传言，故只当视而不见。

且说升官庆宴之后，朝中公务甚少。秋雨淅沥，闲来无事。一日夜晚，正是"风吹荻叶寒"之时，内大臣去拜谒太君，并命女儿云居雁弹琴。太君长于乐器，孙女云居雁朝夕与共，得其指点。内大臣道："凡女子弹奏琵琶，不甚可观，然其声音却也悦耳。如今世上能得名师亲授的，恐怕为数甚微，也不过某亲王、源氏……"他列举几人后，又道："诸女辈中，听说源氏太政大臣隐藏于大堰山乡的明石姬，技艺超群。她生于琴师世家，传至其父，归隐明石浦。此女琵琶造诣极深，源氏太政大臣常赞之不绝。凡音乐才能，异于其他技艺，终需广众合奏，潜心练习，方能增进。而明石姬却一人独奏，能卓尔超群，委实不凡。"便恭请太君弹奏。太君道："我这手指，怕早已生硬了。"拂指拭拨，乐音美极。弹毕道："那明石姬委实命好，闻之人品也佳。源氏太政大臣素来无女，她便为之生得一个。大臣又恐此女长久埋没山乡，遂将其交与高贵的紫夫人抚养。众人皆因他行事周全而大加称道呢！"

内大臣道："女子若性情柔顺，即可受得宠爱。"谈论之时，他情不自禁地想起了自家女儿，随之说道："弘徽殿女御可谓我一手抚养，品貌才学，世无其匹，岂料竟败于梅壶之下。我痛心疾首，直叹命运难测。幸而尚有云居雁，我总得想方设法，使其身贵皇后！几年后，皇太子便会行冠礼。我正暗自思量，让云居雁做太子妃，以了我愿。岂知明石姬洪福齐天，生得一女，竟要与云居雁相争。此女一旦进宫，恐无人可及呢！"说时嗟叹不已。太君言道："此言差甚！你父生前曾言：皇后定出我门。弘徽殿女御之事，亦颇费他心机。他若健在，岂会有此等周折？"为此，太君不免对源氏太政大臣耿耿于怀。

且说那云居雁，生得乖巧玲珑，纯真无邪。她弹筝时长发飘逸，眉清目秀，仪态温文尔雅。见父亲神情专注地看她，竟有几分羞涩。她的头微微侧偏，更是美妙绝伦。她左手按弦的姿态极为别致，如一画中美人。祖母见之，也觉无懈可击。云居雁从容自如地弹奏一番，便将筝推向了一旁。内大臣将和琴取过，随意撩拨，弹出一段流行短调，音调凄婉动人，庭前秋叶纷纷飘落。年长的侍女们涕泪涟涟，尽于帷屏后静听。内大臣开始朗诵起"风之力盖寡……"来。接着道："并非琴音哀伤，唯因这惨淡晚景，感人至深。请太君再弹一曲如何？"太君应允操琴，内大臣唱《秋风乐》。与其相和，歌声优雅悦耳。太君原本慈爱之人，更觉得内大臣讨人喜欢。此时夕雾亦至，更是乐趣倍增。内大臣遂命人将帷屏张挂起来，隔云居雁于里间。然后招夕雾就座，说道："数日不见，何必一味俯首穷经？你父太政大臣，也道书多无趣，为何还强迫你呢？终日囚于书斋，实在苦累了你。"又道："功课之外也不可不学其他事礼，如吹笛即为古代雅士遗风。"遂取一笛来，让其吹奏。夕雾竟也吹得荡气悠扬，悦耳动人。内大臣即刻停止弄琴，轻轻按拍，情不自禁唱起《催马乐》，"荻花片片身上沾"。唱罢言道："太政大臣亦对音乐颇感兴趣，常借此排遣政务烦劳。世事枯燥乏味，真应该适时行乐呀！"便命斟过酒来，一饮为快。此间，暮色转浓，室内华灯初上，众人一同用餐。过了一会儿，内大臣便命云居雁回内房。因有送其入宫之虑，遂将二人强行疏远，甚至云居雁的琴声也不让夕雾听闻。侍候太君的几个老年侍女，躲于一旁，窃窃私语道："长此以往，恐有不测之事呢！"

内大臣说有事要出去，岂料刚一出门，就悄悄闪进了他所宠幸的一侍女房中，密谈逗闹一番，复偷偷出来。途中，忽闻有人于暗处私语，甚觉疑惑，便侧耳偷听。听得两个侍女正对自己说长道短，但闻一人道："老爷自作聪明，为女儿着想，其实天下父母何等糊涂！瞧着吧，照此下去定生不测。常言道：'知子莫若父。'此话却是不对的。"如此讥笑一番。内大臣想道："未曾想到竟有此等丑事！我先前并非没有防范，唯念及二人均为孩子。岂料竟让其钻得空隙，这便如何是好！"他此番才如梦初醒，悄然而去。刚一上车，驱车者便大声喝驾。侍女们相互言语道："都何时了？老爷才动身！不知他躲于何处去了？如此年纪，尚拈花惹草。"议论他的两个侍女道："适才一阵浓烈衣香飘来，还以为是夕雾公子呢，不想竟是老爷！不好了！他一定听到了我们刚才说的话。这老爷可不好惹的！"众人心甚不安。

　　内大臣一路思绪不断："若是成全他们，也并非坏事。但是姑表姐弟结亲，未免俗气，且外人会说三道四。然而源氏压制我女儿弘徽殿女御，至今我尚难咽恨。若云居雁入宫侍候太子，或许还能为我出这怨气，可惜她……真遗憾啊！"源氏与内大臣之间，貌似和睦，但为权势却屡有争执。回思往昔所处劣势，内大臣不觉恼恨。故此夜辗转难眠，直至天明。他猜测太君定然知晓此事，仅因疼爱这孙女与外孙，便顺其自然。又想起那二侍女的言谈，甚觉可恶，一时心烦意乱。内大臣刚愎自用，锋芒毕露，故有了想法，常难以隐忍。两日后，他又去探望太君。太君见他常来请安，心中喜悦，称赞不已。虽接见儿子，然他终为内大臣，只得慎重些。她头发短若尼姑，身着新礼服，于屏后正襟危坐。内大臣心绪不佳，直接对母亲道："儿子此刻前来参谒，心中极为不快。没料到此处众侍女亦小觑我，甚是难堪。便是不肖，然生于斯世，母训绝不敢不听。可云居雁这女子不守规矩，我可要埋怨你老人家了。"说罢，他眼已盈泪。太君甚为诧异，一张精心装扮的脸骤然失色，双目圆睁，问道："我如此老迈之身，不知何事竟要遭你怨恨？"

　　此时，内大臣亦清醒过来，他甚感此事欠虑，忙道："我将幼女托付与太君，未能尽得为父之责。只因我心系长女，煞费苦心送她入宫，当上女御，只盼有朝一日能册立为后，岂知不能遂意。将幼女养于此处，未亲自抚育，深信太君教养有道，倒无所挂牵。可她竟与夕雾通好，甚是失望！夕雾虽教学深厚，名耀世人，然若草率定下如此近亲，传出去定为外人耻笑。即便平常百姓，亦为之耻辱啊！夕雾呢，若能寻得皇门非亲贵府，尚可荣耀东床。再说，近亲结姻，源氏太政大臣必定不悦。太君若欲成就二人，亦应告知于我，以便筹划，将此等大事办得堂皇些才是呀！可你却故作不知，任其所为，让我焦急忧心呢！"太君也未曾料得此事，觉得出其不意，遂答道："此番言语，也不无道理。然二人的想法，我亦茫然不知。倘真如此，我心更觉难安，怎能与他们一同受此罪责？自你将她于我抚养之后，我疼爱备至，周全思虑，比你更甚，极欲让她成为出众女子。但二人尚且年幼，作为长者宠爱是有的，倘以为我纵容他们谈情说爱，则从何谈起！且问你从何得知？轻信人言，肆意妄为，委实不该。证据俱无，你欲毁了人家的名声么？"内大臣答道："母亲息怒，孩儿不敢。此处众侍女皆私下议论呢！此事真是让人伤心，不可大意。"说罢告退。

　　熟知内情者，暗自关注此事不提。再说那日晚上私下谈论的二侍女，亦忧心忡忡，后悔莫及，以为不应议及此类私事，以至如今引出事端。而云居雁却一无所知，依然无忧无虑。父亲行至她房门，朝里悄悄望了望，见她那可爱模样，心中不觉怜悯。

　　他责怨乳母等人道："她年纪尚幼，便这般不谙事理。我且对她寄予厚望呢，实在糊涂！"众乳母无言以对，窃窃私语道："儿女私情，不足为怪。即便帝王之女，亦难免的。往昔古书中常有此事，且往往需知情者从中促成。唯此二人，青梅竹马，老太太视若心肝，我等侍女，哪能将他们拆散，而不让他们一块儿玩呢？故对此事也不甚在意。自前年以来，老太太态度便有所改变，将他们渐渐隔开了。有些孩子行为不端，寻机模仿成人所为。可夕雾少爷人品贤良忠厚，怎会与小姐胡来呢？我们亦不曾料到啊！"说罢，连声嗟叹。

　　内大臣告诫乳母及众侍女道："行了，休得再提此事，也不能四处声张。即便此事只可遮隐一时，然听人说起时，也须得尽力解释。我且埋怨老太君，即日便令小姐搬至我处。你们恐亦不愿此类事情发生吧？"众侍女得知他并无责怪之意，愁叹中又觉几分欣慰，便劝慰道："请老爷放心！我们只恐为大纳言老爷知晓。夕雾少爷虽品佳貌美，但毕竟身为人臣，有何足惜！"

　　云居雁终究是一孩童，父亲极尽言语，劝她不与夕雾往来，但她哪能听得进去！内大臣急得泪流不止。他便私下向几个贴身侍女商议，为小姐谋划。他一味埋怨太君。太君对孙女与外孙皆极疼爱，而对夕雾更甚。见他小小年纪便心生柔情，甚可欣喜，反而怪内大臣迂腐。她想道："无须这般小题大作！他向来对云居雁不甚关心，并无意将她教养入宫。许是见我对她如此重视，方欲送她入宫做太子妃吧！倘希望破灭，仅得听天由命。嫁与下臣，当数夕雾为最佳人选。他人才品貌，均无人可及。依我之见，云居雁能嫁与夕雾，倒委屈了他呢！他委实应与身份高贵之人结亲。"她对夕雾甚是疼爱，倒怪罪起内大臣来。倘若内大臣得知，定要深怨她了。

　　夕雾前来探望太君，他哪知众人正为他之故而闹得不可开交。前日来时，邸内人多杂乱，未能觅得与云居雁倾心交谈的机会。相思苦长，好容易挨至黄昏，他便匆匆前来了。太君一改昔日笑颜，沉着脸说道："你如此糊涂，委实惹人生气！你舅对我怨声不小，真让我左右为难！我本不欲唠叨，又怕你执迷不悟。"夕雾本来心有所忌，面颊忽地通红，答道："到底何事？我近日潜心习读，闭门未出，对舅并无失礼之处呀！"他说时面带羞色。太君心中怜悯，说道："何必再言此事，日后得谨慎些才是。"言及此处，转换了话题。

夕雾甚感悲戚，心想以后难得与云居雁通信了，以致太君劝他进餐时，他亦有口难咽，恹恹欲睡，其实心中很不安定。好容易待到深夜，便悄悄将通向云居雁居室的纸隔扇挪动，不料此日竟被锁上了，房里悄无声息。他甚感乏味，便坐于纸隔扇旁。云居雁尚未入眠，此刻正躺于床上，倾听风吹竹叶的沙沙声和群雁的飞鸣声，小小芳心甚觉忧虑不堪，便独吟古歌："沉沉雾中云居雁，啾啾悲鸣与谁听？"童声未泯，娇滴动听，惹人喜爱。夕雾听得心急如焚，便于门边低声唤道："小侍从在此么？快开一下门。"然而无人应答。此小侍从，乃乳母之女。云居雁听得夕雾声音，知道刚才的古歌已被他听去，顿感羞涩难当，只管用被子蒙了脸。她隐约感到春心动荡，不免心中慌乱。又怕惊醒睡于身旁的乳母，只得忍耐不动。二人隔着纸隔扇，相对无语。夕雾吟道：

"深夜苦雁惊呼伴，

风吹荻飞愁更添。"

愁苦深深，痛彻心扉。返回太君房中时，他又怕连声嗟叹惊醒太君，只得躺卧于床，辗转难眠。

翌日初醒，夕雾犹觉莫名羞耻。一时小侍从却没了影踪，又不能去云居雁房间，他心中好不烦闷，便回至书房，给云居雁写信。云居雁亦因受父亲斥责，深觉羞耻。然对别人讥评，她倒不在意。于自身命运，她亦不曾多加思虑，依然纯真可爱，不惊不烦，亦无与夕雾分离之意。只有乳母与侍女，整日在耳畔喋喋不休地劝诫，欲她停止与夕雾通信。若稍年长，遇此困境，定会设法应付。唯夕雾年纪尚小，无计可施，只得独自伤悲罢了。

内大臣对太君怨恨越来越深，没有再来参见。他的正夫人[1]闻此，亦权当

【1】前右大臣家的四女公子，胧月夜的四姐。

不晓。因亲生女儿弘徽殿女御未能册立为后，她事事皆失去了兴致。内大臣劝慰她道："虽立后不成，但皇上仍分外宠爱。几乎昼夜不离帝侧，使她未能歇息，连贴身宫女都不得安宁，正不住叹苦呢！梅壶女御已被册立为后了，而我们女儿正空自悲切！我同情她，心中苦不堪言。不如让她乞告回家，静心息养几天吧！"内大臣次日便向皇上告假。冷泉帝初时不允，内大臣固执请求，冷泉帝也只好应允，让他将女御带回。内大臣对女御道："你一人在府中，难免孤寂，叫你妹云居雁前来陪陪你吧！太君那里原可放心的，但有夕雾常来打扰。此人虽年幼，居心却不小，且她年纪尚小，本不该接触男子的。"他匆匆赶到太君处，欲接云居雁回来。

太君极为不悦，对他道："我老来孤寂，仅有一女，也不幸夭折。幸喜逢得这孩子相伴，以卒天年呢！岂料你对我却不相信，令我心中难受啊！"内大臣忙答道："儿臣惭愧！儿臣仅有些放心不下，并未责怪母亲。我家女御，自宫中归宁，一直孤寂冷落，心事重重，委实可怜。我姑且将云居雁唤回，陪伴陪伴她而已。"接着又道："小女幸得太君悉心抚育，得以长大成人，儿臣自然铭记于心。"这内大臣性格倔强，一旦主意定下，万难收回。故太君甚是伤怀，叹道："真是难以料想啊，这两个孩子这般年纪，便与我如此生疏，欲离便离，全无依恋之心。年幼无知，尚可见谅，孰料知书识礼的内大臣，亦要来争夺这孩子，惹我生怨呢！还不知回至那边，可有此处放心呢？"言毕啜泣起来。

此时，恰逢夕雾到来。近来，他时常彷徨于此，期求邂逅云居雁。然瞥见内大臣车子停于门前，羞怯不已，只得转身偷偷溜进了书房。此刻内大臣之子左少将、少纳言[1]卫佐、侍从及大夫等人，皆聚于厅上。但太君却将他们拒诸帘外。内大臣众兄弟左卫门督与权中纳言等，并非太君所生，然亦谨守前太政大臣于世时的礼节，常来探望太君，以尽忠孝之意。他们随同带了儿子前来，一时满堂儿孙。但论品貌，实乃夕雾最佳，故太君对他备加疼爱。夕雾迁至东院后，身边的云居雁则成了她的掌上之珠。太君对她关怀备至，百般抚爱。如今内大臣将她带了去，太君怎不悲哀？内大臣对她道："此时我需入宫一趟，日暮来迎接吧。"言罢退去。

【1】左少将在后文又称柏木，少纳言又称红梅。即前文所提到的唱《催马乐·高砂》极为美妙的人。

内大臣心中也曾想顺水推舟，成全他们。但终觉不妥，又想："先得让夕雾加官晋爵，我们脸上才有光彩。眼下且看他对云居雁是否真心爱恋，再作定夺吧！即便应允，举行婚礼，亦须体面些。若依旧让二人朝夕相处，纵是严辞相训，于年幼不谙事理之人，恐怕也很难料不出乱子。且太君尚要庇护呢！"他便以陪伴弘徽殿女御为由，向太君邸内及私邸内之人巧为解脱，将云居雁接回去了。

　　云居雁归家不久，太君来信，信中道："虽然你父又会埋怨于我，可你应知祖母念你。速来我处吧。"云居雁即刻装扮一新，翩然而至。年仅十四的女子，似未成年，然姿容娇媚，恭顺温良，甚是可爱。祖母对她道："你与我素来形影相随，朝夕不离，一旦离去，我好孤单啊！我年事已高，不知可有时日目睹你富贵至尊？至今常常忧虑，如今你竟舍我而去，令我难过啊！"言至此处，不由垂泪。此时夕雾的乳母宰相君来访。她悄悄对云居雁道："本愿小姐做我家女主人，可小姐迁至那边去了，真是遗憾！婚姻事大，小姐万不可轻易允诺他人。"云居雁更是害羞，黯然不语。太君与宰相君道："听天由命吧！不必白费口舌了。"宰相君愤愤道："舅老爷目中无人，怕是瞧我家少爷不起吧？却要向他问问：夕雾少爷何处不如他人？"

　　此刻，夕雾正于暗中偷看。倘在平日，他定恐别人讥评，断然不会如此。然此刻他恋情苦痛，忍受不住，便暗暗于那里抹泪。乳母见其可怜，便与太君商量，趁黄昏人迹杂乱，让他们于另一室内相会。两人得见，只觉心若大海波涛，羞怯难言，相与啼泣。夕雾言道："你父未免太绝情了！本想随他带了你去罢，也可让我断了这份心思。然数日不得谋面，相思之苦更浓了。可惜，昔日竟未能长相厮守啊！"云居雁答道："我何曾不这样想呢？"夕雾又问道："你真的思念我么？"云居雁颔首频频，一脸孩子气。

　　掌灯时分，内大臣从朝中退下，径往太君处接云居雁。听见前驱吆喝开道，太君邸内众侍从皆道："老爷驾到！"云居雁竟一时慌乱起来，惶惶不安，浑身战栗。夕雾年少气壮，义无反顾，拉住云居雁，不肯放行。乳母前来寻小姐，见此情形，心中不由暗暗叫苦。想道："唉！看来老太君早知内情。怎生是好？"便对夕雾怒怨道："哎呀！万不可如此！倘为老爷闻知，定会发怒。更不用说那位按察大纳言老爷了。无论你何等才貌，只是个六位小官，终有损老爷颜面的。"她径往屏风背后而来，一直诘责二人的不是。夕雾闻得此话，便知她嫌自己官位太低，不免愤然，意兴稍减。便对云居雁道："且听乳母所言！我此刻：

血泪不止如泉涌，

谁知浅绿何年红？[1]

感到羞耻啊！"

云居雁答诗道：

"只因命薄徒忧怨，

如此姻缘未可知！"

言犹未尽，内大臣已闯入邸内。云居雁只得逃回闺房。夕雾立于原处，也深感狼狈，只好退回房中躺下。闻得内大臣唤云居雁速速上车之声，三辆车子悄然离去，他真是怅恨不已！太君遣人唤他，他佯装已睡，纹丝不动，暗中却泪如泉涌，直至天明。深恐太君再次来叫，且被众人发现双目红肿而难堪不已，便冒着晨间浓霜，独自匆匆回到东院，决定闭门读书。他一路寻思，此皆自寻烦恼。是时天色尚早，四面漆黑。夕雾感慨吟道：

"冰霜寒天夜难明，

迷离泪眼更觉暗。"

再说这年的五节舞会[2]，源氏太政大臣家循旧例，需派送一名舞姬。此事由居于东院的花散里负责。虽不甚繁忙，但十一月渐近，随从舞姬的众童女所有服饰，皆得尽快准备。源氏仅负责总务之事。秋好皇后虽为新立，亦协助添置了诸多艳装丽饰。童女及下级差役的衣衫等，一应齐备。去年因藤壶皇后离世，五节舞会只得取消。为补遗憾，今年众人兴致极高。各家争相选送舞姬，力求完美无瑕。宫中特地规定：会后舞姬均可留住宫中，担任女官。故众人皆欲遣女前往。连云居雁后父按察大纳言与内大臣之弟左卫门督，皆欣然参与。地方官员中，现任近江守兼左中弁的良清，亦送上一女。

源氏太政大臣家所派送舞姬，乃现任摄津守兼左京大夫惟光朝臣之女。此女容貌姣好，素有称誉。惟光因出身低微，颇为勉强。有人劝慰他道："按察大纳言尚派送侧室所生之女，你将正房爱女送去，有何不可？"惟光闻之，举棋不定。

【1】六位京官地位很低，只能穿浅绿袍；六位以上的官员则穿红袍。

【2】每年十一月间的丑、寅、卯、辰四日内举行五节舞会。表演所需的五名舞姬由朝臣及地方官从家中选送，每位舞姬随带保姆八人，童女二人，还有其他供驱使杂役七人。

念及当过舞姬后尚可留任宫中,便下定决心,让她先于家中习舞。身边亲近侍女,皆精挑细选。于试演那日黄昏,送至二条院。源氏大臣将诸院所荐女童及侍女一一唤出亲审,为舞姬选定随从之人。所有入选女童,无不喜形于色。源氏规定御演前,皆得测定,由他品评。见所选之人,仪容优美,竟舍不得弃去几人。便笑着说道:"要是再派送一个舞姬便好了。"只得又根据仪姿重新选定。

夕雾进入大学寮后,一直精神恍惚,不思饮食。日日只是闷卧于内室,无法安定读书。他极欲出门消解愁闷,便闲游至二条院,随意览景。他相貌俊秀,仪表堂堂,甚是优雅。众年幼侍女无不赞叹。源氏但凭切身体验,禁止夕雾接近紫姬,生怕发生不测。夕雾果然于心有忌,不敢走近紫姬帘前半步。且紫姬的侍女们也尽可避之。此日为迎接舞姬,二条院一片忙乱,夕雾趁机混至紫姬所居西殿。但见舞姬由众侍女搀扶下车,至边门前临时设立的屏风后,小憩片刻。夕雾便近前去窥望。这舞姬年纪与云居雁相仿,身子略微高挑,神采飞扬,姿态娇媚,竟较云居雁更显丰韵。舞姬似很疲倦,将身子横卧着。是时天黑难辨,总觉酷似云居雁。窥视之下,不能满足,便伸手扯其衣衫。此舞姬极为诧异,不知何由。夕雾赠诗道:

"奉神天女初逢时,

勿忘已绾同心结。

我一直牵挂着你呢!"他的声音虽异常轻柔,然而舞姬并不熟悉,唯感唐突惊惧。恰逢此刻,侍女们赶来为她妆饰,一时人声鼎沸,夕雾只得憾然离去。

夕雾对那袭六位淡绿色袍子极为嫌厌,因此连宫门也懒得进,也不常出去了。然五节舞会期间,宫中允许不循官位穿袍,他便着了便袍前往。夕雾年纪尚轻,清秀俊逸;步态昂然,模样略显老成。皇上及众王侯公卿皆怜爱备至。如此宠爱,史无前例。

五位舞姬入宫仪式隆重异常。众人服饰皆匠心独具,美不胜收。源氏太政大臣与按察大纳言家所荐舞姬,姿色尤为出众,深得众人喜欢。且源氏家惟光之女,天生丽质,却为大纳言之女所不及。她装束雅致,高贵之态胜过往日,赢得众人连声称赞。这年所选舞姬,年龄均稍长于往年,故别有一番韵味。于宫中观赏五节舞蹈时,源氏太政大臣忽忆起昔日五节舞会中那筑紫女子来,便于第四日正式舞会辰日,传书于她,附诗为:

"昔日少女格外艳,

如今檀郎却已老。"

回首往事，他深感此女子可爱，不由而行。筑紫五节舞姬收到此信，怀旧恋情自然而生，感叹人生难料。她答诗道：

"昔日风情记犹新，
红袖传神心自明。"

其信笺绿色，花纹隐约，正合辰日着绿之意。墨色浓淡相宜，多为草书，显得洒脱随意。源氏细细品味，觉得筑紫舞姬，人如其书。

夕雾钟情惟光之女，常欲暗暗走至近旁看她。岂知那女子神态庄重，甚难接近。夕雾生性腼腆，唯有空自嗟叹。他想道："云居雁既与我夙缘浅薄，此女子容貌倒称心，不如前去结识，以慰我心吧！"

舞会散后，众舞姬当留任宫中，然此次皆先回家中休息。近江守良清之女回辛崎被禊，摄津守惟光之女前往难波被禊，皆匆匆退去了。按察大纳言亦暂将女儿带回府邸，请求改日送入宫中。左卫门督所送舞姬，因非生身女儿之故，虽遭人讥评，然已容许入宫了。

惟光向源氏太政大臣恳请道："可否赐小女以典侍之职？宫中典侍之职，尚未满额呢。"源氏应允。此事为夕雾知晓，他甚感失望，寻思道："倘若我年纪稍长，官位高尊，此女便非我莫属了。如今我满腹相思，却无从告知，好教人心烦啊！"与那五节舞姬虽思慕不深，然因云居雁之故，终日也不免流泪。五节舞姬之兄乃殿上童子，常来夕雾处侍候。一日，夕雾极为亲切地问他道："你家那舞姬妹妹，何时才能进宫呢？"童子答道："或许是年前吧！"夕雾道："她姿色出众，讨人喜爱呢。你时时可见到她，我若是你就好了！能否助我与她见见呢？"童子答道："如此不可吧？父亲已告诫过，我为男子，即使兄妹亦万万不可随便接近。平素我亦不多见她，何况你呢！"夕雾道："既如此，你将此信送与她，如何？"童子畏惧，不敢应允。经夕雾一番劝说。童子亦无法拒绝，只得将信带回。不料那五节舞姬虽是年幼，然情窦已开，见信喜不自胜。所用绿色双重笺[1]精美无比，笔力虽欠老练，却可窥见日后定然发达。其字迹亦隽秀可爱，信中附诗道：

【1】当信只有一页时，附上一张空白笺，以表示尊敬。

"赏罢少女翩跹舞，

　　心中至爱苦难诉。"

正阅信时，父惟光朝臣闯了进来。兄妹二人大为惊异，急欲将信藏起，可惜为时已晚。父亲追问道："此信从何而来？"遂夺过信来看。二人顿时愧疚得满脸绯红。惟光不由骂道："你们瞒住我做这种事呢！"长兄急欲溜走，却为父亲呵住，追问道："此信主人是谁？"长兄只得照实答道："太政大臣家夕雾公子……"惟光听得此话，随即转怒为喜，怨气尽消，说道："孰知公子这般年纪，已谙熟此情场之事，甚是可爱呀！你们与他年纪相仿，却仍为不谙世事的傻小孩呢。"他盛赞了一番，便将信示与夫人，对她道："夕雾公子出身高贵，能与他结缘，真是我们女儿的幸运！让她当一寻常宫女，倒不如托付与公子呢。太政大臣为人可靠，他若与某一女子相爱，便爱慕至深，我很熟悉他的。此公子必如其父，我且做明石道人吧！"然众人皆为舞姬入宫之事，忙得不可开交。

　　夕雾虽不能与云居雁通信，但在他心底，云居雁定然胜于惟光之女。故思念之情与日俱增。整日于家忧戚愁叹，不知何时能再相见，亦无心思造访外祖母了。当忆起云居雁居室，及年前共处时游钓池畔，更觉此情难舍。自小居住的太君宫邸，处处唤起了千般思念。他唯有闭居于东院书房苦读。

　　夕雾急需一个保护人，源氏便托了东院西殿中的花散里，对她道："太君已至垂暮，恐不久于人世。倘夕雾自幼与你亲近，太君仙去后，便将他托付与你了。"花散里素来听从源氏之言，便应允下来。此后对夕雾疼爱备至，一心一意照顾。而夕雾见这继母模样，想道："她如此丑陋，父亲竟舍她不下呢！"又想："我因耽慕姿色，思念不得谋面的云居雁，实无意义，不如另觅一位品性皆如继母那般可人的女子，倒不错呢！"继而又寻思道："与一面目可憎之人厮守，也实无意趣！父亲照料这花散里多年，故深知此人仪姿性情，对她若即若离，反而得以长久。古歌'繁枝浓叶相隔绝'之说，即是此理吧。"他为生出此等无聊念头而感羞惭。外祖母太君虽若老尼，然风韵清逸。自己平素所见，佳丽如云，唯这花散里，本来貌不出众，如今年事既高，毛发又稀疏，自然是看不入眼的了。

　　年终之时，太君撇开诸事，一心为夕雾制备新春服饰。虽做了许多华丽服装，然夕雾皆视而不见，且对祖母道："初一宫中贺岁，或许我不会去哩，外婆这是何苦呢？"太君答道："你为何不入宫贺岁？真如年老或病弱者之言。"夕雾自语道："年纪虽小，却是病弱了。"不禁淌下泪来。他是为云居雁流泪，太君自然明白，便甚觉怜悯，也不由有些伤感。且对他道："身为男子，纵使出身寒微，亦应气概堂堂。况你恁般高贵，怎能如此颓废？你有何忧愁？别伤了身子才是！"夕雾道："忧愁倒不甚要紧。唯觉区区六位官职，为众人不屑。虽为暂定，总觉颜面无光，怎好进宫。倘外公尚在，我亦不会备受此番凌辱了！父亲虽为至亲，然视我连外人亦不如，其房间皆不许我自由出入，仅能于东院西殿得见他。继母虽说疼我，但倘生母在世，我便无甚忧愁了！"言罢，涕泪涟涟。太君更觉心酸，只得跟着陪泪，安慰道："人无贵贱，但凡丧母较早之人，皆是可怜的。然人各有命，待功成名就之后，定无人敢轻视了。你千万不可伤心。倘外祖父能延喘几年多好！但如今你父亲会同外祖父一样尽力照料你，我亦得需他照顾。世上不称心之事甚多。你舅于常人眼中，可谓精明强干，而他待我，已今不如昔。我即便长寿，仅是多受煎熬而已。你恁般年纪，前程无量，总要遭受些小小忧患。世间本来忧苦繁多，并非一帆风顺的！"说罢，又淌下泪来。

　　元旦这日，源氏身为太政大臣，不必入朝贺岁，便闲居在家。正月初七乃白马节会，循藤原良房大臣旧例，白马到得太政大臣府邸，一切仪式仿同宫中，盛况空前。适时春花尚未怒放，仅有早樱吐露芬芳，色调甚是鲜丽。皇上行幸朱雀院，日期定在三月，仅因此月乃藤壶皇后忌月，只得将日期移至二月二十。这日，朱雀院内金碧辉煌，一应陈设皆极为讲究。稀世珍玩，应有尽有。随驾公卿亲王人等，身着面白里红的衬袍，外罩绿袍，尽皆衣冠楚楚。冷泉帝则一袭红袍。御旨宣召太政大臣，故源氏亦随行至朱雀院。他亦身着红袍，故二人一样光彩艳丽，几乎叫人有目难辨。此番行幸，所有装扮及种种设施，皆较往昔讲究。朱雀院虽已退位，然容姿优美异常，清健尤其当初。

　　是日行幸盛会，未宣召专门诗人，仅有才华出众的十位大学士，皆仿效式部省文章生考试规则，由皇上御笔亲赐诗题。此次考试，许是专为夕雾公子而设的吧！湖中，他们各自坐在一只不系舟内，吟诗诵答[1]。几个生性怯懦的学生，模样甚是狼狈。不觉日薄西山，湖中乐船游弋，船台上轻歌曼舞。晚风将乐音送至四周，悠扬婉转。夕雾独坐舟中，苦不堪言，暗想："本可与众人一并游玩取乐，何必要经此番折腾。"不觉愤愤然。

【1】这种考试方法称为"放岛"，每人各坐一条船，放在湖中，让其向岛的方向漂去。在此期间，船上的每个人要作诗文，且不能和旁人交谈。

乐船上奏起了《春莺啭》舞曲。朱雀院听罢，不由忆起了当年桐壶帝举行花宴的情景，慨然道："昔日盛况，今生恐不会再有了！"当年之景，竟历历如在眼前。舞曲奏罢，源氏便向朱雀院敬酒，且献诗道：

"春光莺语景依旧，

赏花未逢故人询。"

朱雀院亦和道：

"霞隔九重别院居，

今日喜闻春莺啭。"

源氏之弟帅亲王，现任职兵部卿，亦向冷泉帝敬酒，且献诗道：

"清嘹笛声音依旧，

婉转莺啼语如初。"

声音洪亮，显然出自诚心。冷泉帝答道：

"飞莺鸣翠怀旧事，

恐是凋零春花残？"

此番吟诗作赋，唱和之人不多，许是非朝廷正式诗会，仅是临时触景生情吧。

乐船相隔较远，乐音缥缈传来，不甚清晰。冷泉帝遂命取来诸种乐器，欲君臣同乐。琵琶由兵部卿亲王弹奏，和琴由内大臣抚弄，筝则奉呈于朱雀院，太政大臣少不了七弦琴。诸人皆为乐坛圣手，一时各施妙技，众乐齐奏，美妙无比，其声自是非同凡响。众多善歌的殿上人，皆于一旁侍候，他们任情而发，唱起《催马乐·安名尊》[1]，且又歌唱《樱人》。夜已更深，月色蒙蒙，中岛一带篝火熊熊，行幸之游方才告终。

冷泉帝返驾回宫，经前弘徽殿太后府邸，觉得过门不入有失礼节，便进去探看。源氏太政大臣亦一同前往。太后见皇上深夜来访，甚是喜悦，慌忙出来接见。源氏见太后老态龙钟，不觉又想起了夭逝的藤壶皇后来。他想："此等长寿之人，世间原是有的，藤壶皇后早逝，太可惜了啊！"太后对冷泉帝道："我如今年迈，记忆欠佳。今日御驾亲临，受宠若惊，让我忆起当年桐壶院时的旧事了。"冷泉帝答道："自为父皇母后弃养，对良辰美景，我亦无心赏玩。承蒙今日闻听太

【1】《催马乐·安名尊》："猗欤美哉，今日尊贵！古之今日，未有其例。猗欤美哉，今日尊贵！""安名"是赞叹的意思。

后诤言，心情方始欢畅。他日定来拜访。"源氏太政大臣亦如此这般，一番应酬后，道："日后再来问安。"太后望见盛大仪仗簇拥着匆匆回驾的源氏，心中顿生警戒。她想："他倘将往事怀恨于心，会如何作想？看来他独揽朝纲，乃命中注定的啊！"她对往昔所为，深感懊悔。其妹尚侍胧月夜，闲来亦追抚往昔，感慨良多。时至今日，仍不失时机，与源氏通信。对朝廷颁赐年俸年爵，或其他琐屑小事，太后时有不满，便向冷泉帝鸣不平。每当此时，她便怨自己为何不死，以至老来如此凄凉。她常梦想恢复昔日盛况，对眼下诸事甚觉厌烦。太后近来牢骚极多，许是年纪增大之故，令其子朱雀院也难以忍受，苦不堪言。

再说当日，夕雾公子赋作甚好，考中了进士。此次应试，考题极难。十位大学士，虽才华出众，但及第仅有三人。至秋天任免京官时，夕雾晋升为五位，做了侍从。他对云居雁依然念念不忘。然内大臣防范甚严，叫他奈何不得。对此，他也不便勉强，仅是巧寻时机互通音讯罢了。好一对挚爱的情人啊！

却说源氏太政大臣欲营建一所新邸。计筹要比如今的宅邸更宽敞堂皇，以将闲居四处难谋面的情人汇集于一处，尤其那居于穷乡僻壤的明石姬。遂在六条妃子旧邸附近，选了块风水宝地，分为四区，择日破土动工。次年便是紫姬父亲式部卿亲王五十寿辰，紫姬正为祝寿之事悉心筹备。源氏亦知此事不可懈怠，且以为：既为祝寿，若于新邸举行，定更显气派，应及早筹办才是，便命加紧建造，务须早日竣工。

冬尽春至。营造宅邸及筹备祝寿之事，均紧锣密鼓地进行。源氏正为府第落成后的贺宴操办，及乐人舞手的选拔等事奔忙。经卷佛像、法会中所需装束及犒赏物品等，尽由紫姬全面操持。东院花散里亦前来相助。她与紫姬情谊甚密，和睦相处，时日倒也愉悦。

源氏家两桩大事当时名噪一时，式部卿亲王亦略知一二。尽管源氏为他女婿，但对近年来源氏所为颇为不满。他以为，源氏宁将恩宠加于旁人，也不愿施舍于他，且对其下人亦不曾怜顾。推度源氏定是为流寓须磨时，他未出力而心怀戚怨，不由疚怨万分。可源氏于成群姬妾中，对他女儿宠爱有加，能享众人皆不及的荣耀。虽未直面授予恩惠，亦觉颜面有光。如今为他祝寿，又恁般辉煌，举国皆知，亦算暮年幸事了，心中甚觉惬意。但他夫人总阴沉着脸，甚是淡然。许是因源氏当年未曾提拔她女儿入宫当上女御而耿耿于怀吧。

到得八月，六条院便竣工了。众人将陆续乔迁入内。四区内：未申一区，即西南区，曾为六条妃子旧邸，现仍归其女秋好皇后居住；辰巳一区，即东南区，由源氏与紫姬居住；丑寅一区，即东北区，由原住东院的花散里居住；戌亥一区，即西北区，拟为明石姬入居。各处旧有池塘及假山，凡不尽人意处，一并改建。流瀑趣致及山石雄姿，尽皆焕然一新。区中景致，各喻一季，皆按女主人品性及喜好设计。

紫姬所居春院，假山怪石嶙峋，池塘曲径通幽，极为别致。户外栽植的五叶松、红梅、樱花、紫藤、棣棠及踯躅等春花，布置奇巧，令人心旷神怡。其间又间植有秋花。

秋好皇后所居秋院，从别处导入澄碧清泉，山野遍植红叶树。为增添水势，特造设了诸多岩石，流瀑奇趣，更添区中美景。时值深秋，秋花斗妍，景色宜人，较之嵯峨、大堰一带的山野，更是美不胜收。

花散里所居夏院，则为避暑胜地，清凉的泉水环流其间。夏日里古木枝青叶茂，参天入云。窗前植有淡竹，其下凉风轻拂。水晶花篱垣围四周，极具山乡风味。院内且有"今日思旧昔"的橘花、蔷薇、瞿麦及牡丹等诸种夏花，另有春秋花木杂植其间。区内东部为马场殿，院内建有围以栅栏的跑马场，供五月赛马。水边遍植菖蒲，郁郁葱葱，常青不败。对面马厩，饲得举世无双的骏马。

明石姬入居冬院，北边隔离，建有府库。垣旁，苦竹苍翠，苍松峻拔。所有布置皆适宜于观赏雪景。初冬时令，秋菊傲霜，绚丽璀璨；柞林似火，色彩斑斓。此外且有众多不知名的深山乔木，枝叶郁郁苍苍。

乔迁定于秋分时节。本拟众人同迁，但秋好皇后嫌恶喧嚣，便拖延了些时日。秋分之夜，仅有花散里与紫姬一同乔迁。春院乃紫姬所爱，虽与此时节令不合，但也趣味盎然。紫姬的十五辆车，由四位五位京官亲自护送。亦有六位殿上人，皆为亲信。为避世人诟责，仪式一概从简，并未铺张浪费，故排场并不讲究。花散里乔迁排场亦甚体面，且由大公子夕雾陪护。一切井然，皆于众人意料之中。各院皆设有侍女室，一一分隔。新院设备，极为周全。五六日后，秋好皇后从宫中返回，亦迁入院。其仪式颇为辉煌。她仪姿端雅，不若常人，深得世人尊崇，幸运之至，自不必言。新院各区相互隔离，但有曲廊相连，可自由来往。故诸女友时常会晤，其乐无穷。

时至九月，山上红叶若霞，格外明艳。秋好皇后院内秋景宜人，美不尽言。一日夕暮，秋风萧瑟，皇后将诸种红叶盛于砚盒盖上，派一女童送与紫姬。此女童年龄稍长，身材苗条。上身着了浓紫色衫子，外罩浅紫色外衣，系一袭红黄色披衫，容貌颇佳。她穿廊过桥，进得紫姬院内。仪式惯常皆由年长的侍女奉送，此举实甚别具一格，仅因此女童甚是可爱，秋好皇后便特派了她。此女童极会伺候贵人，举止端庄，仪态典雅，他人难以企及。皇后所赠紫姬诗道：

"君盼小园沐春光，

我院金秋红叶染。"

青年侍女们争相招呼女童，其情状亦颇招人喜欢。紫姬将那砚盒盖内铺些青苔，饰成险峻的山岩。且于一枝五叶松枝上附诗一首：

"红叶既去徒留枝，

怎若岩畔青松翠？"

松枝插于岩间，细细看来，恰似巧夺天工的盆景。秋好皇后见紫姬即兴写出恁般好诗，足见其才思敏捷，甚是钦佩。源氏对紫姬道："皇后送此红叶与诗，颇让人不快。到来年春暖花开之时，你便可解这口气了。眼下鄙弃红叶，恐对不住龙田姬[1]。只好委屈你了。将来樱花盛开，你只管回敬她就是。"二人嬉笑闲谈，趣味盎然，叫人羡慕不已。若论居处，六条院最为理想，各位夫人亦相处亲密，时通问候。

　　大堰邸中的明石姬，顾念身份卑微，不愿与众人一并迁入。至十月间，诸人均已居定之后，方暗暗迁居。迁居仪仗，诸种排场，均不逊于他人。源氏虑及明石小女公子前程，待明石姬亦甚优厚，与紫姬等并无差别。此乃后事，暂且不表。

【1】龙田姬是司秋的女神，传说秋林红叶是她染成的。

THE TALE OF GENJI

VOLUME 22
第 二十二 回
玉 鬘

光阴荏苒，不觉已经事隔十七年。源氏公子不知见过世间多少绝色女子，然那夕颜，在他心中仍鲜明生动，令他魂牵梦绕。"倘她尚在人世，该有多好啊！"他常作此想。夕颜的侍女右近，才貌一般。源氏公子思念旧情，故尤为优待，让她与老侍女一道供职邸内。流寓须磨期间，紫姬接管众侍女，如今，右近也随之供职西殿。紫姬觉得她心性善良，行为谦谨，便十分器重。但右近仍念念不忘："公子多情，即便情缘不深的女子，依然给予关照。倘我家小姐尚在人世，其宠爱不会亚于明石夫人呢。虽不能与高贵的紫夫人同列，恐也是六条院中的人了。"如此一想，更觉悲伤。且夕颜的女儿玉鬘[1]，寄养在西京乳母处，音讯全无。右近一直将夕颜暴死之事深藏于心，况源氏公子也作过叮嘱，勿将他的姓名告知外人，故一直不曾前往探访。在这期间，乳母之夫荣升太宰少式，赴筑紫任职。她便随夫移居筑紫，那时玉鬘刚满四岁。

　　乳母思念夕颜，昼夜哭泣，到处烧香拜佛，又到四下熟识之人处探询，但终未能知其下落。便想："事已至此，我且收养了这孩子吧，也算夫人有个遗念。只是跟了我这卑微之人，又要奔赴他处，恐要多受些劳苦，还得设法找到其父才是。"然终无机会。乳母家人以为，倘找到这女孩父亲，问及夕颜，如何作答呢？这孩子怕是不会亲近她父亲的，真要交给她父亲，我们亦放心不下。再者，倘她父亲见到这孩子，定然不许带走。最后决定暂不通知她父亲，且带在身边。玉鬘长得端庄周正，年纪虽小，高贵优雅之相已隐约可见。乳母一家登上简陋木船，顺水而下，景况甚是凄然。

　　满怀童真的玉鬘，一心难忘母亲，上了船便不断催问："我们是去母亲那里吧？"乳母只得暗自垂泪，也勾起了乳母两个女儿对夕颜的怀念，止不住泪落如雨。船上有人劝道："在船上哭，恐不吉利呢！"一路山清水秀，宛然如画。乳母想道："夕颜夫人生性最爱山水美景，倘也能见得恁般景致，不知有多高兴呢？唉！倘她真个还在，我们也不会远赴他乡了。"她眷恋京都，正如古歌"渐行渐觉离愁浓，却慕使者去复归"。不免有些伤感。船上艄公，此时也粗犷地唱起棹歌来："千里迢迢赴他乡，我等心情多悲伤！"乳母的两个女儿听了，心有感触，哀思又增，忍不住相拥而泣。行至筑前大岛浦，二人便吟诗唱和：

【1】夕颜认识源氏之前，与源氏的妻舅头中将所生。

"船歌幽咽过大岛，
艄公莫非怀故人。"

"大海浩渺迷行舟，
何处寻觅苦恋人？"

她们互诉远赴他乡悲苦，心惊胆战地渡过风大浪险的金御崎海峡，又吟唱起"我心终难忘"之古歌。她们不久便抵达筑紫，进入了太宰府。而今隔京都已远，不知那失踪的夕颜身于何处？乳母等一想起，便落泪不止，只得精心抚育玉鬘，以此慰藉。日子渐渐过去，夕颜偶尔也出现于乳母梦中，然总有一酷似她的女子相伴。且每次醒来，乳母皆心绪烦乱，身觉不适。她便想："莫非夫人不在人世了？"从此愈为伤心。

岁历五载，少式任满卸职，决定返京。然征途漫漫，所需费用甚多，而本人位卑势弱，无甚积蓄。故犹豫不决，徜徉度日。岂料少式忽染重病，自知将不久于人世。玉鬘已满十岁，容貌姣美，令人惊异。少式牵挂玉鬘，唤来家人道："此番重病，恐再难照顾玉鬘了。这孩子也真命苦，屈居此等乡间，真委屈了她。自到筑紫，我便想于某日将她送返京都，找到生身父母，安享荣华。哎，孰知我心事未了，便身殒他乡……"他担心玉鬘前途，便唤来三个儿子，嘱托道："我去之后，你们要速将此女送往京都，其他诸事，无须操心。"不久便撒手而去了。

这玉鬘为谁所生，连官邸内人都无从得知。与人只称是外孙女，乃身份高贵之人，数年来于深闺里长大。如今少式猝死，乳母一家无依无靠，悲苦之余，只得遵照遗嘱，设法返还京都。然而在筑紫，少式结有众多冤家。乳母深恐那些人阻碍他们归京，一直踌躇难决。转眼间，又是几年过去了。玉鬘已长成窈窕淑女，既承袭了母亲的美丽，又因父亲的贵胄血统，显得格外高雅，温婉贤淑，胜过当年夕颜许多，好一个绝代佳丽！当地好色之徒，皆为之神魂颠倒，纷纷登门求婚。于乳母眼中，众人皆不过田舍儿郎，想攀折金枝，实在荒唐，遂一律置之不理。为避烦扰，便传出话来："此女子虽长得好看，却患有严重残疾，不得婚配，只能送去当尼姑。于我有生之年，暂留身边罢了。"外间便有传言："真是遗憾，少式的外孙女是个残废人。"乳母听得，极为生气，便思忖道："无论如何，应送她返京。她幼时甚得父亲宠爱，如今阔别多年，长大成人，他们该不会嫌弃吧？"于是日日祈祷盼早日遂了此愿。此时他们已迁居肥前国。乳母的子女皆已于当地成家，安居度日。乳母心中焦灼，只觉回京一事更见渺茫了。那玉鬘异常聪慧，渐明自己身世，只恨人生苦多。她每岁斋戒祭星三次，以消灾祈福[1]。至二十岁，愈加落得娉娉婷婷，婀娜多姿。住此乡野之地，有如玉埋沙中，实甚可惜。当地略有声望之人，闻知有此美人，纷纷前往，登门求婚者络绎不绝。乳母甚感烦腻，厌恶至极。

且说附近肥后国有一大家族，其中一武士官至大夫监[2]，在当地声名显赫。他虽一介武夫，却附庸风流，到处罗置美色。他对美貌的玉鬘自是热心，便传言不畏残疾，定要将她弄到手，并委派人来诚恳求婚。乳母异常厌恶，回答道："我们外孙女不会答应的，她即将出家为尼了。"大夫监闻此，愈加着急，便抛开所有事务，亲往肥前求婚，并私下找来乳母的三个儿子，央他们说服老人。他对他们道："若能成就此事，我定视你们为心腹，日后不遗余力地提拔你们。"其中二人动了心，回来劝乳母道："母亲呀，这桩亲事不错。虽说有点委屈了小姐，然大夫监倒是一得力靠山，且答应提拔我们呢。要在此地生活，总得仰仗他才行。出身望门，身份高贵又有何用？这么多年，亲生父母也不见来寻她。谁知道她是名门千金？这人身份相称，况又诚挚相求。依小姐眼下处境，嫁与此人，算交好运了。恐怕也是前世姻缘，要不怎会流落于此呢？那大夫监脾气暴虐，一旦动怒，后果可想而知。若不允婚，又能逃到哪儿呢？"两人对母亲连逼带诱，诉说一番。乳母又惊又气。长兄丰后介为人诚挚，遂对母亲道："此事无论如何，总有些不妥。既对人不起，又有违父亲遗愿，我们得快点想个法子，速送小姐返京。"

乳母的两个女儿，想到小姐处境，也很同情，不禁叹道："她母亲命运不顺，年纪轻轻便突然失踪，至今尚不知死活。我们一心盼小姐能嫁个贵人。若嫁给这个蠢汉，恐怕就永无出头之日了。"但大夫监不知隐情，自以为身份高贵，频频写信，诉说思慕爱恋。他的字虽不错，但多文法错误，漏洞百出。且叫乳母之子次郎引荐，亲临拜访。

这大夫监三十上下，身躯高大肥胖，虽不十分丑陋，但言语啰嗦，举止粗俗，面目可憎，让人生厌。大凡寻花问柳，定于夜间进行，故称合欢树为夜合花。此人却于春日傍晚前来求婚。古歌曾言"秋夜相思浓"。眼下虽来到秋天，可他对玉鬘的相思却比秋夜更深。此姑且不论。既已上门，也不好将其拒于门

【1】时人认为在每年的正月、五月、九月祭祀本命星宿就可以息灾得福。
【2】大夫监的官爵为六位，是太宰府内的判官。

外，乳母无奈，只得前来接待。大夫监道："久仰贵府少式大人才高德重，声名远播，本欲拜访，侍奉左右。岂料后生此愿未遂，大人便猝然仙逝，令我悲恸不已！为弥补此愿，拟请将府上外孙女托付后生，定当尽心竭力。为此，今日冒昧前来。贵府小姐乃金枝玉叶之身，下嫁后生，定有辱没。但后生定将她奉为女王，让其位居高上。太君未能速允此事，或闻悉寒舍多有贱俗女子，不屑与她们同列。其实此等贱人，怎可与贵府小姐相提并论呢？后生仰望小姐高位，不逊于皇后之尊。"他强提精神，恭维了此番话。乳母不为所动，正色道："哪敢哪敢！老妪别无他意。此番盛情，深感殊荣。只是小女子福薄命浅，染得不可治愈的顽疾，不得侍奉巾栉，常暗自叹息。虽经我尽力照护，亦甚苦不堪言。"大夫监又道："区区小事，实不足为虑。普天之下，即便双目失聪、腿足断堕之人，后生亦能百治百效，促其康复。况此地神佛，尽皆听命于我！"他洋洋自得，大肆吹嘘。接着便指定本月某日前来迎娶。乳母老太太忙答道："不可不可！本月乃春季末月，依乡下习俗不宜婚嫁。"暂用此言推辞了。大夫监起身告退，忽觉应奉赠一诗，思虑片刻后，便吟道：

"今日发誓神像前，

此生不做负心汉。

此诗作得不赖吧？"说时满面堆笑。原来此人初次作诗，并不懂恋歌赠答之事。乳母老太太已被他缠得昏头转向，难以作出答诗，便教两女儿代作。女儿也推说作不出。她觉得久不作答，有失体面，便将想到的话随口吟出：

"朝夕祈祷表心愿，

愿违不遂恨杀神！"

他声音颤得甚是厉害。大夫监将身一转，挨了上来，道："且慢，此话怎讲？"老太太吓得顿时浑身战栗，面无人色。两个女儿亦很害怕，但只得强作笑颜，替母亲辩解道："家母之意：此人患得不可见人的残疾，发誓永不嫁人。倘有违心愿，她必然生恨。母亲人老糊涂，说错了恨杀神明，还请大人多多体谅。"大夫监道："嗯嗯，此话不错！"他点点头，又道："此诗好极！后生虽居山野，但非俗民可比。京都人有甚稀罕，他们知道的我皆懂，你等可别小瞧了我！"欲再作诗，但长久吟咏不出，只得告辞而去。

乳母担忧大夫监收买了次郎，深恐再惹出事端，便与长子丰后介商量，催他尽快设法。丰后介寻思："我有何法？两兄弟不再帮忙，只因我未按大夫监的意思去做，早已有隙了。那大夫监何事干不出？若惹恼了他，不知要遭多少罪呢。"他异常烦恼。玉鬘见乳母及丰后介为自己之事弄得焦头烂额，无计可施，想来回京无望，更觉人世悲苦，便闭门哭泣，只想寻死。乳母见她要轻生，更是忧心如焚。丰后介不忍玉鬘落入火坑，决定冒险带着她离开此地。

乳母两女儿也决心舍弃患难与共的丈夫，陪玉鬘进京。此间大夫监已回肥后国，并决定于四月二十前后选定吉日，前来迎亲，玉鬘只能乘此机会逃走。最终决定由乳名唤作贵君，如今称兵部君的母之小女儿陪玉鬘夜间上了船。因子女太多，兵部君的姐姐终未同行。这三女子，虽身份高低不同，但多年朝夕相处，已亲如姐妹。如今分别，真让人想起"悲莫悲兮生别离"的古歌。想到从此将不见松浦宫前渚上的美景，从此姐妹将天各一方，且此去吉凶未卜，兵部君别情依依，悲从心起。临行赠诗道：

"方脱苦海未定魂，

何方今夜泊浮身。"

玉鬘也赠诗道：

"渺茫前程多歧路，

随风逐放身飘零。"

吟罢，神思恍惚，晕倒于船中。

众人出走，大夫监定会很快知晓。因此人生性倔犟，势必昼夜追赶。深恐到时出走不成，反遭大夫监迫害，他们便雇了只有特殊装置的快船。真是苍天有眼，恰逢顺风，张帆的木船一路劈波逐浪，箭一般驶向京都。崖上二人见得此船，皆惊呼道："如此小的船，却行走如飞，怕是艘海盗船吧！"被人比作贪财的海盗无甚可怕，可怕的倒是那狠毒的大夫监追赶。船里人都提心吊胆，船经响滩时，玉鬘吟诗道：

"忧患流离胸如潮，

心搏胜过响滩声。"

船行接近川尻，众人方舒了一口气。那舻公粗犷地唱起船歌："船从唐泊出，三日至川尻……"歌声沉闷凄凉。丰后介用悲声唱道："可怜娇妻与爱子，我今只能忘却兮……"此次出逃，他连妻小皆未曾顾及，仅于这惊魂甫定时，方思念起娇妻爱子。家中能干可靠的仆人，皆带出同行。若大夫监痛恨报复，必将妻儿驱逐出境，那颠沛流离之苦，有谁能帮助他们呢？想象在肥前的可怜处境，又懊悔伤心，止不住落下辛酸的泪滴。随后又吟诵白居易诗：

"凉源乡井不得见，

胡地妻儿虚弃捐。[1]"

兵部君见他吟诵，亦勾起诸种事情来："此次事件，实在令人费解，我竟抛离了那幸福爱情，舍弃了结发夫婿，逃往异地，如今他不知作何感想？"又想："我在京都无亲无故，虽出生于斯，可少小离家，如今回去，恐无人能识了。仅为护送小姐，便抛夫别子，遗弃家乡，于这惊涛骇浪中漂泊，究竟为了哪般？哎，还得将小姐安顿好了再说。"她茫然无措，随众人到得了京都。

一行人慌忙不迭，落脚于九条一熟人家中。九条虽处京都，但为市井之地，往来都是些商贾及寻常女子，非贵人居地。众人寄居于此，郁闷度日，不觉已至秋季。追忆往昔，缅怀未来，悲戚之事尤多。丰后介于此陌生之地，亦如蛟龙离水，没了主见。欲回筑紫肥前，又恐有失体面，不免懊悔此行太过草率。同来的侍从，尽皆借故逃离他乡。乳母既觉生活不安，又觉委屈了儿子，整日愁肠百结。丰后介安慰母亲道："母亲不必过于担心，还望保重身体。为了小姐，我等在所不惜，哪谈得上什么委屈呢？试想，倘将小姐嫁与那粗陋之人，我纵能升官发迹，又能安心享受吗？"接着又道："神佛定能保佑小姐，令她获福。这附近有一座八幡神庙，与小姐在外乡参拜的箱崎及松浦神庙，所祭的为同一神明。小姐离去该地时，曾向此神明许得誓愿，因此蒙得保佑，方平安回京。今当速往参拜才是。"丰后介劝她们去八幡神庙上香。他向此地人一打听，得知有个太宰少式故人，如今在这儿做了知客僧，便唤得来，叫他引导，前往上香。

上香归来，丰后介又道："除八幡神明外，在佛菩萨中最为灵验的，要数椿市长谷寺观世音菩萨，盛名曾传至中国[2]。虽客居异乡，但数年拜佛，小姐定会得到保佑。"便欲带她前往长谷寺祈拜观世音菩萨。其路途甚是遥远，但为表虔诚，丰后介仍决定徒步前行。玉鬘久居深闺，不堪步行，心甚惧怕，但想到如今处境，只得忍痛前往。她想："我前生造了何等冤孽，此世遭此大难？倘母已离

【1】这两句诗出自白居易的《缚戎人》。在汉朝时，被胡人俘虏的汉军将士长期不得归国，就在胡地娶妻生子。后来胡地被汉人攻破，这些军士也就抛弃妻子回归汉军。但他们却被昔日的同胞当作胡人捆了起来。

【2】传说唐僖宗的皇后马头夫人相貌极为丑陋，一日得到仙人的旨意，前往日本长谷寺礼拜观音。一名高僧突然乘紫云来，以瓶水注于皇后面颜，皇后容貌从此瑞丽。

人世，她若疼我，应早些唤我同去；如尚在人世，亦该见我一面啊！"她不断向佛祈愿。可惜她连母亲的容貌也记不得了。过去只望母亲尚在人世，因而悲伤叹息；如今受得这般苦难，更觉渺茫。四日后巳时，历尽千难万险，方至椿市。她早已疲惫不堪，毫无人形了。

到达椿市，玉鬘已双脚浮肿，无法动弹了，只得投宿于此。这一行人数甚少，极不显眼。除丰后介，另有两个身佩弓箭的武士，三四个仆役及男童。女眷仅有玉鬘、乳母和兵部君。此外，另有两个老侍女及一个负责清洁的女仆。众人装扮成旅行者，衣服皆披于头上，衣裙撩起，头顶斗笠。他们来到宿处，先点燃佛前照灯，摆上供果。日暮时分，一法师从外边回来，想必是此家主人。法师见住得玉鬘一行，很不高兴，道："今晚有贵客来此泊宿呢。你们打哪来？女子得懂些妇德，不可做出不合时宜的事来。"玉鬘等听罢，甚是气恼。正于此间，果真涌入一群人来。

众人中，一大群男女仆从簇拥着两个华贵妇人，内中还有几个仪表堂堂、气度不凡的男子。虽带着四五匹马，却皆是步行而来的。他们举止谨慎，并不醒目。法师所说的贵客，定是这些人了。见玉鬘等人先住下了，法师很是懊恼。玉鬘等亦觉得不好，想另寻住处，但恐有失面子，且不甚方便。因此用帷幕隔了，让出地方来。新来的客人也很客气。大家互相谦让，各得其所。

却说这新来之客，正是昼夜思念玉鬘几近成疾的右近！这右近做了十多载侍女，蒙源氏公子照顾，然总觉中途投靠，不甚合适。故常至此祈拜观世音菩萨，望神灵保佑能找寻到小女主人，以便终身有靠。她常来此地，一切自然熟悉。只因太过疲惫，便躺下休息，终未发觉有何异样。忽听得门外有人道："小姐请用膳，伙食不好，还得见谅！"右近听得此言，情知里间的人身份高贵，心念一动，便凑向门缝窥视。她觉那捧食器盘的男子颇有些面熟，但一时又记不起。也难怪，当年见丰后介时，他年纪尚小。如今二十年已过，丰后介已高大魁梧，且因长年奔波，更显得满面风尘、皮肤黝黑，自然认不出了。

又听得丰后介叫道："三条[1]，小姐叫你呢。"三条移步过来。右近一看，不是夕颜夫人的侍女么？当年夫人隐居五条租屋时，她也在那儿供职。右近望着

【1】三条跟右近一样，同是当年夕颜的侍女。

三条，恍若做梦。不知三条现在的主人可是玉鬘？刚才那个男子，是不是兵藤太[1]呢？如此说来，玉鬘小姐也在这里了。她心生此念，更心急如焚，即刻派人去唤三条。但三条正在用膳，一时无法过来。右近等得心烦。良久，三条终于来了。她一面走过来，一面道："真个怪了。我于筑紫住了二十来年，只是一名侍女，怎会有人认识我呢？恐是看错了吧？"三条身穿小袖绸袄，上罩大红绢衫，显得很是臃肥，完全像个乡下妇人。看着多年不见的三条，右近只觉时光流失，自己亦老了，不免感慨万分。她将脸正对着三条，对她道："你好生瞧瞧，还认识我么？"三条一看，拍手叫道："啊呀，怎会是你！真料不到呢，太高兴了！你打哪来？夫人呢？"说毕，竟孩子般嘤嘤啜泣起来。右近记得，当年同在夕颜夫人身边时，她尚是个不谙世事的少女。时光飞逝，人世沧桑，真令人感慨万千。因夕颜夫人暴死，故不便说出当年之事，仅问道："我倒要先问你：乳母老太太在此处么？玉鬘小姐呢？贵君怎么样？"三条道："他们皆在此地。小姐已成大人，美貌更胜于她母亲。我先告诉了老太太去吧。"便跑了进去。三条将刚才之事告知乳母，众人皆很惊诧。乳母道："莫非做梦吧？当年她带夫人走时，万没想到我们会在此处相见。那时，我真恨死她了。"于是将中间间隔的屏风取去，以便畅叙别后情形。二人得见，尚未言语泪先流。许久，乳母老太太方止住哭声，道："夫人呢？这些年来，我一直在打听她的消息。我曾对神明发誓：此生无论怎样，都要找到夫人。可我居于偏远的筑紫，哪能有一星半点音讯呢？想起夫人尚生死不明，我真觉活着毫无意义。只是夫人女儿，玉鬘小姐长得人见人爱，我命虽不足惜，但抛下小姐，即便到了阴间，亦难脱罪责啊！为了玉鬘小姐，我方苟活至今。"右近无言以对，觉得将夕颜已死之事告知于她，定比当年目睹夕颜暴卒更为悲痛，便对她说道："唉！告知你也是徒然！夫人早已离世了！"此言既出，三人皆抱头恸哭，泪落如雨。

已近日暮，众人忙着备置明灯，准备入寺礼佛。三人只得暂时分手。为不让随从疑心，右近未让两家合并入寺，乳母亦没让丰后介知晓。两家先后离开宿处，朝长谷寺而去。右近暗暗窥察乳母一行人。但见其间一女子，披着薄薄的初夏单衫，隐隐露出乌黑亮丽的长发。一路走去，困顿隐现，自有一种不甚娇怯之

【1】兵藤太是丰后介乳名。右近离开时，丰后介年纪尚小，之后从未见面，所以右近不知道兵藤太长大后的情况。

态。右近猜测这便是玉鬘了，不觉又喜又悲。走得快的，早到了大殿。乳母等为照顾玉鬘，走得较慢。到达时，初次夜课已开始了。大殿上极其嘈杂，处处拥挤喧哗。右近的座位离佛像较近。而乳母一行，或许与法师无甚交情，座位便在远离佛像的西边。右近便遣人去请他们，坐到自己那儿去。乳母将事由告知丰后介，只带了玉鬘过去。右近对乳母道："我虽为侍女，但因是当今源氏太政大臣家人，即便出门随从不多，也无人敢欺。若是乡下人，到了此处倒须小心，这里的恶棍强徒，什么都干得出来。"僧众已经开讲法事，念诵之声鼎沸。她们便暂停谈话，参加礼拜。右近跪拜默祷："这些年来，小女子为寻小姐下落，常祈祷菩萨。而今果蒙菩萨赐福，已寻回小姐。今日再有祈愿：源氏太政大臣寻访小姐，其情可以见天。小女子今将告知大臣，仍企望菩萨保佑，赐我小姐一生幸福！"

乡下人纷纷从内地各处涌来进香。其中也有大和国的国守夫人。但见她众星捧月般被人簇拥而来，声威甚为显赫。三条见了羡慕不已，便合掌抵额，虔诚祈祷："大慈大悲观世音！小三条别无所求，只望菩萨福佑我家小姐，即便做不了大式夫人，让她做国守夫人也好。让我受苦受难的三条，也享享荣华。那时我等定当前来隆重还愿！"右近听后，心想这也未免志气太小，轻贱小姐了。便气愤地对三条道："你也真是乡下人眼光！小姐的父亲，昔日还是头中将时便威势赫赫了。况现在已是内大臣，天下大权尽握一柄，高贵尊荣何人能比！难道他家的小姐，只能做区区一个地方官夫人？"三条亦愤然反驳道："不要再说了！什么都是大臣！大臣又怎样呢！你见大式夫人在清水观音寺进香，宛若皇帝行幸般威风，你便不会满口皆是大臣了。"于是更加祈拜不止。

乳母一行预定宿山三日。右近本不欲久留，但逢此等喜事，又渴慕与乳母等人畅叙，便通知寺僧宿山。又于供奉明灯的愿文中，填上祈愿："依定例，为藤原琉璃君[1]供奉明灯，请为之祈祷。此外，此君今已觅得，他日定来还愿。"众人闻得此事，皆大为感动。祈祷僧闻知此君今已寻得，甚为得意，对右近道："可喜可贺！此事应验，乃贫僧专诚祈祷之功吧！"僧众便诵念经佛，声如鼎沸，喧扰了一宿。

【1】藤原琉璃君可能是玉鬘的乳名。

天明，右近回至前日住处，与乳母等畅述离情。玉鬘羞涩，见人便低眉垂首，加之困倦，其态颇为可怜。右近道："我因偶然机缘，得以行走于富贵之家。见得几多名门闺秀，绝色佳人。但每每拜见紫夫人，便觉众女子再无多少光彩。紫夫人的明石小女公子，亦如其母，姿容出众，这当然亦离不开大臣夫妇的呵护。而我家小姐，生长于穷乡僻壤，饱尝旅途艰辛，却依然花容月貌，不在紫夫人之下，真令人无比欣慰。从桐壶帝时代起，源氏太政大臣亲睹过许多女御与后妃。举宫上下的女子，他无不见惯。但他道：'所谓美人，我以为藤壶皇后与我家明石小女公子，方不愧此称。'我无福一睹藤壶皇后芳容，可明石小女公子的确美艳惊人。眼下虽仅八岁，亦足以倾国倾城了。紫夫人国色天香，亦是源氏心目中的美人，可嘴上却不说，反爱戏谑：'你嫁与我这美男子，真是你的造化。'我见得这么多美人，真可延年益寿！窃以为众人之美，再无人能超其右，岂料我们玉鬘小姐，竟出她们之上。万事皆有极限，小姐的仪容，竟达到美之极限了！"她边说边含笑凝视玉鬘。

老乳母听得此言，甚为欢喜，道："你所言极是。但你可曾知道，如此天仙般的美人儿，险些埋没于偏荒野地！我们又忧又悲，只得抛家别子，冒险逃回这陌生的京都。右近姐姐，你在源氏大臣家多年，定有机会见着玉鬘父亲，请可怜她，带她回父亲身边吧。"玉鬘闻言，羞得满面通红，便背转了身去。右近答道："不必见外。我虽仅为侍女，缘于夕颜夫人，源氏大臣对我亦甚关照。我亦时常于他面前提起：'不知夫人所生女儿，如今在何处？'大臣道：'我亦想方设法寻觅她，你若闻得音讯，定须告知我。'"说到此处，乳母插言道："告知源氏太政大臣恐不妥吧，他虽贤明，但家中高贵夫人甚多，小姐怎好加入其中呢？还是待些日子，告知她的生父内大臣才好！"

右近觉得无须再将夕颜暴死一事隐瞒，便一一俱告与她们。她说道："当时公子悲恸欲绝，嘱托我道：'我子女寥寥，家中冷清。让我抚养她的女儿，以作遗念吧！只需对人言，她是我多年失散的女儿。'因我年纪尚轻，未曾经历多少事情，凡事皆小心翼翼，丝毫不敢泄露，故不便来西京寻访。继而我于邸报上，知晓你家主人荣升少式。少式前往任职，特来向源氏太政大臣告别，其间我见过他一面，虽欲打探小姐下落，但又顾虑重重，终于错失良机。我曾以为，你们必将小姐遗弃于五条租屋呢。哎呀呀，险些流落乡野了。"

此日，她们纵谈往事，又一同诵念经佛。此地地势颇高，可俯瞰往来香客。

山前横卧一条河流,唤做初濑川。右近便想到一首古歌:"初濑古川畔,双杉相望生。经年再逢时,双杉仍青青。"便吟道:

"若非寻访初濑杉,

　焉能逢君在川边?

此可谓'久别重相逢'呀!"玉鬘和道:

"双杉不解千千结,

　但贺欣逢喜泪盈。"

吟罢啜泣不已,几滴清泪挂于腮边,其姿态真若"梨花一枝春带雨",愈加令人怜爱了。右近凝望玉鬘,想道:"小姐虽长于乡下,容貌却美若天仙,举止亦优雅得体,毫无粗陋笨拙之相,真乃无瑕白玉,不知乳母如何调教抚养的。"她颇为感激。那夕颜只是活泼纯真,温柔贤淑;而玉鬘呢,不仅美丽可爱,且高贵优雅,让人看了自叹弗如。如此看来,那筑紫定是山清水秀、地灵人杰之地了。然以前所见的筑紫人,为何皆畏畏缩缩、粗陋笨拙呢?真真难以预料。

　　黄昏时分,众人复赴大殿礼佛。翌日,又是整日佛事。秋风自山涧拂来,寒气袭人。如此日子,多愁善感的众女子想得更多。此日听右近说起,内大臣尊贵无比,连嫡庶子女,皆爱护备至;这令常叹命运悲苦、难有出头之日的玉鬘稍感欣慰:如我这墙荫小草般微贱之人,恐也有熬过寒冬、得见熙暖春阳之日吧。双方离开长谷寺时,相互问清了京中地址。右近唯恐再次失去玉鬘,甚是放心不下。幸好玉鬘暂居九条,两家相距较近,亦便于商量,众人方才放了心。

　　右近欲将此事尽快告知源氏太政大臣,故一到家便前去禀报。右近的车子一入六条院,但见此地琼楼玉宇,车辆往来频繁,非原住的二条院可比。她顿感卑微,觉得身份与此处实不相称,便退了回来,心事重重睡去了。翌日,右近受紫夫人特别召见,很觉脸上有光。源氏亦召见她,问道:"你为何一去便是这些天?模样儿也好看了,怕是有什么喜事上了门吧。"右近道:"这七日我仅烧香还愿,有何喜事。不过在长谷寺宿山,倒遇到了一个叫人怜爱的人呢。"源氏惊问:"到底何人?"右近暗想:"此事尚未告知紫夫人,此时便说了出来,倘日后夫人知晓,岂不怪我?"她甚感为难,便答道:"日后再告诉老爷罢!"恰在此时,别的侍女进来打断了谈话。

　　掌灯时分,源氏和紫夫人并坐于厅中闲谈,那情景甚叫人羡妒。这紫夫人虽已二十七八,但更显风韵。几日不见,右近便觉她另添风采了。在玉鬘面前,右近觉其并不逊于紫姬；如今侍立于紫姬身旁，又觉得紫姬毕竟不同凡响！源氏欲睡，便叫右近替他捏脚。他道："年轻人毫无耐心，讨厌此事，上了年纪的人方能体谅。"几个年轻侍女皆掩面而笑。她们道："谁敢厌烦老爷差遣之事呢？我们唯独不耐烦那些纠缠不休的玩笑呢。"源氏对紫姬道："夫人见我这般，大概亦不高兴了吧？"紫姬答道："只怕不那么简单呢，我倒真要担心了。"便和右近畅谈，仪姿甚是娇憨可爱，显出一副天真无邪之态。

源氏身居闲职，无须劳于案牍，操劳国事。平日只管闲谈琐屑，插科取笑，或饶有兴味地揣摩众侍女心思。与半老的右近，亦玩笑不断。此时便问她道："你所遇那人，是否是个法力高深、身份高贵的和尚？跟你回来了么？"右近答道："尽说些难听的话，我是遇到红颜薄命的夕颜夫人的女公子了。"源氏大臣听罢，忙正色道："这么多年，她住在何处呢？此女子亦委实可怜！"右近见大臣沉吟，便撒了个谎，仅道："住于荒僻乡野。由昔日跟随夫人的人服侍她。与我谈起往事，很是悲伤呢。"大臣摆手道："罢了，夫人不知此事，无须多说了。"紫姬道："我困了，听不清你们在谈些什么。"便以袖掩耳，佯装俯身躺下。

源氏于是低声问右近："这孩子可像她母亲，长得好看么？"右近答道："倒不十分相像，可确是貌若天仙。"源氏道："真太好了，你看可与谁比？紫夫人如何？"右近答道："她怎好和夫人相比？"源氏瞥了瞥躺于一侧的夫人，故意大声道："你如此说，夫人倒满意了。只要像我，便无甚担忧了。"听口气，俨若那女孩儿生身父亲。

这以后，源氏又单独与右近面晤了几次。且对她道："这些年，我每念起她，便觉遗憾痛心。如今寻得，不胜欣慰！我亦太无用，找寻了这么多年，让她吃尽了苦头。暂不必告知她生父内大臣，他家人丁繁多，嘈杂异常。这无母之女，初来乍到，若夹于那些兄妹中，恐反增痛苦，叫她住到我这儿来吧。我膝下子女甚少，家中冷清，只消告诉外人，此女子乃我多年失散的女儿。我要精心抚育她，定让那些风流公子趋之若鹜。"右近一听此言，暗自庆幸小姐终于苦尽甘来。便说道："一切听便。至于内大臣，你无须思虑，我们不会走漏一丝风声。只愿您将她视为那不幸夭亡的夕颜夫人，好生调教，于夫人灵前亦可稍减罪责了。"源氏道："对此事，你尚记恨我么？"他不由苦涩一笑，淌下泪来。继而道："我日渐明白，与夕颜间的姻缘，实在虚幻飘渺！这六条院中美女如云，谁亦不能替代她。长命美人，可受我永远呵护；那命薄如纸的夕颜，反只能仰天长叹，将你视为其遗念，好生遗憾！我至今念念难忘，倘能让其遗孤陪伴身旁，亦别无他求了。"便即刻写信与玉鬘。因急切想知悉于沉沦中长大的玉鬘的人品究竟如何，深恐她又如生活潦倒的末摘花。源氏于信中语气尊严，颇如父亲，末尾写道：

"纵然不知觅尔苦，

　　凤缘未绝似三棱【1】。"

右近送去此信，并转达了源氏大臣之意。且带得不计其数的衣物首饰及日常用品。想必紫姬已知晓此事，送往玉鬘处的衣饰，皆经过千挑万选，色彩适宜，款式新颖。于筑紫人眼中，件件珍奇，美不胜收。

玉鬘接到源氏来信，暗想："若是生父内大臣写来，即便寥寥数语，亦感欣喜。这源氏太政大臣，素昧平生，怎能毫无缘由依靠呢？"她心下忐忑，但亦不好说些什么。右近与众侍女便劝她道："太政大臣如此宠爱小姐，到其府邸便是金枝玉叶了。那时，你生父自会前来寻访，你们父女终要相见的。右近于神佛前发愿祈祷，虽仅为一侍女，神佛不也引导保佑找到了你么？况小姐及内大臣乃身份高贵之人，只要大家安然无恙……"侍女们便取出一张浓香扑鼻的中国纸，催她给源氏太政大臣复信。玉鬘深恐露出乡下人相，惹人耻笑，迟迟不敢动笔。后来在众人百般催劝下，方题得一诗：

"三棱命苦生淤泥，

　　吾身宿孽沉浮多？"

仅此而已。虽笔迹稚拙，有欠沉稳，然情趣高雅，颇具风度。源氏看罢，便宽下了心来。

关于玉鬘居所，源氏太政大臣亦颇费踌躇：紫姬所居东南区，没有闲室。此处乃为六条院最繁华的地段，熙来攘往，嘈杂吵闹，不似幽静闺阁。秋好皇后西南区，皇后偶来居住，倒还幽静，最适玉鬘小姐这般性情之人居住，但易被人误为侍女。仅有花散里东北区内，西厅现设为文殿，可设法移至别处，且花散里心性善良，温婉和悦，正好与玉鬘相投。玉鬘居所便这般预定下来。此时，他方告知紫姬自己当年与夕颜结缘之事。紫姬见他有此段恋情，且隐瞒了十几载，颇显愠色。源氏笑道："你何必怨恨？那些存活者的事，我尚与你实言相告，况夕颜已

【1】植物名。此处暗示玉鬘、源氏、内大臣的三角关系。

去世多年。正因对你特别宠爱，才毫不保留告诉你的。"说罢此番话，他仿佛又见得夕颜当年模样。复又道："此等情况甚是平常，别人或许也有更甚。我最恨些许女子，你对她并无多少爱恋，却仍莫名嫉妒。我也常想自制收敛，但阴差阳错，总会遇到许多可爱的女子。容貌与品性，原本因人而异。那夕颜便是最为娇痴亲昵、令人一往情深的。夕颜才华横溢，仅略欠优雅，然这并无损她的美丽可爱。倘她在世，我将待她如明石姬一般。"紫姬道："虽然至此，但亦不能与明石姬等同吧。"她对明石姬的过分得宠似有微词。然见娇嗔小巧的明石小女公子那天真无邪、侧耳倾听的可爱之态，又觉明石姬得宠乃理所当然，亦不予计较了。

上述之事，发生于源氏三十五岁这年九月中。玉鬘迁居六条院，得事先访得些秀美女童及年轻侍女。昔日的侍女，因走得匆忙，一个亦未带出。京都地方，毕竟地阔人众，不过两日，便找到了合适的侍女。新来的侍女，皆不曾告知小姐真正身世。玉鬘先被带到五条右近家中，秘密选定侍女，置备了装束，方悄悄迁入六条院。一切完毕，不觉已到了十月。

源氏太政大臣为避人耳目，便请花散里做了玉鬘的继母。且对她道："我有一心爱之人，出于忧愤，离家出走，隐居于荒僻山乡，那时已有一女孩。这么些年，我一直暗暗寻访其下落，总杳无音讯。其间她已长大成人，如今无意中寻得，便想带回身边，尽尽父亲职责。她母亲已离世多年。你一直做夕雾中将的保护人，正好也照例做了她的保护人吧。此女自幼于穷乡僻壤长大，多有鄙陋不当之处，有劳你多多调教了。"花散里听罢，坦言道："没料得你有这么个人，多年来怎从未听说呀？让她与明石小女公子作伴，再好不过呢！"源氏道："我见你品性端雅，颇似她母亲，故托你照料。"花散里道："此处人少，常觉寂寞。如今来了小姐，倒还好。"院中侍女，皆不知玉鬘是源氏女儿，互相议论道："不知于何处又寻得如此一人，如集古董一般，好无聊啊！"源氏赏赐衣饰等物甚多，玉鬘迁居时，共用了三辆车子。侍女、仆从、随行人等穿着打扮，皆由右近料理，甚为体面，丝毫不显乡野俗气。

当晚，源氏访晤玉鬘。众侍女久慕源氏大名，却怨无缘相见，便从帷屏隙缝中偷看。朦胧的灯光下，见源氏果然风流儒雅，俊秀非凡，皆暗暗吃惊。右近从边门将源氏引进。源氏道："似乎特殊的意中人，方可从此门进去呢。"便满面含笑，于厢内坐下。又道："灯光如此朦胧，倒像前来与情人幽约。我听得小姐想看父亲容貌,这般灯光,如何看得清呢?"便顺手将帷屏推开了些。玉鬘不胜羞涩,忙将头扭向一边。源氏见她容貌秀美,心下异常欢喜,道:"将灯光拨亮些,也太幽暗了。"右近便挑亮灯火,移近源氏。源氏微笑着道:"为何恁般害羞呢?"他发现那双秀美的眼睛,除了夕颜的女儿,谁还能有呢?便不再客套,全然以父亲的口吻道:"多年来,你音讯全无,我无时无刻不哀叹牵念。如今突然得见,恍若做梦。又想到你母亲在世时的情状,更悲不自胜,无以诉说了。"便抬袖拭泪。他屈指算了算,又道:"我们父女隔绝多年,真乃世间少有,命运对我们也太悭吝了。你已长大,不应恁般害羞。父女欢聚,本应畅叙往事,为何默不作声呢?"玉鬘低声答道:"自蛭子之年,女儿便流落异乡,常觉万事如梦……"声音娇嫩动听。源氏笑道:"你长年飘零异乡,除我之外,谁还时刻牵挂你呢?"他觉得玉鬘应对自如,可窥其心性优美,聪慧伶俐。对右近吩咐过诸种事宜,便返回本邸去了。

见玉鬘生得美丽,源氏喜不自胜,便描述与紫姬听。他道:"玉鬘自幼流落异乡,于那鄙俗之地长大,以为她定然粗陋鄙俗,不成样子。谁知一见,方觉此想法实为荒谬!我定让众人知晓,我家有这位美人!兵部卿亲王[1]时常倾慕我家女子,如今定教他倍尝相思之苦了。那些贪色之人来此,个个一副正人君子相,只因我家尚无香饵。如今我要好好调教这女子,要他们原形毕露。"紫姬道:"天下岂有恁般糊涂的爹!不教女儿别的,偏教她勾引男人。真毫无道理!"源氏道:"实不相瞒,昔日倘如今日这般悠闲,我定叫你做绝妙香饵。当时未能想到,以致弄成此种局面。"言毕大笑不止。紫姬听罢,红晕满面,样子异常娇美。源氏取来笔砚,即兴一诗:

"恋侣夕颜今犹在,
何缘玉鬘随我来?"

题毕,投笔叹道:"真个可怜啊!"紫姬方知,这美人便是那薄命之人的遗孤。

源氏且对夕雾中将道:"我给你带回了一个姐姐,你可得好生亲近她。"夕雾便前往探望,对玉鬘道:"小弟生性愚钝,如蒙姐姐不弃,有事尽管差遣,定当尽力。前日姐姐乔迁,小弟未曾前来迎候祝贺,颇失礼仪,望姐姐见谅。"他态度

【1】兵部卿亲王是源氏的弟弟,即前文所说的帅皇子。

谦恭，真如待亲姐姐一般。玉鬘身边详知内情之人，皆觉好笑。

于筑紫时，玉鬘居所在当地可算华美了。如今比起这六条院，却是天壤之别。院内青松拂檐，玉栏绕砌，室内一应俱备，说不尽的富美堂皇。亲如姐妹的诸女主人，以至诸侍女仆从，仪颜皆秀美炫目。侍女三条昔日艳羡大式，如今早忘了。更甭提那粗蠢的大夫监，想想也觉恶心！源氏家规甚严，深恐仆从怠职失礼，便特为玉鬘安置家臣、执事一应人等。玉鬘感激丰后介忠心，右近亦十分赞赏他，便由他当了家臣。丰后介做梦亦未曾料得，能跨进源氏大臣如此豪贵之家，更不用说进出自由、发号施令，成为家臣了。昔日沉沦乡间时的满腹牢骚，早已无影无踪，只觉事事称心快意。对源氏太政大臣如此诚恳周全的照拂，众人无不感激涕零。

年关临近，源氏命为玉鬘居室备办新年饰物，为众仆从置备新年服饰，形式规模皆与诸高贵夫人同例。源氏推度：玉鬘虽丽质天姿，但尚存乡村习俗，故格外送得些乡村服饰。众织工竭尽所能，织成诸种绫罗绸缎。用它们缝制的衣服，应有尽有，美不胜收。源氏便对紫姬道："花样如此繁多！分送众人时，要让他们皆满意方好。"紫姬于此方面很在行，色彩调配谐合，衣料染色亦甚精良。她集中了裁缝所制及自家制作的衣装。源氏又从各处捣场[1]送来的衣服中，挑出深紫色与大红色的，教人装于衣箱内，命几个年长的侍女分送与众人。紫姬得见，道："如此分配，固然平均。然各人容貌、肤色不同，色彩搭配也得讲究，如未虑及这些，反而不美呢。"源氏笑道："你在一旁看我选，却私下推量此人容貌，你穿何种颜色的衣服好呢？"紫姬道："自己穿着，对着镜子怎么能看出呢？"意即要他看，说此话时微嗔含羞。分配结果：紫姬所得为浅紫色礼服，与红梅色浮织纹上衣，一袭色泽优美时尚的衬袍；明石小女公子所得，为白面红底常礼服，另添得件表里鲜红的女衫；花散里的那件海景纹样淡宝蓝外衣，织工极好，但色彩稍暗，另有表里呈深红的衫子；玉鬘所得为鲜红色外衣，与棣棠色常礼服。紫姬只作不知，却于心中琢磨："内大臣清艳秀丽，但缺少优雅，玉鬘定与他相差不远。"虽未动声色，但源氏心里有底，似觉她脸色稍变。便说道："据我看，按容貌配衣，恐不妥吧？色泽虽好，亦有极限。可人的好处，哪仅容貌一项

【1】捣场是用砧捣布料、织物等，使之有光泽的工坊。

呢？"言毕，便挑选送与末摘花的衣服：白面绿里外衣，布满不规则而极显雅致的藤蔓花纹，看来异常优美。源氏觉得此衣与她极不相宜，只觉好笑。送明石姬的，是有梅花折枝、飞舞鸟蝶纹样的白色中国式礼服及艳丽的深紫色衬袍。紫姬由此推量，明石姬定然高傲不凡，微觉不快。送与尼姑空蝉的那件外衣，呈青灰色，异常优雅，再将源氏的一件栀子花色衫子送上，另添得件浅红色女衫。凡送衣物中，皆附信一封，要她们于新年节日里穿上这些衣服。他想瞧瞧色彩搭配是否适合。

各院美人收到衣服，皆回信称谢，或作俳句，或作诗文，各具特色。使者的犒赏亦各出心裁。末摘花居于二条院东院，离此地甚远，按理犒赏使者应丰厚些。但她固执守旧，仅赏给使者一件棣棠色褂子，袖口异常脏旧，此外别无他物。回信的陆奥纸，香气馥郁，但年久日深，纸已发黄。信中道："呜呼，承宠赐得春衫，倒令我伤悲。

初试唐装添新愁，

欲返春衫却濡袖。"

笔致极富古风。源氏看罢，一味微笑，爱不释手。紫姬不解，回头凝视。但末摘花全然不顾他的面子，犒赏使者如此微薄，源氏甚觉扫兴，脸呈不悦之色。使者情知其意，忙一声不响退了出去。众侍女见此情形，纷纷暗自窃笑。对于末摘花古怪守旧，处处煞人风景，源氏毫无办法。对于那首诗，源氏说道："倒是个不错的诗人呢？一下笔便'唐装''濡袖'等恨语，其实我也差不多，墨守成规，拒受新语。群贤汇聚，御前专门举行诗会时，吟咏友情须用特定字眼；吟咏相思，于第三句中[1]必用'冤家'等字样。古人以为只有如此，才不拗口。"说罢，不由哈哈大笑。继而又道："他们作诗，必熟诵诸种诗歌笔记，将其诗中所咏名胜烂熟于胸，从中选择语句才能成诗。故诗中语句，大都如出一辙。末摘花曾送我一本她父亲用纸屋纸撰写的诗歌笔记，意思要我阅读。我一翻阅，尽是些作诗规则，如何避免弊病等。我本不善作诗，看了这些法则，更觉举步维艰，难以下笔了，便将书还与她。她是精通此道之人，此诗还算通俗易懂呢。"对末摘花的诗虽极尽赞美，但

【1】和歌是日本的一种诗歌。这是日本诗相对汉诗而言的。它由五、七、五、七、七，五句组成。

于她父亲的笔记却颇有微词。紫姬颇认真地说道："为何便还了呢？抄下来多好，将来我们小女儿还可读呢。我倒有些古书，可惜在书橱里给书虫蛀破了。不善此道之人看了，真不明白写了些什么。"源氏道："此类东西，只会误了我们女儿的。女子无须专精一门学问，若装了满脑子学问，和女子身份怎么相宜呢？但一点不懂也不可取。只要挚诚稳重，思虑周密，对万事能自主应付，便是好女子了。"他只管言论，并不想答复末摘花。紫姬劝道："她诗中说'欲返春衫'，你若不答复怕不好吧。"紫姬确实出于一片好意，源氏也不好辜负，便即刻回复答诗。他不甚经意地复道：

"欲寻好梦返春衫，
　独枕衣袖难入眠。[1]
也难怪恁般伤怀啊！"

【1】古歌云："思君心切频寻梦，返着睡衣独自眠。"见《古今和歌集》。时人相信：思念某人，只要反穿睡衣入睡，便会在梦中得见。末摘花来诗"欲返春衫"，谓将衣服归还，源氏故意将"返"解释作反穿睡衣。

THE TALE OF GENJI

VOLUME 23
第 二十三 回
早 莺

正月初一清晨，天空一碧如洗，不着一丝云彩。世间平常人家的墙脚，残雪中也见嫩草萌芽。春天姗姗而来，万物复苏，心情也随之愉悦。人间天堂的六条院，到了此时，更是春意盎然，生机勃勃，可观之处甚多。众佳人所居各院，均被装点一新，愈显富丽堂皇。紫姬所居之春殿尤为突出：几树梅花吐蕊庭中，那香气与室内熏香融合，使人以为身在极乐净土，却又无其庄严肃穆。选去侍候明石女公子的，皆是些优秀的年轻侍女。年龄较长的，则留住在此，也皆聪明伶俐，容貌清秀俊艳，美丽动人。她们一起竞相祝愿"齿固"，又取出镜饼来吃[1]，唱"千年庇佑""福寿万古"[2]等歌，祝愿主人新年幸福平安。正当嬉笑之间，源氏出来了；两手正放在怀里的侍女，连忙把手拿出，整襟肃立，听源氏吩咐。源氏笑道："你们唱歌祝愿我，真是好极了！怎么如今见了我，反倒严肃了呢？何不说出你们各自的愿望，我也要祝福大家呢！"众人于新春听到主人如此说话，皆感荣幸。那自以为是的侍女中将君应道："我们只是在吃镜饼前'祈祝君主，福寿万古'。别无其他的愿望了。"

此时，拜贺新年的宾客络绎不绝，源氏忙于应酬，脱不得身。直至日暮时分方得闲暇，拜访各位夫人。众夫人浅画蛾眉，轻点丹唇，无不显得婀娜多姿，令人百般流连。他便对紫姬道："晨间，侍女们为我唱祝福之歌，何其愉悦，如今我也为你祝颂吧。"便略带几分戏谑，唱诵祝愿。又赠诗道：

"冰消水静若明镜，

鸳鸯丽影喜庆春。"

这真是一对恩爱佳人。紫夫人和道：

"春塘盈盈碧波里，

摇曳多姿福人影。"

每值此种佳节，他们都诚恳互祝，愿白头偕老，永不分离。今日正当春始，相互祝颂再恰当不过了。

接着，源氏到了明石小女公子居所探访。其时，诸侍女、女童正将小松移植

【1】镜饼是大小相同两个重叠的扁圆形的饼。正月的前三天，大家一起吃镜饼、猪肉、鹿肉、咸鲇鱼、萝卜等，谓之祝齿固。

【2】古歌："寿比苍松，万代青翠。松下之鹤，千年庇佑。""似彼镜山，屹立江滨。祈祝君主，福寿万古。"均见《古今和歌集》。

至院中的山石之上，恭祝健康福寿。这些女子格外高兴，如小鹿般跳来蹦去，观之令人心喜。冬院里的明石姬，准备了内装种种物品的须笼[1]与桧木食品盒，赠送源氏太政大臣，以资祝颂。又别具匠心，将一只人造黄莺，添附在一株姿态婆娑的五叶松上，系好一封信，派人送来。有诗道：

"幽寂岁月绿又至，

　唯盼闻得早莺声。

此处乃'山乡野地早莺口音'！"源氏读过，心知她想念女儿明石小女公子，对其寂境甚是怜悯，虽是新岁忌讳，也禁不住落下泪来。源氏对小女公子道："你得自己回复此信。切不可不顾惜你母渴盼的'早莺声'！"便取过笔墨来，令她即刻复信。小女公子天生丽质，即使日常相处之人，见了她也心生爱怜。可恨源氏却使她们母女分离，虽近在咫尺，却积久难谋一面。源氏自谓此实己之过，心中异常痛苦。小女公子答诗道：

"慈颜别去几春秋，

　离巢怎敢忘松荫？"

又零零碎碎写得许多别具童心之语。

　　源氏接下来探访居住在夏殿里的花散里。因早春刚至，离炎夏尚远，还不到避暑时节，无人前来，故此处甚是清静。源氏看了看室内，虽无任何古董花瓶等物点缀，却也洁净雅致。花散里与源氏情缘深久，彼此相知，相处自然随意。如今虽已无风月之欢，但仍夫唱妇随，其乐融融。隔着帷屏，源氏也不事先招呼，便上前推开了。花散里神态娴静地坐在里面，也并不怪他。她身着先前源氏所赠的蓝宝衫子，色彩疏淡。头发也略见稀薄，虽不求华美，也该弄些假发略加修饰。每次见之，源氏都这样想："或许别人以为此人相貌平常，而我却愿意善待于她！倘若她如那些轻薄之人，稍不如意就离我而去，我也决不会如此待她的。"欣幸自己的多情，与花散里的专一十分相谐。他们亲睦叙谈良久，源氏遂到西厅玉鬘处去了。

　　玉鬘进府不几日，京中生活尚未习惯，然其居所，却也布置得别有情趣。她明礼勤谨，室内装饰古朴雅致，童女装束也分外优雅。这宅院虽未完全齐备，但

【1】须笼用竹子编成，笼口随意地留着编织剩下的竹篾，参差不齐，像须一样，所以叫须笼。

也如她一般精致可人。玉鬘本就玲珑娇美，此刻着源氏上次所赠的棣棠色春服，更是玉艳仙姿，直教人望而忘返。只因久居僻山穷乡，不免忧郁憔悴。头发也疏疏朗朗，不甚浓密，却自然披散在衣服上，恰巧化成了美丽。源氏见此绝美女子，心念此人应居六条院中，否则，便就此埋没了。他欲将其如六条院女子般看待。玉鬘与源氏虽并不生疏，然终觉非亲生父亲，未免有些拘谨。她常觉与这人相处怪异，似在梦中，故未任意亲近。源氏对她的此种态度也甚为心爱，说道："你虽初来乍到，然我感觉已似多年之交了，见面时便觉颇似故人，心中极是喜慰。请你不必拘泥，常到我们那边来玩，与那边的小妹妹一起学习弹琴。对那边的人也应随意不拘才是。"玉鬘适时回答道："女儿遵命便是。"也颇为得体。

　　源氏来到明石姬所居的冬殿时，已是傍晚了。打开客厅旁边走廊的门，随风便飘来一股幽香，顿觉居所格外幽雅。源氏信步迈得室来，明石姬却不在。环顾四周，但见许多稿子散置在砚箱旁边，遂拿起来随意翻看。旁边铺了一张中国织锦茵褥，镶着华丽花边，上置一张玲珑别致的琴。一精巧的圆火钵内，熏着浓浓的侍从香，其中又混合着衣被之香，香气极是袭人。一些书法草稿堆于桌上，其上笔迹字体不似学者那般夹杂着难辨的草书汉字，显得随意洒脱，别有韵致，显见造诣之深。其中几首情意缠绵的古歌，细瞧后方知乃明石姬收到小女公子答诗后的欣喜之作。内中有一首言道：

　　"早莺悠然宿花坼，

　　飞鸿谷中访旧巢。"

　　书稿中尚抄录得有许多古人诗句，或抒发那听闻到早莺初啭时的欣喜、伤感之情，或是有名的古歌，如，"冈边居处梅正盛，早莺处处啼春忙"。这皆是闻莺声欣喜时率情所书的。源氏见小女公子的回信竟给与她如此的欣喜，感到无限欣慰，便趁兴举起笔来，也欲写上两句。恰值此时，明石姬从室内膝行而出，拜见源氏，态度甚为恭谨。她身着源氏所赠的雪色中国礼服，溢彩黑发披散肩上，衬之雪艳，令人心迷神醉。源氏觉得此人终究殊于众人。源氏心想：大年初一不回家，定遭紫姬怨言。然他终于宿在了明石姬处。消息传出，众夫人皆心生嫉妒，以为源氏独宠明石姬。紫姬自是不必说了。天将破晓，源氏辞去。明石姬在源氏别后，念及他辜负香衾，甚觉悲惜。紫姬知他在明石姬处宿夜，心中分外妒恨。一宵辗转反侧，拥衾难眠。源氏回来，察知紫姬心情，便道："原想在她那儿休息一会儿，不料竟睡着了，真像年轻人一样！为何不派人唤我……"

他竭力安慰开脱，倒教人好笑。紫姬默然不语。源氏亦觉愧疚，推说身倦，便入睡去了。

正月初二日，源氏仍忙着招待贺客，操持临时宴会，日内无暇与紫姬会面。堂前管弦之声不绝于耳，公卿、亲王等照例都到，宴会之后便分送珍贵礼物及犒赏品。这些公卿、亲王云集六条院，名为贺年，实则另有所图，因此个个穿戴齐整，争芳竞艳。当朝出众之人甚多，然皆难与源氏媲美。至于年轻的王孙公子，则更是为那六条院中新至美人而来，希能采花拈草，得其垂爱。故今年新春热闹非凡，不同往常。晚风习习，幽香缕缕，梅花数株盛开庭前；暮色苍茫，人影绰绰，管弦丝竹之声清越。歌声高者唱催马乐"此殿尊荣，富贵齐天……"[1]音调甚是华美艳丽。源氏不时唱和，从"世代昌盛"一直唱到结束，歌声亲切动人。但凡大小宴事，若有源氏参加，皆添无限生气，其声色之势迥然相异了。

此刻六条院中众女子，隐约听见这边欢闹歌舞之声，好像置身那西方极乐净土的未开莲花[2]中。因不能目睹这热闹场面，格外急躁不安！二条院东院的昔日黄花，因久被冷落，闻此鼓乐歌声，更觉凄凉。岁月流逝，其孤寂之感日甚一日。然而众人皆有"就此隐深，抛弃尘世苦"之愿，故无怨恨源氏冷淡之意了。她们自有度送孤寂的办法：或遁入空门，如尼姑空蝉，勤心修佛，绝念红尘；或研习学问，如末摘花，吟诗弄句，也颇自在。平常之居，皆自有人安排，倒也无忧无虑。新年热闹过后，源氏方来探访这二条院中的人。

末摘花出身极为高贵，乃常陆亲王的女公子，源氏常觉委屈了她，故凡欲见于世人之事，皆为其体面操办，以免他人小看。末摘花先前一头长而密的青丝，今已见衰老，从旁望去，竟杂有好些银丝，似那古歌"奔腾泻瀑布"[3]之描绘。源氏无限怜惜，竟致不敢拿眼看她正面。她身着藤蔓花纹、白面绿里的

【1】《催马乐·此殿》歌词："此殿尊荣，富贵齐天。子孙繁昌，瓜瓞绵绵。添造华屋，三轩四轩。此殿尊荣，富贵齐天。"

【2】佛经《观无量寿经》里说：凡下品之人，往生西方极乐世界时，生在未开放的莲花中。必须经过若干劫后，莲花才会开放。这期间不得见佛，不得听说法，不得供养。

【3】《古今和歌集》古歌："奔腾泻瀑布，一似老年人。白发垂千丈，青丝无一根。"

外衣，乃源氏所赠，想是因气质之故吧，却不很相称。其内穿深红色裌衣，粗硬而无光泽，模样甚是寒碜，见之使人不畅。源氏的诸多赠衣，却不知因何不穿。她那鼻尖上一点朱丹之色仍然惹人注目，遮掩不住。源氏不觉泄了气，将帷屏拉拢，以离得远些。末摘花多年来仰仗源氏关怀，方得一日三餐之安稳，便将自己的一生托与了这位已本无情爱之人。源氏觉得此人容貌与众不同，连姿态也殊至可悲。如若无人照顾，不知何以寄世？源氏念及于此，又觉无限怜悯，只欲终生庇护她，让其好生颐养天年。她的声音颇为凄怆悲凉，显出迟暮之态。源氏看不下去了，对她道："难道没有为你侍衣打扮之人吗？此处生活甚是安逸舒适，又无他人骚扰，凡事你尽可随意些，细软暖和衣服不妨多穿几件，无须只重华丽之表。"末摘花讪笑道："醍醐阿阇梨[1]的衣服须我缝制，自己倒没有缝衣服的工夫了。天气寒冷，我那件袭衣他也拿了去。"这阿阇梨乃其兄长，鼻尖也颇红。她无遮无掩，只管道来，可知其确实信赖他。源氏闻此，觉得此人真是率直，便佯板面孔对她道："好极了，毛皮衣送与山僧当衲褴衣穿，你颇懂得送寒衣嘛！如此寒冷的天气，你不妨多穿些衬衣，那就暖和了。你需要什么，只管告诉我。我这人懒散糊涂，加之事情繁忙，总是容易忘记。"遂叫人打开二条院所藏，送其许多绫绢之物。这东院虽不荒僻，然主人不于此居住，环境自然显得冷落。唯庭前树木，在这春日里生发滋长，红梅初绽，花香沁人心脾，然而却不见有人欣赏。源氏见了，不禁吟道：

"故居春光无限好，

奇花[2]又见枝头发。"

此诗言外之意，恐她难以领悟吧！

从末摘花处出来，源氏便去探看尼姑空蝉。空蝉的邸宅，大部分房屋用以藏供佛，却自住了一间窄小的静室，倒不似此间主人。源氏走进佛堂，见佛像、经卷、净水杯等一应器物，皆透出庄严神圣且又优雅之气，可见主人品性之雅致高尚，甚异众人。空蝉独自坐在一面青灰色帷屏之后，唯现一只素淡衣袖，与墙面映衬。四周寂寥无声。源氏见之，不觉淌下数行清泪，凄然道："也许是前世

---

[1]醍醐是地名，阿阇梨是僧官的职称，此处指末摘花出了家的哥哥。

[2]日语"花"和"鼻"同音。源氏同前文一样，仍然用咏红梅来嘲笑末摘花的鼻子。

的孽缘吧，你这松浦岛渔女[1]，我只能魂牵梦萦而已。今生仅存这见面相谈的缘分了，唉！"空蝉亦慨叹不已，幽幽说道："承蒙公子悉心关照，已是缘分不浅了。"源氏道："昔日之事，常萦绕于心，使我不得安宁，总觉得屡次伤痛你心，必遭报应。我如今虔诚地向佛忏悔，仍无法除我心中之痛。你尚不明白我对你的真心么？"空蝉闻言，推想源氏已知晓她出家为尼，是为避免伊予介之子纪伊守的追求，于是颇觉难为情，答道："上天罚你观看我今日的衰老面目至我死去，这便是报偿你昔日之罪孽了。"言毕不由伤心掉泪。如今的空蝉，姿态比从前更为楚楚动人。源氏虽念及此人已四大皆空，求得佛门，但仍觉得实在难以割舍。又不便再调情弄笑，只与她闲扯了日常琐碎。他暗自思忖："末摘花倘若有此人的优点，那就好了。"不禁往那边瞧了瞧。

如末摘花、空蝉一样受庇护的众多女子，源氏尽皆前往访晤，并这般恳切地说道："久未晤面，时时想念不已。唉，人生短暂，世事浮沉，真是不可预料啊！"他心中终究认为，但凡女子，各有其动人的优点。身为众人俯仰的源氏太政大臣，却仁慈善良、宽厚待人。尤其对女子更是关怀备至。不少女子因此安闲自在，度送岁月。

男踏歌会于正月十四日举行。歌舞行乐队至六条院之前，先赴朱雀院表演。中间路途较远，到达六条院时，已东方欲晓。明月仍凭空而照，月光澄澈如水；四下里清雾弥漫，极似仙境。此时殿上人中，凡擅长音乐者皆演奏起来，一时笛声悠扬。因知歌舞队要来六条院，源氏早于正殿两旁厢屋及廊房里设置座位，以便诸女眷前来观赏。玉鬘亦来到了紫姬所居的正殿这边，与明石小女公子见了面。紫姬也出来，与玉鬘隔了帷屏交谈。歌舞乐队进了六条院内，奏得更是出色。按例只须款待茶酒羹汤之类的，然今日隆重举办筵席招待，赏赐也特别丰厚。

薄明时分，月色凄清，白雪飞扬，越见厚积。伟树之上的松风，飒飒作响，四周景色清冷幽丽。众歌舞之人，身着绿袍，内衬白衣，颜色甚是朴素美观。头上所插绢花，也很素朴。如此场所，教人看了赏心悦目，似觉看者年轻了许多。众人之中，夕雾中将和内大臣家诸公子，舞姿格外高雅。天将欲晓，细雪飘零，

【1】古歌："久仰松浦岛，今日始得见。中有渔女居，其心甚可恋。"见《后撰集》。日语中"渔女"和"尼姑"的读音相同。此处为双关语。

但觉寒气透骨。歌舞队演唱《催马乐·竹川》[1]，乐音美妙，舞姿婀娜摄魄，简直难以描述！女眷们凭着厢房栏杆，尽兴观赏，帘幕下拖曳长长衣袖，色彩绚丽无比，好似东方天际的朝霞。歌人诵读祝辞，声音铿锵动魄；舞手高帽加头，装扮怪诞。也有人公然表演俗艺末技，滑稽可笑之至，倒使踏歌乐逊色了。最后，按例每人赏得棉布一匹，舞乐方告结束。至天色明亮时，诸女眷才各自归去。

　　源氏宽衣就寝，起身时已日至中天了。昨夜趣致，尚记忆犹新，便对紫夫人道："中将的歌声，并不逊于弁少将[2]呢，真是令人惊异！如今，技艺高超之人何其多啊！古代学子，只知潜心研习学问，言及娱乐之趣，则在今人之下。我原欲将中将教养正直忠善，唯愿他不要像我一样轻薄任性。如今看来，还是富有趣致才好。冷面寡趣、道貌岸然，到底可厌吧。"他倒以为儿子夕雾伶俐可爱，便随意哼唱《万春乐》[3]，又道："趁诸女眷在此，我想此刻举行一演奏之会，聊作我家的'后宴'[4]，以尽余兴。"他便令人取出藏于袋内的琴筝箫管，调好弦线，擦拭一新。此消息又令诸女眷欢欣不已。

【1】《催马乐·竹川》："竹川汤汤，上有桥梁。斋宫花园，在此桥旁。园中美女，窈窕无双。放我入园，陪伴娇娘。"

【2】弁少将即内大臣的次子，又叫红梅。

【3】《万春乐》是踏歌人唱的汉诗，共八句，每句末尾都要唱"万春乐"三个字。

【4】每年的踏歌表演完毕，宫里都要举办"后宴"，作为余兴。此演奏会就作为源氏私家的"后宴"。

THE TALE OF GENJI

VOLUME 24

第 二十四 回
蝴 蝶

却说紫姬所居春殿，浓盛的春景胜于往昔。虽近三月底，庭院中仍春光明媚，百花绚烂。鸟儿于枝头婉转啼鸣，远处山丘中浓荫幽幽，近处浮岛上绿苔苍苍。要在别处，早已是暮春时节，而此地仍然生机勃勃，一派盛景，让人备感惊异。眼见春日将尽，源氏料及众妙龄女子仅此遥眺盛景实不尽兴，便吩咐众人，赶快装修已造成的中国式游船，一睹水上景致。游船下水那日，他又差人前往雅乐寮，召来数名乐师，于船中奏歌作乐以凑兴。是日，诸亲王及公卿闻讯，皆纷纷赶来一睹盛况，一时好不气派。此时，恰逢秋好皇后归省在家，源氏仍欲邀她前来，但又以为，皇后乃高贵之躯，定然不会随意前来。且在去年秋，秋好皇后曾以"君盼小园沐春光"之句，对紫姬有过讽刺，担心此番前来定要遭紫姬报复，而终未寻得时机，只得作罢。源氏乃命秋殿中所有嗜花之年轻侍女，皆前来乘船同游。此湖水同皇后院中的南湖相融贯通，中间仅有小山相隔，颇似关口，但亦可从山麓下绕道划船过去。紫姬身边的众侍女，皆聚集于东边的钓殿里，等候游船的到来。

游首画有鹢鸟，一律按中国风格装饰。掌舵的童子，皆束发高挽结成总角，全然中国式装束。众侍女哪曾见过如此盛况，乘过如此堂皇气派、宽敞洁净的游船？此刻唯觉宛如放舟泛海，远赴异国他乡，颇为兴趣盎然。游船驶入浮岛湾中岩罅之下，但见岩石千姿百态，皆如画景。远近绿树，云翳绚丽，犹罩锦纱。其间遥望，可见紫姬春院。此时春院里，正莺飞草长，鸟语花香，一派生机。外面樱花已近凋谢，这里却是繁盛一片，花团锦簇。环廊紫藤，也次第开花，花色明媚艳丽，甚觉耀眼。池边棣棠，也繁花满树，枝条垂挂，倒映水中，摇曳生姿。各种水鸟，或成双成对，嬉戏游玩；或嘴衔花枝，轻掠水面。最惹人怜爱的，还是那鸳鸯，浮于粼粼春波之上，竟似锦上罗纹彩丝的图案，异常美丽。游赏其境，似身临仙境中，不知春秋几何？众侍女睹此盛景，不由纷纷赋诗：

"和风拂影浪中花，
　疑是身至棣棠崎。"【1】
"棣棠花缀春池底，
　此水通贯井手川。"

【1】棣棠崎即山吹崎，位于近江国，当地的棣棠花非常著名。下文的井手川的棣棠花也非常有名。

"何须寻访蓬莱岛，

此处即胜众仙乡。"

"风和日丽竞荡舟，

兰篙水溅赛飞花。"

遂又任兴吟诵，大抒其情，若历梦境，不知何往，亦忘了家在何方。水面风光旖旎，足以牵动少女春心。

天已薄暮，乐师奏起《皇獐》之曲，音色颇美。游船驶近钓殿，大家虽犹未尽兴，依恋不舍，但也只得弃船登岸。钓殿装饰朴素，简洁雅致。紫姬左右的许多年轻侍女，早已在此等候。她们个个新装艳服，如花团锦簇，艳丽非凡。此刻乐人又各显其技，奏出世间罕闻之名曲，选用特别优秀的舞人伴舞，以博主人欢心。

夜至，众皆兴致不减，便在庭中燃起篝火，宣召乐人到阶前奏乐助兴，众人复举杯延乐。亲王及公卿皆乘兴而入，或弹琴抚筝，吹弄管乐。乐人均为名师，乃以箫管吹出双调。此刻堂上诸亲王及公卿，便用丝弦相和。弦密管促，嘈嘈切切，场面颇为盛大。在奏《催马乐·安名尊》之时，仆役们虽不谙韵律，却也被这美妙的音乐吸引，竟挤于门前车马之间，听得心花怒放，如痴如醉，皆觉得如此生活，委实情趣无限。如此春宵，演奏如此春曲，比及演奏于其他季节，更为韵味十足，富有春趣，众人皆深有体会。

是夜，奏乐相娱，通宵达旦。音调从长调正乐，移至短调俗乐，又增奏中国的《喜春乐》。此时兵部卿亲王，也吟唱《催马乐·青柳》，一遍未足，又咏唱两遍，歌喉清越，甚是婉转。主人源氏，亦任情相和。乐音如晨鸟报晓，迎来天明。隔墙的秋好皇后，听得邻院乐声，妒羡不已。

这春院中，繁花斗艳，四季如春。只因以前无诱人心魄的美女，前来访晤的贵公子，皆引为美中瑕疵。如今已来一美女玉鬘，貌若天仙，且甚得源氏宠爱。诸公子闻讯，皆欲一睹为快。内中有几个自恃出身高贵配作其婿者，故屡设良机，或甜言蜜语，以动其芳心；或坦率开口，贸然求婚。亦有几个多情公子，羞于启齿，独自备受相思之煎熬。例如内大臣之公子柏木便是其一，柏木因不知自己与玉鬘乃异母兄妹，因此钟情于她。兵部卿亲王因相伴多年的夫人三年前已故，孑然独居，不堪寂寥孤苦，故抛却所有顾虑，寄玉鬘以相思之情。今日他头插藤花，前来凑兴，此时早已酩酊大醉，不时胡言乱语，嬉戏打闹，丑态百出，模样甚为可笑。这些皆为源氏意料中事，他却佯装不知。正在传杯劝酒之际，兵部卿亲王颇觉烦闷，不欲再饮，乃推杯道："倘无牵惹我心之事，我早就离座逃走了。这相思之苦，实在令人难熬啊！"便吟诗道：

"苦思何奈血缘近，

不惜此身赴深渊。"

遂将头上藤花摘下，并举杯奉与源氏，说道："共戴此花！"源氏满面笑容，答道：

"休言为情投深渊，

春在枝头请细赏！"

便百般挽留他。亲王也不好离座，只得陪了众人，强颜欢笑。翌日，众皆余兴未尽，继续作乐，音调更显悠扬美妙。

秋好皇后春季讲经[1]，便从此日开始。昨夜借宿于六条院的诸女眷，亦开始换装，欲前往秋殿听经。其余诸人，皆因家中有事而尽自归去。正午时分，自源氏以下诸人及殿上人等，皆无一缺席，尽聚集于秋殿恭听讲经。这多半是迫于源氏之威势罢了。讲经会仪式隆重，排场宏大无比。春殿紫夫人决意向佛献花，便挑选了八个女童，皆为面目清秀者。又让四人着鸟装扮作鸟童，四人着蝶装扮作蝶女，分作两列。令鸟童手持内插樱花的银瓶，蝶女手持内插棣棠花的金瓶。樱花和棣棠花，皆为紫夫人亲手剪取。她们从春殿前的小山脚下乘船出发，一路浩浩荡荡往秋殿驶来。湖中风和日丽，景色宜人，又有春风微拂，瓶中樱花数片飞落，漾于水面。女童所乘之船，似彩云随春风缓缓飘来，这情景实在美不胜收！秋殿院内无特设帐蓬，便于殿旁廊房临时设座，作为乐场。八个女童弃舟上岸，从正面石阶上拾级而上，入得殿中奉上鲜花。香火师忙接过花瓶，将其供在净水侧旁。此时，夕雾中将又呈上紫夫人致秋好皇后之信，其中附诗道：

"彩蝶翩跹闹春园。

小虫待秋藏草中。"

秋好皇后阅毕，便知此诗是答复自己去年所赠红叶诗的，脸上遂露出了一丝笑容。昨日被紫夫人所邀的众侍女，全心迷醉春花，皆相互赞叹道："竟有如此美

【1】按定例，每年春二月、秋八月举行法会，讲《大般若经》。

妙的春色，的确人见人爱，娘娘亦会赞不绝口吧！"

婉转莺啼中，鸟童翩然起舞。乐师奏出《迦陵频伽》[1]之曲相伴，音调甚是清雅优美。湖中的水鸟，似被如此妙音感动，也远远地鸣唱作和。乐曲将尽，节奏转急，愈发情趣妙生。正值高潮之际，戛然而止，余味无穷。蝶装女童，也舞得轻灵如飞蝶，人人渐次挨近棣棠篱边，便如蝴蝶般飞进了繁花密丛之中。次官与殿上身份相宜之人，皆前来皇后处领得赐品以分赏众人。他们赐予鸟装女童每人一件白面红里常礼服；赐予蝶装女童每人一件棣棠色衬袍；赐予乐师的，乃每人一身白色衣衫，或一卷绸缎，各不相同。夕雾中将领赐得一身女装，外加一件紫面绿里常礼服。秋好皇后于信中如此回复道："昨日游船乐趣，令人羡慕不已。

倘若越得棣棠篱，
我欲随蝶访春殿。"

皇后与紫姬，均才华出众，但皇后诗道略欠不足。此回赠之诗，实不能算在佳作之列。

凡昨日参与同游的侍女，紫姬皆以精美礼品一一做了赏赐，在此不表。此六条院中，几乎是日日宴游，夜夜歌舞，人人欢度时日。众侍女亦无拘无束，纵情娱乐。各殿女眷间，一时书信不断，倒也欢洽无比。

再说玉鬘自与紫姬等人在踏歌会上见面之后，时常与诸人互通音讯，彼此问候。紫姬虽未能深悉玉鬘的教养如何，但亦感到玉鬘聪慧灵秀、才华横溢，并且性格温和，对人谦恭，故对她颇有好感。倾慕她的王孙公子甚多，但源氏思之甚慎，不敢贸然决定。且以为，长此做其义父，非己所愿，便有时欲公开其生身父亲乃内大臣之真相，以堂而皇之娶了她。夕雾中将亦很是亲近玉鬘，时时走近帷帘旁与其相叙对谈。每每于此，玉鬘总是不胜羞怯。夕雾因虑及尽人皆知他们乃姐弟，故毫无邪念，不作非分之想。内大臣家诸公子，亦不知玉鬘乃其异母妹，常托夕雾转叙相思之苦。玉鬘当然丝毫不为他们动情，只感到兄妹相爱，私下苦不堪言。她常独自沉思："我在此处，总得教生父知晓方好。"然而她只装作一心一意依赖源氏，并不道出心思，宛若涉世未深的孩子。她与其母亦近似，却不酷肖，才气、心思也更胜之。

【1】"迦陵频伽"是佛经中的一种鸟的名字。相传这种鸟的声音非常婉转动人。

四月初一，始换夏装，一时人心欢畅，天气也愈显明媚。源氏平日闲暇无事，常饮酒寻欢聊以度日，见玉鬘所收情书愈来愈多，果如自己所料，颇觉有趣，便时常前去查看其情书。见有应复之信，便劝其答复。玉鬘则默然无语，面呈难色。兵部卿亲王求爱心切，时隔不久便已痴迷若狂，不堪焦灼，于情书中倾诉相思之怨。源氏看罢忍俊不禁，对玉鬘道："这位皇弟人品最为端正，从不谈及风流韵事，因此我一向格外亲近。如今已届不惑之年，却因你而痴狂若此！倒让人觉得可笑可怜。你总得回复他才好，大凡略晓风情之女，皆知此位亲王乃世间最可交谈之人。他确实是个风流才子呢！"他想用此话打动其芳心，但玉鬘只觉得难为情。

却说那髭黑右大将，乃承香殿女御[1]之兄，向来徒有其表，俨然正人君子相，如今也正如谚语所云"身涉恋爱事，孔子亦非圣"，竟执着追求。源氏兴味十足，觉得别有一番滋味。一日，他查看情书，发现一封宝蓝色中国纸信笺，芬芳扑鼻，沁人心脾，折叠亦颇为精巧，便故作诧异道："此信怎叠得这般好？"便打开信，只见其诗道：

"思君之心若涧水，

奔流不息尔可知？"

字体甚是潇洒雅致。源氏便问："此信为何人所作？"见玉鬘迟疑不答，他便召来右近，说道："凡接此类情书，务必探明其来历，认真作答。纵有贪色好玩之辈，胡来逗趣，亦不可过分责怪。据我亲身体验，男子痛恨女子不答复自己，责怪她冷酷无情，便难免做出违礼之事。若女子出身卑微，又不答理男子，男子便会怪其无礼，也不免做出非分之举来。若男子来信吟风咏月，对女子并无恋情，女子也以雅谑相对，反倒煽动其情，对如此男子，不睬也罢，断不会受到指责。若是轻佻之子，偶寄信挑逗，切不可即刻作复，否则遗患无穷。总之，女子若任性行事，自以为深解风情，不放过一切作兴机会，其后果定然困窘。然兵部卿亲王与髭黑大将，彬彬有礼，均为谦谦君子，绝非轻薄之辈。倘不辨轻重，置之不答，的确有失礼数。对于身份稍下者，则视其趣味爱好，辨其感情，观其诚意，而相宜以对。"

【1】这名承香殿女御是朱雀院的妃子，也是当今皇太子的生母。

此时玉鬘因为羞怯，便将头侧在了一边，其侧影更是楚楚动人。她外着红面蓝里常礼服，内穿白面蓝里衫，红白相衬，甚为调和，颇觉雅艳新颖。其形态举止，虽仍带有乡下人气息，却也落落大方，极具优雅趣味。况且如今已逐渐学得京都人言行，愈加娇媚可爱、端庄娴淑了。加之化妆浓淡相宜，愈觉花容月貌，光彩照人。源氏不由看得呆了，心念若将此女奉送他人，未免可惜。右近含笑端视两人，心下暗想："源氏主君年纪尚轻，为其父不甚适合，如结为连理，倒是龙凤璧合、天生的一对佳偶。"想到此，便向源氏道："我从不曾传送别人的来信与小姐。大人以前所看之信，我唯因虑及对方颜面而暂且收下，小姐亦不曾过目。至于回信，必等大人吩咐后再作理会。即便如此，小姐仍甚心烦呢。"源氏含笑看了看信，问道："那封折叠得精致美妙之信，是谁人所写？"右近答道："此信么，那送信人也不顾我们接与不接，放下便走了。此乃内大臣家大公子柏木中将所作，他与此处小侍女见子[1]是旧相识，此信便是托其转交的。除却见子，此处无人帮他。"源氏道："这倒有趣。此人官位虽不甚高，但你们怎可疏怠他呢？众公卿虽然官高，然论及声望却无几人可与之相比。此大公子在众多公子中最为持重。怎奈他与小姐是兄妹。将来某日，他定会明了实情的。如今，你们暂且不得公开，姑且应付一下吧，此信写得实在不俗！"他如此赞誉了一番。又对玉鬘道："我对你讲了如此多，不知你心有何感。我实在为你担心呢！即使要将实情告知内大臣，也须虑及：你尚年幼无知，身份也未定，且你与父母兄妹素昧平生，贸然相认，他们能与你和平相处、相安无事吗？倒不如先嫁个如意郎君，定了身份，以后再与父亲相认也不迟吧。兵部卿亲王虽是独身，但他生性轻浮，情人甚多，家中又有许多名誉不佳的婢妾。若要做夫人，也须此人宽厚豁达、心无怨恨方可安心。若其人稍有嫉妒怨恨之心，则必难免失节成仇，故须顾虑于此。至于髭黑大将，他嫌恶夫人年长色衰，正多方猎色美人，此实非世间女子所喜之事。关于姻缘，即便于父母面前，也难以将自己心愿说得分明。婚嫁乃终身大事，故我于心中左右权衡，难有定见。但你如今业已成人，对万事皆应有主见，明辨是非。你可将我视作已故母亲，凡事要与我商量，我是不忍心让你不称心的。"

源氏此番话说得诚恳真挚，玉鬘听罢颇感为难，不知怎样应答才是。她闭

【1】见子是玉鬘的贴身侍女。

口不言，孩子气十足，突觉有些怠慢，遂答道："女儿从无知孩童起，至今未曾谋面双亲，未得聆听他们教诲，故万事均无定见。"她答话时，神态异常温顺柔和，颇为妩媚可爱。源氏更是怜惜她，说道："如此看来，正如谚语所言'后母亦得作亲娘'了。我对你关怀备至，你已看分明了罢？"他又对她谈了很多，但终未道出心中隐情，只是时时于谈话中隐约其辞。玉鬘也只装作全然不知。他只得慨叹数声，告辞退出。行至门口，但见庭前数枝小竹，临风摇曳，苍苍滴翠，姿态窈窕，婷婷可爱，便暂驻阶前，即兴作诗，对玉鬘吟道：

"扎根篱内滴翠竹，

婆娑越墙欲系人。

想来令我好不痛悔啊！"玉鬘膝行至帘前，答诗道：

"山中小竹移院庭，

承尊恩育岂思回？

倘为生父知晓，恐有诸多不便吧。"源氏听罢，知其有意将男女恋情曲解为父女之情，更觉此人颇可怜爱。玉鬘口虽如此说，心下想的却不同。她焦心盼望源氏能寻个机会，向内大臣揭穿此情，以便父女相认。但又转念："这位对我关怀备至的太政大臣委实令我感激。如今我即使与父相认，但自幼别离，毫不熟悉，他能否如源氏般对我关怀备至呢？"她读过许多类似于此的古书，已渐晓世事人情，故觉得还是小心谨慎为好，便不自行前往认亲。

源氏心下觉得，玉鬘越发娇羞可爱了。一次，他在紫姬前称赞她道："此女模样颇招人喜爱，丝毫不似其母那般态度沉缓，她脾气温和，通得事理。看来此人足可信赖呢。"紫姬熟知其性情，料想他不会仅将玉鬘当作女儿看待，心甚担心，便答道："她虽知情晓理，却心无城府，真心诚意依赖你，怕是难得吧！"源氏问道："我有何不值得信赖的呢？"紫姬含笑答道："怎会没有！即便是我，也不知为你尝了多少难言之苦。许多事铭记于心，至今尚不能忘记呢！"源氏听得此话，觉得此人情感敏锐至极！便说道："你如此胡乱猜测，委实令人厌烦！倘我存有异心，她定会察觉的。"他觉得此事难以说明，便就此打住了话头，心绪却甚为烦躁：外人对我如此猜疑，我该如何处置才好呢？一面又自作反省：到得这般年纪，怎能仍像少年般无聊？但其心中，终究难以抛却玉鬘，仍时常前往探访，关怀备至。

一久雨初晴的傍晚，万籁俱寂。见庭前几株小枫与槲树，苍翠欲滴，蓊蓊郁郁，源氏顿觉舒心，乘兴吟咏白乐天"四月天气和且清"之诗。吟罢，玉鬘那隐约芳姿忽地袭上心头，便像往常那般，悄然进入其屋内。此刻，玉鬘正自由无拘地习字看书，见源氏入内立时满面绯红，只得恭敬而立。她那娇羞之色，甚是妩媚可爱。源氏见其温婉之相，蓦地忆起夕颜当年，不由言道："初见你时，你并不肖似你母，近来却觉得竟不差丝毫，我心中感慨良多呢！我常叹夕雾中将，毫无其母之像，甚或疑心是否为其亲子。孰料世间，竟有你这般酷肖母亲之女。"言毕，不禁淌下泪来。他见一盒盖中放置着些许橘子，便拿了来摩挲，即兴赋诗道：

"橘香熏袖忆故人，

错将斯女当夕颜。

此故人永远铭刻我心，教我魂牵梦萦，难以释怀。多年来，我寂寥孤苦，愁颜难展。如今见你这般酷似你母，以至每次见你，我皆恍若如在梦中，愈教我眷念依依，难于抑制，你且不得疏远我才是呢！"说罢，便不由自主，握了玉鬘那双玉手。玉鬘因从未见源氏有过此举，疑其任情行事，心下窘迫不堪，只得乖乖坐了，以诗作答道：

"熏袖橘香不复在，

残存橘实或消殒？"

说毕颇觉狼狈，便俯下了身子。其娇怯之态，楚楚动人。她那双纤纤玉手，如春笋般丰腴湿润，令源氏看得心猿意马，徒增几多烦恼忧伤。此日，他略略倾诉了对她的爱意。话语既出，令玉鬘惊慌失措，浑身战栗不已。源氏洞悉其心思，便抚慰她道："你为何不亲近我呢？我定然巧妙隐瞒此事，断不会招人非议。你亦不必惊慌，偷偷与我相恋吧！我对你倾心甚久，所爱至深，真可谓至爱绝世。比及向你遥寄情书之人，我总不会在其下吧！世间如我这般情深似海之人，实属少见，我哪能忍受将你许配与他人呢？"如此父女相恋，实在有悖常理。

不知何时，雨已停歇下来。微风拂竹，飒飒悦耳；月穿云出，银光皎皎。似这般良宵美景，确有无比清雅之趣。众侍女见二人倾心相谈，有所忌惮，便纷纷退避。两人原虽时常相见，然则如今夜这般，却实甚难得。许是言语既已出口，热情便难以遏制吧，此刻，源氏已将上衣悄然脱去，横卧于玉鬘身侧。玉鬘心中备感厌恶，又深恐侍女们窥见，不成体统，唯觉痛苦至极。她不由暗想："倘生父尚在身边，即便对我冷淡不理，也不致受此凌辱吧！"她禁不住悲从中来，虽竭力抑制，但眼泪终究夺眶而出，那模样好生可怜！源氏便对她道："你如此厌恶我，真使我不胜悲伤啊！即便是天各一方、素未谋面之人，一旦相爱，也可亲近若此，何况你我朝夕相处，情意弥笃，为何不能呢？我断不至任性胡来，做出超越情分之事，唯欲慰藉一下自己那不堪忍受的恋情吧。"遂又讲了诸多甜言蜜语。加之睡于身侧之人，模样竟酷肖故人，确实令他感慨万分。源氏虽心存他念，但也深知，决不可生出轻佻之举，故即刻打住此念。他深恐侍女诸人惊诧讥评，便趁夜色尚浅之时辞归，临别留言道："我这般心情，实属爱你至深，此外别无他人能像我这般爱你了，你倘因此而嫌厌我，我定会伤心无比，我对你情真意切，难以言表，故不会做出招人非议之事，让人对你妄加讥评。我仅欲思念故人，以慰旧情，故以后亦将与你说些风流情话，唯愿你能体察此心，好生回答于我。"此番话，竟说得周到备至。然此刻玉鬘已不胜烦怨，听得此话，反倒愈加愁闷痛苦。源氏又道："我只道你乃有情之人，哪曾料到，你竟如此厌恶我。"遂长叹一声，续道："今日之事，切勿令外人知晓才是！"说罢便转身归去了。玉鬘虽已二十有二，但并不谙男女之事，连略知此道者，亦甚少接近，故不知男女之间尚有更胜于亲昵共卧之事，只觉今日猝然逢此不幸，竟神色惨淡，悲叹不已。众侍女见状，纷纷议论道："小姐今日不适呢！"众人皆前来侍候。侍女兵部君[1]等暗自议论道："源氏主君对小姐如此关怀，真教人感动啊！即便生父，也不会如此周全备至吧。"一闻此语，玉鬘愈加厌恶源氏，她万没料到他竟怀此叵测之心，不禁又感慨自身命苦，一时悲痛不已。

翌日清晨，源氏早早遣人送了信来。信用白纸书写，外表堂皇庄重，手笔亦甚潇洒。玉鬘因心绪烦乱，仍偃卧在床，便神情萎靡地启读了来书。见信中写道："昨夜如此待我，实在冷淡。伤心之余，但又难以忘却，倘为外人得知，该会如何看待呢？

  未解罗衫同枕席，

  何缘嫩草怨春残？

你尚是个未谙世事的孩子呢。"

  他那严厉的口吻，俨然父辈。玉鬘看了心甚讨厌，本欲置之不理，又恐别人

---

[1] 夕颜的乳母的女儿。

惊诧。众侍女又递来笔砚，劝她作答。她便以一页厚皮陆奥纸回复道："今已拜读赐言，奈何心绪烦乱，不能详复，还望见恕。"源氏见此回信，略微笑了一下，心想："依此看来，此人倒颇有骨气。"他觉得向此人诉说怨情，虽颇具意趣，却甚是麻烦。

如今却说自源氏向玉鬘表明恋情后，便继续向她去信，以示爱意。他那求爱方式，虽不若古歌中所咏"本欲启齿又迟疑"[1]，但亦使得玉鬘困窘不堪，忧伤愁闷至极，只觉无处留身，竟致病倒。她便想："此中实情，外人知之甚少，无论亲疏，皆以为我乃其生女。而今，倘将此事泄露开去，定恶名远播，为世人不齿！生父内大臣，原本就未将我视为亲生女儿疼爱，何况闻得此事，定会将我视为那等浪荡女子。"她思前想后，心中甚觉烦乱。兵部卿亲王与髭黑大将，得知源氏并不格外厌弃，遂向玉鬘求爱，恳切有加。昔日吟咏"思君之心若涧水"的柏木中将，从小侍女见子处隐约得知，源氏对他有过赞誉，又因不晓真情，乃暗自高兴，便不断向玉鬘去信倾诉爱慕之意，以致整日魂不守舍，痴迷若狂了。

【1】古歌："苦恋伊人思约会，本欲启齿又迟疑。"见《古今和歌六帖》。

THE TALE OF GENJI

VOLUME 25
第 二十五 回
螢

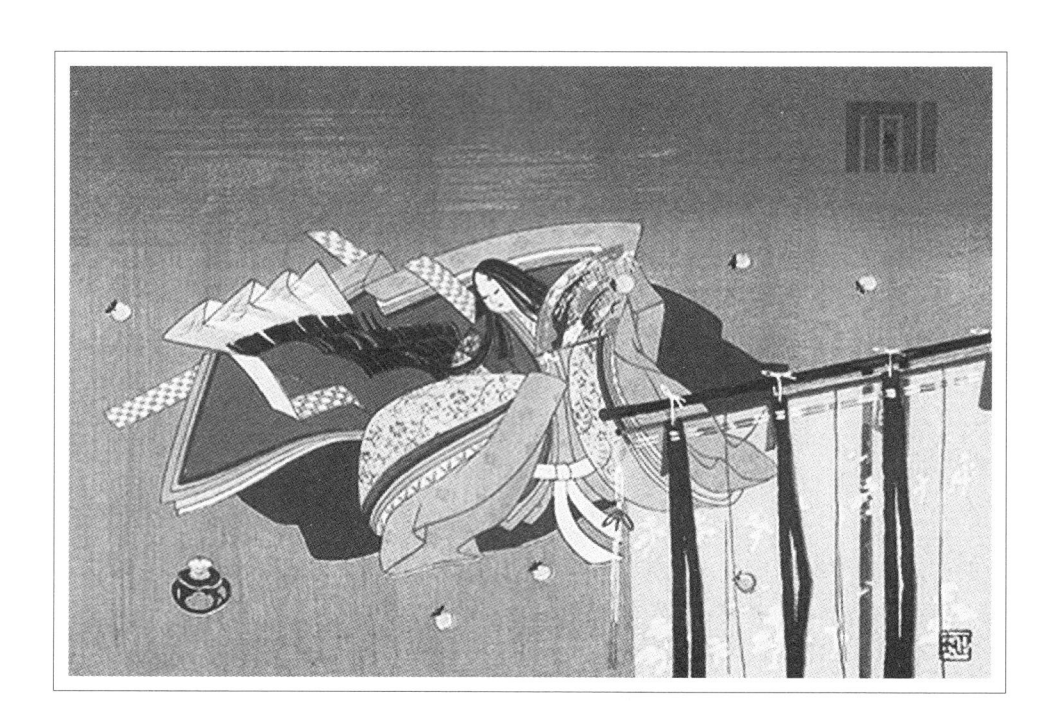

却说诸多女子，在声势煊赫的源氏太政大臣羽蔽下，生活倒也称心如意、无忧无虑；源氏太政大臣亦甚是清闲安乐。唯西厅的玉鬘小姐，因遭意外烦扰，心绪纷乱，与这义父甚为尴尬。但外人对此父女关系早已确信不疑，此等丑事，岂可随意声张，且源氏声誉及为人，又是那可恶的大夫监远远不及的，因而玉鬘只能隐忍于心，暗自嗟怨。源氏虽有所恋，又恐诽言流传，故人前只字未提，心中却甚感悲伤。他便常去探望玉鬘，伺机表白。玉鬘已值晓事之年，对此不免有些懊恼，却并不好严厉拒绝，只得佯装不知，处处加以设防，令源氏好不难堪。

兵部卿亲王盛闻玉鬘端庄娴雅，惹人怜爱，便满怀赤诚，向她去信求婚。孰料却了无回音，心中甚是焦躁。时至五月，风习不宜嫁娶。但亲王已不堪忍耐，仍写信与她道："万望得见小姐芳容，以诉心中相思之苦。"源氏看罢，便对玉鬘说道："何必拒绝呢，此乃一大美事。这等人求爱于你，须常回信于他，万不可漠然置之。"便欲教她如何作答。然玉鬘心中嫌恶，借口心绪不佳，不肯作答。玉鬘身边诸侍女，本无甚高贵及才华出众之人。唯有一人略具才能，为其母亲的伯父宰相之女，人称宰相君，因家道中落，方才来此做了侍女。此女子人品不错，书法甚好，玉鬘向来令其代笔回复。此时，源氏便唤了宰相君来，口授内容，令其代写。这般安排，或许意在窥探兵部卿亲王与玉鬘的谈情之状吧。玉鬘对此，甚为不悦，为免却源氏纠缠，只得多少用些心思，启阅亲王那缠绵悱恻的情书，而并非心有所爱。

源氏欲窥人私情取乐，闲暇无聊，便自作主张，约了兵部卿亲王前来。兵部卿亲王接到回信，甚为欣喜，即刻悄然赴约。源氏先将香炉暗藏室中，令室内香味弥散，又将客坐蒲团设于边门房中，前面仅隔一帷屏，以使主客相距甚近。兵部卿亲王至后，由宰相君出来代为应答。孰知她见了兵部卿亲王，竟一时羞涩得发了呆，答不出话来。源氏从帷屏后伸出手来，拧了她一把，道："为何这般畏缩！"其娇痴模样，越发显得狼狈了。

时值薄暮降临，天色依稀，兵部卿亲王沉静地坐着，甚为俊逸闲适。忽闻得内室飘来幽香，混着源氏衣香，越发芬芳。兵部卿亲王不由暗想：玉鬘的容貌定是想象所难及的吧。爱慕之情越发炽烈了，遂直言将其倾慕之情诉与了宰相君。实乃字如其人，合情入理，并非冒失贪色之辈，神情亦与常人不同。源氏却在一旁饶有兴味地偷听。玉鬘此刻正笼闭于东厢房，横卧在床。宰相君便膝行入得房内,转达了亲王情意。源氏令其转告小姐:"如此待客,甚为沉闷,万事应见机而行才是。你已知事,怎能回避亲王而令侍女传话呢?即便不欲亲口答话,亦不必如此疏远才是。"此番劝诫,令玉鬘甚为不快,但又恐源氏趁机闯入房来,便索性溜出了房间,行至正厅与厢房之间的帷屏旁,俯身躺下了。

玉鬘静听兵部卿亲王的娓娓倾诉,仍默然不发一言,弄得他好不失望。此刻,源氏悄然溜近了玉鬘身旁,忽地撩起帷屏下端。霎时,四围亮光点点,玉鬘一惊,以为点着了蜡烛,却是源氏作弄了她。原来他于黄昏时分网罗了诸多萤火虫,为免漏光,而藏于身边。此刻见时机成熟,便佯装拉整帷幕,突然放出萤火虫来,昏黑之中,萤光忽闪。玉鬘惊吓之际,忙举扇掩面,其侧影美丽异常。源氏此番戏作,实是别有用心:兵部卿亲王热切求婚,只因玉鬘乃源氏之女,并不知其美貌几何。昏黑屋内突放明光,便可使其一窥玉鬘芳容,好教她气恼。倘玉鬘确系源氏亲生女,他定不会如此,这用心实甚无聊至极。源氏将萤火虫放出后,遂由另一扇门溜出,回府邸去了[1]。

兵部卿亲王由玉鬘的举止推测,自己隔她甚近,远非料想所远,不由有些兴奋。他便借着微光,从绫罗帷屏隙缝间向里窥探,但见相隔不过一个房间之遥。虽仅隐约窥得玉鬘的婀娜之姿,却也心驰神荡、铭记于心了。亲王遂赠诗道:

"流萤无声幽光明,

我情似火炽热焚。

望能体察我一片倾慕之情。"

玉鬘忖道:此种情况,倘考虑再三迟迟不答,恐有失体面,应速答才是。便随即答道:

"流萤不吟蒙火烧,

有苦难言受煎熬。"

她草草和罢诗,由宰相君传出,便独自回内室去了。兵部卿亲王见她如此冷淡,怅惘不已。然觉若过久逗留,似乎真乃好色之人,便告辞离去。其时深夜漏鼓,檐前苦雨淋漓,亲王襟袖濡湿。这情形恍若子规啼血,甚是凄凉。

次日,侍女们皆赞源氏照顾周到,似父亲一般,哪知他如此乃是别有用心呢?

【1】因源氏恶作剧,兵部卿亲王第一次得以亲见玉鬘的芳容。故后文根据这一趣事,也称兵部卿亲王为萤兵部卿亲王。

众侍女尤为称赞兵部卿亲王的仪容优美，言其酷肖源氏太政大臣。玉鬘见源氏为她操劳婚事，亦不免感激，暗忖："此乃自己命苦，倘若寻得生父，以常人身份接受源氏的爱情，亦未尝不可。如今这境况，实无可奈何矣。"然源氏为使其免受委屈，实不肯胡作非为，只是有此习癖而已。即便于那秋好皇后，亦不见得是纯粹父爱，一有机会，便起不良之心。但碍于皇后辈分尊贵，高攀不易，只得隐于心中，独自烦恼。而玉鬘性情柔婉，容貌俊丽，令他常难以抑制恋慕之情，常生非分之想。幸得即刻省悟，方才有所收敛。

　　源氏时而劝玉鬘亲近兵部卿亲王，时而又劝其疏远他。时逢端午，源氏前往六条院东北马场殿，乘便探视玉鬘，对她说道："你觉亲王如何？听得他时常脾气恶劣，夜不归家，须若即若离，勿过分亲近才是。但凡世间男子，多妄情而动，独惹对方伤心哩。"那神态甚显潇洒。他身着华丽锦袍，一件薄质常礼服随意罩上，异常高贵清丽。那花纹与平日并无二致，然今日尤为新颖，连衣服亦格外馨香。玉鬘想道：倘无那烦恼之事，此人实乃俊美可爱啊！恰值此时，兵部卿亲王派人送来一信。白色的薄信纸上笔迹清晰优美。看似有意，却不耐咀嚼。

　　"菖蒲遗没深水滨。

　　无人怜悯根在泣。"

此信系于一极长的菖蒲根上，令人难忘。源氏对玉鬘道："今日这信，须你亲为答复。"说罢便离开了。众侍女端来笔砚，亦劝其回复。玉鬘似亦有意，遂答诗道：

　　"菖根出水始知浅，

　　放声悲泣更轻浮。"

此诗用淡墨写就，兵部卿亲王看罢，想道："倘若更具风情，那才妙呢。"略觉遗憾。玉鬘此日收到诸多式样别致的香荷包，甚为欢悦，往些日子的苦痛皆已烟消云散。但不禁又想："唯愿太政大臣不再萌发他念，我便可安然度日了。

　　是日，近卫府官员欲赴马场练习骑射[1]。源氏便前往东院探访花散里，对她道："近卫府官员在马场练习骑射，夕雾中将欲带几个男子乘便来此，白昼里便来，须得早些做好预备。奇怪的是，此地之事从未张扬，这些亲王却能知晓，而纷纷前来探访，自然闹大了，须留意才是。"源氏又对侍女们道："大家打开门

【1】中古时期的制度，五月初五日左近卫府练习骑射，初六则改在右近卫府进行。

户,观赏骑射竞赛吧。今日左近卫府的漂亮官员将来此竞赛,相貌不逊于寻常殿上人呢!"侍女们听得如此,便兴致盎然地等候着。玉鬘那边,亦有女童过来观赏。一时,廊房门口挂起油绿帘子,添设了诸多上淡下浓的彩色帷屏。女童和女仆往来出入,络绎不绝,好不热闹。那边四个女童想必是玉鬘身边的,皆穿了蓝面深红里子衫,外罩紫红薄绸汗衫,煞是伶俐可爱。着深红色夹衫,上罩红面蓝里汗衣衫的则是花散里这边的侍女,甚是端庄稳重。女仆们则着了端午节盛装,身穿上淡下浓的紫色夏衣,或暗红面蓝里的中国服,竞相争艳,无不美丽动人,惹得年轻的殿上人注目不已。

此番骑射竞赛,花样繁多新颖,方式亦不同于朝廷行事。马场甚是宽阔,直通紫姬南院。那边的侍女,亦都争先观赏。近卫府中将、少将等人都来参加。源氏太政大臣未时抵达马场殿,众人早已到齐。众侍女于骑射之事虽不甚知晓,但对近侍那光鲜的服饰及竞争胜负之态,却颇感兴趣。乐队又奏《打球乐》及《纳苏利》[1],为竞赛助兴。决定胜负的当儿,一时钟鼓齐鸣,阵势好不威风。竞赛至天黑尽,方告完毕。近侍们各按等级受奖,直至深夜,方才慢慢散去。

是夜,源氏留宿于花散里处,与她闲话。他说道:"兵部卿亲王虽貌不惊人,但品性高雅、风流倜傥,胜于别的亲王,众人甚是赞美,你可曾见过?有何不足之处呢?"花散里答道:"他是你弟,却似乎较你年长。自昔日于宫中窥见一面后,许久未见。听得近来常来此地,甚是亲密,其相貌亦俊美于往常。其弟帅亲王[2]倒亦美丽,品格却不及他,亦颇具国王模样。"源氏听得此话,甚觉花散里好眼力。但只是微笑,不再审评其他人美丑。因他认为揭人之短,本为无知妄谈,且有失身份。故对于那髭黑大将,虽品性雅致,并得世人称赞,犹觉不够资格做女婿,因而从不言及。花散里禀性谦弱,万事委曲求全,实不般配源氏。故如今,源氏与她已不甚亲密,更无床笫之欢。源氏虽时常痛苦不堪,但亦从不勉强。多年来,她便笼闭居室,春秋游宴之事,仅从别人口中传闻而不参与。此次难得这般盛会于她院中举行,花散里甚感无上荣耀。便吟道:

【1】《打球乐》是唐乐,《纳苏利》是高丽乐,二者皆为雅乐。
【2】此处的帅亲王是兵部卿亲王的弟弟。

"汀中菖蒲[1]驹不食，

欣逢端阳沐光辉。"

诗虽不甚优雅，音调却还委婉，源氏心中很是怜爱。便回诗道：

"犹似鹡鸰影成双，

矢志溪滨伴菖蒲。"

此两首诗，皆发自肺腑。源氏吟罢笑道："你我虽不常见，亦无床第之欢，然如此闲谈，甚为舒畅。"是夜，花散里将寝台让与源氏，自己则卧睡于帷屏外。

连日来梅雨霏霏，六条院内诸女子颇感无聊，便每日赏玩诗画。明石姬擅长绘画，遂画了些许，差人送与紫姬那边的小女公子赏玩。玉鬘自小长于乡野，未免孤陋寡闻，如今见着这些画，自是惊叹不已，遂整日里忙着阅读描摹。玉鬘日渐读了些许书，甚觉书中女子命运多舛，然竟无一人与自己一般命苦。她想象书中那住吉姬[2]，生前定美貌绝伦，而那妄图霸占住吉姬的主计头，便是可恶的筑紫大夫监，而自己便是住吉姬啊！源氏闲适下来，便四处闲逛。见此类书散布各处，颇有些惊讶。某日，便对玉鬘道："此等故事，多为杜撰，明知不真，亦这般痴迷，你们女子真是乐于受骗。梅雨时节，专心作画倒无不可，只是头发蓬乱不事梳理，真不识大体。"说罢，便笑了起来。转念一想，便又说道："寂寞无聊之时，看此类书亦未尝不可，且故事中凄婉曲折处，颇富情味，动人心弦。以此消遣，倒也怪你不得。只是另有一类故事，甚是夸张离奇、荒诞不经，教人心惊胆战。但静下来一想，便觉绝无此理，纯为无稽之谈，但或许亦真有其事。近日我那边侍女亦常为那小姑娘讲此等故事。我一旁听后，亦惊叹世间竟有如此善编故事之人。"玉鬘答道："对呀，似你这般善于杜撰之人，才作此番答释；而我这愚笨之人，却深信不疑呢。"说罢推开砚台。源氏道："只当我胡乱评议罢了。其实，亦有记述真情的，像神代[3]以来的《日本纪》[4]，便详尽记述有凡事奇俗

【1】《后撰集》古歌："菖蒲香美人皆采，怪哉稚驹不要尝。"花散里用菖蒲来自喻。

【2】住吉姬是《住吉物语》中某中纳言三个女儿中的一个。住吉姬本来已许配了内大臣的儿子，但暴虐的继母想擅自把她嫁给一个名叫三计头的七旬老翁。住吉姬被迫离家出走，投奔住吉地方的一个尼姑，后来终于大团圆。

【3】神代指神武天皇之前的神话时代。

【4】《日本纪》是从神代到持统天皇时代的汉字史书，总共三十卷。

呢。"源氏说着止不住又笑了起来。随后又道："古书所载，虽非史实，却是世间真人真事。作者自己体会后，犹觉不足，欲告之别人，遂执笔记录，流传开来，便成小说了。如欲述善，则极尽善事；欲记恶，则极尽恶事，此皆真实可据，并非信笔胡造。觉悟与烦恼，便犹如小说中的善与恶。故世上诸事，由善来看，并非皆为子虚乌有，毫无教益。且同为小说，中国与日本有别；即便同为日本小说，古代与今代亦大相径庭。内容深浅各有所重，不可凭空妄事解论。佛经教义之中，亦有所谓方便之道。愚昧之人于此迷惑不解，其实《方等经》中此例甚多。细究其原旨，可谓大同小异。"源氏兴趣大增，极赞小说之功。继而话题一转，对似懂非懂的玉鬘道："不过，小说中有无似我这等痴狂不悟之人，倒还难料呢！怕也没有你这佯装不知、孤僻无情之女吧？也好，且让我以此为意，写出部如此史无前例的小说，流传万世吧！"说毕，便挨过身来。玉鬘默然颔首，随后才道："此等少有之事早已盛传，何须借以小说呢！"源氏道："你也觉得少有么？如你这般态度，亦绝无仅有呢。"说罢，便倚在橱壁上，神态甚为潇洒。遂即兴吟道：

"愁苦忧心觅旧例，

古来未有背亲女。

有悖父母，也是佛法大戒啊！"玉鬘唯有默默低下头去，不再言语。源氏便伺机抚其秀发，极诉无限怨情。玉鬘终于答道：

"我亦遍寻古来事，

从未见识此亲心。"

源氏听罢，甚觉羞愧难当，一时尴尬不已。

　　源氏公子于恋爱，可谓经验丰富，世间少有。然对其小女公子，却管教甚严，关怀备至。他告诫紫姬道："于小女公子面前，万不可阅读色情故事。她虽年幼，不谙识故事中那等风情女子，但倘以为无甚紧要，便会铸成大错了。"此番情真意切之谈，渗透父女亲情，若为玉鬘听到，定会自恨命薄吧。但紫姬以小女公子喜读为借口，常看得爱不释手。她对那《狛野物语》中的画页，亦赞不绝口。见画中小姑娘若有所思地躺着，遂忆起了自己幼时的情形。源氏对她道："小小年纪，已这般怀情。那我这耐心，实可做世人模范了。"

　　紫姬道："故事中有那等轻薄女子，忸怩作态，一味效仿别人，甚为粗俗可笑。唯有《空穗物语》中藤原君之女，率直稳重、谨小慎微。然又过于偏颇，与男子无二，实不足取。"源氏答道："此种女子，古书中有，现世也有。自谓品性端正，异于常人，果真不懂生之乐趣么？如今，父母教养女儿，只愿其受世人赞誉，却压抑了烂漫无邪之天性，甚为遗憾！须知有的女子，幼时旁人称赞，长大成人后，言行举止却不乏可指责之处。因此万不可让那浅陋之人赞誉你的女儿。"书中描写后母虐待儿女之事甚多，教人心生厌恶，小女公子尤不宜看。源氏便严格选择故事，令人誊写清楚，配以插图，送与小女公子。此番周全考虑，唯愿小女公子将来平安无恙。

源氏子女不多，故也甚为关怀夕雾。源氏常想：我在世之日，小女公子由我照护，自是无忧无虑。若现在让兄妹二人熟识，生些感情，他日我死之后，倒亦有个照应。因此他允许夕雾偶尔去小女公子所居的南厢房，而禁止其进紫姬及侍女们的居处。加之其心地敦厚，质朴诚恳，源氏对他格外放心。小女公子时年八岁，尤喜调弄玩偶。那模样令夕雾不由忆起当年与云居雁玩耍的情景，遂热心走上前去帮她摆弄玩偶，心中难免沮丧。然记忆终归记忆，倘逢得年轻貌美的女子，夕雾也偶尔与之调情，但皆逢场作戏，断然不会当真。因他钟情于云居雁，便唯愿早日升官晋爵，脱掉这低贱绿袍，得以向云居雁求婚。原以为倘他恳求不止，内大臣亦可让步。然其定要内大臣自悟，向其道歉。因此只将炽热之情隐忍于心，决然不露一丝迹象。连云居雁诸兄柏木等，亦觉夕雾态度淡漠。柏木右中将倾心于玉鬘，但除却小侍女见子之外，无人相帮于他，遂求助于夕雾。然两人关系与父辈当年一样，甚为僵化，因此夕雾极显冷漠，说道："他人之事，一概与我无关。"

内大臣膝下男儿不少，皆为后房众多姬妾所生，并已按其生母身份及各自品性，赐予地位和官爵，也都称心快意。但女儿却甚少，长女弘徽殿女御入主后宫未成，次女云居雁入宫也未遂，皆令内大臣惋惜不已。而对夕颜的女儿，亦念念不忘。他想："我可爱的女儿，随那轻薄的母亲杳无踪迹，不知现在如何？但愿其母略解事理，勿与人言乃我之女儿。无论怎样，万望她能带女儿归来。"遂对诸公子道："如有人自说是我之女，务必带来。当年我任情而动，犯有诸多懊悔之事。其中一出众女子，与我相好之日，生得一女。后仅因阴差阳错，离我而去，母子现不知身居何方。我家女儿本已稀罕，又失去此女，甚为憾事。"如此时常言及。当然亦有忘怀之时，但每每见别人为女儿操劳之时，内大臣便觉颇多烦恼，不胜悲伤。一日他做得一梦，便宣召一高明解梦人辨析，那人道："大人恐有一失散多年的公子或小姐，现寄人篱下，不久将有消息了。"内大臣道："女子寄人篱下，不知吉凶如何。"此刻他又想起了玉鬘，更觉思念不已。

THE TALE OF GENJI

VOLUME 26
第 二十六 回
常 夏

时值酷暑六月，骄阳似火。一日，夕雾中将陪源氏于六条院东侧的钓殿中乘凉。殿上诸多亲信于旁侍候，忙着调制桂川进呈的鲇鱼及贺茂川产的鳟鱼。内大臣家几位公子，正前来造访夕雾。源氏道："来得正好，我正闲寂无聊，将要打盹呢！"遂命人端出凉水泡饭，斟上美酒，并弄了些解暑的冰水。众人谈笑风生，甚是热闹。虽碧空无云，烈日炎炎，然凉风徐徐，亦颇感惬意。不觉已日薄西山，鸣蝉扰耳，闷热积增。源氏便道："这般酷热，水边亦不解暑气，我也顾不得礼节了！"遂倚在一旁躺下了。继而又道："炎热难忍，管弦亦无兴味，我等终日无所事事，苦闷不堪。想此刻那些宫中侍者，仍衣饰系带紧扣，真不知如何抵挡。我们于此随心所欲，倒颇自在。然多日不理世事，仿佛已为老翁，且讲些近时政务与新奇传闻吧！"但一时半晌如何找得新奇之事，众人唯默不做声，毕恭毕敬。

气氛有些沉闷，源氏便问内大臣之子弁少将道："听传言，你父内大臣最近正教养一郊野妇人之女，可有此事？"弁少将答道："是的，但亦非尽如世人所说。只因春上，家父曾做得一异梦，请来位解梦人，那人言称有子女遗于外。此事传出，遂有一女子来投，自称为我父之女。兄长柏木中将闻知，便去查访，真假与否，尚待核实，我亦不甚清楚。孰料世人竟当作珍闻趣事而相传，此事于我父亲亦有损声誉了。"源氏听后，微笑道："你父亲子女甚多，还嫌不够，去寻如此孤雁一只，也太过贪心了吧。我家子女甚少，倒颇想此等人来投靠哩。今有女子投靠你父亲，想必事出有因。你父当年，风流多情，随处留香。即便一轮明月，落入污浊的水里，怎得清晰！"弁少将与其弟藤侍从听得此言，不胜尴尬。一向不苟言笑的夕雾，深知内大臣这女儿近江君模样极为一般，见父亲如此比喻，禁不住笑了起来。源氏玩笑道："夕雾啊，不如你将这落叶拾了吧。折取同根之枝，聊以慰怀，也胜过遭人拒绝、受人奚落呢？"

原来，源氏与内大臣自幼互不服输，且近来为夕雾与云居雁婚事负气已久，两人甚是不和，夕雾为此，心下失意，源氏才有这番讥讽之言，以便弁少将传与内大臣，气气他。源氏转念又想道："内大臣为人直爽，善恶分明。若知美丽的玉鬘藏于我处，定会心下恨我。将来时机成熟，我再将玉鬘突然送去。她娇艳的容貌，定会引起他重视并悉心教养吧。"此时晚风习习，凉爽宜人，众人流连忘返不愿归室。源氏道："与你们一道纳凉，真是惬意，只怕我这年纪会惹你们生厌吧。"说罢，往玉鬘那边去了。诸人皆起身陪送。

向晚，玉鬘房中光线幽暗。诸侍女面目难辨，唯见一律便装。源氏便对玉鬘道:"不妨靠近些吧。"又低声道:"弁少将与藤侍从随我来了,他们久慕此地,向往不已。我心中知悉,纵使寻常女子,待于深闺未出阁时,亦有身份相当的人倾慕爱恋。我家女子多,然慑于我之威势,不敢随意恋慕。自你来后,景况便大为改观。闲寂无聊时,我常探视他们的用心,而今果然如我所料了。"

庭中整洁幽静,无乱草杂木。庭前种有各种抚子花[1],有中国种的,也有日本本土的,五彩缤纷,相互协调。抚子花攀着墙垣纷纷上窜,争奇斗艳,夕暮之时,景致甚是美丽。娇花近在咫尺,公子们却不敢肆意折取,深感遗憾,然甚为留恋。源氏对玉鬘道:"这些公子,各有所长。尤其那柏木右中将,气度高雅,俊逸稳健。他近日可曾来过?万不可冷落了他,令他伤心。"源氏道:"内大臣不允夕雾求婚,实为意外,难道源氏家族不够富庶?他嫌弃夕雾,难道是为保持皇族嫡亲的尊贵?"玉鬘道:"那云居雁妹妹,想必是切盼'君王早光临'吧?"源氏说:"并非如此,他俩并不奢求,倘因夕雾位卑职低,恐有失体面,只需佯装不知而托付与我,我自会安排妥当。唯美梦受阻,于这两人亦未免太残忍了。"说毕一声叹息。玉鬘听得此话,方知源氏与内大臣并非敦亲睦邻,料及与父亲团聚之期是渺不可知了,不由忧伤起来。

尚未月出,院中黑暗,众侍女点亮了灯笼。源氏道:"灯笼距人太近甚热,不如点篝火罢。"便唤侍女拿来一台篝火。见此处有一和琴,源氏遂取下来拨弄,乘兴弹奏了一会儿,但闻弦音清越,和谐悦耳。又问玉鬘道:"向来少见你弹琴,是你不喜爱音乐么?若值皓月当空的秋夜,临窗弹琴,琴声与虫鸣交合相应,情趣盎然哩。和琴构造虽不繁杂,形状亦小,却声韵深奥,独具其长。称之为和琴,看似微不足道,实则深邃幽雅。这乐器,或是为不习种种外国乐器的女子而造。其弹奏技法,倒无甚深奥之处,但欲造诣精深,亦非易事。虽指法简单,然造诣高深之人弹来,似有众乐合奏,妙不可言。内大臣琴艺高深,少有人能与之相匹。"玉鬘对和琴也略知一二,听罢此番讲解,求学之心更为迫切。遂问道:"他日管弦乐会,我亦可前去听么?乡野庶民中,学和琴者亦多,皆以为简单易学,岂知奏来竟这般深奥美妙。"她诚恳热忱、满脸艳羡之色。源氏道:"许多不懂之人以为和琴为乡野低级乐器,殊不知皇宫举办乐会,掌管和琴之女官,总

---

[1] 第二回中玉鬘的母亲曾将其比拟为抚子花,向当时的头中将吟诗乞怜。此处抚子花亦比喻玉鬘。

被首先宣召。不晓外国如何,但在我国,和琴却为众乐之祖。你若能请教于和琴名手内大臣,便不难学成了。但要其毫无保留传教于你,却颇不易。但凡种种技艺,造诣精深之人,断不肯轻易外传,不过你总会听到的。"说毕,又将琴取过来,随意弹了一段,音韵甚为和美。玉鬘静耳倾听,想象内大臣那绝妙琴技,遂更加想念父亲,亦更烦恼起来。

源氏弹奏起《催马乐》来:"莎草生于贯川畔,制为枕头柔若绵。"声音和悦动人。当唱至"郎君自失父母欢"一句时,脸露微笑。随即戛然停唱,顺势清弹[1],其琴音如泣如诉,温婉精妙,果然妙不胜言。弹毕,对玉鬘道:"你来弹一曲吧!但凡向人学习技艺,得抛却顾虑,不畏羞耻,方有所获,唯《想夫怜》不宜公开弹奏。其他乐曲,须与人合奏,才易上进。"源氏不厌其烦谆谆教诲。玉鬘往昔居于筑紫时,有一妇人,自称出生某亲王家,擅长和琴,便请其教授。但她深恐所教不得法,便羞于弹奏。她学琴心切,便希望源氏继续弹奏,无意中靠得很近:"咦!这是何风相助,令琴音添色若此!"那神态于火光映衬之下,艳丽无比。源氏笑答:"唯你这灵秀女儿,才招来醉人心脾之风呢!"便将琴推向了一旁。因侍女侍立于侧,源氏未能如先前一般调戏她,遂转换话题道:"诸公子怎的离去了?还未赏够抚子花呢!某日请内大臣亦来看看。时光真是无常啊!转眼已过了二十年,那日雨夜,内大臣言及你,此情此状,仍如在眼前。"遂将当时情形,略略告诉了玉鬘。源氏不禁感叹万端,遂吟诗道:

"娇艳抚子新露芽,

寻找篱根已有人。"

玉鬘甚是悲伤,亦吟道:

"寄根山篱苦抚子,

探访本源应有人!"[2]

一副生动鲜艳的神态,令源氏心爱无比,遂高唱起古歌来。

源氏频频探访玉鬘,恐引来非议,只得暂作收敛。然此情终究难忍,遂找出万般借口,写信给玉鬘。源氏寻思:"我将她娶了过来任情顺性地怜爱,就无有

【1】清弹是一种和琴的弹奏手法。

【2】"抚子新芽"指玉鬘,"篱根"则是抚子所生之处,喻夕颜。"有人"暗指内大臣。

这般烦恼,但如此,定遭世人讥讽,我虽无限爱恋她,却断无让其与紫姬比肩之意。若列于妾媵之中,她又委屈。不如将她许配给纳言等官位寻常之人,还能获得专注怜爱呢!嫁与兵部卿亲王或髭黑大将吧!我亦可就此断绝念头。"然一见到玉鬘那绰约风姿,那不舍之念便不由而起。近日尤借口教琴,频频亲近于她。

且说玉鬘因源氏言语轻佻,很是厌恶,后见他并无非礼之举,亦不再过分担心,便习以为常,态度亦有所改变。回答源氏之话时,竟显出些许亲密。如此姣美可爱,源氏越发难舍,不肯轻易罢休了。他心里暗想:"别再犹豫才好,留下她,招得个女婿,我亦可伺机前来,偷偷与其相见。如今她年事尚幼,不谙风情,对我心生厌恶;招婿之后,即便那郎君监视森严,且人多眼杂,只要我真心爱她,也并无妨。"这居心荒唐,源氏自己亦感不安,左右为难。二人之纠葛,堪称世间绝无仅有了。

话说内大臣府上,新近找回的女儿近江君,受到府中众人的讥笑。内大臣已耳闻。一日谈话中,弁少将顺势言及太政大臣曾问他之事。内大臣笑道:"确有其事!他不也曾将一陌生的乡野女子接回来,百般教养么?素闻他极厌闲言碎语之人,自己倒留意我家之事,乃我之荣幸呢!"弁少将道:"太政大臣府邸,居于西厅之人,容貌甚好,求婚之人颇多,兵部卿亲王正爱恋着她,大家都猜测她定是个无瑕美人呢。"内大臣道:"很难说吧,源氏太政大臣位尊权盛,世人对其女多有溢美之辞,人情所致,我看未必真如所传,否则早已众所周知了。太政大臣名身显赫,府宅富贵,生活悠闲,唯子女甚少,不无遗憾。倘正妻生有女儿,悉心调教,品貌无瑕,倒颇为天下赞誉。可惜不仅没有,连侧房也极少生养,膝下无伴,难免孤寂啊!明石小女公子,虽母亲身份微贱,前世有福缘,前途不可估量,而那乡下女子,或许并非其亲生之女呢。毕竟太政大臣生性风流,多有露水姻缘,抑或有此劣径。"他对玉鬘这番贬斥之后,又道:"但不知太政大臣如何定夺其婚事。兵部卿亲王人品端庄,人所共知,素来与太政大臣甚为亲近,往来甚密,想必可以如愿吧!这倒是挺般配的。"

内大臣又想起女儿云居雁来:"为何她无玉鬘那般盛名呢?各路公子争相爱恋她吧。那夕雾中将,人品虽不错,然必于其进爵之后,方能将女儿许配与他。"然源氏若屈尊请求,亦不妨应允。恼人的是,夕雾亦不显热情,这叫内大臣颜面无光。思量片刻,便起身向云居雁房间漫步而去,弁少将随同相陪。

其时,云居雁身着轻罗单衫,正在午寝,纤手握扇,枕腕而卧,姿态甚是美妙。头发末端浓艳，如一面黑玉，随意散于脑后，映衬如玉的肌肤，甚是动人。室内安静，众侍女亦于帐屏后静卧休息。内大臣进入室内，众人皆不知晓。内大臣拍拍手中扇子，她方醒来，睡眼惺忪，抬头望着父亲，那眼色甚为迷人。因羞涩而红晕满颊。内大臣对她道："我常教导你，女儿家言行举止皆要谨小慎微，怎么竟于白昼随便睡着，侍女亦不知何处去了？过于随心所欲，乃下等女子行为；而过于呆板拘谨，恰似僧人，亦为不妥。若身边至亲之人，亦态度冷淡，疏远戒备，实为粗俗，不受人爱。源氏太政大臣府上，欲使小女公子日后袭皇后之位，教养她万事皆通，见闻博广，亦不无道理。然则人各有异，须因材施教，方能习得优秀品质。"过后又道："我时常担忧你的前程，每逢见得女子才德传言时更甚。本想你承袭宫中女御，现在看来，恐事与愿违了。但我自有安排，岂能令世人取笑你。至于那些试探着向你求爱的人，你要概不理会。"父亲这番言语，令云居雁深为感动。她不由忆起当年，年幼妄情，与夕雾的一段情缘，引起世人非议，惹及父亲生气的情状，一时羞愧不已。祖母太君珍爱孙女，时常去信，不免怨恨许久不见。然内大臣自有交代，只得不再提及此事。

却说内大臣找回的女儿近江君，住于邸内北厅。内大臣近日想："我好糊涂！竟多此一举。但若送她回去，更是轻率如儿戏一般。而收养家中，世人愈将嘲笑，认为我妄想教养这等不中用之人。众人皆言其相貌丑陋愚笨，粗俗不堪。不如送至弘徽殿女御处，做个下等宫女，亦算了去一桩烦事。"逢巧弘徽殿女御归省在家，内大臣便前往探望，笑道："这个妹妹，随了你去吧。吩咐你那些老年侍女教她规矩些，免得外人耻笑，此事是我考虑不周，一时糊涂所致。"女御道："仅因柏木中将等料想她美貌绝色，便急急找来，期望太高罢了。你也不必担忧太多，传言未免夸张，世人这般非议，她定甚为难过呢。"此番应答，甚为有礼，非常得体。这弘徽殿女御虽非绝色女子，但神态清丽，平易可亲，气质高雅，连内大臣见了，亦暗自赞叹，便对她道："总之，因柏木太过年轻，办事欠考虑所致。"如此议论，于近江君委实欠允。

内大臣从女御处出来，便径直去得北厅探视近江君。从高卷的帘子向下望去，但见活泼的年轻侍女五节君，正与近江君打双陆[1]。近江君拍手，

【1】双陆是一种棋类游戏。两人隔棋盘对坐，各执十五个棋子，布于阵内。双方轮换掷竹筒中的骰子，依点子数走棋，先入敌阵者为胜。

大声急叫："小点，小点！你快出呀！"内大臣见此模样摇头叹息："成何体统！"便举手示意随从人等止步，独自轻轻走至门边，向里窥探。恰好纸隔扇开着，室内情状一览无余。此刻五节君又嚷道："还报，还报！"声音尖锐，不停摇着骰子筒，久不肯掷出。内大臣心想："两人这般浮薄，如此不懂女儿家气节，真是粗俗之人。"近江君额角低矮，声音浮急，模样颇似其父，只是显得拙劣一些。内大臣镜前自视，暗叹前世冤孽，便于室外对近江君道："我近来忙于事务，没能常来看你。"近江君抢话答道："居住于此，我已是心满意足。多年来梦想有这样的好地方，又能见得爹爹，无牵无挂，真是好得很！只是我打双陆手运不济，真有些气我！"内大臣道："做一侍女，倒不必计较身份名位，时有粗俗行为，不妥言语，亦不为人注意。为父早就盼望你归来，以慰我多年寂寞。只是你那不端言行，必有损家人颜面，倘使外人知道你身份，那就更是难为了。"近江君并不懂父亲这番言语。她又率直说道："身份地位，我不计较这些，称我小姐，反而让我拘束。为爹爹倒便壶，我倒是情愿的。"听罢这话，内大臣忍不住笑道："这不是你做的活儿！若真有意孝敬父亲，你以后说话把声音放低些，我就会多活些年。"内大臣口吻调侃，说毕看了女儿一眼。近江君又快语嚷道："我生来就这样！母亲生前给我讲，生我之时，妙法寺那个快舌长老来产房念经，我便捡了他这快舌头。母亲亦说过我多次，我这毛病是得改了。"内大臣道："身为长老，却进产房念经，可见并非好人。他这毛病，正是前世造孽，受得报应。如前世毁谤了大乘经典，今生必是哑巴或口吃。"

　　内大臣有些顾虑起来，他想："女御为我亲生之女，品貌高贵。世人倾慕敬仰。送去这样一人，定会惹笑我'父亲心下怎的，竟找来如此怪人？'女御身边的众侍女，亦必将各类笑话四处传开。"遂对近江君道："这几日女御归省在家，你应常去探望，学习些她的言谈。你身份寻常，唯虚心学习，才能成高雅之人。"近江君道："我可高兴死了！多年来，我想方设法，日思夜盼，总想接近高贵的人。而今托父亲的福，让我亲近这位姐姐，即便叫我替她汲水，我也高兴。"她一高兴，说话竟快如鸟啭。内大臣顿觉已无药可救，遂对她道："哪需你去汲水拾薪，自可去见她，唯望你离那肖似的快舌老和尚远些吧。"这讽喻颇为幽默，但近江君全然不懂。近江君甚为愚顽，口无遮拦，她接着问："我何时可探望大姐呢？"内大臣眉头微蹙，答道："理当择个吉日，但不择也罢，免倒声张，造些影响，若是想去，即日亦可。"说完便起身离去。

内大臣昂首在前，四五位官员毕恭毕敬尾随其后，衬得他的一举一动都威风无比。近江君目送内大臣一行远去，回头对五节君快语嚷道："啊呀，我有如此威风的父亲，竟还散落僻远穷困的庄户人家……"五节君道："高贵过甚，教人畏惧。我倒觉得若你父亲身份普通些，懂得怜爱你，才更显得可亲可敬呢！"近江君便骂道："你怎么又胆敢与我这高贵之人捣蛋了？往后不许你随意饶舌！"那口没遮拦、任性不拘的娇嗔之相，倒自有几分可爱。长居于僻野蛮夫中的人，岂知道言语的奥妙。却道这言语，亦有无数巧妙讲究：即便平常讲话，也须轻缓适度，节奏有致，娓娓道来，方可让人感觉舒畅悦耳。古涩难懂的诗歌，只要声调适中，婉转缭绕，起首末尾之句缠绵些，即便不能深解诗意之人，听来亦能感其趣味。但近江君岂明此间道理，即便其话含义深邃，她听来也寡然无味，只有那生硬浮躁之音，方能悦其耳目心智。其乳母又为浅陋村妇，性情蛮横，言行粗俗，近江君自小耳濡目染，自然品性低劣。但也并非一无是处，不工整的和歌，她也能脱口拼凑出来。

近江君遂对五节君道："我大姐是皇上身边的女御，怠慢不得，我父亲让我去探望她，不如今夜就去吧！"于是近江君命侍女送去一信与女御。其中写道："相隔甚近，'仅一疏篱'[1]，'形影相随'，而至今未能前来访晤，难道是'孰设勿来关'[2]乎？甚为遗憾。未见上尊面，却正如'未识武藏野，其名亦可知'，你我本是那同根紫草。此比拟，是否冒渎乎？甚感惶恐，甚感惶恐！"字间点子甚长，信纸上七歪八斜。又在背面道："今夜诚然趋前叩探，乃深思爱恨之念所至。嗟乎，嗟乎，思君之情，犹如'水涸川底露，地下水又涌'[3]。字迹不端，还望见谅。"并题有一诗：

"伊香加崎常陆浦[4]，

【1】《古今和歌集》："思君君不觉，心苦口难言。唯有疏篱隔，从无见面缘。"

【2】古歌："与尔相邻近，似形影相随。无缘去探访，孰设勿来关。"见《后撰集》。"勿来关"是陆奥的名胜。

【3】《古今和歌集》："口上不言爱，心中恋意浓，水涸川底露，地下水又涌。"

【4】伊香加崎在近江国，田子浦在骏河国，两者皆与常陆海无缘。近江君用"田子"表示自己来自乡下，今日渴望拜见高贵的女御。诗很拙劣，胡乱地将毫不相干的地名罗列起来，凑成一诗。

后文女御的侍女代笔回信，模仿来诗，引用了许多地名。但诗中暗含"等你来访"。

田子渴望拜芳姿。

我心并非'淡然似水波'啊。"

一张青色信纸上，字迹飞舞潦草，东倒西斜，稀疏无度。初看见草书，实为自创。尤其"し"字，像条蜿蜒的蚯蚓，拉得半张纸长，虚张声势。近江君煞是得意，高声念来一遍。她倒也知晓一点女子的书笺格式，将信纸卷好，系上一枝抚子花，派一新来打杂的女童送去。此女童虽伶俐俊俏，却亦不知晓礼节，径直到弘徽殿女御膳室中，对诸侍女道："请将此信呈送女御。"杂役侍女认得她是北厅侍童，便收了信。再由一名叫大辅君的侍女，解下花枝呈与女御。女御看罢，微笑着搁下。贴身侍女中纳言从旁窥看，说道："这信时尚得很呢。"再欲细看。女御道："这种体式的草书，颇难看懂。我亦首次见到。诗亦本末不称，略知大概罢了。"遂将信递给中纳言，说道："你替我回信，也要如此大模大样。免得被人鄙为下品。"众侍女挤在一旁窃窃私语，低声窃笑。那送信女童，径自催索回信来了。中纳言告女御道："此信堆砌诸多典故，广博诗句，小女不才，恐写不出与之媲美的回信，欲教人代笔，又恐失礼，我且回诗一首吧！"遂模仿女御笔迹写道："虽近在咫尺，未能谋面，实在遗憾。

　　常陆骏河须磨浦，

　　　且待急浪涌箱崎。"

中纳言写毕，读给女御来听，女御道："啊唷，这可使不得，使不得！若她真认为乃我所书，岂不要讥笑这拙劣的诗句？"中纳言回道："无妨，无妨！此信自有人赞不绝口。"于是将信封好，交与女童。近江君看毕回信，果然，脸露惊异神色，说道："此诗何等风趣高雅！原来她在等待我呢。"遂取出浓烈的衣香，将衣服熏了又熏，反复数遍，重新梳理头发，涂了胭脂，脸颊红扑扑的。如此装扮，倒也娇憨可掬。她哪知与女御会面时，不定会生出多少笑话哩！

THE TALE OF GENJI

VOLUME 27
第 二十七 回
篝 火

却说内大臣家新来的小姐，很快成为京都世人的话柄，种种讥评谣传，一时闹得满城风雨。源氏闻知，说道："此人历来明察秋毫，孰知此次何等疏忽，未曾查得清楚，便领了她来。事已至此，虽自幼养自深闺，未曾谋得世面，有诸多缺憾，亦当视若至亲对待才是。他竟逢人便作倾诉，以致谣传四起。如此作风，不知到底作何想法。"他同情那近江君。玉鬘听得此话，想道："我幸好未前去投靠父亲。虽说是亲生父，但久未相处，不知其禀性如何，忽然前去亲近，怕亦要受这耻辱呢。"于是暗自庆幸，右近亦表赞同。源氏虽然于心底对玉鬘的恋情越来越炽，但仍得强行忍着，只能在表面上关心、怜爱她。玉鬘见他并无非礼之举，也就渐渐亲信他了。

初五六日的月亮，早已西沉。天空越显幽暗，晚风瑟瑟地摇响荻花，一切皆暗含着秋意。萧萧秋风中，源氏不由吟出了"风撩我夫衣……"之古歌，目睹秋风落叶，一派萧条，凄清冷落之感顿生。连日来，他只得频频探视玉鬘，终日与之抚琴做伴，稍显困顿时，便与她枕着和琴，齐首并卧。源氏仍不时喟然而叹："如此并卧，竟任情而动，世间还有谁能办到呢？"夜已渐深了，因担心侍女看见，欲就此离去。见庭前已有几处篝火熄灭，源氏便唤来随从右近大夫，上前点着。顿时，松明朗照，湖面的卫矛树，夜中更是亭亭如盖。且不时送来一阵怡人的夜风，凉浸浸地送入室内。那火光反倒显得凉爽，映在玉鬘身上，姿态婀娜，艳丽动人。源氏见那瀑布般的秀发光洁如玉，柔顺幽香，不由轻轻摩挲着。玉鬘亦如小鸟般温顺可爱，源氏委实不愿离去，便借故说道："这篝火应该有人添加才是。如此无月之夜，倘连火光也熄灭了，孤独无聊，甚是害怕呢。"便赋诗道：

"情焚中胸似篝火，

浓烟盛焰不减灭。

倒是何时可消呢？虽非'夏夜焚蚊香，胸底情思萦'，但那是何等难忍啊！"

玉鬘觉得其中有非分之意，便答道：

"君心若如篝火焚，

烟飘长空永不返。

外人定会觉得怪异呢。"源氏见她面色不悦，便说道："如此看来，我不宜留住了。"便出得门外。

此刻东院花散里处，有筝笛合奏之音袅袅传来，甚是悠扬悦耳。原来夕雾中将与众游伴，奏得正欢。源氏便说道："许是柏木头中将在吹笛吧，笛音真是不错！"他又不舍离去，便差人前往转告夕雾道："此处篝火清风，实在留人，何不前来共奏一曲？"不一会儿，夕雾便与柏木头中将及弁少将三人翩然而至。源氏说道："秋风送来的美妙笛声，倒勾起了我的满腔愁绪。"遂取了琴来，小弄一段，亦甚动听。夕雾以笛吹出的盘涉调，音乐尤为优美。柏木因心系玉鬘，迟迟未能启口。源氏急了，催他快唱。其弟弁少将便奏乐演唱，其音颇如金钟儿的鸣声。源氏应和琴声，也吟唱得两回，便让琴与柏木。柏木弹的爪音，最为诱人，华丽而不失幽雅，技法不亚于其父内大臣。

　　源氏无限伤感，便对三人说道："我这入秋之人，醉后难免触景生情，垂泪以对，心中之言恐脱口而出。且隔帘定有知音人。如此秋夜，举酒浇愁，但恐易醉啊！"玉鬘甚为心忧，不知他要说出何等尴尬的话来。柏木和弁少将与她有兄妹情分，因此格外亲近，她便在帘内向他俩窥望，但兄弟俩却并不曾知晓。尤是柏木，他正一心思念这帘内之人，心中情思如火焚烧。人前尚难自禁，哪有心思弹琴呢？

THE TALE OF GENJI

VOLUME 28
第 二十八 回
朔 风

皇后秋院庭中，各式秋花繁妍，摇曳多姿。带着露珠的枝条，晶莹剔透，独具匠心的造型胜似往年。由去皮或带皮的树枝编成的疏篱，亦格外雅致。如此人造秋景，远胜春之山色。向来赞美紫姬园中春花的人，如今又调头来颂扬秋好皇后的秋院景致。世态炎凉，由此可见一斑。春秋孰优孰劣固无定论，但自古赞美秋景者，不在少数。皇后颇想在园中举行管弦乐会。然恰在八月，逢故父亲前皇太子忌月，故不相宜。皇后整日盘旋于花前，赏玩这些日益繁妍之秋花，唯恐花期逝去。一日天色忽变，狂风大作，满园秋花，缤纷满地，秋好皇后叹息不已。入夜，朔风愈加凄紧，犹如鬼哭狼嚎。秋好皇后不胜伤心，恨不能如古歌所咏，舒展一幅宽大的衣袖，以挡住肆虐的朔风。格子窗早已关闭，秋好皇后独坐室中，因心念庭中之花，不由黯然神伤起来。

"疏花小荻"[1]禁不住朔风猛烈，一夜之间，花叶满地。紫姬便临窗托腮，凝望院内，好不心疼。适逢夕雾中将来访，他无意瞥得室内皆为女眷，不由驻足凝望。见紫姬临坐窗前，气度不俗，高雅清丽，宛若云中山樱，心下赞叹：好一个春之女神！一阵风来，掀起帘子，众侍女急忙扯住。这举动，使得紫姬不禁莞尔一笑，神态更显得动人。夕雾中将看了，恍然如在梦中。身边诸位侍女，也各有动人姿色。他唯自思忖："父亲谨小慎微，严加防范，不容我亲近这位继母，我道何故？原是怕我见了其天姿国色，顿生贪色之念啊！"念此，慑于父亲威严，便欲转身离去。

紫姬怜惜院中凋零之花，不忍回房。此时，源氏撩开西厅纸隔扇，进得房来。他道："好大的风！真是讨厌，快将窗子关上。你坐在窗口，外间有人望得见呢！"夕雾闻声回头，见父亲正微笑注视脸色红润的紫姬，眼前俊美的英年男子，竟不似其父了。他不禁由衷赞叹："真乃天赐一对佳偶。"私下想："我未曾端详过继母一面，今日应了俗语："大风吹，岩石移，殊世物见。"托风之福，我今得见这秘宅深院的绝世佳人，真乃幸运。"又一阵风刮起，掀开了他头顶的格子窗。他生怕父亲瞧见，急忙悄悄退了去。此时诸多家臣赶来，报告道："风自东北方向来，此处安然无恙。但那边马场殿与钓殿颇令人担心呢。"于是众人纷纷

【1】《后撰集》古歌："宫城野畔荻花小，露重花疏力不胜。盼待风来吹露落，此心好比我思君。"宫城野以荻花闻名，荻即胡枝子，在夏末盛开淡紫蓝色的小花。

攘攘，前去防御。夕雾绕至檐前，装出初来乍到，咳嗽一声。源氏在里面道："果然不出我所料，外面的人望得见里面呢！"说话间，夕雾已来至边门，垂手立于门外。

源氏问道："中将打哪里来？"夕雾答道："欲至三条邸外祖母处，外祖母年岁已大，孤单寂寞。定如小孩般怕风声。然不知此间情形，甚为牵挂，故前来探望。这边既已无事，我这就到她那边去。"源氏也极为挂念道："那快些去吧。人老心智衰微，自然如孩童。"又写了封信，让夕雾带上代为请安。信中说道："天气这般恶劣，令我好生不安。朝臣在侧伺候，万事只管吩咐，均可放心。"夕雾即刻顶风刮面，赶回三条邸去。这位公子品性忠厚，每日定时到三条邸及六条院请安，除了宫中忌日。今日天气虽恶，仍奔波于狂风之中，可见孝心一片。

夕雾的到来，令太君欣慰不已。她说道："如此肆虐狂风，我尚属首见，真乃百年不遇呢！你来我可放心了！"说时浑身瑟缩。屋外，狂风呼啸，折断院中大树枝干，掀起房上瓦片，满天乱飞。一时间，枝干坠地声，瓦片粉碎声，甚是骇人。太君又道："恶风袭击，你平安来此，犹可庆幸。"太君豆蔻年华时，拜见之人亦曾车水马龙，而今年暮，唯有这外孙陪伴，以打发清冷日子。真是世无常形，渺茫难知啊！

一夜狂风，令夕雾心中生出悲凉。而昨日偷窥到的紫姬情影，时时浮现于心。他暗自思忖："为何总是浮现她的形象？莫非有了非分之念？"父亲有如此佳人，为何还娶东院继母花散里，与她相比，两人实在不可同日而语。他欲摆脱，但那情影挥之不去，原来夕雾人品敦实，对紫姬并无邪念。但他一直企盼：若有机缘，定要娶得如此佳人，与她终日厮守，或可延长天年。

狂风拂晓才收敛，接着又下起滂沱大雨。家臣们报告消息："六条院里偏僻的房屋被吹倒了！"夕雾闻后，吃惊不小，想道："如此狂风骤雨，东院继母处人手少，定已慌乱不堪。"他便在晨曦中，乘车前往探视。一路车声辚辚，寒风冷雨，愁云蔽天，景色凄凉。夕雾心中，无端涌起一种难言的惆怅，湿漉漉好生空落。自责道："我这是怎么了，莫非又自作情思？"忽觉此念极为非分，便自斥之："可恶至极！荒唐，卑鄙！"胡乱想着，不觉已至六条院中东院。见四处一派狼藉，花散里愁容惨淡。夕雾百般慰藉，即刻吩咐下人动手，修缮损坏之处。忙毕，奔父亲南院而去。

源氏尚未起床，卧室的格子窗关着。夕雾只得斜靠在远处栏杆上，极目眺望庭中。山坡上，树木已斜斜歪歪；断枝败叶，瓦砾满地；墙倾垣摧，狼藉一片。东方天际，露出一丝鱼肚白；庭中露水，泛着青白之光，映出一片迷蒙天色与凄凉烟雨之景。面对此情此景，夕雾不由眼眶热乎，慌忙以袖拭泪，咳嗽了几声。源氏在室内听得中将的声音，遂翻身起床，一边与紫姬叙谈，却不闻紫姬答言。夕雾听见源氏道："迄今为止，还从未这般辜负香衾呢！今日实在抱歉，让你不悦。"两人言语缠绵。夕雾未能听得紫姬的声音，从其隐约调笑中，可感其恩爱甜美。

　　源氏推开格子窗，见得夕雾，问道："昨晚你去陪伴太君，她必定高兴吧！"夕雾觉得太近不妥，急退向一旁，答道："正是。只是些微小事，让她暗自落泪，令人同情！"源氏笑道："太君年岁已高，日子孤单，你应多尽孝心。虽有内大臣，可他恭谨有余，亲近不足。好面子，尤喜欢讲排场，每次探望，必仪仗相随。这哪是孝心深挚呢！尽管这般，他终究博学多才，且极为贤达。时值衰微末世，可谓才学过人了。唉，做一个完人，是何等难啊！"

　　源氏挂念秋好皇后，便对夕雾道："昨晚风骤，不知皇后秋院，是否无恙？"遂教夕雾前往，并写得一信，由他带去。信道："昨夜狂风肆虐，不知皇后曾受惊吓否？我受风寒，身体欠安，正潜心调养，不能亲来慰问，希谅。"夕雾在晨曦中穿过中廊界门，到得秋好皇后院中，立于东厅南侧，清俊优雅，姿态洒脱。他向皇后室内探望：但见窗开着，帷帘高卷。众妙龄侍女，色彩缤纷，或闲散坐着，或凭栏而立，皇后令几个侍女向虫笼中添加露水。女童们身穿紫苑、抚子色淡雅衫子，外罩黄绿色汗衫，与时令景致交相融合。她们手持各式笼子，三三两两，于草地上小心寻觅，折取最美的抚子花枝。晨雾迷茫中，恰似一幅仙女图。

　　夕雾在晨雾迷茫中缓步前行，忽闻室内飘出一股衣香。原来皇后正寝起更衣，足见其一派优雅气品。秋好皇后入宫时，夕雾年幼，时常往返帘内，与众人甚为熟识。众侍女见之，亦不显慌乱，并不回避。夕雾打量皇后居室，觉有别于南院的高贵气象，竟使他遐想非非，便将源氏之信交与了她。

　　夕雾拿了回信，返回南院。源氏拆开一看，信中道："昨夜心中害怕，企盼遣人前来陪伴，今见得信至，甚感欣慰。"阅毕，源氏道："皇后胆小，昨夜那番狂风，室内无一男子，恐吓着了她。她定怨我大意了。"遂决意起身，前去探望。

遂掀帘入室，将帷屏拉开一角，换上官袍。夕雾瞥见帷屏边，微露半截绣花衣袖，料想那定是紫姬了，不由得心如小鹿，狂奔乱撞。遂又责骂不该生出此念，忙将目光移向别处。源氏观镜自赏，低声对紫姬道："夕雾这孩子，令人喜爱，年仅十五，模样这般英俊。如此感觉，不至于是痴心爱子之故吧？"他对镜而视，自觉青春奕奕，神情舒畅。又道："我见得皇后，便有些不自在。其风姿虽不格外触目，但那优雅贤淑，坚贞气品，尤令人不敢亲近。"出门之时，碰见夕雾正呆坐一处出神，源氏走至身旁，亦浑然不觉。源氏乃机敏之人，立有所悟，返至房内，问紫姬道："昨日起风时，中将可曾觑见你？那门可没关呢。"紫姬脸露羞色道："廊上并无人迹，岂有此事！"源氏道："真是蹊跷。"遂偕了夕雾出门。

二人到得秋院，源氏径直入内，探望秋好皇后，夕雾滞留廊门口，与众侍女戏耍。唯因心烦意乱，乃强作欢颜。少顷，源氏辞了皇后，二人又行向北院，至明石姬处。此处无家臣，唯几侍女，正于花圃内忙碌。几位女童，身着彩衣，行云穿梭，姿态怡人，正收拾残花剩叶。明石姬因喜爱龙胆与牵牛花，植了许多。花借短篱攀升，昨夜暴风雨吹垮了篱笆倒斜一地。她正临窗而坐，独自弹筝，满心愁绪。听侍者报源氏到，忙起身去换礼服，足见其心思缜密。源氏进得屋内，亦临窗而坐，闻询一番昨夜风灾情形，便起身匆匆辞别。明石姬颇感幽怨，自吟道：

"微风浮过芦荻叶，

瞬时喜过长患忧。"

住于西厅的玉鬘，因狂风惊吓，一夜未眠，故起得晚了，此刻正对镜梳妆。源氏令前驱噤声，自己蹑脚进得房中。屏风早已叠好，其他什物尚显零乱。晨曦穿窗入室，玉鬘之芳姿，妩媚动人。源氏便依她而坐，借口慰问风灾，又絮叨了一番情话。玉鬘顿生厌恶，道："你老是如此乏味，若要昨夜之风将我吹走了才是呢。"源氏笑笑道："风乃轻飘之物，你总得有着落。可见你欲丢下我。"玉鬘听得此话，亦感出言草率，遂脸露笑来。那丰满面庞，如酸浆果[1]一般娇艳；额头白皙细嫩，笑眼弯弯，虽纯真但却略欠高雅。且说夕雾在室外，听得二人亲

【1】酸浆果形状圆润，果皮肥厚。在酸浆果的皮上开个小孔，抠出果籽，可作玩具。又名"鬼灯"。

昵谈吐，颇想再睹玉鬘芳容。见屋角帘内虽设帷屏，被风吹歪斜，便略微揭起帘子，往屋内窥视，玉鬘之姿色便一览无余。夕雾以为，父亲与这姐姐这般嬉戏，有些不相宜，不由想道："姐姐已非怀中婴儿，父亲为何这般呵护？"欲注目细瞧，又生怕父亲发现，便欲退去。因眼前景象，怪异殊甚，夕雾终不肯走开。观玉鬘侧身而坐，身子倚柱，父亲愈发靠近了她，且揽手拉拢。玉鬘身子偏向父亲，一头乌发便飘洒一边，如波浪般晃动，俊美异常。她虽厌恶抵拒，但并不坚决，终于面带喜色，依偎父亲身边了。他想："若非亲见，真难以置信！父亲虽可任情所为，但毕竟是他女儿呀，亲昵如情人，也太不成样子了！"他又觉如此猜度父亲实甚羞耻。转念又想："如此美女，我与她虽姐弟名分，然并非一母所生，亦非近亲。不免会生情呢！"他暗自思忖道姐姐姿色似棣棠花，夕阳下带露竞放。让夕雾见了便生爱恋，虽时至秋日，但见得这玉鬘，亦不由得想到春花容颜，足见其美至绝顶！

玉鬘与源氏喁喁私语，并无人相扰。唯闻玉鬘吟诗道：

"西风无情迎面来，

凶悍狂吹败酱花。"

夕雾听得真切，极想窥看下去，忽见源氏面露不悦之色，站了起来，和道：

"倘使芳草能承露，

西风难损败酱花。

瞧那随风摆腰的细竹。"夕雾恐被源氏瞧见，无奈之下，只得悄悄隐去。

源氏辞过玉鬘，直往东院花散里处。因清晨寒气袭人，源氏思起寒衣来。花散里处，一些老年侍女正缝制衣物。另有几个年轻侍女，正撕扯绑于一小柜上的丝棉，一旁散堆着些扯好的绸缎丝绢。绸缎虽为枯叶色，却也美丽；丝绢颜色新颖，极显珍贵。源氏道："此乃夕雾的衬袍么？朔风这般肆虐，委实难受。宫中秋花宴，今秋亦不举办，真是扫兴！"他虽不晓所织为何物，但因色泽悦人，便想："此人就染色而言，不逊于紫姬呢！"她曾为源氏缝得件中国花绫官袍，便以此种秋日竹叶兰，榨汁水淡染而成，极为淡雅温馨。源氏便提议道："中将的衣服，也用此种色调吧！少年人着此色彩，定然雅观。"如此一番话后，便起身告辞了。

夕雾陪父亲探望了院中各色女人，心中顿生郁闷空寂。晨起便欲写一信，然日上三竿，还未动笔，遂走进了小女公子居所。乳母见他道："昨夜风狂，小姐睡得不好，尚在夫人房中睡觉呢。"夕雾道："昨夜狂风确是吓人，原本打算来此护卫，唯因太君胆小，只得前去陪伴。小女公子房间，可曾有过损失？"此问逗得众侍女直发笑，乃答道："小姐房间么，即便轻风也令她胆战，况昨夜风暴，我们护卫这个房，相当费劲呢！"夕雾问道："有无随用纸？且借笔砚一用。"一侍女从橱中翻出一叠笺纸，并将砚笔一一陈于桌上。夕雾道："如此高贵之纸，给了我用，真有点可惜。[1]"但念小女公子母家势微，也不必过于自卑，便用这种上深下淡的紫色信笺，铺开了写信。他潜心磨墨，将笔毫于香墨中细细润饱，然后凝神贯注一挥而就，姿态甚为优雅。但因学习汉文之故，作风略为乖怪，那诗不免意趣不足：

"昨夜狂风卷乌云，

　总是相思难忘君。"

遂将此诗与一枝风折的苓草系了。侍女们道："交野少将的情书，当与所系花枝同色，你为何偏将紫色信纸与绿色苓草系在一起呢？"夕雾答道："我对色彩配搭可一窍不通啊！烦问姐姐，我该选用何种野草呢？"他少言多礼，举止得体，确是一个高尚的本分人物。夕雾又伏案写得一封，一并交与侍女右马助。右马助便又交与一俏丽女童及一亲近随从，并低声吩咐了些话。众年轻侍女见此情状，纷纷猜疑，这信到底写与何人呢。

忽闻有声音道："小姐回邸了！"众侍女七手八脚，升张帷屏。夕雾心下想：何不一睹小姐姿容，与前两日所见二人相比呢？此念既生，也无所顾忌了。便侧身立于门口，透过帷屏缝隙，往里窥视。见众侍女簇拥着小女公子，在眼前一晃而过。她身着淡紫色衣裳，头发披散于后。小巧玲珑的身材，教人怜爱。夕雾便想："前年我见过一面，如今，已出落得如花似玉，不知到了盛年，是何等娇艳！"若紫姬为樱花，玉鬘似棣棠，小女公子便是藤花了。藤花生于危树梢间，临风飘举。他想："倘与如此可爱的人儿相处相伴，该有多么惬意呀！照理她们皆为亲人，与之亲近合乎情理。可父亲将她们隔绝起来，不许我亲近，委实可恨！"生性忠厚的他，此刻也不免遐想万千。

夕雾到得外祖母太君处，见她正静坐念佛。众侍女年轻端庄，面容姣好，然

【1】这小女公子将来当为皇后，地位高贵，所以夕雾才会"可惜"一说。

姿态、相貌与衣着，却不如六条院的女子楚楚动人。几个秀丽尼姑，灰色尼衫配其苗条身姿，富有优雅风姿。夕雾辞别外祖母后，内大臣也来拜望母亲太君了。母子二人便在灯下叙话。太君道："乖孙女云居雁，已许久不来瞧我，让我整日苦想！"说罢哽咽起来。内大臣安慰道："我且叫她尽快来拜见吧。她自寻愁绪，瘦弱不少，叫人好生心疼。但愿再不生得女孩了，处处令人费心呢！"说此话时尚存怨怒。太君十分伤心，对云居雁也不再热切盼望了。内大臣随即告道："实不相瞒，最近我又寻得一个糟糕女儿，叫人好生无奈呵！"于是万般愁苦地絮叨了近江君之事，又忍不住自觉好笑起来。太君道："哎呀，既是你女儿，又怎会引出如此谣言呢？"内大臣道："正是如此，故才更加为难，正想带她来见见太君呢。"

THE TALE OF GENJI

VOLUME 29
第 二十九 回
行 幸

话说源氏太政大臣为玉鬘的前途，颇费了些心思，但隐藏于心的恋情，有如"无声瀑布"[1]，搅得玉鬘忧心忡忡，不堪苦恼。正如紫姬所预料，此事会让源氏蒙得个轻浮的恶名。源氏自己也曾想过：内大臣生性率直，事无巨细，皆洞悉明察。此事倘为他得知，便不假思虑，公然待为女婿，岂不令我贻笑于天下？

是年十二月，冷泉帝决意行幸大原野。那天举世欢腾，人满空巷。六条院众女眷，皆涌出来一睹盛况。时至卯时，御驾出宫，自朱雀门经五条大街，取道西行。观光车流首尾相衔，绵延至桂川岸边，道路挤得水泄不通。天皇出宫行幸，昔年向来无如此宏大排场，诸公卿、亲王皆不遗余力，择良马，配华鞍，车辆装饰得金碧辉煌。充任随从与马副的男子，皆仪表堂堂，身着一式华丽衣服。行列之隆重壮观，非同等闲。左右大臣、内大臣、纳言以下诸臣、殿上人及官居五品、六品的人员，尽皆穿了绿黄相间官袍[2]与紫色衬袍。

空中小雪飘飞，天空异常美丽。善于鹰猎的亲王公卿，早已备制了式样新颖的狩猎服装。养鹰的官员，皆来自六卫府中，其服饰尤为稀罕：样式各异，其上配有不同的染色花纹，显得光怪陆离，甚是独特奇异。

众女子对鹰猎平素也难得一见，逢此浩大场面，便前呼后拥，前来观赏。那些身份低微之人，所乘蹩脚的车子，半路坏了车轮，显得甚为狼狈。桂川上的浮桥两侧，有众多高雅的女车，其主人徜徉着找地方停靠。

玉鬘也来观赏。以她观之，那些竞相炫耀服饰的显贵们，虽个个容光焕发，然皆不及冷泉帝那身着红袍、正襟危坐的尊贵龙颜。她暗中打量父亲内大臣，果然仪表堂堂，衣饰华贵，年盛气轩，优于其余众臣，唯较凤辇中的龙颜，逊色一筹。至于众年轻侍女，虽可称"美貌""俊俏"，还有恋慕她的柏木中将、弁少将、某某殿上人等，灰暗无光，不值一瞥了，足见这一切，仅因冷泉帝之美貌确乎无与伦比。源氏太政大臣酷似皇上，竟似无丝毫差异。不过，许是心气之故吧，冷泉帝更有逼人的威势。这等美男子，确为世间罕见。玉鬘素来见惯了源氏与夕雾中将的俊逸，以为位势尊贵者，必皆相貌非凡。岂知今日所见众多贵人，虽衣饰堂皇，但相形之下竟似丑鬼一般，眼鼻皆异样，个个都给无情地比下去了。

【1】见《河海抄》所列。古歌："恐被人知常隐讳，无声瀑布暗中流。"
【2】经为淡绿色，纬为黄色，本是天子的服色，今日特许臣下皆用。

萤兵部卿亲王也随驾行。髭黑右大将今日装束得异常威武，身背箭囊，神气活现，侍于驾侧。其人满面虬须，皮肤黝黯，看来实甚丑陋。其实世间的男子，如何与盛装的女子比得？希冀男子貌美，委实无理。玉鬘打心底瞧不起髭黑大将等人。源氏曾私下与玉鬘商量过送她进宫做尚侍。她想："宫中生活定独寂痛苦？尚侍是什么职位，我一无所知。"心下犹疑不决。今日见得冷泉帝的非凡貌相，不由动了心："无须受宠，只做一平常宫人，能在御前侍奉，倒是情趣盎然吧？"

冷泉帝的凤辇，停于大原野。众亲王公卿卸下官服，换上礼服及猎装，进入平顶帐幕进餐。六条院主人依惯例呈上了酒肴果脯之类。本来，今日源氏太政大臣当随御驾，御意亦如此，但时逢斋戒，未能前来。冷泉帝为示宠信，将一只猎获的野雉鸡，穿在树枝上，遣藏人左卫六尉为钦使，赐予源氏太政大臣[1]，并赐诗一首：

"雪深雉飞小盐山，

循古行幸盼君随。"

或许太政大臣陪驾行幸野外，乃古之惯例，源氏收得赐品，心感惶恐，忙款待钦使，并答诗道：

"松原雪景不胜绝，

行幸古有今犹欢。"

作者所录，乃当时种种情况的详尽回忆，务求确切真实。

翌日，玉鬘接到源氏来信，信道："想来昨日已见得皇上，敢问入宫之事，意下如何？"其言辞甚是委婉，毫无出轨之言，使玉鬘甚觉舒坦。她微微启齿一笑，后说道："呀！真是无聊啊！"又想道："他倒真能猜测我心思呢！"遂复信道：

"天空飘雪阴雾笼，

隐约不辨天娇颜。

一切都像在迷雾中呢。"紫姬也读得此回信，源氏便对她道："我曾劝她入宫，然秋好皇后名义上为我之女，倘玉鬘得宠，定不利于她。况弘徽殿女御亦在宫中，

【1】当时的习俗，将狩猎时所获的鸟类串在树枝上赠送，以示敬意。

倘向内大臣道出实情，她以内大臣之女的身份入宫，则又有姐妹争宠之嫌，亦甚不便，故再三踌躇。今日窥见天颜，她芳心已动，进宫之事，恐也是其愿吧！"紫姬道："休得瞎猜！一个女子，哪有见得皇上相貌英俊，便一心想入宫？未免太轻率了吧？"说罢便笑了。源氏也笑道："此乃何言？换了你，唯恐动迟了此心呢！"他便又给玉鬘回复一书：

"帝颜透雾如朝日，
　岂有秋波看不清。
尚望速作决定。"

又过几日，源氏遣人置办诸种精美器物，准备为玉鬘举行着裳仪式。源氏打算在此仪式上，向内大臣道出实情，便尽力将仪式办得隆重。所置备之物品，丰富精美。穿衣仪式日期，定于次年二月。

大凡女子，即使名门之秀，亦闭居深闺，仍可不参拜姓氏神[1]，其姓名亦可不公诸于众。是以玉鬘昔日的岁月，皆消磨于糊涂中。如今源氏要送她入宫，若以源氏冒充藤源氏为姓，则冒犯藤原氏神春日神，故此事已无可隐瞒了。更堪忧虑的是：不知情者会讥议他冒领女儿，居心叵测，致使恶名流播。身份微贱之人，改名易姓乃小事一桩，可源氏家族却非同小可。他思虑再三，方作决定："父女之缘，怎能轻易断绝呢？事既如此，倒是主动告知其父才是。"遂致信内大臣，恳请到时能在穿衣仪式上，亲手为玉鬘结腰[2]。但因太君自去年冬患病，至今未愈，内大臣心下忧戚，无心参加典礼，遂婉言谢绝了。夕雾中将昼夜服侍外祖母，无暇旁顾别的事务。源氏见时机未到，心下犯难。他又想道："世事不测，倘太君病故，孙女亦应穿丧服；倘教她佯作不知，则深蒙罪孽。还是趁太君尚在，将此事挑明吧！"主意既定，即径直赴三条邸太君处。

源氏太政大臣，如今显赫更盛于从前，虽是微行，其排场之隆重，近似于皇上出宫行幸。太君暗赞其非凡风度，觉得他超凡脱世，竟是仙佛了。于是病苦立减，竟坐起身，倚在矮几上，健谈得很。源氏道："太君的病情，并非夕雾说的那般严重呢。许是夕雾忧虑过头了，叫我好不担忧。如今亲见，喜慰不已。近来我常自闭于家中，除却要紧之事，并不入宫，不像个效劳朝廷之人了。那些年长

【1】姓氏神即姓氏之神，相当于中国的家祠。
【2】结腰，即由父亲或请高贵之人，替着裳的女子的腰带打个结。

于我的老臣，虽弯腰驼背，仍能四处奔劳。我却不同，恐是天生糊涂，外加懒散吧！"太君答道："我这把年纪，本对生死之事已无所谓，却害得这衰老病，时间也长了。今春以来，仍无起色，以为再见你不到了，甚是伤怀呢。此次得见，我命或可稍延。人至老年，连个说话的人都不在眼前，残留一口气，还有何意呢？我早已做好了动身准备，但夕雾为我的病满怀忧虑，周到照料，使我心下难忍，以致拖拖拉拉，延至今日。"说时泣下不已，声音战栗，显得有些古怪。然所言之情，思之甚为可怜。

两人絮絮叨叨，说了一阵家常话，源氏便乘机说道："想必内大臣每日都来探问你吧？若能顺便见到他，可太好了。我本有一事告知他，总是难得谋面。令我好不焦虑。"太君道："恐因公务缠身，偶尔过来看看罢了！不知有何要紧事告诉他？夕雾的确曾怀恨过他。我曾对他言道：'事已至此，你若因厌恶他们，硬将二人隔开，于已传出的声名，并无用处，反倒遭人讥议，视作笑谈了！'但此人从小便有此怪癖：一旦下得决心，便很难更改。我也无可奈何啊！"老太君以为源氏是为夕雾与云居雁的事。源氏笑道："此事我也曾有所闻，事已如此，内大臣或当应允了，成全他们的好事。我想，万事皆有洗清之时，难道独独此事不能洗清么？只是这末世恶浊，要等来那洗清之日，谈何容易！唉，这类事，总是愈来愈不好办了。听得内大臣找不到如意女婿，我对他又甚同情。"接着他又说道："我想告知内大臣的是另一件事：有一女子，本该由他抚养，因情况有误，偶然为我寻得，如今寄养我家。那时皆不知实情，且我家子女甚少，也无意明查，以为即使冒充亦无妨，便将其认作了女儿，抚养至今。但不知皇上从何处得知，曾对我言道：'眼下宫中尚侍之职空着，内侍所的典礼常不尽人意。朕本当从宫中选，且有许多进宫多年、门第高贵的女官谋求此位，但皆不合朕意。朕有意从声望日隆的望族中，选一合适女子。'听其旨意，分明选到了我那女儿，又怎敢不从呢？凡皇族女子入宫做事，须得按其身份而就职位，方为明智之举。倘只例行公事，司职内侍所，干好本职行政，这便枯燥乏味了。但也难说清，凡事还须凭其实际才能。我将送其入宫为尚侍之意告诉她时，乘便问及年龄诸事，方知该女是内大臣苦苦找寻的生女。进宫之事，我得征求内大臣意见，但总不得谋面。致函请其到时亲为玉鬘结腰，他又因太君身体欠安谢绝。如今太君病体稍安，还得请太君将此事转告与他。"太君答道："唉，这究竟为何事啊！时常有些女子，自称内大臣的女儿前来投靠，他一概收留。你适才所说的女子，是否也是因此而来投靠你呢？你令人寻女，她听说了便来找你么？"源氏道："内大臣自是清楚内情。仅因她为平民所生，倘传了出去，必惹外人耻笑，故对夕雾，我亦未曾详告真相，务望太君谨慎才是。"

太政大臣探访三条邸的消息，传入内大臣耳中。内大臣惶急道："太君处人手不足，招待这等贵人，恐力不从心。"即吩咐诸公子与素来亲近的殿上人，去三条邸协助料理，并叮嘱道："酒肴果蔬等，务须奉呈殷勤，不得稍有怠慢。我本应同往，恐更添嘈杂。"此时，内大臣收悉太君来信。信中道："今日六条院大臣前来探病。然此地设备简陋，仆侍欠缺，深恐怠慢贵人。兹有要事相告，务望见信即行，然勿言因我来信。"内大臣想："有何等要事呢？恐又是为云居雁之事，夕雾向他诉苦了吧？"又想："太君暮年，余日无多了。为此事她屡屡相助。倘源氏屈尊开口，倒叫我难以回绝。唯我不喜欢夕雾的寡言冷漠模样，倘日后机会适当，我且佯作顺从，答应了吧！"他估摸若源氏与太君协力相劝，要作回绝，则更不便了。然转念一想："何出此言？万万不可让步！"竟又突然推托，足见其性情何等顽固。末了他想道："既然太君来信相催，源氏太政大臣又在等候。若不前往，实在说不过去。且前去看看，静观事态，见机而行吧。"打定主意，遂仔细穿戴一番，叫了随从，直奔三条邸而去。

内大臣身材颀长，胖瘦适中，着了淡紫色衣裳，外罩白袍，华彩毕现，悠然自得。且在众公子簇拥下，显得安稳庄重，威仪赫赫，俨然一副朝廷重臣姿态。源氏太政大臣则外穿中国白绫礼服，内衬流行深红内衣，神态洒脱无羁，自有格调。他身上似有神光辐射，使得锦衣盛装的内大臣，也不由黯然失色。内大臣膝下众公子，皆眉清目秀，侍立一旁。异母弟藤大纳言与东宫大夫，仪表亦颇脱俗，此时也随来探病。另有许多颇有声望的殿上人，藏人弁、五位藏人、近卫中少将、弁官等十余人，加之五位、六位的官员及其余人，济聚一堂。三条院骤然热闹起来。太君厚筵款待，觥筹交错，诸人皆醉，共祝太君福寿无疆。

源氏太政大臣与内大臣难得一晤，昔日心存芥蒂，事无巨细，皆要争执。如今诸人济济一堂，各言昔日风流趣事，杯盏交欢，二人也就拆了藩篱，畅叙今昔，互言近况。不觉已至日暮，内大臣道："倘使今日不前来陪坐，便有失体面了。"源氏答道："当受责的是我。"言有未尽之意。内大臣以为他要谈云居雁之事了，便缄口不言。源氏续道："回思如烟往事，颇觉依恋。你我二人，自来心无遮饰，公私大小诸事，皆坦言相商，犹鸟之双翼，鼎力事君。之间恍惚数载已逝，皆鬓染微霜了。近年你我皆为朝廷重臣，繁务所羁，竟难聚会。但终属至亲，当减些威仪，常来常往才是。凡事常有不如愿者，令我颇以为憾！"内大臣答道："昔日我们确实甚为亲近，乃至任性忘形，没了礼仪。常蒙诚心相待，心无芥蒂，当初鼎力相助，方使我等碌碌庸人列于显位，此恩怎敢或忘？唯年事渐增，凡事力难从心了啊！"

源氏便将玉鬘之事委婉相告。内大臣听了，唏嘘不已，道："唉！此女遭此离奇经历，甚是可怜啊！"说时不禁泣下。又道："只怪我当年四处漂泊，任情不拘，留得各类子女，任其流落异地。今日我稍有地位，每念及此，便觉失尽体面，自愧难当。我曾四下寻访过，想将其找回，未料到为你寻得，我亦为此事难过呢！"他忆及昔日雨夜品评时，畅叙放荡不羁所做的诸种风流韵事，时哭时笑。时至深夜，方才打算返家。源氏道："今日聚首，勾起对少年往事的回忆，真叫人眷恋难忘，不堪忍受。"近来源氏并不怎么多愁善感，恐是酒力所致，竟低声啜泣起来。太君缄默不语，见眼前这女婿相貌更胜昔日，权势也更为显赫，便忆起早死的女儿葵姬，甚感痛惜，也哽咽不止。

源氏对夕雾之事，只字未提。内大臣见对方未提，也只得佯作不知，闷于心底。临别，内大臣对源氏道："按礼本当亲送回府，但恐旁人诧异，恕不相送。今日劳驾惠临，改日当到府上致谢。"源氏道："尚有一事相请：前日替玉鬘结腰之请，务望允诺，准时出席为盼。"两人皆面带喜色，各自返驾回府。一时家臣仆从前后跟随。内大臣的随从俱在疑猜："两位大臣难得一聚，我家大臣今日面有喜色，可是太政大臣又将何位让与他了呢？"众人胡乱猜测，却无人想及玉鬘之事。

突然得知玉鬘为其亲生女儿，内大臣心下忐忑，急欲见之。他想："若立即接至家中，父女相认，恐有不妥。"又续想："源氏寻获她时，果真毫无私心么？恐因碍于府中各位贵夫人，才未公然纳她为妾；欲私下宠爱她，又恐遭到众人非议，无奈之余，方才告我实情吧！"他心里甚觉得一阵不快，但转念一想："倘源氏太政大臣真愿纳她为妾，岂有不成体统之事？而今送她入宫，定遭弘徽殿女御嫉妒，自讨没趣。但无论如何，太政大臣的意旨不可违逆。"他在心中反复思量。

时至二月初，据阴阳师反复推算，十六日前后无吉日，唯二月十六日春分还算不错。此时太君病也有好转。源氏便抓紧筹备着裳仪式。他来至玉鬘房中，详述前日与内大臣谈话实情，及仪式中应注意的细节。玉鬘感其诚心，心中怡悦，觉得其亲切赛过生父。此后，源氏方将玉鬘之事，道与夕雾中将。夕雾如梦初醒，暗想："原来如此！难怪大风那日，父亲与她那般亲昵呢。"眼前顿又浮现出玉鬘的面影，愈觉俏丽无比，远胜那苦苦思恋的云居雁，不觉怅然，深叹自己愚笨，不曾早日料得其中原委，错失了求爱机缘。然则他又颇觉对云居雁不贞，乃薄情无义之事，便即打消此念。其人实乃忠诚可嘉。

着裳仪式那日，三条邸的太君亦暗地里差人送来贺礼。礼品是梳具箱等，甚为体面。附言中道："本应参加盛典，然我身既为尼僧，恐有不祥。我已尽知你身世，心下眷恋不已。若无片言相贺，尤违情理。不知意下若何？

里外皆缘甚珍惜，

聚散岂可随意间。"[1]

信纸古色古香，字迹则不甚连贯。源氏太政大臣阅后道："此书古意盎然。老太君早年书法极好，唯因年岁已高，笔力颤抖柔弱！"他又看得几遍，说道："此诗含蓄妥帖！三十一个字母，尽皆与玉梳匣有关，真乃绝妙之作矣！"言毕相顾而笑。

秋好皇后所赠，是白色女衫、唐装女袍、衬衫及梳妆用具，精美雅致，按例又配了香气浓郁的瓶装中国香料。其余诸夫人所赠礼品，亦极尽精致。连侍女们所用的扇子、梳子等，也都精致雅观，无可挑剔。二条院内诸夫人，虽知六条院举行着裳仪式，但无自己的份，便纷纷作壁上观。单有那常陆亲王家的末摘花，极有古者风范，一直秉奉旧例，凡有仪式，皆要按陈规赍礼。听得玉鬘的着装仪式，她当然不能袖手旁观，其心情甚可嘉许。她所送衣物皆为前世稀有，诸如宝蓝色常礼服、暗红色的夹裙、泛白的紫色细点花纹礼服，装在一只古色古香的箱内，包装极尽讲究。她派人送与玉鬘，附信道："我乃微末之人，按理无缘僭越。但此盛典非比寻常，怎敢佯作糊涂？唯礼轻薄些微，望请收纳。"措词有板有眼。源氏看罢，想道："她又若此，真乃讨厌之至！"源氏自觉难堪，道："此人真是古板。如此不体面之人，当悄然待于家中，何必出来献丑呢！"又对玉鬘道："你且回她一信吧！不然她又要见疑了。她父亲常陆亲王，视其为掌上明珠，

---

[1] 源氏是太君的女婿，内大臣是太君的儿子。玉鬘无论是他们谁的女儿，都是她的孙女。所以太君诗中说"里外皆缘"。

倘若我们轻慢了她，实在有些委屈。"便去看她所赠的礼服，见衣袂上题有一诗，又是咏"唐装"的：

"平素不见君翠袖，

凄身依旧惜唐装。"

笔力拙劣萎缩，异常生硬，更甚于先前了。源氏心感不快，道："她身边已无精通文墨之侍女，能写出这般诗来，也难为她了。"一边说，一边不怀好意地提笔作答诗：

"唐装唐装还唐装，

翻来覆去写唐装。"

写毕说道："她惯用'唐装'二字，我也借了来用！"遂将诗递给玉鬘。玉鬘看后，笑道："啊呀，实在有些恶毒，岂不是在嘲弄人家？"心下不解。诸类无聊之事不胜枚举。

内大臣本不关心玉鬘的着裳仪式，得知玉鬘乃多年离散的女儿，唯急欲与她相见，故来得甚早。隆重排场，远胜于平常。内大臣见源氏太政大臣安排如此周全，心生感激之情，又觉得有些出格。亥时一到，内大臣即进得玉鬘室内。见帘内陈设齐备，富丽堂皇。外面排起盛筵，灯烛辉煌，想与玉鬘说话，又觉有些唐突，只得作罢。在为玉鬘结腰之时，百感交集，无限怅惘。源氏对他说道："今宵喜庆之时，往事休要提起，阁下只当概不知情。为掩人耳目，此等着裳仪式，权当平常之事。"内大臣答道："哪里哪里！关照得如此周至，令我不敢轻言'谢'字。"遂举杯同饮。内大臣停杯道："如此隆情厚恩，世上少有，令我异常感激。唯隐瞒至今，又觉遗恨！"遂吟诗道：

"犹恨渔翁隐矶头，

而今再生不解忧。"

终于不能自禁，流下泪来。玉鬘见诸大臣皆聚集于帘内，甚感羞怯，不好作答。源氏便代为和道：

"渔翁流落江渚头，

藻屑贱微无人收。"

这怨恨恐不太在理吧！"内大臣只得道："君言甚是。"便再无言语，向帘外走去。

亲王以下庭臣，皆候集于帘外，其中倾慕玉鬘者甚多，见内大臣入内许久未出，皆觉诧异。其中内情，仅有柏木中将及弁少将略知一二。两兄弟皆深悔曾暗中向她求过爱,因未成事实,又甚觉庆幸。弁少将对柏木道:"幸不曾闹得满城风雨!"柏木答道:"太政大臣性情古怪,爱做出人意料之事,定是将其视若秋好皇后一般对待吧!"源氏听得二人私语,便对内大臣道:"此事得妥善处理,不让外间非议才是。若是庶民百姓,即便离经叛道,不引人注目,亦无大碍。但你我位尊身贵,行事不慎,遭人议论,不免生添烦恼。况此事,异乎寻常。不得等闲视之,要使外人渐渐淡忘,方为妥帖。"内大臣答道:"此女蒙数年看顾,慈荫之下茁壮成长,此乃前世修的福分。如何料理,自当听命。"再说源氏赏赐玉鬘礼品之丰盛,自不必叙。回赠礼物及答谢仪式,依照各人身份,略有区别。规模宏大的管弦乐会,因内大臣回府探望老太君,早早辞别,未能安排。

萤兵部卿亲王此时正式向玉鬘求婚,道:"着裳仪式已毕,再无法推托了吧?"源氏答道:"皇上日前有意,要她入宫充任尚侍[1]之职,正奏请豁免。待圣意下达之后,再行商议不迟。"内大臣行结腰之礼时,帘内灯光朦胧,看不清玉鬘容颜。他想:"此女定然娇美过人,不然源氏怎会如此珍视呢?"眷恋之情越发深了。回想先前那个异梦,如今果然应验了,但对此实情,仅在弘徽殿女御前透露过。

内大臣对外未提只字,但纸岂能包住火?此事很快便泄露出去,外间传言四起,尽人皆知。那位口无遮拦的近江君亦知道了。她来到弘徽殿女御宫中,正遇柏木中将与弁少将在此,开口便道:"父亲又寻得一个女儿呢,此女福分不浅啊!两位大臣都很看重她。其母亲,身份低微得很呢!"女御听后极为难过,一时没了言语。柏木中将道:"两位大臣如此珍爱她,定是有缘由的。你从何处得知此事的,你这般不知轻重嚷嚷出来,倘被多嘴的侍女听见,那可坏事了呢!"近江君恨恨道:"哼!谁要你多嘴,此事我全知晓,她还要入宫做尚侍呢!我亦早希望入宫做尚侍,才到此来当差,本希望女御能助我一把。我在此什么都做,一般侍女亦不如我勤快呢!可女御就是不管我,未免太薄情了!"说得众人皆大笑不已。柏木讥讽她道:"尚侍倘有空缺,我等皆想去当呢!你亦来争,太无道理了吧?"近江君愈是气愤,答道:"我般低贱人,岂敢与你们这些公子少爷相比?你将我哄来,受这般嘲弄,这王府果真非常人进入之地么?太可怕了!"说毕退

---

[1]尚侍是女官,男人不能当。柏木如此说,乃讥讽近江君。

向一侧，冷眼旁观。但见其怒气冲天，柳眉倒竖，模样倒并不令人厌恶。但中将听得此番言语，觉出自己的过失，便沉着脸，一言不发。弁少将赔笑道："你在此任职，忠心耿耿，女御岂会亏待你。你这般气势汹汹做什么？不久，你便会称心如意了。"柏木接着道："似你这般模样，只能锁闭于天宇的岩门里，方可太平无事。"说罢转身离去。

近江君便咿咿呀呀哭了起来，大声嚷道："你们皆瞧不起我！唯有女御真正喜欢我，方叫我于此处做事。"如此一想，便马上收住眼泪，欢天喜地各自做事去了。打此后果真勤快异常，那些下等侍女及女童不愿干的杂役，她也抢着去干，一心一意服侍女御。她亦不时向女御恳求："求你开恩，推荐我作尚侍吧！"女御甚觉讨厌，想道："连此话亦说得出口，不知这人心中想什么。"便用沉默来打发她。

近江君想当尚侍一事，传入内大臣耳中，令他不由哑然失笑。一日，探望女御时，他便借机问道："近江君何处去了？叫她来见我！"近江君从内屋大声回道："来了！来了！"即刻跑到父亲跟前。内大臣说道："我见你侍奉女御周到如此，可知你入朝做个女官亦是能行的。你不是盼望入宫做尚侍吗？怎不早些对我说呢？"说时一本正经。近江君大喜，答道："我早就有此心意了，可我以为女御定能帮我，故未曾向父亲提起。现在听得此差事已被别人抢了去，恰如做得个发财梦，醒后却一无所有，真令人扫兴。"此番话说得情真意切。内大臣差点笑出声来，对她道："有话不敢直说，可不是好习惯。倘早些对我言明，我早就推荐你了。太政大臣家的女儿虽出身高贵，但若我努力恳请，皇上定会恩准的。你若写得篇自荐文，字迹端正工整，和歌是用心作的，或许尚可升级。皇上最喜好极富情趣之物，倘若你作得好，他定会录用。"他装模作样地嘲弄她。如此父亲，实为可恶。近江君竟当了真，答道："和歌我虽不甚高明，却亦会作。但那自荐文，还得有劳父亲代我写了！我真乃托父亲之洪福了。"她极力恳求。藏于帷屏后面的众侍女听罢，有忍不住笑的，奔出室外，笑得躬身打跌，不能自制。女御亦为之脸红，不胜厌恶。其后，内大臣对女御道："忧愁烦闷之时，最好找近江君。一见到她那模样，万般烦恼顷刻消散。"于他眼里，她是一块消解愁闷的笑料而已。世人对此谈论不休，有人道："内大臣欲掩己羞，有意嬉笑其女，真不应该。"

THE TALE OF GENJI

VOLUME 30
第 三 十 回
兰 草

话说玉鬘受封尚侍毕，众人催促，要她入宫赴位。然她思忖："源氏名为义父，实有贪色之念，令我不得不谨慎以待。今番到得宫中，倘蒙皇上宠爱，必遭秋好皇后与弘徽殿女御忌恨，让我难以做人，又如何是好？我孤零无助，源氏太政大臣与内大臣于我并无深情，未曾仔细体察，入得宫后，定有流言诽谤，更有人幸灾乐祸。倘如是，则走了霉运了。"她已值晓事之龄，故思虑重重，暗自叹息。她又想道："若不进宫，仍住这六条院虽无大碍，但太政大臣心存不良，极令我讨厌，如何方能寻机离此恶境，以清白之身洗濯世人谣言呢？生父内大臣因碍于源氏情分，故不敢强以父女之情，接我归家相待。看来，我即便进宫或居于六条院，均避不开此类风月事件，终究徒增无限烦恼，而遭世人讥议了。唉，此生为何如此不幸！"自内大臣知晓实情后，源氏对玉鬘越发肆无顾忌了。她只得暗自伤心叹息，一腔愁绪无人可述。内大臣与太政大臣均是位尊权贵，令人望而生畏，无论大小事情，均不宜与他们商议。她只得整日独倚窗前，面对凄清暮色自叹薄命，那情形实在教人怜爱。

祖母太君仙逝，玉鬘着了淡墨色衣服，为其出丧。黑衣映衬的红润脸庞，更显娇艳，惹人怜爱。诸侍女见后，无不喜笑颜开。此刻夕雾来访。他身着深墨色孝服，头戴缨饰，姿容清秀。夕雾曾一直视玉鬘为其姐，而诚心看护，玉鬘对他亦甚是亲近。如今若因闻知两人并非姐弟，而态度突变，似有不妥，故依旧设了帷屏，隔帘相叙。夕雾受源氏太政大臣派遣，传皇上之言与玉鬘。玉鬘答语大方，态度高雅端庄，甚是得体。夕雾自那日清晨风中，窥得玉鬘花容月貌之后，一直心生暗恋。遗憾的是乃为姐弟，不能倾诉爱慕之意。然自明白实情后，爱恋之意越发炽烈难忍。他料想玉鬘进宫之后，皇上断不会只当她是等闲之人，不由爱恋之情充溢于胸中，但却极力抑制，神色自若道："父亲令我传言，嘱我勿让外人知晓，此刻我可说了么？"玉鬘左右侍女闻听此言，遂退下了。夕雾模仿父亲的口吻说道："皇上十分器重你，望早作好准备。"玉鬘默不做声，唯悄然叹息。夕雾觉得此种情态无比亲切可爱，更加难以自禁，遂道："本月内丧期[1]将满，父亲说别无吉日，故择十三日于河原行除服祓禊之仪，那时我定当相随前往。"玉鬘言道："你亦前去，恐太招摇，还是各自悄悄去吧。"她不希望外人知

---

[1]按照当时的风俗，祖母的丧服期为五个月。

第三十回 兰草

晓其为何穿丧服，可见用心良苦。夕雾道："若不向外道破真心，有负于太君！这丧服乃为外祖母之亡恩，舍不得脱掉。况我并不明白两家关系，何以深厚若此？倘不着这丧服示意亲缘，我仍不信你是太君的孙女呢！"[1]玉鬘答道："我本一无所知，况此种事情，更是不知端倪。我只觉得，丧服之色令人伤悲。"她神情颓丧，欲哭无泪，越发惹人怜爱。

夕雾遂借机向玉鬘表达心中恋慕之情。他取来一束兰草[2]，从帘子侧递入帘内，对她道："来此赏花，真是有缘分呢！"他并不将花放下，仍持手中。玉鬘匆忙间未曾留意，便伸手去接。夕雾乘机抓了衣袖，轻牵在手，吟诗道：

"秋原兰花同沐露，

望君怜爱赐言语。"

玉鬘闻罢末句，猛然醒悟："不成了'东路尽头常陆带[3]'，么？"因此她甚为不悦，便佯装不知，慢慢缩回了手，答道：

"情薄若似原野露，

何言兰草共生缘？

你我亲密无间，此情深矣！更有何事相求？"夕雾含笑道："我心之情深，你定明白。你今为皇室之人，本不敢生妄想！可痴情郁结于胸，使我饱受煎熬，你却不得知晓！欲说出又恐你生厌，故压抑于心。苦不堪言。当初柏木中将倾情于你，非我之事，故漠不关心。柏木今知与你乃兄妹，豁然梦醒。可我却陷于苦恋，不能自拔。你能否体味我一片衷心呢？"他絮絮叨叨，言语甚多。玉鬘心中不悦，慢慢向后退去。夕雾又道："你好心狠啊！我从未非礼于你，你应清楚才是！"他还想借此机会表述衷情，但闻玉鬘道："我心情烦乱……"言毕便退进了内室。他只得长叹，无可奈何，起身归去。

夕雾细想那番言语，觉得后悔，心中忐忑不安，径直来源氏太政大臣处回话。源氏听后说道："如此说来，她并不乐意入宫了？萤兵部卿亲王等人是猎艳能

【1】夕雾不知夕颜和源氏的关系，故想不通玉鬘为何是太君的孙女。

【2】日本人称兰草为"藤袴"，称丧服为"藤衣"。故用兰草暗示丧服。

【3】古歌："东路尽头常陆带，相逢片刻也何妨？"见《古今和歌六帖》。在当时的常陆国鹿岛神社举行祭礼的时候，相恋的男女将意中人的姓名写在带子上，供于神前，神官把两条带子结合在一起，以定婚姻。这带子就叫"常陆带"，类似中国的"红线"。

人，许是他们绞尽心思，卖弄口舌竭力追求，她受了迷惑，动了情思吧！若此，即或入宫，反受其苦。但那日皇上行幸大原野，她一见皇上，便赞不绝口皇上风姿。我以为凡年轻女子，只要窥得皇上，无不希望入宫侍候，故才让她去做尚侍的。"夕雾答道："依表姐模样，入宫去当尚侍或女御，究竟哪种更适当呢？宫中之人，秋好皇后高尚尊贵，弘徽殿女御也极尽尊荣，得皇上无限宠爱。表姐入宫即使受宠幸，亦难与她们齐肩。外间传言：萤兵部卿亲王向表姐求婚恳挚异常。女御与更衣身份高贵，尚侍仅居宫中女官之首，且此时入宫，似有意与亲王作对，必定遭他忌恨。"他说话极似大人口吻。源氏道："唉，做人何其难啊！玉鬘之事，并非我能专断，髭黑大将也甚是恼我。其母临终前托我照看其女，我铭记于心时刻不忘。后闻知此女居乡野，孤苦无依，方接了她来。一心悉心照顾，爱护备至，我这般苦心却反招讥议，被人视为性情浮浅，真是冤枉！"他此番话，说得情理备至。接着又道："此女容颜俏美，形体秀丽，而又温柔贤惠，决不会有越礼之举，嫁与萤兵部卿亲王，夫妻之间定能和谐。但入宫做女官，亦甚合适。其举止高雅，温婉端庄，精通礼仪，聪明伶俐之状，正合皇上之心。"此实溢美之辞。夕雾欲探得父亲用心，遂借机说道："多年来，父亲对她呵护有加，然外人误解，说父亲别有用心呢！内大臣回答髭黑大将，即是如此说的！"源氏笑道："无论怎样，玉鬘由我抚养，总不甚合适。故入宫与否或另外去向，皆得由内大臣应允才是。女有女规，若不遵礼仪，实为不妥。"夕雾又道："曾闻内大臣私下议论道：'太政大臣家已有多位尊贵夫人。因不便叫玉鬘与之同列，故假作仗义，教我们父女相认，然后又安排她入宫做个闲职女官，以便能常束缚在自己身边，此举实甚聪明。'这是我从可靠之人处得知的。"他说得十分确信。源氏猜想内大臣或许有此心思，心里颇觉不悦，说道："此人如此猜度，甚是讨厌！也实在太疑心了。"说罢笑了起来。口气甚是坦诚，然夕雾仍不敢确信。源氏自己思忖："此等心思，若被他人识破，实在尴尬。我得设法向内大臣道明清白内心。"他本想安排玉鬘进宫，以掩人耳目，遮掩难言隐私，不料内大臣识破此计，心中甚觉懊恼。

　　八月，玉鬘除去丧服。源氏认为九月不吉，遂延期入宫，定于十月。仰慕玉鬘之人闻知，无不惋惜，纷纷前来，恳请玉鬘身边的侍女帮助，玉成好事。然此事比以手阻挡吉野瀑布更为艰难，侍女们亦束手无策，唯答道："别无他法了！"夕雾打那日冒昧求爱之后，不知玉鬘如何看他，备觉痛苦。此后他再不贸然求爱,极力遏制热情。此时,他四处奔忙,佯装帮助,以博得好感。玉鬘的众位亲兄弟,均在焦急地等待她的入宫之日,打算前来相帮。柏木中将曾煞费苦心,向她求爱。玉鬘的众侍女,皆窃笑他老实憨厚。一日,他忽以父亲差遣,前来看望。为避此前求爱尴尬,见着月色,便匆匆躲进了桂树底下。以往玉鬘不大理会他,侍女们也不愿代他传言。如今撤去了藩篱,于南面设置了座椅招待他。玉鬘仍羞于对答,教宰相君传话。柏木颇感不悦,说道:"父亲特差我来,仅有些话不便为外人知晓。如今你却这般疏远,叫我如何开得口呢?自古有:'手足之情难割舍。'虽是句老话,却也在理啊!"玉鬘答道:"我亦想将多年积郁心中之话,向哥哥倾诉,只因近日心绪恶劣,不便相见。哥哥如此怪罪,倒使我觉得疏远了。"说时态度诚恳真切。柏木道:"你情绪欠佳,不便起来,可否容我到屏外说话?……"便低声转述内大臣的话。且说内大臣话道:"有关入宫诸事,我无缘详闻,望一一告知于我。因不愿招人注意,故未能亲自前来,更不便通信,故而挂念不已。"柏木乘机又求宰相君,将自己心中之言传与玉鬘,道:"从此,先前那些愚蠢之举,决不会再有。但不管我等相处怎样,你对我的满腔热情,漠然视之,终令我愈感可恨。尤其今晚,位高侍女不屑顾及,亦可令下等侍女引至北面[1]待我才是。似今日如此冷遇,实甚罕见,我真是不幸。"他恨恨不已,将头偏于一侧,模样极为可笑。宰相君如此转述与玉鬘。玉鬘道:"与哥哥相认不久,忽然亲近,恐被人耻笑。我长期流落,其间诸多困苦,亦欲向哥哥倾诉,然郁积于胸,未有相叙之机,反比以前愈觉苦恼。"这无非权且应付罢了,柏木甚觉羞惭,闭口不言。后来叹了口气,赠诗道:

"不知你我同根生,
　冒失寄情心悔恨。"

吟时怨恨无比。玉鬘令宰相君传诗:

"焉知同根使动情,
　唯觉赐书语无伦。"

宰相君且附言道:"昔日你屡番来信,令人不知其意。小姐对于世间诸事,顾虑颇

【1】北面是接见熟客好友之处,犹如后室、后门。

多，故未答复。此后定然不会再发生此类事了。"这也确为实情。柏木答道："这样也好，今日我不便长留，暂行告辞。以后定当竭力效劳，以表寸心。"言毕辞归。此时皓月当空，天色清幽。柏木中将身着常礼服，行走于月光的清辉之下，清秀的面貌与如此美景甚是相和。众侍女见他渐远，纷纷言道："此人气度虽略逊于夕雾中将，但也优美异常。他家兄妹何以如此出众呢？"

　　髭黑大将与柏木中将，同为右近卫府幕僚。髭黑大将乃是朝廷辅弼之臣，内大臣对他亦甚器重。仅因源氏力主玉鬟入宫，内大臣不方便逆其意愿，而将玉鬟许配与他，此事实乃由源氏一手安排。除源氏太政大臣与内大臣外，皇上对髭黑大将亦甚信赖。髭黑乃皇太子之母承香殿女御之兄，三十三岁。其夫人与紫姬同为姊妹，且年长三四岁，并无何等缺陷，许因人品欠佳，髭黑大将便称其为"老婆子"，一向轻视于她，常思离弃。因为此故，源氏便觉髭黑大将与玉鬟实不般配，一直未作应允。髭黑大将虽非轻薄放荡之人，但为了玉鬟，也曾耗尽心思，往来奔走。他探得内大臣对他并不嫌厌，玉鬟亦无意进宫，遂求助于侍女弁君。他对她道："如今内大臣对我已无异议，太政大臣虽未曾允诺，亦是迟早之事。"便要她从中撮合。

　　不觉九月已至。晴朗的早晨，已生霜雾。侍女们拿得不少情书，皆系那些求爱者私下托侍女送进来的。玉鬟概由侍女读与她听，并不亲看。髭黑大将在信中写道："指望本月玉成此事，岂料时光流逝，一事无成。仰天长叹，忧心如焚。

　　　　寄望九月未出仕，
　　　　劳命奔波徒伤悲。"

他已知晓玉鬟九月一过，便要入宫，因而急着写信。又听得兵部卿亲王的信道："事既至此，多言何用？仅只：

　　　　莫教熠熠朝阳艳，
　　　　融安斑斑竹上霜。

盼体谅我心，亦可安慰倾慕之情。"

　　此信系于一根凋枯的小竹枝上，竹叶上沾有未曾拭去的点点秋霜。那个信使，亦是面容憔悴。还有式部卿亲王之子左兵卫督，即紫姬之兄，因常往来于六条院，故对玉鬟入宫之事所知甚详。他为此悲愤不已，信中详述其情，情词异常凄苦，有诗道：

　　　　"心悲欲绝难忘君，

无可奈何君将去。"

这些情书的笔迹、纸色与熏香之气各不相同，各具其妙，式样繁多。众侍女皆道："倘日后与他们断了来往，必甚为寂寥呢。"不知玉鬘心生何感，仅对萤兵部卿亲王略复数语，道：

　　　"葵花朝阳或有意，
　　　自身难消落寒霜。"

片言只语，亦无甚深意，然萤兵部卿亲王，却视为珍宝。可见玉鬘已深悉其心，寥寥数语亦令其欢欣若狂。源氏太政大臣与内大臣见此，不由慨叹道："为女子者，其言行举止，应以玉鬘为楷模。"

THE TALE OF GENJI

VOLUME 31
第 三十一 回
真木柱

且说源氏太政大臣正规劝髭黑大将，对他说道："若将此事传至皇上耳中，看你如何收场。依我看，眼下切勿走漏风声才是。"但髭黑大将扬扬自得，毫不在意。之于玉鬘，虽为髭黑大将拥有，但并非出自真心，她以为此乃前世冤缘，便整日愁苦哀叹命薄，使得髭黑大将亦有苦难言。但他念及前世夙缘终成好事，又甚是欢喜。在他眼中，玉鬘是越看越娇媚，实为心中的理想伴侣，险些为他人夺了去，越想越后怕。便欲将替他撮合的侍女弁君，当做石山寺的观音菩萨般孝敬。然而玉鬘深恨弁君，自此对她冷落。弁君唯整日闭于自己房里，也害怕前去侍候。为玉鬘真心追慕、备尝苦恋之人，不计其数。也甚是阴差阳错，那石山寺的观音菩萨，偏要许她个并不相爱的人。源氏对此人也不满意，不免叹惜。然而他想："事已至此，多言何用？内大臣既已应允，我若反对，岂不见恨于髭黑大将，于我亦为多事。"便忙着张罗仪式，准备迎接新女婿。

髭黑大将急欲早日将玉鬘迎进府宅，正忙于各种置备。可源氏认为，玉鬘若毫不犹豫就此前往夫家，必遭正夫人嫌忌，于她亦很不利。因此，他便劝髭黑大将道："你还得稳妥些，慢慢来，勿使世人讥讽怨恨才是。"内大臣私下对人道："我看进宫前先办婚事反而稳妥，倘她急着进宫，又无特别保护人，处境定很艰难，又教人担心。我固然有心成全她，可弘徽殿女御正受恩宠，教我如何打算呢？"此话言之在理：侍候皇上，倘为寻常女子，而恩宠不及他人，折或终得不到宠幸，到底有些悲哀。祝贺仪式于新婚第三日夜举行，源氏太政大臣参与唱和吟诗，与新婚之人同乐。内大臣闻知，才知源氏尽心养育玉鬘，确为一番诚意，内心甚是感激。此次婚事虽是秘密举办，但外人终会知晓，并加揣测。果然，不久便沸沸扬扬传了开去，成为轰动一时的新闻。后来冷泉帝也知晓了，他不由叹道："只怨我们夙缘太浅啊！尚侍自不比女御、更衣，即便出嫁亦未尝不可。既存尚侍愿望，何不依旧入宫呢？"[1]

十一月，宫中祭典甚多，内侍所忙乱不已。典侍、掌侍等女官，屡屡入六条院请示尚侍。一时玉鬘房内宾客满座，热闹非凡。然髭黑大将白日于此处东游西逛，不思归去，玉鬘甚是讨厌。再说诸多失意者中，萤兵部卿亲王最为伤心。式部卿亲王之子左兵卫督，除心中失意外，又因姐姐遭髭黑大将离弃，成为世人笑

【1】尚侍是内侍司的长官，在女官中职位最高，主要管理内侍司的各种事物。

柄，故更为憎恶。然而转念一想：事已至此，憎恶反而愚蠢，便逐渐淡忘了。髭黑大将本是举止谨慎、行为检点的忠厚之人，从无轻薄行径。如今却仿佛变了个人，被玉鬘弄得神魂颠倒，偷偷摸摸刻意装扮成风流绝代的样子。众侍女看了，无不暗觉好笑。玉鬘本生性活泼，而今变得了无生气，郁结于心。众人皆知此事并非自愿，然而她尚不知源氏太政大臣感想如何。又想起萤兵部卿亲王的一往情深，以及风流倜傥的仪态，愈觉自己可耻可恨，因而对髭黑大将一直心怀怨恨。

　　世人曾怀疑源氏太政大臣以往对玉鬘别有企图，如今方证实了其清白。他思量昔日及时回头之举，尚觉自己虽有时任情，但毕竟未超越礼仪，便对紫姬道："往日你不是也不信任我么？"但他尚知自己激情难耐时不免任性行事，故仍不死此心。一日上午，见髭黑大将出门未归，他便悄然到得玉鬘房里。玉鬘近日心绪愁闷，神情颓丧，见源氏来到，只得挣扎起身，退于帷屏之后。源氏此次尤其注重举止，言语亦与往常有异，大都是些平日应酬之语。玉鬘早烦了那个粗俗的髭黑大将，蓦地复见源氏那俊逸姿态，不由忆起时下自己的际遇，更是羞惭得低下了头，眼泪簌簌而下，言谈也温柔亲密了些。源氏将身倚于近旁的矮几上，一边答着言，一边往帷屏内窥视。但见玉鬘仪容清爽，越发出落得可亲可爱，比以往更觉妩媚动人了，便想："这等绝妙美人，却拱手让与他人，我可大度啊！"叹惋之余，即赋诗道：

　　"今生不得同衾枕，
　　　悔叹未约引三途。[1]
世事真难料啊！"说罢举手拭泪，神态优雅。玉鬘娇羞遮掩。答道：

　　"未渡三途沉泪海，
　　　微躯成泡消无踪。"
源氏道："沉溺于泪海中，此念何其痴啊。姑且不论，那三途川乃必经路，你渡川时，可否允许握住你的指头？"言毕凄然一笑。继而又道："如今你该看清了吧。于此世间，如我一样至诚坦荡之人，实不多见。如能知我一片心意，便满足了。"玉鬘闻此，内心异常悲切。源氏瞧她那可怜模样，便掉转话头道："皇上希望你能入宫，否则，便是欺君的。你且为将来想想，女子出嫁后，常常不便担

【1】当时俗语：女人死后必渡三途川，川中有深浅不同的三途，视其人生前善罪而制定一途。渡三途川时据说由第一个丈夫援手。

任公职。我当初的安排，亦并非如此。可那内大臣主张这桩婚事，我只得答应了。"言辞甚是委婉。玉鬘闻听此言，既是感激，又觉羞愧，只管默默流泪不语。源氏见她这般感伤，亦不便再诉衷肠，仅将入宫事宜及准备事项作了一番教导。看他那情形，是不会应允玉鬘迁至髭黑大将宅院去住的。

髭黑大将亦不愿玉鬘入宫。他自有想法：不若乘此时机，将她从宫中径直接回自家府邸？便答应她先可入宫。六条院毕竟不比自家宅院，出入极为不便，且处处受到约束，感觉异常痛苦。然自家宅内荒弃已久，许多设备须得重新置办，为早日接玉鬘回家，即日便动工将邸宅修葺了一番。正夫人为他薄情寡义、喜新厌旧伤心不已，但他漠不关心，亦不将平素喜爱的儿女放于心上了。倘是稍有几分柔情之人，不论何事，亦要体恤旁人，勿使其受到伤害。可这位大将性格直爽，说一不二，做事任性而为，无所顾忌。因而常使得别人痛苦不堪。那位正夫人，人品并不差，论及家境，其父贵为亲王，且视其为掌上明珠，世人敬爱，容貌亦甚端庄俊美。近年不知因何祸作祟，竟有一鬼魂时常缠附着她，故常常失却性情，近似疯狂。髭黑大将有意疏远她，然而还是尊重她，将其视为高贵夫人。直至近日遇到玉鬘，方变了心，他深为玉鬘倾倒，常觉她超凡脱俗，举世无双。尤其世间传言她与源氏暧昧牵连，而今证实了她仍是冰清玉洁，因而倍加珍爱。此亦是人之常情。

式部卿亲王乃正夫人之父，闻知此事，他愤恨说道："岂有此理！如若接那俏丽女子进府，将我女儿置于一边，岂不让世人笑话？只要我未死，定不能让女儿忍辱负重寄人篱下。"他叫人整理东面厢房，欲将女儿接回来。此女却认为既嫁为妇，重又依赖父母，终不是办法，心中恼怒，心绪更坏，以至卧床不起。她本温良恭顺，心地纯真，仅因心病时常发作，以至常人逐渐疏离。其室内器物杂乱，尘垢厚积，几无一清洁处，满目一片凄凉。熟视了玉鬘那边豪华轩敞的居所，髭黑大将走入她房中，亦觉难堪入目，念及多年夫妻情分，心中又觉怜悯。便对她道："一夜夫妻百日恩，何况你我多年夫妻，应当相互谅解，共得终老才是。你虽有病，但我并不嫌弃，且处处呵护着你。但愿勿厌弃我。且已生男育女，无论何时，我是绝不会离开你的。可你却一直偏狭意气，无端存怨。你尚未知我真心前，我不怪你，但眼下务请任我行事，且观事态如何。岳父闻知此事，甚是愤怒，断然接你回娘家，岂知如此做甚是不妥？不知他出于真心，还是欲借此惩戒我。"说罢便笑了起来。夫人闻听此番言语，十分气恼。在邸内当差多年，而身似侧室的侍女木工君、中将君等听后，亦皆露不满之色。适逢夫人暂时精力尚好，故而伤心欲绝，答道："你骂我浑噩无知，笑我怪僻，我罪有应得。但不许你提及我父！为了我而连累老父受人讥评，我心何安？你的诡计，我早已司空见惯，也不是今日方才领教，不会再悲痛的。"说罢，转身不再理他，姿态甚是优美可爱。她本来身材小巧玲珑，仅因长期患病，更显得憔悴不堪，衰弱虚损。一头乌黑的秀发，如今也是稀疏荒落。再加上久未栉沐，泪水与雨水浸濡，愈觉可怜。她虽不娇艳，倒也清秀，且酷似其父，仅因病里未得妆饰，少了些生气。髭黑大将道："我怎敢随意褒贬你的父亲呢？你怎能说如此无礼之话！"便用话劝慰她道："最近我常至阔气荣居，豪华异常。我等粗陋之人甚是不惯，总有些自惭形秽。故欲将她接回家中。太政大臣乃当今显贵，声望颇高，玉鬘乃其义女，故她迁来后，务和睦相处，以免家丑外扬。若为太政大臣闻知，实在令人尴尬。你便是回到了父母家，我也会念念不忘。无论如何，我俩情爱谁也无法斩断。倘你断然弃我而去，势必为世人耻笑，于我亦当受众人讥评。故请看在多年夫妻的情分上，与我长相厮守，比翼齐飞。"夫人听他如此说，便答道："我并不在意你的寡情，只是父亲为我此病日夜忧虑愁苦，今又因遭丈夫遗弃，更为世人讥笑，而伤心悲痛。如今还有何颜面回去见他呢？你提及太政大臣家紫夫人，她本为我异母妹，幼年离父，于别处长大，如今却做了我夫的岳母大人。我虽不甚介意，父亲对此却极为不满，日后还得见你如何行动。"髭黑大将道："夫人所言极是！此事紫夫人并不知情。可一旦你疑忌心起，麻烦便来了。太政大臣亦将她宠如千金，她岂能顾问我等蛮夫俗子？紫夫人从不关心此等事情。你们凭空猜测，若为她闻得，有多不好啊！"他于夫人房中待了一天，谈话甚多。

　　暮色渐起，髭黑大将极不耐烦，恨不得即刻回至玉鬘身边。不巧天又飘起雪来，如此寒冷之夜出门，旁人必然怪异。遂想若眼下此人心生妒恨，詈骂不休，倒可就此离去，可今日她却心平气和、温文可爱。抛却她，实在于心不忍。一时心中犹豫，不知如何是好，只得望着庭中出神。夫人见他如此模样，遂言道："真是不巧啊，雪这么大，路上怕难走呢！你还是去吧，时候不早了。"她知道情缘已尽，无可挽回，那神情尤其可怜。髭黑大将道："如此恶劣，怎出得门呢！"但立即又道："近几日，那边人尚不知我意，定要说三道四。若不前去，太政大臣及内大臣，亦将怀疑我的诚意。其中苦衷，望夫人鉴谅。待迁至家中，便可放心了。你清醒时，我定只怜爱你一人。"夫人轻声细语答道："若你身在家中，心思驰外，反使我更为痛苦；若你人于别处，而心能念及我，襟上的冰亦可消解了[1]。"她取过香炉，将他衣服熏上浓香。而她自己身着久已不浆的旧衣，一副潦落模样，更显寒碜。且时常以泪洗面，两眼红肿，容颜憔悴不堪。那颓废之相，叫人看了着实酸楚。毕竟多年夫妻，髭黑大将想起夫人昔日的种种好处，忽觉自己移情别恋，未免无情义，不禁真心怜悯起她来。然又感到对玉鬘的恋情更为炽烈，便伸了伸懒腰，长叹数声，换上衣服，取过小香炉放入衣袖，添得些香气。

换上质地华艳、柔软得体的衣服，髭黑大将显得神采飞扬。虽难与天下俊男源氏媲美，谈不上风流绝代，却也庄重威严、仪态万方。随从皆于门外喊道："入夜了，雪已停了呢。"他们不敢直言催促，装作呼唤同伴，闲谈中夹着咳嗽声。中将君及木工君等，尽皆躺着，嗟叹不已："人活一世，好没意思啊！"夫人也躺着，正苦苦沉思，姿态甚是优雅。转瞬间的事，谁都未曾料到。突地，她站起身来，疾步走至大熏笼前，取出盛满香灰的香炉，径直走到髭黑大将身后，将香灰朝他头上扣了下去。髭黑大将不禁一怔，顿时呆若木鸡。细腻的香灰粉撒入眼睛及鼻孔，弄得他晕头转向，不辨四周，不由两手乱舞，欲将其挥落，可全身都是，总也掸不尽，只得脱下衣服。倘她未患病，做出此种行为，定是荒唐至极，亦不值得再有眷恋。只是鬼怪附身，失却本性，又遭丈夫遗弃，故有此举，姑且忍耐。身边众侍女早已乱作一团，忙替主人换衣。然而不少香灰渗入鬓发丛中，又沾满全身，如此模样，怎敢再进玉鬘的卧房呢！

髭黑大将想道："她虽患得心病，但此种行为未免太过荒唐，以往未曾见过。"烦恼之余，更憎恶夫人，适才那点怜爱之心亦全然消失了。但念若将此事闹大，恐生意外，只得强忍怒火。夜已更深，仍派人召请僧众，为她祈祷驱邪[2]，夫人正高声怒骂，不堪入耳。髭黑大将听了，深恶痛绝，确也无可奈何。或许因祈祷法力，夫人一时如挨打，一时跌倒于地，折腾了一夜，东方既白方疲倦睡去。此时髭黑大将才稍作喘息，一心牵念玉鬘，便写信与她道："邸上昨夜有人病急，几乎丧命；再则大雪飘扬，行路艰难。彻夜思虑，寒气透骨。未能赶来，尚望见谅。"他坦率陈言。且附诗道：

"纷飞雪花乱似心，

【1】古歌："怀人不寐冬天晓，袖泪成冰尚未融。"见《后撰集》。
【2】时人相信，但凡生病，是因为鬼邪侵身，只要举办法事祈祷驱邪，病即可痊愈。

双袖如冰难独眠。

实在难堪。"信笺用白色薄纸，虽无多少意趣，却甚是工整，且文笔倒还优雅，足见此人才气不凡。玉鬘心底并无髭黑大将，巴不得他永远消失。并不曾看此信，更不必说回复了。髭黑大将见无回信，很是伤心，焦虑了一天。

次日夫人苏醒，狂态依然未减，样子极其痛苦，只得继续修法祈祷。髭黑大将也暗暗祈祷：愿早日康复，勿再生事故。他想：那模样实在恼恨！倘未曾见过其往常可爱模样，决不会容忍至今。一到黄昏，他惦念玉鬘甚切，便急急准备前去相会。而此时他已是衣冠不整、形容憔悴，亦无人取了袍子来换，样子殊为可怜。昨夜那袍已有好几个洞，衬衣亦有了焦臭味，甚是难闻。倘玉鬘见了，定然不快。于是细心洗浴，刻意装扮，木工君替他熏好衣服，吟道：

"寂寞独居心如焚，

　胸中妒火灼破衣。

你对夫人如此寡情薄义，我等旁人亦为此不平。"说时用衣袖轻掩其口，眼波流转。然髭黑大将已熟视无睹，只恨为何看中此种女子，也真是薄幸啊！便回诗道：

"目睹恶疾心意灰，

　不堪回首怨如烟。

昨夜那丑事，若张扬出去，我可声名扫地了！"叹息连连，便出去了。进入玉鬘房中，见她越发娇艳，方觉仅隔一宿，亦更为爱她了。但每每想及家中之事，便心烦意乱，不由将自己关于玉鬘房中，再无回家之念。

再说他家中，虽是祈祷法事不止，那鬼魂仍纠缠不休，弄得鸡犬不宁。髭黑大将心想，若此刻回去，定然生出事来，遭人耻笑。恐惧至极，越发不敢归家。后来虽偶尔归家，也仅宿居别室，将十二三岁的一女孩及两个小男孩叫来抚慰一番。近年来，他虽对夫人日渐冷落，但总将她视作高贵的正夫人。而今情缘已尽，众侍女均为夫人悲伤。

式部卿亲王得知此事，说道："由此看来，他抛弃了我女儿，岂不为世人耻笑？若再沉默，我亲王脸面将搁置何处？只要活于此世，定不让女儿受如此之气。"便即刻派人接女儿回来。夫人情绪已定，正自怜不幸，忽听得父亲要来接她，便想道："此等绝情之人，与其被他遗弃，遭人耻笑，不如我就此回去。"当即应允回家。来接之人乃其三位兄长：中将、侍从及民部大辅。另一兄兵卫督，职位稍高，行动不便，故未能前来。车仅三辆。众侍女早知会有今日，如今果如其然，想起日后即将与此邸宅诀别，不觉纷纷流下泪来。夫人悄然道："我久未回家，此番回去暂居，用不了多少人，你们留几人与我同去，其余暂回各自娘家，待那边安定后再说吧。"遂打点收拾用品，弄得宅内杂乱不堪。夫人凡需要的用品，俱已整理完毕，以便运走。一时府邸上下，哭声不断，一片凄惨！

唯有三个孩子不谙世事，正于院中嬉戏。夫人将他们叫来，道："为母前世造孽，遭此报应，对此世已无留恋！念及你等日后孤苦无依，我心便如刀割。那铁石心肠的父亲，并不重视，日后前程定然黯淡。今且带你们至外祖父家，女儿守在我身边，日后命运如何尚不得知，二位男孩以后还得靠父，要常回来看望他。倘外祖父在世，你们将来亦有些出路。如今源氏太政大臣与内大臣掌权，他们闻知你们身世定会鄙薄，于此世间立世是不易的。若抛却红尘，出家为僧，那我死也不安心了。"说罢哭起来。三位孩子虽不懂此话深意，但也都蹙眉而哭了。几位乳母聚于一处，叹息不已："见古书中记，即便为父的平素慈爱，一旦有了新欢，也会抛弃前妻子女，何况我们大将徒留父亲空名，平日对儿子便很疏远，日后想得到照顾，恐怕没甚指望了吧。"

天色渐暗，风起云敛，似要下雪，暮色一片苍凉。迎接的公子催促道："天气这么坏，还是早些回去吧！"夫人茫然若失，只顾拭泪。那女公子平素最得髭黑大将钟爱，她想道："若没了父亲，往后怎么过呢？今日错过时机，此后恐无缘再见了！"便伏地不起，不愿与母同去。夫人百般劝慰道："你若不走，我可更伤心了！"女公子唯有呜呜哭着，定要等父亲回来。然天色尚晚，髭黑大将哪知家中变故呢？女公子倚于东面一真木柱上，望眼欲穿。这真木柱，是她与父往常亲昵时倚靠的。今后将让与别人，无限感慨，便将一张桧皮色纸折了，哭着写下一诗，用簪端将纸塞进柱缝里。其诗道：

"临别寄语真木柱，

相倚多年莫忘情。"【1】

尚未写完，便止不住又哭了起来。夫人劝道："还是走吧！"便和诗道：

"纵使挚情真木柱，

缘尽人去岂可留？"

【1】"真木"是罗汉松的日本名称。根据此诗，后文称此女子为真木柱。

随身众侍女听后，皆悲不自禁。平日熟视庭前草木，如今亦觉依依难舍，尽皆掩面啜泣。髭黑大将的侍女木工君仍留居邸内，中将君临别赠诗道：

"岩畔细水可长住，

镇宅主君岂可离？

真是天有不测风云，诸位多多珍重吧！"木工君答道：

"岩畔细水今虽在，

情缘浅短不长留。

不必再说了！"言毕哭起来。夫人乘车告别邸宅，想到往后渺茫生涯，频频回首，凝望墙外伸出的树梢，直到望不见了方止。非是眷念那人，仅为生活多年，一草一木俱已熟知，安得不伤情呢？

式部卿亲王正等女儿归家，心中甚是烦恼。老夫人[1]又哭又骂："都怪你走了眼，平素将太政大臣视若亲人，其实是前世仇孽！当初爱女欲进宫做女御，可他百般阻挠，有意为难。世人均以为他流放须磨时，你未表同情，故而怀恨于心，可到底是亲戚呀！他虽宠爱紫姬，却无点滴恩惠于妻子家族。且一大把年纪，不知于何处领得一身份不明的女子，自己玩得腻了，欲将她许配与一忠厚朴实的人，相中我们女婿，便抬举逢迎。如此轻薄行径，怎不令人恶心！"她大骂不止。式部卿亲王止住她道："哎呀，你话怎如此难听！万万别信口指责世人皆尊敬的贤臣！他甚是贤明，作此种报复，定经深思熟虑。因须磨谪居之事受牵连者之中，唯我一人，因沾有姻亲，前年五十寿辰，他的祝仪尤其丰隆，世人皆颂呢！我常视为无上荣耀，不敢另有奢求了。"老夫人闻听此话，愈是气愤，极尽恶言，将源氏奚落了一遭。此老夫人也真是不识抬举。

且说髭黑大将于玉鬘处，得知夫人已为式部卿亲王接回，想道："奇怪！都成老婆子了，竟有醋意，动辄回娘家去。定是亲王处事轻率，不然她断不会生此念的。"忆及儿女及旁人谈论，颇为不安，于是说道："我家出了奇事呢，她回了娘家，这下我们倒落得清闲了。其实她性情甚好，日后你去了，她自会躲在一边，决不难为你。可她父亲如今接了去，倘外人得知，定怪我薄情，还得前去解释清楚，即刻便回。"他身着华丽外衣，内衬白面蓝里衣衫及宝蓝色花绸裙，打扮入

【1】老夫人是式部卿亲王的正夫人，髭黑大将的岳母，紫姬的继母。

时，显得仪表堂堂。众侍女皆觉此人与玉鬘般配。可玉鬘闻得他家竟有此种变故，慨叹自身命薄，正眼也不看一下。

髭黑大将先回转私邸，迎接的仅有木工君，具告昨夜夫人离家时的详情。当听至女公子临行前切切盼他归来不忍离去的情景，素来心硬如磐石的他也不禁簌簌下泪，模样甚为凄楚。他道："哎！皆因她神经失常，无故犯病，多年来我百般隐忍，可他们全不体谅，何奈！倘我乃专横之人，定不可与她相处至今。别再说了，如今她已成废人，住于何处不一样呢？尚不知亲王是如何安置孩子们的。"他叹息着，看木工君从真木柱缝里取出的诗，文笔虽显稚气，但女儿那凄苦的心情确叫人怜悯，令他挂念更切。他一路抹着泪，来至式部卿亲王府邸，可无一人出来见他。此时亲王正劝女儿道："你为何还要同情这种趋炎附势、见异思迁之人呢？他变心又不是此次，这我早有所闻。如今要他改正收心，已无可能。你若再抱有幻想，你的病恐无好转之日了。"这般开导，实亦在理。髭黑大将只得让侍女传言与亲王，道："如此大事，切不可急躁。虽有些疏远，未能常诉衷肠，疏慢之罪不可谅解，但已生有儿女，又那般可爱，彼此尚可信任。故今次务请谅解。倘他日世人判我罪不可恕，再请责罚我好了。"如此恳求仍不得宽谅，便求女儿出来一见。可仅出来了两位男孩，而不见女公子。长男已满十岁，已做了殿上童子，虽不甚秀丽，倒也常得众人夸赞，且已通得事理。次男仅八岁，甚是活泼清秀，相貌酷似其姐。髭黑大将爱抚地摸着他的头，说道："只要见得你，权且见着了你姐姐吧。"哽咽着与他们诉话。本欲求见亲王，亲王不见，仅说"伤感风寒，正卧床歇息"。髭黑大将悻悻不已，只好告辞出来。

父子三人共乘一车，一路闲谈近日之事。髭黑大将未带儿子至六条院，而径自带回自家宅邸，自己却欲去六条院，临走时说道："你们且住于此，日后也好来看望。"说罢便独自去了。两孩子茫然无措，见父亲背影远去，心中极其难受，那孤苦模样又使髭黑大将添了几层愁绪。但至六条院，一见玉鬘，千愁百结便得以舒展了。将她的娇妍柔情与那位怪异的正夫人相比，真乃天壤之别。自此便以前日被拒于门外为由，与正夫人不再往来，音信亦绝。式部卿亲王闻知，对他的薄情甚是恼怒，然唯有愁叹。紫姬也闻得此事，慨叹道："那我也将被父怨恨了，真冤啊！"源氏心中有疚，便安慰道："人难做啊！玉鬘一事，虽非由我一人做主，但又涉及于我。如今皇上亦怀疑我作梗，萤兵部卿亲王亦怨恨我。好在萤兵部卿亲王是个宽宏大量之人，待弄清缘由后，定会消除埋怨的。且男欢女爱之事，真相日后自会清楚，你父也不会怪罪我们吧？"

连日发生种种烦心之事，尚侍玉鬘更显得郁郁寡欢。髭黑大将觉得委屈了她，便用尽心思劝慰。他思忖道："她本欲进宫，若我不赞同而误了行期，皇上怪罪下来，怎能担当得起？太政大臣亦会责怪我，况前朝亦有以女官为妻的先例，何不让她入宫去？"他如此一想，便于年节后送玉鬘进宫。

尚侍玉鬘入宫，定于每年男踏歌会的正月十四日，故仪式气氛更为热烈隆重。义父太政大臣及生父内大臣的亲临，更为髭黑大将增添了威仪。宰相中将夕雾亦前来祝贺，甚是坦诚。玉鬘诸位兄长如柏木等，亦乘此机会前来，精心看顾，关怀细微，实在可贺。承香殿东侧为尚侍房室，西侧为式部卿亲王家的女御居所。虽两地仅隔一廊，然二人心有隔膜。一时宫内嫔妃云集，竞相争妍斗艳，满目珠翠，繁华异常。而那些身份卑微的更衣，极少于人群中出现。秋好皇后、弘徽殿女御、式部卿亲王的女御及左大臣家的女御，今日全来协助。参加的还有中纳言之女及宰相之女。

今年踏歌盛会规模宏大，前来观赏的众女眷及娘家人个个妆扮得花枝招展。连皇太子之母承香殿女御亦亲临盛会。她衣着绚丽，花团锦簇。年仅十二的皇太子，绣衣锦裳，服饰亦是入时得体。踏歌队所行路径，先赴御前，次至秋好皇后宫邸，然后前往朱雀院。按例本应再赴六条院，但日辰已晚，恐不便捷，故此作罢。队伍自朱雀院折回，途经皇太子宫时，天已微明。迎着东方朦胧泛白的晨曦，踏歌人意兴酣浓，不禁齐声唱和起《竹川》。嗓音清脆、仪态潇洒的内大臣家四五位公子，亦加入合唱，歌声悦耳动听。内大臣正妻所生的八郎君，为殿上童子，相容俊美，与髭黑大将的长男相仿，平素深得父亲宠爱，尚侍心想他为异母弟，对他自不一般。

玉鬘与众侍女皆欲多待些时日，细心品味此间欢乐。其衣着服饰的色彩及样式虽无新颖之处，却格外华丽入时，足可与惯居宫廷的宫人媲美。各处犒赏踏歌人的礼品，亦自是不同一般，尤以玉鬘所赠的棉布式样新颖，极富情趣。踏歌人亦于此处休憩，气氛热闹非凡。他们的酒筵本有定例，此次经髭黑大将指示，格外丰盛。他也正留居于宫中值宿所，此日频频派人传言与尚侍，道："入宫任职，甚教人担心。唯恐君际此间变心，故请今夜返归本邸。"虽传数遍，玉鬘仍置之不理，众侍女皆劝他道："太政大臣吩咐：'入宫机会难得，匆忙辞去岂不可惜？务使皇上欢心，及至应允方可离去。'就此辞去未免匆促了。"髭黑大将极为懊丧，道："这般多次劝请，怎奈她终是不听，唉！"言毕，连连叹息。

再说那萤兵部卿亲王，是日总不得安定神思，御前奏乐时，玉鬘窈窕的身姿总萦绕于脑际。见髭黑大将前往近卫府办理事务未归，他便急书书信一封，尽述情怀。使者将信递与侍女道："此为亲王差人送来的。"侍女将信呈与尚侍，玉鬘毫不在意地启开，见信中写道：

"深山苍松双栖鸟，

妒煞探春孤单客。

已闻得嘤鸣声了。"玉鬘羞得满面红晕，心中大为不悦，更不知如何处置，忽闻皇上驾到。适时明月当空，朗照着皇上清丽的龙颜，她方觉皇上甚与太政大臣肖似，几无分毫差异，不由心中纳闷："如此俏丽美男，人世真有二人？"想至源氏平日虽对她恩惠深厚，然居心不良。眼下此人，倒无恶意。皇上慈颜悦色，委婉诉恨，怨她误期入宫。玉鬘甚是窘迫，仅以袖掩面，缄默不语。皇上道："你沉默不言，叫我如何是好，我特封你为三位，以为能知我意，可你充耳不闻，原有此等习癖啊！"便赠诗道：

"侬心惹我恋慕苦，

紫衣[1]倩影今始见。

你我夙缘深厚，无过于此了。"说时神采飞扬，仪态潇洒，见者莫不惭愧。玉鬘见他肖似源氏太政大臣，心亦安定了，遂吟诗作答。意即入宫尚未建功立业，承蒙加封三位，今此感恩。诗道：

"无故仰承圣主恩，

紫衣赐赏无才人。

日后定当报答皇恩。"

皇上笑道："说日后报恩，怕是托辞吧。若旁人闲话不应与你相好，我倒想去评评理呢。"不觉有些怨恨。玉鬘甚觉难堪，以为世上男子均有此种怪癖，便告诫自己日后断不可对他笑脸相迎了，便沉下了脸来。冷泉帝也不好再说什么，想道："来日方长，自会熟识的。"

不料此事传入髭黑大将耳中，他心中忧虑不已，便急切地催促玉鬘回去。玉鬘也恐惹出事端，难为人妻，不宜留居宫中，便编出种种令冷泉帝无可辩驳的理由，由父亲内大臣出面劝请，方许她离宫。临行前冷泉帝对她道："此次退离出宫，定有

【1】尚侍身穿紫袍，所以冷泉帝用紫衣指代玉鬘尚侍。

他人嫌忌，不让你再入宫来，我真伤心啊！最初本有意于你，如今落于人后，视人颜色，我已不如先前的文平贞了。"他言辞恳切，惋惜不止。昔日未见其人，便倾慕于她，而今即于眼前，更觉有倾城之貌。即便不曾有过此心，也要动情，何况倾慕已久。可一味强求，又恐为玉鬘视为轻浮，只得故作情长文雅之态，相互约定，真心相爱。玉鬘惶恐不安，想道："真是'此境迷离恍若梦'[1]啊！"室外辇车早已备好，前来迎接的人忙着催促动身。夹于人群中的髭黑大将，亦絮絮叨叨地催促着。冷泉帝面对玉鬘依依不舍，便愤然道："监视如此严密，殊为可恨！"便吟道：

"重重云雾隔断路，

不闻娇梅半缕香。"

此诗虽非上乘，但玉鬘见那优美姿态，颇觉情趣盎然。他吟罢又道："本欲'爱得春郊留一宿'，可顾念有人疼你、恋你之情更甚，且回去吧。日后二人，如何通得音讯呢？"言语间显出忧郁情状。玉鬘好生感激，答道：

"非似浓春桃李艳，

也可闻得一缕香。"

其依依难舍的神情，令冷泉帝怜惜不已，离去之时仍频频回首。

髭黑大将心想：倘今晚便将玉鬘带回邸上，源氏定然不允。故一直未曾言及，行至途中方才说道："今日我偶感风寒，身体不适，欲急返家中，以安心静养。又不舍与尚侍离去，心分两地，望能偕她同往。"此番委婉言语后，即与玉鬘一道回家去了。内大臣以为，连个仪式都没有，未免太过仓促。又顾及仅为此事而大动干戈，定让彼此心中不悦，便道："且随了他去吧，我也不便做主。"源氏得知，觉得此事蹊跷，可又不便阻拦。玉鬘料及自身如那海滩盐灶上飘忽不定的轻烟[2]，只得自叹命贱。而髭黑大将则如盗得一美人，欢欣异常，然又不时对冷泉帝访晤之事耿耿于怀。玉鬘为此很是憎厌，鄙弃他的低劣人品，继而对他态度冷漠，心绪更为恶劣了。式部卿亲王因当时态度倨犟，后来弄得甚是为难，髭黑大将不便再与其往来，便断了音信。这倒成全了他朝夕侍候着玉鬘。

【1】太政大臣藤原时平霸占了文平贞的妻子，平贞无奈，只得赋诗说："与君谁绾同心结？此境迷离恍若梦。"见《后撰集》。玉鬘用此诗第二句，意为她并非自愿嫁与髭黑大将。

【2】古歌之一："盐灶须磨渚，青烟长飘渺。随风漂泊去，不管到何方。"见《古今和歌集》。

不觉过得两月。源氏念及玉鬘一事，甚为不快。他悔恨自己大意，竟让髭黑大将接了去，深恐遭世人耻笑，故念念难忘。思量玉鬘，心中实甚倾慕，便想："对此等事，固不可小视夙缘，然全因一时疏忽。"自此之后，起居之间，玉鬘的倩影总不时浮于眼前。很想去封闲谈戏语的信，但想及那粗俗鲁莽的髭黑大将，顿觉没了意趣，倒不如埋在心底。连日大雨，四周更显静寂，源氏闲居家中甚感寥落，想起往日孤寂时常赴玉鬘室内倾心畅述，愁闷顿消，那种种光景实在是留恋，便决定写信与她。又念此信虽由侍女右近暗为代转，但还得防备她见笑，故所言不多，仅望玉鬘能领会其心意。诗道：

"庭院寂寥春雨绵。

即景可曾思故人？

孤寂无聊时，回首往昔，遗憾甚多，怎能一一尽述呢？"左右无人时，右近便将信呈与了玉鬘。岂知她看罢信，竟哭了起来。她不由体会到：离别愈久，那熟悉的容貌，自己依恋愈深。仅因非自己生父，不便当众表白内心的眷恋，可心中却在寻思如何方能与他见面，不由怅惘。源氏虽曾多次对玉鬘另有所图，她亦于心中恼恨，但从未将此事告知右近。右近虽略有所知，但二人关系到底若何也尚是个谜。回信中，玉鬘道："我回此信，好生为难；若不回复，又恐无礼！"仅有：

"泪如绵雨常濡袖，

每日思亲十二时。

如此一别，已去多日。寂寥没落，日渐趋增。承蒙来书，好生感激。"措辞甚是谦谨。

源氏展阅回书，泪流不止。深恐旁人生疑，故强作无事，满腹愁绪，郁塞于怀。想起往昔尚侍胧月夜，受朱雀院弘徽殿母后监视，那情景竟与此次相同。可此事近在眼前，其间痛楚世上少有，便想："好色之徒，终是滋生烦忧之事，从此决不相扰了。且我与玉鬘，此种恋情本不应该。"他取琴欲拨，忽又忆起玉鬘那纤纤玉指，更是痛苦异常，便于和琴上清弹，吟唱起"蕴藻岂能连根采"[1]来。姿容仪态优雅之至，若为恋人见得，定要动心。再说自宫中一别，冷泉帝目睹玉鬘芳容后，便念念难忘。那"银红衣衫窈窕姿"[2]的古歌，竟成了他口头悬念。他

---

[1] 当时的风俗歌："鸳鸯来，沉凫来，鸭子也到原池来。蕴藻不可连根采，看它渐渐长大来，看它渐渐长大来。"

[2] 见《古今和歌六帖》古歌："立也相思，坐也相思，想见那银红衣衫窈窕姿。"

亦曾暗中多次写得信去，可玉鬘自叹命苦，对酬赠作答之事已觉无趣，并未真心有过回复。令她惦念的，仅有源氏太政大臣的恩惠，觉得无可报答，永难忘怀。

时至三月，六条院庭中紫藤花与棣棠花竞相绽放。一日薄暮，源氏睇视庭花，不由忆起了玉鬘居于此间的情景，便离开紫姬所居春殿，步入玉鬘曾居住过的西厅。但见棣棠于庭中竹篱垣上，疏疏落落绽开着，景色甚是优美。他便随口浅吟古歌"且将身上衫，染为栀子色"，又赋诗道：

"遥绽井手棣棠艳，

难隔久远恋花情。[1]

'难忘忆中颜如玉'啊！"吟咏萦绕于耳畔，而听者却不在身侧。值此时，源氏才不得不黯然确信玉鬘确已离他而去。源氏见此处鸭卵甚多，便巧编一理由，权且当了柑橘，差人送去。且附封信，恐为旁人猜疑，并不详叙，仅约略写道："当初一别，时隔尚久。岂料这般无情，忆及实甚怅惘。深知身困樊篱，不得自由随往。想必若无特别机缘，定难再次谋面，不由令人叹惋。"言辞甚是恳切。且附诗道：

"同巢一卵无去向，

不知谁握手掌中？

即便握得不紧，也教人生恨。"髭黑大将见后，笑道："女子既嫁夫家，若无重要事宜，即便亲生父母，也不可随易相见，太政大臣也无可避免了。他为何念念不忘，且来信与你诉恨呢？"他很是愤慨。玉鬘甚觉厌恶，不便当即回复，仅对他道："此信我不可复。"他却答道："且让我代为回复吧。"便提起笔答道：

"此卵珍藏吾巢角，

区微之物谁来寻？

尊意不快，令人难以置信。不揣冒昧，此为代笔，有失尊意吧！"源氏看罢回信，笑道："如此潇洒的信，竟出自他之手，岂不是意料之外的事？"他对髭黑大将独占玉鬘，甚是愤愤不平。

却说髭黑大将的正夫人于娘家待得愈久，心中愈是悲愤难抑，终至神情恍惚而迷乱了。她不能全然与髭黑大将绝裂，故髭黑大将对其照顾倒还周至，对子女亦甚疼爱。他渴望见得女公子一面，可夫人断不应允。女公子见亲王邸内，众人皆痛恨父亲，自知从此将与父亲疏远，小小心灵不胜忧伤。那两位弟弟，倒可时

【1】井手是地名，以产棣棠花而闻名。棣棠花喻玉鬘。

常出入父亲邸内，与他们叙谈时，难免提及继母玉鬘尚侍："她甚是喜爱我俩呢，那儿有许多新鲜事，整日快活得很。"女公子极其羡慕两小弟，她只得自叹命薄："为何我不是男子？若能如弟弟一般自由，该有多好啊！"说来也怪，连小孩都对玉鬘亲近。

十一月里玉鬘居然生得个男孩，模样甚是讨人喜欢。髭黑大将更是欣喜无比，对母子二人照顾入微。父亲内大臣闻讯，亦认为女儿宿运亨通，喜不自胜。他越发觉得玉鬘并不比平素深得宠幸的长女弘徽殿女御逊色了。头中将柏木，亦对身居尚侍的妹妹格外亲睦。但念及往事，妒意犹存，以为应入宫伴于帝侧，方能显其荣耀。他见玉鬘新生儿仪态端庄，便说道："皇上正愁叹膝下无子，倘能为他生得龙子，不知何等荣耀！"此等戏言，亏他能说得出口。自此玉鬘居于私邸，照常可处理公务，入宫之事亦不再提及。如此安排，实甚妥帖。

再说内大臣家那位女公子近江君，对尚侍一职甚是羡慕，或许乃此人性情使然，近日她春心萌动，热衷恋情。内大臣对此甚是担忧，弘徽殿女御也颇为忧虑，担心她行为逾越，时时放心不下。内大臣曾训斥她道："往后定不可到人杂的场所去。"她哪里肯依，依旧出没于人多之处。一日，不知为何喜庆，殿上众多德高望重之人齐聚弘徽殿女御处。他们吹奏管弦，合拍吟唱，甚是闲雅。时逢暮秋，晚景清幽，宰相中将夕雾也在其中。此次他有别于常日，侃侃而谈，毫不拘谨。众侍女都认为他一反常态，不约赞道："夕雾中将真出色啊！"近江君趁机挤开众侍女，钻了进来。众侍女急道："哎呀，这怎么行呢？"欲拦住她。可她回头狠狠地瞪了一眼，昂然直入。众侍女低声议论道："各位且看，她又将出丑了。"近江君手指夕雾这位世间不可多得的诚实君子，极力赞道："你好啊！你好啊！"喧哗声此起彼伏，帘外亦听得见。众侍女正叫苦不迭，听得近江君爽朗吟道：

"浮舟漂泊无寄处，

不妨系此渚边来！

你何必如'堀江川上舟，终日往来频'？何苦要'追慕同一女'呢？毫无意义啊！"

夕雾甚感诧异：弘徽殿女御处，怎有如此粗俗的女子呢？细一思量，豁然明了：定是那众口皆传的近江君吧。他甚觉好笑，便答诗道：

"惊涛骇浪舟子苦，

不停无缘渚矶边。"

弄得近江君哑口无言。

THE TALE OF GENJI

VOLUME 32
第 三十二 回
梅 枝

第三十二回　梅　枝

却说是年二月，皇子行过冠礼之后，明石小女公子便将入宫。因而新年伊始，源氏太政大臣便为小女公子的着裳仪式开始了悉心置备。各项事务，自是格外周详。时值正月底，公私事务不甚繁杂，源氏便命配制香剂，以备日后熏衣之用。恰巧太宰大式送得不少来，源氏以为质量不甚优良，遂命人将二条院中仓库打开，取出昔日中国运来的若干，两相对照，发现皆不如原来的好，不由得叹道："香料既是如此，绫罗、丝缎定亦如此了。"便命人将桐壶帝当年新罗国进贡的锦缎悉数搬了出来，而将太宰大式所赠物品尽数送了众侍女。随后又差人将着裳仪式中所需之物，如毯、垫、褥等，分送至各处用绫罗镶嵌。然新旧香料都得齐备，源氏只得派定院内各位夫人配制两种香料。他对她们道："两种香料，务请各自配制一剂。"各种赠品和赠送诸公卿的礼物，自是精美华贵，当世无双。众夫人悉心选料，杵捣配制，一时铁臼之声不绝于耳。源氏独闭于与正屋相隔的室内，潜心配制仁明天皇承和年间秘传至今的两种香剂："黑方"与"侍从"。此两种香剂的制法盖不传授男子，无人可知这秘方从何得来。紫夫人则锁足于与东厢间隔的一间别室内调配香剂，所用为八条式部卿亲王的秘方。大家行事隐秘，均欲一争高下，然生恐秘密泄露，便各自吩咐侍女，不得随意入内。源氏道："胜负高低，自应以香气的浓淡来断定。"他们如孩子般赌赛，实不像成家立室之人。诸种器物，皆完美无缺。那香壶模式、香炉构造，无不新颖别致，独具匠心，世所未见。源氏拟从诸位夫人悉心调制的香剂中选出上品，纳入壶中。

转瞬便至二月初十。是日春雨霏霏，院中满树梅瓣，红艳芬芳。萤兵部卿亲王闻知小女公子着装仪式在即，特意来此访晤。其人与源氏交情深厚，二人声息相通，凡事皆倾心相谈。两人正并肩赏梅之时，使者送来朝颜一书，其信系于一枝凋零过半的梅枝上。萤兵部卿亲王心中明了朝颜与源氏昔日情谊，对此信兴致甚高，便道："她自动送来此信，其中应有别情。"源氏微笑道："我仅请她代为配制香料，现已精心配制出来了。"说罢便将信藏了起来。随信而到的，果有一只沉香木箱子，内镶藏青色与白色琉璃钵，装有大粒香丸。藏青色琉璃钵的盖子，以五叶松枝相饰，装饰白色琉璃钵的，则是一些白梅花枝。系于两钵上的带子亦皆优美异常。亲王不由赞道："漂亮极了。"细下察看，又寻得小诗一首：

　　"残枝落英芬芳尽，
　　　异香熏袖馥郁浓。"

笔迹雅致，浓淡适宜。亲王且将诗朗声诵读了一遍。送信使者由夕雾接待，酒肴甚丰，另赏得女装一套，内有一袭红梅色中国绸制常礼服。源氏选得由上而下渐淡的红梅色信纸，挥毫作复，并将庭中一枝红梅折取，系于信上。亲王略有恨意，道："信中定有隐情，不然，为何秘而不宣呢？"他很想瞧上一眼。源氏答道："并无什么隐情，你如此疑心，也太不合情理了！"便将信中诗写于另一纸上递与他看：

"暗藏幽香不示人，

自喻残枝更惹心。"

诗意大略如此。又说道："此次着裳仪式，我精心准备若此，似乎太过认真了。但膝下仅有此女，办得体面些也不算过分。只是女儿并不十分端庄，结腰之职，未便由疏远之人担任，秋好皇后与她以姐妹相称，彼此十分熟悉。若秋好皇后乞假在家，便最好不过了。只是此人气质雅洁，仪态不凡，请了她来，参加这等平凡仪式，怕是屈尊了她。"亲王说道："倘要使你家女公子将来如同现今皇后一般，理当请她来结腰才是。"他极口赞同。

源氏欲乘此微雨时日，将诸夫人所调制的香剂收拢，便派使者传话道："今夜天降微雨，空气湿润，正是试香的好时候。"于是诸种精妙的香剂，皆一一送到。源氏对亲王道："俗话道：'除却使君外，何人能赏心'，你且来一一评判吧。"遂令即刻取出香炉试香。萤兵部卿亲王略显谦逊，道："我可并非什么'知音'[1]啊！"亦不得推却，便将诸种香料一一做了试验，指出其中所用香料的多或少，甚为挑剔，即便细小之处亦不放过。终于轮到评定源氏精心配制的两种香剂了。在承和时代，必将香料埋于宫中右近卫府旁御水沟边[2]。如今源氏亦遵此古法，将所制香剂埋于西廊下的流溪之畔。他派惟光之子兵卫尉前往挖出，交夕雾送呈萤兵部卿亲王。亲王颇有些作难，道："我这个评判，也将不胜烟熏了！"

再说同一香剂的配料，各处都一样，仅因趣味有别，配量略有差异，香气便有浓有淡，此中奥妙实是无穷。故萤兵部卿亲王认为诸香料各有千秋，无法评判

【1】见《古今和歌集》古歌："除却使君外，何人能赏心？梅花香色好，唯汝是知音。"

【2】"黑方"和"侍从"两种香剂制成后，用瓷器装好，埋在靠近水边的土中。春秋埋五天，夏日埋三天，冬日埋七天。

其优劣。只有朝颜送来的"黑方"，毕竟淡雅清幽，卓然不凡。至于"侍从"，即源氏所制者，最为上乘，香气幽雅宜人。紫姬所制的"梅花"，在所有配制的香剂中独具一格，其味清新淡雅，配料稍重，故有一种奇异的香气。亲王赞道："在此季节，即便那随风飘来的梅花香气，也很难与此种香气相匹呢。"身居夏殿的花散里，得知各位夫人竞相比赛制香，自觉没有必要挤于其间争长论短，便只制得一种"荷叶"，香气异常清幽，丝丝沁人心脾，供夏季所用。冬殿的明石姬，原想配制一剂"落叶"，以作冬用，但恐此香难胜他人，亦觉无甚意趣，遂寻思：前朝宇多天皇，拥有一优异的熏香配制秘法，公忠朝臣得其秘传[1]，再加自己潜心研究精选，配制而成"百步"名香。她灵机一动，便按此方配制，果然香气逼人，无与伦比。亲王认为此人最为工于心力。依他的评判，各有所长，难分高下。故而源氏讥笑他道："你的评判，也太面面俱到了！"

渐渐雨息月出，源氏与亲王把盏对饮，共叙往昔之事，倒也优游闲逸。此时云月缥缈，柔和清丽，凉风习习。梅香与熏香相融，生出一种无法辨别的奇妙气味来溢满殿宇，令人心旷神怡。事务所众人，正忙于装饰各种乐器，以备明日合奏之用；许多殿上人，亦正练习吹笛。源氏将前来参见的柏木头中将与红梅弁少将留下来，取过琵琶交与萤兵部卿亲王弹奏，叫柏木以和琴相和，自己执筝，三人同奏。一时弦乐合奏，音韵优美，好不悦耳。夕雾的横笛之音，颇与时令相合，清越之声萦绕云霄。红梅则合拍而唱《催马乐·梅枝》[2]，歌声美妙无比。红梅幼年之时，曾即席吟唱《催马乐·高砂》，那是在掩韵游戏之后，今唱《梅枝》，更胜从前。亲王与源氏也参与进来助唱，其盛况虽非正式，却是极具情趣。

亲王向源氏敬酒，献诗道：

"置身莺转梅艳处，

恍恍惚惚意如迷。

于此处'情愿留千年'[3]呢！"源氏将酒杯转与柏木，并赠诗道：

"郁香色艳今春醉，

【1】公忠即源公忠，有名的衣香专家，从其母典侍滋野直子处得到制香秘方。

【2】《催马乐·梅枝》歌词："黄莺惯宿梅花枝，直到春来不住啼，直到春来不住啼。阳春白雪尚飘飞，阳春白雪尚飘飞。"

【3】这个典故出自《古今和歌集》："为爱春花好，心常住野边。但教花不落，情愿留千年。"

　　　　时时盼君赏花来。"
柏木接过酒杯，转与夕雾，亦赋诗道：
　　　　"通宵长笛任尔吹，
　　　　惊飞高枝巢中莺。"
夕雾答诗道：
　　　　"春风有意避花枝，
　　　　玉笛岂可恣意吹？"
众人笑道："恣意吹笛的确甚无情啊！"红梅亦赋诗一首，道：
　　　　"晚霞不掩花与月，
　　　　莺攀梅枝始翠鸣。"
亲王于诗中寄寓"情愿留千年"之情，果然直到天明，方起身辞归。源氏命人送到车中的礼物，乃是一件常礼服，另有从未试过的两壶熏香。亲王以诗答谢，道：
　　　　"满袖携香醉归去，
　　　　浮游郎君怕山妻。"
源氏笑道："你真乃胆小呵！"见其车正起辕套牛时，便以诗作答：
　　　　"风采神逸喜还家，
　　　　玉郎归去娇妻迎。
她见你神丰貌美，怎会骂你呢？"亲王无以回驳，只得垂头而去。柏木、红梅等人亦受得些女子用的袍衫之类赠品，自然不及亲王丰厚。

　　着裳仪式于深夜子时开始，方至戌时源氏便到得西殿。着裳仪式的会场，已于秋好皇后所居西厅旁一室内布置妥当。为女公子梳发的众内侍，亦已到齐。紫夫人趁此见得秋好皇后。两家侍女，甚为美貌，济济一堂，好不欢欣。适时，灯光虽略显暗淡，仍可看清女公子俊秀的容貌。仪式完毕，源氏便向皇后致谢，道："幸蒙不弃，恭请为此陋质结腰。但恐后世者，循此为例。意甚惶恐，不胜感激。"皇后答道："我本愚钝之人，实乃勉为此礼，蒙得如此盛誉，反觉于心不安。"她这般谦逊，仪态甚是娇媚动人。源氏见才女聚集一堂，欣慰不已，想到明石夫人未能参加，又甚感遗憾。源氏本拟派人前往相邀，又恐引来流言，只得作罢。六条院中所有仪式，即便平常小事，亦极隆盛奢华，何况着裳仪式。倘首尾通述，亦难一一穷尽，故不赘述。

　　皇太子年仅十三岁，于是月下旬某日行完冠礼，表明已成人了。许多权势显赫之家，如左大臣及左大将等急欲送女入宫侍奉，闻源氏太政大臣早有此意，且仪式隆盛，便不好与之争宠，只得静候明石女公子先行，然后才送女儿入宫。源氏闻知此事，说道："如此反倒不妙了，宫帷之中，如少了美人的争宠斗妍，未免意趣消减，何况尽将女儿重门深锁，岂不可惜？"便推迟了女儿的入宫日期。但延期使得皇太子甚感焦灼。左大臣闻此消息，只得遣送三女公子先行入宫，人称之为丽景殿。

明石女公子拟定四月入宫，居于源氏先前的宿处淑景舍，如今已改建修饰一新，且添得众多精致雕饰。式样高雅的器具，其图案和雏形，均由源氏太政大臣亲自挑选，再召各行名匠精心制作。书箱内所藏图册，均可作女公子进宫后习字的字帖，其内亦有历代名家的书法精品。源氏对紫夫人道："世风每况愈下，万事皆不如先世。仅有假名书法，如今日臻其妙。古人的假名书法，虽遵循一定法则，但太过晦涩，似乎同出一辙。直至近代，假名书法的妙品才相继问世。我曾热衷此道，广集众珍本。其中皇后之母六条妃子所书，看似平淡无奇，随心所欲，但却笔法娴熟，自成妙趣。我求得之后，视作传世之作，与她结下了不解的情谊，留得个惹人非议的名分。当时她痛悔不迭，但我非薄情寡义之人，亦曾悉心照护其女。她贤明大义，虽赴九泉，亦定能谅解我的。"说时竟哽咽难禁了。

随后源氏又道："那已谢世的藤壶母后，书法造诣虽深，风格亦甚秀丽，但笔力柔弱，尚乏余韵；堪称当代名家的尚侍胧月夜，其书法美中不足之处在于太过洒脱。尽管如此，朝颜、胧月夜与你，皆堪称书法名手了。"紫姬答道："推我为名手，实不敢当吧。"源氏又道："无须太过推诿，你的笔法柔婉娟丽，自成风格，尤其是汉字，高明无比，只是假名略微逊色些。"他拿出几本备写字用的空白册子，都有甚为精美的封面与带子，道："我拟请萤兵部卿亲王与左卫门督，也留点手迹。他们该不会在我之上吧！"源氏说这话显然有些自诩之嫌。他又选好笔墨，一一写信与诸夫人，恳请她们也写一写。诸位夫人甚感为难，其中亦有婉然拒绝者，源氏则再三相请。他又召得几个俊美少年，让他们在上深下淡的精美高丽纸册上比试书法。他吩咐宰相中将夕雾、式部卿亲王之子左兵卫督与内大臣家头中将柏木道："歌绘、苇手[1]两种书法形式皆可，字体亦不必拘，只管写来就是。"诸少年便尽心书写，相互比试。

---

[1]"苇手"是一种戏书，是在有色的纸上用草书字母写歌，形似水边的芦苇。"歌绘"是表现和歌意境的绘画，字画结合。此二种书法在平安时代极为流行。

其时已至季春，花期渐去，天气晴和，令人心旷。源氏只留得二三人，专门侍候笔墨。他自闭于室中，专事书写。这几人皆有学识，古歌集中哪些诗歌可入选，皆可听取他们的意见。各种古歌纷至沓来，源氏便随意用假名书写，或草体，或普通体，皆秀美不凡。源氏坐于卷帘窗下，凭几书写册子，或落拓不羁，或正襟危坐，姿态皆甚为优美。凡明了其中情趣之人，无不神往。

正待书写，侍女忽然来报：萤兵部卿亲王来访。源氏颇感突然，一面换衣一面命人将蒲团设上，恭请亲王入室。众侍女隐于帘内窥望，但见亲王风度翩翩，拾阶而上，从容洒脱。两人得见，互相揖让，举止甚是优雅。源氏道："近日无所事事，甚感孤寂无聊。幸蒙驾临，备感欣悦！"亲王呈上所托书写的册子，源氏当即观览，见其书虽非超然卓绝，然字字清晰工整，笔力挺健端秀，诗词极具妙趣，尽是些颇具特色的古歌，每首三行，汉字虽不多，却飘洒自如，堪称上乘之作。源氏始料未及，惊叹道："如此上乘之品，非我等所能及也！"亲王戏笑道："既忝居众贤之列，拙作自当沾光了。"

源氏无法隐藏自己所作的册子，只得取来让亲王一一观赏。其中中国纸平整光滑，上面的草体字甚为优美。又有质地细腻、纹理精细的高丽纸，上书流利的假名，端庄雅丽，行笔严谨，其美委实无可企及。倘观者睹其书法，定随书家笔意流逸而动情掉泪。又在本国所制的色泽鲜艳的彩色纸屋纸上，信笔挥写草体诗歌，腾挪跌宕，龙飞凤舞，其美无比。亲王见此洒脱豪放、美妙妩媚的手迹，再也不舍放下了。

左卫门督的手迹，虽堂皇艳丽，锋芒尽现，笔法未免有失端正，给人一种做作之嫌。所书诗歌，亦尽皆偏奥难懂。源氏不肯多将那些妇女之作拿出来，尤其是朝颜所写的册子。诸少年所书的册子，皆风流洒脱，各具其妙。夕雾的作品，字如流水，间杂有苇状之字，交错相衬，畅快淋漓，跳跃跌宕，恰似难波浦上风吹苇动的妙景，令人叹为观止。又有数页，匠心独运，气势突兀，一反华丽淫靡之风，字体呈怪石嵯峨之状。萤兵部卿亲王见了，不由拍案叫绝："真乃异品！如此佳作，不知费得多少心思！"亲王儒雅风流，故格外赏识这骇俗之作。

兴之所至，源氏便将所藏诸种继纸[1]册，尽皆取出，相与品鉴。亲王亦遣侍

【1】继纸是由两种以上异质异色的纸张接合而成，古人用以写诗，以示典雅。

从，将家中所藏书册取得些来。共有《古万叶集》四卷，乃嵯峨帝所选，另有延喜帝所书一卷《古今和歌集》，由淡蓝色中国纸精心合订而成，封面为深蓝色中国花绫，浅蓝玉轴，五彩巾带，更显高雅端庄。每卷所用书体迥异，笔墨亦甚是精致优美。源氏移近灯笼，细细欣赏，赞道："此乃世间珍品！如今之人，恐仅窥得古人一点端倪呢！"亲王乘机道："即或我有女儿，若其不懂欣赏，我亦不愿传与她。况且膝下无女，此物更无须保留了。"便将此作品赠送与了源氏。源氏亦回赠了一套中国古书，版本自是上乘，书箱由沉香木精制而成，内有一支精美的高丽笛。

近期来，源氏醉心于品评假名书法。凡著名书法家，不论身份高贵低贱，他均一一前往寻访，令其书写擅长的品类。或写册子，或书卷轴。他衡定其人的才学品貌，凡出身低微之人所作，概不纳入女公子的书箱。之外，他又为女公子备得些别国罕有的诸种珍稀之物，都是当世青年人所重视的。他未将昔日自己所作须磨日记选入其中，是想待女公子年事稍大，颇具知识之时，方交付与她，以期传诸后世。

如今再说那内大臣，自目睹他人为女儿入宫，准备周全，排场宏大，回思自家女儿不能有此福分，不由万般懊恼。他那女儿云居雁，美若天仙，娇柔妩媚，虽芳龄二十，仍待字闺中，寂寥冷清，着实让人担忧。那曾苦苦追求云居雁的夕雾呢，并不见得热忱，若遣人主动前去提亲，又恐引为笑柄。故此，内大臣暗自悲叹，后悔当初不该拒绝他的诚恳求婚。他这般琢磨，这也难怪夕雾再无表示。夕雾亦闻知内大臣有后悔之意，因对昔日他的冷酷无情仍怀恨在心，只管佯装冷淡，不去求婚。但他决非另有新欢。他倾心追求云居雁，常生"短别心如焚，方知不可戏"之叹。云居雁乳母曾讥讽他身袭淡绿袍，几时能升迁，故他断下此念：必待荣升纳言，换上红袍之后，方去求婚。

夕雾年已十八，仍未定亲，源氏甚觉奇怪，颇为他担忧。一次，源氏对他说道："若你对那人情义已绝，不妨另选一个吧。右大臣与中务亲王均想招你为婿呢！"夕雾唯恭恭敬敬地聆听，却缄口不语。源氏又道："就此事而言，我亦曾不肯听桐壶父皇训诫，然事过之后，方思其教诲，实乃金玉良言。这般年岁，尚未定亲，世人定猜度你心存高远，不肯草率从事。若你受束于夙缘，结果娶得个平庸女子，将受人嘲弄。世事多变且有限度，即或心高志远，结果亦未必如意，故不可过分挑剔才是。我自小便在宫中，不能自由行事，受到百般约束。稍犯过失，便遭讥讽，故时刻小心在意，但仍留得个轻薄恶名。你官职低微，约束较少，万不可心无顾虑，恣意行事。此刻倘无所爱之人来束搁其心，即或圣贤，亦难免因女子而声名狼藉。诸如此事，从古至今，层出不穷。倘强行求爱，便会令对方颇为难堪，自己亦遭怨恨，抱憾终身。若因阴差阳错而结亲，不合心意，以致难于忍耐，亦应尽量宽容，替她考虑：或因其父母情面而谅解她；或因双亲去世，娘家衰败，其人亦不乏优点，而回心转意，与之白头偕老。故而，无论为自己抑或别人，均应深思熟虑，以求一切圆满。"凡闲暇之时，源氏便以此类话训导夕雾。夕雾亦遵从训导，即便有时对别的女子逢场作戏，过后也认为作孽深重，有愧于云居雁。

　　云居雁见父亲近来长吁短叹，便觉定是因己而起，神情甚是颓废。但丝毫不留在颜面，仍佯装无事，郁郁度日。夕雾每逢相思煎熬，难以忍受之时，便作些忧戚缠绵的书信，差人送与云居雁。倘云居雁是圆滑世故之人，定会慨叹"仍有谁可信"，对夕雾的诚心生疑，但她并非如此，每每读其来书，总是悲切难抑。外间又闻传言："源氏太政大臣已答应中亲王恳求，将让夕雾娶其女儿。"此言传入内大臣耳中，心情更为悒郁，他悄声对女儿道："闻知夕雾将娶了中务亲王之女，也真薄情啊！昔日太政大臣曾向我征求，要将你嫁与夕雾，那时另有他念，未曾应允。想是因此他便另有所爱了。如今若退步，应其昔日之求，岂不被人讥笑！"说罢泪盈满眶。云居雁亦感羞耻，不禁泪如泉涌，侧转身去，那姿态实甚娇艳。内大臣见此情状，思道："如今看来，只得忍耻求人了。"他满怀疑虑，踱出室外。云居雁仍独倚窗前，凝目远眺，她想："我这般伤怀，父亲又会何等忧伤啊！"恰在思绪纷涌之时，夕雾遣人送来一信，她只得强压悲伤，拆开来读。见其语甚详，且附诗道：

　　"恨君无情同世人，
　　　我心不异长相思。"
见信中未曾提及另娶之事，更觉此人薄情寡义，不胜悲愤，便答诗道：

　　"口言不异心早离，
　　　此乃世间俗夫心。"
夕雾读罢复信，甚觉蹊跷。他握信不放，百思不得其解。

THE TALE OF GENJI

VOLUME 33

第 三十三 回

紫藤末叶

却道六条院内，一派忙碌景象，皆为小女公子入宫做安顿准备。夕雾中将满腹心事，心下烦恼："对方已作了让步，只等前来议婚了，相思虽难熬难忍，又何必自寻愁苦呢？"这番难忍的等待，使他终日心烦意乱。再说云居雁，听进父亲告知夕雾另有所娶之言，悲伤不堪，二人虽因塞运而背弃，但毕竟缘不可分，俨如恋人。而如今的内大臣呢，感到自己如此固执，已毫无益处，亦是烦恼。他想道："若夕雾择得中务亲王之女，我女必然得另配他人。他的痛苦且不论，我们亦会为人所不齿。况且此事已经外扬，倒不如主动调和，前去求亲为好。"内大臣与夕雾的关系，表面看似和睦，而心内却各怀己念。内大臣羞于向夕雾提亲，故想等得一个好机会，暗示于他。

是年三月二十日，乃太君祭辰，源氏从六条院送来了诵经拜佛所需供品。夕雾中将忙碌置办外祖母的种种供养品。内大臣偕诸公子，前往极乐寺墓地祭拜。随来的王侯公卿甚多，夕雾值青春年少，穿戴华丽，行于其间，相貌潇洒俊美。只因云居雁一事与内大臣心生隔阂，见面颇多顾忌。今日甚是冷静，仿佛怀有戒备之心。内大臣则对他特别关注，不似平常。

暮时，众人陆续离散，准备归家。适时落英缤纷，暮霭沉沉。内大臣见景生情，忆起了往事，慨然作吟，姿态潇洒飘逸。见此苍凉暮景，夕雾意驰神迷。有人道"下雨了"，他却惘然不知，依然耽于遐思之中。内大臣见此情状，拉了拉夕雾的衣袖，道："你为何这般怨我？今日同来祭墓，请看在太君尊面上，消释了对我的尤怨吧！我年事已高，恐不久于人世，若仍这般见恨，真是遗恨无穷了。"夕雾听得此话，惶恐不安，便答道："蒙外祖母生前教诲，理该遵从舅父栽培。但因小甥开罪舅父，未获舅父宽恕谅解，故此未敢前来聆听训诫。"瞬时，风声大作，大雨陡然降下。众人匆匆奔散，归得家去。夕雾归家后独坐，暗自思忖："今日内大臣态度不似寻常，不知他又有何想法。"是夜，夕雾思慕云居雁，辗转反侧，彻夜不眠，直至东方天明。

夕雾长年炽热相思，使内大臣一改先前的强硬态度，变得温和柔顺起来。他想寻得个良策，又不被识破，促成女儿与夕雾之良缘，其用心也颇良苦！四月上旬至，庭中藤花盛妍，鲜艳炫目。为度过这藤花满园的四月，内大臣拟定举办管弦乐会。夕阳西坠，花色更显妩媚。内大臣遂遣柏木传信与夕雾，道："前日晤谈，未得衷曲尽叙。今日倘有兴致，盼光临再叙。"且附诗云：

"日暮藤花正艳时，

不惜晚春观赏来？"

并系上一枝藤花，分外清艳。夕雾心下惊喜。便和道：

"不意承邀暮色中，

何时折得紫藤花？"

且叫过柏木道："真抱歉，我心头惴惴不安，无法成诗，请代为稍作修改！"柏木道："不用写了，且随我同去便好。"夕雾笑云："你这侍从，真是无用。"说罢，便叫柏木取信先行，自己随后就过去。

夕雾将此事禀报与父亲，并呈上内大臣之信。源氏大臣看罢，道："如今，他主动作了让步，也算对太君尽点孝心。唯他骄横矜持之态，令人生厌。看来，他招你去，定有想法。"夕雾答道："或许并无他意吧！或因他家院内紫藤花今年开得茂盛，又值闲暇无事，故招我去赴管弦乐会罢了！"源氏道："既然特地来请，你应速去才是。"夕雾不知内大臣心存何种想法，心中犹疑不定。源氏便对他道："你的袍子颜色太深，质地亦不考究，无一官半职，倒可穿浅紫色袍。如今你已为参议，衣饰便得考究才是。"便将自己所穿的一件华丽礼服、白色衬衣，令随从送往夕雾居所。

夕雾在屋内精心打扮，直到暮霭沉沉，才至内大臣府邸，众人早已有些焦急了。夕雾见府内诸位公子（柏木以下七八人），均出门相迎，拥着他入内。座上皆是些才貌出众的俊秀公子，夕雾尤为超然，清秀儒雅，气宇轩昂。内大臣令侍者设置客座，自己将衣冠稍作了番修饰，准备落座。他向夫人身侧的侍女们道："你们且过来看看吧！夕雾公子已成年，相貌比以前更俊秀了。举止言行从容大方、老成持重的仪姿，竟超过了他父亲呢！他父亲面容儒雅柔和，看着令人欢悦，忘却愁苦。但于朝廷之上，这相貌却似太过风流，少了一分庄严。而这夕雾公子，才学渊博，气度豪迈，真是世间完美无瑕之人呢！"话毕，整整衣冠，出得门去，会见夕雾。两人寒暄了几句应酬之词，便落座饮酒观花。

内大臣道："春日之花，桃李梅杏各呈其姿色，各散其清香，姹紫嫣红，令人叹为观止。然转瞬间，便全然不顾赏花人惜花之情，春红凋落，花英散落殆尽，花期甚短啊！这藤花姗姗来迟，却正值时候，又能一直开至夏天，令人特别心爽神逸。旖旎之色，教人怜忆起那些可心的人儿来！"说时面含微笑，风度翩翩。月亮破云而出，清光朦胧，暗香盈盈。赏花众人皆作歌为乐，传杯劝酒，觥筹交错。不多时，内大臣佯装酒醉，频频与夕雾交杯劝酒。夕雾另有所思，婉言推却，感觉疲劳。内大臣道："在这等衰败垂危的末世，你才学渊博，应付世事游刃有余。你却未能领悟我这残烛老人之意，委实太无情礼！古书有'家礼'之说，你定也深悉孔孟之道，然却不肯以父礼待我，违我苦心，教我好生遗憾！"夕雾慌忙致歉，道："外甥如先前孝敬外祖父母与母亲般孝敬舅父，不知舅父为何这番言语？恐是小甥一时疏忽而有失礼仪吧！"内大臣见时机已到，便振奋精神，唱起"春日照藤花，末叶皆舒展……"的古歌来。早做好准备的柏木中将，按父亲旨意，在庭中折来一枝深色长穗的藤花，插在夕雾的酒杯上向他敬酒。夕雾接过酒杯，甚是惶恐。内大臣吟诗道：

"紫藤一味缠老松，

念花前程心释然。"

夕雾喝下一杯酒，面带微笑，屈身施礼，姿态优雅。和诗道：

"含泪等候几春秋，

今朝始闻花香浓。"

吟毕，又回敬柏木一杯。柏木亦和道：

"艳丽少女胜藤花，

雅人相映色更艳。"

接着依次传杯敬酒，吟诗赋歌。在座诸人皆酩酊大醉，所吟诗歌，语词零碎。故不记述。

初七夜，月色清幽，照映一泓潭水，烟霞之中，朦胧而迷离。潭畔树影斑驳，绿叶娇嫩，尚未成荫，周围一片沉寂。低矮的松树枝上，盛开着藤花，清丽艳雅，无与伦比。那位歌喉动人的弁少将红梅，唱起了《催马乐·苇垣》[1]，声音婉转。内大臣听了，欣喜异常，高声道："这曲歌，真意味深长啊！"便和着节拍，欣然助唱道："此地由已久……"歌声高亢激越，从前旧恨新怨，顿然消失得无影无踪。不觉夜色已深，夕雾佯装酒醉痛苦之样，对柏木道："我头晕目眩，倘若归去，恐路上生事，恳请在尊处借宿一夜，不知可否？"内大臣闻此言，心中暗喜，便大声吩咐柏木道："头中将，你且好生安排客人入寝吧。老朽不胜酒力，

【1】《催马乐·苇垣》："（女唱）拆开芦苇垣，越垣偕郎逃。谁在父母前，有意把舌饶？此家大骚动，弟妇最唠叨。（弟妇唱）天地神作证，非我把舌饶。你今说此话，完全是造谣。"此歌是男子诱惑女子之俗歌，讥讽从前夕雾诱云居雁。

已酩酊大醉，也顾不得礼节不周，先行告退了！"说毕，假装酒醉不堪，回内室去了。柏木对夕雾道："想必家父是有意让你醉卧花荫了。哎，怎生是好？倒教我引路，让我左右为难，不知何办。"夕雾道："岂有轻薄之花'寄身苍松上'[1]？你如何说得出这等令人作呕之言！"柏木心有妒意，但向来以为夕雾的品性让人称心，此后又将成为妹夫，故放下心来，引他到了云居雁房中。

见到云居雁，夕雾恍若梦中，数年相思之苦，终于美梦成真，顿觉自己遂了心愿。云居雁见夕雾比少年时更为英俊秀美，竟不胜羞涩，默然不语。夕雾倾诉道："我几乎成了别人谈笑的话柄，全赖我对你的爱恋忠贞不渝，耐心忍受痛苦，终于得你父应允，你却似毫不念此情，真令人不可思议！"又续道："弁少将唱《苇垣》之歌，乃是对我冷嘲热讽，我欲唱《催马乐·河口》[2]之歌来，以对答他呢！"说得云居雁顿时面颊绯红，觉此歌不雅，遂以诗答道：

"轻薄之事出河口，

私情何故泄出栏？"

云居雁如同孩童般天真无邪。夕雾含笑和道：

"绯闻泄自岫田关，

河口滩浅顶恶名。

害我长年饱受相思之煎熬，度日如年啊！"他借口酒醉，佯装疲困之态。天已明，夕雾佯作不知，依恋不舍，不忍离去。众侍女皆万分着急，内大臣闻知，心下欢喜却故作怪异，道："为何还未起来？睡得如此贪恋。"天色大亮之前，夕雾起身离去，睡眼惺忪，云居雁亦觉风韵无比。

翌日，夕雾手书一信，照例令人偷送。云居雁见信，侍女们见此情形，纷纷以袖掩口，窃窃私笑。此时，内大臣进得房内。云居雁略显局促。夕雾在信中云："只因姐姐对我心尚存疑，不愿坦诚相待。故虽已同衾，反觉此身空落。唯我心中恋慕之情，永世不渝，故书信一封以释情怀：

"隐忍拭泪已数载，

【1】见《古今和歌六帖》："寄身苍松上，紫藤虽弱小。但得熏风吹，花开无限好。"夕雾引用此诗，意思是说内大臣已经默许他为婿了。

【2】《催马乐·河口》："河口有个关，关门是疏栏。虽然是疏栏，关吏守得严。虽然守得严，被我逃出关。出关会情人，两人同衾眠。"河口关在伊势郡。夕雾欲唱此歌，意为内大臣管得再严，也无奈他俩早已私通。

拧挤湿袖手既酸。"

此信情深意浓，爱意缠绵。内大臣阅毕，笑道："字迹清秀，笔力雄健，好书法！"顿然释消昔日的成见。云居雁懒懒舒身，犹豫不决是否回信。内大臣恐迟不作复，有损脸面，又料有他在面前，恐难为情，遂起身离去。柏木中将热情款待使者，犒赏甚丰。此人昔日偷送情书之时，其举止多闪闪烁烁，此时神气活现、趾高气扬了。他目下任职右近将监，夕雾平素亦将他视作心腹。

源氏太政大臣已获知此事详情，不一会儿，夕雾前来参见。源氏见儿子容貌清雅，比先前更光彩照人，遂打量片刻，说道："今晨好否，慰问信可曾送过去了？这么多年中，你能克制自己，不强人所难，性情温和，不焦不躁待至今日，委实迥异常人，深为世人嘉许。世间常有贤者亦为女人而出差错。一向性情刚强、不折不挠的内大臣，这次忽然谦卑起来，必惹世人讥评。你切不可因此而得意，不可一世，养成那等浮薄品性。内大臣看似风流倜傥，洒脱不羁，其实骨子里身无豪气，倒是一迂腐难交之人。"照例一番训话以后，源氏太政大臣觉得此姻缘倒也美满如意。且说源氏大臣，适时年三十九岁，相貌仍清秀俊雅，甚是年轻，一点不似夕雾之父，倒更像年事稍长之兄。细看二人，容貌酷似，一模一样。两人同处时，方略见差异。源氏身着浅色常礼服，内衬唐装式白内衣，花纹鲜艳晶莹。夕雾则身着色调稍深的常礼服，内衬浓丁香汁色纹样的白绫衫，神采艳丽，饶有丰姿。

正值四月初八，六条院内举办浴佛会。寺院派人送来一尊佛像，法师则姗姗来迟。各院夫人遣了女童，送来品目繁多的布施品及浴佛会用物。诸公子皆赴会，仪式参照宫中。夕雾心不在焉，行过仪式，立即修饰一番，前往云居雁处去了。夕雾与云居雁长年相思，情爱至深，一旦夫妻团聚，自然格外恩爱。正如诗歌所言"浓浓情意不漏水"[1]之状。几位年轻侍女，曾与夕雾调情作欢却并无深切关系者，见此情状心中也生出一丝妒意。内大臣见夕雾如此温柔体贴，风度翩翩，颇感欣慰，越发器重他了。他虽因主动退步而心有余怨，但想到他为人敦厚，长年忠贞不渝，耐心等候，实为难得品性，心生原谅之情。此后，云居雁的居处日渐繁华，甚而超过了弘徽殿女御处。内大臣的正夫人及其贴身侍女，心生嫉恨，时有怨言，却又无可奈何。云居雁的生母按察使夫人[2]，闻知女儿终于

【1】古歌："浓浓情意不漏水，缘何相见永无期？"见《伊势物语》。
【2】云居雁的生母与内大臣离婚后改嫁按察使，故云居雁一直由祖母抚育。

嫁得个如意夫婿，深感欣慰。

话说六条院的明石小女公子，择定于四月二十日后入宫。此前正值贺茂祭佳节，紫夫人欲先行一日，前往参拜贺茂神社，照例邀诸夫人一同前往。诸夫人以为与之同行，形似随从，有失体面，故皆婉言辞绝，源氏太政大臣只得偕了紫夫人及女公子，三人前去。随从人员不多，唯二十辆车前往，一切简洁明快，倒也饶有风趣。翌日拂晓，众人入寺参拜。拜毕同登看台，欣赏春景。众侍女的车子，停于看台前排成一串，甚为壮观。远处相望，均知此乃源氏一家的车马，其气势浩荡，盛大蔚然！权势之盛，可见一斑！源氏忽想起昔日秋好皇后的母亲六条妃子的车祸来，便对紫夫人言道："倚凭权威，作威作福必遭报应。昔日葵夫人盛气傲慢，结果落得抱恨而死。"死时的凄惨情状，他并不提及。又道："如今两位遗留后人，葵夫人之子夕雾，仅为一介平民，仕途艰辛；而秋好皇后则高位及臣，概不能比矣！仔细想来，感慨颇深！人生无常，世事变幻无定，命运叵测。故人在活着时，总想逍遥自在，随意不拘。然而唯恐我死去后，留你一人于世，替我受过，晚年不免有些孤苦……"话不曾说完，王侯公卿等皆已登上看台，源氏大臣只好走了过去。

司祭的敕使，乃近卫府派的头中将柏木。他与王侯公卿一行，来到源氏大臣的看台。另一敕使，乃惟光的女儿藤典侍。她因才华出众，极受盛誉。冷泉帝、皇太子以至源氏太政大臣，均以无数珍品犒赏她。她与夕雾交情深厚，亦对夕雾有情，只是并未公开，闻知他与云居雁成亲，心内悲伤。同为贺茂祭司祭，夕雾感慨赠诗与她道：

"目睹发际葵花饰，

恍若久已忘花名？[1]

令人心痛啊！"藤典侍收得此信，知夕雾虽值新婚燕尔，仍难忘旧情，心下甚是感激，一边匆匆上车，一面和诗道：

"不知鬓间花之名，

且问寒宫攀桂人。

花名自在君心中，愿君勿忘！"寥寥数语，在夕雾看来，却是极富风情之语。打

【1】参加贺茂祭时，时人皆在衣冠上插上桂或葵。日文中"葵"与"会"同音，忘了葵花之名，意为难言后会之期。

此后，他难以忘怀藤典侍，总是千方百计寻觅机会前去与之幽会。

且说明石小女公子入宫一事，紫夫人决意亲往伴送。源氏大臣寻思：紫夫人若住在宫中长时陪伴小女公子，似有不妥，不如让其生母明石夫人相随。紫夫人也暗自盘算："此事还得令其生母前来。倘将母女长相分离，母亲定然惦念女儿，时常愁叹；女儿虽已长大，亦必十分想念生母。这样双方愁苦不堪，便是不好。"遂向源氏大臣说道："女儿尚年幼，不谙人情世故。理应请明石夫人前来，长住宫中相伴才好。侍女们又都年轻贪玩，无法依赖；乳母也只能照顾表皮之事，我又不能长住宫中。这怎能放心？故唯有如此方万全。"此言甚合源氏心愿，闻知不胜欣喜，便立即转告了明石夫人。

明石夫人喜不自禁，庆幸母女从此可以长相厮守，立即准备种种进宫事宜。其排场甚是讲究，仪仗甚是得体，毫不逊于那身份尊贵的正夫人。出家为尼的母夫人，终生祈愿外孙女儿富贵荣华，也祈愿自身长寿，以期能见得外孙女儿一面。忽闻外孙女儿已选为太子妃，即将入宫，想及在世之日，恐难再见到她了，不由悲从心起。当日夜晚，紫夫人伴送女公子入宫，且得以乘辇车。明石夫人因身份卑微，只能随车步行于后，大失体面。明石夫人见此情状，唯恐委屈了金枝玉叶的女公子，而受世人讥讽，便当下决定暂不入宫。

小女公子的入宫庆典，源氏虽未作过分铺张，但体面宏大，前所未有。女公子虽非紫夫人所生，但备受其疼爱，将她教养得才貌双全。如今她将女公子让与明石夫人，心中又难割舍，心想若为己生，便十全十美了。源氏大臣与夕雾也有同感，认为此事确是不甚完美。三日后，紫夫人离宫回府，明石夫人入宫前来接替。明石夫人初次拜见紫夫人，紫夫人道："女公子已长大成人，我们一直未曾晤面，今后自当多多亲近，不必顾虑。"两人相谈甚是融洽，紫夫人态度颇为亲切，明石夫人亦推心置腹，与紫夫人叙谈。紫夫人见明石夫人应对自如，辞令文雅，心下赞叹，始知源氏大臣宠爱她也在情理之中。明石夫人诚心敬仰紫夫人人品高尚，姿容艳丽，觉得源氏大臣宠幸她，大别于其他夫人，并尊奉她为正夫人，确是情理所在。明石夫人想，今生与她相见，恐是前生修下的福。然每见紫夫人出宫，仪仗整齐，堂皇宏大，坐于辇车内。其尊贵与女御相等，顿觉自己身份卑微，不禁自惭形秽。眼前的亲生女儿，虽自小分离，但如今已如粉妆玉琢一般，高贵文雅，端庄美丽。她欣喜不已，仿若梦中，悲喜交加，泪流不止。数年以来，明石夫人饱受忧患。如今心绪豁然开朗，心下祈愿寿福无尽，方信住吉明神委实灵验。明石女公子自幼受紫夫人良好教养，贤惠体贴，尽美尽善，白玉无瑕。而今声望尊隆于世，姿貌仪态之高雅亦难有人相匹。皇太子年事尚幼，亦知格外怜惜此位妃子。虽有争宠之人，四处扬言其母身份何等卑微，此乃不悦憾事，但丝毫未影响其尊荣。明石夫人用尽贤能高雅之才，将妃子的居室设置得华丽雅致，即便细枝末节之处，也都风雅蕴藉，精巧神妙，以致殿上人尽皆将此居室视作猎艳之所，前来与明石女公子的侍女调情戏谑。侍女们感觉今非昔比，亦重视自己仪态，个个风韵雅致。紫夫人常来宫中探望，并与明石夫人交情日渐深厚，不再有别的顾虑。明石夫人言行举止恰如其分，对紫夫人颇有分寸，既不太过放肆，又毫不卑躬自贱，诚为理想至极。源氏太政大臣自念此生余日无多，渴望生前完成两桩大事：一为女公子入宫，如今已遂此愿；二为夕雾婚事，虽长时纠缠，外间多有讥评，如今也如愿以偿了。因此自感不必再有所挂念，亦可遂念念不忘的出家心愿了。唯念及紫夫人，仍眷恋不舍。所幸紫夫人有义女秋好皇后照顾，又是明石女公子的正式母亲，以后明石女公子亦定当竭诚孝忠，即便自己出家之后，其供养亦可托付二人，故放下心来。花散里虽平日郁郁寡欢，但眼下有义子夕雾照养。诸人均有所奉，源氏便不再有忧虑了。

次年源氏四十周岁，举办生日庆贺大典。一时朝廷上下，忙碌筹备。是年秋，源氏太政大臣又升官晋爵，照准太上皇待遇增加封地及封户。源氏之家早已富足丰盛、尊荣无比了。冷泉帝又援引古代罕例，为其添设得诸多院司。源氏地位虽已登峰造极，身份亦高贵无比，但出入宫殿倒反不随意，拘束了许多起来。在冷泉帝看来，未能让位于源氏，颇似自己未能尽职，但又恐此举必为世人所责。冷泉帝常叹息不已。

夕雾中将升中纳言，遂进宫面谢皇恩。他英姿飒爽，颜貌举止，几无半点瑕疵。内大臣，即新任太政大臣见之，甚是满心欢喜。他心想云居雁若入宫，必受排挤妒恨，远不如嫁与夕雾幸运。一日，夕雾忆及昔日某夜云居雁乳母大辅讥讽他官微位廉，道："倘嫁得个六品小京官，也太不体面了"，便递给了她一枝鲜红娇艳的紫色菊花，赠诗道：

"含苞小菊呈浅绿，

未料怒放紫红花。[1]

【1】当初夕雾屈居六位京官，穿浅绿袍而受讥笑，如今已官居四位中纳言，穿紫袍。

我仍未忘记，当年落魄时，你所附之言呢！"他一边吟诗一边送上花去，潇洒从容，仪态可掬。那大辅顿觉无地自容，只得惭颜答道：

"幼小秋菊出名园，

岂敢轻视曾经绿？

大人何必念念不忘呢？"其语调虽亲切随和，心中却增添些许痛楚难忍之情。

自打夕雾晋升后，权威日渐隆盛。他感到夫人邸内颇为狭窄，便移迁至三条院。三条院是已故太君居处，自太君故去，殿宇已甚荒芜。此次大事修整，一改太君当年的布置。夕雾与云居雁居住此邸，初恋情景历历浮现在目，不免见景伤怀，感慨不已。昔日那庭前的幼木，今日葳蕤成荫，郁郁青青，葱茏繁茂。昔年栽植的那丛芭芒草，如今已满地蔓延，四生台阶。庭中池塘里亦是水草丰茂，遂令人加以整理清除。庭中气象，顿时焕然一新。向晚，夫妇携手共赏斜阳美景，闲叙青梅之恋，各抒情愫，感叹好事多磨。云居雁依恋不舍，忆昔年惹来不少闲言碎语，心感羞惭无比。当年侍奉太君的侍女，皆未离散，依然住在各人房间，她们前来拜见这对新主人，欢喜无比。夕雾念起外祖母，即兴吟道：

"岩前清水守故园，

安知旧主今何在？"

云居雁和道：

"细流潺湲淌依旧，

不映故主昔时影。"

新任太政大臣退朝还家，途经三条院，得见院内红叶如染，一时牵念起女儿来，便停车探访。但见院内四处清幽优雅，居所整洁，窗明几净，装饰华丽，与太君在世之时繁盛无异。夕雾亦心情爽朗，脸上微泛红晕，从容沉静，又显谦和。这两人真乃天造地设的佳偶。留下的老侍女们在新夫妇身边尤显得意，争相讲叙陈年旧事。新任太政大臣见到二人所吟诗篇，说道："我亦有此心情，向这溪水寻访太君踪迹。但恐老人伤感，出言不吉。"他吟诗道：

"昔日小松遂成荫，

莫叹老树已凋零。"

夕雾的乳母宰相君，至今仍怀恨太政大臣当年对夕雾的冷酷，便扬扬得意，冷声吟道：

"双松同根自劲，

我等终身仰绿荫。"

其他老侍女也纷纷吟诗，皆是些蒙托荫蔽之辞而已。夕雾颇觉有趣，云居雁则满面红晕，只顾聆听。

且说时至十月二十日，冷泉帝欲行幸六条院。适值漫山红叶似锦，冷泉帝赏秋意趣浓烈，便致书邀朱雀院同行。上下两代皇上相偕行幸，盛况宏大，实为世间罕见，一时惊动国中臣民。主人源氏周全布置一番，方出来候驾。其豪华排场史无前例。皇上一行先至东北的马场殿。左右马寮中骠马成行，左右近卫的武士整齐侍立一侧，其仪式颇似五月五日的骑射节。遂又移驾南面的正殿。路途所经桥拱和走廊，皆锦绣遍地，外面能够望见之处，皆悬挂障帘，装饰华丽。途经东湖时，几叶小舟浮游湖面，别致生趣。宫中管办鸬鹚的御厨，及六条院饲养鸬鹚的侍从，早已汇集此处，御驾一到，即表演起鸬鹚捕鱼来。但见湖水潋滟，鸬鹚衔得数条小鲫鱼，从清波中纷纷跃出，甚为精彩。这并非特设的游艺，却为途中增添些情趣。各处山上红叶竞秀，层林尽染，秋好皇后所居西院，堪称红叶之海最为茂盛。

南殿上方，设了两个御座，供冷泉帝和朱雀院备用，主人源氏尾于其后相陪。后来冷泉帝觉得有些不恭，便降旨要他同列相待。如此恩宠，源氏已备感荣幸，但冷泉帝尚觉不足，以为未尽全礼相待。左近卫少将捧上湖中所取鲜鱼，右近卫少将捧出饲鹰人于北野猎得的一对珍鸟，从正殿东而来，敬献于御前。冷泉帝便下令将其煮成御膳。诸亲王和公卿，则由源氏应酬，皆为珍稀肴馔，非同寻常飨宴。直至日暮，众人皆显醉态，即宣召乐人，上殿演奏。不奏典雅之大乐，但选饶具情趣之舞曲，令诸殿上童子皆来跳舞。此情景，不由令人忆起先前桐壶帝行幸朱雀院，举办红叶贺之盛举。演奏舞曲《贺皇恩》之时，太政大臣年方十岁的儿子上台献技，其舞姿之优美，令冷泉帝爱不自禁，便将御衣脱下赐与了他。太政大臣忙至前躬身代儿子拜谢皇恩。源氏忆及昔年，在红叶贺中，与太政大臣同舞《青海波》之情景，便令人折得一枝菊花，送与太政大臣，道：

"秋菊篱畔相竞秀，

犹忆当年共舞时。"

太政大臣当初任头中将时，曾与源氏公子一道，献舞于桐壶御前。两少年英姿飒爽，共得一时风流。而今太政大臣虽身居显位，但总觉源氏尊贵无双。天公知意，竟降得一阵甘露。太政大臣见此情景，答谢道：

"瑞云相映菊花贵，

　仰望秋星竞相繁。【1】

　你可是春风得意之时啊！"

晚风习习，飘落片片红叶，如锦茵一地。好似为了迎接圣驾，铺得锦绣地毯。殿上诸童子，眉目清秀，均出身高贵之家。他们身着蓝、红大礼服，内衬浅红、淡紫色衬袍，额上加了宝冠，在这红叶毯上翩翩起舞，舞毕退回红叶林荫中，可惜天近黄昏，未能演奏长篇曲目，只得选了短曲合奏。时逢兴酣之际，冷泉帝、朱雀院与源氏御前都呈上琴来，合奏"宇陀法师"，其音色与平日并无多大改变，但在朱雀院听来，今日尤为美妙动人，便吟诗道：

"阅尽尘世鬓发白，

　今秋红叶格外艳。"

定是为自己在位时，没有这等盛会而遗憾吧。冷泉帝亦和道：

"庭中锦幕前朝赐，

　红叶方胜寻常秋。"

以表达对前皇的敬意。冷泉帝年方二十一，酷肖源氏，英俊无比。中纳言夕雾侍立于侧，相貌与冷泉帝几无两样，令众人诧异无比！虽因地位差异，冷泉帝在气度上较夕雾高贵，姿貌上却不及夕雾雅艳风流。夕雾吹奏横笛，其声音悠扬动听，甚为悦耳。众殿上人在阶下和唱，唯中弁少将嗓音最为美妙。诸多亲族成员，亦在场附和，定是前世修得的福报吧。

【1】以星拟菊，源自《古今和歌集》："宫里菊花天上种，教人误认是秋星。"